HEYNE
HARD
CORE

JAMES LEE
BURKE

Mississippi Jam

EIN DAVE-ROBICHEAUX-KRIMI

Aus dem Amerikanischen
von Jürgen Bürger

WILHEM HEYNE VERLAG
MÜNCHEN

Die Originalausgabe erschien unter dem Titel
DIXIE CITY JAM
bei Orion, London.

Für Porteus und Alice Burke

MIX
Papier aus verantwortungsvollen Quellen
FSC® C014496

Verlagsgruppe Random House FSC® N001967

Vollständige Taschenbuchausgabe 01/2018

Printed in Germany
Umschlaggestaltung: Johannes Wiebel | punchdesign, München
Umschlagabbildung: Johannes Wiebel unter Verwendung von Motiven von © shutterstock (Bonnie Taylor Barry)
Druck und Bindung: GGP Media GmbH, Pößneck
ISBN: 978-3-453-67719-7

www.heyne-hardcore.de

1

Kaum zu glauben, aber in den ersten Monaten des Jahres 1942 lauerten an der Mündung des Mississippi Nazi-U-Boote auf Tanker, die ohne Geleitschutz von den Erdölraffinerien bei Baton Rouge auf dem Weg in den Golf von Mexiko waren.

Es war die reinste Schießbude. Aufgrund der Informationssperre brachten weder die Tagespresse noch das Radio Berichte über die vor der Küste Louisianas versenkten amerikanischen Schiffe. Direkt nach Sonnenuntergang konnten die Leute tief unten am Winterhimmel das Flackern des brennenden Öls sehen – ein sich schnell ausbreitender orangefarbener Schmierfleck.

Als kleiner Junge in New Iberia bekam ich mit, wie Krabbenfischer über die völlig verkohlten, mit einem Ölfilm überzogenen Leichen von vier Matrosen redeten, die man in einer Insel aus Seetang treibend gefunden hatte, ihre blinden Augen und aufgedunsenen Gesichter mit Quallen besetzt.

Viele Jahre verfolgten mich Albträume von Nazis, die ich mir als glotzäugige Kreaturen mit verhärmten Gesichtern vorstellte, die nicht weit von meinem Zuhause irgendwo unter den Wellen lebten und der Welt schließlich einen teuflischen Stempel aufdrücken würden.

Bei einem Tauchgang während meiner College-Zeit, es war ein ruhiger, windstiller Tag, fand ich durch Zufall eines dieser U-Boote in etwa zwanzig Metern Tiefe. Es lag mit Schlagseite auf dem Kiel, Reling und vorderes Deckgeschütz waren grau und sahen wegen des Tangs ein wenig unwirklich aus, während am Heck Luftbläschen in einer feinen Linie aufstiegen.

Mein Herzschlag geriet kurz ins Stolpern, die Blutgefäße in meinem Kopf verengten sich, aber ich wollte mich nicht von den Ängsten meiner Kindheit übermannen lassen und schwamm daher zu den verbogenen Überresten des Periskops hinunter, bis ich schließlich das Hakenkreuz und die Schiffsnummer auf der Seite des Kommandoturms sehen konnte.

Ich zog das Bowiemesser aus dem Holster an meiner Hüfte und klopfte, wie der archaische Krieger, der den Leichnam eines getöteten Feindes berühren musste, mit dem Heft des Messers gegen den Rand des Kommandoturms.

Und dann geschah eines der seltsamsten Ereignisse meines ganzen Lebens.

Ich spürte im Wasser eine betäubende Kälte, wo zuvor nichts gewesen war, und dann erklang ein Geräusch, eine Vibration, wie ein reißendes Drahtseil, über die gesamte Länge des U-Boots. Der Kommandoturm begann, sich scheinbar von allein in der Strömung aufzurichten, die Metallplatten des Rumpfs schrammten über den Sand, und Schlickwolken und zuvor eingeschlossenes Öl lösten sich unter dem Kiel und stiegen auf. Entsetzt beobachtete ich, wie das U-Boot dicht über dem Meeresboden zu schweben schien, während Algenschleier wie zerfetzte Kriegsflaggen am Turm nach hinten fächelten, dann neigte sich der Bug abwärts in die Dunkelheit und glitt über den Rand des

Festlandsockels, und mein Bowiemesser fiel auf das sich anhebende Heck, während Sandtigerhaie wie Elritzen im aufgewirbelten Wasser hinter den Schrauben des Boots trudelten.

Später erfuhr ich, dass dieses U-Boot kein Geheimnis umgab. Es war entdeckt worden, als es an der Oberfläche seine Batterien auflud, wurde von einem Zerstörer der US-Navy beschossen und dann mit Wasserbomben aus dem Meer geholt, die Hülle aufgebrochen; seit damals war es auf dem Grund des Golfs entlang der Küste Louisianas von der Strömung immer in Bewegung gehalten worden.

In manch dunklen Momenten aber dachte ich an die Schiffsbesatzung, die in einem Inferno aus kreischenden Sirenen und schrillen Pfiffen untergegangen war, überwältigt von reißenden Wasserströmen, die durch die aufgerissenen Rumpfplatten barsten oder den Schiffsturm hinabschossen, den niemand mehr rechtzeitig hatte schließen können. Hatten sie sich gegenseitig von den Leitern gerissen? Waren sie bereit, sich gegenseitig zu verstümmeln oder zu töten, nur um noch ein paar Sekunden länger atmen zu können? Bereuten sie, bereitwillig den Plan aufgegriffen zu haben, der auf der ganzen Welt das Licht verlöschen lassen würde?

Oder befanden sie sich unter den Wellen immer noch auf großer Fahrt, die Haut konserviert im Salz, ihre Uniformen Nester von Muränen, und auf ewig den Plan verfolgend, die Welt in einen Ort voller Stacheldraht und Wachtürme zu verwandeln, so sicher wie das phosphoreszierende, wallende Kielwasser eines auf ein Schiff zurasenden Torpedos, das sich in der Ferne vor einem Herbstmond als Silhouette abzeichnete?

* * *

Es war ein merkwürdiger Tag auf dem Meer gewesen. Der Wind kam heiß und trocken aus Süden, und in der Dünung waren die glänzenden Rücken von Stachelrochen und die bläulich-rosafarbenen Luftsäcke von Quallen zu sehen, was bedeutete, dass sie wahrscheinlich von einem Sturm landeinwärts Richtung Küste getrieben wurden. Dann fiel das Barometer, der Wind legte sich schlagartig, und die Sonne sah aus wie eine weiße Flamme, die im stillen Wasser gefangen war.

Es regnete nur gerade mal fünf Minuten, große, fette Tropfen, die wie Bleischrot aufs Wasser schlugen, dann war der Himmel auch schon wieder klar und heiß, und Schweiß und kondensierte Luftfeuchtigkeit perlten über die Haut wie Schlangen. Ich sah, dass sich der Sturm offenbar weit im Süden festsetzte. Graue Wolken hingen tief verankert über dem Horizont, und genau dort, wo sie das Wasser berührten, war eine weiße Linie von Gischt zu sehen, und von Zeit zu Zeit zitterte ein Blitz wie ein silberner Faden im Inneren der Wolken.

Während Batist, der Schwarze, der bei mir arbeitete, die Leinen für den Kreuzwels auslegte, streifte ich meine Pressluftflaschen über, zog Flossen und Maske an und ließ mich seitlich von der Bordkante ins Meer gleiten, folgte dem Ankerseil hinunter durch den schimmernd grünen Lichtkegel bis zu einer Wasserschicht, die unvermittelt kalt war, ständig in Bewegung und grau vor aufgewirbeltem Schlick, in dem sich gelbe Seegrashalme drehten und wo es womöglich nur so wimmelte von Sandtigerhaien, die mit einer solchen Energie und Wucht an einem vorbeizischen konnten, dass man meinte, von einer unsichtbaren Hand geschlagen worden zu sein.

Das Ankertau war straff gespannt und fühlte sich hart an, als ich es berührte. Über mir konnte ich vor dem hellen Licht vage die Konturen des Rumpfs meines schwankenden Boots ausmachen, dessen Bug sich gegen den Zug des Ankers im Wellengang neigte. Ich blies meine Maske frei und tauchte das Tau entlang weitere drei Meter, in einen Trichter der Finsternis, des wirbelnden Schlicks, schwarz vor Öl, hinab in eine Geräuschkulisse, die es hier nicht hätte geben dürfen – Metall auf Metall schlagend, wie ein Hammer auf einen Amboss, Stahlplatten, die über festgebackenen Sand schrammten, Drahtseile vielleicht, die von der Strömung angehoben wurden und sich dann auf verbogene Segelstangen senkten.

Ich gab auf und schwamm Richtung Oberfläche, stieg wieder auf in von Sonnenstrahlen durchzogene Wasserschichten, zurück in die berechenbare Welt von Wind und salziger Gischt, die gegen die Maske fegte, von über mir dahingleitenden Möwen und Pelikanen, von Batist, der sich mit beiden Händen gegen einen Stachelrochen stemmte, dem der Haken nicht ins Maul, sondern in den Bauch eingedrungen war.

Ich legte die Sauerstoffflaschen ab und rubbelte Kopf und Gesicht mit einem Handtuch ab. Batist stand mit nacktem Oberkörper da, definierte Muskeln zeichneten sich auf seinem Rücken ab, und sein kugelförmiger Kopf glänzte vor Schweiß, während er das Gaff in den Rochen stieß und ihn über den Rand des Bootes hob. Er hatte das Gaff durch den ledrigen Flügel des Rochens gebohrt. Batist drehte den Fisch auf den Rücken, schüttelte den Haken frei, ging auf ein Knie und schnitt den Dreifachhaken aus seinem Bauch. Er wischte das Blut vom Messer, betrachtete die verbogenen Zacken seines Hakens und warf den Rochen mit beiden Händen über Bord.

„Wie weit unten warst du, Dave?“, fragte er.

„Etwa zehn, fünfzehn Meter.“

„Nicht klug. Da unten liegt ’ne Menge Müll rum. Ja, sogar Bäume sind da, wusstest du das? Die treiben den ganzen weiten Weg den Miss’sippi runter. Manche so groß wie dein Haus.“

„Ja, wahrscheinlich hast du recht.“

„Und?“ Batist stopfte sich eine Zigarre in den Mundwinkel.

„Und was?“

„Hast du das U-Boot da unten gefunden?“

„Ich hab so ein metallisches Scheppern gehört, aber ich könnte dir nicht sagen, was das war. Das Wasser da unten ist viel zu trüb, um irgendwas zu erkennen.“

„Vielleicht ist’s ja auch nur ’ne havarierte Bohrinsel. Schon mal an so was gedacht? Vielleicht bleibst du da unten irgendwo hängen, Dave, verlierst dein Leben, und alles nur, weil dieser Hippo dir mit zehntausend Dollar vor der Nase rumgewedelt hat. Wenn er so scharf ist auf das U-Boot, soll der doch seinen fetten Arsch hier rausbewegen und selbst danach suchen."

„Okay, Batist."

„Bringt nichts, als reicher Kerl auf'm Friedhof zu liegen, gar nichts bringt das."

„Ja, ich hab's kapiert. Und ich weiß das zu schätzen."

„Du hast mich nach meiner Meinung gefragt."

„Was hältst du davon, wenn wir jetzt ein paar Fische fangen?"

„Versuch ich ja längst. Nur dass irgendwer unter meiner Leine rumgeschwommen ist."

Hippo Bimstine war eine große Nummer bei den Demokraten in unserem Bundesstaat, und ihm gehörte wahrscheinlich die Hälfte aller Drugstores in New Orleans. Seine Leibesfülle war gigantisch, seine mit Ringen geschmückten fetten Finger und die gelb-schwarz karierten Sakkos waren legendär. Jeden Tag konnte man ihn im *Pearl* an der St. Charles Avenue sehen, wo er zwischen fünf bis acht Dutzend Austern vertilgte und mit reichlich Bier runterspülte, sein Stiernacken mit Talkum gepudert, eine lila Rose am Revers, die Schwabbelbacken stets frisch rasiert und in einem gesunden Rosa leuchtend, und wenn er lächelte, kniff er seine Augen fast ganz zusammen. Vor einigen Jahren hatte ich ihm von dem deutschen U-Boot-Wrack erzählt, das ich während meiner College-Zeit entdeckt hatte. Letzte Woche hatte ein Freund von Hippo, ein Charter-Skipper aus Cocodrie, ihm erzählt, sein Echolot hätte direkt südlich von

Grand Isle ein riesiges Metallobjekt geortet. Hippo erinnerte sich an meine Geschichte von dem gesunkenen U-Boot, rief mich in New Iberia an und sagte, er würde zehntausend Dollar Finderlohn zahlen, wenn ich das U-Boot orten und er es anschließend bergen könnte.

„Was willst du denn mit einem alten U-Boot aus dem Zweiten Weltkrieg, Hippo?“, fragte ich.

„Machst du Witze? Hast du schon mal diesen Typen im Fernsehen gesehen, diesen Geraldo? Der hat Millionen von Menschen dabei zusehen lassen, wie er sich durch eine Kellerwand unter einem Hotel in Chicago gegraben hat, in dem Al Capone lebte. Der hat's geschafft, dass alle überzeugt waren, in diesem unterirdischen Gewölbe befänden sich ein Auto, Leichen, Goldbarren, Maschinengewehre, alle mögliche Scheiße. Die Show zog sich über drei Stunden. Das war so grottenlangweilig, man musste sich immer wieder mal 'ne Ohrfeige verpassen, um nicht einzuschlafen. Und weißt du, was er gefunden hat? Einen großen Haufen nassen Sand und ein paar alte Flaschen. Außerdem hätte er um ein Haar ein richtig fettes Loch in die Rückhaltemauer geschlagen, die verhindert, dass der Lake Michigan ganz Chicago flutet. Weißt du, was ich mit einem U-Boot voller abgesoffener Nazis machen könnte? Lass mal deine Fantasie spielen, Dave!“

Aber ich war raus. Was schon okay war. Hippos Projekte waren für gewöhnlich so grandios und theatralisch wie sein genusssüchtiger Verzehr von Fisch und Meeresfrüchten im *Pearl*, und wenn man sich sehr lange mit ihm einließ, dämmerte einem allmählich, dass man in diesem Leben dann wohl doch nicht sonderlich erfolgreich die Rolle des Hofnarren gemieden hatte.

Batist und ich fingen über ein Dutzend Welse und nahmen sie aus, rissen die Stacheln raus, zogen die Haut mit Zangen ab, filetierten das Fleisch in lange, rosa Streifen und legten diese ordentlich nebeneinander auf das zerstoßene Eis in der Kühlbox. Dann aßen wir *Po'boy*-Sandwiches, die wir an diesem Morgen aus gebratenen Austern, Mayonnaise, *Sauce piquant*, Tomatenscheiben und Zwiebeln zubereitet und dann in Wachspapier gewickelt hatten. Als es nachmittags allmählich abkühlte, und der Wind auf Westen drehte, nach noch fernem Regen roch, nach Saiblingslaich, an Land geschwemmten Krustentieren und Seetangfäden, die dort trockneten, wo sich bei Ebbe das Meer vom Sand zurückgezogen hatte, nahmen wir wieder Kurs auf die Küste.

Als die fast untergegangene rote Sonne am Horizont scheinbar in sich zusammenfiel und zu einem einzelnen Stück Glut verschmolz, konnte man beobachten, wie der Neonschein von New Orleans nach und nach das Tageslicht verdrängte und sich über den dunkel werdenden Himmel ausbreitete. Die Wolken hingen schwarz-grün tief über der Stadt, waren durchzogen von tanzenden Blitzadern, aufgewühlt von Barataria bis ganz hinaus zum Lake Pontchartrain, und man wusste, dass schon sehr bald der Regen wie aus Eimern durch die Straßen fegen, auf die Palmen an den Promenaden eindreschen, die Rinnsteine im Quarter überlaufen lassen und den Tunnel aus Eichen an der St. Charles mit einem grauen Nebel füllen würde, durch den sich die alten eisernen, grün gestrichenen Straßenbahnwagen auf den Gleisen vorarbeiteten wie Abgesandte aus dem Jahr 1910.

An einem späten Abend im August war New Orleans einfach wunderbar.

Das dachte ich zumindest, bis ich Hippo Bimstine anrief, um ihm mitzuteilen, dass er sich jemand anderen suchen müsste, der für ihn nach Wracks von Nazi-U-Booten tauchte.

„Wo bist du gerade?", fragte er.

„Wir essen im *Mandina's* zu Abend, draußen an der Canal Street."

„Bist du immer noch dicke mit Clete Purcel?"

„Klar."

„Weißt du, wo *Calucci's Bar* ist? Ecke St. Charles und Carrollton Avenue?"

„Ja, das ist doch direkt bei dir gegenüber, richtig?"

„Genau. Und genau jetzt, in diesem Augenblick, sehe ich aus meinem Fenster, wie sich da draußen gewaltig was zusammenbraut. Und ich rede hier davon, dass da draußen ein SWAT-Team aufgelaufen ist. Ist es zu fassen? Ein gottverdammtes Sondereinsatzkommando, hier bei uns, mitten in meinem Viertel. Ich glaube, jemanden mit diplomatischen Fähigkeiten könnten sie jetzt hier draußen gut gebrauchen, bevor der Fleischklops noch als Deko auf der Tapete landet, wenn du verstehst, was ich meine?"

„Nein, versteh ich nicht."

„Hast du vielleicht noch Salzwasser in den Ohren, Dave?"

„Hör zu, Hippo …"

„Es geht um Clete Purcel. Er ist drüben im *Calucci's* total ausgerastet und hat einen Kerl glatt durch die Fensterscheibe geschmissen. Der Typ liegt immer noch drüben im Blumenbeet. Es heißt, Purcel habe da drinnen noch zwei oder drei andere auf Knien hocken. Falls er nicht rauskommt – und das sagt jetzt der leitende Zivilbulle vor dem Haus –, werden sie ihn ausräuchern. Ich hab hier Klein-Beirut direkt in meinem Vorgarten, Tatsache, Mann, den ganzen verpissten Libanon!"

„Wer ist der diensthabende Beamte?"

„Ein Kerl namens Baxter. Ja, Nate Baxter. Früher war er bei der Sitte im First District. Erinnerst du dich an einen Zivilbullen mit dem Namen? … Hey, Dave, bist du noch dran?"

2

Calucci's Bar befand sich in einem alten Fachwerkhaus mit Blechmarkisen über den Fenstern in einem alten Wohngebiet am Ende der St. Charles Avenue unmittelbar vor dem Mississippi-Deich. Im Neonschein der Bar sah der Regen aus wie violetter, grüner und pinkfarbener Graupel, hinter dem Deich stieg Dunst vom Fluss auf, und die Signalhörner eines Schleppkahns waren zu hören.

Ein halbes Dutzend Einsatzfahrzeuge versperrte die Straße vor der Bar, das Licht ihrer rotierenden Rundumleuchten wurde von Sträuchern, nassem Beton und den Palmen entlang der Promenade reflektiert. Als Batist und ich meinen Pick-up am Bordstein parkten, erspähte ich sofort mitten im Getümmel Nate Baxter. Regen tropfte von seinem Hut und seine zweifarbigen Schuhe und die graue Golferhose waren von vorbeifahrenden Autos bespritzt worden. Sein gepflegter roter Bart war in rotes Licht getaucht, Dienstmarke und ein verchromter Revolver waren an seinem Gürtel befestigt. Ein Mann mittleren Alters mit einem kräftigen, muskulösen Körper vom täglichen Training im *New Orleans Athletic Club*.

Eine flachbrüstige Schwarze, wahrscheinlich eine Polizistin in Zivil, mit dünnen Armen und einem Mund voller Goldzähne diskutierte lautstark mit ihm. Ihre zerknitterte braune Bluse hing lässig über einer dunkelblauen Hose. Ihr Make-up war vom Regen verschmiert, und sie trug Halbschuhe ohne Socken. Nate Baxter versuchte, sich von ihr abzuwenden, doch sie folgte ihm, hatte die Hände in die schmalen Hüften gestemmt, und ihr Mund öffnete und schloss sich im strömenden Regen.

„Ich spreche mit Ihnen, Lieutenant", sagte sie. „Meines Erachtens haben wir hier eine Situation, die völlig außer Kontrolle geraten ist. Die polizeiliche Reaktion steht in keinem vernünftigen Verhältnis zum Anlass. Meiner Auffassung nach, Sir. Sollten Sie damit weitermachen, werde ich einen eigenen Bericht einreichen. Hören Sie mich, Sir?"

„Ach, machen Sie doch, was Sie nicht lassen können, Sergeant. Aber bitte, machen Sie's woanders!", fauchte Baxter.

„Ich bin hier, weil ich den Einsatzbefehl erhalten habe. Und es passt mir nicht, wie Sie mit mir reden", sagte sie.

„Schön, okay, ich werde es extra für Sie etwas deutlicher formulieren: Sie sind eine ausgemachte Nervensäge und gehen mir gewaltig auf die Eier. Falls Sie mir jetzt mit Diskriminierung oder was weiß ich kommen wollen, bitte, nur zu, tun Sie sich keinen Zwang an. Aber in der Zwischenzeit verschwinden Sie einfach von hier. Und das ist ein Befehl!"

Ein uniformierter weißer Cop gackerte im Hintergrund.

Baxter kniff die Augen unter der Krempe seines Huts zusammen, als er mich sah.

„Was machen Sie hier, Nate?", fragte ich.

Er ignorierte mich und begann, mit einem Cop zu reden, der eine kugelsichere Weste trug und den Schirm seiner Mütze nach hinten gedreht hatte.

„Was haben Sie mit Clete Purcel vor?", fragte ich.

„Bleiben Sie hinter der Absperrung, Robicheaux", blaffte er mich an.

„Ich kann mit ihm reden, dann kommt er freiwillig raus."

„Das hier ist nicht Ihr Zuständigkeitsbereich."

Selbst im Regen war sein Atem noch heiß, er roch abgestanden.

„Es muss hier niemand zu Schaden kommen, Nate", sagte ich.

„Purcel hat die Karten gegeben, nicht ich! Und wissen Sie was? Ich glaube, er ist schon sein ganzes Leben auf diesen Moment aus."

„Haben Sie ihn angerufen?"

„Gute Idee, stimmt's? Das würde ich wirklich gern tun. Nur dass er das Ding von der Wand gerissen und einem Kerl das Kabel um den Hals gewickelt hat. Anschließend hat er den Burschen durch die Frontscheibe geschmissen."

„Die Calucci-Brüder sind doch Mafia. Das ist irgendwas Persönliches zwischen denen und Clete, und das wissen Sie auch. Wegen einem blöden Kneipenquatsch lässt man doch kein SWAT-Team auffahren."

„In New Orleans läuft außerdem derzeit ein Kerl rum, der meint, das Gesetz in die eigenen Hände nehmen zu können. Ich persönlich finde, Purcel ist ein perfekter Tatverdächtiger."

Ich spürte, wie sich meine Hände, die ich dicht am Körper hielt, unwillkürlich öffneten und schlossen. Baxter redete wieder mit dem Cop in der kugelsicheren Weste und zeigte auf eine höher gelegene Stelle auf dem Deich.

„Damit kommen Sie nicht einfach so durch“, sagte ich.

„Ende der Unterhaltung, Robicheaux.“

„Clete hat mal in einer Bar an der Decatur Ihren Kopf in eine Toilettenschüssel gedrückt“, sagte ich. „Sie haben den Vorfall nicht gemeldet, weil er nämlich wusste, dass Sie es sich für lau von Straßennutten im Quarter besorgen lassen. Darum geht's hier doch, Nate, und um nichts anderes.“

Vier weiße Cops und auch die schwarze Polizistin starrten uns jetzt an. Die Haut um Nate Baxters rechtes Auge kräuselte sich wie bei einem Scharfschützen, wenn er durch sein Zielfernrohr blickt. Er setzte zu einer Erwiderung an, aber ich gab ihm keine Chance.

Ich hob meine Dienstmarke des Iberia Parish Sheriff's Department hoch über den Kopf und marschierte auf den Vordereingang der Bar zu.

* * *

Clete hatte an sämtlichen Fenstern die Jalousien runtergelassen und lehnte an der Theke, einen Fuß auf der Fußleiste, trank mexikanischen Rum aus einem Schnapsglas und lutschte an einer gesalzenen Limone. Er trug seinen taubenblauen Porkpie schräg in die Stirn gekippt, die Hose hing fünf Zentimeter unterhalb seines Nabels. Auf seinem rundlichen, rosafarbenen Gesicht hing ein glückliches Lächeln, in seinen grünen Augen ein alkoholgeschwängerter Glanz. Durch eine Augenbraue und quer über den Nasenrücken zog sich eine Narbe dick wie ein Fahrradflicken und von Einstichlöchern gesäumt, wo er als Kind im Irish Channel mit einem Rohr verprügelt worden war. Wie immer wirkte sein mit tropischen Motiven gemustertes Hawaiihemd, als könnte es jeden Moment an seinen massigen Schultern aufplatzen.

Die Kneipe war leer. Regen fegte durch die zerbrochene Scheibe herein und tropfte von den Lamellen der Jalousie.

„Was geht ab, Streak?“, fragte er.

„Hast du sie nicht mehr alle?“

„Unfreundliche Worte, mein Freund. Entspann dich!“

„Das da draußen ist Nate Baxter. Der würde uns beide gern für einen Neuanstrich benutzen.“

„Und genau deshalb geh ich ja auch nicht da raus. Da sind noch ein paar andere, die mögen auch keine Privatdetektive.“ Er warf einen Blick auf seine Uhr und klopfte mit dem Fingernagel aufs Glas. „Willst'n Dr Pepper?“

„Ich will, dass wir jetzt zusammen hier rausgehen. Und außerdem werden wir deine Kanone vor uns rauswerfen.“

„Wozu die Eile? Trink ein Dr Pepper. Ich schmeiß noch ein paar Kirschen und 'n bisschen Eis rein.“

„Clete …“

„Ich hab dir doch gesagt, alles im grünen Bereich. Und jetzt mal ganz locker, mein Freund. Die alten *Bobbsey Twins* von der Mordkommission bringt keiner aus der Ruhe.“ Er genehmigte sich einen Schluck aus seinem Schnapsglas, lutschte an seinem Limonenschnitz und strahlte mich an.

„Zeit, hier abzuzwitschern, Partner“, sagte ich.

Wieder warf er einen Blick auf seine Uhr.

„Gib mir noch fünf Minuten“, sagte er und lächelte erneut.

Er machte Anstalten, sein Glas aus einer großen, braunen Flasche nachzufüllen. Ich legte eine Hand leicht auf seinen Arm.

„Pass auf, mein Freund, ich setz dich jetzt mal in groben Zügen ins Bild", sagte er. „Ich hab da momentan diese Freundin. Sie ist total sympathisch, tut keiner Menschenseele was zuleide, ist wahnsinnig intelligent und besucht nebenbei das Junior College. Und außerdem strippt sie in einem Titten-und-Ärsche-Schuppen an der Bourbon, der den Calucci-Brüdern gehört. Wir sprechen hier von Max und Bobo, Dave, du erinnerst dich an sie, diese beiden Typen, die wir mal eingelocht haben, weil sie einem Mädel mit 'ner Kombizange einen Fingernagel rausgerissen haben? Bevor ich Martina kennenlernte, so heißt meine Freundin, hat sie sich von den Caluccis zwei Riesen geborgt, um die Krankenhauskosten ihrer Großmutter bezahlen zu können. Als sie dann gestern die Kohle nicht zurückzahlen konnte, hat Max, das Arschloch, das ich vorhin durch die Fensterscheibe geschmissen habe, sie heute Morgen herzitiert und zu ihr gesagt, es wär jetzt an der Zeit, dass sie vom Rücksitz eines Taxis aus anschafft."

Er nahm seinen Porkpie ab, kämmte sich das strohblonde Haar aus der Stirn, steckte den Kamm in die Brusttasche seines Hemds und setzte den Hut wieder auf.

„Die Caluccis werden kein großes Ding draus machen, Dave, zumindest nicht juristisch. Die machen sich auf einem Polizeirevier so gut wie Scheiße in 'ner Eisdiele", sagte er. Er füllte sein Schnapsglas, leerte es in einem Zug und zwinkerte mir zu.

„Wo ist der andere – Bobo?"

Wieder warf er einen Blick auf seine Armbanduhr, dann wanderte sein Blick über die Theke, vorbei an einer kleinen Küche zur wuchtigen Holztür eines begehbaren Fleischkühlraums.

„Wahrscheinlich wickelt er sich gerade in Frischhaltefolie", sagte er. „Wenigstens würde ich das an seiner Stelle tun."

„Machst du Witze?"

„*Ich* hab ihn da nicht reingesteckt. Er hat sich selbst eingesperrt. Was soll ich denn dagegen tun? Er hat die Tür von innen mit einer Eisenstange oder was weiß ich verbarrikadiert. Ich sage immer: leben und leben lassen."

Ich ging zum Kühlraum und versuchte, die Tür zu öffnen. Der Griff war aus Chrom und fühlte sich sehr kalt an. Die Tür bewegte sich zwei, drei Zentimeter, schlug dann gegen etwas Metallisches und ließ sich nicht weiterbewegen.

„Bobo?", fragte ich.

„Was ist?", fauchte eine Stimme durch den Spalt.

„Dave Robicheaux hier. Ich bin Detective beim Sheriff Department. Es ist vorbei. Kommen Sie jetzt da raus. Niemand wird Ihnen etwas tun."

„Hab noch nie von dir gehört."

„Ich habe früher bei der Mordkommission im First District gearbeitet."

„Oh, ja! Du warst der Partner von diesem Pimmelkopp da draußen. Was hast du hier zu suchen? Hat er dich gerufen, damit ihr zusammen ablachen könnt?"

„Hören Sie, Bobo, die Sache sieht folgendermaßen aus: Ich erkläre Ihnen jetzt mal kurz, was Sache ist, und dann sehen wir, was Sie dazu sagen. Ich hab hier in meiner Hand eine .45er. Wenn Sie sich weigern, die Tür aufzumachen, werde ich höchstwahrscheinlich ein paar Löcher ins Schloss und die Scharniere ballern müssen. Ist das okay für Sie?"

Es folgte ein Moment absoluter Stille.

„Wo ist er?", fragte die Stimme.

„Er ist hier nicht mehr im Spiel. Verlassen Sie sich drauf."

„Halt mir dieses Tier vom Leib. Der Typ ist eine beschissene Gefahr für andere. Man sollte sein Gehirn in der medizinischen Fakultät als Präparat in ein Glas stecken."

„Sie haben mein Wort, Bobo."

Ich hörte, wie eine Eisenstange auf den Boden schepperte, dann drückte Bobo mit einem Fuß die Tür auf: Er kauerte in einer Ecke, hatte sich einen Kartoffelsack um die Schultern gewickelt, die Haare und Nasenflügel waren weiß vom Raureif, und gefrierender Dampf stieg von seinem Körper zu den Rinderhälften auf, die an Haken über seinem Kopf hingen. Seine kleinen, eng beieinanderstehenden Augen musterten mich von Kopf bis Fuß.

„Du *hast* überhaupt keine Kanone! Du verfluchter Mistkerl. Du hast mich angelogen!", schimpfte er.

„Gehen wir eine Runde spazieren", sagte ich und zog ihn an einem Arm auf die Füße. „Machen Sie sich keine Sorgen um Clete. Der trinkt noch schnell sein Glas aus und folgt uns dann nach draußen. Ob Sie's glauben oder nicht, da draußen sind Cops, die bereit waren, einen ihrer eigenen Leute umzulegen, nur um Sie zu beschützen.

Da ist man doch gleich mächtig stolz, Steuerzahler zu sein, was?“

„Nimm die Pfote von meinem Arm“, zischte er, als wir die Tür erreichten.

* * *

Batist und ich übernachteten in einer Pension an der Prytania Street, gerade mal einen Block von der St. Charles entfernt. Der Himmel leuchtete rot bei Sonnenaufgang, die zornigen Rufe der Blauhäher im heißen Schatten vor den Verandatüren erfüllten die Luft. Nate Baxter hatte Clete wegen Ruhestörung eingelocht, aber die Caluccis erschienen am Morgen nicht, um Anzeige wegen Körperverletzung zu erstatten. Also wurde Clete wieder entlassen, ohne dass irgendeine offizielle Anklage gegen ihn erhoben wurde.

Batist und ich bestellten uns *Café au lait* und *Beignets* im *Café du Monde* gegenüber vom Jackson Square. Ein warmer Wind wehte vom Fluss hinter uns herüber, die Sonne schien hell auf die Bananenstauden und Myrten auf dem Platz, und Berieselungsanlagen strichen die schwarzen, schmiedeeisernen Zäune mit ihren kunstvollen Spitzen entlang, die den Park und seine Rasenflächen von den Straßenmalern und den Ladenlokalen unter den alten eisernen Kolonnaden trennten. Ich ließ Batist im Café zurück und ging durch den Park vorbei an der St. Louis Cathedral, wo sich bereits die ersten Straßenmusiker im Schatten einrichteten, und weiter die St. Ann hoch zum Büro von Cletes Detektei.

Morgens war immer die beste Zeit für einen Spaziergang durchs Quarter. Die Straßen lagen noch in tiefen Schatten, und das Wasser vom Regen der vergangenen Nacht tropfte von den hölzernen Fensterläden über die pastellenen Hausfassaden, man konnte Kaffee und frisch gebackenes Brot in den kleinen Lebensmittelgeschäften riechen, und auch den feuchten, kühlen Geruch wilder Minze und alter Backsteine in den Durchgängen. Jeder schmiedeeiserne Balkon entlang der Straße schien überwuchert von einem wilden Knäuel eingetopfter Rosen, Bougainvilleen, Azaleen und flammendrotem Eibisch, und der Augenblick konnte so vollkommen sein, dass man meinte, in ein Gemälde von Utrillo gestiegen zu sein.

Aber es war nicht nur wie ein Gedicht. Es gab hier auch noch eine andere Wirklichkeit: Uringestank in Hauseingängen, die nächtlichen Hinterlassenschaften von Obdachlosen und Verrückten, und die Splitter zerbrochener Zehn-Dollar-Kokain-Fläschchen, die wie Rattenzähne in der Gosse funkelten.

Die biscuitfarbenen Wände in Cletes Büro waren geschmückt mit Stierkampfplakaten, ledernen Weinbeuteln und Banderillas, die er aus einem Urlaub in Mexico City mitgebracht hatte. Durch das nach hinten hinaus gelegene Fenster konnte ich den gefliesten kleinen Innenhof sehen, wo er seine Hanteln und eine Trainingsbank aufbewahrte, um Gewicht und Blutdruck niedrig zu halten. Daneben ein ausgetrockneter gemauerter Brunnen, aufgefüllt mit Dreck und Bananenstauden.

Clete saß in Budweiser-Shorts, gelbem Muskelshirt und

Porkpie auf dem Kopf hinter seinem Schreibtisch. Seine blauschwarze .38er Police Special hing in einem Nylon-Holster an einer Garderobe in der Ecke. Mit einem Taschenmesser öffnete er eine Flasche Dixie-Bier, ließ den Schaum über den Hals auf den Teppich fließen, schleuderte seine Flip-Flops von den Füßen und legte sie hoch auf den Schreibtisch.

„Willst du heute schon zeitig Feierabend machen?", fragte ich.

„Hey, ich hab die ganze Nacht in der Kiste verbracht. Die Szene da müsstest du dir auch mal näher ansehen, mein Freund. Mindestens zwei Drittel von den Typen da sind hundertprozentige Vollpfosten. Und ich spreche hier von Jungs, die ihre Grütze mit den Händen essen. Das ist einfach nur gottverdammt erbärmlich."

Er spielte mit einem Zettel neben seinem Telefon.

„Etwas, das Nate Baxter gestern Abend sagte, hat mich echt beunruhigt", sagte ich.

„Ach, ja?"

„Dass jemand hier das Gesetz in die eigenen Hände nimmt. Er denkt, du könntest derjenige welcher sein."

Clete trank einen Schluck Bier und lächelte mich an. Seine Augen funkelten verschmitzt.

„Traust du mir so was wirklich zu?", fragte er.

„Die Leute haben sich über uns beide schon Schlimmeres erzählt."

„Der *Lone Ranger* war ein Hörspiel im Radio, mein Freund. Ich persönlich glaube nicht, dass irgendwer bei uns das Gesetz in die eigenen Hände nimmt. Ich glaube vielmehr, dass wir es mit einer Riesenportion Wunschdenken zu tun haben. Diese Verbrechen sind doch hier in der Stadt an der Tagesordnung. Wir haben inzwischen eine Mordrate so hoch wie die von Washington, D.C."

„Fünf oder sechs der Opfer waren Schwarze aus den Sozialbausiedlungen."

„Das waren doch alles Dealer."

„Genau das ist es ja."

„Dave, ich habe sowohl in Iberville als auch in Desire schon Leute geschnappt, die auf Kaution draußen waren und dann abgetaucht sind. In diesen Ghettos ist ein Leben ungefähr genauso wertvoll wie Wasser, das aus einer Papiertüte ausläuft. Diese Stadt geht den Bach runter, mein Freund. So ist das eben. Falls da draußen tatsächlich jemand ernsthaft Leute aus dem Verkehr zieht, dann sage ich, weiter so! Aber das glaube ich nicht, und auf keinen Fall bin ich das."

Er nahm einen großen Schluck von seinem Bier. Das Innere der Flasche leuchtete bernsteinfarben. Kondenstropfen perlten den Hals hinunter und über das grün-goldene Etikett.

„Tut mir leid. Soll ich dir ein Dr Pepper oder einen Kaffee kommen lassen?", fragte er.

„Nein, ich muss wieder los. Ich musste mein Boot für Wartungsarbeiten von New Iberia raufbringen. Es wird gegen Mittag fertig sein."

Er nahm den Notizzettel neben seinem Telefon und rieb ihn zwischen Daumen und Zeigefinger.

„Ich sollte dir Kopfschmerzen ersparen und das hier einfach wegschmeißen“, sagte er. Aber er schnipste den Zettel über die Schreibunterlage in meine Richtung.

„Was ist das?“

„Diese schwarze Braut, der Sergeant, der vor dem *Calucci's* war, sie hat heute Morgen angerufen. Sie wusste nicht, wie sie dich sonst erreichen kann. Mein Rat lautet: Schmeiß diese Telefonnummer in den Papierkorb und fahr zurück nach New Iberia. Vergiss New Orleans. Hier wartet alles nur darauf, dass eine Wasserstoffbombe hochgeht.“

„Was ist mit ihr?“

„Sie ist eine abgebrühte schwarze Lady namens Lucinda Bergeron und kommt selbst aus den Sozialbausiedlungen. Und sie lässt sich von weißen männlichen Cops keine Scheiße gefallen. Das ist mit ihr.“

„Und?“

„Gestern Abend ist sie Nate Baxter ganz offensichtlich gewaltig auf die Eier gegangen. Also versucht er heute, ihr eine Dachlatte in den Arsch zu rammen. Er wirft ihr Befehlsverweigerung vor. Er behauptet, sie hätte ihn wüst beschimpft. Sie sagt, sie sei unschuldig und du könntest das bezeugen.“

„Solange ich dabei war, hat sie ihn nicht beschimpft. Tatsächlich ist sie sogar extrem cool geblieben.“

„Lass dich da nicht reinziehen, mein Freund. Sich mit Baxter anzulegen ist das Gleiche, wie deine Hand in einen Spucknapf zu tauchen.“

Ich nahm den Zettel und steckte ihn ein.

„Was weiß ich denn schon?“, murmelte er.

* * *

Von der Pension aus rief ich die Werft an und erfuhr, dass der Mechaniker krank geworden und nach Hause gegangen sei und mein Boot nicht vor morgen fertig würde. Dann rief ich die Nummer auf dem Zettel an, die, wie sich herausstellte, zum Polizeipräsidium des Garden Districts gehörte. Man sagte mir, Lucinda Bergeron sei nicht da. Ich hinterließ meinen Namen und die Telefonnummer der Pension.

Batist saß auf seiner Bettkante, die großen, schwieligen, mit Narben überzogenen Hände auf dem Schoß. Er starrte gedankenverloren aus der Verandatür.

„Was beschäftigt dich, Partner?", fragte ich.

„Der Nigger da drüben auf dem Parkplatz."

„Der *was*?"

„Du hast richtig verstanden."

„Was hat er gemacht?"

„Als du geschlafen hast, bin ich früh auf und wollte mir einen Kaffee unten im Speiseraum holen. Er war da und hat gegessen, mit vollem Mund geredet, diesem jungen weißen Mädel immer eine Pranke auf den Hintern gelegt, wenn sie ihm Kaffee nachgeschenkt hat. Hat immer so getan, als wär alles total harmlos und unschuldig, als wär er nur ein netter Kerl, der überhaupt keine schlimmen Gedanken hat, also so gar nicht."

„Vielleicht ist das allein ihre Sache, Batist."

„Diese Sorte wertloser Nigger macht's schwer für uns andere, Dave."

Er ging zur Tür, starrte weiter hinaus auf den Parkplatz, schälte das Zellophan von einer Zigarre und knüllte es dann langsam in der Hand zusammen.

„Er lehnt an deinem Truck“, sagte er.

„Lass ihn.“

„Dem muss schleunigst mal einer Bescheid sagen.“

Ich hütete mich generell davor, mit Batist zu diskutieren, deshalb sagte ich nichts mehr. Er zog sein kurzärmeliges Jeanshemd aus, hing es über den Bettpfosten und seifte sich vor dem Badezimmerspiegel das Gesicht ein. Seine Schulter- und Rückenmuskeln erinnerten mich an Steine in einem Lederbeutel. Er begann, sich mit einem Rasiermesser mit Perlmuttgriff zu rasieren, zog die Klinge sauber auf beiden Seiten der Wange entlang bis unters Kinn.

Ich kannte ihn seit meiner Kindheit, als er mit meinem Vater auf Marsh Island Fallen aufgestellt hatte. Er konnte weder lesen noch schreiben, nicht mal seinen eigenen Namen, und es bereitete ihm große Schwierigkeiten, Zahlen zu erkennen und auf einem Telefon eine Nummer zu wählen. Er war noch nie außerhalb von Louisiana gewesen, hatte 1968 zum ersten Mal gewählt und wusste nichts von den Dingen, die sich in unserem eigenen Land oder der Welt da draußen ereigneten. Aber er war einer der ehrlichsten und anständigsten Männer, denen ich je begegnet bin, und er blieb selbst in schwierigen Situationen absolut furchtlos und unerschrocken. Meine Adoptivtochter Alafair kam nie so ganz darüber hinweg, dass sie mal gesehen hatte, wie er in eine abgesoffene Piroge griff, eine Mokassinschlange von gut einem Meter Länge einfach hinter den Kopf packte und dann völlig ungerührt quer über den Bayou pfefferte.

Batist kehrte zur Verandatür zurück, drückte ein Handtuch auf einen Schnitt an seinem Kinn, hielt die Rasierklinge immer noch in der Hand. Dann klappte er das Messer zusammen, schob es in die Gesäßtasche seiner Jeans und begann, sein Hemd zuzuknöpfen.

„Was hast du vor, Batist?"

„Ich seh mich da draußen mal um."

Ein großer, schlanker Mulatte mit einer Hautfarbe wie ein neuer Penny redete in der Nähe meines Trucks mit einem halben Dutzend schwarzer Kids. Er trug eine gestreifte braune Hose mit einem geflochtenen schwarzen Gürtel und dazu ein fliederfarbenes kurzärmeliges Hemd mit weißer Krawatte. Er grinste, hibbelte herum und gestikulierte beim Reden wild mit den Händen, als ob in seinem Inneren ein Lied ablief.

„Ein Typ wie der ist für diese abgerissenen Kids so was wie ein Filmstar, Dave."

„Früher oder später werden sie lernen, dass er das nicht ist."

„Dann ist's zu spät. Der ist entweder Dealer oder Zuhälter, und erzähl mir nichts anderes. Der wird hemmungslos das Leben von den Jungs da verheizen, nur damit er Geld für ein schickes Auto hat, mit Frauen zur Rennbahn fahren und sich ein paar Linien in die Nase ziehen kann ... Hey, glaubst du, ich liege falsch? Sieh's dir an."

Der Mulatte rubbelte einem Jungen über die Haare, wie es vielleicht ein Baseballtrainer tun würde, dann hakte er zwei Finger unter den Gürtel des Jungen, zog den Burschen zu sich heran und stopfte ihm etwas Kleines in die Hosentasche. Dann legte er eine Hand um das Genick eines anderen Jungen, wobei er ihn spielerisch und wohlwollend anstrahlte, und schob auch ihm etwas in die Hosentasche.

„Bin sofort zurück", knurrte Batist.

„Lass den Kerl in Ruhe, Batist. Ich ruf die Cops an, und die schicken dann jemanden raus."

„Ja klar, so ungefähr in drei Stunden."

„Ist nicht unser Tümpel, Partner."

„Ach, nein? Und wie kommt's, dass du gestern Abend quer durch die Stadt gerannt bist, um dich in diese Sache zwischen Purcel und den Spaghettis einzumischen?"

Er nahm seine verloschene Zigarre aus dem Aschenbecher, klemmte sie sich entschlossen zwischen die Zähne und marschierte aus der Tür.

Oh Mann, dachte ich.

Batist ging von der Pension an den Rand des Parkplatzes. Der Mulatte lehnte gegen den Scheinwerfer meines Trucks und unterhielt sein Publikum, indem er eine Halbe-Dollar-Münze zwischen den Fingern einer Hand wandern ließ. Einen gewienerten Schuh stützte er hinter sich auf der Stoßstange des Trucks ab und rückte behutsam seinen Hodensack zurecht. Ich weiß nicht, was er zu Batist sagte. Möglich, dass es eine herablassende Bemerkung war oder vielleicht auch eine freundliche Begrüßung. Jedenfalls lächelte er, als er es sagte. Allerdings glaube ich nicht, dass er mit der Antwort rechnete, die er bekam.

Batists Hand, die sich locker um einen Backstein legen konnte, schien auf der Wange des Mannes zu explodieren. Sein Gesicht verzog sich unter dem Schlag, und das Blut wich blitzartig aus seinem Gesicht, die Kinnlade sackte runter und seine Augen waren mit einem Mal ganz klein und rund, lagen weit hinten in seinem Schädel wie bei einem Schwein. Dann verpasste Batist ihm mit der offenen Hand eine weitere Ohrfeige, noch fester diesmal, erwischte seitlich seinen Mund, die Unterlippe wurde gegen die Zähne gedrückt und platzte auf.

Batist wedelte mit den Händen in Richtung der schwarzen Kids, erinnerte an jemanden, der Hühner aus dem Stall scheucht. Die Jungs liefen in alle Richtungen davon, während der Mulatte sich den Handrücken auf den Mund drückte und gleichzeitig die andere Hand in einer beschwichtigenden Geste ausstreckte.

Batist richtete einen Finger aufs Gesicht des Mannes und marschierte schweigend auf ihn zu, als würde er eine Lanze auf ihn richten. Der Mann setzte sich in Bewegung und rannte über den Parkplatz zu einem Häuschen auf der anderen Straßenseite. Batist zermalmte eine winzige Glasampulle unter dem Absatz seines Stiefels, dann ging er an einer Gruppe völlig verdutzter Touristen vorbei, die eben aus dem Speiseraum der Pension getreten war. Batist wendete verlegen sein verschwitztes Gesicht ab.

* * *

Ich rief Bootsie, meine Frau, in New Iberia an und sagte ihr, dass ich noch mindestens einen weiteren Tag in New Orleans bleiben würde, dann versuchte ich erneut, Lucinda Bergeron im Präsidium des Garden Districts zu erreichen. Sie war immer noch nicht da, also beschloss ich, einfach rüberzufahren, eine Aussage zu machen und die Angelegenheit damit abzuschließen. Da wusste ich noch nicht, dass ich am Ende mit Sergeant Benjamin Motley reden würde, der früher bei der Sitte gearbeitet hatte, als ich selbst Lieutenant in der Mordkommission im First District gewesen war.

Er war ein rundlicher, stämmiger Schwarzer, dessen Kleidung immer nach Zigarrenqualm stank. Er hatte einen dichten schwarzen Schnurrbart, und sein Hals glänzte wie ein Hydrant. Er gehörte zu der Fraktion, die nur wenig Verständnis für die missliche Lage seiner eigenen Leute hatte. Einmal hatte sich ein schwarzer Saufbruder in einer Zelle über Motley lustig gemacht, ihn als bezahlter *Nie-groo* der Weißen tituliert, woraufhin Motley den Mann von Kopf bis Fuß mit Pfefferspray eingedeckt hatte. Zu einem frühen Zeitpunkt seiner polizeilichen Laufbahn war wegen fahrlässiger Tötung gegen ihn ermittelt worden; als Justizvollzugsbeamter hatte er sieben an den Händen aneinander gefesselte Häftlinge aus der Ausnüchterungszelle zur morgendlichen Vorführung vor dem Haftrichter begleitet, als aufgrund eines Brandes im Keller des Gerichtsgebäudes sämtliche Sicherungen rausgeflogen waren und der Aufzug zwischen den Etagen stecken blieb. Motley war durch die Klappe in der Decke der Fahrstuhlkabine rausgekommen, die sieben Männer jedoch waren erstickt.

Sein geräumiges Büro war teilweise verglast, eine ganze Reihe gerahmter Auszeichnungen und Belobigungen hingen an den Wänden. Davor lag ein Großraumbüro voller uniformierter Cops, die an ihren Schreibtischen Papierkram erledigten. Motley lehnte sich in seinem Schreibtischsessel zurück, hatte einen Fuß auf dem Papierkorb abgestützt und verspeiste einen halb ausgepackten Schokoriegel, während ich handschriftlich das wenige aufschrieb, das ich über den Schlagabtausch zwischen Nate Baxter und Lucinda Bergeron berichten konnte.

Ich setzte meinen Namen unter das Formular und reichte es ihm. Seine Blicke wanderten das Blatt rauf und runter, während er sich mit dem Knöchel seines Zeigefingers das Kinn rieb.

„Was machen Sie überhaupt hier in New Orleans, Robicheaux? Ich dachte, Sie wären Zivilbulle im Iberia Parish?", fragte er.

„Hab eine Weile Urlaub."

„Sie konnten nicht aus New Orleans wegbleiben?"

„Brauchen Sie sonst noch was von mir, Motley?"

„Nein, nichts. Nutzen Sie Ihre Zeit, wie Sie wollen."

„Was soll das jetzt heißen?"

„Glauben Sie vielleicht, hiermit könnten Sie diese Braut aus der Patsche holen?" Er wedelte mit dem Blatt herum.

„Keine Ahnung. Jedenfalls hat sie Nate Baxter nicht beschimpft, während ich dabei war. Ganz im Gegenteil war es meiner Meinung nach vielmehr Baxter, der sich ungebührlich verhalten hat."

„Als Baxter noch bei der Dienstaufsicht war, war er doch dafür verantwortlich, dass Sie ohne Lohnfortzahlung vom Dienst suspendiert wurden. Sie haben ihn ja sogar einmal auf einem Revier im First District k.o. geschlagen. Das hier hätten Sie auf Klopapier schreiben und ins Scheißhaus legen sollen."

„Immer noch ganz der Alte, Motley, was?"

Er kaute an seiner Unterlippe und verdrehte die Augen.

„Sehen Sie mal durch die Scheibe da", sagte er. „Zählen Sie zuerst die weißen Officer da draußen, und anschließend zählen Sie die schwarzen. Wenn Sie das gemacht haben, zählen Sie die weiblichen Beamten. Und danach dann die schwarzen Kolleginnen. Blicken Sie's jetzt so langsam?"

„Machen die ihr das Leben schwer?"

„Von mir haben Sie das nicht."

Ich sah ihm in die Augen und schwieg. Er wischte sich mit der Verpackung Schokoladenreste von den Fingern und warf sie dann in den Papierkorb.

„Hundescheiße in ihrer Schreibtischschublade, ein Dildo mit Klebeband an einem Töpfchen Vaseline in ihrem Postfach, getürkte Telefonnachrichten aus dem Wahlkampf-Hauptquartier des Abgeordneten und alten Ku-Klux-Klan-Mannes David Duke. Solche Scheiße eben", sagte er. „Sie kommt mir wie ein ganz anständiger Kerl vor, aber höchstwahrscheinlich werden die sie hier am Ende doch rausekeln."

„Klingt so, als könnte sie ein paar Freunde gut gebrauchen", sagte ich und erhob mich zum Gehen.

„Damit meinen Sie die anderen Schwarzen, Typen wie mich?"

Ich zuckte mit den Achseln.

„Die Letzten fliegen zuerst", sagte er. „So läuft das hier, mein Freund. Daran ändert sich nichts, nur weil du Tampons benutzt. Damit wir uns richtig verstehen: Sie sind einzig und allein wegen Ihres Kumpels Purcel in diese Sache verwickelt. Also, Robicheaux, kümmern Sie sich um Ihren eigenen Scheiß."

* * *

An diesem Abend gingen Batist und ich rüber zur St. Charles und fuhren mit der Straßenbahn rauf bis zur Canal Street, von wo aus wir ins Quarter gingen und im *Acme Oyster House* an der Iberville aßen. Es war voll und warm und roch intensiv nach abgestandenem Bier und den Bergen leerer Austernschalen in den Mülleimern. Draußen über dem Fluss donnerte es, dann begann es zu regnen, und wir kehrten im Schutz der Häuser zurück zur Canal, wo wir gerade noch rechtzeitig eine Bahn erwischten.

Während wir am Reiterstandbild von Robert Lee vorbei um den Lee Circle ratterten, öffnete sich vor uns die St. Charles Avenue zu einem langen, breiten, grün-schwarzen Korridor moosbehangener Eichen, um die von der Abendsonne getönte Nebelschwaden waberten. In der hell erleuchteten Straßenbahn selbst war es kühl und trocken, die Scheiben von außen mit Regentropfen überzogen. Und die Welt kam einem einfach nur großartig und wunderschön vor.

Zurück in unserer Pension sahen wir uns einen Film im Fernsehen an, während der Maulbeerbaum vor den Verandatüren vom Regen und Wind durchgeschüttelt wurde. Ich achtete nicht weiter auf die Sirenen, die ich auf der Avenue hörte, auch nicht auf die Blaulichter, die auf der anderen Seite des Parkplatzes wütend die Dunkelheit zerschnitten.

Wir würden am kommenden Morgen mein Boot abholen, und mit etwas Glück wären wir gegen Mittag bereits irgendwo südlich von Terrebonne Bay, auf dem Heimweg nach New Iberia, und dabei würden die Schwimmer an unseren Angeln hinter uns im Kielwasser tanzen.

Mehrere Blitze zuckten über den Himmel, und ich legte mich mit einem Arm über den Augen aufs Bett zurück. Batist begann sich fürs Schlafengehen auszuziehen, dann ging er zur Verandatür, um den Vorhang zu schließen.

„Hey, Dave, da drüben vor dem kleinen Haus, wohin dieser Nigger gerannt ist, ist ein Krankenwagen und ein ganzer Haufen Polizisten", sagte er.

„Ich schlaf jetzt, Partner. Clete hat schon recht. New Orleans muss mit seinen Problemen allein zurechtkommen."

„Die tragen da einen raus."

„Erzähl mir das morgen früh noch mal. Gute Nacht."

Er antwortete nicht, und ich spürte, wie ich zum Prasseln des Regens gegen die Scheiben an den Rand des Schlafes trieb. Dann hörte ich noch, wie Batist die Lampe ausschaltete.

Es musste ungefähr eine Stunde später gewesen sein, als wir vom lauten Klopfen an der Tür geweckt wurden. Nein, falsch: es war kein Klopfen, es war ein unablässiges Eindreschen mit der Faust, so ein hässliches, penetrantes Geräusch, das nur jemand macht, für den die Störung unserer Nachtruhe lediglich ein kleiner Hinweis auf seine eigentlichen Absichten ist.

Ich stand in Unterwäsche auf, entriegelte das Schloss und öffnete die Tür einen Spaltbreit.

„Nehmen Sie die Sicherheitskette weg, Robicheaux."

„Was wollen Sie, Nate?"

„Wonach sieht das hier aus?" Er hielt mir einen Haftbefehl vor die Nase, die verchromte .357er Magnum lässig in der anderen Hand. Sein Gesicht war gezeichnet von Erschöpfung und verhaltenem Ärger, Regentropfen glitzerten auf seiner Haut. Hinter ihm standen drei uniformierte weiße Cops.

„Wozu? Wegen dem Ärger in *Calucci's Bar*?", fragte ich.

„Sie enttäuschen mich doch nie. Sagen Sie mir, dass Gestank und Scheiße nicht zusammengehören."

„Warum versuchen Sie nicht einfach mal, sich verständlich auszudrücken, Nate?"

„Wir haben gerade auf der anderen Straßenseite einen filetierten Nigger abtransportiert. Und jetzt raten Sie doch mal, wer ihn heute vor einem halben Dutzend Zeugen vermöbelt hat? Es ist toll, Sie wieder in der Stadt zu haben, Robicheaux. Ganz wie früher."

Er löste Handschellen von seinem Gürtel und ließ sie wie eine Taschenuhr von seinem Zeigefinger baumeln. Hinter mir saß Batist auf der Bettkante, die großen Hände ruhten auf seinen nackten Oberschenkeln. Sein Blick spiegelte das traurige und uralte Wissen seiner Rasse, das nur er allein sehen zu können schien.

3

Es gibt Leute, die benutzen aus politischen Gründen gern Begriffe wie *Country-Club-Gefängnisse.* Aber kein Knast, egal wo auf dieser Welt, ist ein Ort, an dem man sein will. Jeder, der was anderes behauptet, ist noch nie in einem gewesen.

Man muss sich eine Umgebung vorstellen, in der das Licht niemals erlischt, und man sich vor aller Augen auf einer Klosettbrille entleeren muss, die mit dem Urin anderer Menschen vollgespritzt ist, ein Ort, an dem man nie wirklich einschläft, wo man stets umgeben ist von Geräuschen wie dem Schlagen von Eisen auf Eisen, von irren Stimmen, die steinerne Korridore hinunterhallen, wo ein Wärter oder gereizter Schließer mit seinem Gummiknüppel gegen Stahlstangen schlägt, oder von den halb erstickten, gequälten Schreien eines achtzehnjährigen Frischlings, der unter der Dusche von einer ganzen Horde vergewaltigt wird.

Ein vielleicht noch schlimmeres Merkmal von Gefängnissen ist die Verweigerung jeglicher Identität, die man noch besessen hatte, bevor man eine Welt betrat, in der die Zeit gelegentlich in Fünf-Minuten-Intervalle unterteilt wird, die direkt Dantes neuntem Höllenkreis entlehnt zu sein scheinen. Hier lernt man sehr schnell, dass die absolute Missachtung deiner *Persönlichkeit* so bedeutungslos und gleichzeitig selbstverständlich ist wie routinemäßige Leibesvisitationen, das Einsprühen der Genitalien gegen Filzläuse, oder wenn ein Leitwolf in der Schlange vor der Essensausgabe dem Vorleger sagt, er solle in dein Essen spucken, bis du schließlich einsiehst, dass du nur noch eine Nummer bist.

Batist verbrachte die Nacht im Bau und wurde erst am nächsten Morgen offiziell einer Straftat beschuldigt. Ich saß auf einem Holzstuhl im Wartebereich neben einem Großraumbüro und einer Reihe verglaster Einzelbüros, von denen eines Nate Baxter gehörte. Durch eine Tür am hinteren Ende des Großraumbüros konnte ich die Arrestzellen sehen, wo Batist immer noch festgehalten wurde, obwohl er bereits erkennungsdienstlich behandelt worden war.

Ich hatte schon anderthalb Stunden gewartet, um Nate Baxter zu sprechen, da ging Sergeant Lucinda Bergeron an mir vorbei, sie trug eine dunkelblaue Hose, ein gestärktes weißes kurzärmeliges Hemd und einen gelackten schwarzen Waffengürtel mit Ledertasche für die Handschellen. Sie hielt ein Klemmbrett in der Hand, und falls sie mich registrierte, war das zumindest ihrem Gesicht nicht anzumerken.

„Entschuldigen Sie, Sergeant“, sagte ich.

Sie blieb stehen und sah mich schweigend an. Sie hatte markante, hohe Wangenknochen und türkisfarbene, mandelförmige Augen, wie eine Asiatin.

„Könnte ich kurz mit Ihnen reden?“, bat ich.

„Worum geht es?“

„Mein Name ist Dave Robicheaux. Sie haben bei Cletus Purcel für mich eine Nachricht hinterlassen.“

„Ja?“

„Ich war gestern hier und habe bei Sergeant Motley meine Aussage gemacht.“

Sie sah mich immer noch an. Ihr Gesicht war so regungslos, so ausdruckslos wie ein in die Luft gemaltes Bild.

„Ich war in *Calucci's Bar*", sagte ich. „Sie haben mich gebeten, herzukommen und eine offizielle Aussage zu machen."

„Ich habe Sie schon verstanden. Womit kann ich Ihnen helfen?", erwiderte sie.

„Ein Freund von mir sitzt da hinten im Loch. Der Schwarze, Batist Perry. Er ist bereits verwarnt worden."

„Und was wollen Sie von mir?"

„Wie wär's, wenn Sie dafür sorgen, dass er in eine anständige Zelle verlegt wird?"

„Da werden Sie mit dem diensthabenden Kollegen sprechen müssen."

„Das versuche ich ja bereits seit geraumer Zeit. Inzwischen ungefähr seit … anderthalb Stunden."

„Ich kann Ihnen nicht helfen, tut mir leid."

Sie ging zu ihrem Schreibtisch weiter, der im Großraumbüro stand, mitten unter denen der uniformierten Beamten statt in einem eigenen, abgeschlossenen Büro.

Zehn Minuten später trat Baxter aus seiner Tür, vertieft in irgendwelche Papiere in seiner Hand, dann warf er einen Blick in meine Richtung und winkte mich mit einem Finger zu sich.

Während ich mich vor seinen Schreibtisch setzte, klopfte er seine Zigarette in einem Aschenbecher ab und konzentrierte sich weiter auf die Unterlagen auf seinem Tisch. Er wirkte ausgeruht und frisch, trug ein himmelblaues

Sakko und darunter ein zerknittertes Hemd in der Farbe von Blech.

„Sie beschuldigen Batist also wirklich des Mordes?“, fragte ich.

„Diese Entscheidung kommt aus dem Büro der Staatsanwaltschaft, Robicheaux. Das wissen Sie doch.“

„Der Mann ist in seinem ganzen Leben noch nie mit dem Gesetz in Konflikt geraten. Nicht mal wegen irgendeiner Bagatelle. Was ist los mit Ihnen?“

„Nun ja, jetzt steckt er jedenfalls in Schwierigkeiten. Und zwar in ganz gewaltigen.“ Er beugte sich vor und klopfte wieder Asche in den Aschenbecher, fixierte mich dabei mit hochgezogenen Augenbrauen.

„Ich denke nicht, dass Sie einen fundierten Fall haben, Nate. Vielmehr glaube ich, das alles ist nur heiße Luft.“

„Seine Abdrücke befinden sich auf der Haustür des Opfers.“

„Unmöglich.“

„Na, erzählen Sie das mal unserem Experten von der Spurensicherung. Sieht das hier für Sie wie heiße Luft aus?“ Er zog ein halbes Dutzend großformatige Hochglanzfotos aus der Schreibtischschublade und knallte sie mir vor die Nase. „Sie haben noch nie so viel Blut an einem Tatort gesehen! Werfen Sie mal einen Blick auf die Verletzung im Brustbereich. Hatte Ihr Freund mal was mit Voodoo zu tun?“

„Sie benutzen die Ermittlungen in einem Mordfall, um eine alte Rechnung zu begleichen, Nate. Und erzählen Sie mir jetzt nicht, es wäre anders.“

„Ist das Licht hier drinnen so schlecht? Das muss wohl das Problem sein. Der Mörder hat dem Burschen hier das Herz rausgeschnitten. Aber das hat ihm noch nicht gereicht. In den dabei entstandenen Hohlraum hat er rote Rosen gestopft."

„Worauf wollen Sie hinaus?"

„Ihr Freund trägt einen Dime an einem Band um den Knöchel", sagte Baxter. „In der Jackentasche trägt er einen getrockneten Alligatorfuß mit sich herum. In seinem Koffer haben wir Knochen gefunden. Die Tat weist die typischen Merkmale eines Ritualmordes auf. Wären Sie an meiner Stelle, wer wäre denn *Ihr* Hauptverdächtiger? Könnte es vielleicht sein, dass es ein abergläubischer Schwarzer aus der tiefsten Provinz wäre, der das Opfer bereits zu einem früheren Zeitpunkt am Tag des Mordes tätlich angegriffen, bedroht und dann auch noch seine Fingerabdrücke am Tatort hinterlassen hat? Nein, sagen Sie nichts. Gehen Sie einfach und denken Sie irgendwo in Ruhe drüber nach, und dann schicken Sie mir bei Gelegenheit eine Karte."

„Ich will ihn sehen."

„Nur zu. Bitte. Ach, übrigens, ich habe gesehen, wie Sie von der schwarzen Tusse abserviert worden sind. Falls Sie sich intensiver mit ihr einlassen wollen, ich hab gehört, sie will eine Schule für Anmut und Liebreiz eröffnen. Immer locker bleiben, Robicheaux. Sie haben mich bisher noch nie überrascht", sagte er.

* * *

Während ich noch mit Nate Baxter redete, hatte Batist bereits eine Handfessel verpasst bekommen und war zum morgendlichen Termin vor dem Haftrichter abgeführt worden. Als ich im Gerichtssaal eintraf, versuchte der Pflichtverteidiger, der kaum älter als fünfundzwanzig zu sein schien, den Richter zu überreden, eine vernünftige Kaution festzusetzen. Er ging in seinem Plädoyer methodisch, ja sogar wortgewandt vor und meinte es offensichtlich ernst. Er wies darauf hin, dass Batist nicht vorbestraft war und seit vielen Jahren bei einem Bootsverleih arbeitete, der einem Polizeibeamten aus dem Iberia Parish gehörte, dass er bereits sein Leben lang in einer kleinen Gemeinde wohnte, und bei ihm kaum Fluchtgefahr bestünde.

Aber Richter James T. Flowers war ein cholerischer und verkrampfter, trockener Alkoholiker, der nur deshalb ohne ein Programm nicht rückfällig wurde, weil er seine inneren Qualen auf die Leben anderer umlenkte. Seine Verfahrensweisen und Urteile hielten ein halbes Dutzend Bürgerrechtsanwälte der ACLU das ganze Jahr über beschäftigt.

Er sah auf die Uhr und wartete, dass der Pflichtverteidiger zu einem Ende kam, dann sagte er: „In der Hölle ist es heiß, junger Freund. Vielleicht wird's langsam Zeit, dass einige Ihrer Mandanten das mal lernen. Die Kaution wird auf fünfzigtausend Dollar festgesetzt. Der nächste Fall."

Sergeant Motley arrangierte es, dass ich eine Stunde später in einem Vernehmungszimmer mit Batist reden konnte. Der Raum war schmutzig weiß gestrichen und fensterlos, es roch intensiv nach kaltem Zigarettenqualm. Batist saß mir an dem Holztisch gegenüber und rieb sich pausenlos die Hände. Die Narben auf den Handrücken sahen aus wie winzige rosafarbene Würmer. Sein Gesicht war unrasiert und aufgedunsen nach zu wenig Schlaf, die Augenwinkel rot von geplatzter Äderchen.

„Wie geht's jetzt weiter, Dave?"

„Ich werde als Erstes einen Kautionsvermittler anrufen, anschließend kümmern wir uns um einen Anwalt. Wir müssen nur immer einen Schritt nach dem anderen machen."

„Dave, der Richter hat was von fünfzigtausend Dollar gesagt."

„Ich hole dich hier raus, Partner. Du musst mir einfach nur vertrauen."

„Warum tun die das? Was haben die davon? Ich hatte noch nie Ärger mit dem Gesetz. Ich kannte diesen Typen ja nicht mal."

„Ein schlechter Cop da draußen hat einen Hass auf mich wegen ein paar Geschichten, die vor sehr langer Zeit passiert sind. Früher oder später wird das wahrscheinlich auch irgendwer in der Staatsanwaltschaft herausfinden. Aber bis es so weit ist, haben wir ein echtes Problem, Batist. Sie sagen, deine Fingerabdrücke wären auf der Tür von diesem Häuschen auf der anderen Straßenseite."

Ich sah ihm in die Augen. Er senkte den Blick auf den Tisch, öffnete und schloss seine Hände. Seine Knöchel zeichneten sich rund und hart wie Kugellager unter seiner Haut ab.

„Sag's mir", sagte ich.

„Nachdem du weg warst, also, nachdem ich diesem

Mann was aufs Maul gegeben hatte, da hab ich diese Kids durchs Fenster gesehen, wie sie schon wieder vor seiner Bude herumlungerten. Als ich die Poo-lizei anrufe, wollen die von mir wissen, was er getan hat. Ich sag, der verkauft Dope an Kinder, das hat er getan. Sie fragen, ob ich's mit eigenen Augen gesehen hätte, ob ich gesehen hätte, wie er Geld angenommen hat, ob ich gesehen hätte, wie sich einer eine Crackpfeife oder irgendwas anzündet. Ich sag, nein, *das* hab ich nicht gesehen, aber muss man denn sehen, wie ein Waschbär auf einen Baum klettert, um zu wissen, dass Waschbären auf Bäume klettern?

Also hab ich weiter vom Fenster aus die Bude von dem Nigger im Auge behalten. Nach 'ner Weile kommt er mit zwei Frauen raus, und ich sprech hier von Frauen, die zu Männern mit nach Hause gehen, und sie steigen mit den Kids ins Auto und fahren um den Block. Als sie zurückkommen, fallen die Kids aufs Gras. Ich ruf also wieder die Poo-lizei an, und die fragen, was für ein Verbrechen ich beobachtet habe. Ich sag, ein Verbrechen hab ich nicht beobachtet, solange es in New Orleans okay ist, wenn ein Lude und seine Nutten Kinder mit Drogen vollpumpen.

Also, ich hab da erst mit einem weißen Poo-lizisten geredet. Dann hat er mir einen Schwarzen ans Telefon geholt, als ob nur ein anderer Schwarzer schlau draus wird, was ich rede. Dieser schwarze Poo-lizist sagt mir dann, ich soll aufs Revier kommen und Anzeige erstatten, dann würd er der Sache nachgehn. Ich sag ihm, er soll sich den Nigger anschauen, nachdem ich ihm meinen Stiefel in seinen mageren Arsch gerammt hab."

„Du bist dann drüben gewesen?"

„Ja, aber nur ganz kurz, mehr nicht. Er war nicht zu Hause. Ich war nie bei ihm drinnen. Vielleicht ist er durch die Hintertür raus. Warum siehst du mich so an, Dave?"

Ich stützte mein Kinn auf der Faust ab und hoffte, dass er nicht in meinem Gesicht lesen konnte.

„Dave?"

„Ich ruf jetzt einen Kautionsvermittler an. In der Zwischenzeit redest du mit niemandem mehr über diese Geschichte. Nicht mit den Cops, mit keinem der anderen Typen im Knast. Hier hast du's mit Jungs zu tun, die im Zeugenstand lügen werden, wenn sie dafür selbst schneller rauskommen."

„Wie meinst du das?"

„Die werden versuchen, irgendwas über dich in Erfahrung zu bringen, genug jedenfalls, um gegen dich auszusagen. Und dann machen sie einen Deal mit dem Staatsanwalt."

„Das geht?", fragte er. „Aus dem Gefängnis freikommen, indem sie einen anderen in den Knast schicken?"

„Ich fürchte, es läuft genau so, Partner."

Der Schließer kam herein und berührte Batist an der Schulter. Batist starrte mich einen Moment stumm an, dann erhob er sich von seinem Stuhl und ging aus dem Raum auf einen gelben Aufzug mit vergitterter Tür zu, der ihn nach oben in einen Zellentrakt bringen würde. Seine Handflächen hatten Schweißkringel auf der Tischplatte hinterlassen.

Es würde einen ganzen Batzen kosten, erheblich mehr, als ich mir momentan leisten konnte. Ich hatte dreitausendzweihundert Dollar auf einem Geschäftskonto, wovon der größte Teil die Rücklage für die vierteljährlichen Steuerzahlungen meines Bootsverleihs und Anglerbedarf-Unternehmens war, weitere vierhundertachtunddreißig auf einem Konto, das ich für laufende Betriebsausgaben nutzte, und dann noch mal einhundertdreizehn Dollar auf meinem privaten Girokonto.

Ich kehrte in die Pension zurück, und rief jeden Kautionsvermittler an, den ich in New Orleans kannte. Der beste Deal, den ich bekommen konnte, war ein einwöchiger Zahlungsaufschub für die fünfzigtausend Dollar Kautionsgebühr. Ich sagte dem Kautionsvermittler, ich würde mich eine halbe Stunde später mit ihm treffen.

Ich fing noch nicht mal an, auch nur darüber nachzudenken, wie viel ein anständiger Verteidiger in einem Mordfall kosten würde.

Herzlich willkommen auf der anderen Seite der Gleichung im amerikanischen Strafrechtssystem!

Unser Zimmer war immer noch ziemlich unaufgeräumt, nachdem es von Nate Baxter und seinen Leuten auf den Kopf gestellt worden war. Der Inhalt von Batists Pappkoffer war auf dem Bett ausgekippt worden, und die Hälfte seiner Kleidung lag über den Boden verteilt. Ich hob alles auf, faltete es und räumte es zurück in den Koffer. Unter einem seiner zerknitterten Hemden fand ich den Schädelknochen von einem riesigen Katzenfisch. Der Struktur nach zu urteilen war der Knochen alt, ein glänzendes Grau, gesprenkelt mit teefarbenen Flecken und immer wieder mit einem Lappen poliert.

Ich erinnerte mich noch gut, wie Batist genau diesen Katzenwels drei Jahre zuvor gefangen hatte, an einem brütendheißen Sommertag draußen auf dem Atchafalaya River, mit Wurfleine und Dreifachhaken, auf den er die Gedärme einer Wasserratte gespießt hatte. Der Fisch hatte an die fünfunddreißig Pfund gewogen, und als Batist die Wurfleine um seinen Unterarm wickelte, schnitt sie wie eine Aderpresse tief in seine Venen, und er musste dem Fisch zuerst einen Schlag mit einem Knüppel auf die Wirbelsäule verpassen, um ihn über den Rand des Bootes zu bekommen. Nachdem er dem Tier einen Eispickel ins Gehirn gerammt und ihn aufs Deck genagelt hatte, häutete er den Fisch und zerlegte ihn zu Steaks, trennte den Kopf vom Rumpf und legte ihn unter einem Holzscheit in einen Ameisenhaufen. Die Ameisen stürzten sich auf das eingeklemmte Fleisch und fraßen die Knochen blank und die Augenhöhlen leer. Wenn man jetzt den Schädel senkrecht vor sich hielt, sah er von vorne aus wie ein gekreuzigter Mann. Drehte man ihn um, ähnelte er einem Kirchenmann im Ornat, der den Gläubigen seinen Segen gibt. Schüttelte man den Fischschädel, konnte man in ihm Knochenstückchen klappern hören. Batist sagte, das wären die dreißig Silberlinge, die Judas für den Verrat an Christus erhalten hatte.

Mit Voodoo hatte das alles nichts zu tun, dafür aber umso mehr mit akadischem Katholizismus.

Bevor ich die Pension in Richtung Gefängnis verließ, rief ich Hippo Bimstine in einem seiner Drugstores an.

„Wie scharf bist du auf dieses Nazi-U-Boot, Hippo?“, fragte ich.

„Steht nicht unbedingt ganz oben auf meiner Prioritätenliste.“

„Wie wär's mit einem Finderlohn von fünfundzwanzig Riesen?“

„Herr im Himmel, Dave, neulich hab ich auf meine Frage doch nur einen Gähner bekommen.“

„Und? Was sagst du, Partner?“

„Da ist doch was faul.“

„Ach?“

„Du hast es gefunden, stimmt's?“

Ich antwortete nicht.

„Du hast es gefunden, aber es liegt jetzt nicht mehr an der gleichen Stelle?“, mutmaßte er.

„Du bist ein reicher Mann, Hippo. Willst du das U-Boot oder willst du's nicht?“

„Hey, findest du das richtig?“, fragte er. „Ich sag dir, worum es geht, du findest es und kommst mir jetzt mit einem höheren Finderlohn? Ist das deine Art?“

„Vielleicht findest du ja jemanden, der billiger ist. Du weißt schon, ein paar Jungs, die bereit sind, runter in die Finsternis zu tauchen und da auf einer Menge Eisen und ineinander verschlungener Kabel herumzutanzen.“

„Steck doch meinen Pimmel in einen Schraubstock. Warum machst du das nicht einfach?“

„Ich muss los. Was sagst du?“

„Fünfzehn.“

„Nee.“

„Hey, New Orleans ist wirtschaftlich am Boden. Ich werde hier geschröpft. Weißt du eigentlich, was es mich gekostet hat, mir diesen – du weißt schon – vom Hals zu schaffen, als er drauf und dran war, unser nächster Gouverneur zu werden? Und jetzt verpassen mir meine Freunde einen Einlauf."

(Hippo hatte ein kleines Vermögen ausgegeben, um die politische Karriere eines ehemaligen Klan-Mitglieds zu zerstören, der sowohl für das Amt des Gouverneurs als auch für den US-Senat kandidiert hatte. Mein Lieblingszitat von Hippo war während des Gouverneur-Wahlkampfes im *Time Magazine* erschienen; er sagte über den ehemaligen Klan-Mann: „*Soundso* mag uns Juden so gar nicht. Achtet drauf, wie er das sieht, wenn ich mit ihm fertig bin!")

„Ich werde dir auch keine Spesen in Rechnung stellen", sagte ich.

„Ich sterbe hier. Verblute direkt hier auf dem Boden. Das ist mein Ernst. Kein Mensch glaubt mir. Dave, nimmst du auch Lebensmittelmarken?"

Hippo, du bist ein Schatz, dachte ich.

* * *

Batist und ich holten mein Boot ab und verließen am nächsten Morgen um drei den Hafen. Es wehte ein leichter Wind, gewürzt mit Nieselregen, und man konnte deutlich die Salzgischt riechen, die sich am Bug brach. Das Wasser war dunkel wie Burgunder, der Wellengang am Rande der Dünung schimmerte elektrisch im Mondschein, die Marsch im Norden lag grün und grau und mythisch im Nebel. Im Südosten sah ich flackernde Gasfackeln auf Offshore-Bohrinseln. Dann legte sich der Wind, der Himmel nahm die Farbe von Knochen an, und ich sah, wie sich ein rotes Glühen aus dem Wasser in die Wolken hinein auszubreiten schien.

Es war gänzlich hell, als ich die Maschine abstellte und das Boot über der Stelle trieb, an der ich drei Tage zuvor in die Dunkelheit und zu den Geräuschen von schleifendem Metall hinabgetaucht war. Batist stand am Bug und ließ das Ankerseil durch seine Hände gleiten, bis es den Grund erreichte und schlaff wurde. Dann verzurrte er es an einer Klampe.

Das Wasser war rauchig grün, Köderfische schossen durch die Dünung, und wegen der hohen Feuchtigkeit war es recht diesig. Ich hatte mir aus verstärktem Fensterglas, das ich in eine wasserdicht gemachte Holzkiste einsetzte, einen Betrachter gebaut, und den hob ich jetzt an seinen Handgriffen über die Reling und drückte das Ding unter Wasser. Luftblasen trieben über das Glas, flachten ab und verschwanden schließlich, und plötzlich konnte ich im gelbgrünen Licht Schwärme von Bachsaiblingen sehen, die an dahinschießende silberne Bänder erinnerten, Süßwassertrommler, so rund und flach wie Bratpfannen, ein halbes Dutzend Stachelrochen, deren große Brustflossen sich wellenförmig und so geschmeidig bewegten, als würden sie auf warmen Luftströmungen gleiten, und weiter unten, wo das Licht sich in einem Schlickwirbel zu sammeln schien, die torpedoförmigen Umrisse von

Sandtigerhaien, die ohne ein erkennbares Muster in unberechenbaren Kreisen durchs Wasser jagten.

Batist sah über meine Schulter durch die Kiste nach unten. Ich spürte seine aufmerksam musternden Blicke, als ich Druckluftflaschen und Bleigurt anlegte.

„Ich hab dabei kein gutes Gefühl, Dave", sagte er.

„Mach dir mal keine Sorgen, Partner."

„Ich will nicht, dass du als Mittagessen für die Haie endest, auf gar keinen Fall."

„Das sind Sandtigerhaie, Batist. Die sind doch harmlos."

„Sag mir, dass das da hinten auch harmlos ist." Er deutete an der Kajüte vorbei nach Südwesten.

Es war eine Wasserhose, die sich aus einer Gewitterwolke gelöst hatte und sich jetzt wie ein gigantischer, rotierender Kegel aus Licht und Wasser auf die Küste zubewegte. Falls sie auf Land traf, wozu es jedoch höchstwahrscheinlich nicht kam, würde sie schlagartig Matsch, abgestorbene Vegetation und entwurzelte Bäume mit sich reißen und dabei so schwarz werden wie ein Tornado im Mittleren Westen, der über ein frisch gepflügtes Feld fegt.

„Behalt sie im Auge und schmeiß sofort die Maschine an, falls sie den Kurs ändert", sagte ich.

„Sieh einfach von da unten mal hoch, und wenn du Sprit und Rettungswesten und 'ne Menge Bretter rumtreiben siehst, und wie ich Richtung Grand Isle schwimme, dann bedeutet das, sie hat sich's geschenkt, mir zu verraten, dass sie jeden Moment den Kurs wechseln wird."

Ich stieg über die Reling, schwamm zum Ankerseil und begann, mich daran entlang abwärts zu hangeln. Ich spürte, wie ich durch drei verschiedene Temperaturschichten glitt, jede kälter als die davor. Als dann ein Schwarm Schnapper an mir vorbeirauschte und fast gegen meine Maske rempelte, spürte ich vom Scheitel bis zu den Sohlen eine gleichförmige Kälte in meinen Körper einsickern. Wolken aus grauem Schlick schienen über den Grund des Golfs zu wabern, wie es auch bei Sturm vorkommt. Der Druck auf mein Trommelfell nahm langsam zu, was ein leicht vibrierendes Geräusch zur Folge hatte, wie ein Draht, der gespannt wird, kurz vor dem Zerreißen. Dann hörte ich Eisen gegen Eisen schlagen, und ein Ächzen wie von einem großen Gewicht, das sich auf hart gepresstem Sand bewegt.

Ich umklammerte das Ankerseil mit einer Hand und ließ mich in der Strömung treiben. Dann sah ich es. Nur für einen kurzen Augenblick.

Es lag in einem leicht aufwärts führenden Winkel auf einer Schräge, fast bis zu den Decks in einer Sandbank vergraben und von einer Schlickschicht überzogen. Aber diese längliche, abgerundete, haiartige Form war nicht zu verwechseln. Es war ein U-Boot. Ich konnte die verbeulten Stahlflansche ausmachen, die oberhalb des Befehlsstands am Kommandoturm emporragten, und ich wusste, wenn ich das Moos und die Schicht aus Matsch und Muscheln von den Stahlplatten des Turms abkratzte, würde ich Spuren des Hakenkreuzes freilegen, das ich vor drei Jahrzehnten an genau diesem Kommandoturm gesehen hatte.

Dann bemerkte ich, dass das U-Boot leicht auf eine Seite geneigt lag, sah schmutzige Fäden von Öl, Schlick oder Kraftstoff in der Nähe der vorderen Torpedorohre aufsteigen, und ich begriff, dass vor so vielen Jahren irgendwo in einem Raum Luft eingeschlossen worden sein musste, vielleicht dort, wo eine Gruppe verängstigter Matrosen panisch eine Luke geschlossen und sich vorgemacht hatte, dass ihre Kameraden auf der anderen Seite des Schotts, deren Schädel wie Eierschalen zerborsten waren, sich für genau dieselbe Alternative entschieden hatten.

Ich spürte eine starke Zunahme der Strömung von irgendwo aus der Dunkelheit jenseits des Festlandsockels. Das Wasser trübte sich, und das U-Boot verschwand. Ich meinte, ein fernes Donnern zu hören, dann vibrierte das Ankerseil in meiner Hand, und als ich aufblickte, sah ich, wie die Schiffsschraube am Heck meines Boots das Wasser zum Brodeln brachte.

Als ich die Oberfläche erreichte, schlug mir der Wellengang hart gegen die Maske, und auf der Dünung waren die Kreise von Regentropfen zu sehen. Batist kam aus der Kajüte und zeigte nach Südosten. Ich schob die Maske hoch auf meine Stirn und sah hinter mich; drei weitere Wasserhosen hatten sich aus dem Himmel gelöst und wühlten jetzt das Meer auf, und weiter südlich türmten sich Gewitterwolken so schwarz wie der Rauch von brennendem Öl am Horizont.

Ich kletterte die Leiter hoch, legte meine Ausrüstung ab, befestigte das Ende einer Rolle Wäscheleine an einem Eisenstück, das irgendwann mal ein Schiebefenster gewesen war, und warf es über den Bootsrand, bis das Gewicht sich weit unten in den Grund bohrte. Dann schnitt ich die Leine direkt an der Rolle ab und zog dieses Ende durch die

Handgriffe dreier versiegelter alter Clorox-Flaschen, die ich als Bojen benutzte. Der Regen war inzwischen stark abgekühlt und tanzte in einem grünlichen Dunst auf der Dünung. Es roch intensiv nach Ozon und toten Köderfischen, die sich auf den Wellen sammelten. Gerade als ich die Clorox-Flaschen über Bord werfen wollte, hörte ich hinter mir das Rotorengeräusch eines dicht über dem Wasser fliegenden Hubschraubers.

Er flog an uns vorbei, walkte und kräuselte mit seinem Abwind das Wasser unter sich, und ich sah einen einzelnen Passagier, einen blonden Mann mit Pilotenbrille, der sich auf seinem Sitz drehte und mich anstarrte. Dann kreiste der Hubschrauber und blieb keine vierzig Meter südlich von uns über dem Wasser stehen.

„Was machen die?“, fragte Batist.

„Keine Ahnung.“

„Lass uns verschwinden, Dave. Wir sollten nicht länger hier draußen bei den Hosen bleiben.“

„Du sagst es, Partner.“

Dann gewann der Hubschrauber an Höhe, stieg auf vielleicht hundertfünfzig, zweihundert Meter direkt über uns, hoch genug, dass sie den Küstenverlauf sehen und unsere Position genau verorten konnten.

Ich ließ die Clorox-Bojen an Deck und zog das Gewicht vom Meeresgrund wieder hoch. Wir konnten an diese Stelle zurückkehren und würden das U-Boot höchstwahrscheinlich mit Hilfe meines Echolots, auch „Fischfinder“ genannt, wiederfinden, ein Wunderwerk der Elektronik, das ein exaktes Profil des Golfbodens liefern konnte. Der

Südhimmel hatte sich inzwischen komplett schwarz zugezogen, Blitze zuckten über den Horizont, und ich hatte das Gefühl, dass das Nazi-U-Boot unter uns im Begriff war, wieder in See zu stechen.

4

Wir wohnten südlich von New Iberia an einer von Eichen gesäumten, unbefestigten Straße direkt neben dem Bayou in einem Haus, das mein Vater während der Weltwirtschaftskrise aus gezapften und gedübelten Zypressen ohne einen einzigen Nagel selbst gebaut hatte. Der Rasen neben und vor dem Haus war mit einer dicken Schicht schwarzer Blätter bedeckt und blieb im tiefen Schatten der Pecanbäume und Eichen, die über das Dachgesims des Hauses aufragten. Vom Balkon, der über ein rostiges Blechdach verfügte, konnte man den Hang hinunter und über den Feldweg bis zu dem Steg meines Bootsverleihs und dem Angelladen sehen. Auf der anderen Seite des Bayou befand sich ein dichter Saum aus Weiden, und hinter diesen eine Marsch voller vermooster, abgestorbener Zypressen, deren Spitzen sich so rosa färbten wie frisch aufgeblühte Rosen, sobald die frühe Morgensonne durch den Nebel brach.

An dem Morgen, nachdem wir das Boot aus New Orleans zurückgebracht hatten, schlief ich ziemlich lange. Dann machte ich mir Kaffee, heiße Milch und eine Schale Grape-Nuts mit Brombeeren, und brachte alles zusammen auf einem Tablett hinaus zu dem Redwood-Picknicktisch unter der Silberakazie im Garten hinter dem Haus. Später folgte Bootsie mit einem Glas Eistee durch die Fliegengittertür; ihr Gesicht wirkte frisch und kühl in der sanft wehenden Brise. Sie trug eine ärmellose weiße Bluse zu rosafarbenen Shorts, und ihr dichtes, honigfarbenes Haar, das sie hochgesteckt hatte, schimmerte im Licht der Sonne golden an den Spitzen.

„Hast du die Mitteilungen gesehen, die dieser Sergeant für dich hinterlassen hat?", fragte sie. „Ich hab sie an die Pinnwand geheftet."

„Ja, hab ich, danke."

„Was will sie?"

„Keine Ahnung. Hab sie noch nicht zurückgerufen."

„Sie schien dich unbedingt sprechen zu wollen."

„Sie heißt Lucinda Bergeron. Ich vermute, sie wird wahrscheinlich von Gewissensbissen geplagt."

„Bitte?"

„Ich habe versucht, ihr zu helfen, weil sie Ärger wegen einer angeblichen Befehlsverweigerung hat. Als ich sie dann bat, Batist einen kleinen Gefallen zu tun, hat sie mir mehr oder weniger deutlich zu verstehen gegeben, ich könne ihr den Buckel runterrutschen."

„Vielleicht ist es ja nur ein Missverständnis."

„Das glaube ich nicht. Wo ist Alafair?"

„Unten am Anleger bei Batist." Sie trank einen Schluck Eistee und sah zu dem Ententeich am anderen Ende unseres Grundstücks. Sie schwenkte das Eis auf dem Boden des Glases und starrte hinein. Dann fragte sie: „Dave, werden wir seinen Anwalt bezahlen?"

„Wenn wir das nicht tun, müssten wir ihn sein Glück mit einem vom Gericht ernannten Pflichtverteidiger versuchen lassen. Vielleicht bekommt er einen guten. Andernfalls kann er aber im Angola landen."

Bootsie berührte ihren Haaransatz mit den Fingerspitzen und versuchte dabei ihr Gesicht völlig ausdruckslos zu halten.

„Wie viel wird das kosten?“, fragte sie.

„Zehn bis zwanzig Riesen. Vielleicht auch deutlich mehr.“

Sie bekam große Augen und holte tief Luft, und ich sah, wie ihre Wangen die Farbe verloren.

„Dave, damit verschulden wir uns über Jahre“, sagte sie.

„Ich weiß nicht, was ich dagegen tun könnte. Nate Baxter hat Batist ins Visier genommen, weil er weder an mich noch an Clete rankam. Batist kann nichts dafür.“

Die Brise strich durch die Akazie, und ihr Schatten sah aus wie eine Spitze, die sich über Bootsies Gesicht kräuselte. Ich sah, wie sie versuchte, ihre Verärgerung zu verbergen, die in ihre Augen getreten war.

„Es gibt keinen anderen Ausweg, Boots. Der Mann hat nichts getan, womit er das verdient hätte. Wir müssen ihm helfen.“

„Alles hat mit Clete Purcel angefangen. Er genießt das. Für ihn ist das ein Lebensstil. Wann wirst du das endlich kapieren, Dave?“

Dann kehrte sie ins Haus zurück und ließ die Fliegentür hinter sich zuknallen.

* * *

Ich spritzte am Anleger mit dem Schlauch ein paar Boote ab, räumte, nachdem die Mittagsgäste gegangen waren, die Tische ab, die wir aus alten Kabeltrommeln gebaut hatten, und gab schließlich nach und rief vom Telefon im Anglerladen aus Lucinda Bergeron zurück. Man sagte mir, sie habe sich für den Tag krankgemeldet und sei nach Hause gegangen. Ich schenkte es mir, meinen Namen zu hinterlassen. Dann rief ich drei auf Strafrecht spezialisierte Anwälte in Lafayette und zwei in New Orleans an. Ihre Honorarsätze lagen irgendwo zwischen achtzig und einhundertfünfzig Dollar die Stunde, ohne Garantie für irgendwas.

„Mit dir alles okay, Dave?", fragte Alafair besorgt. Sie saß auf einem hohen Hocker hinter der Kasse, die Kappe mit dem Logo der *Houston Astros* schräg auf dem Kopf, die roten Tennisschuhe über dem Boden baumelnd. Ihre Haut war dunkelbraun, ihr schwarzes indianisches Haar schimmerte im Licht wie die Flügel eines Raben.

„Alles bestens, Kleine", sagte ich. Durch die Fenster mit ihren Fliegengittern sah die Sonne aus wie eine flackernde gelbe Flamme über dem Bayou. Mit einem feuchten Geschirrtuch wischte ich mir den Schweiß vom Gesicht und warf es danach in eine Ecke.

„Machst du dir Sorgen wegen Geld, oder so?"

„Geht auch wieder vorbei. Komm, wir essen 'ne Teigtasche, Alf."

„Batist steckt in irgendwelchen Schwierigkeiten, Dave, stimmt's?"

„Ein bisschen. Aber wir holen ihn da wieder raus."

Ich zwinkerte ihr zu, doch die düstere Wolke verschwand nicht aus ihrem Gesicht. Es war sieben Jahre her, seit ich sie aus dem gesunkenen Wrack eines abgestürzten Flugzeugs voller illegaler Flüchtlinge aus El Salvador gezogen hatte. Sie hatte ihre eigene Sprache verlernt (obwohl sie die meisten Worte auf Cajun verstand, ohne dass man es ihr beigebracht hätte), und sie hatte auch keine Albträume mehr von dem Tag, als Soldaten in ihr Dorf kamen und vor dem Krankenhaus mit Macheten und einer schwangeren Frau einen drastischen Anschauungsunterricht veranstalteten. Sobald sie jedoch in unserem Haushalt ein Problem oder irgendeine Dissonanz spürte, trat sofort ein besorgter Ausdruck in ihre braunen Augen, die sich dann auf irgendeine dunkle Sorge in ihrem Herzen zu richten schienen. Fast als würde sie gleich ein schreckliches Bild noch einmal erleben müssen, das geduldig darauf gewartet hatte, erneut zum Leben erweckt zu werden.

„Du musst mir vertrauen, wenn ich dir sage, du sollst dir nicht immer so viele Sorgen machen, Squanto“, sagte ich.

Da überraschte sie mich.

„Dave, findest du wirklich, dass du all diese Babynamen für mich benutzen solltest? Ich bin zwölf Jahre alt.“

„Tut mir leid, Alf.“

„Schon okay. Es ist nur, manche Leute könnten das nicht verstehen. Sie könnten das doof finden oder denken, du behandelst mich wie ein kleines Kind, oder so.“

„Okay, ich mach's nicht mehr. Gut?“

„Mach dir keinen Kopf. Ich dachte nur, ich sollte es dir sagen.“

„In Ordnung, Alf. Danke, dass du es mir gesagt hast.“

Sie hämmerte auf den Tasten der Registrierkasse herum und pustete ihren Pony aus der Stirn. Dann sah ich, wie ihr

Blick an mir vorbei wanderte und sich auf etwas auf dem Bootsanleger konzentrierte.

„Dave, da draußen ist eine schwarze Frau mit einem Benzinkanister. Und sie hat eine Pistole hinten in der Hosentasche."

Ich drehte mich um und blickte in den Schatten unter dem Sonnensegel, das den Anleger überspannte. Es war Lucinda Bergeron in einer verwaschenen Levi's, die sich kaum auf ihren schmalen Hüften hielt, Adidas Tennisschuhen und einem durchgeschwitzten weißen T-Shirt, darauf der Kopf von Mike the Tiger in Lila und Gold, dem Maskottchen der Louisiana State University. Die Dienstmarke hatte sie an den Bund ihrer Jeans geklemmt, aus ihrer Gesäßtasche ragte ein verchromter, stupsnasiger Revolver in einem Lederholster.

Ihr Gesicht war schweißbedeckt und grau, und sie rieb sich mit einer Hand über die Augen, bevor sie durch die Fliegentür hereinkam.

„Mit Ihnen alles okay?", fragte ich.

„Dürfte ich Ihre Toilette benutzen?", fragte sie.

„Klar, direkt rechts hinter den Kühltheken", antwortete ich und zeigte in den hinteren Teil des Ladens.

Einen Augenblick später hörte ich die Wasserspülung, dann kam sie wieder raus, atmete durch den Mund, hielt ein zusammengeknülltes nasses Papiertuch in einer Hand.

„Haben Sie auch Mundwasser oder Pfefferminzbonbons im Angebot?", fragte sie.

Ich legte eine Rolle *Life Savers* auf die Ladentheke. Dann öffnete ich eine Dose Coca-Cola und stellte sie vor ihr hin.

„Beruhigt den Magen", sagte ich.

„Ich muss was bei Ihnen klarstellen."

„Wieso?"

Sie trank einen Schluck von der Coke. Ihr Gesicht sah blass aus und ihre Augen hatten Schwierigkeiten, mich zu fokussieren.

„Sie halten mich für einen Schisser", sagte sie.

„Sie waren in einer schwierigen Situation."

„Aber für einen Schisser halten Sie mich trotzdem, richtig?"

„Ich weiß, dass Sie sich momentan nicht so besonders fühlen, trotzdem wäre ich Ihnen sehr verbunden, wenn Sie in Gegenwart meiner Tochter auf Ihre Ausdrucksweise achten."

„Verzeihung. Gibt es einen Grund, warum Sie meine Anrufe nicht beantworten?"

„Als ich zurückgerufen habe, waren Sie bereits weg. Hören Sie, Sergeant, ich weiß es wirklich zu schätzen, dass Sie hergekommen sind, besonders da Sie offensichtlich krank sind. Aber Sie schulden mir nichts."

„Haben Sie so beschlossen, ja?"

Ich atmete aus. „Was soll ich sagen? Ich beabsichtige nicht, mich mit Ihnen zu streiten."

„Verkaufen Sie Sprit? Ich bin hinten auf der Straße liegen geblieben. Meine Tankanzeige ist anscheinend kaputt." Sie stellte den Kanister mit einem Scheppern auf die Theke.

„Ja, am Ende des Anlegers gibt's eine Zapfsäule für die Boote."

„Ihr Freund, dieser Schwarze, Batist Perry, die hängen

ihm was an. Nate Baxter hat Ihnen Informationen vorenthalten."

„Alafair, wie wär's, wenn du Bootsie sagst, dass wir heute Abend zum Essen ins *Mulate's* gehen?"

Sie sah mich verärgert an, rutschte aber dennoch von dem Hocker, machte Tripod, ihren dreibeinigen Haustier-Waschbär, von seiner Kette neben der Tür los und ging mit ihm über den Anleger zum Haus hinauf, wobei sie mir über die Schulter noch einen Blick zuwarf.

„Dem Ermordeten wurde das Herz herausgeschnitten", sagte Lucinda Bergeron. „Genau wie bei drei weiteren Opfern während der letzten vier Monate. Sogar bei einem, der von einem Dach geworfen worden war. *Das* hat er Ihnen nicht erzählt, oder?"

„Nein, hat er nicht."

„Die Presse weiß auch nichts davon. Die Stadt versucht, den Deckel draufzuhalten, um die Touristen nicht aus der Stadt zu vergraulen. Baxter glaubt, dass irgendwelche Satanisten dafür verantwortlich sind. Ihr Freund hatte einfach das Pech, mitten in eine laufende Ermittlung zu stolpern."

„Satanisten?"

„Das schlucken Sie nicht?"

„Am Ende stellen die sich dann immer als durchgeknallte Vollpfosten heraus, die in rechtsorientierten religiös-fundamentalistischen Fernsehshows landen. Vielleicht ist alles ja nur ein Zufall."

„Ich an Ihrer Stelle würde anfangen, Beweise zu sammeln, dass mein Freund nicht mal in der Nähe von New Orleans war, als die anderen Morde begangen wurden. Ich muss mich kurz setzen. Ich glaube, mir wird schon wieder schlecht."

Ich verließ meinen Platz hinter der Theke, ging zu ihr und führte sie zu einem Stuhl an einem Tisch. Ihr Rücken fühlte sich unter meiner Hand hart wie Eisen an. Sie nahm den Revolver aus der Gesäßtasche, ließ ihn auf den Tisch fallen, stützte die Unterarme auf den Oberschenkeln ab und beugte sich weit vor. Ihr dichtes Haar war an den Spitzen ausgeblichen, auf ihrem Hals glänzte ein feiner Schweißfilm. Zwei weiße Angler, die ich nicht kannte, traten durch die Tür, machten dann kehrt und gingen wieder hinaus.

„Bin gleich bei euch", rief ich ihnen durch die Fliegentür nach.

„Den Teufel wirst du", hörte ich einen von ihnen sagen, während sie zu ihren Autos gingen.

„Ich fahre Sie zurück nach New Orleans. Sie haben sich anscheinend eine üble Magen-Darm-Grippe gefangen", sagte ich zu Lucinda.

„Machen Sie mir einfach den Benzinkanister voll. Ich bin gleich wieder auf dem Dampfer." Sie zog einen zerknitterten Fünf-Dollar-Schein aus ihrer Levi's und legte ihn auf den Tisch.

„Ich muss sowieso noch mal zurück und meinen Truck holen. Der steht auf einem Kai unten in der Barataria Bay. Streiten wir uns nicht drum."

Aber sie war ohnehin nicht in der Verfassung, sich über irgendwas zu streiten. Ihr Atem roch intensiv nach Galle, ihre mandelförmigen, türkisfarbenen Augen waren wässrig und stumpf, das weiße T-Shirt klebte auf ihrer schwarzen

Haut. Als ich ihr auf die Schulter klopfte, fühlten sich ihre Knochen unter dem dünnen Stoff an wie ein Drahtkleiderbügel. Ich konnte nur vermuten, wie es für sie auf der Polizeiakademie des NOPD gewesen sein musste, wenn ein klotzköpfiger weißer Ausbilder beschloss, ihr mehr Druck zu machen.

Ich ging mit dem Kanister runter zu ihrem Toyota, bekam die Kiste zum Laufen, tankte am Anleger voll und fuhr sie dann nach New Orleans. Sie wohnte in einer Seitenstraße der Magazine Street, in einem eingeschossigen weißen Holzhaus mit grünem Dach, einem kleinen Garten und einem Balkon voller Topfpflanzen, der mit Trompetenblumen überwuchert war. Direkt um die Ecke an der Magazine befand sich eine zweigeschossige Kneipe mit einer Kolonnade, in den Fenstern Neonreklame für *Dixie Beer*. Die Musikbox plärrte durch die offen stehende Tür nach draußen.

„Ich sollte Sie zur Werft rausfahren", sagte sie.

„Ich nehm mir ein Taxi."

Sie sah, wie mein Blick die Straße hinauf und hinunter wanderte und an der Kreuzung hängen blieb.

„Kennen Sie dieses Viertel?"

„Klar. Als Streifenpolizist war das hier mein Revier. Vor zig Jahren war die Kneipe an der Ecke ein Stundenhotel."

„Ja, ich weiß. Mein Tantchen ist dort anschaffen gegangen. Heute ist es ein Fixertreff", sagte sie und ging ins Haus, um mir ein Taxi zu rufen.

Weiter so, Robicheaux, dachte ich.

* * *

Es war bereits spät am Abend, als ich endlich meinen Truck unten in Barataria abholte und zurück in die Stadt fuhr. Ich rief Clete in seiner Wohnung im Quarter an.

„Hey, mein Freund", sagte er. „Ich hab heute Nachmittag bei dir zu Hause angerufen."

„Was gibt's?"

„Ach, hat wahrscheinlich nichts zu bedeuten. Und was machst du schon wieder hier im Big Sleazy, Mann?"

„Ich brauche Hilfe wegen dieser Selbstjustiz-Morde. Vom NOPD werde ich die nicht bekommen."

„Vergiss diesen Selbstjustiz-Krempel, Dave. Ist sowieso alles nur Blödsinn, glaub mir."

„Hast du was von ein paar Typen gehört, denen das Herz rausgeschnitten wurde?"

Er lachte. „Das ist jetzt neu. Woher hast du das?"

„Lucinda Bergeron."

„Du bist schon zu lange nicht mehr bei der Mordkommission, Streak. Wenn die umgelegt werden, dann geht's immer um Geld, Sex oder Macht. Dieser Schwachsinn von wegen Vampiren oder irgendwelchen Monstern stammt aus Comics. Hey, ich hab noch eine große Offenbarung für dich. Ich glaube, die Bergeron hat nicht mehr alle Tassen im Schrank. Hat sie dir erzählt, dass sie mal rauf ins Angola ist, um sich anzusehen, wie ein Kerl gegrillt wurde?"

„Nein."

„Ist ihr wahrscheinlich gerade entfallen. Die meisten Normalos sehen sich ab und zu mal gern an, wie ein Kerl den Blitz reitet."

„Warum hast du bei mir angerufen?"

„Mir ist da so eine schräge Geschichte über dich und ein Nazi-U-Boot zu Ohren gekommen."

„Von wem?"

„Pass auf, Martina ist gerade bei mir. Ich hab versprochen, mit ihr in diesen Blues-Schuppen oben an der Napoleon zu gehen. Leiste uns doch Gesellschaft, dann essen wir im *Monroe's* ein schönes *Étouffée.* Wenn ich's mir recht überlege, mein Freund, du *musst* mitkommen, steht gar nicht zur Debatte. Dann erzähle ich dir auch, wie du zum Gesprächsthema bei einer Unterhaltung mit Tommy Blue Eyes geworden bist."

„Tommy Lonighan?"

„Du hast es erfasst, Tommy Bobalouba höchstpersönlich, der einzige Ire, den ich je getroffen habe, der sagt, seine Leute seien nichts anderes als auf links gestülpte Nigger."

„Der Tommy Lonighan, an den *ich* mich erinnere, hat einen Kerl mit einem Feuerwehrschlauch ersäuft, Clete."

„Und? Wer ist schon perfekt? Ich sag dir, wie du uns oben auf der Napoleon findest. Ach, übrigens, Bootsie kam mir irgendwie ziemlich reserviert vor, als ich anrief. Hab ich ihr in die Suppe gespuckt, oder so?"

* * *

Der Nachtclub oben an der Napoleon war überfüllt, der Lärm infernalisch, und Clete konnte ich an keinem der Tische ausmachen. Dann begriff ich, dass gerade eben auf der Bühne ein ganz außergewöhnliches Ereignis begonnen hatte. *The Fat Man*, der berühmteste Rhythm-and-Blues-Musiker, den New Orleans je hervorgebracht hatte, war in seiner rosa Cadillac-Limousine vorgefahren und dann wie ein Messias, der zu seinen Jüngern zurückkehrt, schnurstracks durch die sich vor ihm teilende Menge zum Klavier geschritten – wobei sein mit Pailletten besetztes weißes Sakko und die kohlrabenschwarze Haut beinahe mit einem elektrisch violetten Schimmer glühten. Permanent grinsend und immerzu nickend, das Walrossgesicht strahlend vor Wohlwollen und einer unschuldigen Selbstgefälligkeit hatte er angefangen, *When The Saints Go Marching In* in die Tasten zu hämmern.

Der Laden drehte buchstäblich durch.

Anschließend erkannte ich, dass sich zeitgleich ein zweites Ereignis auf der Tanzfläche zutrug, und zwar eines, auf das höchstwahrscheinlich nicht mal New Orleans vorbereitet war – Clete Purcel und seine Freundin legten alkoholselig einen Boogie aufs Parkett.

Während die schwer beringten Wurstfinger des *Fat Man* die Klaviertasten rauf und runter tanzten und die Saxophone und Trompeten hinter ihm gnadenlos schmetterten, tanzte Clete in der Mitte der Tanzfläche, den Porkpie tief in die Stirn geschoben, das Gesicht fast zwischen den Brüsten seiner Freundin vergraben, das Hinterteil schwingend wie ein Elefantenarsch; nur einen Augenblick später waren seine Schultern hochgezogen, während er die Lenden zustoßen und kreisen ließ, wobei sein Bauch wabbelte, seine geballten Fäuste auf die Luft eindroschen und das Gesicht zur Seite weggedreht war, als befände er sich mitten in einem gigantischen Orgasmus.

Seine Freundin war deutlich über einsachtzig groß und

trug ein geblümtes Sommerkleid, das sich an ihren gebräunten Körper schmiegte wie eine zweite Haut. Sie wedelte mit Tüchern in jeder Hand, als stünde sie auf einer Startbahn, warf ihre glattrasierten Waden schräg nach hinten und reckte das Kinn, während sich ihre Lider träge schlossen und ihre Zunge langsam über ihre Lippen fuhr. Dann ließ sie den Mund in einem gespielten Schmollen offen, hob mit beiden Händen ihr rotbraunes Haar hoch über den Kopf, ließ es mit einem erotisch herausfordernden Blick zurück in die Ausgangslage fallen und zog ein gespanntes Halstuch immer wieder über ihren Hintern, während sie die Hüften kreisen ließ.

Zuerst machten die übrigen Tänzer nur bewundernd oder erschrocken Platz, vielleicht auch aus Respekt; dann begannen sie zuerst in Zweiergruppen und schließlich in großer Zahl die Tanzfläche zu verlassen, nachdem Clete mit voller Wucht rückwärts einen anderen Tänzer angerempelt und ihn gegen einen Kellner geschleudert hatte.

Fat Man kam zum Ende, wischte sich sein verschwitztes Gesicht hinter dem Mikro mit einem makellos weißen Taschentuch ab und bedankte sich bei der Menge für den anhaltenden, donnernden Applaus. Ich folgte Clete und seinem Mädel an ihren Tisch, der mit Zeitungen, Bierflaschen und schmutzigen Papptellern übersät war, auf denen in Hühnerfett frittierte Kartoffeln gelegen hatten. Der Alkohol ließ Cletes Gesicht leuchten, er strahlte, und die Nähte seines Hawaiihemds waren an beiden Schultern aufgeplatzt.

„Martina, das ist der Bursche, von dem ich dir erzählt

hab“, sagte er. „Mein guter alter Partner mit dem schönen Motto *Loch-sie-ein oder knall-sie-ab!*“

„Wie wär's, wenn du mit der Scheiße mal aufhörst, Clete?“, sagte ich.

„Freut mich sehr, Sie kennenzulernen“, sagte sie.

Ihr Gesicht war auf eine derbe Art hübsch, die Haut unter dem Make-up grobporig und sonnengegerbt, als habe sie eher bei Wind und Wetter im Freien gearbeitet statt auf einer *Varietébühne.*

„Clete hat erzählt, Sie wären sehr gebildet, schrecklich belesen und alles“, sagte sie.

„Er übertreibt manchmal ein wenig.“

„Nein, tut er nicht“, widersprach sie. „Er ist sehr aufrichtig und ernst, und er empfindet wirklich sehr viel für Sie.“

„Ich verstehe“, sagte ich.

„Er hat eine ganz zarte Seite, die nur sehr wenige Menschen kennen. Die Leute in meiner Heilkräuter- und Nackttherapiegruppe finden ihn wunderbar.“

Aus dem Augenwinkel heraus sah ich, dass Clete die Tänzer auf dem Parkett betrachtete, als hätte er noch nie zuvor jemanden tanzen gesehen.

„Er sagt, Sie suchen den Mann, der das Gesetz in die eigenen Hände nimmt. Ich finde es ganz fürchterlich, dass da draußen jemand rumläuft und in den Sozialbausiedlungen Farbige umbringt … und kein Mensch unternimmt was dagegen!“

„Clete scheint der Sache nicht besonders viel Glauben zu schenken.“

„Hör zu, mein Freund, ich verrat dir jetzt mal, wie diese Sachen von wegen Selbstjustiz entstanden sind. Es gibt hier ein Bürgerkomitee, eine Truppe rechtsradikaler Spackos, die noch nicht herausgefunden haben, was sie mit ihrem Schwanz anfangen könnten, also verbringen sie ihre ganze Zeit damit, Lokalpolitiker und Richter wegen Straßenkriminalität, Drogen in den Sozialbausiedlungen und so weiter und so fort anzuwichsen. Nur dass eben keiner mehr Steuern zahlen will, um mehr Cops einzustellen oder mehr Gefängnisse zu bauen. Also, was sie deshalb eigentlich sagen, ist doch: Lasst uns entweder den Schwarzen erheblich mehr Pariser geben oder wir tun einfach ein bisschen weniger, um die Verbreitung der Sichelzellkrankheit einzudämmen."

Martina hatte ein Taschenwörterbuch aus ihrer Handtasche genommen. Sie las laut daraus vor: „‚Glaube – psychische Hinnahme oder Vertrauen'. Ein sehr interessantes Wort. Es ist verwandt mit ‚Glaubwürdigkeit', oder?"

Clete bekam große Augen und starrte sie an, als erwache er gerade aus dem Schlaf. Dann erregte etwas auf der anderen Seite der Tanzfläche seine Aufmerksamkeit.

„Dave, da kommt jetzt ein Typ rüber an unseren Tisch", sagte er. „Er will nur ganz kurz mit dir reden. Okay? Ich hab ihm gesagt, es würde dir nichts ausmachen. Er ist kein übler Bursche. Vielleicht bist du ja sogar interessiert an dem, was er zu sagen hat. Kann doch nicht schaden, einem Mann mal zuzuhören, stimmt's?"

Durch die Schichten wabernden Zigarettenrauchs richtete sich mein Blick auf einen Mann mit zwei Frauen an einem Tisch. Seine massige Statur erinnerte mich an eine umgekippte Tonne; selbst auf diese Entfernung waren seine übrigen Kennzeichen – sein rotgesichtiges Kartoffelgesicht, Augen so blau wie Eis, baiserfarbenes Haar – unverwechselbar.

„Das hättest du nicht tun sollen, Partner", sagte ich zu Clete.

„Ich bin in zwei seiner Clubs für die Security zuständig. Was sollte ich ihm denn sagen? ‚Scher dich zum Teufel, Tommy. Mein Kumpel Dave hält dich für Spucke auf dem Bürgersteig, verpiss dich von diesem Planeten, Drecksack'?"

„Er ist nicht einfach nur ein exzentrisches Original. Er hat wegen Mord gesessen. Was ist los mit dir?"

„Der Typ, den er mit dem Feuerwehrschlauch fertiggemacht hat, der hat im Irish Channel alte Leute mit einem Eisenrohr zusammengeschlagen. Ja, was für ein großer Verlust. Alle waren todunglücklich, als sie hörten, dass der Kerl endlich den Bus gekriegt hat."

„Feuerwehrschlauch?", fragte Martina und machte ein verwirrtes Gesicht.

Es war nicht mehr zu ändern. Der Mann mit dem roten Gesicht und den Augen, die wie makellose blaue Murmeln waren, kam bereits auf unseren Tisch zumarschiert.

Clete drückte seine Zigarette auf einem Pappteller aus.

„Mach, was du willst, Dave", sagte er. „Wenn du meinst, Tommy Bobalouba wäre durchgeknallter als Hippo Bimstine, dann sag ihm doch einfach, er soll sich vom Acker machen."

„Was ist mit Hippo?“, fragte ich.

„Nichts. Was weiß denn ich? Ich dachte, ich verschaff dir ein bisschen Kleingeld nebenbei. Mann, Streak.“

Tommy Lonighan hakte zwei Finger unter die Rückenlehne eines freien Stuhls an einem Nachbartisch, ohne die Leute um Erlaubnis zu bitten, die dort saßen, schwang ihn vor sich und nahm Platz. Er trug ein langärmeliges rosafarbenes Hemd mit Manschetten und Manschettenknöpfen aus rotem Stein, aber der Kragen war zurückgeschlagen, damit das weiße Haar auf seiner Brust gut zu sehen war, und die Haare auf seinen kurzen Unterarmen wuchsen an den Handgelenken heraus wie Drahtwolle. Er hatte den typisch kleinen Mund der Iren, mit herabgezogenen Winkeln, und ein hartes, rundes Kinn mit Grübchen.

„Was sagst du, Lieutenant?“, sagte er und bot mir die Hand an. Als ich sie ergriff, war sie so kantig und rau wie ein Stück Bauholz.

„Nicht viel, Mr. Lonighan. Wie geht's Ihnen denn so heute Abend?“, sagte ich.

„‚Mr. Lonighan‘“, sagte er. „Sehe ich für dich heutzutage wie ein ‚Mr.‘ aus?“, fragte er mich. Der Akzent war Irish-Channel-Arbeiterklasse, der oft mit einem Brooklyner Akzent verwechselt wird, hauptsächlich, weil große Teile von New Orleans in den 1890er Jahren von irischen und italienischen Einwanderern besiedelt wurden. Er lächelte, aber das klare Licht in seinen Augen veränderte sich nie, verriet niemals, was er dachte oder eben auch nicht.

„Was steht an?“, fragte ich.

„Mann, du kommst verdammt schnell zur Sache, was?“

„Wie wär's mit einer etwas gewählteren Ausdrucksweise, Tommy?“, sagte Clete.

„Sorry, ich war den ganzen Tag unten in meinem Gym mit Berufsboxern zusammen“, sagte er mit einem schrägen Blick auf Martina. „Wie viel bietet Blimp-stine dir, wenn du für ihn das U-Boot findest?“

„Wer?“, fragte ich.

„Hippo Bimstine, der gestrandete Wal von Süd-Louisiana. Was denkst du, von wem ich hier rede?“

„Woher wissen Sie, dass Hippo mir überhaupt irgendwas anbietet?“

„Die Stadt ist klein, mein Freund, und die Zeiten sind hart. Irgendwer ist immer bereit, ein paar Informationen weiterzugeben“, sagte er und steckte sich eine lange Fritte zwischen die Lippen, saugte sie dann mit einem Lächeln in den Augen in seinen Mund.

„Sie haben recht, irgendwo da draußen liegt ein Nazi-U-Boot. Aber ich weiß nicht, wo. Zumindest derzeit nicht. Was weiß denn ich, es könnte durchaus schon bis runter nach *Yucatán* getrieben sein. Der alluviale Fächer des Mississippi bewegt es wahrscheinlich in einem weiten Kreis.“

Er legte eine Hand auf meinen Unterarm und sah mir fest in die Augen. Seine Augenbrauen waren mit schmalen grauen Narben durchzogen, da war ein Nest pochender Äderchen an einer Schläfe, das noch einen Augenblick zuvor nicht dagewesen war.

„Warum glaube ich dir nicht?“, fragte er.

„Was wollen Sie damit andeuten, Tommy?“, antwortete ich.

„Ah, jetzt heißt es auf einmal ‚Tommy'. Das gefällt mir, Dave. Ich ‚deute' gar nichts ‚an'. So was mach ich nicht." Aber seine Hand blieb auf meinem Unterarm.

Martina las aus ihrem Taschenwörterbuch: „‚Alluvialer Fächer – der Ablagerungsbereich eines Stromes, wo er beispielsweise aus einer Schlucht in eine offene Ebene übertritt.' Der Mississippi ist aber kein Strom, oder?"

Lonighan starrte sie an.

„Ich bin nicht sicher, warum sowohl Sie als auch Hippo an irgendwelchem Schrott aus dem Zweiten Weltkrieg interessiert sein könnten, aber *mein* Interesse schwindet verdammt schnell, Tommy", sagte ich.

„Wirklich zu schade. Denn sowohl Hippo als auch ich werden in die Spielbank-Branche einsteigen. Ich rede hier von Flussschiffen, legalisiertem Glücksspiel, das diese Stadt reich machen kann, und ich denke ja gar nicht daran, diesem klebrigen Juden zu erlauben, eine Touristenattraktion auf dem Fluss zu errichten, die mir vielleicht die Hälfte meines Geschäfts wegnimmt."

„Dann sagen Sie das doch einfach Hippo", erwiderte ich und zog meinen Arm unter seiner Hand weg.

„*Was?*", antwortete er. „Ist dir irgendwas über die Leber gelaufen? Ich komme an deinen Tisch, und du tust gerade so, als hätte dir einer einen Scheißhaufen ins Gesicht geworfen? Du kannst nicht ab, dass ich deine Haut berühre?"

„Immer mit der Ruhe, Tommy. Dave hat sich nichts dabei gedacht", sagte Clete.

„Einen Scheißdreck hat er." Dann sagte er es gleich noch mal. „Einen *Scheißdreck* hat er."

„Ich würde mich sehr freuen, wenn Sie jetzt meinen Tisch verlassen", sagte ich.

Er setzte an, etwas zu sagen, doch Martina war schneller.

„Wie der Zufall es will, Mr. Lonighan, bin ich Halbjüdin", sagte sie mit ruhiger, gelassener Miene, wobei sie ihren Blick freundlich auf ihn gerichtet ließ, als spräche sie eine Abstraktion an und nicht einen aufgebrachten Mann direkt neben sich. „Sie hingegen sind ein blöder Ire, der hier jeden am Tisch in Verlegenheit bringt. Aber es ist nicht Ihre Schuld. Höchstwahrscheinlich kommen Sie aus einem zerrütteten Elternhaus voller ungebildeter Menschen wie Sie selbst. Aber Sie sollten sich einer Therapiegruppe anschließen, damit Sie die Quelle Ihrer schlechten Manieren erkennen und verstehen."

Die Fältchen um Lonighans Augen waren jetzt weiß vor Wut und Fassungslosigkeit. Ich sah Martina verblüfft und voller Bewunderung an.

5

In dieser Nacht schlief ich auf Cletes Couch, und morgens rief ich Nate Baxter in seinem Büro an und erkundigte mich nach den anderen Morden, bei denen es zu Verstümmelungen gekommen war.

Nate war noch nie ein besonders guter Lügner gewesen.

„Verstümmelungen? Was meinen Sie denn, wie die meisten Morde begangen werden? Indem das Opfer mit Pusteblumen erschlagen wird?"

„Sie wissen genau, wovon ich spreche."

„Ja, tue ich. Sie haben interne Informationen von einem meiner Untergebenen erhalten."

„Ihr Büro ist ein Sieb, Nate."

„Nein, ich rieche hier nur eine einzige Braut. Überhaupt nicht rassistisch gemeint. Mischen Sie sich nicht in meine Ermittlungen ein, Robicheaux. Sie haben sich Ihre Karriere in New Orleans vermasselt, weil Sie ein Säufer waren. Daran werden Sie auch nichts ändern, nur weil Sie der Tusse die Nase zwischen die Backen schieben."

Er legte auf.

* * *

Kurz vor dem Mittagessen war ich zurück. Die Luft war bereits heiß, sehr feucht und raubte einem den Atem. Ich zog meine Tennisschuhe und die Laufshorts an, joggte etwa 5 Kilometer auf der Schotterpiste am Bayou, machte anschließend im Garten drei Sets mit Armbeugen, Kreuzheben und Hanteldrücken. Das Blut schwirrte förmlich in meinem Brustkorb, als ich unter der Dusche das kalte Wasser aufdrehte.

Ich hörte nicht, wie Bootsie die Badezimmertür öffnete.

„Hast du mal eine Sekunde?“

„Klar“, sagte ich, und drehte das Wasser ab.

„Ich habe mich falsch verhalten. Das tut mir leid“, sagte sie.

„Was meinst du damit?“

„Wegen Batist. Wegen des Geldes. Ich mache mir nur manchmal Sorgen. Vermutlich zu viele Sorgen.“

„Was, wenn ich eine Frau hätte, die das nicht täte?“

Ich drehte das Wasser wieder an, dann sah ich durch die matte Glasscheibe eine Silhouette, die sich schweigend auszog. Sie öffnete die Tür, stieg zu mir in die Dusche, legte ihre Arme um meinen Hals, hob das Gesicht und hielt es mit geschlossenen Augen in den Sprühregen über meinen Schultern.

Ich zog sie an mich und küsste ihr Haar. Sie war nahtlos braun, die Oberseiten ihrer Brüste waren mit Sommersprossen gesprenkelt. Ihre Haut war glatt und warm und schien Gesundheit und Wohlbefinden durch meine Handflächen auszustrahlen, so wie sich Rosenblätter unter Fingerspitzen anfühlen, doch die Wirklichkeit war anders. Lupus, der rote Wolf, lebte in ihrem Blut und wartete nur auf einen kleinen Schnitzer in ihrer Medikation, um sich sofort wieder über Organe und Bindegewebe herzumachen. Und wenn der Wolf nicht freigelassen wurde durch eine unausgewogene Kombination ihrer Medikamente, dann lauerte ein noch heimtückischerer Feind – eine temporäre Psychose, die wie ein Ausflug zu einer atmosphärelosen Mondlandschaft war, wo nur sie allein lebte.

Sie sollte auch die Sonne meiden. Aber ich hatte längst jeden Versuch aufgegeben, sie vom Garten fernzuhalten oder sie nicht aus dem Schatten der Kabine zu lassen, wenn wir draußen auf dem Meer waren. Wie viele Menschen, die mit einem gesundheitlich angeschlagenen Ehepartner leben, war ich inzwischen der Meinung, dass die Tyrannei der Liebe genauso zerstörerisch sein kann wie die der Krankheit.

Wir liebten uns im Schlafzimmer. Unsere Körper waren noch feucht und kühl vom Duschen. Der Fensterventilator schickte eine Brise über die Laken. Sie bewegte ihre Hüften kreisförmig auf mir, stützte sich mit den Armen auf der Matratze ab; dann sah ich, wie sich ihre Augen schlossen und ihr Gesicht ganz sanft und entrückt wurde. Ihre Schenkel spannten sich an, sie beugte sich unvermittelt vor und öffnete den Mund, und ich spürte, wie sich eine Hitze genau in dem Moment von ihr ausgehend über meine Lenden ergoss, als etwas in mir einen Scheitelpunkt erreichte und explodierte wie Wasser, das sich über einen Damm schob und dann in einem weißen Bogen in ein dunkles Flussbett darunter entleerte.

Sie war einer der wenigen Menschen, für die körperliche Liebe nicht mit irgendeiner speziellen Handlung aufhörte. Sie lag neben mir und berührte die graue Stelle in meinen Haaren, meinen Schnurrbart, die gummiartige Narbe von einer .38er- Kugel weit oben auf meiner Brust, die bleigrauen Striemen auf meinem rechten Oberschenkel, wo mich eines Nachts irgendwo in der Dritten Welt auf einem Weg außerhalb eines erbärmlichen, nach verfaulendem Wasserbüffel stinkenden Dorfs eine Schrapnellmine mit Licht bemalt hatte.

Dann blieb ihre Hand mitten auf meiner Brust liegen.

„Dave, da war heute Morgen so ein Mann draußen", sagte sie.

„Was für ein Mann?"

„Er war draußen, unten an der Straße, und hat durch die Bäume zum Balkon heraufgeblickt. Als ich die Fliegentür aufmachte, ist er schnell zurück die Straße runter."

„Wie hat er ausgesehen?"

„Sein Gesicht konnte ich nicht sehen. Er trug ein blaues Hemd und einen Hut."

„Vielleicht hat er sich nur verlaufen."

„Auf dem Briefkasten unten an der Straße steht unsere Hausnummer und unser Name. Aus welchem Grund sollte er zum Balkon heraufsehen?"

„Ich werde Batist fragen, ob ihm jemand aufgefallen ist, der sich hier rumgetrieben hat."

Sie stand vom Bett auf und begann, sich neben dem Fenster zum Garten anzuziehen. Die dünnen, mit winzigen rosa Blüten bedruckten Gazevorhänge bewegten sich in der Brise und streiften den gewölbten Schwung ihres Rückens, als sie ihren Slip anzog.

„Warum siehst du mich so an?", fragte sie.

„Weil ich ohne Übertreibung sagen kann, dass du eine der schönsten Frauen der Welt bist."

Als sie lächelte, schloss und öffnete sie ihre Augen auf eine Weise, dass bei mir das Herz stehen blieb.

* * *

Später ging ich zum Anleger runter, um Batist beim Abräumen der Tische zu helfen, nachdem die Mittagsgäste fort waren. Neben der vor Hitze knisternden Slippanlage parkte ein Pritschenwagen, auf dessen Führerhaus riesige, kegelförmige Lautsprecher geschweißt waren. Auf den Türen in schwungvoller Kalligrafie die handgemalten Worte: *Rev. Oswald Flat Missionswerk.*

Ich erinnerte mich an den Namen von vor vielen Jahren, als seine Wunderheilungs-Show auf XERF ausgestrahlt worden war, einem der stärksten Radiosender der westlichen Hemisphäre. Er befand sich auf der von Del Rio aus gesehen anderen Seite des Rio Grande in Mexiko, sodass sich nicht an die Auflagen der amerikanischen Rundfunk-Regulierungsbehörde FCC halten musste, wer dort Sendezeit mietete. Eingeschoben zwischen Werbung für Tulpenzwiebeln, Fledermaus-Guano, Küken, Aphrodisiaka und Mitgliedschaften in jedem nur erdenklichen Verein, vom *Invisible Empire* bis hin zu den *Black Muslims*, waren die *Predigten von Brother Oswald*, wie er genannt wurde, brachial polternde und atemlos vorgetragene Prachtbeispiele für die Zungenfertigkeit der in den Appalachen lebenden Menschen. Manchmal wurde er buchstäblich hysterisch und keuchte, als hätte er ein Emphysem, dann schnaubte er durch die Nase und setzte zu einem weiteren fünfzehnminütigen, nervenaufreibenden Monolog an, der sich mit einer dermaßen tosenden, unaufhaltsamen Intensität aufbaute, dass nicht selten die Radiotechniker seinen Sermon für ihn beendeten, indem sie einfach eine Werbekonserve vom Band einspielten.

Und jetzt saß er mit seiner Frau, die ein buntes Sommerkleid trug und ein mehrlagiges Doppelkinn hatte, vor einem Barbecue am einzigen Tisch im Angelladen, als ich die Fliegentür öffnete. Im Laden waren es trotz laufender Ventilatoren gut und gern dreißig Grad, doch Oswald Flat trug ein langärmeliges, an den Handgelenken zugeknöpftes Jeanshemd und einen Tropenhelm, unter dessen Hutband Schweißperlen heraussickerten, die von dort an seinem Gesicht herunterliefen. Die Augen hinter der randlosen Brille wirkten in der Hitze farblos, wie über Kiesel fließendes Wasser, und sein Nacken und die Handrücken waren so dunkelbraun gebrannt wie Kautabak.

„Das dahinten ist Dave", sagte ihm ein offensichtlich erleichterter Batist von seinem Platz hinter der Theke. Er nahm sich eine Dose Limonade und ging hinaus, um sie an einem der Kabeltrommel-Tische unter der Schatten spendenden Markise zu trinken.

Flat musterte mich von Kopf bis Fuß. Unterdessen machte sich seine Frau über einen *Moon Pie* her. Sie kaute mit offenem Mund und stierte gelangweilt aus dem Fenster auf den Bayou hinaus.

„Sie sind anscheinend ein Mann, den man nich so leicht zu fassen kriegt", sagte er.

„Nicht wirklich. Ich war oben im Haus."

„Ich belästige einen Mann nich gern in seinem Zuhause."

„Was kann ich für Sie tun, Sir?"

„Ich gehöre dem *Bürgerkomitee für ein besseres New Orleans* an. Und dafür muss ich mich nich entschuldigen, muss ich nich. Die Stadt is die reinste Kloschüssel. Aber mir gefällt nich, was mit Ihrem farbigen Boy passiert is."

„Boy?"

Sein Southern-Mountain-Akzent krächzte wie Klavierdraht, der durch ein Loch in einer Blechdose gezogen wird. Er fummelte einen Zahnstocher aus der Brusttasche seines Hemds, stocherte an einem Backenzahn herum und taxierte mich wieder mit diesen benebelten, blassen Augen.

„Sind Sie einer von denen, die gleich über jedes Wort die Nase rümpfen, das ihnen nich gefällt?", fragte er.

„Batist ist älter als ich, Reverend. Die Leute in dieser Gegend hier nennen ihn nicht *Boy.*"

„Wahrscheinlich wird er auch nich viel älter werden, wenn Sie sich nich bald das Wachs aus den Ohren pulen. Da draußen passieren schlimme Sachen. Und das gefällt mir nich." Er gestikulierte vage zum östlichen Horizont.

„Sie meinen die Selbstjustiz-Morde?"

„Vielleicht. Vielleicht aber auch was viel Größeres als das."

„Ich kann Ihnen nicht ganz folgen."

„Alles zerfällt, die Mitte hält es nicht. Ich glaube, es hat was mit dem Antichrist zu tun."

„Mit dem Antichrist?"

„Haben Sie irgendwie Spechtlöcher im Kopf, oder was?"

„Tut mir leid, aber ich habe absolut keine Ahnung, wovon Sie reden."

„Es gibt Zeichen und so weiter, so wie Vögel unmittelbar vor einem Sturm über einen stillen Himmel flüchten. Ihr hattet einen Präsidenten mit der Zahl in seinem Namen." Er blies seine Wangen auf. „Ich seh, was du denkst, mein Sohn. Ich kann das brennende Holz riechen."

„Von welcher Zahl reden Sie?"

„Ronald Wilson Reagan. Sechs-sechs-sechs. In der Offenbarung des Johannes steht's geschrieben: ‚Ihr werdet ihn an der Zahl seines Namens erkennen.' Ich glaub, die Zeit is jetzt gekommen."

„Kann ich Ihnen noch irgendwas bringen?"

„Muss man dir erst 'ne Dachlatte über den Schädel ziehen, damit du endlich zuhörst?", fragte er.

„Red nich so mit dem Mann, Os", sagte seine Frau, öffnete einen weiteren *Moon Pie* und starrte dabei die ganze Zeit träge zu den Weiden hinaus, die sich im Wind bogen.

„Der farbige Bursche da draußen is unschuldig", klärte er mich auf. „Diese Morde, und es is mir schnurz, ob Dealer umgelegt werden oder nicht, das hat kein rechtschaffener Mann gemacht. Die Leute können sich ja was anderes einreden, aber so war's nich. Und das stört mich mächtig. So wahr mir Gott helfe, mein Sohn. Das wollte ich dir nur gesagt haben, deshalb bin ich hergekommen."

„Wissen Sie irgendetwas über die Morde, Reverend?"

„Sie werden der Erste sein, der's erfährt, falls ich was höre."

Sein Gesicht war angesichts der Hitze breit und blass, so als wäre es langsam in warmem Wasser erhitzt worden.

* * *

Nachdem er und seine Frau mit ihrem Pritschenwagen wieder gefahren waren, war mir die genaue Natur ihrer Mission immer noch ein Rätsel. Ich rief oben im Haus an.

„Hey, Boots, ich fahre kurz nach Lafayette, um mit einem Anwalt zu sprechen, danach muss ich noch Eis für die Kühlboxen besorgen“, sagte ich. „Ach, und übrigens, der Mann in dem blauen Hemd, den du gesehen hast … Ich glaube, der war gerade hier im Laden. Er ist so ein fundamentalistischer Radio-Prediger. Ich vermute mal, er versucht irgendwas Gutes zu tun.“

„Warum hat er dann so zum Haus hochgestarrt?“

„Da bin ich überfragt. Wahrscheinlich ist er nur einer von den Typen, die ihre Grütze zu lange auf dem Herd haben stehen lassen. Mir kommt er jedenfalls ziemlich harmlos vor.“

Hätte ich doch nur seinen Namen erwähnt oder die Tatsache, dass er mit seiner Frau unterwegs war, oder dass er schon älter war oder dass er aus den Southern Mountains stammte. Egal was, schon eine einzige dieser Informationen hätte den entscheidenden Unterschied gemacht.

6

Sie hatte sich gerade Shorts und Sandalen angezogen, um im Garten zu arbeiten, als er vorn an die Fliegentür klopfte. Er trug ein kurzärmeliges blaues Baumwollhemd und einen Panamahut mit geblümtem Hutband. Er hatte eine mächtige Statur, allerdings kein Gramm Fett zu viel, und sein Hals war wie ein Baumstumpf mit kräftigen Wurzeln, die in breite Schultern übergingen. Die Hose mit ordentlichen Bügelfalten saß locker um seine schmale Taille und den flachen Bauch. Der Blick aus seinen grünen Augen war verlegen, und wenn er lächelte, tauchten kleine Fältchen auf. Unter dem rechten Arm hielt er eine Papiertüte.

„Das hier hab ich Ihrem Mann leider nicht geben können, aber vielleicht kann ich es Ihnen geben“, sagte er.

„Er wird bald zurück sein, falls Sie dann noch einmal kommen möchten.“

„Tut mir leid. Ich habe versäumt, mich vorzustellen. Mein Name ist Will Buchalter. Und eigentlich ist das hier ja auch für Sie und die junge Dame.“

„Ich bin nicht sicher, ob ich verstehe …“

„Es ist ein Geschenk. Etwas Süßes.“ Er zog die in Glanzpapier mit Schleife verpackte Schachtel ein Stück aus der Tüte.

„Das ist ganz bestimmt sehr nett von Ihnen, aber wahrscheinlich ist es besser, Sie kommen noch mal vorbei, wenn Dave zu Hause ist.“

„Ich möchte keine Unannehmlichkeiten bereiten. Ich bin manchmal etwas unbeholfen.“

„Nein, ich hab nicht gemeint, dass Sie …“

„Könnte ich bitte ein Glas Wasser bekommen?“ Er nahm seinen Hut ab. Sein dünnes blondes Haar glänzte feucht vor Hitze.

Ihr Blick wanderte an seiner Schulter vorbei zum Anleger, wo sie Batist sah, der in einer blutverschmierten Schüssel Fischfilets abspülte.

„Ich kann ja auch einfach runter zum Angelladen gehen“, sagte er.

„Nein, nein, kommen Sie rein. Ich hol Ihnen ein Glas“, sagte sie und öffnete ihm die Fliegentür. „Dave hat gesagt, er hätte vorhin schon mit Ihnen gesprochen …?“

Er nickte, und wieder tauchten Fältchen um seine Augen auf, die auf nichts Besonderes gerichtet zu sein schienen. Als sie aus der Küche zurückkam, saß er auf der Couch und betrachtete die alten 78er-Schallplatten, die er aus dem Metallregal genommen hatte, in dem ich meine Sammlung historischer Jazzplatten aufbewahrte.

„Oh“, sagte sie. „Die sind ziemlich selten. Man muss sehr behutsam mit ihnen umgehen.“

„Ja, ich weiß“, erwiderte er. „Das hier ist Benny Goodmans Band aus dem Jahr 1933. Aber da ist Staub am Rand. Sehen Sie, die offene Seite der Schutzhülle sollte immer zur Rückseite des Regals gedreht sein.“ Er schob seine große Hand in eine der Papierhüllen und ließ die Platte herausgleiten.

„Bitte! Das sollten Sie nicht tun!“

„Keine Angst. Ich habe selbst eine umfangreiche Sammlung“, sagte er. „Achten Sie auf meine Hände. Sehen Sie, ich berühre die Rillen nicht. Der Schweiß von Fingerabdrücken kann eine Schallplatte genauso beschädigen wie er auf der Bläuung einer Schusswaffe Rost verursachen kann."

Er wischte den Rand der Platte behutsam mit einem Kleenex ab, dann schob er sie vorsichtig zurück in ihre Schutzhülle. Er schaute auf und sah Bootsie direkt an.

„Tut mir leid. Ich hätte sie natürlich nicht anfassen dürfen", sagte er, drehte sich zur Seite und stellte die Platte zurück ins Regal. „Aber ich erschauere, wenn ich Staub auf einer wunderbaren alten Schallplatte sehe. Und Sie haben hier in Ihrer Sammlung wirklich ein paar großartige Exemplare. Ich würde alles dafür geben, diese Aufnahmen von Bix Beiderbecke und Bunk Johnson selbst zu besitzen."

„Dave sammelt sie seit der Highschool. Deshalb bin ich auch so nervös, wenn jemand sie anfasst." Sie reichte ihm das Glas Wasser und blieb stehen.

„Nun, ich werde Ihre kostbare Zeit nicht weiter in Anspruch nehmen. Ich wollte nur dieses kleine Geschenk abgeben und mich kurz vorstellen." Er trank einen Schluck Wasser und platzierte die Schachtel mit den Süßigkeiten auf der Lehne der Couch. „Darf ich Ihnen noch etwas zeigen, bevor ich gehe? Es würde mir sehr viel bedeuten."

Die Haare auf seinen Unterarmen schimmerten im Licht der Sonne, die durch das seitliche Fenster hereinfiel, goldgelb und weich wie Daunen. Er nahm ein in Leder gebundenes Sammelalbum aus der Papiertüte und legte es auf seinen Schoß.

„Es dauert auch nur eine Minute", sagte er.

„Ich bin mit meiner Arbeit heute ein bisschen in Verzug."

„Bitte … Dann werde ich euch auch nicht weiter stören."

„Na schön, eine Minute", gab sie nach.

Sie setzte sich neben ihn, schlug die Beine übereinander und faltete die Hände auf dem Knie.

„Ich weiß, dass Mr. Bimstine mit Dave gesprochen hat, aber leider ist er manchmal kein wirklich ehrlicher Mann", sagte er.

„Bimstine?"

„Ja, Hippo Bimstine. Manchmal verbirgt er, was er wirklich will. Ich fürchte, das ist vielleicht auch nur wieder ein weiteres Rassenmerkmal bei ihm und manchen seiner Freunde."

„Ich sehe jetzt irgendwie keinen Zusammenhang. Und ich weiß auch nicht genau, was Sie hier wollen."

Er klopfte mit einer Handfläche leicht auf den silbrigen Ledereinband des Sammelalbums.

„Ich möchte nichts sagen, das für irgendwen beleidigend wäre", sagte er. „Aber Mr. Bimstine lügt bezüglich der Sache, der er dient. Ich bezweifle stark, dass er Ihrem Mann erzählt hat, dass er Geld für den Staat Israel sammelt."

„Sie kommen besser später wieder und sprechen über diese Dinge mit Dave."

„Sie verstehen mich falsch. Ich bin nicht hergekommen, um schlecht über Mr. Bimstine zu reden. Ich wollte Ihnen nur zeigen, wie eine Falschmeldung fabriziert werden kann." Sein Daumen blätterte mehrere steife Seiten des Sammelalbums um, bis er zu zwei aus einer Zeitung ausgeschnittenen Fotos kam, auf denen Männer in gestreiften Häftlingsuniformen und -mützen hinter Stacheldraht standen und in die Kamera blickten. Ihre Gesichter waren ausgemergelt und unrasiert, ihre Augen waren stumpf vor Hunger und Angst. „Das hier sind angeblich Juden in einem deutschen Vernichtungslager, 1944. Aber sehen Sie nur, Mrs. Robicheaux …“ Er blätterte zur nächsten Seite um. „Hier sind dieselben Fotos, allerdings bereits 1931 in einer polnischen Zeitung erschienen. Das waren polnische Zuchthäusler, nicht deutsche politische Gefangene. Dies alles ist Teil eines groß angelegten Schwindels, den der britische Geheimdienst inszeniert hat … Tut mir leid, habe ich Sie durch irgendetwas verärgert?“

„Ich habe Sie mit jemandem verwechselt“, sagte sie und erhob sich. „Ich muss jetzt weg.“

„Wohin denn?“

„Das geht Sie nichts … Bitte, gehen Sie jetzt.“

Er stand auf. Er blickte auf sie hinunter, war nur wenige Zentimeter von ihr entfernt. Zum ersten Mal bemerkte sie jetzt die Mitesser, wie gemahlener Pfeffer, in seinen Augenwinkeln.

„Ich wollte nur helfen“, sagte er. „Ihnen und Ihrem Mann einige Informationen geben, die Sie bislang nicht hatten. Und Sie haben mich hereingebeten.“

„Ich habe Sie für jemand anderen gehalten“, wiederholte sie. „Ist nicht Ihre Schuld. Aber ich möchte, dass Sie jetzt gehen.“

„Ich will Ihnen doch nur helfen, wenn Sie mich nur ließen.“

„Ich gehe jetzt durch diese Tür hinaus. Wenn Sie nicht gehen, werde ich –“

„Wen rufen? Den Neger, der unten am Anleger Fische ausnimmt? Ich finde, Sie sind sehr verkrampft. So muss es aber nicht bleiben, Mrs. Robicheaux. Glauben Sie mir."

„Bitte, gehen Sie mir aus dem Weg."

Er legte beide Hände auf ihre Schultern und sah ihr fragend in die Augen, wie es ein Liebhaber vielleicht tun würde. „Wie fühlt sich das an?", fragte er, dann verstärkte er den Druck seiner Finger und ließ sie langsam über ihren Rücken und ihre Hüften hinuntergleiten, wobei er seine Knie leicht nach außen drückte und seinen Unterleib bewegte.

„Nehmen Sie die Finger weg. Sie widerlicher ...", sagte sie, während sein Atem und der beißende Gestank seines Deodorants über sie hinwegzogen.

„Ich würde Ihnen niemals wehtun. Sie sind eine entzückende Frau, aber Ihr Mann arbeitet für Juden. Pssst, pssst, ich möchte Ihnen nur etwas geben, damit Sie sich immer an unseren kleinen gemeinsamen Moment erinnern."

Er umfasste ihre Taille, verschränkte seine Arme in ihrem Kreuz, die Hand auf dem Handgelenk, dann zog er sie zusammen, bis sie meinte, er würde ihr die Rippen brechen. Er beugte sie nach hinten, raubte ihr die Luft mit seinem Körper, und dann schob er seine Zunge tief in ihren Mund. So hielt er sie einen langen Augenblick, und während er das tat, umklammerte er mit einer Hand ihre linke Niere, wie eine grüne Walnuss in einem Schraubstock, und dann drückte er zu, bis gelbe und rote Muster hinter ihren Augen zu tanzen begannen und sie spürte, wie ihre Shorts nass wurde, Urin ihre Beine hinunterlief.

Sie saß mit übergeschlagenen Beinen weinend an die Wand gelehnt, vergrub ihr Gesicht in beiden Händen, als er in der Einfahrt sein rotes Cabrio anließ, das Radio einschaltete und auf die unbefestigte Straße zurücksetzte. Das Sonnenlicht tanzte über den gewachsten Lack seines Autos.

7

Weder die städtische Polizei von New Iberia noch das Sheriff's Department oder die State Police in Baton Rouge besaß eine Akte über einen Will Buchalter. Auch in New Orleans gab es keinerlei Unterlagen über ihn, ebenso wenig beim National Crime Information Center des FBI in Washington, D.C. Auch konnte Bootsie ihn auf keinem der Fahndungsfotos im Iberia Parish Sheriff's Office identifizieren.

Unser Spurensicherungsexperte nahm von dem Wasserglas, das der Mann benutzt hatte, der sich Will Buchalter nannte, von der Schallplattenhülle, die er berührt und von der Schachtel mit Süßigkeiten, die er zurückgelassen hatte, einen nahezu perfekten Satz Fingerabdrücke. Aber ohne einen dazu passenden Verdächtigen in Gewahrsam oder ohne übereinstimmende Abdrücke in den Akten waren sie praktisch wertlos.

Da war auch noch ein anderes Problem, eines, dem viele Opfer sexueller Gewalt begegnen. Sexualdelikte, wie sie unser Rechtssystem definiert, fallen oft in willkürliche Kategorien, die überhaupt nichts zu tun haben mit dem tatsächlichen Ausmaß an körperlichen Schmerzen, dem Gefühl der Demütigung und der emotionalen Verletzung, die dem Opfer zugefügt wurden. Im besten Falle würden wir den Mann, der sich Will Buchalter nannte, der leichten Körperverletzung beschuldigen können, die unter Umständen begangen worden war, bei denen ein käuflicher Strafverteidiger sich wahrscheinlich erwartungsvoll die Lippen lecken würde.

Frühmorgens am nächsten Tag rief ich Hippo Bimstine an, fuhr nach New Orleans und traf mich mit ihm in seinem Haus direkt am Deich im Stadtteil Carrollton. Er saß in einem roten Samtpolstersessel vor dem deckenhohen Fenster zur Straße und spielte mit einer noch in Zellophan verpackten Zigarre, die den Durchmesser einer Fünfundzwanzig-Cent-Münze hatte. Seine Haare waren nass, frisch gekämmt und exakt in der Mitte des Kopfes gescheitelt, wie mit einem Lineal gezogen. Sein Unterleib füllte die Hose, als hätte er ein Kopfkissen hineingestopft. An der Wand über dem Kaminsims hing ein goldgerahmtes Foto von Hippo, seiner Frau und ihren neun Kindern, die ihm alle, wie aus dem Gesicht geschnitten, ähnlich sahen.

„Wie wär's, wenn du dich erst mal setzt, Dave?", sagte er. „Ich fühle mich nicht sonderlich wohl in Gesellschaft eines Kerls, der sich aufführt, als wäre er fünf Minuten zuvor aus einer Kanone geschossen worden."

„Er kannte dich."

„Mich kennen eine Menge Leute. Was aber nicht heißt, dass ich sie ebenfalls kenne."

„Wer ist er, Hippo?"

„Ein Kerl, der offensichtlich keine Juden mag. Was soll ich sagen?"

„Hör auf, mich zu verarschen."

„Wie wär's mit einem Dr Pepper oder einem Happen zu essen? Hör mal, glaubst du vielleicht, meine Freunde gehen mir am Arsch vorbei? Denn genau das sagst du mir ja gerade, oder? Ich hätte dir irgend so einen zwielichtigen

Abschaum auf den Hals gehetzt, der dann prompt bei dir zu Hause aufkreuzt und deine Frau sexuell belästigt, ja?"

„Er hat gesagt, du sammelst Geld für den Staat Israel."

„Dann ist er voller Scheiße. Ich bin ein amerikanischer Geschäftsmann. Das wichtige Wort dabei ist *amerikanisch*. Diese Stadt bedeutet mir etwas, diese Nation liegt mir am Herzen. Bring mir diesen Nazi-Arsch, und ich knall ihn für dich ab."

„Woher weißt du, dass er ein Nazi ist?"

„Einfach mal so wild spekuliert."

„Was befindet sich in diesem U-Boot?"

„Meerwasser und tote Krauts. Mein Gott, woher soll ich denn wissen, was da drin ist? Als wär ich schon mal in einem deutschen U-Boot gewesen, ja?" Er sah mich einen langen Augenblick an, fing an, seine Zigarre auszupacken, ließ sie dann aber auf den Couchtisch fallen und starrte aus dem Fenster auf eine einzelne mit Moos überzogene Eiche in seinem Vorgarten. „Es tut mir leid, was dieser Kerl deiner Frau angetan hat. Aber ich weiß nicht, wer er ist. Vielleicht laufen mehr solcher Typen in der Gegend herum, als du es für möglich halten würdest, Dave. Komm mal mit nach hinten."

Ich folgte ihm in das Innere seines Hauses, das in den 1870er Jahren erbaut worden war. Alle Räume hatten Eichenparkett, es gab gewundene Treppen, hohe Decken und enorm große Fenster, die oben von Buntglaselementen abgeschlossen wurden. Dann durchquerten wir seinen im Schatten von Bäumen liegenden und mit einer Backsteinmauer eingefassten Garten, gingen vorbei an einem

Swimmingpool, auf dessen chemisch grüner Oberfläche Inseln abgestorbener Eichenblätter trieben, und weiter zu einem kleinen, weiß verputzten Büro mit blauen Dachziegeln, das fast komplett von Bananenstauden umschlossen war. Er holte einen Schlüsselbund hervor und schloss die Tür auf.

Auf sämtlichen Möbelstücken stapelten sich Kartons voller Dokumente und Akten, die Korkbretter an den Wänden trugen mehrere Schichten mit Reißzwecken befestigter Blätter, Zeitungsausschnitte, vergilbte Fotos mit gekräuselten Ecken, Computerausdrucke mit langen Listen von Namen, Telefonnummern, Privat- und Geschäftsadressen. Die in das Fenster eingebaute Klimaanlage verbreitete eine Eiseskälte im Raum.

Ich starrte auf ein größeres Foto genau in der Mitte einer Pinnwand. Darauf zu sehen war eine Gruppe Kinder im Alter irgendwo zwischen fünf und acht Jahren. Sie hatten den rechten Jackenärmel hochgekrempelt und zeigten auf die Nummern, die ihnen dort eintätowiert worden waren.

„Sehen diese Kinder für dich aus, als wären sie Teil eines Schwindels, Dave?“, fragte er.

„Was ist hier los, Partner?“

Er gab mir keine Antwort. Er setzte sich hinter den Schreibtisch, wobei sein gewaltiger Hintern über den Rand der Sitzfläche quoll, dann zog er seinen riesigen Kopf auf seine Schultern zurück. Er schaltete seinen Computer und den Bildschirm an. Ich beobachtete, wie er den Namen *Buchalter* in die Tastatur hämmerte und mit der Eingabetaste abschloss. Eine Sekunde später öffnete sich eine Datei auf dem blauen Bildschirm. Hippo tippte auf eine Taste, die den Inhalt scrollen ließ wie einen Film, der durch einen Projektor gezogen wurde, während er die Augen zusammenkniff und jeden Eintrag aufmerksam studierte.

„Sieh dir das an", sagte er. „Ich habe hier ein halbes Dutzend Buchalter, aber keiner von denen scheint dein Mann zu sein. Diese Typen hier sind entweder zu alt, sitzen im Gefängnis oder sind tot."

„Was ist das alles?"

„Ich gehöre einem Netzwerk an. Wir behalten die Typen im Auge, die liebend gern mehr Öfen und Suchscheinwerfer und Wachtürme auf dieser Welt sehen würden – ich rede vom Klan, der amerikanischen Nazi-Partei, *Aryan Nation*, Skinheads drüben an der Westküste, einer Bande Arschgesichter in Hayden Lake, Idaho, die sich *Christian Identity* schimpfen. Die rotzen heute nicht einfach nur *Roter Mann*, Dave. Die sind bestens organisiert, die kennen sich untereinander, sie haben einen klaren Plan – sie würden gern alle Menschen, die anderer Meinung sind als sie, zu Seife verarbeiten. Nicht nur die Juden. Leute wie du kommen da auch infrage."

„Versuch's mal mit einer anderen Schreibweise", sagte ich.

„Nein, ich glaube, die Schreibweise ist schon richtig, nur die Generation stimmt nicht. Ich geb dir mal eine Geschichtsstunde. Sieh dir das hier an." Er scrollte erneut den Bildschirminhalt, hielt kurz darauf bei dem Namen *Buchalter, Jon Matthew* an. „Schon mal was vom *German-American Bund* gehört?"

„Ja, das war doch eine faschistische Bewegung in den 1930er Jahren, richtig? Sie haben Massenkundgebungen im Madison Square Garden veranstaltet."

„Genau. Und ein Ableger des Bundes war eine Gruppe namens *Silver Shirts*. Einer ihrer Gründer war Jon Matthew Buchalter. Er landete wegen Hochverrat in einem Bundesgefängnis und wurde '56 entlassen, gerade rechtzeitig, um an Leberkrebs zu sterben."

„Okay?"

„Er stammte von Grand Isle."

„Also ist der Kerl, der bei mir zu Hause war, vielleicht mit ihm verwandt?"

Hippo schaltete den Computer aus und drehte sich zu mir um. Sein Kopf versank zwischen seinen Schultern, und seine Wangen schienen überzuquellen wie die Unterseite eines Basketballs, aus dem die Luft abgelassen wird. „Ich habe keine Antworten für dich", sagte er. „Ich frage mich manchmal, ob ich vielleicht verrückt geworden bin. Wie viele Leute bewahren ein Rattennest des Bösen wie dieses hier in ihrem Garten auf?"

Ich sah ihm in die Augen.

„Ich will dich nicht beleidigen, Hippo, aber ich glaube nicht, dass du völlig ehrlich zu mir warst. Gibt es irgendwas über dieses U-Boot, das du mir noch nicht erzählt hast?"

„Hey, einmal kurz zurückdenken, Dave, ja? *Du* hast mir von dem U-Boot erzählt, erinnerst du dich? *Du* hast mit mir um den Finderlohn gefeilscht. *Du* denkst, ich habe Geheimnisse, ich würde in meiner eigenen kleinen Welt leben? Da kannst du drauf wetten, dass ich das tue. Die

Gitter vor den Fenstern meines Hauses, das elektronische Überwachungssystem, der private Sicherheitsdienst, den ich engagiere, damit sie auf meine Kinder aufpassen – glaubst du, das alles habe ich, weil ich Angst hätte, dass eine Horde Farbiger von der Magazine mit meinen Gartenmöbeln abhaut? Du wohnst im neuen Jerusalem, Dave. Wir schreiben das Jahr Null, es heißt wir gegen die. Entweder schaffen wir's oder eben nicht."

„Ich bin nicht ganz sicher, ob ich verstehe, was du meinst, Hippo. Ich bin auch nicht sicher, ob ich's verstehen will. Klingt für mich ein bisschen sehr messianisch."

Sein Gesicht war puterrot, der Kragen um seinen massigen Hals war schlaff wie ein klammes Papiertaschentuch.

„Geh zurück zu deinen Würmern, Dave", sagte er. „Falls der Typ nochmals bei dir aufkreuzt, tu der Welt einen Gefallen, steck ihm den Lauf deiner Kanone ins Maul und blas ihm seinen Scheißschädel weg. Lass mich jetzt allein, hörst du? Ich fühle mich nicht besonders. Mein Blutdruck ist so hoch, ich könnte damit die Dichtungsringe aus einem Lkw-Motor fetzen."

Er wischte sich mit der Hand über den Mund. Seine Lippen wirkten lila im eisgekühlten Zwielicht seines Büros. Er starrte auf eine Sammlung Zeitungsartikel und Fotos an seiner Pinnwand, als könnten seine Blicke die schwarz-weißen Fasern des Papiers durchdringen, als wäre er selbst in ein Foto hineingezogen worden, in eine Welt der Güterwaggons, die langsam vor einem mit Stacheldraht besetzten Tor zum Halten kamen, ein Tor, das aufklaffte wie ein hungriges Maul, während Hunde im tränentreibenden, grellen Licht der Suchscheinwerfer bellten und die Silhouetten der Neuankömmlinge in langen Reihen auf Gebäude mit konischen Schornsteinen zumarschierten, die in ihrem eigenen Rauch verschwanden.

Oder machte ich viel zu viel aus einem pathetischen und hinterlistigen fetten Mann, dessen selbst fabriziertes Drama zufälligerweise einen verblendeten Menschenhasser aus seinem Loch hatte kriechen lassen?

Der Gedanke war schwer zu schlucken, dass irgendwie der Zweite Weltkrieg immer noch stattfand im Bijou in New Orleans, Louisiana.

Ich ließ ihn in seinem Büro zurück und trat wieder hinaus ins Licht. Die Hitze war wie eine Streichholzflamme auf meiner Haut.

* * *

„Das klingt extrem schräg", sagte Clete, der in einem kleinen Lebensmittelmarkt am Audubon Park in sein *Po'boy*-Sandwich biss. Der Inhaber hatte ein paar Tische für arbeitende Menschen aufgestellt, die ihr Mittagessen verspeisen wollten. „Aber vielleicht leben wir ja auch in schrägen Zeiten. Es ist nicht mehr so wie in der guten alten Zeit."

„Glaubst du diesen Kram über den *American Bund*?"

„Nein, was mir Sorgen macht, ist die Art und Weise, wie die Menschen heute denken. Wie zum Beispiel diese Selbstjustiz-Nummer und dann dieses *Bürgerkomitee für ein besseres New Orleans.* Wusstest du, dass sowohl Bimstine als auch Tommy Lonighan bei denen Mitglied sind?"

„Nein. Wann ist Lonighan denn Rotarier geworden?"

„Law-and-order und gut geführtes Laster können durchaus prächtig miteinander auskommen. Tagungsteilnehmer, die gern einen Blowjob hätten, sind nicht wirklich scharf drauf, abgezogen oder von vermeintlichen Ehemännern ausgenommen zu werden. Wusstest du, dass Lucinda Bergeron die Verbindungsbeamtin des NOPD zum Bürgerkomitee ist?"

Er kaute sein Essen langsam, sah mich aufmerksam an. Draußen wehte der Wind und drückte das ausladende Blätterdach der Eichen entlang der St. Charles nieder.

„Und dann taucht dieser Prediger, dessen Kopf im Dunkeln leuchtet, an deinem Bootsanleger auf und erzählt dir, er gehöre auch zu diesem Haufen. Erkennst du so langsam ein Muster, mein Freund?", fragte er.

„Ich weiß nicht, was das alles mit dem Kerl zu tun hat, der Bootsie verletzt hat."

„Vielleicht gar nichts." Er beobachtete, wie die Straßenbahn auf dem breiten Mittelstreifen die Gleise herunterkam und dann an der Ecke hielt. Voller japanischer Geschäftsleute. Ungeachtet der Temperaturen trugen alle dunkelblaue Anzüge, Krawatten und langärmelige Hemden. „Wäre ich ein Mensch, der sich viel Sorgen macht, weißt du, was mich dann am meisten beunruhigen würde? Nicht das Crack, und auch nicht die schwarzen Wichser in den Sozialbausiedlungen. Nein, es ist vielmehr so ein Gefühl, das ich bezüglich der normalen Menschen habe, als hätten die nämlich überhaupt kein Problem damit, es mal eine Zeit lang auf eine völlig andere Art zu versuchen."

„Was meinst du damit?“

„Vielleicht irre ich mich ja, aber wenn ich morgen früh aufwachte und läse in der *Times-Picayune*, dass eine Wahl stattgefunden hätte und es ab sofort total legal wäre, Pack und Pöbel durch den Gartenschredder zu jagen, du weißt schon, diese Dinger, mit denen Landschaftsgärtner Äste zu Holzschnipseln verarbeiten, dann wäre das für mich keine wirklich große Überraschung.“

„Hast du schon mal von jemandem in der Stadt gehört, auf den die Beschreibung von diesem Buchalter passt?“

„Nee. Aber ich habe eine Theorie. Das ist dann zumindest schon mal was, das wir überprüfen können. Er ist nicht von hier. Er ist zu dir nach Hause gegangen, um dir ordentlich Angst einzujagen. Richtig? Es scheint keine offensichtliche Verbindung zwischen unserem Mann und irgendeinem bestimmten Dreckskerl zu geben, mit dem wir schon mal Stress hatten. Richtig? Und was sagt dir das alles, Streak?“

„Einer unserer hiesigen Mafiosi arbeitet mit jemandem von außerhalb, um mir eine Botschaft zu schicken.“

„Und an wessen Schwanz haben wir gerade erst ordentlich gezogen? Kann wirklich nicht schaden, noch mal mit Tommy Bobalouba zu reden, was meinst du?“

„Ich dachte, er gehört quasi zu deinem inneren Kreis?“

„Nein, nicht mehr. Es gefällt mir nicht, wie er sich in Gegenwart von Martina aufgeführt hat. Hol ein kleines irisches Arschloch raus aus dem Channel, steck ihn in ein Achthunderttausend-Dollar-Haus am Lake Pontchartrain, und was bekommst du? Genau, ein kleines irisches

Arschloch in einem Achthunderttausend-Dollar-Haus am Lake Pontchartrain. Wie wär's, wenn wir eine kleine Party schmeißen?"

„Ich hab Urlaub, und das hier ist nicht mein Zuständigkeitsbereich."

„Wen interessiert's? Wenn der Typ sauber ist, dann ist es überhaupt kein Ding. Falls nicht, dann scheiß doch auf die verdammten Vorschriften. Dann machen wir Rührei aus seinen Klöten."

Der Kassierer warf uns einen schrägen Blick zu, dann drehte er den Standventilator so, dass unser Gespräch durch die offene Tür hinausgeweht wurde, fort von den übrigen Gästen.

„Lass mich aber vorher noch kurz zu Hause anrufen", sagte ich.

„Kein Einwand?"

Ich zuckte mit den Achseln. Er musterte mein Gesicht.

„Wie viel hast du letzte Nacht geschlafen?", fragte er.

„Genug."

„Du kannst mir viel erzählen …"

„Willst du jetzt raus zu Lonighan, oder nicht?"

Da war ein Stocken in seinem Blick, ein feiner Lichtschimmer in seinen Augen. Er formte seine Lippen zu einem Kreis und kratzte sich mit einem Fingernagel an der Wange.

* * *

Lonighan wohnte unweit des Jachtclubs in einer Villa im Tudorstil, die in den 1920er Jahren von einem Bierbaron aus New Orleans erbaut worden war. Das Grundstück war von einer hohen Backsteinmauer umgeben, an deren Vorderseite sich ein Sicherheitstor mit schmiedeeisernen Spitzen befand, links und rechts davon standen Gruppen von Bananenstauden, dahinter schlängelte sich die Zufahrtsstraße an einem überdachten Pool und Tennisplätzen vorbei, auf deren rotem Sand Blätter lagen. Wir parkten meinen Truck, und Clete drückte auf den Knopf der Gegensprechanlage neben dem Tor.

„Wer ist da?", fragte eine Stimme aus dem Lautsprecher.

„Clete Purcel. Ist Tommy zu Hause?"

„Der ist drüben im Gym. Willst du später noch mal vorbeikommen oder ihm jetzt eine Nachricht hinterlassen?"

„Wer sind all die Leute am Pool?"

„Gäste. Hinterlass einfach eine Nachricht, Clete. Ich werd's ihm ausrichten."

„Wann ist er denn zurück?"

„Er kommt, er geht – was weiß ich? Hinterlass ihm einfach eine Scheißnachricht, und gut is."

„Also, hier ist die Nachricht, Art. Ich red nicht gern mit 'nem Lautsprecher."

„Tut mir leid, ich komm sofort runter. Hey, Clete, mein Freund, vergiss nicht, ich bin nur ein kleiner Angestellter, alles klar?"

Einen Augenblick später kam der Mann namens Art mit einer Heckenschere in der Hand die Einfahrt herunter. Sein Oberkörper war nackt, er schwitzte stark und trug weiße Shorts voller Grasflecken, dazu Flip-Flops, die beim Gehen klatschende Geräusche machten.

„Mach auf", sagte Clete.

„Du bringst mich echt in Schwierigkeiten, Mann. Warum musstest du Tommy so aufregen?"

„Ich hab Tommy nichts getan."

„Erzähl *ihm* das mal. Mein Gott, Clete, du weißt doch, was er für ein Typ ist. Was glaubst du denn, wie er sich fühlt, wenn eine Braut ihn in aller Öffentlichkeit anpisst?"

„Machst du jetzt auf?"

„Nein."

„So langsam machst du mich richtig sauer, Art."

„Was soll ich sagen? Warte in deinem Truck, ich lass euch Jungs was zu trinken und ein paar Sandwiches bringen. Mach mal halblang, okay?"

Er ging zurück Richtung Haus. Die Badegäste verließen den überdachten Pool-Bereich und schlenderten zu einem schattigen Fleckchen zwischen den Bäumen, wo Gartenstühle, ein Tisch mit Getränken und ein rauchender Grill standen. Die Haut in Cletes Augenwinkeln spannte sich.

„Hast du noch dein Fernglas?", fragte er.

„Im Handschuhfach."

Er ging zum Truck und kehrte ans Tor zurück. Er richtete meinen japanischen Feldstecher aus dem Zweiten Weltkrieg durch die Stahlstangen und musterte die Leute im Schatten.

„Sieh dir das an, Mann", raunte er und gab mir das Fernglas.

Eine Frau lag auf einem Liegestuhl mit einer Zeitung

über dem Gesicht. Eine zweite, etwas älter, korpulent und vollbusig, die Haut fast so braun wie Mahagoni, stand mit gespreizten Beinen auf dem Rasen und berührte in einer Überkreuz-Bewegung abwechselnd jeden einzelnen Zeh, wobei ihr aschblondes Haar immer wieder aufs Neue über ihre Schultern fiel. Eine dritte Frau mit rot gefärbten Haaren, die nicht älter als zwanzig, einundzwanzig war, beugte sich über einen Taschenspiegel, hielt einen kurzen Strohhalm an eine Nasenöffnung, während sie die andere mit einem Zeigefinger zudrückte. Links und rechts von ihr saß jeweils ein stämmiger, sonnengebräunter Mann mittleren Alters in einem neonfarbenen feuchten Tanga, der notdürftig seine Genitalien bedeckte, Rücken und Brust mit einem dichten Pelz schwarz-grauer Haare bewachsen. Über das Gesicht des einen Mannes zog sich ein feines Schorfgeflecht, fast als wäre er durch rötlichbraune Spinnweben gegangen.

„Wann hat sich Tommy Blue Eyes denn mit den Caluccis zusammengetan?", fragte Clete. „Die konnten sich doch auf den Tod nicht ausstehen."

„Geschäft ist Geschäft."

„Schön und gut, aber die Micks haben die Schmalzköppe immer von oben herab behandelt. Die wollten nichts miteinander zu tun haben." Er nahm mir das Fernglas aus der Hand und richtete es wieder durchs Tor. „Falls du Bobo und Max für Geeks hältst, solltest du dir mal den Knaben ansehen, der die Steaks auf dem Grill wendet."

Ein Mann, der gut und gerne zwei Meter groß sein musste, war mit einem Tablett Fleisch aus dem Seiteneingang des Hauses gekommen. Er hatte ein flaches, indianisches

Gesicht, einen freudlosen Mund und weit auseinanderstehende Augen, die im vom Grill aufsteigenden Rauch weder blinzelten noch zusammengekniffen wurden. Seine Haare waren rabenschwarz, frisch frisiert und erinnerten an eine kurz geschnittene Perücke, die auf einen bräunlich-roten Stein geklebt worden war.

„Dem Typen fehlen jetzt nur noch die Schrauben, die man ihm in die Schläfen implantiert hat“, meinte Clete.

„Ich glaube, wir kommen hier nicht weiter“, sagte ich. „Wahrscheinlich sollte ich jetzt nach New Iberia zurückfahren.“

Seine grünen Augen wanderten über mein Gesicht . „Du glaubst nicht, dass Bootsie allein damit klarkommt?“, fragte er.

„Woher soll ich das wissen, Clete? Er hat sie gedemütigt, ihr seine Zunge in den Mund geschoben, Blutergüsse auf ihrer Haut hinterlassen, als hätte er mit einer Kombizange zugepackt.“

Clete nickte und sagte einen Moment lang nichts. Dann: „Die Blonde da, die Aerobic macht, das ist Tommys feste Matratze, wenn seine Alte nicht in der Stadt ist. Nein, sie ist mehr als das, er hat einen echten Jieper auf sie. Glaube mir, Tommy und dieses Stück Gartenschlauch, das er Schwanz nennt, sind nicht weit weg. Dave, sieh mich an. Ich geb dir mein Wort, ich werde diesen Buchalter finden. Solltest du dann nicht in der Nähe sein, bekommst du von mir ein Polaroid, das du anschließend gern verbrennen kannst.“ Er starrte weiter in mein Gesicht. „Du machst mir echt Sorgen, alter Freund.“

„Wo liegt das Problem?"

„Du siehst total aufgekratzt aus, das ist das Problem."

„Na und?"

„Du hast so eine Art, richtig große Affenscheiße durch den Fensterventilator zu werfen, das ist los."

„Mach ich das?"

„Geh runter zur Kreuzung und ruf Bootsie an. Dann warten wir noch eine Stunde. Ist Tommy dann immer noch nicht zurück, machen wir für heute Feierabend."

Wir warteten eine Zeit lang im Truck, aber Tommy Lonighan kam nicht zurück. Ich verbrannte mir die Finger am Metall meines Armaturenbretts, als ich es berührte, und die Luft roch nach Salz und toten Wasserinsekten in der Regenrinne. Ich ließ den Motor an.

„Warte mal kurz. Sie kommen jetzt raus. Das ist die Gelegenheit, Mann", sagte Clete.

Das elektronische schmiedeeiserne Tor öffnete sich automatisch, und die Calucci-Brüder fuhren mit den beiden jüngeren Frauen auf dem Rücksitz in einem hellblauen Cadillac-Cabrio aus dem Schatten in die Sonne. Ich wollte ihnen schon mit dem Truck die Ausfahrt versperren, aber das war gar nicht nötig, denn Max Calucci, der Fahrer, und eine der Frauen hinten stritten sich heftig. Max trat fest auf die Bremse, so dass alle Insassen nach vorn geschleudert wurden, drehte sich auf dem Ledersitz um und fing an, mit einem Finger auf die Frau einzustechen. Die Frau, es war diejenige, die sich vorhin mit dem Strohhalm das Koks reingezogen hatte, stieg in Shorts und hohen Hacken vom Rücksitz und zog dabei einen langen Kratzer über die Seite des Cadillacs.

Max sprang aus dem Wagen und verpasste der Frau mit dem Handrücken einen Schlag auf den Mund. Er schlug so fest zu, dass ihr eine Spange aus den roten Haaren flog. Dann setzte er mit einer Ohrfeige nach. Sie presste die Handflächen auf ihr Gesicht und begann zu weinen.

Keiner von ihnen bemerkte uns, bis wir auf anderthalb Meter an ihren Wagen heran waren.

„Schalt mal lieber einen Gang runter, Max", sagte Clete. „Sonst fangen die Leute noch an zu denken, du würdest Frauen misshandeln."

„Was hast *du* denn hier zu suchen?", fauchte Max. Eine Glatze zog sich über die Mitte seines Schädels, Schweißperlen, groß wie Airsoft-Kugeln, glitzerten in seinen dichten, dunklen Augenbrauen. Von Nahem sah der Grind auf seinem Gesicht und Hals aus wie Schnörkel einer rötlichbraunen, feinen Gliederkette.

„Hat Art euch nicht gesagt, dass wir hier draußen sind?", fragte Clete. „Habt ihr uns deshalb nicht zu euch eingeladen?"

„Du hast mich neulich abends überrumpelt, Purcel. Wir zwei sind noch nicht fertig miteinander. Und jetzt wuchtest du deinen fetten Arsch besser von hier weg", knurrte Max.

„Kennt einer von euch einen Typen namens Will Buchalter? Streak hier würde wirklich sehr gern mit ihm plaudern", sagte Clete ungerührt.

„Nein, kenne ich nicht. Und jetzt verschwindet von hier …" Er unterbrach sich und schob der Frau mit den rot gefärbten Haaren seinen Finger unter die Nase. „Und *du* steigst sofort wieder ins Auto. Du wirst den Kratzer da wegpolieren, und wenn du's mit deiner Fotze machen musst. Hast du mich verstanden? Beweg dich! Und dein Maul machst du erst dann wieder auf, wenn ich was reinstecken will."

Er legte eine Hand um ihren Nacken, drückte zu und drehte sie zum Wagen um, während ihr Tränen aus den Augen liefen.

Die Schaufel lehnte zwischen mehreren Rosenbüschen an der Ziegelmauer. Sie hatte einen langen, glatten Holzstiel mit einem breiten, gewölbten Blatt. Max Calucci sah nicht, wie ich sie in die Hand nahm. Auch sah er nicht, wie ich mit beiden Händen kräftig ausholte, bis weit hinter meinen Rücken, so wie ich's auch mit einem Baseballschläger tun würde. Als er die Schaufel heranrauschen hörte, war es bereits zu spät. Das Metall streifte seinen Ellenbogen und krachte auf seinen Brustkorb, was ihn wie ein Taschenmesser zusammenklappen ließ. Ich sah, wie sein Mund aufsprang und ein Schmerz in seine Augen schoss, für dessen Ausmaß er noch nicht so ganz die passenden Worte fand.

Dann drehte ich die Schaufel um und schwang das Blatt rauf in sein Gesicht, wie man es auch mit der gepolsterten Trainingswaffe für den Bajonett-Nahkampf machen würde. Ich sah, wie er rückwärts aufs Gras torkelte, schützend die Knie hochzog, sein Gesicht kreidebleich vor Schock, der Mund ein scharlachroter Kreis blanker Fassungslosigkeit. Ich hörte Schritte, die schnell die Einfahrt heruntergelaufen kamen. Bobo Calucci presste verzweifelt beide

Hände auf die Hupe, dann stand auch schon Clete vor mir, schob mich mit beiden Handflächen zurück, große Schweißflecken unter den Achseln, der Riemen seines Nylon-Schulterhalfters schnitt in einen Nippel.

„Um Himmels willen, Dave, hör auf, du bringst den Kerl ja noch um", sagte er. „Hörst du mich? Lass gut sein, Streak. Er ist nicht der Bursche, für den wir uns interessieren."

Dann ließ er seine großen Hände auf den Stiel der Schaufel sinken und löste sie aus meinem Griff. Sein irisches Kuchenform-Gesicht gerade mal fünf Zentimeter von meinem entfernt, die Augen voller Mitgefühl und einer unverhüllten und besorgten Zuneigung.

8

Als ich an diesem Abend neben Bootsie in unserem Bett lag, erzählte ich ihr nichts von dem Zwischenfall mit den Calucci-Brüdern. Obwohl ich eine ganze Reihe von Jahren bei den Anonymen Alkoholikern war und bis zu einem gewissen Grad das Zwölf-Schritte-Programm der Besserung absolviert und auch versucht hatte, es in mein Alltagsleben zu integrieren, war ich in puncto Selbsterkenntnis nie sonderlich weit über die Tatsache hinausgekommen, dass ich ein Trinker war; genauso wenig war ich je in der Lage gewesen, mein Verhalten und wie ich dachte, oder eben nicht dachte, normalen Menschen verständlich zu machen.

Ich wollte immer glauben, dass diese Momente der ungezügelten Wut, die mir genauso schadeten wie ein durch Alkohol hervorgerufener Blackout, auf eine legitime Ursache zurückzuführen waren, dass mir oder einem mir nahestehenden Menschen großes Unrecht angetan worden war, dass das Objekt meines Zorns und ausgeschütteten Adrenalins nicht rein zufällig in meinen Gesichtskreis getrieben war.

Aber ich war zu vielen Cops begegnet, die genauso dachten. Irgendwie war immer schnell eine Rechtfertigung für den Taser-Pfeil zur Hand, für den Pfefferspraystrahl in die Augen, den über die Schienbeine oder die Rückseiten der Oberschenkel gepeitschten stählernen Teleskopschlagstock.

Die Versuchung ist groß, dafür den Job verantwortlich zu machen, die von Stress und Konfliktsituationen gekennzeichnete Alltagsroutine, die wie ein aufbrechendes

Magengeschwür seinen Lauf nimmt, oder die Richter und Bewährungsausschüsse, die Psychopathen schneller wieder auf die Straße loslassen, als man ihre Akten schließen kann. Aber manchmal, in einem klaren, ehrlichen Augenblick, kämpft sich eine höchst unangenehme Schlussfolgerung durch all die Phrasendrescherei des nur sich selbst Verteidigenden, nämlich, dass man sich von dieser Welt angezogen fühlt, genau wie manche Leute so sehr von der vielgestaltigen Form und Struktur von Feuer fasziniert sind, dass sie ihre Hände in seine Liebkosung gleiten lassen müssen.

Ich erinnerte mich an einen alten berittenen Gefängniswärter oben im Angola, der siebenundvierzig Jahre seines Lebens damit verbracht hatte, mit stets schussbereiter Doppelflinte vom Kaliber 12 die Sträflinge hinaus zur Arbeit auf den Mississippi-Damm zu begleiten. Während dieser Zeit hatte er vier Männer getötet und ein halbes Dutzend weitere verletzt. Die Zirrhose hatte ihm die Leber weggefressen, die rechte Hälfte seines Brustkorbes war nach der chirurgischen Entfernung eines kanzerösen Lungenflügels eingefallen. Meines Wissens hatte er keine Verwandten, mit denen er in Verbindung stand, es gab keine Frau in seinem Leben außer einer Prostituierten in Opelousas. Ich fragte ihn, wie er zu dem Beruf des berittenen Aufsehers gekommen war.

Er dachte einen Moment nach, dann tunkte er das Ende seiner Zigarre in sein Whiskeyglas und steckte es sich wieder in den Mund.

„Es war ich oder die, schätze ich mal“, sagte er.

„Bitte?"

„Ich hab mir überlegt, so ein Mann, wie ich einer war, der würde so oder so als Aufseher enden. Und ich fand, besser oben auf dem Rücken eines Pferdes als unten mit einem Haufen Nigger, die im Zuckerrohr hacken."

Ich erzählte Bootsie weder von den Caluccis noch machte ich eine Bemerkung über den Whiskeygeruch, den sie an diesem Abend mit ins Bett brachte. Ich schlief ein mit einer Hand auf ihrem Rücken. Gegen ein Uhr morgens spürte ich, wie ihr Gewicht von der Matratze verschwand. Ich hörte, wie sie barfuß in die Küche ging, einen Schrank öffnete, ohne zuvor das Licht anzuschalten, dann das Klirren einer Flasche gegen Glas. Einen Augenblick später war sie im Bad und putzte sich die Zähne.

Sie trank sehr selten und konnte nur wenig Alkohol vertragen. Am nächsten Morgen blieb sie fast fünfzehn Minuten unter der Dusche, dann schluckte sie eine Aspirin zum Kaffee und redete am Frühstückstisch vergnügt und lange, bis ihr Gesicht schließlich blass wurde und sie ihre Stirn auf die Handfläche senkte.

Ich trat hinter ihren Stuhl und massierte ihr Nacken und Schultern.

„Es ist manchmal schwer, es zu akzeptieren, Boots, aber es gibt keinen Grund, sich zu schämen, wenn wir von einer überlegenen rohen Gewalt bezwungen werden", sagte ich. „Nicht mehr, als ein Mensch sich schämen sollte, weil er sich eine Grippe geholt hat oder vom Angriff eines wilden Tieres zu Fall gebracht worden ist."

„Ich bekomme seinen Geruch nicht aus der Nase, und

das Gefühl seiner Zunge in meinem Mund", sagte sie. „Irgendwie fühle ich mich, als hätte ich es ihm erlaubt."

„So fühlen sich alle Opfer. Wir öffnen der falschen Person die Tür, und dann denken wir, unser an den Tag gelegtes Vertrauen würde bedeuten, wir wären schwach und mitschuldig. Du hast nichts Falsches getan, Boots. Du darfst das nicht mehr denken."

Aber ein solcher Rat ist unter diesen speziellen Umständen ungefähr so, als würde man jemandem mit einem Schlaganfall sagen, er solle einfach aus seinem Krankenbett aufstehen und ein bisschen rumlaufen.

Ich nahm die Maisgrütze vom Ofen, machte den Abwasch und räumte unsere Kaffeetassen und Teller weg. Gegen Mittag fuhr ich mit Bootsie zu einem Restaurant am Vermilion River in Lafayette. Als ich zur Toilette ging, rief sie den Kellner zurück an den Tisch und bestellte sich einen Wodka Collins. Nach dem Essen gingen wir hinaus auf die Terrasse oberhalb des Flusses und schauten ein paar Kids beim Wasserski zu. Die Sonne war weiß und stand senkrecht am Himmel, die Luft war durchsetzt mit dem Geruch von Dieselabgasen der Lastwagen, die über die Betonbrücke fuhren. Unten im trüben Wasser des Flusses trieb ein toter Silberreiher zwischen Zweigen und Kamelienblättern. Der Flügel des Reihers war gebrochen, und über einem Auge bemerkte ich das kupferne Schimmern einer Luftgewehrkugel, die von seinem Gefieder gestoppt worden war.

„Ach", seufzte Bootsie und atmete tief aus. Dann drehte sie sich vom Terrassengeländer fort und sagte: „Vielleicht sollten wir jetzt gehen, Dave. Ich werde auf dich hören und mich nicht in der Sonne aufhalten. Ich war in der Sache schrecklich nachlässig in letzter Zeit, ich weiß. Es ist nicht richtig, wenn man andere Menschen dazu bringt, dass sie sich um einen Sorgen machen, stimmt's? Ich werde mir nicht mehr erlauben, so unvorsichtig und leichtsinnig zu sein, versprochen." Ihre Augen leuchteten so entschlossen, als hätte sie den logischen Schluss entwickelt, der auf die eine oder andere Art ein ganz bestimmtes Problem ein für alle Male lösen würde. Sie drehte sich um, durchquerte den Raum und verließ das Restaurant, ohne auf mich zu warten.

* * *

Als wir zu Hause ankamen, klingelte das Telefon in der Küche. Bootsie ging ins Schlafzimmer, schaltete den Fensterventilator ein und legte sich mit einem Arm über den Augen aufs Bett.

„Hallo", sagte ich in den Telefonhörer.

„Spreche ich mit Mr. Robicheaux?"

„Ja."

„Wieso haben Sie meiner Mom nicht geholfen?"

„Verzeihung?"

„Sie hat Ihnen geholfen, oder? Wieso haben Sie ihr dann nicht auch geholfen?"

„Wer spricht da?"

„Zoot Bergeron." Inzwischen war der Tonfall weniger aggressiv und selbstbewusst. „Meine Mom hat gesagt, Mr. Baxter wird dafür sorgen, dass sie fliegt, falls er die Möglichkeit dazu bekommt."

„Bist du Lucindas Sohn?"

„Ja, 'türlich." Dann versuchte er, seine Stimme etwas tiefer zu machen. „Yeah, genau der."

„Wie alt bist du, Partner?"

„Siebzehn. Ich bin siebzehn Jahre alt." Im Hintergrund konnte ich Echos hören, als würden sich Leute in einer Kneipe anbrüllen, und dann klatschende Geräusche, wie Leder, das auf Leder trifft.

„Weiß deine Mutter, dass du mich anrufst?", fragte ich.

„Sie hat Ihnen Sachen erzählt, und Sie haben das dann Mr. Baxter weitererzählt. Es ist nicht okay, dass sie jetzt Ärger hat, nur weil Sie einfach hin sind und Sachen erzählt haben, die Sie für sich behalten sollten."

Oh Mann, dachte ich, die Geschichte mit den übrigen Mordopfern, die verstümmelt worden waren.

„Ich werde mit deiner Mutter darüber reden", sagte ich.

Ich konnte fast hören, wie er nach Luft schnappte.

„Das wird nichts nutzen. Ich kann Ihnen sagen, wer die Leute sind, die das Gesetz in die eigene Hand genommen haben. Dann können Sie und meine Mom die verhaften."

„Oh? Und warum erzählst du es nicht nur ihr?"

„Weil sie mir nicht glaubt."

„Ich verstehe."

„Kommen Sie hierher?", fragte er.

„Und wo soll das sein?"

„Ich bin im Gym. In Mr. Lonighans Sport Center. Wissen Sie, wo das ist?"

„Was hast du bei Tommy Lonighan zu suchen, Partner?"

„Ich boxe hier, und abends mach ich hier sauber. Kommen Sie?“

„Ich werd’s mir überlegen.“

Ich hörte, wie jemand auf einen Standboxtrainer eindrosch: *rat-a-tat-tat.*

„Werden Sie ihr sagen, dass ich angerufen hab?“

„Wie heißt du noch mal?“

„Zoot.“

„Netter Name, Zoot. Nein, ich werde deiner Mutter nicht erzählen, dass du angerufen hast. Aber du hörst mir jetzt mal ganz genau zu: Erzähl niemandem, dass du irgendwas über die Leute weißt, die Selbstjustiz begehen. Vor allem nicht in diesem Gym. Okay?“

„Ja, klar. Ich meine, okay, hab’s verstanden. Aber ich erwarte Sie trotzdem. Ein Deal ist ein Deal, stimmt’s? Und wir haben doch einen Deal, oder nicht?“

„Moment mal …“

„Meine Mom hat gesagt, Sie wären ein netter Kerl, sie hat gesagt, ich soll Ihnen nicht die Schuld geben, dass sie jetzt Ärger mit Mr. Baxter hat. Sie hat recht, stimmt’s? Oder nicht? Ich bin den ganzen Abend hier. Und am frühen Morgen auch.“

Er legte auf, bevor ich antworten konnte.

* * *

Um drei Uhr an diesem Nachmittag erhielt ich einen Anruf von dem Anwalt, den ich mit der Verteidigung von Batist beauftragt hatte. Er war der erfolgreichste Strafverteidiger in

Lafayette. Meine fünfminütige Unterhaltung mit ihm war ein weiteres Lehrstück dafür, wie sich die Gesetze des Finanzwesens auch auf unser Rechtssystem anwenden lassen. Der Anwalt hatte die Staatsanwaltschaft in New Orleans mit der Information konfrontiert, die ich von Lucinda Bergeron bezüglich der anderen Morde erhalten hatte; weiterhin hatte er ihnen gesagt, er könne ein halbes Dutzend eidesstattlicher Aussagen vorlegen, die belegten, dass Batist nicht einmal in der Nähe von New Orleans war, als diese Morde begangen wurden. Außerdem erwähnte er die Möglichkeit einer zivilrechtlichen Klage gegen die Stadt New Orleans.

Die Mordanklage gegen Batist sollte am folgenden Morgen fallen gelassen werden.

„Das war's?", fragte ich.

„Das war's."

„Haben die sich die Mühe gemacht, zu erklären, warum er überhaupt dieser Taten beschuldigt wurde?"

„Wie jedem unterlaufen auch ihnen Fehler."

„Das klingt aber eher so, als wären sie ziemlich gut darin, sich selbst die Absolution zu erteilen."

„Ich finde, wir haben heute wirklich etwas erreicht."

„Was schulde ich Ihnen, Mr. Guidry?"

„Es fällt kein höheres Honorar an als das, was wir ursprünglich vereinbart haben", sagte er.

„Sechstausend Dollar für ein paar Telefonate?"

„Es waren durchaus gewisse Nachforschungen erforderlich."

„Sechstausend Dollar, ohne vor Gericht erscheinen zu müssen?"

„Ich dachte, es würde Sie freuen zu hören, dass Ihr Freund nicht mehr in Schwierigkeiten steckt."

Das tat es auch. Gleichzeitig jedoch war ich elftausend Dollar ärmer an Gebühren für Anwalt und Kautionssteller, die ich in monatlichen Raten oder mit geliehenem Geld würde begleichen müssen.

* * *

An diesem Abend ging ich mit Bootsie und Alafair in New Iberia ins Kino. Es regnete, als wir nach Hause kamen, und die Luft roch intensiv nach Fisch, der auf den warmen Brettern eines Anlegers liegengelassen worden war, und auch nach nassen Bäumen und schimmligen Pekannuss-Schalen. Und als wir gerade ins Bett gehen wollten, rief Clete aus New Orleans an und erzählte mir eine merkwürdige Geschichte, die er von einem seiner Freunde bei der Küstenwache hatte.

Vor zwei Tagen bei Sonnenuntergang hatte ein Kutter der Küstenwache auf dem Meer südlich von Cocodrie einen ankernden Sieben-Meter-Kabinenkreuzer gesichtet, dessen Bug in der hereinkommenden Flut schaukelte. Die ganze Woche über hatten sie nach einem Mutterschiff gesucht, möglicherweise ein panamaischer Tanker, von dem aus luft- und wasserdicht verpackte Marihuana-Ballen mit Markierungsbojen über Bord geworfen wurden, damit kleinere, leistungsstarke Boote das Zeug wieder aus dem Wasser fischten und dann über die Bayous und Kanäle zu Überlandtransportern brachten, die an trockenen Stellen in den Sümpfen warteten. An Bord des Kabinenkreuzers befanden sich zwei Männer in Taucheranzügen. Sie ließen gerade an einem Kabel eine Batterie Unterwasserscheinwerfer über die Reling, als sie den Kutter kommen sahen. Der Kapitän der Küstenwache war überzeugt, eines der gesuchten Schmugglerboote gefunden zu haben.

Die letzten Zweifel schwanden, als die Männer an Bord des Kabinenkreuzers hastig die Scheinwerfer zurück über die Reling zogen, das Ankerseil mit einem Bowiemesser durchtrennten und dann volles Rohr Richtung Küste und flachere Gewässer abdrehten, wo der Kutter mit seinem größeren Tiefgang durchaus auf einer Sandbank auf Grund laufen konnte. Bei dem Wendemanöver musste ihnen aber wohl die untergehende Sonne direkt in die Augen geschienen haben. Vielleicht kümmerte es sie bei ihrem Fluchtversuch aber auch einfach nicht, dass sie einen Taucher im Wasser zurückgelassen hatten, einen Mann in Neoprenanzug und mit Pressluftflaschen auf dem Rücken, dessen Kopf so kahl rasiert war wie eine gehäutete Zwiebel. Er tauchte exakt an der Stelle in der Dünung auf, wo seine Freunde kurz vorher das Ankerseil gekappt hatten. Er hatte sich wahrscheinlich nicht erklären können, warum das Seil plötzlich in seinen Händen erschlafft war und die glatte Wasseroberfläche des Golfs mit einem Mal von den Schrauben des Kajütboots aufgewühlt und schmutzige Abgaswolken aus den Auspuffrohren an der Wasserlinie aufgetaucht waren.

Selbst durch seine von innen beschlagene Maske, durch den grünlichen Wellengang gegen das Glas, musste er dann wohl begriffen haben, dass seine schlimmsten Befürchtungen als Taucher – zum Beispiel, seine Taschenlampe tief im Inneren eines gesunkenen Schiffs zu verlieren oder vielleicht von einem Maul voller hakenförmiger Zähne, die seine Knochen so locker brachen, als wären es Holzstöcke, in eine bodenlose Schlucht hinabgezogen zu werden – nie wirklich begründete Befürchtungen gewesen waren. Vielmehr wurde jetzt der schrecklichste Moment seines Lebens von seinen Kameraden herbeigeführt, und dies ohne einen für ihn nachvollziehbaren Grund und auf eine Weise, die seine Schreie, seine winkenden Arme, seinen verzweifelten Versuch, noch in letzter Sekunde tief unter die Wasseroberfläche abzutauchen, zu den ohnmächtigen und vergeblichen Gesten eines Albtraums machte.

Der Kabinenkreuzer musste bereits fünfunddreißig Knoten draufgehabt haben, als er über ihn hinwegpflügte und die Schiffsschrauben wie Rasiermesser durch seinen Körper schnitten und ihn als in Gummi gewickeltes Hackfleisch im Kielwasser des Boots treibend zurückließ.

„Warum sind die Typen auf dem Boot eigentlich geflohen?“, fragte ich Clete.

„Es war gestohlen. Tja, also nicht direkt. Es gehört einem millionenschweren Jachtbesitzer aus Baltimore, aber sein alkoholsüchtiger Skipper hält es für ihn in Biloxi jederzeit einsatzbereit. Also dachte sich der Säufer, da könnte er ja auch ein paar Mäuse nebenbei verdienen, wenn er es an diese drei Typen vermietet. Aber in letzter Minute haben die dann wohl beschlossen, dass sie ihm das Geld ja eigentlich gar nicht geben müssten, stattdessen haben sie ihm einfach die Scheiße aus dem Leib getreten. Sie haben ihn gewarnt, sollte er deswegen Terz machen, würden sie ihn später noch mal besuchen und ihm eine seiner eigenen Whiskeyflaschen in den Arsch rammen."

„Wer waren die Typen?"

„Die beiden in Haft sind nur zwei kleine Strandganoven aus Biloxi, die immer mal wieder wegen kleiner Einbrüche auf der Parchman Farm waren. Aber hör dir das an: Der Typ, der in den Schiffsschrauben-Schredder geraten ist, der hatte ein paar wunderschöne Nazi-Kunstwerke auf beiden Armen – Hakenkreuze und SS-Runen."

„Wie die meisten Knackis der *Aryan Brotherhood*", stellte ich fest.

„Aber jetzt kommt der Clou, mein Freund. Dieser Typ war nicht aus der Gegend hier. Die Küstenwache hat seinen Pass im Kabinenkreuzer gefunden. Er kam aus Berlin, Deutschland."

„Haben die Jungs im Verhör ausgepackt, hinter was sie her waren?"

„Sie wurden von diesem Deutschen angeheuert, allerdings behaupten sie, der hätte ihnen nicht sagen wollen, was da unten ist. Sie glaubten, es wäre vielleicht ein versenktes Schiff mit einer Menge Dope im Laderaum. Und jetzt kommt der richtige Lacher: Laut Küstenwache liegt an dieser Stelle überhaupt kein Boot auf Grund. Was die Strandganoven und der Skinhead auf ihrem Sonar gesehen haben, war aller Wahrscheinlichkeit nach eine Bohrinsel, die vor ungefähr zwanzig Jahren dort bei einem Orkan gesunken ist."

„Danke für die Information, Clete."

„Willst du mit den Jungs reden?"

„Vielleicht."

„Dann würde ich das allerdings bald tun. Der Suffkopp in Biloxi erstattet keine Anzeige, und der Tod von diesem Kraut wird als Unfall verbucht. Ich glaube kaum, dass irgendwer schlaflose Nächte haben wird wegen eines Skinheads, der draußen auf dem Meer zu Pökelfleisch verarbeitet worden ist."

„Nochmals vielen Dank, Clete."

„Glaubst du, die waren hinter dem U-Boot her?"

„Wer weiß das schon?"

„Hippo Bimstine weiß es. Ich will über alles auf dem Laufenden gehalten werden, mein Freund. Wenn Streak im Big Sleazy agiert, dann braucht er seinen alten Partner, der ihm den Rücken freihält. Hab ich recht?"

„Genau. Gute Nacht, Cletus."

Ich hörte, wie er eine Flasche öffnete und den Inhalt in ein Glas füllte.

„Du meine Güte, ich steh auf diesen alten Rock 'n' Roll, als die Bobbsey Twins von der Mordkommission die Stadt noch richtig aufgemischt haben", palaverte er.

Meine Hände fühlten sich unendlich müde an, ich konnte kaum den Hörer halten, und meine Augen brannten, als befände sich Sand hinter den Lidern. Clete redete immer noch, ließ frische Eiswürfel in seinem Glas klirren, als ich ein letztes Mal Gute Nacht sagte und behutsam auflegte.

* * *

Tommy Lonighans Sport Center lag am Rand der Innenstadt von New Orleans in einem zweistöckigen Backsteingebäude vom Ende des 19. Jahrhunderts, das ursprünglich eine Feuerwache, dann in den 1920er Jahren ein Autohaus und schließlich eine Trainingshalle für Club-Boxer beherbergt hatte, die während der Weltwirtschaftskrise für fünf Dollar pro Fight in den Ring gestiegen waren.

Drinnen roch es nach Schweiß, Leder und muffigen Handtüchern. Die kanariengelbe Wandfarbe schlug Blasen und blätterte über den alten eisernen Heizkörpern ab. Die verzogenen und kaputten Stellen im Boden, der ursprünglich aus Eichenparkett bestand, waren mit Sperrholz und Linoleum geflickt worden. Die Bodybuilding-Geräte stammten ausnahmslos noch aus einer anderen Ära – Hanteln und Bänke fürs Gewichtheben, Curlstangen, an einem Kabel hing sogar ein mit Ziegeln gefüllter Waschbottich zum Latziehen. Die Plane auf dem Boden der vier Boxringe war fast schwarz vom Schlurfen, von Körper- und Haarfett und umgetretenen Spucknäpfen.

Aber trotzdem war es immer noch das berühmteste Boxstudio in ganz New Orleans, und wahrscheinlich waren aus diesem Stall mehr *Golden-Gloves*-Champions hervorgegangen als aus jedem anderen Box Club im Süden. Im Sonnenlicht, das durch die hohen Fenster hereinfiel, wuchteten schwarze und vietnamesische Kids, Latinos und auch einige wenige weiße Jungs auf einer breiten Gummimatte Langhanteln rauf und runter, sprangen mit der Anmut von Stepptänzern Seilchen und verwandelten Standboxtrainer in fliegende, ledrige, verschwommene Flecken.

Ein kleiner, älterer Weißer mit Blumenkohlohren und einem flachen Gesicht wie bei einer Spielzeugfigur, der damit beschäftigt war, aus einem Karton voller alter Boxhandschuhe die Schnüre zu ziehen, zeigte mir Zoot.

„Der große Junge dahinten, der sich jeden Augenblick am Standboxtrainer die Nase brechen wird", sagte er. „Und wenn Sie dann schon mal bei ihm sind, richten Sie ihm aus, dass er den Müll noch nicht raus zum Container gebracht hat."

Der Junge hatte mandelförmige, türkisgrüne Augen wie seine Mutter und eine reine, hellbraune Haut. Er war allerdings ungewöhnlich groß für sein Alter, deutlich über einsachtzig und so schlank und schmalschultrig, als hätte man seine Haut über einen Drahtrahmen gespannt. Der elastische Bund seiner Sporthose war völlig durchgeschwitzt, Schweißperlen liefen in kleinen Rinnsalen über seine unbehaarte Brust. Jedes Mal, wenn seine Faust ihr Ziel verfehlte, warf er einen nervösen Blick zu einem anderen Jungen hinüber, der ein paar Meter weiter den Sack *seines* Standboxtrainers in eine Explosion aus Geräusch und Bewegung verwandelte. Zoot verpasste dem Sack einen schmetternden rechten Cross, ließ ihn an der Kette zurückschnellen, versuchte, mit einem linken Haken nachzusetzen, traf nicht, holte wieder mit der Rechten aus und traf erneut daneben.

„Versuch nicht, mit der einen Hand härter zu treffen als mit der anderen", sagte ich. „Du musst so was wie einen ringförmigen Kraftimpuls hinbekommen."

„Einen was?"

Tolle Wortwahl, sagte ich mir.

„Du hast mich gestern zu Hause angerufen“, sagte ich.

„Sie sind Mr. Robicheaux?“

„Jep.“

„Oh. Ja. Also – ich bin gleich bei Ihnen, okay? Die warten da drüben am Ring auf mich. Ich werde drei Runden mit dem weißen Jungen sparren, der gerade den Nierenschutz anlegt.“

„Du hast gesagt, du hättest mir ein paar ziemlich wichtige Dinge zu erzählen, Zoot.“

Seine Blicke zuckten kurz zur Seite, dann sah er mich wieder direkt an.

„Ich muss jetzt zuerst die drei Runden boxen. Hier kann man auch nicht so gut reden, wenn Sie verstehen, was ich meine?“

„Ja, schätze schon.“ Ich sah zu dem weißen Jungen hinüber, der gerade in seine Ecke des Boxrings hinaufstieg. Seine Haut hatte dieses alabasterne Schimmern von jemandem, der nur selten in die Sonne ging, aber sein mit einem rot-grünen Drachen tätowierter Bauch war ein Waschbrett, und die Muskeln seiner Arme sahen stahlhart aus. „Wer ist das?“, fragte ich.

„Hmmm, er kämpft viel in Miami und Houston.“

„Ist er ein Profi?“

„Ja, klar.“

„Bist du sicher, dass du das machen willst, Partner?“

Er leckte sich über die Lippen und versuchte, die in seinen Augen aufflackernde Angst zu verbergen.

„Er ist ein guter Typ. Er hat schon gegen ein paar echt große Namen gekämpft. Er macht das nicht für jeden“, sagte Zoot. „Ich bin gleich zurück. Sie müssen nicht zusehen, wenn Sie nicht wollen. Hinten in der Umkleide steht ein Cola-Automat."

„Ich setz mich einfach da drüben hin, okay?"

„Ja, klar. Bin gleich zurück."

Ich glaube nicht, dass ich schon mal jemanden so schlecht boxen gesehen hatte wie Zoot. Entweder hielt er sich beide Handschuhe vors Gesicht, sodass er seinen Gegner nicht sehen konnte, oder er nahm seine Deckung urplötzlich herunter und setzte sein Gesicht einem Hagel aus Schlägen aus. Er stand schlecht, hatte immer nur die Rechte vorn, die Linke benutzte er wie eine Flosse, und er steckte Schlag um Schlag auf Mund und Augen ein, weil er nicht wusste, wie man sein Kinn einziehen und die Schultern gegen einen rechten Cross hochziehen musste.

Zum Glück schonte der weiße Junge ihn weitgehend, bis auf die dritte Runde, als Zoot aus einem Clinch kommend zum Schlag auf den Kopf des anderen ausholte. Der weiße Junge schnellte in Zoots ausholenden Arm hinein und verpasste ihm einen harten Haken auf die Nase. Zoot flog mitten im Ring auf den Hintern, die langen Beine vor sich abgespreizt, der Mundschutz nass auf seinem Schoß und die Augen glasig, als ob jemand direkt vor seiner Nase einen Fotoblitz ausgelöst hätte.

Zwanzig Minuten später kam er in Straßenkleidung aus der Umkleide, kämmte sich das nasse Haar seitlich an den Kopf. Seine Nase blutete nicht mehr, aber das linke Auge hatte bereits begonnen, sich zu verfärben und am Augenwinkel anzuschwellen. Er überquerte die Straße zu einem

Café, in dem Pizza stückweise verkauft wurde, und setzte sich im hinteren Teil unter einem rotierenden Ventilator an einen Tisch.

„Boxt du schon lange?“, fragte ich.

„Seit die Schule aus ist.“

„Trainierst du für die *Golden Gloves*?“

„Ich mach's nur zum Spaß. Ich denke nicht an die *Gloves* oder solche Sachen.“

„Ich möchte dir einen Tipp geben, Zoot. Halt immer deine linke Schulter oben, und führe nicht mit der Rechten, bis du zu einem Körperangriff reingehst. Dann tauch unter der Deckung des Gegners durch und verpass ihm einen kräftigen Haken auf den Solarplexus. Den Punkt direkt unterhalb des Herzens.“

Er schob sich ein großes Stück Pizza in den Mund und betrachtete mich, während er kaute.

„Waren Sie selbst mal Fighter?“, fragte er.

„Ein bisschen. Auf der Highschool.“

„Meinen Sie, ich könnte für die *Gloves* trainieren?“

„Schätze, das liegt wohl allein an dir.“

Er lächelte und senkte den Blick.

„Sie halten mich nicht für besonders gut, stimmt's?“, fragte er.

„Du hast gerade drei Runden gegen einen Profi überstanden. Das ist nicht schlecht.“

„Aber ich weiß, was Sie wirklich denken. Sie müssen nicht nett zu mir sein. Wie ich schon sagte, ich mach's zum Spaß.“ Er berührte den Rand seines geschwollenen Auges mit seinen Fingerspitzen.

„Du hast gesagt, du würdest mir was über diese Selbstjustiz-Morde erzählen", sagte ich.

„Das sind Gangmitglieder. Die kämpfen darum, wer in den Siedlungen H verkaufen darf. H ist wieder ganz groß, Mr. Robicheaux. Viele wollen mit Crack nichts mehr zu tun haben."

„Woher weißt du, dass die Gangs dahinterstecken, Zoot?"

„Ich komme viel rum. Ich hab Freunde in den Siedlungen – in der St. Thomas, der Iberville, der Desire. Die sagen alle, es gibt keinen Killer, der das Gesetz selbst in die Hand nimmt."

„Gibt es einen bestimmten Mord, über den du Informationen besitzt?"

Er dachte einen Moment nach. „Ja, letztes Frühjahr", sagte er. „Direkt gegenüber von unserer Schule ist ein Dealer vom Dach geworfen worden. Die Gangtypen sagen, er hat im falschen Viertel gedealt."

Er sah mich erwartungsvoll an.

„Gibt es irgendwelche Namen, die du mir nennen möchtest?", fragte ich.

„Ich erzähle Ihnen nur, was meine Freunde sagen. Namen hab ich keine."

„Du kommst aus einem guten Stall, Zoot. Findest du wirklich, dass du mit Gangs abhängen solltest?"

„Ich such mir meine Freunde selbst aus. Mir schreibt keiner vor, mit wem ich abhängen soll."

„Ich verstehe. Schön, ich bedanke mich für die Informationen." Ich stand auf.

„Wollen Sie uns nicht helfen?“

„Ich fürchte, da war jetzt nicht besonders viel, womit ich etwas anfangen kann.“

„Mr. Robicheaux, meine Mom wird ihren Job verlieren.“

Ich setzte mich wieder. „Wo ist dein Dad?“

Er starrte auf einen unbestimmten Punkt im Raum, dann sah er zur Musikbox hinüber, als wäre sie ihm erst jetzt aufgefallen.

„Ich hab keinen Dad. Warum fragen Sie das?“, sagte er.

„Ohne besonderen Grund. Deine Mutter ist eine toughe Lady. Du musst dir um sie keine Sorgen machen.“

„Sie haben gut reden. Sie sind ja nicht dabei, wenn sie nach Hause kommt und mir immer wieder erzählt ...“

„Was erzählt?“

„Ich bin nichts als ein großer Schluck Wasser, ich muss ein *Mann* werden, ich muss aufhören, so krumm rumzulaufen, als hätte mir jemand das Rückgrat geklaut.“ Er zerknüllte eine Papierserviette in der Hand und ließ sie auf seinen Teller fallen. „Es ist nicht ihre Schuld. Die machen ihr schwer Stress, da wo sie arbeitet, deshalb kann sie gar nicht anders, als anschließend *mir* Stress zu machen. Aber ich hab das alles so unglaublich satt ...“

Zum ersten Mal bemerkte ich nun, wie lang und schmal seine Hände waren. Sogar seine Fingernägel waren lang, fast wie die eines Mädchens.

„Hast du Lust, noch mal deine Trainingshose anzuziehen?“, fragte ich.

„Wozu?“

„Geh mit mir rüber zum Drugstore, danach gehen wir

zurück zum Gym und unterhalten uns über Uhren und Zielfernrohre."

„Was?"

„Komm, meine beste Zeit hab ich lange hinter mir. Du schickst mich sofort auf die Matte, Zoot."

Wir gingen in den Drugstore an der Ecke, ich erstand einen Gummiball, der eine Spur kleiner war als meine Handfläche, und steckte ihn in meine Hosentasche. Dann überquerten wir die Straße zum Gym, Zoot zog seine Trainingshose wieder an und kam zu mir in eine Nische mit gepolsterten Matten auf dem Boden und einem riesigen Ventilator, der an das Drahtgeflecht vor dem Fenster geschraubt war. Ich hängte mein Hemd an einen Hantelständer und streifte mir Sparrings-Handschuhe über, die fast so groß waren wie Couchkissen.

Gute Ratschläge sind oft nichts wert, und am wenigsten taugt die Sorte, die wir Leuten geben, die sich gefährlichen Situationen aussetzen müssen, für die sie auf gefährliche Weise unvorbereitet oder schlecht ausgerüstet sind. Ich kannte wahrscheinlich hundert Einzeiler, die mir ein Cutman oder ein Trainer in der Ecke eines *Golden-Gloves*-Rings zugeflüstert hatte, während er mir den Mundschutz von den Zähnen nahm und einen Schwamm auf die Augen drückte („Schluck das Blut runter, Junge. Lass ihn niemals sehen, dass du verletzt bist … Wenn er im Clinch noch mal mit dem Kopf zustößt, drück ihm den Daumen ins Auge … Er kündigt seine nächsten Schläge an. Wenn er die rechte Schulter senkt, knipst du ihm das Licht aus.")

Aber nur sehr wenige Leute verstehen, wie viel Mumm

nötig ist, einem überlegenen Gegner direkt gegenüberzustehen, der sich systematisch daranmacht, dir den Nasenknorpel einzuschlagen, dir die Augenbrauen bis auf den Knochen aufplatzen zu lassen und deinen Mund in etwas zu verwandeln, das wie eine aufgeplatzte Tomate aussieht, während das Publikum auf den Stühlen steht und die Genugtuung über deine Schmerzen und deine Demütigung herausbrüllt.

„Lass uns versuchen, zwei einfache Gedanken im Kopf zu behalten", sagte ich. „Beweg dich immer im Uhrzeigersinn. Hast du das verstanden? Umkreise ihn, bis er dich für einen Hai hält. Immer nach links, so als würdest du dich im Uhrzeigersinn bewegen."

„Alles klar ..." Er fing an, mich zu umkreisen, seine Trainingsschuhe streiften über die Plane der Matte, die Haut an seinen Schläfen erwartungsvoll angespannt, die Augen aufmerksam auf meinen Fäusten.

„Dann siehst du ihm direkt in die Augen. Nur, in deinem Kopf siehst du sein Gesicht in einem Zielfernrohr. Glotz nicht auf meine Hände, sieh mir in die Augen. Sein Gesicht befindet sich jetzt exakt im Fadenkreuz, verstehst du mich, denn du weißt, es ist jetzt nur noch eine Frage der Zeit, bis du ihm mit deiner Linken ein Pfund verpasst; vielleicht bringst du ihn dazu, sich zu ducken und dann ohne Deckung wieder hochzukommen, und dann drückst du ab und vernichtest ihn mit deiner Rechten."

Er umkreiste mich und blinzelte mich mit seinem geschwollenen linken Auge über die Handschuhe hinweg an.

„Schlag mich", sagte ich.

Seine Geraden waren wie krampfartige Zuckungen, schlecht getimt, ängstlich, fast schon mitleiderregend.

„Ich sagte, schlag mich, Zoot!"

Seine Linke schoss vor und flog gegen meine Handschuhe.

„Schlag *mich*, nicht den Handschuh!", sagte ich. „Langsam werd ich sauer!"

„Was?"

„Ich sagte, du machst mich langsam sauer. Hast du was an den Ohren?" Ich sah in seinen Augen, dass meine Worte ihn trafen. Ich ließ eine linke Gerade auf seinen Kopf los und jagte meine Rechte genau in seine Deckung. Dann machte ich es wieder. Sein Kopf flog unter der Wucht des Schlages zurück, dann fand er sein Gleichgewicht wieder und krümmte erneut die Schultern. Ich sah, wie er kaum merklich die Rechte senkte und wie sich in einem Auge ein Funkeln zeigte, wie bei einem Scharfschützen, der über Kimme und Korn Ziel nimmt.

Seine Linke verfehlte mich und streifte mich nur am Ohr, aber damit hatte er mich gezwungen, mich seitlich wegzuducken, und als er dann seine Rechte abfeuerte und die Schulter mit hineindrehte, flogen die Schweißperlen von seinem Gesicht und er erwischte mich voll auf dem Kinn.

Ich senkte die Handschuhe und grinste ihn an.

„Das war ein Prachtschlag!", sagte ich und fing an, mir die Handschuhe auszuziehen.

„Hören Sie auf?"

„Ich hab doch gesagt, meine beste Zeit liegt schon lange hinter mir. Außerdem muss ich nach New Iberia zurück."

„Kämpfen Sie drei Runden mit mir."

Ich griff in meine Hosentasche, nahm den Gummiball heraus, den ich im Drugstore gekauft hatte, und warf ihm den zu.

„Drück den fünfhundert Mal am Tag abwechselnd mit beiden Händen. Mach *das*, und arbeite weiter an diesem rechten Cross, und dann wirst du schon bald deinem Gegner den Kopf abreißen können und reinspucken, Zoot."

Als ich zum Ausgang ging, warf ich noch einen Blick zurück und sah ihn vor dem Ventilator schattenboxen, mit der rechten Hand den Gummiball bearbeiten, vor den sich drehenden Ventilatorblättern den Kopf einziehen und schnell hin und her hüpfen. Ratschläge mögen ja häufig nicht viel taugen, aber das Vertrauen derjenigen, denen wir sie geben, ist alles andere als billig zu haben. Ich wünschte Zoot jede Menge Glück. Höchstwahrscheinlich würde er davon auch einen ganzen Haufen brauchen.

9

Ich war fast aus der Tür des Gym, als Tommy Lonighan aus einem Büro kam und mir wie der Empfangstyp eines Spielcasinos die Hand schüttelte. Seine muskulösen Oberschenkel quollen aus einer abgeschnittenen grauen Trainingshose. Seine blassblauen Augen und das rosa Gesicht leuchteten vor Wohlwollen.

„Ich hab gesehen, wie du mit Zoot trainiert hast", sagte er.

„Er ist ein guter Junge. Ich hoffe, er kommt hier gut klar, Tommy."

„Bin ich vielleicht ein schlechter Einfluss, oder was?"

„Er sollte nicht gegen Profis antreten."

„War er mit diesem weißen Jungen im Ring, der mit dem Drachentattoo auf dem Bauch?"

„Ja."

„Echt jetzt? Nicht übel für einen Kerl, dessen Mutter wahrscheinlich von einem Marshmallow geschwängert wurde."

„Sie sagen es, Tommy."

„Komm in mein Büro", antwortete er lächelnd. „Ich muss mit dir reden."

„Ich bin gerade auf dem Weg aus der Stadt."

„Ich lade dich auf ein Bier ein. Willst du ein Pastrami-Sandwich? Vergiss das mit neulich Abend. Ich war blau. Komm, sei nicht so ein sturer Hund."

„Was haben Sie auf dem Herzen?"

„Was *ich* auf dem Herzen hab? Jemand verletzt deine

Frau, und ehe man sich's versieht, schlägst du Leute in meiner Scheißeinfahrt zusammen. Hey, Mann, schon okay. Die Caluccis sind Abschaum. Ich will nur reden."

Ich ging mit in sein gläsernes Büro und setzte mich vor seinen Schreibtisch. Die Wände waren bedeckt mit alten Plakaten von Preisboxkämpfen und Zeitungsartikeln über Boxer, deren Eigentümer oder Manager Lonighan gewesen war. Über einem Regal voller Boxtrophäen hing ein handsigniertes Foto von Präsident Reagan, hinter dem Bilderrahmen klemmten zwei sich kreuzende amerikanische Flaggen.

„Woher wissen Sie das mit meiner Frau, Tommy?", fragte ich.

„Weil Clete Purcel in der ganzen Stadt rumgelaufen ist und jedem gedroht hat, ihm eine Kettensäge in den Arsch zu rammen, falls er Informationen darüber zurückhält." Er nahm eine Bierflasche mit langem Hals aus der Kühlbox neben seinem Schreibtisch, wischte das Eis ab, platzierte den Rand des Kronkorkens auf die Schreibtischkante und öffnete sie mit dem Handballen. Er bot sie mir an.

„Nein, danke."

Er füllte ein großes Bierglas, nahm einen langen Zug und wischte sich mit dem Handrücken die Mundwinkel ab.

„Ich mach's kurz, Tommy", sagte ich. „Sie haben recht: Ein Mann ist zu uns nach Hause gekommen und hat meiner Frau was angetan. Das war unmittelbar, nachdem Sie versucht haben, mich davon abzubringen, für Hippo Bimstine zu arbeiten."

„Ich kann's wirklich kaum glauben, Dave. Du denkst allen Ernstes, so arbeite ich? Ich würde irgendwelche Schwachköpfe losschicken, damit sie die Frauen von Leuten verletzen, die ich respektiere?"

„Sagen Sie's mir." Ich sah ihm direkt in die Augen. Der Schimmer darin erinnerte mich an in blauem Wasser gefangenes Licht. Sie blickten mich unverwandt an, als würden in Tommys Gehirn mächtig die kleinen Rädchen rattern. Dann schaute er aus dem Fenster, lächelte in sich hinein und nahm sich ein Sandwich von einem vor ihm stehenden Pappteller. „Gibt's da einen Insiderwitz, den Sie mir vielleicht gern erzählen möchten, Tommy?"

„Dave, zuerst beleidigst du mich in Gegenwart anderer Leute an deinem Tisch, dann schlägst du in meiner eigenen Einfahrt einen Kerl mit einer Schaufel zusammen. Und jetzt tauchst du in meinem Geschäft auf und unterstellst mir, ich würde Perverse rüber nach New Iberia schicken, damit die deine Familie belästigen. Was hab ich dir getan? Womit hab ich das verdient? Zum Teufel noch mal, ich habe dir *ein Geschäft* angeboten. Erkennst du denn nicht die Ironie?"

„Ich erinnere mich, was ein Journalist der *Picayune* mal über Sie geschrieben hat, Tommy. Den Satz hab ich nie vergessen."

„Ach, ja?"

„In einer Messerstecherei sind Sie ein richtig fieser Gegner."

„Oh, yeah, der war gut." Er stützte sich auf die Ellenbogen und lehnte sich vor. Sein lockiges, weißes Haar hing ihm über die Stirn. „Ich will das scheiß U-Boot. Was immer der kleine Schwanz dir zahlt, ich verdopple."

„Bis demnächst, Tommy."

„Ich versteh dich nicht. Du tust gerade so, als hätte ich 'nen Tripper, oder was. Aber hast kein Problem damit, Geschäfte mit einem Fanatiker zu machen, der dafür sorgt, dass Leute ihre Jobs verlieren."

„Versteh ich nicht."

„Dein Kumpel Wabbelarsch … *Bimstine*, Dave. Er gehört zur *Jewish Defense Organization.* Wenn die einen nicht mögen, pissen sie einem auf der Arbeit oder wo sie nur können ans Bein."

„Davon weiß ich nichts, aber mir gefällt nicht, wie Sie über ihn reden."

„Wie bitte?"

„Das ist eine billige Nummer, Tommy."

„So, als wär *ich* vielleicht unamerikanisch, ein Antisemit, oder was?"

„Das können Sie verstehen, wie Sie wollen."

„Bei der Schlacht am Heartbreak Ridge war ich gerade mal sechzehn, Mann! Ich liebe dieses Land. Du willst doch wohl nicht sagen …" Er unterbrach sich und lächelte. „Wir beide sollten vielleicht mal kurz vergessen, dass wir erwachsene Männer sind."

„Kennen Sie zufällig einen Mann namens Will Buchalter?"

„Der Typ, der deiner Frau an die Wäsche gegangen ist?"

Ich antwortete nicht, sondern starrte ihm direkt in die Augen. Er legte das Sandwich auf den Teller, klaubte ein

Stück von einem Salatblatt von seinen Lippen, trank noch einen Schluck Bier und sah mich wieder scharf an.

„Was soll ich sagen? Ich kämpfe derzeit gegen Prostatakrebs“, sagte er. „Weißt du, worüber ich mir Gedanken mache? Übers Sterben. Und weißt du, worüber noch? Pleite zu sterben. Ich kenn keinen, der Buchalter heißt.“

„Das mit Ihren gesundheitlichen Problemen tut mir leid, Tommy.“

„Kannst du dir sparen. Dieser verschwitzte Haufen Gorillascheiße, den du Freund nennst, versucht mich in den Bankrott zu treiben. Wir haben demnächst hier in New Orleans Casinos, und die werden alle ihm gehören. Ich muss mal pissen. Was ich mit geschlossenen Augen mache, weil die halbe Zeit Blut in der Schüssel ist. Wenn du ein Bier willst, die sind in der Kühlbox.“

Er öffnete eine kleine Kammer mit einer Toilette darin und fing an, ohne vorher die Tür zu schließen, laut ins Wasser zu pinkeln, wobei er die Knie beugte und furzte, als wär's eine viszerale Kunstform.

Wie sollte man aus einem Mann wie Tommy Lonighan schlau werden?

Heartbreak Ridge, irische Bigotterie, rechtsextremer Patriotismus, Sterblichkeit, die er wie eine Waffe einsetzte, mit schwankenden Sprach-und Gefühlsmustern von Alufolie in einer eingeschalteten Mikrowelle.

Der Tag, an dem man sich auf einen Menschen wie Lonighan einen Reim machen kann, ist wahrscheinlich der Tag, an dem man ernsthaft seine Beziehung zum restlichen menschlichen Genpool überprüfen sollte.

Und mit diesen Gedanken verabschiedete ich mich winkend und ging, bevor er abgeschüttelt hatte und die graue Trainingshose wieder über seine Genitalien gezogen hatte.

* * *

Ich machte einen kurzen Zwischenstopp in Cletes Büro an der St. Ann Street, um zu hören, ob er schon irgendwas über den Mann herausgefunden hatte, der sich Will Buchalter nannte.

„Wenn der Typ hier aus der Gegend ist, hält er den Ball flach“, sagte Clete. „Ziemlich flach, so ungefähr unterhalb vom Straßenniveau. Ich glaube, ich hab inzwischen mit jedem Arschloch und rechtsradikalen Spacken der Stadt gesprochen. Warst du jemals in einem dieser *Survivalist*-Läden? Ich glaube, wir sollten besser einen guten Teil ihrer Kundschaft in den Bau schicken, bevor's zu spät ist.“

Er wollte gerade eine Zigarette aus der Packung auf seinem Schreibtisch nehmen, steckte sich stattdessen jedoch ein Pfefferminz in den Mund und lächelte mich an.

„Was ist mit den Nutten?“, fragte ich.

„Diejenigen, die ich kenne, sagen, er klingt nicht wie einer ihrer Freier. Ich glaube übrigens nicht, dass er von hier ist, Streak. Typen wie der fallen auf.“

„Danke, dass du's versucht hast, Clete.“

„Warte. Ich hab hier zwei Nachrichten für dich“, sagte er, nahm die Füße vom Schreibtisch und blickte auf die Notizzettel neben dem Telefon. „Dieser schwarze Sergeant, Ben Motley, du erinnerst dich an ihn, der möchte, dass du ihn wegen eines Kerls anrufst, der sich letzte Nacht in der Zelle per Stromschlag aus dem Leben gegrillt hat …"

„Was?"

„Warte. Eine ähnliche Nachricht hab ich von diesem schrägen Vogel bekommen, dem wackeren Reverend Oswald Flat. Ist das nicht der Typ, der in deinem Angelshop war? Der hat ja 'ne Stimme, als würde er auf 'ner Haarnadel fiedeln."

„Das ist der Mann."

„Also, er hat zuerst Bootsie angerufen, und die hat ihm gesagt, er soll hier anrufen. Das NOPD hat einen Durchgeknallten im Garden District aufgegriffen, du glaubst es nicht, einen vierzigjährigen Kerl mit Tattoos auf dem Kopf, ganz in schwarzes Leder gekleidet, hey, mitten im August. Die Obduktion hat ergeben, dass er bis in die Haarspitzen voll mit Speed und Lösungsmitteln war. Das ist doch mal 'ne Kombi, oder?"

„Welchen Zusammenhang gibt's da?"

„Er hatte eine .22er Ruger Automatik mit Schalldämpfer bei sich, plus Hippo Bimstines Adresse in der Tasche. Wir sollten besser mal mit Motley und diesem kohlfressenden Bibelschwinger reden."

„*Wir?*"

„Lass uns mal einen Moment ernst sein, Dave. Ich glaube, du legst dich gerade mit ein paar ziemlich üblen Typen an. Ich weiß nicht, wer sie sind, warum sie sich für dieses U-Boot interessieren oder welche Verbindung zwischen diesem Bürgerkomitee und Dealern in den Sozialbausiedlungen besteht, denen das Herz rausgeschnitten wurde.

Aber ich wette meinen Arsch darauf, dass Politik nicht die Bohne damit zu tun hat."

„Ich denke, dieses Mal vielleicht doch."

„Wie auch immer, ich halte dir den Rücken frei, ob's dir gefällt oder nicht." Er lehnte sich in seinem Bürostuhl zurück, grinste breit und trommelte sich mit seinen Fingerknöcheln auf den Bauch wie ein Affe im Zoo.

* * *

Ich rief Motley an und teilte ihm mit, dass Clete und ich zu ihm ins Büro kämen.

„Sie brauchen Purcel nicht mitzubringen", sagte er.

„Doch, muss ich."

„Wie Sie wollen. Jetzt fällt's mir wieder ein, Sie haben immer gern alles auf ex getrunken."

„Danke, Motley."

Dann rief ich Reverend Flat an und fragte, was ich für ihn tun könne.

„Is wegen dem Mann, der sich in U-Haft umgebracht hat."

„Und warum rufen Sie deswegen ausgerechnet mich an?"

„Weil'ses scheinbar nich lassen können, Ihren Schniedel in jede Heuballenpresse zu stecken."

„Wie bitte?"

„Sie unterbrechen mich. Ich denk, dass es da Leute gibt, die verabredet haben, Ihnen was anzutun, aber Sie hören ja nich auf mich. Haben Sie Kartoffeln auf'n Ohren?"

„Reverend, ich würde es begrüßen, wenn Sie …“

„In Ordnung, mein Sohn. Ich versuch, dich nich mehr zu beleidigen. Und nun nimm deine Nase mal wieder runter und hör eine Minute lang zu. Ich arbeite als Gefängnisseelsorger. Ich bringe den Häftlingen meine *Glauben-leicht-gemacht*-Kassetten vorbei. Ich hab versucht, auch diesem armen Irren zu helfen, als sie den reingebracht haben, mit seinen Tattoos auf'm Kopf und einem Gestank am Leib, den man am langen Ende einer Mistgabel transportieren müsste …“ Er verstummte, als hätten seine Worte seine Gedanken abgehängt.

„Was ist?“, fragte ich.

„War nich schön. Nee, nee, Sir, war's ganz bestimmt nich. Ich hab ihm in die Augen gesehen, und wenn dieser Mann jemals eine Seele gehabt hat, ich glaube, dann haben sich die schon längst Dämonen geholt.“

„Er war bis oben dicht mit Speed und Lösungsmitteln, Reverend.“

„Mag ja alles sein. Leute wie du haben immer für alles eine wissenschaftliche Erklärung. Ist aber auch egal, ich hab aufgenommen, was er gesagt hat. Ich möchte, dass du dir das mal anhörst.“

Ich bat ihn, sich mit mir und Clete unten in Motleys Büro zu treffen. Er sagte, er werde da sein, aber als ich mich verabschiedete und auflegen wollte, hörte ich von ihm keinen Abschiedsgruß.

„Gibt's noch was?“, fragte ich daher.

„Nein, nich wirklich. Vielleicht war er ja, genau wie du sagst, nur ein Mann, der sich die Adern mit Chemikalien vollgepumpt hat. Is eben nur, ich bin noch nie einem Burschen begegnet, der nach meinen Augen gekrallt und mir ins Gesicht gespuckt hat, noch nich mal der Schlimmste von denen hat so was versucht."

* * *

Oswald Flat trug einen regenbesprenkelten Seersucker-Anzug, eine Ansteckfliege, weiße Tennissocken zu schwarzen Schuhen und wieder seinen Tropenhelm, als er das Großraumbüro des Bezirks-Präsidiums durchquerte und sich zu Clete und mir auf eine Holzbank setzte. Er hatte einen kleinen schwarzen Kassettenrekorder dabei, atmete schwer aus und putzte seine randlose Brille am Jackenärmel.

Am anderen Ende des Raumes konnten wir Motley durch die Glasscheiben von Nate Baxters Büro sehen. Motley stand; er und Baxter stritten offenbar.

„Wollen Sie's hören?", fragte Oswald Flat, den Rekorder auf dem Schoß. Er verzog das Gesicht, als zögerte er, seine eigenen Pläne durchzuziehen.

„Ja, sehr gern, Reverend", sagte ich.

Als er den Abspielknopf drückte, hörte ich zunächst die Geräusche, die es in allen Gefängnissen der Welt gibt: zuschlagende Stahltüren, plärrende Radios, ein Wassereimer, der über den Betonboden schrammt, misstönende und manchmal geistig umnachtete Stimmen, die in langen Korridoren hallten. Dann hörte ich die Schreie des Mannes … Worte, als würden sie einem geplatzten emotionalen Knoten entspringen, ein völlig unverständlicher Satzbau, und seine Wut und hasserfüllte Besessenheit waren wie ein zuckender, heißer Draht.

„Bei euch kommen die Drecksnigger aus den Gullys gekrochen, ihr –", sagte er gerade, als Motley aus Baxters Büro kam und Oswald Flat den Rekorder ausschaltete.

„Auf geht's", sagte Motley und kratzte sich seitlich am Schnurrbart.

„Warum ist Nate Baxter so angepisst?", fragte Clete.

„Was glaubst du, Purcel? Er ist einfach nur echt froh, euch Jungs mal wieder hier unten zu sehen", erwiderte Motley.

„Sorgt dafür, dass er wieder zur Sitte versetzt wird. Wenigstens kann er sich da hin und wieder mal richtig flachlegen lassen", meinte Clete. Er sah den Ausdruck auf meinem Gesicht. „Du meinst, ich mach Witze? Die Transen im Quarter haben total auf den Kerl gestanden, echt."

Wir gingen alle zusammen in Motleys Büro. Er schloss hinter uns die Tür und schob ein Band in den Videorekorder.

„Der Name des Kerls war Jack Pelley", sagte Motley. „Er wurde unehrenhaft aus dem US Marine Corps entlassen, weil er in San Diego Tunten abgezogen hat, außerdem hier in New Orleans mehrere Vorstrafen wegen Unzucht mit Minderjährigen und Besitz von Kinderpornografie. Wegen Besitz von gestohlenen Sprengstoffen hatte er auch Bundesbehörden an der Backe. Soweit wir das heute sagen können, ist er im Knast drogenabhängig geworden, hat im Bau sowohl für die *Aryan Brotherhood* als auch für die mexikanische Mafia H geschmuggelt, und vor drei Jahren hat er dann während eines Hafturlaubs die Biege gemacht."

„Wie wurde er wieder geschnappt?", fragte ich.

„Er hat sich auf der Toilette einer Tankstelle an der Carrollton eingeschlossen und keinen mehr reingelassen. Als der Besitzer mit dem Ersatzschlüssel die Tür öffnete, saß Pelley mit runtergelassener Hose da und setzte sich einen Schuss in den Oberschenkel mit einer Nadel, die er aus einer Pipette improvisiert hatte. Die Ruger lag oben auf dem Spülkasten."

„Wie weit entfernt war er von Hippo Bimstines Haus?", wollte ich wissen.

„Ungefähr zwei Blocks", antwortete Motley. „Seine Taschen waren voller Drogen, Rainbows, Blues, Purple Hearts, Leapers, was du willst. Ich glaube, jemand hat ihm die ganze Kollektion gegeben, damit er Bimstine ordentlich den Tag versaut." Er warf Oswald Flat einen Blick zu. „'tschuldigung, Reverend."

„Fahrn Sie fort", erwiderte Flat.

Motley ließ die Jalousien an den Bürofenstern runter, schaltete die Deckenbeleuchtung aus und den Videorekorder ein.

„Die Beamten vor Ort haben ihn in die große Gemeinschaftszelle gesteckt", sagte Motley. „Es hat keine fünf Minuten gedauert, da brüllte die Hälfte der Jungs dem Wachhabenden zu, er solle den Kerl in eine Einzelzelle stecken. Der Typ hat gestunken wie ein Gorilla. Wie auch immer, wir haben es vermasselt. Wir hätten ihn sofort in eine Psychiatrie überstellen sollen."

Der von einer Überwachungskamera aufgezeichnete Stummfilm war schwarz-weiß und grobkörnig, das Bild hatte einen harten Kontrast, wie Standard-Polizeifotos. Doch die gequälte Mühsal eines getriebenen Mannes, der sich über einem selbst erschaffenen Abgrund abstrampelte, war deutlich zu erkennen. Wie bei den meisten Speed-Junkies war sein Körper abgemagert und völlig verwüstet, seine Gesichtshaut spannte sich straff über den Schädelknochen, die Augen lagen tief eingesunken in skelettartigen Augenhöhlen. Anscheinend hatte er sich den Schädel rasiert, und unterhalb einer breiten natürlichen Glatze waren die Haare in einem feinen, grauen Kranz wie Patina in der Farbe eines Rattenfells nachgewachsen. Ausgehend vom höchsten Punkt des Schädels zog sich ein Tattoo in Gestalt eines Schwerts, flankiert von Blitzen, über die Glatze.

Er ging wie besessen auf und ab, urinierte kreuz und quer über die Kloschüssel, hämmerte mit den Fäusten gegen die Gitterstangen, schlug seine Lederjacke gegen die Wände und fing dann an, die eiserne Pritsche an ihrer Kettenaufhängung immer wieder rauf und runter zu knallen.

„Und an diesem Punkt haben wir's dann so richtig versemmelt", sagte Motley. „Die Zelle hätte gründlich durchsucht werden müssen, nachdem der letzte Insasse sie verlassen hatte."

Der Inhaftierte, Jack Pelley, hob ein letztes Mal das Bett, ließ es an seinen Ketten runterkrachen und starrte dann auf ein Stück Stromkabel, das auf den Betonboden gefallen war. Er hob es auf, hielt es in beiden Händen, stierte es weiter an und knibbelte dann gedankenverloren an der Spule aus Isolierband und Draht am Ende des Kabels.

„Wie nennt ihr solche Dinger noch gleich?“, fragte Flat.

„Das ist ein *Stinger*“, sagte Motley. Er hielt das Video an. „Ein improvisierter Tauchsieder zum Wasserkochen. Allerdings hat unser Mann hier andere Pläne damit. Sind Sie sicher, dass Sie sich das weiter ansehen wollen, Reverend?“

„Ist auf dem Video was zu sehen, das schlimmer ist als die Schlacht um Saipan?“, antwortete Flat.

Motley nahm einen Schokoriegel aus seiner Schreibtischschublade, ließ das Video weiterlaufen, setzte sich auf eine Ecke des Schreibtischs und wickelte die Schokolade aus, während er auf den Bildschirm sah.

Jack Pelley spritzte Wasser aus der Toilettenschüssel auf den Boden, zog seine Lederhose aus, pflanzte seinen mageren Hintern mitten in die Pfütze, schob sich die Heizspule in den Mund, hielt eine Hand in die Toilette und steckte dann ganz ruhig das andere Ende des Wasserkochers in die Steckdose.

Sein Kopf zuckte zurück, als hätte er sich einen Schuss gesetzt, seine Augen weiteten sich, der Arm in der Toilette zitterte leicht, die Lippen schienen sich für einen Augenblick von den zusammengebissenen Zähnen zurückzuziehen, dann sackte die Kinnlade herunter wie bei jemandem, der überraschend einen Moment der Ekstase erlebt. Mit dem Kopf auf der Brust sackte er gegen den Hocker, als wäre er nach einer anstrengenden Reise einfach erschöpft eingeschlafen.

„Der Pathologe meinte, der Stromschlag allein hätte ihn

nicht zwangsläufig getötet“, sagte Motley. „Aber in den vierundzwanzig Stunden vor seiner Festnahme ist er wahrscheinlich acht- oder neunmal high gewesen. Der Arzt meinte, sein Herz habe ausgesehen wie eine Zuckermelone.“

„War die Ruger irgendwo registriert?“, fragte ich.

„Die Seriennummer ist weggeschliffen worden“, antwortete Motley.

„Hört sich nach den Schmalzlocken an“, meinte Clete.

„Die Itaker vergeben keine Auftragsmorde an Speed-Junkies.“

„Was ist mit seinen Verbindungen zur *AB*?“

„Möglich. Aber diese Typen sind außerhalb der Gefängnisse nicht sonderlich gut organisiert. Die meisten von denen interessieren sich sowieso mehr für ihren Schwanz als für die Politik“, sagte Motley. „Reverend, warum spielen Sie uns jetzt nicht mal Ihr Band vor?“

Flat drückte auf den Wiedergabeknopf seines Rekorders und stellte ihn auf den Schreibtisch. Ein weiteres Mal hörte ich die überhitzte Stimme von Jack Pelley, die sich wie ein körperloses Zischen mit zunehmender Intensität über den allgemeinen Lärm des Gefängnisses erhob.

„Bei euch kommen die Drecksnigger aus den Gullys gekrochen, ihr lasst sie in den städtischen Parks eure Hunde fressen, in ihren Ghettos ficken sie rum wie die Karnickel, Homos verbreiten AIDS in den Blutbanken, ihr denkt, ich mache Witze, ja? Schon mal was von der *Queer Nation* gehört, ist überhaupt kein Zufall, dass die Hälfte von denen scheißjüdische Namen hat, und was ist mit dem Drecksnigger drüben in New Iberia, der bildet sich doch ein, er könnte das Geschenk einem Juden überreichen, ja glaubst du vielleicht, wir sind so weit gekommen, nur um das zuzulassen, nein, das wird *The Sword* nicht zulassen, keine Chance, Arschloch, sag dem Schließer, er soll mir Klopapier bringen, die haben keins dagelassen, als sie was zu beißen gebracht haben, hey, Alter, nimmst du das jetzt auf, Mann, was zum Teufel tust du da, Mann …"

Die Aufnahme endete mit einem scheppernden Geräusch.

„An dem Punkt hat er's mir aus der Hand geschlagen", sagte Flat. „Ich habe noch nie einen so gequälten Mann gesehn."

„Spielen Sie's noch einmal ab", bat Clete.

Wir hörten ein zweites Mal zu. Ich sah, wie Clete sich ein Pfefferminzbonbon in den Mund schob, ihn zwischen den Backenzähnen zerknackte und dabei gedankenverloren ins Leere starrte. Als das Band zu Ende war, lächelte er, um so einen Gedanken zu überspielen, der ihm andernfalls womöglich anzusehen gewesen wäre.

„Wie fühlt man sich denn so als Drecksnigger, Streak?", fragte er.

„Wir haben zwischenzeitlich mit den Feds und ein paar Informanten in der *AB* gesprochen, ob jemand eine Gruppe kennt, die sich *The Sword* nennt. Hat noch nie einer was von gehört", sagte Motley.

„Wer ist *wir*?", fragte ich.

„Ich."

„Baxter ist nicht mit von der Partie?", fragte ich.

„Was weiß ich", sagte Motley.

Clete, Oswald Flat und ich gingen hinaus ins Großraumbüro, Clete und Flat vor mir. Ich kehrte noch einmal kurz in Motleys Büro zurück.

„Ich weiß sehr zu schätzen, was Sie getan haben", sagte ich.

„Sagen Sie mir ganz ehrlich, Robicheaux, von welchem *Geschenk* hat der Kerl geredet?"

„Ich habe nicht die geringste Ahnung."

„Das sieht aber jemand anders."

„Vielleicht hat er über einen anderen geredet."

„Ja, wahrscheinlich meinte er den Erzbischof. Ein Gedanke, den Sie vielleicht mit auf den Heimweg nehmen sollten: Wenn diese Leute einen Versager vom Kaliber eines Jack Pelley benutzen, kann man drauf wetten, dass sie einen ganzen Scheißhaufen von denen in Reserve haben. Baxter ist zwar ein Weißbrot, aber manchmal hat er einen sehr eigenen Standpunkt, Sie verstehen, was ich meine, ja?"

„Nicht so richtig."

„Man legt sich nur ein einziges Mal mit ihm an. Und hinterher gibt's auch keinen Papierkram zu erledigen."

„Ein schlechter Rat von einem Cop, Motley."

„Sie haben bei mir einen Stein im Brett, Robicheaux. Ich hab eine Kopie von der Aufnahme des Priesters gezogen und sie Baxter gegeben. Zehn Minuten später hab ich gesehen, wie er das Band gelöscht und in den Müll geschmissen hat."

Er biss in seinen Schokoriegel und sah mich nachdenklich an.

10

Draußen schüttelte ich Oswald Flat die Hand, bedankte mich für seine Hilfe und fuhr dann Clete zurück in sein Büro im French Quarter. Es regnete und das dichte Blätterdach der Eichen über der St. Charles wirkte grau im Dunst. Die Straßenbahn ratterte auf dem Mittelstreifen an uns vorbei, alle Fenster waren unten, um die kühle Luft hereinzulassen.

„Du warst so ruhig da drinnen“, sagte ich.

„Warum sich mit Motley streiten? Ich glaube, der hat sich schon vor langer Zeit dank reichlich Bier und Nutten das Hirn durch den Schwanz ausgepisst.“

„Was redest du da?“

„Dave, ich bitte dich. Hast du schon mal erlebt, dass einer mit einer schallgedämpften .22er erschossen wurde, und es war kein Job im Auftrag der Mafia? Das ist doch ihr Markenzeichen – eine Kugel in den Hinterkopf, eine in die Schläfe, eine in den Mund.“

„Die arbeiten mit Profis, nicht mit Typen wie diesem Pelley.“

„Gerade Pelley überzeugt mich nur noch mehr davon, dass ich recht habe. Denk mal darüber nach. Wie soll so ein Junkie mit Brutzelhirn an eine schallgedämpfte Ruger kommen, deren Seriennummer auch noch weggeschliffen worden ist?“

„Denkst du an Lonighan?“

„Vielleicht. Vielleicht aber auch Lonighan *und* die Itaker. Überleg mal, Dave, du hast Max Calucci vor den Augen seiner Flittchen die Scheiße aus dem Leib geprügelt. Max ist ein sehr spezieller Typ. Als er oben im Angola war, hat er herausgefunden, dass seine Knastfrau es mit einem anderen Knacki getrieben hat. Der Junge hat im ganzen Kittchen gebettelt, man solle ihn in Einzelhaft stecken. Niemand hat ihm zugehört. Ein paar Tage später hat jemand ein aus einer Glasscheibe improvisiertes Messer in seinem Hals abgebrochen."

„Die legen keine Cops um, Clete."

„Und was, wenn's kein normaler Auftragsmord war? Was, wenn Max und Bobo Calucci den Schwachmaten einfach nur in deine Richtung gedreht und ihm die Ruger in die Hand gedrückt haben? Oder ihm die Kanone von einem anderen haben geben lassen? Kein Mensch wird das für ein Itaker-Ding halten, stimmt's? Motley hat's jedenfalls nicht getan."

„Du hättest mehr Grund als ich, dir wegen der Caluccis Sorgen zu machen."

Wir verließen den Tunnel aus Eichen an der St. Charles Avenue auf den Lee Circle. Clete nahm seinen Porkpie ab und zog ihn sich danach wieder tief in die Stirn.

„Da irrst du dich, mein Freund", sagte er. „Ich habe mich nie groß an Regeln gehalten. Das wissen die."

Ich sah ihn an.

„Du allerdings schon. Und auch das wissen sie", sagte er. „Sie fühlen sich wesentlich sicherer, wenn sie gegen jemanden antreten, der nach den Regeln spielt."

„Halte dich von ihnen fern, Clete."

„Du bist schon zu lange aus New Orleans raus, Dave.

Die alten Übereinkünfte sind Geschichte. New Orleans ist heute eine offene Stadt, genau wie Miami, jeder macht, was er will. Arbeiten kannst du heute in New Orleans nur auf eine Weise – du erinnerst die Gegenseite ständig daran, dass sie nur einen Atemzug davon entfernt ist, Fettflecken auf dem Beton zu werden."

Inzwischen regnete es stärker, und die Leute schalteten ihre Scheinwerfer ein. Ich betrachtete Cletes massige Silhouette vor dem Regen. Sein Gesichtsausdruck war freudlos, die grünen Augen starrten geradeaus, sein Mund war ein schmaler Strich.

* * *

Nachdem ich ihn vor seinem Büro abgesetzt hatte, machte ich noch einen letzten Halt in New Orleans ... bei Hippo Bimstine unten am Mississippi-Deich. Der Regen hatte praktisch aufgehört, und er war hinten im Garten, wo er mit einem Netz an einer langen Stange Blätter aus seinem Pool fischte. Er trug eine schwarze Sportsonnenbrille, karierte Shorts und ein Hawaiihemd bedruckt mit braunhäutigen Mädchen, die in Baströckchen tanzten. Die Speckringe in seinem Nacken glänzten vor Schweiß.

„Ja, der farbige Cop hat mir schon alles berichtet", sagte er. „Aber dieser Tätowierte hört sich für mich an wie ein Zombie. Ich glaube nicht, dass wir hier schon von der ersten Garnitur reden."

„Ich habe vor langer Zeit auf die harte Tour meine Lektion gelernt, Hippo. Der Kerl, der dir das Licht auspustet, ist derjenige, der dir an die Gurgel geht, bevor du überhaupt damit rechnest."

„Ein Typ mit einem tätowierten Schwert auf dem Kopf, der sich mit einer Pipette Dope in den Oberschenkel spritzt? Dave, jetzt mach mal halblang. Ich habe ernstzunehmende Feinde. Ich hab doch keine schlaflosen Nächte wegen Typen, die sich auf Tankstellenklos verhaften lassen."

„Tolle Einstellung, Hippo."

„Willst du mich beleidigen? Läuft das hier jetzt gerade?"

„Ich glaube, du möchtest nicht, dass ich dir unbequeme Fragen stelle."

Er legte die Stange auf eine Steinbank, nahm die Sonnenbrille ab und wischte sich mit dem Arm übers Gesicht. Die Luft war heiß und schwül, Regentropfen fielen von den Bäumen in den Pool.

„Ich habe keine Geheimnisse. Jeder in New Orleans kennt meine Politik", sagte er.

„Was ist die *Jewish Defense Organization*?"

„Ein Netzwerk, zu dem ich gehöre. Nichts Geheimnisvolles. Wir haben ein Projekt namens *Operation Klan Kick*. Wir ermitteln, wer diese Schwanzlutscher sind und wo sie arbeiten, dann telefonieren wir ein bisschen. Hast du ein Problem damit, Dave?"

„Weißt du, warum dieser Pelley von einem *Geschenk* oder von einer Gruppe namens *The Sword* geredet haben könnte?"

„Was redest du da von einem *Geschenk* und von einer ominösen Gruppe namens *The Sword*? Weißt du, warum Tommy Lonighan so scharf auf dieses U-Boot ist? Weil ich ihn nerve. Alles, was ich tue, nervt ihn. Und weißt du, warum ich ihn nerve? Weil er ein schlechtes Gewissen hat, wie ein großer, schwarzer Tumor, der permanent an seinem Gehirn frisst."

„Weswegen?"

„Er hat meinen kleinen Bruder umgebracht."

„Er hat *was*?"

„Ach, er hat sich nicht die Mühe gemacht, dir das zu erzählen, was? Ja. Wir sind in derselben Straße aufgewachsen, haben gegenübergewohnt, im Irish Channel District. Wir haben alle mit selbst gebauten Seifenkisten gespielt, weißt du, aus Kisten und Brettern, mit Rollschuhen als Räder, die hatten wir druntergenagelt. Tommy hat meinen kleinen Bruder hinter einem Auto vorgeschoben, direkt in einen Eislaster. Bis heute hat der Hurensohn nie gesagt, dass es ihm leidtut."

„Das wusste ich nicht, Hippo."

„Vielleicht gibt's ja auch noch zwei, drei andere Dinge, die du ebenfalls nicht weißt, Dave. Komm mit in mein Büro."

„Wozu?"

„Weil dir nicht gefällt, wie meine Freunde und ich unsere Geschäfte führen. Weil du glaubst, diese Arschlöcher sollten ihre große Stunde vor Gericht haben. Sei so nett und verschwende fünf Minuten deines Tages."

Wir gingen in das Häuschen, das er als Büro nutzte. Er fing an, in einer Kiste mit Videokassetten zu wühlen. Schließlich nahm er eine heraus und blickte auf die Beschriftung.

„Freunde von mir haben das hier Typen abgenommen, die sich so was zum Spaß angesehen haben“, sagte er. „In einem Haus aus Porenbeton, oben in den Pinienwäldern nördlich von Pascagoula. Als meine Freunde mit ihnen fertig waren, hatten sie keine Lust mehr, sich alte Wochenschauen anzusehen. Also hat's ihnen auch nichts mehr ausgemacht, ihre Videokassetten abzugeben.“

„Wer sind deine Freunde?“

„Ein paar Jungs, die großartige Baseballspieler abgeben würden, wenn du verstehst, was ich meine ... Wahnsinnstypen, wenn du ihnen einen Schläger in die Hand drückst.“

„Findest du, es ist ein Sieg, wenn man so wird wie die Gegenseite?“

„Dave, du bist ein echter Witzbold. Deswegen mag ich dich. Du hast bereits zu Mittag gegessen, ja? Weil dieser Film nämlich den Leuten aus einem unerfindlichen Grund vollkommen den Appetit verdirbt.“

Er legte die Kassette in den Videorekorder unter seinem Fernseher ein. Das Band war ein Zusammenschnitt aus mehreren Wochenschauen, Propagandamaterial der Nazis sowie Standbildern zu einer großen Collage, bei der man unweigerlich meinte, die Quintessenz des Bösen vor sich zu sehen: Profile von Juden auf Profile von Ratten überblendet, Heinrich Himmler inspiziert Häftlinge eines Konzentrationslagers, die in ihren gestreiften Uniformen hinter Stacheldraht stehen, Kolonnen von Kindern, ihre Gesichter angstverzerrt, marschieren mit ihren Bündeln zwischen Reihen schwarz behelmter SS-Leute, und schließlich die mit Abstand grausamste Szene, die ich jemals in einem Film gesehen hatte … nackte polnische Frauen, tief in einem Wald, die Arme schützend vor Brüste und Scham gelegt, stellen sich in einer Reihe auf, um mit einem Genickschuss hingerichtet und dann in einen Graben geworfen zu werden.

„Hast du an deinem schlimmsten Tag in Vietnam jemals so etwas gesehen, Dave?“

„Nein.“

„Und es ist zurück. Auf internationaler Ebene. Das glaubst du nicht, oder?“

„Vielleicht. Aber zwischen uns ändert das nichts, Hippo. Ich glaube, meine Familie und ich sind irgendwem ins Schussfeld geraten. Und ich glaube, dass du dafür mitverantwortlich bist.“

Er blickte auf seine Hände, die gefaltet zwischen seinen Oberschenkeln lagen. Er sah sie lange an.

„Hippo?“

Sein gepflegtes Gesicht in der Form eines Footballs wirkte verdrießlich, als er mich schließlich wieder ansah.

„Wer kann schon planen, wie sich Dinge entwickeln?“, sagte er. „Was ich tue oder nicht tue, spielt keine Rolle mehr. Es gibt Leute, und ich rede von Erbsenhirnen wie diesem Perversen bei dir zu Hause, die glauben, dass du das U-Boot finden kannst. Allein was sie *glauben*, ist das, was zählt, Dave.“

„Warum ist es denn für sie so wichtig?“

„Warum tummeln sich Mistkäfer so gern in Scheiße?“

„Komm mir nicht mit diesem *Kleine-Waise-Annie*-Müll, Hippo. Ich bin es langsam leid.“

„Sie stehen auf Kultstätten."

„Das genügt mir nicht."

„Ich will nicht, dass man dich umbringt. Vergiss das U-Boot. Ich werd's allein finden oder eben nicht. Komm nicht mehr her. Ich werde verbreiten, dass ich mit dir nur meine Zeit vergeudet hätte, weil du nicht mal mit beiden Händen deinen Arsch finden könntest. Vielleicht schlucken sie's ja."

„Für Reue ist es zu spät, Hippo. Dieser Kerl, Buchalter, hat bei meiner Frau eine Erinnerung hinterlassen, die sie nie wieder ganz loswerden wird."

„Du kannst in dieser Stadt für fünfhundert Mäuse einen Mord kaufen. Wusstest du das, Dave? Für hundert kannst du einen Kerl mit einem Hammer umgestalten lassen und bekommst als Beleg Polaroids, die in einer Bar an der Clairborne Avenue für dich deponiert werden. Willst du eine Telefonnummer? Oder willst du weiter deinen Arsch riskieren und mir für deine Probleme die Schuld in die Schuhe schieben?"

„Ich wusste nicht, dass du und Tommy Bobalouba zusammen aufgewachsen seid, Hippo. Das erklärt so manches."

„Kein Scheiß?"

„Kein Scheiß."

„Hört sich echt clever an."

„Nicht wirklich. Ihr labert beide nur Scheiße."

„Ich wünschte, ich wäre auch so schlau", sagte er, und hielt dann die Videokassette hoch. „Dann könnte ich erklären, wie Leute in meinem eigenen Land sich so ein Zeug nur zum Spaß ansehen können, keine Sau interessiert es.

Hey, falls sie die Öfen jemals wieder anschmeißen, Dave, werde ich wahrscheinlich eines der ersten Stücke Seife sein, die vom Fließband kommen. Aber du und deinesgleichen, ihr kommt direkt danach. Du findest selbst hinaus, oder?"

* * *

Ich fuhr zurück nach New Iberia, durch Baton Rouge, über den breiten, gelben Bogen des Mississippi, gen Westen, der Sonne und den Atchafalaya Sümpfen entgegen. Ich bemerkte eine Brieftasche, die in der Ritze des Beifahrersitzes steckte. Sie gehörte Clete und musste ihm wohl aus der Hosentasche gerutscht sein, bevor ich ihn vor seinem Büro abgesetzt hatte. Nachdem ich die I-10 an der Ausfahrt Breaux Bridge verlassen hatte, hielt ich kurz an einem Münztelefon und rief ihn an, dann fuhr ich auf der Nebenstraße durch St. Martinville, vorbei an der alten französischen Kirche und den ausladenden Eichen am Bayou Teche, wo Evangeline und ihr Geliebter begraben liegen, und weiter durch den abkühlenden Nachmittag und die wiegenden Zuckerrohrfelder nach New Iberia.

Ich bog auf den unbefestigten Feldweg ein und parkte unter den Eichen am unteren Ende meines Grundstücks. Das Haus lag in tiefen Schatten, und das Zuckerrohrfeld meines Nachbarn mitsamt den angrenzenden Wäldern hob sich gegen den Sonnenuntergang ab. Bootsies Wagen parkte neben dem Haus, im geöffneten Kofferraum standen volle Einkaufstüten. Die vorderen Zimmer des Hauses waren dunkel, die mit Rosen bedruckten Gardinen flatterten in den Fenstern, aber in der Küche brannte Licht. Batist war draußen auf dem Anleger und drückte mit einem Besenstiel von unten gegen den Stoff der Markise, um das Regenwasser abfließen zu lassen.

„Brauchst du Hilfe beim Schließen des Ladens?", rief ich.

„War nicht viel los heute Nachmittag. Durch den Regen sind alle schon früh reingekommen", sagte er.

„Ist Alafair da unten?"

„Sie ist mit'n paar andren Kindern ins Kino gegangen."

Ich winkte ihm zu und ging den Hang hinauf zum Haus, schnappte mir zwei Einkaufstüten aus Bootsies Kofferraum und ging durch die Hintertür hinein. In den Bäumen leuchteten die ersten Glühwürmchen, und die lavendelfarbene Himmelskuppel über mir vibrierte förmlich unter dem Zirpen der Zikaden. Das Haus lag still da; kein Laut aus dem Radio auf dem Fensterbrett, das immer lief, wenn Bootsie das Abendessen vorbereitete.

Ich hatte die schweren Einkaufstüten in den Armen, öffnete die Fliegengittertür mit dem Schuh und ließ sie hinter mir zuknallen. Die Holzdielen der Veranda auf der Rückseite des Hauses waren übersät mit Fressnäpfen und Trockenfutter für Katzen. Durch den Türspalt sahen alle Oberflächen der Küche hell und sauber aus, doch ich roch angebrannte Okraschoten und hörte Wasser aus der Schnaupe des Wasserkessels austreten und zischend auf dem Herd verdampfen.

„Bootsie?", rief ich.

Draußen knackte das aufgeheizte Blechdach der Veranda in der sich abkühlenden Luft.

„Bootsie?“, sagte ich wieder und drückte die Tüten gegen meine Brust.

Ich ging in die Küche und stellte die Tüten auf die Abtropffläche, als ich sie am Küchentisch sitzen sah, bewegungslos, in aufrechter Haltung, die Augen starr geradeaus gerichtet, eine Hand auf der anderen.

„Bootsie, was ist mit dir?“, fragte ich.

Dann sah ich den dünnen Schweißfilm auf ihrer Stirn und Oberlippe, das winzige Zucken ihrer Kehle, das Heben und Senken ihrer Brust. Ihr Mund öffnete sich langsam, und ihr Blick richtete sich nun auf mich. In ihren Augen brannte ein Licht, das ich noch nie in ihnen gesehen hatte.

„Hau ab, Dave. Lauf! Bitte!“, presste sie mit brüchiger Stimme hervor, die gleichzeitig aus einer großen Tiefe zu kommen schien.

Aber es war zu spät. Der blonde Mann mit einem Nacken wie ein Baumstumpf und Händen mit der Kraft von Schraubzwingen trat aus dem Flur ins Licht. Er trug einen Panamahut mit geblümtem Band schief auf dem Kopf und ein jungenhaftes, schiefes Grinsen im Gesicht. In der weißen Hose mit Bügelfalten, dem Tropenhemd mit den grünen und gelben Papageien darauf, und den glänzenden Slippern mit Troddeln wirkte er wie einer dieser Gesundheitsfreaks, die man gelegentlich im Frühstücksfernsehen bewundern konnte, vielleicht noch mit einem Strand im Hintergrund. Im Schatten seiner Hutkrempe war der Teppich aus Mitessern kaum zu sehen, der sich wie die Schnurrhaare einer Katze von den Augenwinkeln her ausbreitete.

„Komm doch rein, Dave. Ich bin froh, dass du da bist. Wir waren nicht sicher, wann du zurück sein würdest. Wir werden die Sache jetzt und hier klären. Hey, ich hab mir deine Platten angehört. Sie gefallen mir wahnsinnig gut", sagte er.

Hinter ihm im Flur saß auf einem umgedrehten Stuhl ein kleiner Mann mit einem Sehfehler und einem Kopf in der Form einer Tomate. Er hatte sogar eine Mulde oben auf seinem Schädel, mit einer gezwirbelten Strähne darin, die aussah wie der Strunk einer frisch gepflückten Tomate. In den Händen hielt er eine Armbrust der Art, wie sie gelegentlich bei militärischen Kommandoeinsätzen benutzt wird, mit einem vor der gespannten Sehne liegenden Stahlpfeil. Der kleine Mann hatte seine Ellenbogen auf der Stuhllehne abgestützt, und seine übel schielenden Augen, von denen eines gelegentlich von seinem Nasenrücken blockiert wurde, visierten über den Schaft des Pfeiles auf ihre höchst seltsame Art Bootsies Gesicht an.

11

Inzwischen hatten sie die Jalousien an den Fenstern heruntergelassen, der kleine Mann mit dem Silberblick trank am Küchentisch Milch direkt aus der Flasche und spuckte Pistazienschalen in eine Papiertüte. Nachdem er mir mit den Handschellen, die er auf meiner Kommode gefunden hatte, die Hände auf den Rücken gefesselt hatte, band er Bootsies Unterarme mit Isolierband an den Stuhl, zog es dann kreuzweise zwischen ihren Brüsten entlang und befestigte es schließlich hinten am Stuhl. Der Mann namens Buchalter sah ihm mit einer kleinen Beretta Kaliber 25 in der Hand zu, dabei stets ein schiefes Grinsen wie das von Will Rogers im Gesicht.

„Erinnern Sie sich an mich?“, fragte er.

„Nein.“

„Sie haben mich im Hubschrauber gesehen. Draußen auf dem Golf“, sagte er.

„Das hier hat für Sie oder Ihre Ziele oder wonach auch immer Sie suchen überhaupt keinen Wert“, sagte ich. „Sie haben die falschen Leute.“

Er zog einen Stuhl heran und setzte sich zwischen Bootsie und mich. Er schob seinen Hut aus der Stirn. Eine feine Strähne blondes Haar fiel ihm ins Gesicht.

„Sind Sie sauer auf mich? Wegen dem, was ich mit Mrs. Robicheaux gemacht habe?“, fragte er.

Ich starrte in sein Gesicht, seinen neugierigen, unverwandten Blick, und schwieg. Ich spürte, wie sich die Handschellen in meine Handgelenke schnitten, wie sie mir das Blut abschnürten und die Adern anschwellen ließen.

„Wir haben keine Ahnung, warum Sie hier sind. Es bringt Ihnen nichts, hier zu sein. Begreifen Sie das nicht?“, sagte Bootsie.

„Das würde ich so nicht sagen. Jede Situation enthält immer auch Möglichkeiten. Zumindest sehe ich das so“, sagte er, streckte die Hand aus, berührte meine Wange und ließ seinen Blick träge über mein Gesicht schweifen.

Ich sah in Bootsies Augen Tränen aufsteigen.

„Hör zu, Buchalter“, sagte ich, „ich bin Polizist. Ich arbeite mit Leuten zusammen, denen das hier auf die eine oder andere Art missfallen wird. Was auch immer heute Abend hier passiert, sie werden dich finden und dich fertigmachen, das garantiere ich dir.“

Er machte mehrfach leise *Pssst!*, und seine Hand wanderte wieder hoch zu meinem Gesicht, berührte es und strich sanft um die Ecken meines Mundes. Ich konnte die Beschaffenheit seiner Haut auf meiner spüren und den Geruch riechen, der daran haftete … nach Haaröl und der Innenseite eines Lederhandschuhs.

„Nehmen Sie Ihre Hände von ihm, Sie abartiges, ekelhaftes Tier …“, fauchte Bootsie. Ihre Augen waren stark gerötet und lagen tief in den Höhlen, ihr Gesicht grau wie Pappe.

Buchalter nickte dem kleinen Mann mit dem Silberblick zu. Der spuckte eine Pistazienschale in die Papiertüte, trat hinter Bootsies Stuhl und klebte Isolierband auf ihren Mund, wickelte es immer wieder über die dicken Locken auf ihrem Hinterkopf und zog es mit jeder Runde fester über ihren Mund. Sie lehnte sich vor und würgte an ihrer Zunge.

Ich spürte mein Herz an den Brustkorb donnern, das Blut in meinen Ohren rauschen wie Wind in einer Muschel.

„Ich weiß nicht, wo das U-Boot ist", sagte ich. „Ich würde es Ihnen sagen, wenn ich's wüsste. Ich weiß noch nicht mal, warum ihr Typen es überhaupt haben wollt. Warum sollte ich euch die Informationen vorenthalten?"

„Weil du für die Juden arbeitest, mein Freund", entgegnete Buchalter. „Weil ich glaube, dass du lügst."

„Im Rumpf ist Luft eingeschlossen. Es schwebt direkt über dem Boden des Golfs. Wahrscheinlich driftet es in einem bestimmten Muster mit dem Golfstrom", sagte ich. „Heuert Bergungsexperten an, die sich mit so was auskennen. New Orleans und Miami sind voll von ihnen."

„Aber du hast es offensichtlich schon zwei Mal gefunden. Also weißt du etwas, das andere nicht wissen."

„Es könnte mehr als nur eines da unten liegen", sagte ich. „Die Navy hat '42 drei oder vier versenkt. Vielleicht habe ich zwei verschiedene U-Boote gesehen."

Er zog eine Seekarte aus der Tasche, faltete sie auseinander und strich sie auf dem Tisch vor mir glatt. Sie zeigte die Küstenlinie von Louisiana, sämtliche Buchten und Meerengen sowie die Tiefenlinien des nördlichen Golfs. Er stand hinter mir, legte mir seine Pranken auf die Schultern und presste seine Daumen tief in meinen Nacken.

„Es gibt verschiedene Möglichkeiten, wie dieser Abend

für uns alle ausgehen kann", sagte er. „Ich denke du weißt, was ich meine."

„Wenn Sie wissen, wo das U-Boot ist, werden Sie einfach so wieder gehen?"

„Warum nicht?" Der Druck seiner Finger auf meine Schultermuskeln verstärkte sich.

„Weil Sie bis über beide Ohren in der Scheiße stecken."

Er senkte seinen Mund an mein Ohr. „Das ist jetzt nicht der richtige Augenblick, hier den Schlaumeier zu spielen, Dave", sagte er. „Soll ich dich zwingen, das Drift-Muster mit deiner Nase nachzuzeichnen?"

Ich versuchte mich vorzubeugen, weg von seinem unangenehmen Atem auf meiner Haut. Dann legte er eine Hand unter mein Kinn und die andere in mein Genick, wie ein Mann, der sich auf einen Trickwurf mit einem Basketball vorbereitet.

„Möchtest du, dass ich's dir breche?", fragte er. „Ich kann deinen Körper vom Hals abwärts in einen wertlosen Fleischhaufen verwandeln. Ich übertreibe nicht, Dave. Hab's schon zwei Mal gemacht. Frag unseren Freund Chuck hier."

Denk, denk, denk!

Ich versuchte, nicht zu schlucken und die Angst aus meiner Stimme herauszuhalten. Ich schloss die Augen und öffnete sie wieder, um den Schweiß wegzublinzeln. Bootsies Haar war ihr ins Gesicht gefallen, ihre Augen waren rot und voller Entsetzen über das, was sie gleich sehen würde.

„Es gibt zwei Dinge, die heute Abend hier auf keinen Fall passieren werden, Buchalter", sagte ich. „Ich werde dir keine Informationen geben, die ich nicht habe, und niemand wird dir in den Arsch kriechen. Du bist ein Stück Scheiße. Nichts, was du hier tust, wird jemals etwas daran ändern."

Er schwieg einen Augenblick. Ich spürte, wie sich seine Finger bewegten, aber sie waren jetzt unsicher, der Druck auf Kinn und Nacken ließ vorübergehend nach.

„Willst du das noch mal sagen?", fragte er.

„Typen wie du sind grausam, weil bei ihnen die Reinlichkeitserziehung buchstäblich in die Hose gegangen ist. Daher kommt das. Kannst du zu jedem Psychologen gehen und nachfragen. Das wäre auch erheblich besser, als ein Leben lang Bremsstreifen in der Unterhose zu haben."

Der Mann mit dem Silberblick fing an zu lachen, bis er Buchalters Gesicht sah.

Buchalter atmete inzwischen schwer. Seine Hände auf meinen Kinn und Nacken waren schweißnass. Aber die Unentschlossenheit, das Verharren waren immer noch da, die Möglichkeiten, wie er mit der Beleidigung umgehen würde, waren immer noch nicht klar.

Dann drehte sich der Mann mit dem Silberblick auf seinem Stuhl und starrte zum Seitenfenster, dessen Jalousien zugezogen waren. Er hob eine Hand.

„Will, da draußen ist jemand", sagte er.

Buchalters Hände glitten von mir weg. Er zog die Beretta aus der Tasche, während der Mann namens Chuck seitlich an der Jalousie vorbei nach draußen linste.

„Es ist ein Zusteller", sagte er.

„Was meinst du mit ein *Zusteller*?", fragte Buchalter.

„Na, ein Scheißzusteller eben. Mit Klemmbrett und Taschenlampe. Er kommt zur Hintertür."

„Er soll dir geben, was immer er hat, und dann sorg dafür, dass er verschwindet."

„Ich?"

„Ja, du."

Der Mann namens Chuck verschwand aus meinem Blickfeld hinaus auf die hintere Veranda. Buchalter ließ eine Hand auf meiner Schulter und drückte die Mündung der Beretta hinter mein Ohr.

„UPS. Ich hab hier ein Paket für Dave Robicheaux. Anscheinend ist Ihre Klingel kaputt", sagte eine Stimme in der Dunkelheit.

Ich sah, wie Bootsie mich fixierte.

„Stellen Sie's vorne auf die Veranda", antwortete Chuck.

„Es ist eine Nachname."

„Wie viel?"

„Acht-fünfzig."

„Warten Sie eine Minute."

Chuck kam mit konsterniertem Gesichtsausdruck zurück in die Küche.

„Ich hab kein Geld dabei, Will", sagte er.

„Hier." Buchalter gab ihm einen Zwanzig-Dollar-Schein.

„Was, wenn ich irgendwas unterschreiben muss?"

„Dann kritzelst du einfach was auf den Beleg. Und jetzt geh, mach endlich."

Chuck kehrte zurück auf die Veranda. Ich sah, wie sich sein Schatten unter der insektenverkrusteten Lampe bewegte.

„Alles klar, vielen Dank", hörte ich ihn sagen. „Stellen Sie's einfach vorne ab. Ich hol's später rein."

„Ich hol's gern her. Gar kein Problem."

„Nein, Mann, echt nicht nötig."

„Es wird gleich regnen. Und wir sind verantwortlich für Wasserschäden."

Chuck kam wieder in die Küche, die Haut um seine Augen zuckte vor Nervosität.

„Beruhig dich", sagte Buchalter. „Geh nach vorne und hilf dem Mann. Sorg einfach nur dafür, dass er nicht nach hinten kommt."

„Ich bin total locker. Total cool."

„Ja, sehe ich, alles klar."

„Geh mir nicht auf die Eier, Will. Wenn das hier in die Grütze geht, fahre ich als Wiederholungstäter ein."

„Es wäre besser, wenn du jetzt dein Maul hältst, Chuck."

„Du raffst das nicht. Ich hab schon vier Mal gesessen. Auf den Scheiß hier kann ich wirklich gut verzichten. Und jetzt steht da dieser schräge UPS-Mann. Ich sag dir, ich brauch diesen ganzen Scheiß hier nicht, Mann. Ich hab einfach keinen Bock drauf."

„Du stehst unter starkem Druck, Chuck … Moment mal, was meinst du mit *schräger UPS-Mann*?"

„Er sieht aus wie ein Affe mit 'ner UPS-Kappe auf der Nuss. Trägt scheiß Budweiser-Shorts. So was nennst du nicht schräg?"

Buchalters Hand hob sich zu seinem Mund. Ich konnte die Hitze seines Körpers spüren, die Mischung aus Schweiß und Deodorant riechen, die sich unter seinen Armen bildete.

„Geh nach vorne zur Haustür, Chuck", sagte er. „Red

draußen mit dem Mann. Und sieh zu, dass er da auch bleibt. Das ist jetzt dein Auftrag. Verstanden?"

„Warum ich? Mir gefällt das nicht, Will. Wenn du den Mann draußen halten willst, dann mach's doch selbst, verdammte Scheiße." Chucks Haut spannte sich über seinen Gesichtsknochen, wodurch sich seine Augenbrauen wie aufgemalte Striche dehnten.

„Der Hurensohn kommt schon wieder nach hinten", sagte er.

„Ich kümmere mich darum. Sorg du dafür, dass die zwei hier ruhig sind", sagte Buchalter.

„Du wolltest ja nicht auf mich hören, Mann. Jetzt geht die ganze Scheiße den Bach runter. Ich spür das."

„Halt's Maul, Chuck. Wenn's in die Hose geht, verpasst du Mr. und Mrs. Robicheaux hier 'ne Fahrkarte", sagte Buchalter. „Wenn er nicht für uns arbeitet, arbeitet er auch nicht für die Juden."

„Was? Du willst einen Cop umlegen? Wo hier doch überall unsere Fingerabdrücke sind? Hast du sie nicht mehr alle?"

Buchalter hob den Finger und bedeutete dem Mann mit dem Silberblick, still zu sein, dann ließ er die Beretta in seine Hosentasche gleiten und ging hinaus auf die hintere Veranda, mit einem Lächeln im Mundwinkel, der dadurch aussah wie ein längliches Schlüsselloch.

Chuck hob seine Armbrust und richtete sie auf meine Kehle. Seine Hände wirkten auf den dunklen Metallflächen der Waffe weiß und klein. Er atmete laut durch die Nase und schüttelte eine Fliege aus seinem Gesicht. Große, fette Regentropfen begannen draußen auf die Bäume zu klatschen.

Ich hörte, wie Buchalter die Fliegengittertür der Veranda öffnete.

„Okay? Ist das jetzt alles?“, fragte er.

„Sie müssen noch unterschreiben.“

„In Ordnung.“

„Haben Sie einen Stift? Meiner muss mir vom Klemmbrett gefallen sein.“

„Nein, habe ich nicht. Und ich bin gerade ziemlich beschäftigt.“

„Vielleicht ist er auch in meiner Tasche …“

„Also, hören Sie, mein Freund …“

„Hände auf den Kopf, runter auf die Knie, Arschloch! Mach schon! Los! Nicht lange nachdenken!“

Ich hörte, wie zwei schwere Körper gegen die Holzlatten krachten und durch den Wust an Gartengeräten auf der Veranda pflügten. Dann fielen Buchalter und Clete Purcel in die Küche, und Cletes blauschwarzer .38er Revolver schlitterte über das Linoleum.

Buchalter kam als Erster auf die Füße, hatte seine Arschbacken zusammengekniffen, Münzgeld klimperte in seiner Hosentasche, sein dreieckiger Rücken muskelbepackt. Er trieb seine rechte Faust mitten in Cletes Gesicht. Cletes Kopf flog unter der Wucht des Schlages zur Seite, Blut spritzte aus seiner Nase über seine Wange. Doch er packte Buchalters Beine, verschränkte seine Handgelenke hinter Buchalters Oberschenkeln und knallte ihn gegen den Türrahmen.

„Chuck!“, brüllte Buchalter, während er gleichzeitig versuchte, eine Hand in die Hosentasche zu bekommen.

Aber Chuck hatte längst seine Armbrust genommen und war durch den Flur und dann aus der Haustür hinausgeschossen.

Buchalter fing an, mit beiden Fäusten auf Cletes Kopf einzudreschen. Er trug einen großen, mexikanischen Ring an der rechten Hand, mit einem erhabenen, geriffelten Muster. Jedes Mal, wenn er die rechte Faust niedersausen ließ, konnte ich auf Cletes Kopfhaut kleine Platzwunden wie winzige, rote Blumen aufblühen sehen.

Doch Clete Purcel war kein Mann, der schnell aufgab oder leicht zu besiegen war. Während ihm das Blut in kleinen Bächen aus den Haaren in die Augen lief, griff er hinter sich, erwischte den Stiel einer dreizinkigen Hacke und stieß die geschärften Zinken mit einem kräftigen Ruck in Buchalters Hoden.

Buchalters Gesicht wurde schlagartig kreidebleich, sein Mund öffnete sich weit zu einem Brüllen, das wie eine zerplatzende Blase aus dem tiefsten Inneren seiner Eingeweide aufzusteigen schien, als ob Knochen und Gelenke in ihm auseinandergesägt würden. Er stolperte seitwärts, kickte sein Knie in Cletes Gesicht und krachte durch die Fliegengittertür in den Garten. Dann hörte ich noch, wie er in die Dunkelheit hinausrannte.

Clete zog sich am Türknauf hoch, wankte wie ein Betrunkener in die Küche, machte unter dem Wasserhahn ein Küchenhandtuch nass und drückte es sich auf den Kopf. Er riss immer wieder die Augen weit auf und atmete schwer durch den Mund. Seine Knie waren aufgeschrammt, eine Socke war über den Knöchel gerutscht.

„Heb deine Kanone auf", sagte ich.

Er wischte sich mit dem Handtuch über Nase und Augen, beugte sich dann schwerfällig vor, hielt das Handtuch auf den Kopf gedrückt und schloss seine Finger um den 38er.

„Der Schlüssel für die Handschellen liegt auf der Kommode im Schlafzimmer", sagte ich.

Er ging ins Schlafzimmer, kam mit dem Schlüssel zurück und fing an, die Handschellen zu öffnen. Ich spürte, wie Wasser aus seinen Haaren auf meinen Nacken tropfte. Die Handschellen fielen klirrend zu Boden. Meine Hände waren lila, aufgrund der mangelnden Blutzirkulation stark angeschwollen und taub. Ich öffnete mein Taschenmesser, durchschnitt das Klebeband, zog es vorsichtig von Bootsies Mund und schnitt dann das Klebeband an ihren Armen durch.

„Oh, mein Gott, Dave", sagte sie nur. Sie atmete stoßweise, als wäre sie sehr lange unter Wasser gedrückt worden, und ihre Lungen saugten nun gierig Luft ein. „Oh, Gott! Oh, mein Gott, er wollte …"

„Es ist vorbei", sagte ich.

„Er wollte dich zum Krüppel machen. Er wollte dich mit eiskalter Überlegung zum Krüppel machen", stammelte sie und kniff ihre Augen gegen die Tränen zusammen, die ungehindert ihre Wangen hinunterströmten. Ich schloss sie in die Arme, drückte ihr Gesicht an meine Brust, küsste ihr Haar und nahm die Hitze darin wahr.

„Dein Telefon ist tot. Sie müssen draußen die Leitung durchtrennt haben“, sagte Clete.

„Gib mir deine Waffe“, sagte ich.

„Wo hast du denn deine?“

„Im Handschuhfach des Trucks.“

„Mann, ich kann gar nicht geradeaus gucken. Der Typ hatte Fäuste wie Betonklötze.“

„Nimm Boots mit runter in den Angelladen und ruf von dort aus das Büro des Sheriffs an“, sagte ich.

„Wo willst du hin, Dave?“, fragte Bootsie, deren Augen sich wieder alarmiert weiteten.

„Sie haben ihren Wagen wahrscheinlich ein Stück weiter die Straße rauf geparkt“, sagte ich.

„Nein“, sagte sie. „Darum soll sich diesmal ein anderer kümmern.“

„Er ist ein Fanatiker und Psychopath, Boots. Wenn wir ihn jetzt nicht festnageln, wird er zurückkommen.“

Ich konnte den Ausdruck auf ihrem Gesicht nicht länger ertragen. Mit dem Revolver in der Hand stürmte ich aus der Tür.

„Hey, Dave …“, sagte Clete. Er folgte mir auf die Veranda. „Vergiss in diesem Fall die Regeln. Wenn du die Chance bekommst, schließt du ein für alle Male die Akte von diesem Schwanzlutscher.“

„Sag dem Sheriff, er soll den Brückenwart anrufen, damit der die Zugbrücke hochzieht“, sagte ich.

„Hör mir zu …“, begann er ungeduldig. Dann hielt er inne und senkte die Stimme. „Typen wie der sitzen in ihrer Gefängniszelle und denken sehr lange darüber nach, was sie Leuten alles antun könnten. Mach dir später keine Vorwürfe, Streak. Buchalter ist ein Typ der übelsten Sorte.“ Er richtete einen Finger auf mein Gesicht und wischte sich dann Blut von der Nase aufs Handgelenk.

Der Mond war im Osten hinter einem Wall schwarzer Wolken aufgegangen, und ein stetiger, warmer Regen tanzte auf dem Ententeich am unteren Ende meines Grundstücks und klickerte auf die hohen Stiele des Zuckerrohrfeldes meines Nachbarn. Als ich von New Orleans zurückgekehrt war, hatte ich an der Schotterstraße neben dem Bayou keine Wagen parken sehen, und ich vermutete, dass Buchalter und der Mann mit dem Silberblick an meinem Haus vorbeigefahren sein mussten, etwas weiter entfernt geparkt und dann eine Abkürzung durch die Pekannuss-Plantage an der Kreuzung genommen hatten, und schließlich über einen bewaldeten Hügel und durch das Zuckerrohrfeld meines Nachbarn gekommen waren.

Hinter dem Ententeich, direkt neben den Resten meiner eingestürzten Scheune, sah ich zwei frische Paar Fußabdrücke im Matsch glänzen, die von dort aus durch den Stacheldrahtzaun ins Feld führten. Ich hob den oberen Draht an und schlüpfte hindurch. Das Zuckerrohr wuchs so dicht, dass die Erde zwischen den Reihen immer noch trocken war. Das Geräusch, das der Regen auf den Blättern machte, erinnerte an Murmeln, die auf trockenes Zeitungspapier fielen. Ich sah, wie ein Blitz den Himmel zerriss und im Wald einschlug, und als das Echo von den Bäumen zurückgeworfen wurde, begannen die Rinder meines Nachbarn auf dem Grund des engen Tals in panischer Angst zu muhen.

Zwischen dem Zuckerrohr selbst war es windstill. Die Luft war heiß und wimmelte vor Insekten. Vor mir konnte ich ein sich windendes Muster erkennen, wie ein schwach sichtbarer Tunnel, der sich durch die Reihen schlängelte, wo jemand entweder die Stangen zur Seite gebogen oder sie an der Basis mit dem Schuh abgeknickt hatte. Ich ging in die Hocke und lauschte. Zuerst hörte ich nur den Regen, der auf die Blätter über mir tröpfelte, doch dann war da eine Stimme, ein Mann, der nach einem anderen rief, gerade als ein Blitz zu einem riesigen weißen Baum quer über den südlichen Horizont explodierte und ein Donnern über die Felder rollte.

Sie mussten es bereits bis hinauf auf den bewaldeten Hügel geschafft haben, fast bis zur Pekannuss-Plantage und der Kreuzung unten an der Straße am Bayou, dachte ich. Ich verließ das Zuckerrohrfeld und rannte am Feldrand entlang auf das erhöht liegende Eichenwäldchen zu, dessen Laub mit einem silbrigen Schimmern im Sumpfwind flatterte.

Vor langer Zeit hatte Clete Purcel seinen persönlichen Frieden mit den Regeln gemacht, die definieren, wann es gerechtfertigt ist, einem Menschen das Leben zu nehmen. Ich habe die Gültigkeit von Cletes Moralvorstellungen nie infrage gestellt, genauso wenig wie ich seine Loyalität, seinen Mut und seinen selbstlosen Einsatz für mich während der schlimmsten Zeiten meines Lebens infrage gestellt hatte. Ehrlich gesagt beneidete ich häufig die gedankliche Klarheit, mit der er zwischen Gut und Böse unterschied. Seit ich das erste Mal als Polizist in New Orleans auf Streife gegangen war, hatten in mir Befürchtungen geschlummert, dass ich eines Tages die Macht über Leben und Tod eines Menschen falsch ausüben würde, aus Versehen oder vielleicht einem ängstlichen Impuls folgend, möglicherweise sogar ganz bewusst und selbstgerecht.

Buchalter jedoch war kein normaler Akteur. Die meisten psychisch kranken Mutanten, mit denen ein Polizist täglich in Kontakt kommt, sind unbeholfene, nichtsnutzige Loser, die durch die Seitenstraßen des Lebens schleichen und auf der Suche nach Autorität und Selbstbestätigung oft eine feindselige Beziehung zu Polizisten und Bewährungshelfern aufbauen, da ihnen von der normalen Gesellschaft ungefähr derselbe Wert beigemessen wird wie einer achtlos weggeworfenen Bananenschale.

Psychopaten wie Ted Bundy und Gary Gilmore haben ein Händchen dafür, ihre Straftaten in Bundesstaaten zu begehen, in denen die Todesstrafe vollstreckt wird. Dann verwandeln sie ihre Gerichtsverfahren und Hinrichtungen zu weltweit im Fernsehen übertragenen Theaterinszenierungen.

Die Will Buchalters dieser Welt hingegen hegen keine derartigen Pläne. Sie hinterlassen keinen Papierkram, sie tauchen in keiner Datenbank auf. Falls sie doch einmal geschnappt werden, zahlen sie die geforderte Kaution und schüchtern Zeugen so weit ein, dass diese Meineide begehen. Sie überzeugen Psychologen, dass sie unter multiplen Persönlichkeitsstörungen leiden, unterschiedliche Menschen in ihrem Kopf wohnen, die nicht alle gleichzeitig vor Gericht gestellt werden können. Wer als Komplize mit ihnen festgenommen wird, sitzt entweder seine Strafe ab oder wird im Gefängnis ermordet. Niemand kann je mit Sicherheit sagen, wie viele Menschen sie tatsächlich umbringen.

Will Buchalter gehörte zu jener speziellen Gattung Mensch, die in unseren Albträumen leben.

Ich hatte immer noch seinen Geruch in der Nase, ein Geruch wie natürliches Moschus, wie jemand, der gerade Sex gehabt hatte.

Ich nahm den .38er fester in die Hand. Die abgewetzten Griffschalen aus Walnussholz fühlten sich in meiner Handfläche glatt und fest an.

Als ich mich dem Ende des Feldes näherte, hörte ich, wie Zaundraht gegen einen Pfosten knallte, dann fluchte jemand, als hätte er Schmerzen oder wäre gestürzt. Ich umrundete das Feld in einem weiten Bogen, um mir einen besseren Überblick zu verschaffen. Dann sah ich zwei Silhouetten im matten Schein des verschleierten Mondes … ein Mann saß auf seinem Hintern und umklammerte seinen Fußknöchel, der andere beugte sich über ihn und versuchte, ihm aufzuhelfen, und ich erinnerte mich an den alten Zaun, den mein Nachbar mit seinem Traktor niedergewalzt hatte, damit sein Vieh im Tal trinken konnte.

Aber sie sahen mich ebenfalls. Bevor ich mich in Schussposition ducken und ihnen zubrüllen konnte, sie sollten ihre Hände hochnehmen, löste sich in der Dunkelheit ein Schuss aus einer kleinkalibrigen Waffe, dann noch einer, wie Feuerwerkskörper. Ich lief in den Schutz des Zuckerrohrs zurück, raus aus ihrem Sichtfeld, und hockte mich zwischen die Stängel außerhalb des Mondscheins, der den Regen mit einem Licht wie Quecksilber färbte.

Ich hörte, wie jemand ins Zuckerrohr stürmte, durch mehrere Reihen drosch und dann abrupt stehen blieb.

War jetzt ein Mann im Feld oder waren es beide? Ich konnte es nicht sagen. Nichts rührte sich, kein Laut, außer dem Regen, der auf die Blätter über meinem Kopf trommelte.

Ich arbeitete mich eine Furche entlang, tiefer hinein ins Zuckerrohr. In der hier eingeschlossenen Luft konnte ich etwas Totes riechen, einen Waschbären oder ein Opossum, ein Geruch wie von einer Ratte, die in eine Trockenbauwand gekrochen und dort verendet war. Salz brannte mir in den Augen, und der steinige Boden schnitt in meine Knöchel und Knie wie Feuerstein. Ich sah einen Hasen durch die Reihen flitzen. Er blieb stehen, sah mich an, die Ohren flach am Kopf angelegt, rannte dann im Zickzack weiter. Er durchbrach lärmend den Rand des Zuckerrohrfeldes und war verschwunden.

Keine sieben Meter von mir entfernt erhob sich mitten im Feld ein Mann von den Knien. Sein Körper wurde fast komplett von den dicken Stängeln und Blättergirlanden verborgen. Er versuchte, so leise wie möglich durch die Reihen zum gegenüberliegenden Feldrand zu schleichen, wo es in flaches Gelände überging, den bewaldeten Hügel und die Pekannuss-Plantage.

Ich zog mein Hemd hoch, wischte mir damit übers Gesicht und nahm so gut es ging die sich langsam bewegende Silhouette des Mannes ins Visier. Ich spannte den Hahn des .38er und zielte auf einen Punkt kurz unterhalb einer gedachten Linie zwischen seinen Schulterblättern.

Jetzt!, dachte ich.

„Wirf die Waffe weg! Runter auf den Bauch, die Hände nach vorn ausgestreckt!“, brüllte ich.

Aber er wollte noch eine Runde.

Er stürmte durchs Zuckerrohr, schlug mit den Armen wie wild gegen die Stängel und stolperte quer durch die Reihen.

Ich ging auf ein Knie runter und drückte ab. Vermutlich war der erste Schuss zu hoch, denn ich hörte in einiger Entfernung ein Geräusch in den Bäumen, wie einen Stein, der von einer Rinde abprallt und durch das Geäst fällt. Der Mann pflügte weiter vorwärts durchs Zuckerrohr, versuchte mit der linken Hand eine Öffnung zu schaffen , in der rechten Hand hielt er eine Waffe. Der zweite Schuss jedoch traf sein Ziel. Ich wusste es, denn ich hörte den Einschlag, wie ein Stollenschuh, der Kontakt mit einem Football herstellt, und ich hörte, wie die Luft aus seinen Lungen entwich, als das Geschoss ihn durchs Zuckerrohr nach vorne stieß.

Aber er stand noch auf seinen beiden Beinen, das Metallobjekt in der rechten Hand, dessen glatte Oberfläche im Mondlicht blau schimmerte, und er drehte sich auf einem Bein in meine Richtung, genau wie eine Krähe es tut, wenn sie von einer Böe erfasst wird.

Clete hatte nur fünf Patronen in die Trommel geladen. Ich feuerte die drei restlichen Patronen ab, so schnell ich den Abzug drücken konnte. Funken und feine Bleisplitter stieben von den Seiten der Trommel in die Dunkelheit.

Sein linker Arm schnellte zur Seite, er krümmte sich und

sein Kinn flog auf die Schulter, als wäre er von einem unsichtbaren Knüppel getroffen worden.

Der Hahn schlug auf die leere sechste Kammer. Dann geschah etwas, das ich nicht verstand. Als er seitwärts zu Boden ging und das Zuckerrohr rund um ihn abbrach, schrie er zum ersten Mal laut auf vor Schmerzen.

Ich ging zu der Stelle hinüber, wo er auf dem Rücken lag. Seine schielenden Augen öffneten und schlossen sich im Schock. Er versuchte immer wieder, mit der Zungenspitze einen blutigen Klumpen aus seinem Mund zu schieben. Meine letzte Patrone hatte ihn am Kinn erwischt und war knapp über dem Unterkieferknochen wieder ausgetreten. Sein linker Arm war in seinem Hemdsärmel verdreht wie ein Stück ausrangiertes Seil. Ein weiteres Projektil hatte ihn in die Seite getroffen, eine Austrittswunde konnte ich allerdings nicht erkennen. Blut sickerte aus seinem Hemd auf die Erde. Dann sah ich seine rechte Hand unkontrolliert über dem gefiederten Schaft des Aluminiumpfeils zittern, der bei seinem Sturz aus der Armbrust abgefeuert worden war. Die Spitze hatte sich von oben in seinen Oberschenkel gebohrt und war rot glänzend durch seine Kniescheibe wieder ausgetreten.

Ich hockte mich neben ihn, öffnete seinen Gürtel und wischte ihm mit den Fingern Erde aus den Augen.

„Wo ist Buchalter?“, fragte ich.

Er schluckte mit einem klickenden Laut und versuchte zu sprechen, doch die Zunge klebte ihm am Gaumen. Ich drehte mit beiden Händen seinen Kopf, damit sich sein Mund leeren konnte.

„Wohin ist Buchalter, Chuck?“, fragte ich noch mal. „Versuch nicht, den Kerl zu schützen. Er hat dich im Stich gelassen.“

„Ich weiß es nicht“, sagte er. Seine Stimme war schwach und völlig wehrlos. „Zieh den Pfeil raus.“

„Das kann ich nicht machen. Du könntest verbluten. Ich werde einen Krankenwagen rufen.“

Seine schielenden Augen versuchten sich zu fokussieren. Sie glänzten und waren schwarz vor Schmerz und Angst. Seine Zunge schnellte kurz aus dem Mund und verschwand sofort wieder.

„Was ist?“, fragte ich.

„Ich brauche einen Priester. Ich schaff's nicht.“

„Den kriegst du.“

„Du musst mir zuhören, Mann …“

„Schieß los.“

„Ich hab überhaupt nichts gegen euch Leute hier. Ich hab's nur wegen dem Geld getan.“

„Wegen dem Geld?“, sagte ich mindestens so sehr zu mir wie zu ihm.

„Sag deiner Alten, dass es mir echt leidtut. Es war nichts Persönliches. Oh, mein Gott, ich schaff's nicht.“

„Liefere mir Buchalter, Chuck.“

Doch sein Blick war bereits nach innen gerichtet, auf eine Vision, deren Intensität und Ausmaß nur er allein wahrnehmen konnte. Irgendwo in der Ferne hörte ich, wie jemand einen leistungsstarken Automotor anließ und Richtung Süden donnerte, fort von der Zugbrücke, die Straße am Bayou entlang und dem Regen entgegen.

12

Am nächsten Morgen fuhr ich runter zum Büro des Sheriffs und holte mir meine Dienstmarke zurück.

Chuck, dessen vollständiger Name Charles Arthur Sitwell lautete, schaffte es durch die Nacht und lag nun auf der Intensivstation des *Iberia General*, an Maschinen angeschlossen, einen Beatmungsschlauch in der Nase und die zu einem Tropf gehörende Nadel in einer angeschwollenen Vene auf der Innenseite seines rechten Unterarms. Die untere Gesichtshälfte war unter Bandagen verborgen, mit nur einem kleinen Loch von der Größe einer Vierteldollarmünze für seinen Mund. Ich zog mir einen Stuhl an sein Bett, während Clete hinter mir stand.

„War Father Melancon schon bei dir, Chuck?“, fragte ich.

Keine Antwort. Seine Augenlider waren blau verfärbt und hatten einen metallischen Glanz.

„Ist kein Priester bei dir gewesen?“

Er blinzelte.

„Hör zu, Partner, wenn du mit dem da oben im Reinen bist, warum dann nicht auch mit uns reinen Tisch machen?“, sagte ich.

Immer noch keine Antwort.

„Du hast vier Mal gesessen, Chuck“, fuhr ich fort. „Laut deiner Akte bist du immer ein anständiger Häftling gewesen. Aber Buchalter ist nicht loyal, Chuck. Er lässt dich für seine Scheiße bezahlen.“

„Du stehst auf der Third Base “, sagte Clete hinter mir.

Ich drehte mich um und sah Clete an. Doch der trat nur noch ein Stück näher ans Bett heran.

„Chuck hat in Leavenworth im Hochsicherheitstrakt gesessen, und im Bundesgefängnis Angola gehörte er ebenfalls zu den Schwergewichten. Er bevorzugt klare Kante“, erklärte er mir. „Stimmt's nicht, Chuck? Buchalter wird auf dein Grab pissen. Halt den Kopf nicht für einen Typen wie den hin.“

Chucks sehgestörte Augen sahen so klein aus wie Vogelaugen. Sie schienen sich auf Clete zu richten und schauten dann an ihm vorbei zur Schwingtür der Intensivstation, die sich kurz geöffnet hatte und nun vor und zurück pendelte.

Hinter all den Verbänden versuchte Chuck durch das kleine Loch, das den Mund freigab, zu sprechen. Ich beugte meinen Kopf dichter zu ihm hinunter. Sein Atem roch bitter nach Galle.

„Ich hab dem Priester schon alles gesagt. Ich sag jetzt nix mehr“, flüsterte er. „Sag das allen. Ich sag nix mehr.“

„Ich will dir ja nicht zu nahe treten, Partner, aber warum nicht etwas Gutes tun, solange du Gelegenheit dazu hast?“, sagte ich.

Er drehte den Kopf von mir weg.

„Wenn du's so haben willst“, sagte ich und stand auf, um zu gehen. „Solltest du deine Meinung ändern, frag nach dem Cop vor der Tür.“

Draußen auf dem Korridor steckte sich Clete eine Zigarette in den Mund, ohne sie anzuzünden.

„Ich werde mich nie dran gewöhnen, wie diese Arschlöcher ticken. Der Scheißer steht an der Schwelle zur Ewigkeit und hat Schiss, für ’ne Plaudertasche gehalten zu werden“, sagte er und bemerkte erst dann einen halben Meter neben sich eine katholische Nonne mit einem Obstkorb. „Entschuldigen Sie, Schwester“, sagte er.

Sie hatte einen weißen Rock und eine fliederfarbene Bluse an, trug jedoch auf dem Kopf einen schwarzen Schleier mit weißer Borte. Ihr Haar war kupferfarben und im Nacken zusammengebunden.

„Wie geht es ihm?“, fragte sie.

„Wem?“, fragte ich.

„Dem armen Mann, der letzte Nacht angeschossen wurde“, sagte sie.

„Nicht besonders gut“, sagte ich.

„Wird er überleben?“, fragte sie.

„Man kann nie sicher sein, denke ich“, antwortete ich.

„Sind Sie einer der Officer, die …“

„Ja?“

„Ich wollte fragen, ob Sie einer der Officer sind, die ihn festgenommen haben.“

„Ich bin der Officer, der ihn angeschossen hat, Schwester“, sagte ich. Doch mein Versuch, geradlinig und offen zu sein, war nur von kurzer Dauer und unwillkürlich beendete ich den Blickkontakt zu ihr.

„Wird er sterben?“, fragte sie. Ihre Augen wurden merkwürdig glasig, wie dunkler Rauch, eingeschlossen in grünem Glas.

„Das sollten Sie wahrscheinlich besser den Arzt fragen“, erwiderte ich.

„Ich verstehe“, sagte sie. Dann lächelte sie höflich. „Entschuldigen Sie, ich wollte nicht unfreundlich sein. Ich bin Marie Guilbeaux. Nett, Sie kennenzulernen."

„Dave Robicheaux. Das hier ist Clete Purcel. Ganz meinerseits, Schwester", sagte ich. „Sie sind nicht aus New Iberia, oder?"

„Nein, ich lebe in Lafayette."

„Nun, bis demnächst", sagte ich.

„Ja, auf Wiedersehen", sagte sie und lächelte wieder.

Clete und ich gingen hinaus in die Sonne und fuhren zu mir nach Hause. Es war der Beginn des Labor-Day-Wochenendes, und die Supermärkte waren voller Leute, die Bier, Eiswürfel und Grillkohle kauften.

„Warum haben die Nonnen nicht so ausgesehen, als ich in der Grundschule war?", meinte Clete. „Die, an die ich mich erinnere, hatten Gesichter wie Kochschinken … Worüber brütest du?"

„Über etwas, das du gesagt hast. Warum mauert Chuck Sitwell uns gegenüber so?"

„Er will als anständiger, verlässlicher Knacki abtreten."

„Nein, etwas, das du vorher gesagt hast. Er hat Angst. Aber wenn er Angst hat, dass Buchalter zurückkommt, um seinen Stecker zu ziehen, warum liefert er ihn dann nicht einfach aus?"

Clete blinzelte unter der Krempe seines Porkpie ins grelle Tageslicht und paffte an seiner Zigarette. Sein Gesicht war von der Hitze gerötet.

„Du bist zwar einer von den Guten, Streak, aber du bist dir gegenüber nicht immer ganz ehrlich."

„Was soll das denn heißen?"

„Du hast vier Kugeln in dem Kerl versenkt."

Ich sah ihn an.

„Komm schon, Dave, gib's zu", sagte er. „Du hast erst aufgehört zu ballern, als du keine Kugeln mehr hattest. Du hast versucht, ihn übers ganze Zuckerrohrfeld zu blasen. Glaubst du nicht, dass der Typ das weiß? Was, wenn er oder Buchalter dir erzählen, was sie für dich und Bootsie geplant hatten, ganz speziell für Bootsie, und vielleicht sogar für Alafair, wenn sie zufällig reingekommen wäre? Mann, dann hätte ich auch Angst vor dir!"

Er warf mir einen schrägen Blick zu, zog dann an seiner Zigarette und schnippte sie in einem Funkenregen gegen ein rotes Stoppschild.

* * *

Das Wochenende war heiß, trocken und verlief ohne besondere Vorkommnisse. Das Krankenzimmer von Charles Arthur Sitwell wurde rund um die Uhr von einem Polizisten bewacht. Sitwell hielt sein Versprechen; er weigerte sich standhaft, irgendwelche Fragen zu beantworten.

Am Dienstag stand ich im Morgengrauen auf, half Batist, den Angelladen aufzumachen, und ging dann den Weg unter den Bäumen den Hang hinauf, um mit Bootsie zu frühstücken, bevor ich ins Büro fuhr. Im Haus war es immer noch kühl dank der Decken- und Fensterventilatoren, die die ganze Nacht gelaufen waren. Das Gras im Garten war voller Amseln, die sich über die Brotkrumen hermachten, die Bootsie ihnen von der Veranda aus zugeworfen hatte.

„Ein Deputy wird auch heute wieder den ganzen Tag vor dem Haus parken“, sagte ich.

„Wie lange willst du noch einen Beamten dazu abstellen, Dave?“, fragte Bootsie. Sie saß mir gegenüber, die Schultern gestrafft, die Finger auf den Seiten ihrer Kaffeetasse. Ihre Scheibe Toast hatte sie nach einer Hälfte beiseitegelegt.

„So hat der Bursche was zu tun“, sagte ich.

„Wir können nicht für den Rest unseres Lebens einen Deputy vor der Haustür parken haben.“

„Wird nicht nötig sein.“

Sie hatte sich gerade erst das Gesicht gewaschen, aber ihre Augen sahen müde aus; ihnen hing immer noch der Schlaf nach, der mit Sicherheit erst im Morgengrauen über sie gekommen war.

„Ich will mir eine Waffe kaufen“, sagte sie.

„Das war doch noch nie dein Ding.“

„Welche Waffe ist die beste für eine Frau? Ich meine die Größe oder wie man das nennt.“

„Eine .32er, vielleicht auch eine .38er oder eine 9 Millimeter. Kommt drauf an, was man damit erreichen will.“

„Ich möchte das heute Abend erledigen, Dave.“

„In Ordnung.“

„Zeigst du mir, wie man damit umgeht?“

„Natürlich.“ Ich musterte ihr Gesicht. Ihre Augen waren ausdruckslos, und doch voller unausgesprochener Gedanken. „Wir fahren mit dem Boot den Bayou runter und ballern auf ein paar Blechbüchsen.“

„Ich denke, wir sollten auch Alafair beibringen, wie man schießt“, sagte sie.

Ich wartete einen Moment, bevor ich etwas sagte. „Man kann Kindern beibringen, wie man mit einer Pistole schießt, Boots, aber du kannst ihnen nicht beibringen, wann sie sie besser in der Schublade lassen sollten und wann nicht. Deswegen stimme ich dagegen."

Sie blickte durch die Tür hinaus in den Garten, wo die Vögel im Gras unter dem Mimosenbaum pickten.

„Glaubst du, er wird noch mal kommen?"

„Ich weiß es nicht."

Ihr Blick bohrte sich tief in meine Augen.

„Wenn ich ihn zuerst erwische, wird er nie Gelegenheit dazu haben", sagte ich.

„Das hab ich nicht gemeint."

„Aber ich."

Ich spürte, wie ihre Blicke mir in den Flur folgten. Ich zog eine andere Hose an, dazu Slipper, ein braunes Sporthemd und eine weiße Strickkrawatte, dann ging ich zurück in die Küche, beugte mich über Bootsies Stuhl, schlang die Arme über ihre Brust, drückte sie und gab ihr einen Kuss auf den Scheitel.

„Boots, wirklich tapfer ist, wer alle Gedanken über das eigene Wohlbefinden beiseiteschiebt und sich ausschließlich um das Schicksal anderer sorgt", sagte ich. „Genau so war meine Frau neulich abends. Gegen eine solche Tapferkeit kann ein Arschloch wie Buchalter nichts ausrichten."

Sie streichelte über meine Wange, ohne aufzusehen.

Das Telefon in der Küche klingelte.

„Wie ich höre, sind Sie wieder im Dienst", sagte eine Stimme mit dem Akzent eines Farbigen aus New Orleans.

„Motley?“
„Was dagegen, wenn ich bei Ihnen zu Hause anrufe?“
„Nein, überhaupt nicht. Woher wissen Sie, dass ich wieder im Dienst bin?“
„Wir stimmen uns mit Ihrem Department wegen diesem Sitwell ab. Wussten Sie, dass er und dieser durchgeknallte Speed-Freak, der sich gegrillt hat, im Angola Zellengenossen waren?“
„Nein.“
„Die haben sogar zusammen in einer Rockband gespielt. Wenn sie also sowieso schon alles gemeinsam gemacht haben, vielleicht haben sie dann auch beide für die *AB* Drogen geschmuggelt.“
„Ich hab bereits mit dem Gefängnisdirektor gesprochen. Sitwell war nicht politisch. In seiner Akte befinden sich keine rassistisch motivierten Vorfälle. Er war immer Einzelgänger, ein Bankräuber, der allein reinmarschiert, einer, der beim Juwelier die Scheibe einschlägt und sich den Schmuck krallt.“
„Ich denke, Sie sollten heute rauf nach New Orleans kommen.“
„Weswegen?“
„Oben Ecke Terpsichore und Baronne Streets gibt's einen Fixertreff. Das Haus gehört einem Scheißhaufen namens Camel Benoit. Sie wissen, von wem ich rede?“
„War der nicht mal Zuhälter, unten in der Magazine Street?“
„Genau der. Wir haben ein halbes Jahr lang versucht, denen die Bude dichtzumachen. Wir haben Razzien gemacht, wir haben zwei Sechzehnjährige hopsgenommen, denen

das Hirn aus der Nase lief, und eine Woche später vertickt Camel den Martin Luther King Drive rauf und runter mexikanisches H von der übelsten Sorte. Na ja, und dann hat heute Morgen um fünf, als alle noch gepennt haben, ein Hurensohn die Tür aus den Angeln gebrochen und mit seinem Klappspaten Leute über die Wände verschmiert."

„Womit? Mit einem *Klappspaten*?"

„Sag ich doch. Die Kanten mit einer Feile angeschärft. Nachdem er ein paar Köpfe eingeschlagen hatte, hat er sich unseren Mann Camel vorgeknöpft. Da wäre ich gern live dabei gewesen."

„Was ist passiert?"

„Keine Ahnung, wir sind noch dabei, das herauszufinden."

„Kommen Sie, Motley, was haben Sie noch?"

„Früher fanden in dem Gebäude mal so was wie Volkshochschulkurse statt. Jedenfalls, der Typ, der die Tür aufgebrochen hatte, der ist anscheinend mit einer Fahnenstange hinter Camel her, hat ihn damit durch mehrere Zimmer im Obergeschoss gejagt. Zumindest denken wir das."

„Ich verstehe überhaupt nichts. Wo ist Camel Benoit jetzt?"

Motley gab ein verzweifeltes Pfeifen von sich.

„Das versuche ich ja gerade zu erklären, Robicheaux. Wir wissen es nicht sicher. Wir glauben, er steckt in der Wand. Jedenfalls sickert Blut durch den Mörtel. Haben Sie schon mal von Mäusen gehört, die groß genug sind, um durch eine Ziegelmauer zu bluten?"

* * *

Das zweigeschossige Gebäude war Mitte des 19. Jahrhunderts das Wohnhaus eines kreolischen Sklaven- und Baumwollhändlers gewesen. Heute jedoch waren die beiden Ziegelkamine teilweise eingestürzt, die geschmiedeten Eisengitter der Balkone aus den Verankerungen gebrochen und die Fensterläden mit ihren Holzlamellen hingen schief vor den Fenstern.

Vor dem Eingang pfiff und pumpte ein Druckluftkompressor für einen Presslufthammer. Ich zeigte einem uniformierten Polizisten meine Dienstmarke, als ich mich zwischen zwei Streifen- und einem Rettungswagen zum Eingang des Gebäudes durchschlängelte.

Am Ende des dunklen Korridors, dessen Wände mit Graffiti überzogen waren, stemmte ein Mann mit Arbeitshandschuhen und Schutzhelm gerade unter den Augen von Motley und zwei Weißen in Zivil mit einem Presslufthammer die Wand auf. Motley aß ein Eis in der Waffel. Der Boden war mit Mörtel und Staub bedeckt. Ich versuchte gegen den Lärm anzuschreien, gab jedoch schnell auf. Motley gab mir zu verstehen, ihm in einen Nebenraum zu folgen, und schloss hinter uns die Tür. Verbranntes Zeitungspapier, leere Bierdosen und Weinflaschen, Zehn-Dollar-Koks-Ampullen und benutzte Gummis lagen überall im Zimmer herum.

„Wir hätten eigentlich schon längst durch die Wand sein müssen, aber anscheinend hat jemand Zement in den Zwischenraum gegossen, als sich das Fundament gesetzt hat", sagte er. Er wischte sich einen Klecks Eiscreme aus dem dichten Schnurrbart.

„Was war das für eine Geschichte mit der Fahnenstange?"

„So ein paar Spacken meinten, es hätte immer eine amerikanische Flagge samt Stange in der Ecke neben einem Haufen Müll gestanden. Die hätte sich der Wahnsinnige geschnappt, Camel Benoit damit nach oben gejagt und ihn anschließend durch ein Loch in der Wand gestopft. Soweit wir wissen, könnte er da drinnen immer noch am Leben sein." Er biss einen Happen von seinem Eis ab und beugte sich vor, damit nichts auf seine Krawatte kleckerte.

„Was wissen Sie über den Wahnsinnigen?"

„Nicht viel. Er trug eine Halloweenmaske und braune Lederhandschuhe."

„Ein Schwarzer oder ein Weißer?"

„Daran kann sich anscheinend keiner mehr erinnern. Es war fünf Uhr früh. Die Typen waren ziemlich fertig und nach einer harten Nacht voller Koks, Crack und Speed nicht gerade in bester Verfassung." Er stupste mit dem Schuh gegen ein Kondom, das zusammengerollt auf einer verbrannten Zeitung lag wie eine geplättete graue Nacktschnecke. „Glauben Sie, diese Schwanzlutscher machen sich Gedanken über Safer Sex? Die kriegen Gratis-Gummis von der Familienberatungsstelle und benutzen sie dann, um Schnee drin zu transportieren."

„Motley, ich hab fast den Eindruck, Sie sind ein verkappter Republikaner."

„Mir ist heute Morgen sicher nicht nach Scherzen, Robicheaux."

„Warum sollte ich herkommen?"

„Weil ich diesen Typen aus dem Verkehr ziehen will.

Weil ich weder von Nate Baxter noch von sonst jemandem sonderlich große Unterstützung bekomme. Falls es Ihnen noch nicht aufgefallen ist, niemand regt sich groß auf, wenn ein paar schwarze Dealer ins Jenseits befördert werden."

„Vielleicht ist Camels Laden von einem anderen Dealer angegriffen worden?"

„Sie meinen, von einem anderen *schwarzen* Dealer, nicht wahr?" Er biss wieder in seine Eiswaffel und schnippte den Rest dann auf einen Müllhaufen. „Kommen Sie, die haben da draußen aufgehört. Sehen wir uns mal die Show an."

„Ich wollte Sie nicht beleidigen, Partner."

„Vergessen Sie's, Robicheaux. Soweit es das NOPD betrifft, ist das hier immer noch 'ne Nigger-Stadt. Auf einer Prioritätenliste von eins bis zehn rangieren wir auf Platz minus acht."

Die Luft im Flur war inzwischen grau vor Steinstaub. Zwei Arbeiter hebelten mit Brechstangen die Ziegelsteine und Mörtelstücke von der Wand in den Flur hinein. Die Öffnung in der Wand sah aus wie ein aufgerissener Mund, den sie zur Seite und nach unten immer weiter vergrößerten, bis er fast bis zum Boden reichte. Einer der Arbeiter machte eine Pause, schob seine Schutzbrille auf die Stirn hoch und beugte sich in das dunkle Innere.

Dann zog er den Kopf zurück und kratzte sich an der Wange.

„Ungefähr einen Meter weiter links seh ich einen Typen. Aber was ich da sonst noch sehe, weiß ich nicht so genau."

„Wart mal", sagte Motley, schob den Mann beiseite und

richtete eine Taschenlampe in das Loch. Dann sah er eine gefühlte Ewigkeit hinein. Er knipste die Lampe aus und richtete sich auf. „Na ja, er hat immer allen erzählt, er wär ein Kriegsveteran. Vielleicht hätte Camel der patriotische Touch gefallen."

Ich nahm Motley die Taschenlampe aus der Hand und beugte mich in das Loch. Es war kühl, roch nach feuchter Erde, Ratten und alten Backsteinen.

Der Taschenlampenstrahl tanzte über Camels Leiche, seine kupferfarbene Haut, die Haare, die zu Dolchspitzen mit Cornrows rasiert waren, seine toten Augen, die aussahen wie mattierte, blauweiße Murmeln. Er war in einer liegenden Position zwischen Ziegeln und zerbrochenen Hohlblocksteinen verkeilt. Die Arbeiter hatten die Wand an der falschen Seite geöffnet, weil Camels Blut in eine schüsselartige Vertiefung am unteren Ende der Wand gelaufen war.

In meiner gesamten Zeit bei der Mordkommission hatte ich noch nie eine solche Wunde gesehen. Jemand hatte die Messingspitze eines abgebrochenen Fahnenmastes durch Camels Rücken gestoßen, durch den gesamten Brustraum in Herznähe, bis die Spitze unter der Brustwarze wieder zum Vorschein kam. Die Überreste einer amerikanischen Flagge, fast bis zur Farblosigkeit verblichen und teilweise von Vandalen verbrannt, waren hellrot von Blut gestreift.

„Reißt den Rest der Mauer ein", sagte Motley den Arbeitern. Dann bedeutete er mir, ihm die Treppe hinunter in den ersten Stock zu folgen. Wir standen auf einem Treppenabsatz vor einer verschlossenen Tür. Das Gebäude erbebte unter dem Dröhnen des Presslufthammers. „Was meinen Sie?“

„Ich weiß nicht“, sagte ich. „Ich dachte, unser Selbstjustiz-Täter hätte sich auf Herzentfernung spezialisiert?“

„Dann hat er vielleicht seine Technik modifiziert.“

„Und ich dachte, er würde normalerweise Blumen zurücklassen.“

„Vielleicht hatte er nicht genug Zeit.“

„Hat der Mörder irgendwas mitgenommen? Geld oder Drogen?“

„Er war anscheinend zu sehr damit beschäftigt, Köpfe einzuschlagen. Zumindest laut unseren Zeugen.“

„Wo sind sie?“

„Entweder im Krankenhaus oder in einer Arrestzelle auf dem Revier ... mit einer Ausnahme.“

„Ach?“

„Ja“, sagte er. „Wollen Sie ihn sehen?“

Er öffnete die Tür zu einem Raum, in dem Schultische gestapelt waren. Auf dem Boden, unter einer Tafel auf Rollen mit so großen Löchern, als wären Bowlingkugeln in den Schiefer geschlagen worden, hockte Zoot Bergeron, die Knie an die Brust gezogen, die Augen rot vor Erschöpfung. In der Ecke war eine Pfütze, die aussah wie Urin.

„Er kam ungefähr fünf Minuten nach den zwei Streifenpolizisten durch die Hintertür herein“, sagte Motley. „Da hat Lucindas Junge mal fett in die Scheiße gegriffen.“

Zoot sah mich an und senkte den Blick dann wieder auf seine Tennisschuhe. Beide Hände waren zu Fäusten geballt, die Daumen in den Handflächen. Motley trat gegen seine Schuhsohle.

„Sieh mich an“, befahl er.

„Jawohl, Sir.“

„Erzähl Detective Robicheaux, was du mir erzählt hast.“

„Ich wollte nur einen Freund abholen. Das ist alles. Ich weiß nich, was hier los war.“

„Hältst du eigentlich alle Erwachsenen für blöd, Zoot? Sehe ich für dich aus wie ein alter, doofer, fetter Mann?“, fragte Motley.

„Hab ich nich gesagt, Sergeant Motley. Mein Freund hat gefragt, ob ich ihn abholen komme und zur Arbeit fahr.“

„Vielleicht sollten wir dich in die Entzugsklinik stecken und eine Urinprobe nehmen“, sagte Motley. „Bist du schon mal dagewesen? Du musst dich unter der Dusche vor den alten Junkies in Acht nehmen. Die werden versuchen, dich zu entjungfern.“

„Mir doch egal, ob Sie von mir ’ne Urinprobe nehmen oder nich. Und es ist mir egal, dass Sie mich mit solchem Gerede einschüchtern wollen. Ich nehm keine Drogen, Sergeant Motley.“

„Was weißt du über Camel Benoit?“, fragte ich.

„Jeder auf der Magazine kennt Camel. Der ist Zuhälter.“

„Aber er war auch ein Dealer, Zoot“, sagte ich.

Er heftete seinen Blick wieder auf seine Schuhe.

„Weißt du, wer ihn umgebracht hat?“, fragte ich.

„Sergeant Motley hat’s doch gerade gesagt. Ich war nich dabei.“

Er verschränkte die Hände vor den Knien und legte die

Stirn auf ein Handgelenk. Seine Wimpern waren so lang wie die von einem Mädchen.

„Willst du deine Mutter in die Scheiße reiten?"

„Sir?", sagte Zoot fragend und hob den Kopf. Sein Gesicht hatte die Farbe kalter Asche.

„Du hast mich verstanden, deine Mutter in die Scheiße reiten. Denn genau das tust du hier nämlich gerade, du bescheuerter kleiner Scheißer."

Zoot versuchte Motleys hartem Blick standzuhalten, doch sein linkes Auge begann zu flackern und wurde glasig.

„Raus hier", sagte Motley.

„Sir?"

„Hast du Stöpsel in den Ohren, oder was? Zisch ab. Wenn ich dich noch ein einziges Mal in der Nähe irgendeines Crackhauses erwische, trete ich deinen mageren kleinen Arsch den ganzen Martin Luther King Drive rauf und runter."

Zoot stand unsicher auf. Er zuckte zusammen, als er seinen Rücken streckte. Motley machte die Tür auf und beugte sich übers Treppengeländer.

„Da kommt jetzt ein Junge runter. Lasst ihn gehen. Er weiß nichts", rief er den Detectives unten zu. Dann ging er zu Zoot und bohrte ihm einen Zeigefinger aufs Brustbein.

„Gib mir nie wieder einen Grund, sauer auf dich zu werden. Hast du mich verstanden?", fragte er.

„Jawohl, Sir. Mach ich nich."

„Wenn du irgendwem erzählst, dass ich dich laufen lassen habe, trete ich dir auch in den Arsch."

„Jawohl, Sir."

„Raus!"

Nachdem Zoot fort war, sah ich Motley an, der sich eine Zigarre anzündete. Sein Bart war rabenschwarz.

„Sie sind in Ordnung, Motley."

„Sagen Sie mir das in fünf Jahren noch mal. Der Junge wird noch mit dem Gesicht nach unten in einem Rinnstein enden."

„Warum?"

„Weil er wie mindestens die Hälfte aller schwarzen Kids in New Orleans ist. Jeden Tag muss er aufs Neue beweisen, dass er nicht den kleinen Finger von Mama im Arsch stecken hat. Kommen Sie, ich lad Sie auf einen Beignet ein. Das Haus hier macht mich ganz depressiv."

* * *

Die nächsten zwei Stunden verbrachte ich in der Bibliothek … beziehungsweise, wie man sie auch nennt, der Leichenhalle …, dem Archiv der *The Times-Picayune.* Ich fand praktisch nichts über deutsche U-Boot-Aktivitäten im Golf von Mexiko, das während der Kriegsjahre gedruckt worden war, da sämtliche militärischen Nachrichten von Ende 1941 bis zum Sieg über Japan zensiert worden waren. Allerdings gab es eine Ausnahme: Eine Titelstory, die über drei Tage verteilt gedruckt worden war und von vier Nazisaboteuren berichtete, die südlich von Baton Rouge mit einem Lastwagen voll Sprengstoff quasi auf frischer Tat von Agenten des FBI festgenommen worden waren.

Ein Titelseitenfoto zeigte sie mit Fedora-Hüten und

in schlabberigen Anzügen, die gefesselten Handgelenke mit einer Kette zusammengeschlossen, und sie starrten mit bleichen, kantigen Gesichtern und blutunterlaufenen Augen in die Kamera. In der Bildunterschrift hieß es, sie hätten geplant, die *Standard Oil*-Raffinerie am Ufer des Mississippi in Baton Rouge in die Luft zu jagen. Der letzte Artikel der Serie handelte von der Festnahme eines amerikanischen Komplizen, eines Ölarbeiters aus Grand Isle mit Namen Jon Matthew Buchalter, der einer der Gründer der *American Silver Shirts* war.

Ich sprang auf dem Mikrofilm vor zum Jahr 1956 und fand den Namen Jon Matthew Buchalter erneut. Er tauchte in einem großen Leitartikel im Regionalteil auf, verfasst in dem leidenschaftslosen Ton, den man auch bei der Beschreibung eines anthropologischen Kuriosums verwenden mochte. Es ging um einen Ölarbeiter, der sein Land verraten hatte, als er eines Nachts südlich von Grand Isle im Nebel zuerst einem U-Boot Lichtzeichen gegeben und dann geholfen hatte, vier Männer an Land zu bringen, die, wäre ihre Mission erfolgreich gewesen, die Treibstoffversorgung der amerikanischen und englischen Streitkräfte für mindestens zwei Wochen unterbrochen hätten.

Am Ende des Artikels war ein Nachrichtenagentur-Foto abgebildet, das Buchalter mit Adolf Hitler und Hermann Göring zeigte. Buchalter war ein breitschulteriger, energisch aussehender Mann, der in weißer Reiterhose, poliertem Sam-Browne-Gürtel, schwarzer Krawatte und rot-schwarzer Armbinde recht imposant wirkte. Auf dem Bild schüttelte er Hitler die Hand; er lächelte mit der Zuversicht eines Mannes, der genau wusste, dass er sich einen Platz in der Geschichte gesichert hatte.

Nachdem er in Grand Isle festgenommen worden war, versuchte ein Mob betrunkener Krabbenfischer, ihn aus dem Gefängnis zu holen. Sie flüchteten, als die Sheriff's Deputys erste Warnschüsse abfeuerten. Sie ließen eine Spule mit zehn Metern Kette sowie einen Zwanzigliterkanister Benzin zurück.

Er saß seine vierzehn Jahre Einzelhaft in einem Bundesgefängnis ab, wo er bei Wärtern und Insassen gleichermaßen verhasst war. Die Mahlzeiten erhielt er von einem Mitgefangenen, der höchstwahrscheinlich hineinspuckte, bevor er sie durch einen Schlitz in der Tür zu ihm hineinschob.

Seine Frau und Kinder waren vor langer Zeit aus dem Bundesstaat weggezogen; sein Eigentum hatte die Steuerbehörde beschlagnahmt. Er wog nur noch vierzig Kilo, als seine Leber am Ende versagte, und starb auf einer normalen Station im *Charity Hospital* in New Orleans. Sein Grab auf dem Armenfriedhof bekam keinen Grabstein, sondern nur ein in die Erde gedrücktes Blechschild mit geprägter Nummer.

Ich fragte mich, welche Bedeutung er wohl der Tatsache beigemessen hätte, dass es auf dem Armenfriedhof im Orleans Parish keine Rassentrennung gab, wie noch auf anderen Friedhöfen in dieser Zeit, und dass sich seine Zähne und Knochen mit denen von Negern und vielleicht sogar Juden mischen würden.

* * *

Später am Nachmittag parkte ich vor Lucinda Bergerons Haus in einer Querstraße der Magazine Street. Gerade als ich den Motor abschaltete, hielt am Bordstein vor mir ein offener Jeep mit übergroßen Reifen und vier schwarzen Jungs darin. Der Rap, der aus den Lautsprechern dröhnte, war ohrenbetäubend, ein elektronischer Angriff aufs Gehör. Zoot stieg aus dem Jeep und ging ins Haus, die Augen stur geradeaus, als wäre ich nicht da. Die drei anderen Jungs machten Dehnübungen auf dem Rasen, während sie auf ihn warteten. Die drei waren fast paramilitärisch gekleidet ... weite, schwarze Hosen wie von Fallschirmjägern, goldene Halsketten, Air-Jordan-Tennisschuhe, schwarze T-Shirts, mit weißen Totenköpfen verziert. Ihre Köpfe waren an den Seiten rasiert, die einzigen Haare befanden sich in einem quadratischen Flecken oben auf dem Schädel. Zoot kam wieder aus der Haustür raus und gab jedem eine Dose Pepsi.

Als die drei fuhren, hallte der Rap aus ihrer Stereoanlage die ganze Straße herunter als Echo von den Hauswänden.

„Na, haben Sie sich sattgesehen?", fragte Zoot.

„Machst du den PX für diese Gestalten?"

„Was mach ich?"

„Sergeant Motley macht sich Sorgen um dich."

Er sah mich an und wartete darauf, welche neue Falle jetzt wohl wieder für ihn aufgestellt würde.

„Er glaubt, dass du irgendwann demnächst hopsgenommen wirst", sagte ich.

„Hops... was?"

„Er denkt, du steuerst schnurstracks auf den großen Absturz zu."

„Warum geht ihr mir eigentlich alle so auf den Sender? Ich hab doch gar nix gemacht!“

„Hast du deiner Mutter erzählt, was heute Morgen passiert ist?“

Seine Blicke zuckten kurz zum Haus. Er sog die Wangen ein und versuchte, nicht zu schlucken.

„Ich erinnere mich an etwas, das mir mal ein Typ erzählt hat“, fuhr ich fort. „Er sagte, es sei genauso unehrenhaft, sich ausnutzen zu lassen, wie andere auszunutzen.“

„Was meinen Sie damit?“

„Deine Freunde scheinen mir ziemliche Arschlöcher zu sein.“

„Es ist mir egal, was Sie sagen. Wir halten zusammen. Das sind meine Freunde, in jeder Beziehung.“

„Zoot, ich hab nicht gesehen, dass auch nur einer von diesen Typen sich bedankt hat, als du ihm die Cola gegeben hast. Wer verarscht hier wen, Partner?“

Ich fand seine Mutter auf den Knien im Garten, wo sie ein Loch für eine Chrysantheme aushob. Das St.-Augustin-Gras war dicht und wie ein Schwamm unter den Sohlen, und die Beete entlang ihres verwitterten Zaunes barsten förmlich vor Azaleen, Bananenstauden, Bergenien, Flammendem Hibiskus und rosa und blauen Hortensien. Sie war barfuß und trug weiße Shorts und eine lila Bluse mit grünem Blümchenmuster. Das Haar reichte bis zu ihren Schultern, ihr Gesicht war gerötet von der Arbeit. Zum ersten Mal bemerkte ich, wie hübsch sie war. Ich setzte mich auf eine Holzkiste neben sie, drehte den Gartenschlauch auf und ließ Wasser in das frisch ausgehobene Loch laufen, während sie die Pflanze einsetzte und Erde über die Wurzeln schob.

„Woher wussten Sie, dass ich zu Hause bin?“, fragte sie.

„Ihr Büro hat mir gesagt, dass Sie jetzt nachts arbeiten.“

„Worüber haben Sie da draußen mit Zoot gesprochen?“, fragte sie, ohne aufzusehen.

„Nichts Besonderes … Seine Freunde.“

„Halten Sie nichts von denen?“

„Auf alle Fälle weiß jeder, wann sie in der Nähe sind.“

„Tja, ich schätze mal, Sie sind ganz froh, sich nicht länger in ihrer Nähe aufhalten zu müssen, stimmt's?“

„Es gibt immer einen Grund, warum ein Junge sich zu bestimmten Kids hingezogen fühlt.“

„Ach?“, sagte sie und setzte sich auf die Hacken zurück. Als sie mich ansah, neigte sie ihren Kopf in gespielter Hochachtung.

„Ich weiß nicht, warum Sie das lustig finden. Er ist ein anständiger Kerl“, sagte ich. „Warum hören Sie nicht endlich auf, ihn wie einen Trottel zu behandeln?“

Sie gab einen Laut von sich, als hätte sie Galle geschluckt. „Ich glaub jetzt nicht, was Sie da gerade gesagt haben!“

„Warum stärken Sie dem Jungen nicht ein bisschen mehr den Rücken? Er hat viel Mumm. Hat er Ihnen erzählt, dass er drei Runden gegen einen Profi-Boxer durchgehalten hat, der ihm locker den Schädel hätte einschlagen können?“

„Wie kommen Sie dazu, mir zu sagen, wie ich mein Kind zu erziehen habe?“

„Ja, genau *das* ist es, Lucinda. Er ist kein Kind mehr.“

Sie gab wieder diesen Laut von sich, als bekäme sie den Geschmack von Galle nicht aus dem Hals. „Bitte, verschonen Sie mich damit, ja?", sagte sie. „Gehen Sie irgendwo anders hin, suchen Sie sich eine nette weiße Gegend und eine nette weiße Lady, die in ihrem Garten rumbuddelt, und, bitte, geben Sie der Ihre guten Ratschläge, wie man seine Kinder richtig erzieht. Ja, tun Sie das bitte für mich?"

„Wir haben einen weiteren toten Dealer. Ein Mann namens Camel Benoit, unten Ecke Terpsichore und Baronne."

Das Feuer verschwand aus ihren Augen.

„Kannten Sie ihn?", fragte ich.

Sie streifte die Erde von ihren Handflächen. „Ein paar Mädels aus dem Viertel hier haben früher für ihn angeschafft", sagte sie.

„Jemand hat ihm eine amerikanische Flagge durchs Herz gerammt." Ich sah das Fragezeichen in ihren Augen und erzählte ihr von dem Mann mit Handschuhen und Halloweenmaske, der den Fixertreff auseinandergenommen hatte, von der Leiche in der Wand und der Kraft, die erforderlich gewesen war, um einem Menschen die Messingspitze eines Fahnenmastes durch die Brust zu rammen. Und die ganze Zeit saß sie auf ihren Hacken und blickte nachdenklich auf das Blumenbeet vor sich.

„Wer leitet die Ermittlungen?", fragte sie.

„Motley."

„Er wird sein Bestes geben."

„Jemand anderes nicht?"

„Das Department hat so seine Probleme."

„Ist Nate Baxter eines davon?", fragte ich.

Sie glättete die feuchte Erde um den Fuß der Chrysanthemen herum mit ihrer Gartenschaufel.

„Gibt's noch ein anderes Problem?", fragte ich. „Wie zum Beispiel dieses Bürgerkomitee, das nicht sonderlich bestürzt zu sein scheint, wenn zwielichtiger schwarzer Abschaum eliminiert wird?"

„Glauben Sie, das *Bürgerkomitee für ein besseres New Orleans* hat irgendwas mit dem Mord zu tun?" Aber ihr Tonfall spiegelte die Ungeheuerlichkeit dieses Gedankens nicht wirklich wider.

„Immer wieder tauchen ein paar lustige Leute im Zusammenhang mit dem Bürgerkomitee auf. Tommy Blue Eyes, Hippo Bimstine ... Sie als Verbindungsbeamtin des NOPD. Schon eine seltsame Kombi, finden Sie nicht?"

„Viele Leute wollen New Orleans wieder so haben, wie es vor dreißig Jahren war. Aus unterschiedlichen Gründen, mag sein."

„Und was meinen Sie selbst? Finden Sie, dass wir vielleicht in einer Zeit leben, in der man ein paar von den bösen Jungs einfach plattmachen sollte? Dass wir uns eine *Free-Fire-Zone* einrichten sollten, in der auf alles, was sich bewegt, geballert werden darf, und um die entsprechenden Regeln kümmern wir uns dann später?"

„Ich glaube, mir gefällt nicht, was Sie da reden."

„Ich hab gehört, Sie sind mal rauf ins Angola, um sich anzusehen, wie ein Mann auf dem elektrischen Stuhl hingerichtet wurde."

„Haben Sie ein Problem damit?"

„Ich musste ein einziges Mal als Zeuge einer Exekution

beiwohnen. Ich habe anschließend noch verdammt lange Zeit davon geträumt."

„Lassen Sie mich mal was klarstellen. Ich bin nicht nur *ein Mal* dort gewesen. Ich fahre zu *jeder* Vollstreckung des Urteils für ein Kapitalverbrechen, mit dem ich zu tun hatte. Die Menschen, die nicht dort sein können, nämlich diejenigen, die von diesen Typen vergewaltigt, verstümmelt und ermordet wurden, haben erheblich schlimmere Probleme als nur ein paar schlechte Träume."

„Sie sind mal eine kompromisslose Lady."

„Sparen Sie sich das Gesülze für jemand anderen."

Ich stand auf und drehte den Gartenschlauch zu. Der eiserne Wasserhahn quietschte in meiner Hand.

„Das Schlimme an Leuten, die das Gesetz selbst in die Hand nehmen, ist doch, dass sie am Ende wahllos vorgehen", sagte ich.

„Soll mir das irgendwas sagen?"

„Ich werde Ihnen jetzt etwas erzählen, das eigentlich streng vertraulich ist. Wenn Zoot heute Morgen nur ein bisschen früher in dieses Crack-Haus gekommen wäre, dann wäre ihm womöglich wie einigen der anderen mit einem Klappspaten der Schädel gespalten worden. Und er hört auch nicht besonders gut auf das, was man ihm sagt, Lucinda."

Ihre Lippen öffneten sich einen Spalt. Die Erkenntnis, etwas unwiederbringlich verloren zu haben, breitete sich auf ihrem Gesicht aus, der Anblick war nur schwer zu ertragen.

* * *

In dieser Nacht war es heiß, und ein fischbeinbleicher Mond stand hoch über den Sümpfen. Das Rumpeln von trockenem Donner weckte mich um drei Uhr morgens auf. Ich fand Bootsie in der Küche, wo sie im Dunkeln am Küchentisch saß, die nackten Füße in einem Viereck aus Mondlicht. Ihre Schultern waren nach vorne gesunken; die Brüste hingen in ihrem Nachthemd schlaff herunter.

„Es ist wegen des Blitzes“, sagte sie. „Einer ist draußen im Sumpf eingeschlagen. Ich habe einen Baum brennen sehen.“

Ich brachte sie zurück ins Bett und legte mich neben sie. Eine Weile später fing es an, auf die Baumkronen zu tröpfeln, dann wurde der Regen stärker, trommelte auf den Dachvorsprung und das Blechdach des Balkons. Sie nickte mit ihrem Kopf auf meinem Arm ein und verschlief das Gewitter, das sich bei Tagesanbruch über den Sümpfen entlud, unseren Garten überschwemmte und einen feinen, kühlen Nebel durch die Fliegengitter drückte.

Um acht Uhr rief der Sheriff an und sagte mir, ich solle nicht ins Büro, sondern direkt ins *Iberia General* fahren. Charles Arthur Sitwell, unser einziges Bindeglied zu Will Buchalter, würde man nie mehr vorwerfen können, seine Freunde in die Pfanne zu hauen.

13

Die Jalousien in Sitwells Krankenzimmer waren hochgezogen und die Wände und das Bettzeug erstrahlten im Sonnenlicht. Eine Krankenschwester leerte Sitwells Bettpfanne in der Toilette aus, und der Deputy, der an der Tür Wache gestanden hatte, kaute auf einem Zahnstocher und klebte mit den Blicken an der Talkshow im Fernseher, dessen Ton abgestellt war.

„Ich kann Ihnen nicht mit Sicherheit sagen, wann er gestorben ist", berichtete der Arzt. „Ich würde sagen, es ist maximal zwei, drei Stunden her, aber das ist nur eine grobe Schätzung. Eigentlich dachte ich ja, er würd's schaffen."

Sitwells Kopf war auf dem Kissen nach hinten gesackt. Mund und Augen standen offen. Eine gelbe Flüssigkeit war aus den Verbänden auf seinem Gesicht in die Barthaare gesickert.

„Haben Sie eine Idee, was zu seinem Tod geführt hat?", fragte ich.

Der Arzt war kräftig gebaut, hatte sandfarbenes Haar, ein sonnengebräunter regelmäßiger Golfspieler, grüne OP-Kleidung. Plastiküberzieher schützten seine Schuhe.

„Sehen Sie mal auf seine rechte Hand", sagte er. „Sie umklammert das Laken, als hätte er entweder vor etwas Angst gehabt oder aber er hatte einen wie auch immer gearteten schmerzhaften Krampf."

„Und?"

„Das ist an sich nicht weiter ungewöhnlich, also geht vielleicht einfach nur meine Fantasie mit mir durch."

„Das müssten Sie mir schon ein bisschen genauer erklären, Doktor."

Er zog eine randlose Brille heraus, setzte sie sich auf die Nase und beugte sich über Sitwells Leiche.

„Sehen Sie sich das hier an", sagte er und drehte Sitwells Kopf mit dem Daumen zur Seite. „Sehen Sie die rote Stelle da zwischen seinen Barthaaren? Was aussieht wie ein großer Mückenstich? Kommen Sie mal hier herum, ins Licht. Hier, direkt neben dieser Jugularvene."

„Was ist damit?"

„Sehen Sie genau hin!" Er schob die Barthaare mit dem Daumen beiseite. „Die Haut über dem eigentlichen Einstich ist eingerissen. Wollen Sie wissen, was ich denke, oder soll ich mich lieber aus Ihrer Arbeit heraushalten?"

„Nur zu, Doc, machen Sie gern weiter."

„Ich denke, dass ihm möglicherweise jemand eine Injektionsnadel in den Hals geschoben hat."

Ich schob Sitwells Barthaare mit den Fingerspitzen zur Seite. Das Blut war bereits in die am tiefsten liegenden Körperregionen gesackt, daher fühlte sich die Haut kühl und wie Gummi an. Der Bereich über der Punktion sah aus, als wäre er bei einer Bewegung nach oben aufgerissen worden, wie beispielsweise ein Holzsplitter, der aus der Haut herausgerissen wurde.

„Falls jemand ihm eine Spritze gegeben hat, was könnte ihm Ihrer Meinung nach injiziert worden sein?", fragte ich.

„Luft würde reichen. Eine Luftblase kann eine Arterie verschließen, so wie ein Korken ein Rohr."

Ich drehte mich zu dem Deputy um, der inzwischen auf

einem Stuhl saß und immer noch zu der stumm geschalteten Talkshow im Fernsehen aufsah. Sein Name war Expidee Chatlin, und er hatte den Großteil seiner Zeit beim NOPD entweder als Lotse vor den Grundschulen des Parish verbracht oder aber Inhaftierte aus der Ausnüchterungszelle zum Haftrichter begleitet.

„Waren Sie die ganze Nacht über hier, Expidee?", fragte ich.

„Klar, was glaubn denn Sie, Dave?" Er hatte schmale Schultern und breite Hüften, einen dünnen Schnurrbart und störrisches schwarzes Haar, das keine noch so große Menge Pomade flach an seinen Kopf kleben konnte.

„Wer ist während der Nacht im Zimmer gewesen?", fragte ich.

„Krankenhausleute. Abeitn hier noch andre?"

„Was für Krankenhausleute, Expidee?"

„Na, Schwestern, Docs, all die nomaln Leute eben, die hier so arbeiten." Er zog einen frischen Zahnstocher aus seiner Hemdtasche und klemmte ihn sich in den Mundwinkel. Seine Blicke wanderten wieder zurück zum Fernsehbildschirm. Der Arzt ging hinaus auf den Flur. Die Krankenschwester begann, die Infusionsnadel von Sitwells Arm zu lösen. Ich griff nach oben und schaltete den Fernseher aus.

„Waren Sie zu irgendeinem Zeitpunkt mal nicht an der Tür, Expidee?", fragte ich.

„Manchmal musste ich ja auch aufs Klo."

„Und warum haben Sie nicht das hier im Zimmer benutzt?"

„Wollte den Mann ja nich wach machn."

„Waren Sie sonst noch irgendwo?“

Er nahm den Zahnstocher aus dem Mund und steckte ihn zurück in die Hemdtasche. Dann legte er seine Hände ordentlich um die Armlehnen des Stuhls.

„Zwölf Stunden auf einem harten Holzstuhl sitzen zu müssen, Partner, ist nicht gerade der tollste aller Jobs“, sagte ich.

„Ach, kommse, Dave …“ Er warf der Krankenschwester einen Seitenblick zu.

„Ma'am, könnten Sie uns bitte für einen Augenblick allein lassen?“, bat ich.

Sie verließ das Zimmer und schloss hinter sich die Tür.

„Was ist los, Partner?“

Er schwieg noch einen Moment, dann sagte er: „So gegen sechse bin ich in die Cafeteria gegangn und hab mir'n paar Eier besorgt. Ich hab die Stationsschwester gebetn, kein ins Zimmer zu lassn.“

„Wie lange waren Sie denn weg?“

„Vielleicht so fünfzehn Minuten. Ich hab nur gedacht, is ja keine große Sache.“

„Welche Krankenschwester war's denn, Expidee?“

„Die grade raus is … Dave, schreiben Sie das jetzt in meine Akte?“

Ich gab ihm keine Antwort.

„Meine Frau geht nich arbeitn“, sagte er. „Ich krieg auch nich noch'n andern Job.“

„Wir haben jetzt hier einen Toten, Expidee.“

„Tut mir echt leid, dass ich's vergurkt hab. Was soll ich noch sagn?“

Es brachte sowieso nichts. Und ich war mir ohnehin weder sicher, was die Todesursache betraf, noch ob die vorübergehende Pflichtvergessenheit des Deputy überhaupt ausschlaggebend gewesen war.

„Wenn Sie mal nicht an der Tür auf Ihrem Posten waren, dann waren Sie den Flur runter auf der Herrentoilette", sagte ich.

„Danke, Dave. Das werd ich Ihnen nich vergessen."

„Machen Sie so was nie wieder, Expidee."

„Nee, mach ich nich. Versprochn. Hey, Dave, habn Sie für den Kerl die Kirche angerufen?"

„Warum fragen Sie?"

„Wenn ein Mann wie der versucht, deiner Familie was anzutun, und du rufst dann für ihn auch noch die Kirche an, dann ist das okay. Jawoll, Sir, schwer in Ordnung."

Ich bat die Krankenschwester wieder herein. Sie war Mitte fünfzig, hatte bläulich graue Haare und eine Figur wie eine Taube. Ich fragte sie, ob irgendjemand Sitwells Raum betreten hatte, als Expidee mal nicht auf seinem Posten war.

„Keine Ahnung", sagte sie.

„Haben Sie jemanden gesehen?"

„Die Herren haben eine interessante Einstellung, was Verantwortlichkeit betrifft", sagte sie. „Lassen Sie mich überlegen, an welchen Moment dachten Sie genau? Meinen Sie, als Expidee auf seinem Stuhl geschlafen hat, oder als er mal wieder über die Flure gestreift ist?"

„Ich verstehe. Danke für Ihre Zeit", sagte ich.

Sie breitete das Laken über Chuck Sitwells Gesicht, als

würde sie eine Fliegenfalle schließen, ließ die Jalousien runter und tauchte das Zimmer in Finsternis.

* * *

Ich ging ins Büro und begann damit, an meinem Schreibtisch die Post zu öffnen. Durch das Fenster konnte ich die Spitzen der Palmen am Rand des Bürgersteigs sehen, die sich in der Brise wiegten und raschelten; auf der gegenüberliegenden Straßenseite entfachte ein Schwarzer, der mittags Gegrilltes verkaufte, in einer offenen Tonne Feuer, und der Rauch des noch frischen Holzes stieg sich kräuselnd in den Lichtkegeln der Sonne auf, die durch die Eichenzweige darüber fiel. Es war noch nicht ganz Herbst, aber das Gras hatte bereits einen blasseren Farbton angenommen, der Himmel ein härteres, dunkleres Blau, wie Porzellan, mit nur wenigen Wolken am Horizont.

Ich konnte mich allerdings weder auf meine Post noch auf den wunderschönen Tag draußen konzentrieren. Gleichgültig ob die Obduktion ergab, dass Charles Sitwell an den Folgen der Schussverletzung gestorben war oder durch eine in seinen Hals gestoßene Injektionsnadel. Will Buchalter war irgendwo dort draußen, ohne eine Möglichkeit, ihn aufzuspüren, außerhalb der Computer, lief frei herum, ungebremst, aufgepeitscht von seiner eigenen, perversen Geilheit.

Was hatte ich, womit konnte ich weitermachen?, fragte ich mich.

Praktisch nichts.

Doch, Musik.

Er verstand etwas von historischen Jazzaufnahmen. Er wusste sogar, wie man seltene Achtundsiebziger halten und in das Plattenregal stellen sollte, nämlich mit der Öffnung der inneren Schutzhülle zur Wand.

Konnte ein Sadist Musik lieben, die ihren Ursprung in den Rhythmen und Melodien Kubas und anderer karibischer Inseln hatte und im dreihundertjährigen spirituellen Kampf einer Rasse, die gesetzliche und wirtschaftliche Sklaverei zu überstehen?

Ich bezweifelte es. Grausamkeit und Sentimentalität treten bei einem Individuum fast immer gemeinsam auf, Grausamkeit und Liebe jedoch niemals.

Buchalter gehörte zu der Sorte Mensch, die ihr Leben darauf verwenden, Kontrolle und Macht über andere auszuüben. Wie der selbstsüchtige Akademiker, der es genießt, ein Geheimwissen zu besitzen, weil es ihm das Gefühl gibt, anderen überlegen zu sein, oder wie der Pseudojournalist, der sich zu diesem Beruf hingezogen fühlt, weil er so Zugang zu einer Welt der Macht und des Reichtums erhält, die er insgeheim fürchtet und neidet, reduziert ein Sammler wie Buchalter die Schönheit von Schmetterlingen auf Insekten, die auf ein Spannbrett genadelt sind, gleichsam eine tägliche Mahnung, dass alle Schöpfung stets der Willkür seiner mordenden Hand ausgeliefert ist.

Das Telefon auf meinem Schreibtisch klingelte.

„Detective Robicheaux?“, fragte eine Frau.

„Ja?“

„Marie Guilbeaux hier. Ich hoffe, ich störe nicht.“

„Entschuldigung, wer ist da bitte?"
„Die Nonne aus dem Krankenhaus. Vor Mr. Sitwells Zimmer."
„Oh, ja, wie geht's Ihnen, Schwester?"
„Ich wollte mich entschuldigen."
„Wofür?"
„Ich habe heute Morgen von Mr. Sitwells Ableben gehört und erinnerte mich, wie voreingenommen ich mich angehört haben musste. Das war nicht meine Absicht, dennoch wollte ich mich bei Ihnen entschuldigen."
„Nicht nötig. Aber trotzdem nett, dass Sie anrufen."
Ich hörte ein Summen in der Leitung, als wäre der Anruf ein Ferngespräch.
„Sie waren sehr freundlich", sagte sie.
„Nichts zu danken … Haben Sie vielleicht noch etwas auf dem Herzen, Schwester?"
„Nein, nicht wirklich. Ich glaube, ich nehme mich manchmal nur zu wichtig."
„Nun, dann bedanke ich mich für Ihren Anruf."
„Ich hoffe, wir sehen uns irgendwann einmal wieder."
„Das hoffe ich auch. Auf Wiederhören, Schwester."
„Auf Wiederhören."

* * *

Die Musikszene im Süden von Louisiana ist groß und schon ziemlich alt. Wo fängt man an, wenn man eine Person finden will, die sich für historische Jazzaufnahmen interessiert oder sie sogar sammelt?

Der geografischen Herkunft der Musikrichtung haftete mit Sicherheit nichts Pittoreskes an. Wenn es für Jazz einen einzigen Geburtsort gäbe, dann wäre es Storyville aus der Zeit um die vorletzte Jahrhundertwende, ein achtunddreißig Block umfassendes Rotlichtviertel in New Orleans, benannt nach einem Stadtrat, der die gesamte örtliche Prostitution auf ein Stadtviertel begrenzen wollte. *Jazz* bedeutete *herumhuren* – Songs wie *Easy Rider* und *House of the Rising Sun* waren buchstäblich Klagelieder über die Morphiumabhängigkeit und die verzweifelten Selbstmordgedanken der Prostituierten, die ihr Leben in den Bordellen der Perdido Street fristeten.

Als ich an diesem Abend die Bourbon Street nicht weit von der Basin hinunterging, an der Grenze des alten Storyville, lag ein lilafarbener Dunst in der Luft, hell von Neonreklamen, warm nach Bier und Whiskey in Pappbechern duftend, der Himmel klar bis auf eine einzelne, pinkfarbene Wolke über dem Lake Pontchartrain. Die Straße, die für den Autoverkehr gesperrt war, quoll über vor Menschen mit glücklichen, erhitzten Gesichtern im Lärm von Rockabilly- und Dixieland-Bands. Koberer mit Strohhüten und breit gestreiften Westen warben vor den Stripteaselokalen um Kundschaft, schwarze Kids tanzten und steppten mit ihren aufsteckbaren Stahlkappen für die Touristen, eine komplett schwarze Straßenband mit klirrenden Tamburinen und plärrenden Hörnern haute an der Ecke zur Conti Street den *Millersburg* raus, und einen halben Block weiter versuchte eine Gruppe religiöser Fanatiker in weniger hedonistischer Stimmung mit eindringlich vor der nahenden

Apokalypse warnenden Schildern jeden in ein Gespräch zu verwickeln, der ihrer ausweglosen Botschaft lauschte.

Ich sprach mit einem älteren schwarzen Klarinettisten in der *Preservation Hall*, im *Famous Door* mit einem Saxophonisten, der früher für Marcia Ball gearbeitet hatte, eine Weiße mit flammendroten Haaren und einem wie Eiswasser glitzernden, paillettenbesetzten Kleid, die in einem Rattenloch an der Dumaine Street Blues-Klavier vom Feinsten spielte. Keiner von ihnen kannte einen Will Buchalter oder einen Jazzliebhaber oder -sammler, auf den die Beschreibung passte.

Ich ging rüber auf die Ursulines Avenue in einen schäbigen Buch- und Plattenladen, der von zwei Männern namens Jimmie Ryan und Count Carbonna geführt wurde, Letzterer war hier und da auch unter dem Namen *Baron Belladonna* bekannt. Jimmie war ein rotgesichtiger, rundlicher Mann mit einem roten Schnurrbart und sah aus wie ein Barkeeper aus dem 19. Jahrhundert. Doch die Innenseiten seiner beiden Unterarme waren mit einem Netz von zerstochenen Adern und dem grauen Narbengewebe eines in die Jahre gekommenen Süchtigen überzogen. Bevor er sich von der Nadel getrennt hatte, kannte man ihn als *Jimmie the Dime*, denn mit einem einzigen Telefonanruf konnte er einem den Kontakt zu jeder erdenklichen illegalen Aktivität in New Orleans herstellen.

Sein Geschäftspartner, der Count, war eine ganz andere Nummer. Er hatte sich das Hirn vor Jahren mit LSD verbrutzelt, trug einen schwarzen Vampir-Umhang und einen Schlapphut und behauptete steif und fest, dass die Seele von Olivia Newton-John tief unten im Lake Pontchartrain lebte. Sein kantiger Körper hätte aus einem Stück Draht geschmiedet sein können, sein langer, schmaler Kopf und das spitze Gesicht sahen aus, als wäre er in eine zuschlagende Tür geraten. In regelmäßigen Abständen rasierte er sich die Augenbrauen, damit sein Gehirn mehr Sauerstoff aufnehmen konnte.

„Wie ist's so, wenn man aus der Szene ausgestiegen ist, Jimmie?", fragte ich.

Wie immer entwickelte sich meine Unterhaltung mit Jimmie zu einer seltenen linguistischen Erfahrung.

„Ist gar nicht übel, heutzutage in der Buchbranche zu arbeiten", sagte er. Er trug Hosenträger und ein lilafarbenes gestreiftes, langärmeliges Hemd mit Schweißringen unter den Achseln. „Es gibt da draußen eine Menge ganz spezieller Leser, wenn du verstehst, was ich meine, Streak. New Orleans wird geradezu überflutet von Irren und Leuten, die höchstwahrscheinlich aus Hundescheiße geklont wurden … und die Regierung unternimmt rein gar nichts dagegen. Aber die Welt da draußen ist verrückt, und soll ich meines Bruders Hüter sein, das wüsste ich jetzt mal gern, aber ein Dollar ist ein Dollar, und wer bin ich denn, dass mir darüber ein Urteil zusteht, nicht wahr? Also, ich hab hier einen Tisch mit Vampir-Lektüre, ich habe schöne Bücher über Ektoplasma, auch über Ufologie und Teleportation, ich habe Abhandlungen über Tarotkarten und Eckankar, und wenn du etwas über venusianische Kannibalen lesen möchtest, die unter uns leben, auch darüber hab ich ein Buch."

„Jimmie, ich suche einen Kerl namens Will Buchalter. Er könnte ein Sammler alter Jazzplatten sein."

Sein Schnurrbart zuckte und die Augenwinkel zogen sich fragend zusammen.

„Wie sieht der Kerl aus?", fragte er.

Ich beschrieb ihn, während er ein Streichholz im Mund hin und her rollte. Der Count reinigte unterdessen mit einem Staubwedel Bücherregale, wobei die Augen in seinem weißen Gesicht so intensiv schimmerten wie Obsidiansplitter.

„Hat er vielleicht Mitesser, die sich wie Schnurrhaare bei einer Katze von den Augenwinkeln bis weit in die Schläfen ziehen?", fragte Jimmie.

„So in der Richtung", antwortete ich.

„Vielleicht kann ich ihm bei uns einen Job anbieten. Hey, hat dieser Typ was mit diesem Nazi-U-Boot-Kram zu tun?"

„Woher weißt du was von dem U-Boot, Jimmie?"

„Die ganze Scheißstadt weiß doch darüber Bescheid. Aber ich sag dir eins, Streak, ich persönlich würde mich mit keinem anlegen, der irgendwas mit diesen Blechhemden zu tun hat oder was weiß ich, wie sie diese Weltkriegs-Kommunisten genannt haben."

„Moment mal, Jim. Nicht jeder weiß über die *Silver Shirts* Bescheid."

„Ich bin Ire, ja, also erzähl du mir nichts über meine eigenen Leute, das machen schon genug andere, so wie in dem Witz, du steckst vier irische Katholiken zusammen, und du bekommst immer einen fünften dazu, aber ich sage immer, wenn du einen Mick mit einem Krautfresser kreuzt, dann kriegst du eine echt abartige Kombi dabei raus, wenn du verstehst, was ich meine: Nur weil du einen Sternenbanner-Sackschutz *über* der Hose trägst, ist noch lange nicht bewiesen, dass du auch ein hundertprozentiger Amerikaner bist."

„Jetzt komme ich überhaupt nicht mehr mit, Jimmie."

„Ich habe in derselben Straße gewohnt wie seine Familie."

„Wer?"

„Tommy Bobalouba. Manchmal schnallst du auch gar nichts, Streak. Ich mein, zischen vielleicht Düsenflieger über unsere Köpfe weg, oder was?"

„Tommy Lonighans Familie hat sich mit Nazis eingelassen?"

„Seine Mutter war aus Deutschland. Sie war bei den Dingsbums, wie sagst du, den Metallhemden. Deswegen hatte Tommy ja auch immer mit allen Stress. Keiner im Irish Channel District wollte was mit seiner Familie zu tun haben ... Hey, Count, haben wir einen Kunden namens Will Buchalter?"

Count Carbonna fing an, in einem lauten, monotonen, nasalen Geleier vor sich hin zu summen.

„Hey, Count, ich unterhalte mich gerade", schimpfte Jimmie. „Hey, davon kriegt man ja Kopfschmerzen ... Count, hör auf mit dem Krach!"

Aber es war zwecklos. Der Baron war jetzt voll in Fahrt, staubte plötzlich die Regale mit einer geradezu manischen Energie ab und erfüllte den Laden mit seinem unaufhörlichen, leiernden Gesumme.

Jimmie sah mich an und zuckte die Schultern.

„Hör zu, Jim, mit diesem Buchalter ist nicht zu spaßen", sagte ich. „Wenn er in euren Laden kommen sollte, lass ihn nicht wissen, dass du mich kennst, versuch nicht, ihn festzuhalten oder die Cops anzurufen, so lange er noch hier ist. Aber sobald er weg ist, verständigst du mich oder Clete Purcel."

„Was hat der Typ denn gemacht?"

Ich sagte es ihm.

„Ich bin jetzt mal nicht beleidigt", sagte er, „aber ein bisschen geschockt bin ich schon, du verstehst, was ich meine, dass du denkst, ein Schwachmat wie der würde in meinem Laden verkehren. Wir reden hier über einen von der Sorte, der sonst eher in Tattooläden abhängt, Nutten schlägt, dem einer abgeht, wenn er Menschen verprügelt, Streak, so ein Typ, der steht nicht auf Musik, der hört lieber Menschen schreien."

Er stützte sich auf dem Tresen ab und biss so fest auf das Streichholz, dass es sich nach oben in seinen Bart bog.

* * *

Doch meine Unterhaltung mit Jimmie war noch nicht ganz vorbei. Eine halbe Stunde später rief er in Cletes Apartment an, gerade als ich zurück nach New Iberia fahren wollte.

„Ich bin froh, dass ich dich erwische", sagte er. „Irgendetwas stimmt hier nicht."

„Was ist passiert?"

„Es ist der Count. Wenn wir den Laden geschlossen

haben, geht er sonst immer nach oben auf sein Zimmer, isst 'ne Dose Schmalzfleisch und zieht sich diesen rechten Fernsehprediger Pat Robertson rein. Außer heute Abend, heute Abend brummte und summte er immer weiter, hat immer wieder dieselbe Runde gedreht und die Regale gewienert, bis es hier aussah wie nach 'nem Staubsturm, und dann donnert er auf einmal ohne ersichtlichen Grund die Treppe rauf, schmeißt seinen ganzen Kram in einen Koffer und zischt mit im Wind flatterndem Cape hinten raus."

„Willst du damit sagen, Buchalter war in eurem Laden? Vielleicht, als der Count allein da war?"

„Sag du's mir. Hey, wenn ein Typ, der durch ein Loch im Klosett mit Olivia Newton-John redet, die Hose gestrichen voll hat und vor Perversen aus der Stadt flüchtet, dann frage ich mich schon, ob ich vielleicht besser in den Irak umziehen sollte oder an einen von diesen Orten, wo man sich um nix anderes Sorgen machen muss, als dass einem vor lauter Schweißgeruch die Nase abfällt."

* * *

Am nächsten Morgen bekam ich den Obduktionsbericht zu Chuck Sitwell. Er war nicht an einer in den Blutkreislauf injizierten Luftblase gestorben. Die Spritze war vielmehr mit einer Mischung aus Wasser und Kakerlakengift gefüllt gewesen.

Es war an der Zeit, Tommy Lonighan zu fragen, was er über deutsche U-Boote und die *Silver Shirts* wusste, vorzugsweise in einem offiziellen Kontext, zum Beispiel in U-Haft, weit weg jedenfalls von seiner gewohnten Umgebung. Ich rief Ben Motley an und fragte, wie die Chancen stünden, Tommy aus seinem Haus oder der Muckibude zu holen und ihn in ein Vernehmungszimmer zu bringen.

„Auf welcher Grundlage?"

„Er hat gelogen, was die Gründe für sein Interesse an diesem U-Boot angeht."

„Schön, dann hat er Ihnen also nicht auf die Nase binden wollen, dass seine Mutter ein Nazi war. Ist ja auch nicht gerade was, das man gern in seinem Stammbaum sehen würde."

„Das sind mir zu viele Zufälle, Motley. Es gibt eine Verbindung zwischen ihm und Buchalter. Es muss so sein."

„Sie wollen, dass ich mir einen Haftbefehl für einen Typen besorge, im Rahmen der Ermittlungen in einem Mordfall, wegen etwas, das seine Mutter vor fünfzig Jahren getan hat?"

„Wir holen ihn doch nur zur Vernehmung rein. Tommy versteht sich doch heutzutage gern als seriöser, ehrbarer Mann. Also latschen wir ihm doch mal auf seine Kekstüte."

„Ich frage mich, warum das Wort *Schmerzensgeldforderung* vor meinen Augen rumgeistert. Hat wahrscheinlich was mit meinen Brillengläsern zu tun."

„Geben Sie dem Kerl keinen Freifahrtschein. Der hat reichlich Dreck am Stecken, Motley. Und das wissen Sie auch."

„Rufen Sie mich an, wenn Ihnen was Besseres einfällt.

Bis dahin glaub ich nicht, dass es viel bringt, wenn wir uns über den hier einen von der Latte wedeln."

„Hören Sie, Ben ..."

„Hören Sie auf zu träumen, Robicheaux. Das NOPD schikaniert Leute nicht, noch nicht mal einen Tommy Blue Eyes, wenn sie auf einem Grundstück am Seeufer leben. Den Ball immer schön flach halten, Mann."

* * *

Ich arbeitete an diesem Abend noch lange an zwei anderen Fällen, bei dem einen ging es um eine Messerstecherei in einem schwarzen Nachtclub und bei dem anderen um den Verdacht, dass Pflegeeltern womöglich einen Säugling erstickt hatten.

Der Himmel hatte die Farbe von versengtem Zinn, als ich die Schotterstraße am Bayou entlang nach Hause fuhr. Ein trockener Wind kam über den Sumpf, und die Weiden waren überzogen mit Staub und den roten Lichtspuren von Glühwürmchen. Der wachhabende Deputy ließ den Motor seines Wagens an, winkte mir im Vorbeifahren kurz zu und verschwand dann den langen Korridor der Eichen hinunter.

Bootsie stand am Spülbecken und wusch ab, als ich hereinkam. Sie trug eine weiße Baumwollhose voller Grasflecken und eine zerknitterte gelbe Bluse, die ihr viel zu klein war und daher die Bauchgegend nicht bedeckte.

„Wo ist Alafair?", fragte ich und gab ihr einen Kuss auf die Wange. In ihrer Kleidung und ihren Haaren roch ich Zigarettenrauch.

„Im Wohnzimmer. Sie macht Hausaufgaben“, sagte sie. Während sie sprach, wandte sie ihr Gesicht dem offenen Fenster zu.

„Wo warst du heute?“, fragte ich.

„Was spielt das für eine Rolle?“

„Wie bitte?“

„Was für eine Rolle spielt es, wohin wir gehen?“

„Ich verstehe nicht, Boots.“

„Es ist völlig gleichgültig, wohin wir gehen. Er wird dort sein.“

„Du meinst Buchalter?“

„Er hat angerufen.“

„Wo? Hier? Wann?“

„Heute Nachmittag.“

„Warum hast du mich nicht sofort im Büro angerufen?“

„Um dir *was* zu sagen?“

Ich legte die Hände sanft auf ihre Schultern und drehte sie zu mir um. Sie atmete durch die Nase und hielt ihr Gesicht immer noch von mir abgewandt.

„Was hat er gesagt, Boots?“

„Nichts. Ich konnte im Hintergrund Musik hören, Musik wie sie im Supermarkt oder im Fahrstuhl gespielt wird. Und dann das Atmen eines Mannes. Er atmete ein und aus, so als ob er auf etwas wartete.“

„Vielleicht war es jemand anderes, vielleicht nur irgend so ein Spinner.“

„Er hat noch etwas gemacht. Er hat mit einem Fingernagel immer wieder über den Hörer gekratzt. So wie eine Katze an der Tür scharrt.“

Ihr Mund öffnete sich leicht, und sie sah mich an. Ihr Atem roch nach Orangenscheiben mit Bourbon-Aroma.

„Wir werden uns morgen eine Geheimnummer geben lassen", sagte ich.

„Es *war* Buchalter, stimmt's?"

„Vielleicht. Aber eines sollten wir auf keinen Fall vergessen, Boots, nämlich, wenn diese Typen versuchen, Leuten mit Telefonanrufen Angst einzujagen, dann stehen sie schon mit dem Rücken zur Wand. Ihnen fällt nichts Besseres mehr ein."

Ihr Blick wanderte hin und her, suchte etwas in meinen Augen.

„Wir haben überall in der Stadt ein Phantombild des Kerls verteilt", sagte ich. „Ich glaube nicht, dass er noch mal zurückkommt."

„Und wer hat dann den Mann im Krankenhaus umgebracht?"

„Ich weiß es nicht."

„Er ist da draußen, Dave. Ich weiß es einfach."

Ihre Begegnung mit Buchalter war erheblich schlimmer gewesen als meine, und ich wusste, dass meine Worte das unverminderte Gefühl von Verletzbarkeit nicht aus ihren Gedanken nehmen konnten. Ich drückte sie fest an mich, brachte sie dann ins Badezimmer, drehte die Dusche auf, wartete, bis sie in der Kabine stand, schloss das Haus ab und betete dann mit Alafair das Nachtgebet.

Der Mond war untergegangen, draußen vor den Fliegengittern waren die Pekannuss-Bäume und Eichen unbeweglich und schwarz, und die einzigen Geräusche, die ich abgesehen vom Rotieren des Deckenventilators hören konnte, machte Tripod, der an seiner Kette mit Wäscheleinenverlängerung auf und ab wieselte.

Ich schenkte mir ein Glas Milch ein und machte mir ein Sandwich mit Schinken und Zwiebeln, das ich am Küchentisch aß. Als das Telefon an der Wand klingelte, wusste ich, mit wem ich sprechen würde.

Seine Stimme klang, als wäre er gerade aufgewacht oder beim Koitus gestört worden. Sie kam in Zeitlupe, mit einem klickenden Laut tief aus dem Rachen, der gleichzeitig verschleimt und doch auch trocken klang.

„Es muss nicht schlecht zwischen uns laufen."

„Was muss nicht?"

„Du, ich, deine Frau. Ihr könntet alle zu uns gehören."

„Buchalter, begreifen Sie das endlich: Ich kann nicht mit dem Zauberstab über den Golf wedeln und ein versunkenes U-Boot heben. Ich glaube, Sie sind ein kranker Mann. Aber sollten Sie in meinem Fadenkreuz auftauchen, verpasse ich Ihnen einen Genickschuss."

Wieder hörte ich ein ploppendes Geräusch, wie von seiner Zunge, die an der Innenseite seiner Wangen klebte.

„Ich mag dich", sagte er.

„Sie *mögen* mich?"

„Ja. Und sogar sehr."

Ich wartete, bis ich wieder etwas sagte.

„Was glauben Sie, was passiert, wenn ich Sie das nächste Mal sehe?", fragte ich.

„Nichts."

„Nichts?"

„Früher oder später kommt ihr alle auf unsere Seite. Es ist nur eine Frage der Zeit."

Meine feuchte Hand umkrallte den Hörer.

„Hören Sie zu. Jeder einzelne Cop im Iberia Parish weiß, wie Sie aussehen. Sie wissen, was Sie getan haben, und sie fackeln nicht lange. Machen Sie nicht den Fehler, hierher zurückzukommen. Ich sage Ihnen das jetzt im Guten."

„Wir können dir Macht geben."

Du lernst aber auch gar nichts. Wechsel das Thema.

„Ich weiß, wo Sie in New Orleans gewesen sind", sagte ich. „Sie reden zu viel über Musik. Sie haben eine Spur hinterlassen, Buchalter."

„Ich hätte dir neulich Abend etwas antun können, auf eine Weise, die du dir noch nicht einmal im Traum vorstellen kannst. Hab ich aber nicht", sagte er. „Willst du hören, wie sie an den Punkt kommen, an dem sie anfangen zu betteln, willst du wissen, wie es sich anhört, wenn sie um ihr Leben winseln?"

„Wollen wir uns verabreden?"

Ich hörte, wie er in tiefen Zügen aus einem Glas trank, wie ein Mann, der gerade aus einer verzehrenden, trockenen Hitze kam.

„Nur weil ich anders bin, solltest du mich nicht wie einen Psycho behandeln. Denn das bin ich nicht. Schlaf gut", sagte er. „Und richte bitte deiner Frau aus, dass ich immer wieder voller Zärtlichkeit an sie denke. Sie ist eine wunderschöne Vertreterin ihres Geschlechts."

Er legte den Hörer so behutsam auf, wie man ein Gähnen ausklingen lässt.

Mein Herz raste. Meine Pistole klemmte noch an meinem Gürtel. Ich löste das Holster, zog die .45er aus dem Lederfutteral, das ich mit Sattelseife eingerieben hatte, und ließ die Finger über das kühle Metall gleiten. Meine Fingerspitzen hinterließen kaum merkliche Abdrücke auf dem feinen Ölfilm. Ich warf das Magazin aus, rieb mit dem Daumen über die Messinghülse der obersten Patrone, zog den Schlitten zurück und vor und drückte schließlich das Magazin wieder in den Knauf. Die Griffschalen fühlten sich in meiner Hand hart und steif an.

Ich sah aus dem Fenster in die Nacht. Ich wollte, dass Buchalter dort war, dass er vielleicht gerade jetzt seinen Wagen hinter einer Baumgruppe abstellte, das Feld überquerte, zuversichtlich und überzeugt, dass es ihm diesmal gelingen würde, ungestraft in mein Haus und mein Leben einzudringen. Und dieses Mal …

Ich legte die .45er auf den Nachttisch in unserem Schlafzimmer und zog mich im Dunkeln aus. Meine Haut fühlte sich so trocken und heiß an wie ein aufgeheizter Lampenschirm. Bootsie schlief noch, als ich mich auf sie legte, zwischen ihre Beine, ohne Einladung oder Einverständnis, wie ein grobes, wildes Tier, das aus Wüstenstein hätte sein können. Ich schlief mit ihr wie ein verhungernder Mann, drang tief mit meiner Zunge in ihren Mund ein und schmeckte den Whiskey, die kandierten Kirschen und die Orangenscheiben. Ich versank in ihrer fruchtbaren Wärme, ich inhalierte den Alkohol aus ihrem Atem, ich raubte ihr die goldene, flüssige Hitze, die in Eichenfässern gereift und irrtümlicherweise ihr und nicht mir zum Geschenk gemacht worden war.

14

Die dicht über dem dunstigen Rand des Horizonts stehende frühe Morgensonne sah aus wie ein rosafarbener Eissplitter, als ich meinen Truck vor dem verschlossenen Tor von Tommy Lonighans Einfahrt anhielt. Ich stieg aus und drückte den Knopf der Gegensprechanlage.

„Wer ist da?“, fragte die Stimme des Mannes namens Art.

„Detective Dave Robicheaux. Ich möchte mit Tommy sprechen.“

„Er hat zu tun.“

„Nein, hat er nicht.“

„Beim letzten Mal haben Sie seine Leute mit einer Schaufel attackiert.“

„Das war gestern, Art.“

„Es ist gottverdammt gerade mal sieben Uhr morgens. Wie wär's mit 'ner Verschnaufpause?“

„Machen Sie jetzt auf oder nicht? Falls nicht, komme ich mit einem Haftbefehl zurück, auf dem Ihr Name steht.“

„Ist Purcel bei Ihnen?“

„Nein.“

„Sicher?“

„Ihre letzte Chance, Art.“

„Okay, okay, ganz ruhig, ich mache ja auf. Tommy ist hinter dem Haus. Ich werde ihm sagen, dass Sie da sind. Hey, tun Sie mir einen Gefallen?“

„Welchen?“

„Es ist ein schöner Tag. Der Indianer und ich servieren

Tommy und seinen Gästen gerade das Frühstück auf der Terrasse. Ich möchte, dass es ein schöner Tag bleibt. Okay, Mann? Scheiße passt nicht so gut zu Grütze und Eiern ...“

Eine Minute später parkte ich den Truck am Ende von Lonighans Einfahrt. Der Innenbereich des Geländes war die architektonische und landschaftsgärtnerische Antithese zu allem im Stadtteil Irish Channel, wo Tommy aufgewachsen war. Das Haus im nachgemachten Tudor-Stil war umgeben von Zitrusbäumen, Kiefern und Eichen, Dampf stieg von der türkisfarbenen Oberfläche des überdachten Pools und den korallenroten Goldfischteichen auf, das St.-Augustin-Gras der Rasenflächen war dicht und nass von der Bewässerungsanlage, und Tau glitzerte im dunstigen Licht. Hinter schützenden Backsteinmauern konnte ich das Flattern von Leinensegeln hören, die sich im Wind, der vom See herüberwehte, blähten.

Er war hinter dem Haus, trug eine orangefarbene Badehose und hohe schwarze Boxerschuhe. Mit bandagierten Fäusten drosch er auf einen etwa zwei Meter hohen Sandsackstapel ein. Sein bleicher Körper, über den Schweißperlen liefen, hatte die Farbe und das Aussehen von Knorpel. Eine schlauchartige rote Narbe mit winzigen rosa Einstichpunkten auf beiden Seiten zog sich von der rechten Niere zum Schulterblatt hinauf.

Als er mich sah, hörte er sofort auf, die Sandsäcke zu bearbeiten, und trocknete sich mit einem Handtuch Haare und Achselhöhlen ab. Sein gerötetes Gesicht strahlte mich breit an.

„Du kommst gerade richtig zum Essen“, sagte er und

zog die Bandagen von seinen Händen. „Was hältst du vom Wetter? Ich glaube, wir kriegen dieses Jahr einen frühen Herbst.“ Er warf das Handtuch über eine Azalee. Seine Knöchel waren rund und hart und standen deutlich ab, als hielte er in jeder Hand eine Rolle Quarters.

„Sie trainieren an Sandsäcken, Tommy?“

„Zement. Wenn du dir an einem Zementsack die Hand nicht kaputt haust oder das Handgelenk verstauchst, dann wird dir das ganz sicher auch nicht bei dem Gesicht von einem Kerl passieren. Was steht an, Dave?“

„Ich habe ein großes Problem mit diesem Buchalter. Anscheinend kann er sich einfach nicht aus meinem Leben raushalten.“

„Wenn ich helfen kann, lass es mich wissen.“ Er zog sich einen blauen Pullover über den Kopf, während wir über einen Kiesweg zu seiner Veranda gingen, wo eine aschblonde Frau, gehüllt in einen Frottee-Bademantel, an einem Glastisch saß, Kaffee trank und Zeitung las. „Ich will auch nicht, dass so ein Kerl frei in der Gegend herumläuft. Er verleiht der Stadt einen schlechten Ruf.“

„Ich hab nicht gesagt, dass er aus New Orleans kommt, Tommy.“

„Du wärst aber doch nicht hier, wenn du nicht davon ausgehen würdest. Setz dich und iss was. Du bist viel zu angespannt. Charlotte, ich möchte dir Dave Robicheaux vorstellen.“

Sie senkte die Zeitung und fixierte mich mit Augen, die das leuchtende Blau von gefärbten Kontaktlinsen hatten, und einem Blick, der weder abweisend noch freundlich war, weder neugierig noch misstrauisch. Ich vermutete, dass sie Nachrichten über Flugzeugkatastrophen mit dem gleichen Interesse las wie den Wetterbericht. Ihre sommersprossige, sonnengebräunte Haut war seidig und faltenlos glatt.

Ihre Lippen waren rot und feucht, als sie den Mund von der Kaffeetasse nahm und mir zunickte.

„Der Gentleman, der so geschickt mit einer Schaufel umgehen kann", sagte sie trocken.

„Wenn man mit den Calucci-Brüdern redet, ist es manchmal angebracht, seine Argumente plastisch zu verdeutlichen", sagte ich.

„Ab-so-lut!", bestätigte Tommy. „Ohne Zeichnung könnte sich keiner von den Spaghettis einen runterholen. Aber wenn man mit den Ölkännchen Geschäfte machen muss, dann muss man mit den Ölkännchen Geschäfte machen, richtig?"

„Was für Geschäfte machen Sie denn mit den Caluccis, Tommy?", fragte ich.

„Machst du Witze? Egal ob Restaurant-Tischwäsche, Parkservice, Lebensmittel-Lieferungen, Schreiner und Elektriker in meinem Casino – entweder du machst Geschäfte mit den Schmalzköppen oder du hast Streikposten vor allem rumlungern, was dir gehört."

Dann tauchte sein Hausangestellter mit einem riesigen Holztablett aus dem Haus auf und fing an, silberne Behälter mit Rührei, Grütze, Würstchen, Speck, filetierten Orangen und Grapefruits vor uns hinzustellen. Es war derselbe gewaltige Mann, den ich bereits bei meinem letzten

Besuch gesehen hatte. Sein indianisches Gesicht war ausdruckslos und leer wie eine Kuchenform, seine braunen Hände waren groß wie Bratpfannen und von Narbengewebe überzogen, das an winzige Stückchen weißer Schnur erinnerte.

„Sie starren, Mr. Robicheaux", sagte Charlotte.

„Verzeihen Sie?"

„Auf Manuel. Es ist sehr unhöflich, jemanden so anzustarren", sagte sie.

„Er hat sich doch nichts dabei gedacht", besänftigte Tommy sie. „Dave ist ein echter Gentleman. Er hat ein College-Diplom. Englische Literatur, Dave, stimmt doch, oder? Wir haben hier einen richtigen Supertypen vor uns."

Er zwinkerte mir zu, während er seine Serviette ausbreitete.

Der Hausdiener namens Manuel streifte mich, als er mir Kaffee einschenkte. Ich roch an seiner Kleidung Kunstdünger und Gartenerde. Er sagte kein Wort, aber nachdem er wieder im Haus verschwunden war, sah ich sein Gesicht hinter einem Küchenfenster, von wo aus er zu mir heraussah.

„Zieh dir das rein", meinte Tommy. „Manny sieht zwar aus, als wäre er gerade erst aus einem Grab wie in *Die Nacht der lebenden Toten* gestiegen, aber tatsächlich ist er 'ne Schwuchtel. Du kannst ihn in einem Musikvideo sehen, das Ding heißt *She's a Swinging Stud.* … Hey, Leute, was glotzt ihr mich so blöd an? Glaubt ihr vielleicht, so was könnte ich mir ausdenken? Solche Videos laufen doch in den Homo-Läden an der Dauphine …"

„Ihre Mutter war im *German-American Bund*, Tommy", sagte ich.

„Was?" Er sah aus, als hätte man ihm Eiswasser ins Gesicht geschüttet.

„Ich schätze, im Irish Channel weiß das jeder. Deshalb wissen Sie nämlich auch, was sich in diesem U-Boot befindet, mein Freund, stimmt's nicht?" Ich lächelte ihn süffisant an.

„Du sitzt hier an meinem Frühstückstisch …" Er räusperte sich und versuchte, die richtigen Worte zu finden. „Hier an meinem eigenen Tisch, in meinem eigenen Haus beleidigst du meine Mutter?"

„Das war und ist nicht meine Absicht."

„Dann hör doch auf, so eine Scheiße zu reden."

Die Frau namens Charlotte legte ihre Hand auf seinen Schoß.

„Jacke wie Hose, Tommy", sagte ich.

„Was ist Jacke wie Hose?"

„Entweder wissen Sie was über das U-Boot durch Ihre Mutter oder aber Sie haben ein ernstes persönliches Problem mit Hippo Bimstine, über das Sie nicht reden wollen."

In den struppigen weißen Augenbrauen glitzerten Schweißperlen, sein Kopf war gerötet. Ich sah, wie sich Charlotte auf die Unterlippe biss und mit der Hand auf seinem Oberschenkel herumknetete.

„Von welchem Problem redest du?", fragte er.

„Soll ich Klartext sprechen?"

„Ja, ich bitte darum." Sein Gesicht jedoch sah aus wie

gespanntes Gummi, wie das eines Mannes, der jeden Augenblick einen Speer durchs Brustbein bekommt.

„Er sagt, Sie hätten seinen kleinen Bruder umgebracht."

Er atmete scharf ein und aus. Er starrte ins Leere, schien nicht klar sehen zu können, so als hätte er in den Lichtbogen eines Schweißgeräts geblickt. Er drückte mit den Fingern die Nasenflügel zusammen und atmete scharf ein, wiegte seinen Kopf.

Aber es war dann die Frau, die etwas sagte.

„Sie widerlicher Drecksack", zischte sie.

„Wollen Sie einen Freischuss, Tommy?", fragte ich.

„Wenn ich schießen will, wirst du nicht wissen, was dich getroffen hat", sagte er. Aber seine Stimme war mit einem Mal heiser und irgendwie losgelöst von ihm.

„Vielleicht war's gemein, das zu sagen. Aber Will Buchalter zieht eine ziemlich fiese Nummer mit meiner Frau ab", sagte ich. „Das *muss* aufhören, Tommy. Sie verstehen, was ich hier gerade sage? Falls Sie eine *Free-Fire-Zone* einrichten wollen – das funktioniert in beide Richtungen. Wir spielen hier nicht mehr nach den alten Regeln."

„Wie kommst du dazu, über *Free-Fire-Zones* zu reden? Mir hat ein chinesisches Bajonett die Innereien rausgeholt, als du noch deine Faust gefickt hast."

„Wollen Sie eines von meinen *Purple Hearts*?"

„Du bist ein Hurensohn, Robicheaux", schnaubte er.

„Sie geben kein überzeugendes Opfer ab, Tommy."

„Wir waren alle Kids. Es war ein Unfall. Was ist mit dir los, für was für einen Typen hältst du mich eigentlich? Warum machst du so was?"

„Helfen Sie mir, oder nicht?"

„Verschwinde von meinem Grundstück."

„Alles klar", sagte ich und stand auf. Da sah ich Zoot Bergeron mit einem roten Halstuch um die Stirn in seiner schwarzen Trainingshose die Einfahrt heraufgejoggt kommen. Ich sah zu Tommy Lonighan hinab.

„Ich schlag Ihnen einen Deal vor", sagte ich. „Wenn Sie mir Buchalter überlassen, werden Sie mich höchstwahrscheinlich nie wiedersehen. Wenn er aber noch ein einziges Mal bei mir zu Hause aufkreuzt, mach ich Sie fertig."

„Ach ja?", sagte er, wobei die Ränder seiner Nasenlöcher weiß wurden. „Das wirst du tun, ja? Du bist nicht in der Lage, die richtigen Leute einzulochen, du kannst nicht mal deine eigene Frau beschützen, du brauchst jemanden, der dir den Arsch abwischt, und trotzdem kommst du hierher und schmeißt mit Drohungen um dich, wirfst mir an den Kopf, ich hätte ein Kind umgebracht, weißt du was, Dave, ich stehe kurz davor, ganz kurz davor, dir deinen beschissenen Kopf abzureißen, verstehst du mich?"

„Wir werden sehen, wer am Ende auf zwei Beinen aus dem Rauch kommt, Tommy", sagte ich und überquerte den sonnenbeschienenen, sattgrünen Rasen zu meinem Truck. Ich warf keinen Blick zurück.

Zoot verlangsamte sein Tempo, seine unbehaarte Brust hob und senkte sich, die durchgeschwitzte Trainingshose klebte an seinen Beinen.

„Was machst du hier, Partner?", fragte ich.

„Mr. Tommy hat mir einen Job gegeben, ich darf mit ihm trainieren."

„Schläfst du auch hier?“

„Letzte Nacht, ja.“

„Warum?“ Er gab mir keine Antwort, und ich versuchte es noch einmal. „Warum, Zoot?“

„Sie hat einen Mann zu Hause.“ Seine Augen vermieden den direkten Blickkontakt. „Ein Weißer, mit dem sie manchmal ausgeht. Ich bin hergekommen, und Tommy hat mich bleiben lassen.“

„Ich will und kann dir nicht vorschreiben, was du tun sollst, Zoot, aber meiner Meinung nach ist Tommy Lonighan ein Gangster und rassistischer Wichser, den du meiden solltest wie Milzbrand.“

Dann sah ich, zu spät, den Schrecken in Zoots Augen aufblitzen, als sich sein Blick auf etwas hinter mir richtete.

Tommy Lonighan bewegte sich schnell, als er mich zwischen den Schulterblättern erwischte und ich in die Seite meines Trucks krachte. Ehe ich mich umdrehen konnte, hatte er mir die .45er aus dem Gürtelholster gerissen. Er hielt sie schräg nach oben gerichtet vor meine Nase. Auf seinem Hals zeichneten sich deutlich die Adern ab, die Nasenlöcher waren gebläht. Er zog den Schlitten zurück, lud ein Hohlspitzgeschoss in die Kammer. Ich konnte den Kies unter seinen Schuhen knirschen hören.

„Machen Sie jetzt keinen Fehler, Tommy“, sagte ich.

„Glaubst du, du kannst mich beleidigen und dafür sorgen, dass ich mich vor anderen Leuten schäme?“

„Geben Sie mir die Kanone, Tommy.“

„Willst du sie haben? Dann kriegst du sie auch, Arschloch.“

Er schlug den Knauf auf meine Handfläche, ließ aber nicht los. Er umschlang mit beiden Händen meine Hand, drückte zu, bis seine Finger weiß waren, dann richtete er den Lauf der .45er auf sein Brustbein. Seine blauen Augen waren rund und leuchtend, sein Atem stank nach den Fleischstücken, die zwischen seinen Zähnen steckten.

„Du redest von Leistungen im Krieg, du redest von Purple Hearts, aber hast du die Eier hierfür?“, fragte er.

Der Hahn war gespannt, die Waffe entsichert, aber es gelang mir, meine Finger vom Abzugsbügel fernzuhalten.

„Geh zurück, Tommy.“

Sein Atem rauschte in seiner Brust. Eine Stelle auf seinem Hals verfärbte sich, wie eine rote Rose.

„Ich hab damals im Channel kein Kind umgebracht“, sagte er. „Es war ein Unfall. Jeder weiß das, nur dieser kleine Pimmel nicht. Er lässt es einfach nicht auf sich beruhen.“

Einen flüchtigen Moment schien er nach innen zu schauen, und seine Worte waren eher an sich selbst als an mich gerichtet. Ich spürte, wie die Kraft seines Griffes nachließ.

Ich schnippte den Sicherungsbügel hoch, entriss ihm die .45er und zog ihm den Lauf quer über die Nase. Er stand völlig unvorbereitet da, die Fäuste an den Seiten geballt, die Augen die gleiche Farbe wie der Himmel, ein einzelner Blutfaden löste sich von seinem rechten Nasenloch. Ich setzte zum nächsten Schlag an.

Aber plötzlich fiel sein Gesicht in sich zusammen, genau wie ein Lampenschirm, der aus der Mitte heraus von einer heißen Glühbirne verbrannt wird. Ein Auge schien sich zusammenzuziehen, als hätte jemand einen Finger hineingesteckt, sein Mund verwandelte sich in eine gekräuselte, angespannte Linie, die Winkel nach unten gezogen, auf einer Wange tauchten plötzlich Falten auf, und sie begann zu beben. Er drehte sich um und ging mit hängenden Schultern in sein Haus, die Arme schlaff an den Seiten, die Augen nicht mehr zu erkennen.

Ich starrte ihm mit offenem Mund nach, die Pistole in meiner Hand wie ein Gegenstand, für den man sich schämt.

15

Ich hatte immer glauben wollen, dass ich die Gewalt in mein Leben gebracht hatte, als ich aus Vietnam zurückkam. Aber einer der gewalttätigsten Augenblicke meines Lebens, oder doch zumindest der unentschuldbarste, ereignete sich am Ende meiner ersten Ehe, und das nicht, weil ich Polizeibeamter oder Kriegsveteran war.

Meine erste Frau war ein wunderschönes, dunkelhaariges Mädchen aus Martinique. Sie liebte Vollblüter und Pferdewetten genau wie ich, aber sie entwickelte ebenfalls eine Liebe für die Clubhausgesellschaft und für Männer, die ihre Zukunft nicht jeden Tag mit Jim Beam ohne Eis und einem Bier zum Nachspülen verpfändeten.

Wir waren auf einer nachmittäglichen Gartenparty am Lake Pontchartrain. Gewitterwolken zogen auf, das Wasser auf dem See war schiefergrün mit Schaumkronen, die Segelboote des Jachtclubs tauchten tief in die Dünung ein. Ich erinnere mich, wie ich neben meiner Frau am Tisch mit den Drinks stand, während ein schwarzer Kellner in einer weißen Butler-Jacke einen Cocktailshaker schüttelte. Dann tauchte der aktuelle Liebhaber meiner Frau direkt neben ihr auf, er war ein Geologe aus Houston, und fing an, mit ihr zu plaudern und streichelte dabei gedankenverloren den Flaum auf ihrem Unterarm, so als wäre ich überhaupt nicht da. Ich konnte das leise Rascheln der Palmwedel hören, auf der Terrasse spielte eine Jazzband, die Worte meiner Frau und ihres Verehrers entschwanden wie Seifenblasen im Wind. Er war Sportler und Bergsteiger und besaß das markante Profil und das gute Aussehen eines Gladiators. Dann hörte ich etwas wie zerbrechende Eiszapfen, und eine rot-schwarze Woge explodierte hinter meinen Augen.

Als man mich von ihm herunterzog, würgte er an seiner eigenen Zunge.

Später tat ich so, als hätte er es nicht anders verdient, und dass es meiner Frau recht geschähe, vor ihren Freunden blamiert und gedemütigt zu werden.

Aber ich machte mir selbst was vor, wie ich es damals viel zu oft tat, als ich noch allen Ernstes glaubte, mir könnte auf dieser Welt kein schlimmeres Schicksal widerfahren, als dass mir über Holzkohle gefilterter Whiskey und das bernsteinfarbene Leuchten vorenthalten würde, mit dem er mein Leben anregte und ausfüllte. Ich hatte einfach nur meine Frau und ihren Liebhaber für Ereignisse zahlen lassen, die mir viele Jahre zuvor widerfahren waren.

Mein Vater, er hieß Aldous oder auch kurz Big Al auf dem Ölfeld, wo er hoch oben auf der Plattform direkt am Bohrer arbeitete, war ein gewaltiger, dunkelhäutiger und ständig grinsender Cajun mit Fäusten groß wie Cantaloupe-Melonen. Er liebte Kneipenschlägereien, und gelegentlich nahm er es mit drei oder vier Gegnern gleichzeitig auf. Ölfeld-Raufbolde brachen sich die Hände an seinem Schädel, Rausschmeißer zersplitterten Stühle auf seinem Rücken, aber kein Mensch schaffte es jemals, Big Al zu verletzen – mit Ausnahme meiner Mutter, die zusammen mit schwarzen Frauen in einer Wäscherei arbeitete, um uns über die Runden zu bringen, wenn er mal wieder im örtlichen Gefängnis saß.

Als er in der Bisamratten-Jagdzeit nach Marsh Island zurückging, begann ein Mann namens Mack, ein *Bourré*-Kartengeber aus Morgan City, der stets einen Fedora trug, modische Hosen mit Hosenträgern, Hemden mit Umschlagmanschetten und zweifarbige Schuhe, zu uns nach Hause zu kommen und Mutter zu Ausflügen in seinem Ford Coupé mitzunehmen.

Eines Tages im Spätherbst kam ich früher von der Schule heim. Im Haus war kein Laut zu hören. Dann ging ich an der Schlafzimmertür meiner Eltern vorbei. Meine Mutter war nackt, kniete auf allen Vieren da, mit dem Gesicht zum Kopfende des Betts, und Mack war drauf und dran, sie zu besteigen. Sein Gesicht war schmal und weiß, die schwarzen Haare geölt und in der Mitte gescheitelt, über der Oberlippe trug er ein Menjoubärtchen. Er sah mich mit dem beiläufigen Interesse an, das er womöglich für einen Nietnagel gezeigt hätte, dann drang er ungerührt in meine Mutter ein.

Fast bis zur Abenddämmerung saß ich auf einem Sägebock in der Scheune. Die Luft war nasskalt, und Laub fegte über den Hof. Dann tauchte Mack im Scheunentor auf, seine Silhouette ein harter Kontrast zum letzten roten Licht der Sonne, eine Flasche Bier in der linken Hand. Ich sah, wie er sie an den Mund setzte und daraus trank.

„Was glaubst du, hast du vorhin gesehen?", fragte er.

Ich starrte auf meine Schuhe.

„Ich hab dich was gefragt. Tu nicht so, als hättest du mich nicht verstanden", sagte er.

„Ich hab gar nichts gesehen."

„Du warst, wo du nichts zu suchen hattest. Was fangen wir jetzt damit an?" Er streckte die rechte Hand aus. Ich dachte schon, er wollte sie mir auf die Schulter legen. Stattdessen drückte er mir die Rückseite seiner Finger unter die Nase. „Riechst du das? Ich und deine Mama haben gefickt, Junge. War auch nicht das erste Mal."

Ich hatte Tränen in den Augen, mein Gesicht fühlte sich unter seinem starren Blick ganz heiß und klein an.

„Du kannst das jetzt deinem Daddy erzählen, wenn du willst, aber dann musst du sie verpetzen." Wieder trank er einen Schluck aus der Bierflasche und wartete. „Na, was wirst du tun, huh? Rumsitzen und flennen?"

„Ich werd gar nichts tun."

„Gut", sagte er. „Denn falls du was tust, wirst du mich wiedersehen."

Dann war er fort, weg aus dem roten Licht und den Feldweg runter zu seinem Auto. Die Pekannuss-Bäume und Eichen ums Haus herum waren schwarzgrün und mit Staub überzogen, die feuchte Kälte der Luft fühlte sich auf der Haut an wie ein Wundbrand. Ich versteckte mich, als meine Mutter von der Veranda hinter dem Haus nach mir rief. Ich saß hinter der Scheune im Unkraut und sah zu, wie unsere beiden Hähne ein blindes Huhn totpickten. Sie bestiegen es mit ihren Fängen, flatterten triumphierend mit den Flügeln, und vergruben ihre Schnäbel tief in ihrem Hals. Ich sah ihnen dabei sehr lange zu, bis mich meine Mutter schließlich fand und mit in die Küche nahm, und während sie unser Abendbrot zubereitete, erzählte sie, dass

Mack ihr geholfen habe, einen guten Job als Kellnerin in einem Gartenlokal in Morgan City zu bekommen.

* * *

Einen Tag nach meiner Konfrontation mit Tommy Lonighan erhielt ich im Büro einen Anruf von Clete Purcel.

„Wie ich höre, hast du Tommy Bobalouba mit deiner Pistole ein paar übergezogen", sagte er.

„Von wem hast du das?"

„Ein paar von Caluccis Handlangern haben heute Morgen im *Golden Star* darüber geredet."

„Aaah, schon wieder die Caluccis."

„Genau das versuche ich dir ja gerade zu erzählen, Mann. Die gehen über Stammesgrenzen."

„Wer waren diese beiden Typen?"

„Kleine Wichser. Hast du versucht, Tommy wegen diesem U-Boot Druck zu machen?"

„Ja, aber ich hab nichts erreicht."

„Dave, vielleicht gibt es ja noch eine andere Möglichkeit, Buchalter aus seinem Loch zu locken. Was wäre, wenn du das U-Boot tatsächlich noch mal *findest*, es markierst und anschließend den Reportern von der *Picayune* und so ziemlich jeder Bergungsfirma in der Stadt davon erzählst?"

„Ist ein Gedanke."

„Übrigens, Glückwunsch, dass du Lonighans Aufmerksamkeit gewonnen hast. Irgendwer hätte schon vor langer Zeit mal mit dem Kerl den Boden aufwischen sollen ... Warum so schweigsam?"

„Ich hätte ihn nicht schlagen dürfen."

„Warum nicht?"

„Er ist ein gequälter Mann. In seinem Kopf lodert ein Hochofen."

„Ich brech hier gleich zusammen, Dave. Oh, das ist mal super, Mann. Tommy Lonighan, der gequälte Mann …" Inzwischen lachte er aus vollem Hals. „Hast du die Leiche von dem Kerl gesehen, den Tommy mit dem Feuerwehrschlauch ersäuft hat? Der hat ausgesehen wie das Michelin-Männchen! Tommy hat ihm die Tülle ins Maul gestoßen. Tommy, der gequälte Mann, oh Dave, das ist köstlich …"

* * *

An diesem Abend fuhr ich frühzeitig nach Hause, wollte Bootsie und Alafair zu einem schönen Krebsessen ins *Mulate's* in Breaux Bridge einladen. Als der Deputy, der unten an der Einfahrt Wache schob, meinen Truck kommen sah, ließ er den Motor an und machte sich auf den Rückweg nach New Iberia. Am oberen Ende meiner Einfahrt stand dicht am Haus ein mir unbekannter, zweitüriger weißer Toyota.

Ich ging zum Anleger hinunter, wo Alafair Steinchen über das Wasser in einen Zypressenstumpf hüpfen ließ.

„Lust auf Krebse, Alf?", fragte ich sie.

„Ist mir egal", sagte sie. Sie sah missmutig aus. Sie pfefferte einen weiteren Stein über den Bayou.

„Was ist los, Kleine?"

„Ich hab dir doch schon mal gesagt, dass ich das Wort *Kleine* nicht mehr mag, Dave."

„Alles klar. Also, was ist los, Alf?"

„Nichts. Bootsie sagt, sie ist krank. Das ist alles."

„*Sagt,* sie wär krank?"

„Sie ist schon den ganzen Nachmittag in ihrem Zimmer. Bei geschlossener Tür. Sie sagt, sie ist krank. Hab ich doch gesagt." Sie stützte sich mit einer Hand an einem Pfosten ab und streifte mit einem Turnschuh getrocknete Fischschuppen von den Planken ins Wasser.

„Erzähl mir den Rest, Alf."

Ihr Blick folgte einer Wassermokassinotter, die über den Sumpf in überschwemmtes Röhricht schwamm.

„Sie hat eine leere Whiskeyflasche in den Mülleimer hinterm Haus geschmissen", sagte sie. „Sie hat sie in eine Papiertüte gewickelt, damit niemand sie sieht. Dann ist diese Schwester los und hat ihr Bier geholt."

„Was?"

„Da oben ist so eine Schwester. Sie ist runter zur Kreuzung und hat Bootsie einen Sechserpack Bier gekauft. Warum hat Bootsie sich nicht einfach was aus dem Laden geholt, wenn sie ein Bier haben wollte?"

„Komm mit, gehen wir mal rauf und finden das raus."

„Ich will nicht."

„Hast du Lust aufs *Mulate's*? Später?"

„Nein. Ich mag's nicht, wie Bootsie zurzeit ist. Und diese Schwester mag ich auch nicht. Was macht die überhaupt hier, Dave?"

Ich rubbelte ihr über den Kopf und ging im tiefen Schatten der Bäume und zum Summen der Zikaden den Hang hinauf. Nichts rührte sich vor dem Haus, kein Laut war zu hören, und die Tür zu Bootsies und meinem Schlafzimmer war geschlossen. Ich ging den Flur hinunter in die Küche. Schwester Marie Guilbeaux spülte im Waschbecken Gläser und zwei Teller.

„Oh!“, stieß sie aus und zuckte leicht zusammen, als sie mich hinter ihrem Rücken hörte. Sie drehte sich um, und ihr Gesicht lief rot an. „Ach du lieber Himmel, haben Sie mich jetzt erschreckt!“

Ich starrte sie weiter an.

„Oh, das ist ja so peinlich“, stammelte sie. „Ich hoffe, Sie verstehen, was … warum ich …“

„Ich fürchte nicht, nein.“

„Natürlich … können Sie ja auch nicht. Ich hab vor einiger Zeit angerufen, aber Sie waren nicht hier.“

„Ich war in meinem Büro.“

„Da hab ich's auch versucht. Sie waren da aber bereits aufgebrochen.“

„Nein, ich war bis vor einer halben Stunde dort.“ Ich sah ein halbes Dutzend leerer Bierflaschen in unserem gelben Mülleimer. „Niemand hat angerufen.“

„*Ich* schon. Ein Mann in der Leitstelle oder wie das heißt, hat sich eine Nachricht notiert.“

„Ich verstehe. Wo ist Bootsie, Schwester?“

„Sie schläft. Sie fühlt sich nicht so besonders.“ Verlegenheit stand ihr ins Gesicht geschrieben. „Ich weiß selbst, das sieht jetzt irgendwie merkwürdig aus.“

„Ein wenig, ja.“

„Ich gebe nebenbei Unterricht in einer Grundschule in Lafayette. Wir machen ein Programm über Sicherheit. Und Sie waren im Krankenhaus und am Telefon so zuvorkommend, da hab ich gedacht, Sie wären vielleicht bereit, mal in unsere Klasse zu kommen."

„Ich hab momentan ziemlich viel um die Ohren."

„Ja, Bootsie hat mir so was erzählt."

„Können Sie mir mal verraten, warum Sie meiner Frau Bier gekauft haben, Schwester?"

Ihr Gesicht war immer noch gerötet. „Mr. Robicheaux, ich bin hier ahnungslos in eine etwas heikle Lage getappt und habe offensichtlich das Falsche getan."

„Erzählen Sie mir bitte einfach, was hier passiert ist."

„Ihre Frau wollte in den Laden fahren, um Bier zu kaufen. Ich fand, sie sollte nicht fahren. Ich hab gesagt, ich hol's ihr."

„Warum haben Sie es nicht einfach unten aus dem Angelladen geholt? Der gehört uns."

„Das wollte sie nicht."

„Ich verstehe. Kann ich Ihnen sonst noch irgendwie helfen?"

„Nein … Ich entschuldige mich. Ich weiß nicht, was ich sonst sagen soll. Ich werde dann jetzt wohl besser gehen. Bitte verzeihen Sie mir, dass ich hergekommen bin."

Damit war sie auch schon aus der Hintertür raus und ging schnell zu ihrem Wagen. Ich holte sie ein, als sie gerade die Fahrertür öffnete. Ihre grünen Augen glänzten betreten.

„Schwester, hier passiert etwas, das Sie nicht verstehen",

sagte ich. „Meine Frau hat ein Problem wegen gewisser Vorkommnisse hier in unserem Haus. Aber wenn jemand bereits zu viel getrunken hat und dann möchte, dass man ihm mehr gibt, dann tut man das einfach nicht."

„Dann habe ich heute vermutlich eine Lektion gelernt."

„Kommen Sie gern wieder mal bei uns vorbei."

„Nett von Ihnen." Meine Hand lag auf dem Fensterrahmen. Sie legte ihre Hand leicht auf meine und sah mir in die Augen. Ein Sonnenstrahl fiel durch die Baumkrone auf ihr rötlich-goldenes Haar. Ich zog meine Hand zurück und ging wieder ins Haus.

Ich öffnete die Schlafzimmertür und sah nach Bootsie. Die Jalousien waren geschlossen, und sie schlief vollständig bekleidet und mit dem Kopf unter dem Kissen. Während ich das Abendessen vorbereitete, versuchte ich mich auf die Unterhaltung mit Alafair zu konzentrieren, die am Tisch saß und mir irgendetwas darüber erzählte, was Tripod angestellt hatte, aber meine Gedanken waren wie Vögel, die in einem Käfig herumflatterten, und irgendwann merkte ich, wie ich geistesabwesend meinen rechten Handrücken berührte.

Du bildest dir das nur ein, dachte ich. Das war eine völlig harmlose Geste. Manche von ihnen sind im zwischenmenschlichen Umgang ein wenig unbeholfen.

Aber meine Batterien waren insgesamt einfach zu leer, als dass ich mir in diesem Moment groß Gedanken um Schwester Marie Guilbeaux machen konnte. Ich wusste, dass sich meine Frau jenseits unserer geschlossenen Schlafzimmertür an diesem ganz speziellen Ort niedergelassen hatte, wo Schlangen in fetten Schlingen von den Bäumen baumeln und ein Tiger im Unterholz auf sein Opfer wartet.

* * *

Es regnete in dieser Nacht, und durch das Fliegengitter zog mir der Duft der Bäume und aus dem Sumpf ein Geruch wie laichende Fische in die Nase. Als ich einschlief, geisterte mir wieder das Nazi-U-Boot und Buchalters Besessenheit davon durch den Kopf. Als ich Kind war, hatte man uns an einer katholischen Schule gelehrt, dass sich am Ende das Böse selbst verzehrt, so wie ein Feuer, das seinen eigenen Brennstoff vernichten muss. War das U-Boot ein Unterwasser-Mausoleum oder ein historischer Schrein, durch den Buchalter und seinesgleichen glaubten, ihre wahnsinnige und menschenverachtende Vision erneuern und stärken zu können? Hassten sie die moderne Welt so sehr, dass sie die Gesellschaft ertrunkener Männer suchten, die es genossen hatten, die Weltmeere in Brand zu setzen, indem sie mit Maschinengewehren scharenweise ölverschmierte Handelsmatrosen niedermähten, die hilflos in der Dünung auf und ab wippten wie Korken?

Es regnete die ganze Nacht. Die Luft im Schlafzimmer war kühl und feucht, und ich meinte im Schlaf, Salz im Wind schmecken zu können. Ich träumte von schwarz gekleideten U-Boot-Fahrern, die ungepflegten Bärte wie mit Holzkohle auf ihre Gesichter geschmiert. Sie führten einen langen, schimmernden Torpedo in eine Röhre ein, strichen zum Abschied wie bei einer Liebkosung über seine harten

Flanken. Der Torpedo schoss unter dem Bug hervor, seine Schraube rotierte, und der Mondschein kräuselte sich auf seiner stählernen Haut dicht unter der Wasseroberfläche. Die Männer in ihren schwarzen Arbeitsanzügen standen bewegungslos im fahl beleuchteten Inneren ihres Boots, hatten die Augenbrauen erwartungsvoll gehoben, wie ein schmerzendes Band um ihre Brust ein unausgesprochener und kollektiver Wunsch, der sie sich über den Mund lecken und den Unterleib an die kühle, zylindrische Flanke eines weiteren Torpedos drücken ließ.

Dann die Explosion am Rumpf des Frachters am Horizont, das Kreischen von berstenden Trägern und aufreißendem Metall, das sturzflutartige Eindringen von Salzwasser in den Laderaum, die Folge-Explosion von Heizungskesseln, von der die Kommandobrücke zerfetzt und die Luken zu glühend heißen Eisenrechtecken aufgeheizt wurden, an denen die Hand eines Menschen sofort zu einem Stumpf verschmorte, selbst das abschließende pulsierende Absinken unter die Wellen und das Knirschen des Schiffskiels auf dem Sand – das alles drang durch die Dunkelheit mit der Geschmeidigkeit eines alten Wiener Walzers, der im Nebel anschwoll und verklang.

Es musste zwei oder drei Uhr morgens sein, als ich die Kälte im Zimmer registrierte. Im Halbschlaf griff ich nach der Tagesdecke am Fußende des Betts und zog sie über Bootsie und mich. Ich meinte, der Wind zöge durchs Haus, was eigentlich nicht sein konnte, und dann merkte ich, dass mein Kopfkissen feucht war vom Nebel, der durch den Fensterventilator hereingeblasen wurde, der allerdings ausgeschaltet war. Ich setzte mich im Bett auf. Die Türen zum Wandschrank und zum Bad waren geöffnet, das Nachtlicht im Bad entweder defekt oder ausgeschaltet. Ich hörte, wie die Fliegentür der hinteren Veranda im Wind gegen den Rahmen auf und zu schlug. Ich griff unter das Bett und zog die .45er hervor.

Weit musste ich nicht gehen, bis ich wusste, dass er dagewesen war. Als ich am Wandschrank vorbeikam, spürte ich Wasser unter meinen nackten Füßen. Ich schaltete jede Lampe im Haus ein. Das Fliegennetz vor der Tür zur Veranda hinter dem Haus war aufgeschlitzt, der Riegel aus dem Rahmen der Küchentür gehebelt.

„Was ist denn, Dave?“, fragte Bootsie und blinzelte ins Licht.

Ich starrte auf den Boden vor dem Wandschrank. Zwei Schuhabdrücke hatten sich auf den Dielen abgezeichnet, drumherum ein Kranz Wasser, das offenbar von seinem Mantel getropft war. Dann sah sie, worauf ich starrte.

„Oh mein Gott, Dave, ich halt das nicht aus“, sagte sie.

„Keine Panik. Er ist nicht mehr da.“

„Er war hier. Hat uns im Schlaf beobachtet.“ Sie setzte sich auf und drückte die Hände auf ihren Bauch. „Ich glaube, mir wird schlecht.“

„Nimm das andere Bad.“

„Was?“

„Geh nicht in unser Bad.“

„Warum? Wa…“

„Könnte sein, dass er dort Spuren hinterlassen hat, Boots, das ist alles.“

Als sie fort war, knipste ich das Licht in unserem Bad aus, zog die Tür zu und schloss ab, allerdings nicht, ohne noch einmal auf die Worte sehen zu müssen, die er mit Lippenstift quer über die Wand geschrieben hatte: *DAVE, DU MUSST EINS WERDEN MIT DEM SCHWERT. ICH WERDE DICH AUF EINE ART LIEBEN, WIE ES KEINE FRAU KANN, W.B.*

16

Am folgenden Morgen versuchte ich mich auf die täglichen Routineaufgaben im Büro zu konzentrieren. Aber es nützte nichts. Ich starrte aus dem Fenster in den Regen hinaus.

Was trieb einen Mann wie Will Buchalter an?

Der Schluss, zu dem ich gelangte, war kein angenehmer. Er war schlicht und einfach ein Sadist, und wie alle Sadisten entwickelte er sexuelle Obsessionen bezogen auf die Menschen und Tiere, die er ganz methodisch plant zu verletzen. Der Schmerz, den er seinem Opfer zufügt, soll demütigen und herabsetzen und wird immer persönlich verabreicht, durch seine Hand, nur einen Atemzug entfernt vom Gesicht des Opfers. Wie bei allen von seiner Sorte hatte auch er eine Ideologie gefunden, die seine Pervertiertheit rechtfertigte, doch in Wirklichkeit ließen die Schreie, mit denen er einen Raum füllen konnte, seine Backenzähne leicht aufeinandermalmen, während es zwischen seinen Beinen summte wie ein Schwarm Bienen.

Das Telefon auf meinem Schreibtisch klingelte. Es war Lucinda Bergeron.

„Ihr Freund hier geht langsam, aber sicher einer ganzen Menge Leute gewaltig auf die Eier“, sagte sie.

„Wer?“

„Cletus Purcel.“

„Was stimmt nicht mit Clete?“

„Was stimmt denn mit ihm?“

„Machen Sie mal halblang, Lucinda.“

„Er hat versucht, jemanden in einen menschlichen Glockenschwengel zu verwandeln. Kennen Sie zufällig einen Typen namens Dogshit Dolowitz?"

„No Duh Dolowitz, der fidele Scherzkeks?"

„Ja, genau, ich glaube, so wird er auch genannt. Ihr Freund hat ihm eine Mülltonne über den Kopf gestülpt, und anschließend hat er besagte Mülltonne mit einem Baseballschläger eine kleine Seitenstraße hinuntergeprügelt."

„Wozu?"

„Fragen Sie ihn doch selbst … Sekündchen." Sie legte den Hörer aus der Hand und schloss eine Tür. „Hören Sie, Detective, Nate Baxter würde liebend gern die Haxen von Ihrem Kumpel in eine Pfanne hauen. Ich hatte ein ernstes Gespräch mit ihm."

„Ist Zoot schon wieder zu Hause?"

„Ich *glaub's* einfach nicht! Ich glaube, Sie kommen von einem anderen Planeten."

„Sie wollen mir allen Ernstes erzählen, dass es Ihnen recht ist, wenn er bei Tommy Lonighan wohnt?"

„Ich dachte, ich tue Ihrem Freund einen Gefallen."

„Ja, sehr nett von Ihnen, danke."

Ich hörte an ihrem Ende der Leitung ein Geräusch, als würde sie eine Heftzwecke verdauen.

„Immer schön locker bleiben", sagte ich.

„Gott, ich *hasse* es, mit Ihnen zu reden!" Dann schien sie sich zu beruhigen und setzte erneut an. „Hören Sie, noch ist gegen Ihren Kumpel keine offizielle Anklage erhoben worden, aber ich schätze mal, dass seine Kaution auf ungefähr zweitausend Dollar festgesetzt wird. Soll ich ihm was ausrichten?"

„*No Duh* hat Anzeige erstattet?"

„Nee, aber Nate Baxter. Ruhestörung und Widerstand gegen die Staatsgewalt. Ciao, Detective Robicheaux. Ganz ehrlich, ich glaub nicht, dass ich noch viel mehr Unterhaltungen mit Ihnen verkrafte."

Sie legte auf.

Ich rief sofort zurück.

„Hören Sie, ich kann mir hier nicht freinehmen, nur um für einen Freund Kaution zu hinterlegen. Warum hat Clete Dolowitz verdroschen?"

„Es hat irgendwas mit den Calucci-Brüdern zu tun."

„Was ist mit denen?"

„Keine Ahnung", sagte sie, wobei sich wieder Verbitterung in ihre Stimme schlich. „Nate Baxter bearbeitet den Fall. Was sagt Ihnen das, Robicheaux? Mal abgesehen von der Tatsache, dass er Purcel mächtig auf dem Kieker hat?"

„Ich bin nicht sicher."

„Er steht auf einer Schmierliste."

„Bei den Caluccis?"

„Bei wem sonst?"

„Können Sie das beweisen?"

„Wem denn? Wen interessiert's? Die Stadt ist pleite. *Das* ist es, was die Leute beschäftigt."

„Ich versuche, rüberzukommen. Obwohl heute ein schlechter Tag ist."

„Was ist los?"

Ich erzählte ihr von Buchalters Besuch in der vergangenen Nacht.

„Warum haben Sie mir das nicht gesagt?", fragte sie.

„Sie haben Ihre eigenen Probleme."

Sie schwieg einen Moment. „Sie haben Zoot drüben bei Tommy Lonighan gesehen und mit ihm gesprochen?", fragte sie.

„Ja, aber nur kurz."

„Hat er gesagt –" Sie atmete tief aus und ließ den Satz unvollendet im Raum stehen.

„Ich glaube, Sie bedeuten ihm sehr viel, Lucinda. Ich an Ihrer Stelle würde ihn zurück nach Hause holen. Tut mir leid, wenn ich manchmal aufdringlich erscheine."

Ich rief Bootsie zu Hause an, dann meldete ich mich im Büro ab. Es regnete immer noch, als ich das Präsidium des NOPD im Garden District erreichte. Lucinda war nicht in ihrem Büro, aber von Benjamin Motley erfuhr ich, dass es Reverend Flat gelungen war, Clete in seine Obhut übergeben zu bekommen, ohne dass er eine Kaution hatte hinterlegen müssen, und nun warteten sie auf mich in einem Café oben an der St. Charles Avenue, direkt neben dem Pontchartrain Hotel.

Es war ein Lokal für einfache Leute, in dem es Ribeye-Steaks, frittierten Katzenfisch und Cracker mit Wurstsauce gab, mit denen man einen Heizkessel anfachen konnte. Außerdem war es das Café, in dem die Calucci-Brüder jeden Tag zu Mittag aßen.

Ich parkte meinen Truck um die Ecke und lief im Regen unter dem tropfenden Blätterdach der Eichen an der St. Charles das kurze Stück zurück. Im Restaurant war es warm und voll und laut. Clete und der Prediger saßen ganz vorne im Lokal an einem Tisch mit einer karierten

Tischdecke. In der Mitte des Tisches stand in einer billigen Glasvase eine einzelne, grünstängelige purpurne Rose. Zwischen den Füßen des Predigers bemerkte ich einen schwarzen Gitarrenkoffer mit abgewetzten Ecken, auf dessen Seite die von Hand geschriebenen Worte *The Great Speckled Bird* standen.

Ich ließ meinen Blick über die Gäste an den übrigen Tischen wandern und sah Max und Bobo Calucci und ihre ein halbes Dutzend Leute umfassende übliche Entourage an einem langen Tisch vor der hinteren Wand essen, gerade mal einen Meter entfernt von einer alten Jukebox, deren braun-oranges Gehäuse im Licht schimmerte.

Ich setzte mich zu Clete und dem Prediger.

„Sie sollten sich bei Gelegenheit einen Schirm anschaffen, mein Sohn. Sie sehen ja aus wie ein Igel, den jemand in ein Regenfass getunkt hat", sagte Oswald Flat.

„Danke, Reverend", erwiderte ich.

„Tut mir leid, dass ich dich grundlos hierhergeholt hab, Streak", sagte Clete. „Ich hab sofort versucht, dich zu erreichen, nachdem unser Bruder Oswald hier mich aus dem Loch geholt hat, aber da warst du schon unterwegs." Er grinste, während er auf einem Stück Brot herumkaute.

„Was soll das, warum vermöbelst du einen Typen wie No Duh Dolowitz?", fragte ich.

„Tja, ich fand den alten No Duh ja selbst immer klasse", sagte Clete und wandte sich dann dem Prediger zu. „Verstehen Sie, dieser Typ, dieser No Duh – manchmal wird er auch Dogshit genannt, denn genau da rein hat er mal auf einem Gewerkschaftskongress in Miami ein paar Sandwiches getunkt –, früher war er mal so was wie ein Fassadenkletterer, bis ihm ein Nachtwächter mit einem Hammer eine fette Delle in die Stirn geschlagen hat. Doch statt anschließend zur kompletten Matschbirne zu mutieren, entwickelte er sich zu einem genialen Streichespieler. Die Mafia erkennt natürlich ein Talent, wenn sie es sieht. Wenn sie ein Mietshaus oder einen ganzen Schwung Doppelhäuser zu Freundschaftspreisen übernehmen wollen, dann setzen sie Dolowitz in Marsch. Der füllt daraufhin eine Zementmischung in sämtliche Abflussrohre, deponiert Limburger Käse in Belüftungsschächten, klebt Köderfische unters Mobiliar, lässt vielleicht von einem Landschaftsgärtner eine Lkw-Ladung Kuhmist in den Pool kippen. Da war dieser Bauunternehmer, der unten im Jefferson Parish ein paar richtig erstklassige, exklusive Eigentumswohnungen hochgezogen hatte, und dann findet er viel zu spät heraus, dass er gar keine eindeutige Besitzurkunde für das Land hat, das zu einem Teil der Giacano-Familie gehört. Während er also versucht, die Giacanos vor Gericht hinzuhalten, schicken die No Duh los, der sofort Nachschlüssel aller Türen machen lässt, alle Toiletten verstopft und die Schränke mit billigem Alk vollstellt, anschließend karrt er so etwa zwanzig Saufbrüder von der Straße ran und sagt denen, sie sollen sich mal so richtig amüsieren. Nach allem, was ich gehört hab, mussten die Putzkolonnen die Teppiche mit Schaufeln sauberkratzen."

Er lachte, schob seinen Porkpie nach hinten und klemmte sich eine Zigarette in den Mundwinkel. Seine Hand wirkte riesig im Vergleich zu seinem Zippo. Mir fiel auf, dass er nicht ein einziges Mal zu den Caluccis rübersah.

„Warum der Stress mit so einem Kerl, Clete?", fragte ich.

Die gute Laune verschwand aus seinem Gesicht, und sein Blick wanderte zum hinteren Teil des Restaurants.

„Ich habe Martina die zwei Riesen gegeben, damit sie die Caluccis auszahlen kann. Und weißt du was? Die haben ihr gesagt, das reicht gerade mal für die Zinsen. Sie würde ihnen immer noch zwei Riesen schulden. Gestern Abend sind wir dann nach der Vorstellung heimgekommen, und da versteckt sich Dolowitz im Gebüsch neben Martinas Garage. Ich frag ihn natürlich, was zum Teufel er da zu suchen hat.

Er behauptet, er wohnt zwei Blocks weiter, oben am Audubon Park, und er hätte nur seinen Hund ausgeführt. Ich sag, ‚Das ist aber komisch. Ich sehe hier gar keinen Hund.' Und er dann so, ‚In echt, Purcel. Weil, mein Hund, also, der ist mir nämlich weggelaufen.' Ich so, ‚Oh, ich verstehe. Deshalb lungerst du jetzt da im Gebüsch rum.' Er so, ‚In echt, mein kleiner Schnelldenker', sagt er.

Ich dann so, ‚Ich hab hier noch ein kleines Problem, No Duh. Leute wie du wohnen nicht am Audubon Park. Sofern das Viertel nicht kürzlich für Atommeiler und Giftmüll neu zoniert wurde. Wenn ich mich recht entsinne, wohnst du doch in so einem Drecksloch am Industrial Canal. Also, warum versteckst du dich hier neben Martinas Garage, und wenn du mir noch einmal mit einer klugscheißerischen Antwort kommst, stopf ich deine verbeulte Nuss in das Auspuffrohr von meiner Karre.'

Daraufhin legt er seine Finger an die Mundwinkel und zieht die Lippen so weit auseinander, bis er aussieht wie ein Halloween-Kürbis. Kann man so einem Kerl glauben? Ich sage, ‚No Duh, deine Mutter muss dich in diese Welt geschissen haben', und ich drücke ihn an die Wand und filze ihn, und was finden wir da? Unser Mann hat ein Fläschchen Salzsäure in der Hosentasche."

„Kapier ich nicht. Dolowitz ist doch kein Mann fürs Grobe", sagte ich.

„Ich hab's zuerst auch nicht verstanden. Na ja, und außerdem lief die Zeit der Nachsicht mit Dumpfbacken ab. Deshalb ich so, ‚Was hast du denn hiermit vor, Arschgesicht?' Plötzlich ist er wie ein Typ, der gerade eben nüchtern geworden ist. Er so, ‚Ist doch nur für einen Streich, Purcel. Ich tu doch keinem weh.' Und das war dann der Moment, in dem ich ihm die Mülltonne über die Nuss geschraubt hab, dann hab ich einen Baseballschläger aus meinem Wagen geholt und ihn die Gasse rauf und runter gedroschen. Schließlich brüllt er in der Tonne, ‚Ich wollte ihr das doch nur in den Benzintank kippen! Mit dem ganzen Rest hätt ich nix zu tun gehabt!'

Willst du wissen, was er mit ‚dem ganzen Rest' meinte?" Clete drückte seine Zigarette im Aschenbecher aus. Wieder warf er einen Seitenblick in den hinteren Teil des Cafés. „Martina beginnt um zehn Uhr abends ihre Schicht als Cocktail-Kellnerin in einem Club in Gretna. Dolowitz wollte an ihrem Wagen rumpfuschen, damit dieser irgendwo auf der Strecke zwischen ihrer Wohnung und der Arbeit liegenbleibt. Ein Typ sollte ihr folgen. Willst du hören, wie No Duh es ausgedrückt hat? ‚Max und Bobo Calucci haben so einen Geek für sich arbeiten, ist auch kein normaler Profikiller, Purcel, eher ein Typ, der Leute richtig übel aufmischen kann, auf eine Art, an die noch nie irgendwer gedacht hat.'"

Clete stützte einen Ellenbogen auf den Tisch und schob einen Daumennagel zwischen seine Zähne.

„Findest du, ich hab den guten alten Dogshit zu hart rangenommen?", fragte er.

„Sir, würden Sie bitte Ihre Lautstärke drosseln?", sagte der Manager ruhig, der hinter seiner Kasse hervorgekommen war.

„Ja, ja, ja", erwiderte Clete und wedelte entschuldigend mit einer Hand.

„Meinst du, das könnte Buchalter sein?", fragte ich.

„Vielleicht. Allerdings weiß ich nicht, wie er mit den Schmalzköppen da hinten klarkommen sollte."

„Vielleicht hat er irgendwas mit Tommy Lonighans Interesse an dem Nazi-U-Boot zu tun, und jetzt hat sich Lonighan ja mit den Caluccis eingelassen. Jedenfalls war er letzte Nacht in meinem Haus", sagte ich.

„Er war *was*?"

„Hat in unserem Wandschrank gestanden und uns beobachtet, als wir schliefen."

„Herr im Himmel, Dave!"

„Er hat die hintere Fliegentür zerschnitten, den Riegel rausgehebelt und ist im Haus herumgelaufen. Und *ich* hab ihn nicht gehört!"

Clete lehnte sich auf seinem Stuhl zurück.

„Mann, der Typ ist echt eine ganz neue Sorte", sagte er. „Ich dachte, falls er je zurückkommt, dann um dich kaltzumachen."

„Meint ihr nicht, das eigentliche Problem ist, dass ihr beide keinen Schimmer habt, womit ihr es wirklich zu tun habt?“, fragte Oswald Flat.

Wir sahen ihn beide an. Die Ansteckfliege saß schief an seinem Jeanshemd. Die blassen Augen sahen hinter seiner Brille so groß aus wie die einer Eule.

„Ihr könnt den Burschen nicht finden, weil er vielleicht ja gar kein Mensch ist“, meinte er. „Vielleicht habt ihr es ja mit einem Dämon zu tun. Schon mal daran gedacht?“

„Ich jetzt nicht wirklich“, antwortete ich.

„Es ist nicht mehr lange bis zum Ende des Jahrtausends“, sagte der Reverend.

„Und?“, fragte ich.

„Mein Sohn, ich will ja nicht grausam zu dir sein, aber als Hirn verteilt wurde, hast du da vielleicht versehentlich ’ne Handvoll Schweinescheiße erwischt?“

Er schwieg kurz, um diese Verlautbarung einsickern zu lassen.

„Die Prophezeiung steht doch ganz klar bei Nostradamus. Der Antichrist wird mit seinem Gefolge auf die Erde losgelassen“, dozierte er. „Nennt mich einen Narren. Aber du bist doch Polizist, und das Beste, was du hast, ist nicht mal Pferdekacka auf Eis wert, stimmt’s oder hab ich recht?“

Ich sah ihn stumm an. Sein kurzes, stumpfes Haar war ordentlich gekämmt und fast genau in der Mitte gescheitelt. Seine ausgewaschen wirkenden Augen blinzelten nicht und schienen Kenntnis von einem Wissen zu haben, mit dem andere nichts anzufangen wussten.

Der Kellner stellte Teller mit frittierten Schweinekoteletts, Grünzeug und der Cajun-Spezialität *Dirty Rice* vor ihn und Clete hin.

„Du willst nichts essen, mein Sohn?“, fragte Oswald Flat.

„Nein, danke.“

„Hab ich dich beleidigt?“

„Überhaupt nicht“, antwortete ich.

Clete senkte seine Gabel auf den Teller und warf erneut einen Blick in den hinteren Teil des Restaurants.

„Sieht ganz so aus, als wären die Vitalis-Zwillinge gleich fertig mit ihrem Mittagessen. Ich weiß nicht, ob man es denen so leicht machen soll, sich einfach von hier zu verziehen“, sagte er.

„Lass es“, sagte ich.

„Vertrau mir.“

„Das ist mein Ernst, Clete. Baxter hat dich ohnehin auf dem Kieker. Spiel ihm nicht noch in die Hände.“

„Du machst dir zu viel Sorgen, Mann. Wird Zeit, mal einen Blick auf die Jukebox zu werfen, auf den alten Hippy-Dippy aus Mississippi, jawohl, genau der, Mr. Jimmy Reed. Bin sofort zurück ...“

Clete schlenderte nach hinten, vorbei am Tisch der Caluccis, wobei ihm nicht anzumerken war, dass er um ihre Anwesenheit wusste. Er steckte einen Vierteldollar in den Münzschlitz der Jukebox und wählte *Big Boss Man*, dann fing er an, mit den Fingern zu schnippen und mit der rechten Handfläche auf die geballte linke Faust zu schlagen, während er sich die restliche Titelauswahl ansah. Von hinten sah sein Nacken so stabil aus wie ein Hydrant.

Der Blick des Predigers pendelte zwischen Clete und den Caluccis hin und her. Seine dritten Zähne wirkten irgendwie unnatürlich und viel zu weiß.

„Er kommt schon klar, Reverend. Clete lässt die Leute einfach gern wissen, dass er in der Nähe ist", sagte ich.

Aber Oswald Flat erwiderte nichts. Er hatte rote Flecken im Gesicht und Faltennester in den Augenwinkeln.

„Spielen Sie Gitarre?", fragte ich.

„Ich hab mal mit Reno und Smiley gespielt, ich hab mit Jimmy Martin gespielt und auch mit den *Sunny Mountain Boys*. Besser geht's gar nicht", sagte er. Doch sein Blick blieb auf die Caluccis geheftet, während er sprach.

Clete setzte sich wieder zu uns, und seine grünen Augen funkelten, während Jimmy Reed im Hintergrund sang.

Die Caluccis beobachteten ihn inzwischen. Clete legte seine Hände zu einem Rahmen zusammen, die Daumen aneinandergelegt, dann drehte er diesen Rahmen hin und her, linste hindurch zu Max und Bobo, so wie ein Filmregisseur es vielleicht macht, wenn er eine dramatische Szene visualisiert. Dann fing er an, grinsend auf sie zu zeigen, und bewegte dabei seinen Finger im treibenden Rhythmus von *Big Boss Man*.

„Hör auf damit, Clete", sagte ich.

„Die müssen wissen, dass sie verpfiffen worden sind, Mann. Man darf einen Scheißkerl nie vergessen lassen, dass er ein Scheißkerl ist. Man muss sie unter den Kanaldeckeln halten, mein Freund."

„Ihr seid beide anständige Kerle", sagte Oswald Flat, „aber der eine ist so stur wie der andere."

„Entschuldigung?“, sagte Clete.

„Du kannst das Böse nicht austricksen. Du kannst es nicht überlisten, du machst keine Späße mit ihm, genauso wenig wie du ein Feuer veralberst oder beherrschst, wenn du deine Hand in die Flammen hältst.“

„Mit Ihnen alles in Ordnung, Reverend?“, fragte ich.

„Nein, ganz und gar nicht.“

Seine sonnengebräunten, mit Leberflecken übersäten Hände lagen flach auf dem Tischtuch. Seine Fingernägel erinnerten an hakenförmige Schildkrötenpanzer.

„Wo liegt das Problem, Partner?“, fragte ich.

„Die haben mir meinen Jungen genommen.“

„Wer?“, fragte Clete.

„Er ist mit Einstichnarben am Arm aus Vietnam zurückgekommen. Hat ihm auch nicht geholfen. Bundeskrankenhäuser, Gefängnisse, Entzugsprogramme, er hat immer alle Drogen, die er brauchte, von Typen wie denen da drüben kriegen können. Bis er sich schließlich damit umgebracht hat.“

Die Musik aus der Jukebox hörte auf. Clete sah mich an und hob die Augenbrauen. Oswald Flat zog die purpurne Rose aus der billigen Vase in der Mitte des Tischs und trennte den grünen Stängel mit dem Fingernagel ab.

„Hey, Moment mal, Bruder. Wohin willst du?“, fragte Clete.

Oswald Flat steuerte auf den hinteren Teil des Restaurants zu. Er bewegte sich wie ein Krebs, die Schultern zu einer Seite geneigt, die Rose locker in der rechten Hand. Die Caluccis waren gerade mit ihrem Dessert und dem Kaffee fertig und beachteten den Mann mit der Ansteckfliege zunächst nicht, der vor ihnen auftauchte.

Max beendete gerade seine Unterhaltung mit einer Frau mit toupierten blonden Haaren neben sich und sah zu Oswald Flat auf.

„Was?“, schnauzte er. Als Flat ihm nicht antwortete, sagte Max wieder: *„Was?“*

Mittlerweile sah auch Bobo den Prediger an.

„Hey, er redet mit dir. Hast du ein Problem?“, fragte er.

Die Leute an den Tischen in der Nähe hatten inzwischen ihre Unterhaltungen eingestellt.

„Hey, was ist mit dir? Findest du die Herrentoilette nicht, oder was?“, fragte Max.

Die Blondine neben ihm begann zu lachen, dann sah sie in Oswald Flats Gesicht und senkte schnell den Blick.

„Ihr bildet euch ein, ihr wärt so viel anders als die farbigen Dealer, ja? Ihr glaubt alle, euch könnte es nicht treffen, ja?“, sagte der Prediger.

„Was? Was kann uns treffen?“, fragte Max.

„Eure Haut ist weiß, aber euer Herz ist rabenschwarz, genauso wie bei denen, denen es herausgeschnitten wurde.“

Jetzt herrschte praktisch Totenstille im Restaurant. In der Küche hörte irgendwer auf, Essensreste in einen Mülleimer zu kratzen.

„Hör zu, du Arsch von einer Brillenschlange, falls Purcel und dieser Cop dich rübergeschickt haben …“, setzte Max an.

Oswald schnippte ihm die purpurne Rose ins Gesicht. „Du bist verloren, törichter Mann“, sagte er. „Ich an deiner

Stelle würde so viel Eiswasser trinken, wie ich könnte, solange ich noch die Gelegenheit dazu hätte. In der Hölle ist es heiß, und es gibt da unten verdammt wenig Schatten."

Reverend Oswald Flat packte seinen Gitarrenkoffer, setzte sich seinen Tropenhelm auf und marschierte durch die Tür hinaus in den strömenden Regen.

* * *

Als ich bei Baton Rouge den weiten, braunen Bogen des Mississippi überquerte und über das Atchafalaya Basin nach Hause fuhr, dachte ich darüber nach, was Oswald Flat über Will Buchalter gesagt hatte.

Es klang wie das Zeug, das in einer Zeltmission der Erweckungsprediger in den Appalachen passiert, wo die Wiedergeborenen ihre Arme in Kartons voller Giftschlangen versenken.

Aber die Schlussfolgerung des Predigers, dass wir es hier mit einer Fleischwerdung des Teufels zu tun hatten, war weder verschroben noch sonderlich originell und taugte, ähnlich wie bei einigen anderen Fällen, an denen ich gearbeitet hatte, als Erklärung für anomales menschliches Verhalten so gut wie jede andere.

Vor zehn Jahren, als Clete und ich noch bei der Mordkommission des NOPD waren, ermittelten wir in einem Fall, den bis heute niemand zufriedenstellend erklären konnte.

Ein fünfunddreißigjähriger kleiner Bauunternehmer wurde beauftragt, eine Sonnenterrasse an einem Haus in einem alten Wohnviertel abseits der Canal Street zu bauen. Er war angesehen, sah adrett aus, war verheiratet, besuchte jede Woche mit Ehefrau und Sohn den Gottesdienst und war noch nie, auf welche Art auch immer, mit dem Gesetz in Konflikt geraten. Zumindest wussten wir davon nichts.

Die Familie, die ihn mit dem Anbau an ihr Haus beauftragt hatte, waren rumänische Zigeuner, die als Slumlords in den Schwarzen-Vierteln jenseits der Magazine Street reich geworden waren. Ihr Haus im spätviktorianischen Stil hatte gebohnerte Eichendielen, deckenhohe Fenster, kleine Balkone mit überhängenden Passionsblumen, einen Pool und einen Freizeitraum mit in den Boden eingelassenem Whirlpool.

Sie dachten so gut von dem Bauunternehmer, dass sie ihn mit ihren beiden Töchtern allein ließen, die zwölf und fünfzehn waren.

Der Vater hätte eigentlich den ganzen Tag außer Haus sein sollen, weil er sich um seine mehrere Kilometer entfernten Mietobjekte kümmern musste. Stattdessen kam er unerwartet zum Mittagessen nach Hause. Jemand wartete auf ihn hinter der Wohnzimmertür und jagte ihm aus einer .22er Magnum eine Kugel ins Ohr. Das Projektil trat auf der gegenüberliegenden Wange wieder aus und schlug in der Wand dahinter ein.

Niemand hörte den Schuss. Gegen ein Uhr nachmittags sahen Nachbarn den Bauunternehmer im Buick des Vaters davonfahren. Drei Stunden später kehrte die Mutter vom Einkaufen zurück und fand ihre beiden Töchter ertränkt im Whirlpool vor. Jemand hatte sie an Knöcheln und Handgelenken mit Isolierband gefesselt. Beide waren vergewaltigt worden.

Der Bauunternehmer verpfändete sein Werkzeug, seine Armbanduhr und seinen Ehering an drei verschiedenen Stopps zwischen New Orleans und Pensacola, Florida, wo er schließlich verhaftet wurde, nachdem ein Telefonat mit seiner Frau zu einem dortigen Motel zurückverfolgt werden konnte. Clete Purcel und ich holten ihn aus dem Stadtgefängnis von Pensacola zurück nach New Orleans.

Er war ein durchaus sympathischer Mann; er hatte nichts von einem Mörder; er verfügte über gute Manieren und benutzte keine vulgären Ausdrücke; er klagte kein einziges Mal darüber, die Fahrt unbequem an einen Ring auf dem Rücksitz gefesselt verbringen zu müssen.

Bei seinem Prozess behauptete er, einen totalen Blackout gehabt zu haben, er besitze keinerlei Erinnerung an die Ereignisse in dem Haus, aber eine diffuse, panische Angst ohne jeden erkennbaren Grund habe ihn veranlasst, über die I-10 auf die Halbinsel von Florida zu fliehen.

Mehrere Staatsanwälte, offiziell bestellte Psychologen und Journalisten entwickelten jedes nur erdenkliche Szenario, um das Verhalten des Bauunternehmers erklären zu können: Er nehme heimlich LSD, er sei in Vietnam Bordschütze bei den Marines gewesen, er sei hoch verschuldet und schwebe am Rand eines Nervenzusammenbruchs. Oder, erheblich beunruhigender, man habe ihn einmal in einem Einkaufszentrum mit einem Highschool-Mädchen aus seiner Nachbarschaft gesehen, deren erdrosselte und bereits verweste Leiche später in einem Sumpf nördlich des

Lake Pontchartrain gefunden worden war. Auf ihren Knöchel war ein Pentagramm tätowiert. Es gab ausschließlich Indizienbeweise gegen ihn. Seine Fingerabdrücke fanden sich weder im Freizeitraum, wo die Mädchen gestorben waren, noch auf dem Isolierband, mit dem sie gefesselt wurden. Auch war das Band nicht die Marke, die er sonst immer im Großhandel erwarb. Unter den Fingernägeln der toten Mädchen fanden sich keine Hautpartikel.

Wahrscheinlich wäre er freigekommen, hätte er sich einen besseren Anwalt leisten können. So aber verurteilten ihn die Geschworenen wegen Mordes mit bedingtem Vorsatz, vielleicht weniger aus Überzeugung von seiner Schuld als vielmehr aus Angst, dass er wirklich schuldig sein könnte und wieder töten und vergewaltigen würde, ließe man ihn laufen.

Seine Freunde und Angehörigen waren fassungslos, konnten es nicht glauben. Der Pastor seiner Gemeinde sammelte Geld, um Berufung gegen das Urteil einlegen zu können. Seine Gemeindemitglieder brachten zwanzigtausend Dollar für die Verurteilung des wahren Mörders auf. Zwei Anwälte der *American Civil Liberties Union* übernahmen den Fall des Bauunternehmers.

Clete und ich hatten den Tatort mindestens ein Dutzend Mal untersucht. Wir mussten an die hundert Leute vernommen haben. Wir beschlossen, wenn wir nicht schlüssig die Schuld dieses Mannes beweisen könnten, dann würden wir seine Unschuld beweisen.

Was uns ebenfalls nicht gelang. Alles, was wir ermitteln konnten, war eine Lücke von zwei Jahren im jüngeren

Leben des Bauunternehmers, während derer er keinerlei Schriftstücke oder Unterlagen welcher Art auch immer hinterlassen hatte. Fast war es, als hätte er sich für diese Zeit durch den Seitenausgang in eine andere Dimension verzogen. Wir gelangten ebenfalls zu dem Schluss, und zwar mit einem akzeptablen Grad an Sicherheit, dass von dem Zeitpunkt, an dem der Bauunternehmer zur Arbeit erschienen war, bis zu dem Zeitpunkt, an dem er mit dem Buick vom Tatort geflüchtet war, abgesehen vom Vater niemand sonst das Haus betreten oder verlassen hatte.

Damit wurde es zu einem Fall, dessen Akte man am Ende schließt und hofft, dass der richtige Mann im Gefängnis gelandet ist. Clete und ich waren beide froh, als wir hörten, dass die Entscheidung des erstinstanzlichen Gerichts aufgehoben worden war und schon bald ein neuer Prozesstermin festgesetzt werden würde. Vielleicht konnte ja jemand anderer beweisen oder widerlegen, wozu wir nicht imstande gewesen waren.

Drei Tage später griff im Angola ein psychotischer Häftling, ein Lebenslänglicher, den Bauunternehmer mit einem Zuckerrohrmesser an und durchtrennte sein Rückenmark mit einem Hieb quer über den Nacken. Der Leichnam war in einem Beerdigungsinstitut in Metairie aufgebahrt, als die Mutter und Tanten der ermordeten Mädchen in den Raum stürmten, wie Shakespeare'sche Hexen hysterisch kreischten und Urinbeutel auf den Toten warfen.

Lange Zeit hatte ich einen immer wiederkehrenden Traum von dem Bauunternehmer. Er wachte in der Schwärze seines Sarges auf und begriff, dass viele Tonnen

Erde über ihn geschoben und festgestampft worden waren. Er konnte weder seine Schultern bewegen noch seinen Körper drehen gegen die harten, mit Seide ausgeschlagenen Konturen des Sarges, und seine Schreie drangen nicht weiter als bis zum Sargdeckel, der keine fünf Zentimeter über seinem Mund schwebte.

Während die Zeit verstrich und seine Nägel und Augenbrauen und Haare lang wurden und schließlich den mit Luft gefüllten Hohlraum um ihn herum ausfüllten und er begriff, dass sein Tod auf eine Weise hinausgezögert werden würde, die kein Sterblicher für möglich hielt, begann er über Möglichkeiten nachzudenken, wie er sich noch tiefer, noch schmerzhafter in unser aller Erinnerung einbrennen könnte.

Er würde uns anderen ein Geheimnis über seine Seele offenbaren, die unsere Vorstellung über unsere gemeinsame Herkunft für immer verändern sollte. Mit Nägeln, die gelb und scharf waren wie Krallen, schnitt er sein Geständnis in das Seidenfutter über sich, sein Mund rot vor Häme, als er uns mit einem finsteren Wissen über uns selbst von Neuem verletzte.

Aber das waren nur meinen Träumen erwachsene Bilder. Vielleicht war der Bauunternehmer unschuldig. Oder vielleicht begann er auch, in dem Mordhaus eine Fantasie auszuleben, versuchte eines der Mädchen zu verführen, und fand sich dann in einem kaleidoskopischen Albtraum gefangen, dessen Konsequenzen ihn einschüchterten und aus dem er sich nicht mehr befreien konnte.

Ich weiß es nicht. Zehn Monate in der Schusslinie in

Vietnam, zwanzig Jahre bei der Polizei und ein langer Ausflug in die nächtliche Welt des neondurchzogenen Regens und whiskeygetränkter Rosen haben mich, soweit es die menschliche Natur betrifft, nicht weiser gemacht, als ich es mit achtzehn gewesen war.

Aber Reverend Oswald hatte eine andere Bemerkung gemacht, die mich zwang, einen grundlegenden logischen Schluss erneut zu prüfen, auf dessen Grundlage ich bisher gebaut hatte: „Ihr denkt, das eigentliche Problem ist, dass ihr alle keinen Schimmer habt, womit ihr es wirklich zu tun habt?"

Es war mir nicht möglich gewesen, irgendwo irgendwelche Unterlagen über einen Mann namens Will Buchalter zu finden.

Warum? Vielleicht, weil das nicht sein Name war.

Ich war von Anfang an davon ausgegangen, dass Buchalter kein Pseudonym war, dass der Mann, der die Integrität meiner Frau und meines Hauses verletzt hatte, ein Verwandter von Jon Matthew Buchalter war, einem der Gründer der *Silver Shirts.* Es war eine naheliegende Vermutung. Würde jemand den Namen von Hitler oder Mussolini als Pseudonym wählen, wenn er vermeiden wollte, Aufmerksamkeit zu erregen?

Vielleicht hatte mich der Mann, der sich Will Buchalter nannte, auf den Holzweg geführt, und ich war darauf hereingefallen.

Zeit für ein weiteres Gespräch mit Hippo Bimstine.

* * *

Aber diese Gelegenheit bekam ich leider nicht. Um sieben Uhr am nächsten Morgen ging ich zu einem Meeting der *Anonymen Alkoholiker*, um die Hilfe für Bootsie zu besorgen, die ich ihr selbst nicht geben konnte. Und schon zwei Minuten, nachdem ich mein Büro betreten hatte, erhielt ich einen Anruf von Lucinda Bergeron aus New Orleans.

„Hey, Lucinda. Was gibt's?", fragte ich.

„Das East Baton Rouge Parish Sheriff's Department hat gerade eben einen Kurier mit einer Ladung mexikanischem Tar im Kofferraum eingelocht. Das ist jetzt seine vierte Festnahme. Er sagt, für einen Strafnachlass liefert er jeden ans Messer, gegen den er aussagen kann."

„Und?"

„Abgeliefert werden soll das Dope in New Orleans. Deshalb hat Baton Rouge uns angerufen. Der Typ sagt, das Tar geht in die Siedlungen."

„Ich verstehe immer noch nicht."

„Er behauptet, die Calucci-Brüder verticken den Stoff. Allem Anschein nach versuchen sie, sich in den Sozialbausiedlungen breitzumachen. Der Typ sagt jedenfalls, er kann sie ans Messer liefern."

„Das bezweifle ich."

„Warum?"

„Max und Bobo haben immer drei oder vier Mittelsmänner zwischen sich und mit wem oder mit was auch immer sie gerade Geschäfte machen."

„Ich hatte den Eindruck, die würden Ihrer Meinung nach mit Lonighan unter einer Decke stecken, und Lonighan wiederum mit diesem Psychopathen, der ständig in Ihrem Haus aufkreuzt."

„Richtig."

„Und? Haben Sie eine bessere Spur?"

„Nein, nicht wirklich."

„Gut. Wir treffen uns in zwei Stunden im Gefängnis. Außerdem bin ich heute Morgen leicht sauer auf Sie, Mr. Robicheaux."

„Ach ja?"

„Sie scheinen sich nicht aus den Angelegenheiten anderer Leute heraushalten zu können."

„Was ist es diesmal?"

„Das erzähle ich Ihnen, wenn wir uns sehen", sagte sie und legte auf.

Lucinda wusste wirklich, wie man einen ködert. Den ganzen Weg über das Atchafalaya Basin, an einem wunderschönen, windverwöhnten Herbsttag, an dem ich eigentlich nur für die Buchten und Kanäle und überfluteten Zypressen und Weiden an der I-10 Augen hätte haben sollen, rätselte ich stattdessen, welchen neuen Sack voll Spinnen sie mir gern über den Kopf ziehen würde.

Sie erwartete mich auf dem Gefängnisparkplatz. Sie hatte eine weiße Hose und eine lila-geblümte Bluse an, die schulterlangen Haare trug sie offen. Sie hatte eine Hand auf der Hüfte und zog im Gesicht einen Schmollmund. Sie sah auf die winzige goldene Uhr an ihrem Handgelenk.

„Haben Sie noch eine Pause für ein spätes zweites Frühstück eingeschoben?", fragte sie.

„Nein, hab ich nicht. Ich komme direkt aus dem Büro. Kommen Sie wieder runter, Lucinda."

„Ich soll *runterkommen*?"

„Ja. Ich bin heute nicht in der Verfassung für solche Spielchen."

„Mein Sohn ist wieder zu Hause. Er hat gesagt, Sie haben Erkundigungen über meinen Bekanntenkreis eingezogen."

„Nein, das habe ich nicht."

„Er sagte, Sie schienen sich für die Tatsache zu interessieren, dass ich einen Weißen in meinem Haus hätte."

„Kinder bringen Dinge leicht durcheinander. *Er* hat mir diese Information freiwillig und von sich aus gegeben."

„Finden Sie, das sollte Sie überhaupt was angehen?"

„Nein. Aber ein beunruhigender Gedanke ist mir schon in den Kopf gekommen."

„Ja?"

„War's vielleicht Nate Baxter?"

Sie sah aus, als wäre gerade eine Woge Übelkeit durch ihre Adern geschwappt.

„Bleiben Sie die ganze Nacht auf, um sich solche Dinge auszudenken, die Sie dann den Leuten um die Ohren hauen können?", fragte sie.

„Ich kenne ihn seit zwanzig Jahren. Er wird versuchen, eine Frau auf jede erdenkliche Art einzuschüchtern. Falls er das Ihnen gegenüber bislang noch nicht getan hat, wird er es bestimmt noch tun. Er ist ein Dreckskerl, und das wissen Sie auch."

„Das bedeutet aber nicht, dass ich ihn in meinem Haus dulden würde."

„Okay, Lucinda, ich entschuldige mich. Aber ich weiß, was er einigen Frauen im First District angetan hat."

„Ich spendiere Ihnen später eine Tasse Kaffee, und dann erzähle ich Ihnen was über Nate Baxter. Aber erst mal wartet jetzt unser Mann."

Er hieß Waylon Rhodes und kam aus Mount Olive, Alabama. Seine Haut hatte die Farbe von Kitt, die Hände waren mit Knastkunst verziert, er hatte einen schmalen, missgestalteten Kopf und einen breiten Schlitz als Mund, dessen Lippen auf der einen Seite aussahen, als wären sie mit einem Bügeleisen bearbeitet worden. Sein vor der Zeit ergrautes Haar war zu einer Art Entenschwanzfrisur gekämmt, und seine Augen flatterten, wie es für Speed-Abhängige typisch ist. Auf der Innenseite seines linken Arms befand sich die blaue Tätowierung eines Bajonetts, vielleicht war es auch ein Schwert.

Lucinda und ich saßen ihm im Vernehmungsraum an einem Holztisch gegenüber. Er rauchte eine Zigarette nach der anderen, knüllte ein leeres Päckchen zusammen und riss bereits das Zellophan des nächsten auf. Die Rückseiten seiner Finger waren gelb von Nikotin, sein Atem roch wie ein Aschenbecher.

„Es gibt überhaupt keinen Grund, nervös zu sein, Partner", sagte ich.

„Ihr wollt alle, dass ich die Caluccis ans Messer liefere. Ist das vielleicht kein Grund, nervös zu sein?", erwiderte er.

„Sie *müssen* überhaupt niemanden ans Messer liefern. Zumindest müssen Sie das nicht uns zuliebe tun. Stress haben Sie mit den hiesigen Kollegen", sagte ich.

„Sagen Sie mir das nicht, Mann. Ihr habt mir doch alle schon ’ne Dachlatte in den Arsch geschoben.“

„Achten Sie doch bitte auf Ihre Wortwahl, ja?“, sagte ich.

Er rauchte, stützte dabei einen Ellenbogen auf dem Tisch ab, nahm einen gierigen Zug nach dem anderen, fast als zöge er sich einen Joint rein, und manchmal drückte er ängstlich mit einem gelben Daumen die Unterlippe gegen die Zähne.

„Das sind echt gefährliche Leute, Mann“, sagte er. „Die haben mal einen Typen auf einen Tisch gefesselt und ihm dann bei lebendigem Leib dreißig Pfund Fleisch rausgeschnitten.“

„Ich verrate Ihnen jetzt mal den einzigen Deal, den Sie heute bekommen“, sagte Lucinda. „Wir können dieses Gespräch hier jederzeit beenden, wenn Sie es wünschen. Sie müssen es nur sagen, und schon sind wir weg. Dann dürfen Sie jeden Sonntagnachmittag zwischen zwei und vier Besuch empfangen.“

„Was sie damit meint, Waylon, ist Folgendes: Wir haben uns besonders bemüht, dich heute zu sehen. Wenn das hier alles nur Zeitverschwendung ist, dann sag's uns lieber jetzt sofort.“

Er drückte seine Zigarette aus und fing an, eine Hand auf der anderen zur Faust zu ballen. Lass ihn von was ganz anderem erzählen, dachte ich.

„Woher hast du das Tattoo von dem Schwert da?“, fragte ich.

„Das ist ein Bajonett. Ich war bei den Fallschirmjägern. Die Hundertste.“

„In deiner Akte steht was von Navy und einem Schiffsgefängnis in Portsmouth."

„Das ist falsch."

„Was können Sie uns über Max und Bobo erzählen?", fragte Lucinda.

„Die dealen."

„Werden sie bei der Übergabe dabei sein, Waylon?", fragte ich.

Er fing an, auf seiner Unterlippe herumzukauen. Seine Augen flatterten, als stünden sie unter Strom.

„Da ist ein Hit geplant. Ein echt großer", sagte er.

„Ja?", fragte ich.

„Ja."

„Und wer soll umgelegt werden, Waylon?"

„Zwei Itaker in Mobile haben gequatscht, als ich das Dope abgeholt hab."

„Besonders hilfreich sind Sie ja nicht, Waylon", sagte Lucinda.

„Es stecken auch Nig… Es stecken auch schwarze Leute mit drin. New Orleans ist eine gottverdammt schräge Scheißstadt. Was weiß ich denn?"

„Wär schon besser, wenn du wenigstens *etwas* wüsstest, Partner, denn andernfalls wird deine nächste Runde im Bau einige Jahrzehnte dauern", sagte ich.

„Die werden einen Typen umlegen, der eigentlich nicht umgelegt werden soll. Das haben diese Spaghettis wenigstens so gesagt. Mehr weiß ich auch nicht, Mann."

„Falls dir noch was einfällt, rufst du uns einfach an, okay?", sagte ich.

Er fuhr mit einer Hand durch sein grau meliertes Haar. Seine Handfläche war schweißnass.

„Ich bin krank. Ich muss in ein Krankenhaus", sagte er.

„Was bedeutet denn das Schwert auf deinem Arm?", fragte ich.

Er vergrub das Gesicht in seinen Händen. „Ich sag gar nichts mehr", murmelte er. „Ich bin krank. Ich brauche irgendwelche Medikamente."

„Wie oft am Tag setzt du dir einen Schuss, Waylon?", fragte ich.

„Ich bin auf drei runter. Hör zu, Mann, bringt mich in ein Krankenhaus, und vielleicht kann ich euch allen dann auch gleich viel besser helfen."

„So läuft es nur leider nicht, Partner", sagte ich und schob meine Visitenkarte unter seinen Arm. „Ruf uns an, wenn dein Gedächtnis wieder anständig arbeitet."

Eine halbe Stunde später verließen Lucinda und ich mit Kaffee und Gebäck eine Konditorei in der Innenstadt. Wir setzten uns auf eine steinerne Bank in einem kleinen Park neben dem Parlamentsgebäude. Es war ein blau-goldener Tag mit einer milden Brise vom Mississippi, und die Rasenflächen des Parks leuchteten hellgrün im Sonnenlicht.

„Warum haben Sie immer wieder nach dem Schwert gefragt?", wollte Lucinda wissen.

„Ich glaube, es ist das Logo einer Neonazi-Gruppe oder irgendeiner rassistischen, rechtsextremen arischen Organisation."

„Für mich sah die Tätowierung wie ein Bajonett aus."

„Ja, vielleicht. Aber er ist ein Speed-Junkie, genau wie der Kerl, der sich in eurer Ausnüchterungszelle gegrillt hat. Buchalter hat mich einmal angerufen, und da hat er geklungen, als käme er gerade von einem Trip runter. Vielleicht ist es ja so, wie Hippo Bimstine sagt, wir sprechen hier von Speed-frittierten Neonazi-Zomboiden."

„Meinen Sie, Waylon Rhodes wird uns irgendwen ausliefern?"

„Er wird's versuchen, wenn er anfängt durchzudrehen. Aber wenn's so weit ist, werden Sie nichts mehr von dem vertrauen können, was er dann von sich gibt."

„Ich glaube ihm, was diesen Mord angeht. Wenn sie lügen, dann sind sie nicht vage und unbestimmt."

Ich nahm einen Bissen von meinem Gebäck und trank einen Schluck aus dem Pappbecher.

„Warum so schweigsam?", fragte sie.

„Kein besonderer Grund. Was wollten Sie mir über Nate Baxter erzählen?"

„Ich glaube nicht, dass er ein Auge auf mich geworfen hat, das ist eigentlich schon alles."

Ich nickte.

„Ein weißer Vorgesetzter, der versucht, einem schwarzen weiblichen Beamten an die Wäsche zu gehen, macht nicht solche rassistischen Bemerkungen", sagte sie.

„Sie müssen mir nichts über Nate Baxter erzählen, Lucinda."

„Er hat gesagt, Ben Motley wäre dorthin gekommen, wo er heute ist, weil er fleißig Wassermelonenkerne gespuckt und sich mit ganz vielen *Yessirs* bei den Weißen eingeschleimt hat. Er hat gesagt, ich würde das nie tun müssen, denn ich wäre smart, und ich hätte auch einen netten Arsch. Na, ist das charmant, oder was?"

„Nate ist ein ganz besonderer Typ."

„Das glaube ich nicht. Nicht für eine schwarze Frau."

„Unterschätzen Sie ihn nicht, Lucinda. Er hat im Quarter eine Nutte vergewaltigt und sie zum Analverkehr gezwungen. Anschließend hat er sie aus der Stadt gejagt, bevor irgendwer von der Dienstaufsicht mit ihr reden konnte."

Sie hörte auf zu essen und sah über den Rasen zu ein paar Kindern hinüber, die durch die Kamelien tobten. Dann legte sie ihr Stück Kuchen auf eine Serviette auf ihrem Schoß und wischte sich den Puderzucker von ihren Fingern.

„Ich bin bei meiner Tante aufgewachsen", sagte sie. „Sie war Prostituierte. Ein Weißer hat versucht, sie im Hinterhof einer Bar an der Calliope zu vergewaltigen. Sie hat ihn erschossen. Was sagen Sie dazu?"

„Ist sie dafür in den Bau gewandert?"

„Ja."

„Dann hat er sie sogar noch aus dem Jenseits vergewaltigt. Zeigen Sie Baxter an, wenn er Ihnen zu nahe kommt oder wenn er eine weitere unanständige Bemerkung fallen lässt."

Sie stand auf und ging zu einem Mülleimer, ließ ihren Pappbecher und den Rest des Gebäcks hineinfallen und setzte sich dann wieder auf die Bank. Die Brise blies in ihre geblümte Bluse.

„Versuchen Sie nicht, zu mauern, was diesen Auftragsmord betrifft“, sagte sie. „Wen können die Schmalzlocken nicht umlegen?“

„Politiker.“

„Wen noch?“

„Normale Leute, die ehrlich sind. Besonders, wenn sie einflussreich sind.“

„Kommen Sie, Robicheaux.“

„Könnten Sie bitte aufhören, mich beim Nachnamen zu nennen? Das erinnert mich so an die Army.“

„Wer noch?“

„Ohne vorherige große Abstimmung legen sie keine anderen Mafiosi um.“

„War’s das?“

„Cops“, sagte ich.

Sie sah mir ruhig in die Augen und biss behutsam auf ihre Unterlippe.

* * *

In dieser Nacht träumte ich von einer trostlosen Küste, die wie geschichteter weißer Lehm aussah. Darauf ein einzelner Baum, dessen gekräuselte, abgestorbene Blätter erstarrt waren vor dem Hintergrund eines elektrisch blauen Himmels. Das Meer hätte eigentlich von Fischen wimmeln müssen, doch es war angeschlagen, wie das Land, seine chemisch-grünen Tiefen bar jeden Lebens bis auf die Besatzung eines deutschen U-Boots, die mit Reserveluftflaschen auf den Rücken an die Wasseroberfläche durchbrach, die knochenharten weißen Gesichter leuchtend vor Öl. Die

Männer sammelten sich unter dem Baum am Strand, betrachteten ihr neues Zuhause, und dann erkannte ich, dass sie die Kinnbacken und mit Schleim verklumpten Rüssel von Tieren hatten.

Sie warteten auf ihren Führer, der wie sie dem Meer entsteigen würde, sein Antlitz knisternd vor Salz und Licht und wie Proteus auf ewig seine Gestalt verändernd, um sich zu einem von uns zu machen.

Ein Psychologe würde über diesen Traum lächeln und ihn eine Weltvernichtungs-Fantasie nennen, die apokalyptische Angst, die ein notorischer Säufer wie ich in seinem Unterbewusstsein herumschleppt oder wie man sie in den Gesichtern fundamentalistischer religiöser Fanatiker bei Erweckungsveranstaltungen sieht.

Als ich aber aus meinem Traum aufwachte, saß ich im Dunkeln und dachte über die Worte des Predigers nach. Über Dinge, die in der Mitte auseinanderbrechen, über von Blut verdunkelte Fluten und von Makrelen wimmelnde Meere, die sich von Kontinent zu Kontinent ziehen konnten mit dem nachhallenden Messing-Gong des Milleniums. Ich schlief nicht mehr ein, bis die Bäume draußen schwarz und steif wirkten in der Morgendämmerung.

17

Zwei Tage später, Samstagmorgen um halb sechs, hörte Bootsie einen Wagen auf unsere Einfahrt einbiegen. Sie stand im Nachthemd am Fenster und sah durch die Gardinen hinaus.

„Es ist jemand in einem rosafarbenen Cadillac", sagte sie.

„Vielleicht wendet er nur", sagte ich vom Bett aus. Es hing Nebel in den Bäumen, und durch das Fenster wehte ein kühler Luftzug herein.

„Nein, sie sitzen einfach da. Zwei Leute."

„Wahrscheinlich hat Batist den Laden noch nicht aufgemacht. Ich werde runtergehen", sagte ich.

„Dave ..."

„Ist schon in Ordnung. Böse Jungs parken nicht bei Sonnenaufgang in deiner Einfahrt."

Ich streifte eine Khakihose über, alte Slipper und ein Jeanshemd, dann trat ich hinaus auf die Veranda. Im Angelladen brannte Licht. Der Cadillac parkte unter den Bäumen, ich konnte zwei Gestalten auf den Vordersitzen ausmachen. Es duftete nach Blumen und feuchter Erde. Ich überquerte den Hof zum Wagen. Rechts von mir hörte ich Tripod am Draht seines Stalls kratzen.

Tommy Bobalouba stieg auf der Fahrerseite aus. Er trug eine gestreifte, dunkelbraune Hose, Halbschuhe mit Troddeln und ein figurbetontes, kanariengelbes Polohemd. Quer über die Nasenwurzel zog sich eine breite, verkrustete Wunde, wo ich ihm mit der Pistole ein Pfund verpasst hatte. Er lächelte. Er legte einen Finger an die Lippen und winkte mich fort vom Auto.

„Charlotte schläft", flüsterte er. „Sie ist es nicht gewohnt, so früh rauszumüssen."

„Was haben Sie hier zu suchen, Tommy?"

„Es ist Wochenende. Manchmal fahre ich gern raus aufs Land. Vielleicht kann ich ein Boot mieten, du könntest uns rausfahren."

Er kämmte sein weißes Haar, während er sich anerkennend umschaute.

„Sie sind aber nicht zufällig hier, um eine alte Rechnung zu begleichen, Partner, oder?"

„Hast du vielleicht 'ne Tasse Kaffee?"

„Wir können runter zum Angelladen gehen."

„Zum Angelladen? Was wird das hier? Die Sonderbehandlung für weißen Abschaum, oder was?"

„Meine Frau ist noch nicht angezogen."

„Ich möchte dich um einen Gefallen bitten."

„Tommy, Ihre Anwesenheit hier bereitet mir echt Schwierigkeiten."

„Was denn? Bin ich ein Bazillus, oder was?"

„Ich bin der Typ, der Ihnen mit einer .45er eins auf die Zwölf gegeben hat. Und jetzt stehen Sie hier vor meinem Haus."

„Ich bin nicht nachtragend."

„Gut. Dann werden Sie es mir auch nicht verübeln, wenn ich Ihnen jetzt vorschlage, dass Sie mich während der normalen Dienstzeiten im Büro anrufen."

„Du hast bei mir zu Hause ein paar Bemerkungen gemacht. Wegen Sachen, die ich womöglich auf dem Gewissen habe. Also, vielleicht möchte ich ja nur versuchen, ein paar Dinge richtigzustellen. Wenn du mir nicht helfen willst, schieb's dir in den Arsch."

„Ich wäre Ihnen sehr dankbar, wenn Sie auf Ihre Wortwahl achten würden, solange Sie sich auf meinem Grundstück befinden."

Die Beifahrertür ging auf, und die aschblonde Lady namens Charlotte stieg aus und streckte sich verschlafen.

„Oh, Mr. Robicheaux, unser Lieblings-Tages-Albtraum", sagte sie.

„Wir werden hier einen Kaffee trinken. Unten in seinem Laden", sagte Tommy.

„Frühstück unter Würmern. Was kann ein Mädel mehr verlangen?", sagte sie.

„Seine Frau ist noch nicht auf", sagte Tommy. Und dann, mit dem Rücken zu Charlotte, artikulierte er stumm mit den Lippen, damit ich die Worte ablesen konnte: *Hilf mir gottverdammt noch mal, Mann.*

Ich holte tief Luft und schob die Hände in die Gesäßtaschen.

„Ich entschuldige mich, Sie jetzt nicht rauf ins Haus einladen zu können", sagte ich. „Aber Batist hat Doughnuts und ein paar Schinken-Ei-Sandwiches, die ich warm machen kann."

„Mensch, das klingt ja super. Könnte ich echt drauf abfahren", erwiderte Tommy. Er verpasste mir einen kräftigen Schlag mit der flachen Hand auf den Arm.

Dann gingen wir drei den Hang zum Anleger hinunter.

Ich konnte mir Tommy Blue Eyes' wechselhaftes Verhalten nicht mal ansatzweise erklären. Er ging auf den Fußballen, redete unablässig, ließ die Schultern kreisen, und seine Blicke zuckten immer wieder vom Bayou zu den Außenbordern, die den Anleger mit dem Flug eines Schwarms von Meergänsen verließen, die die Strahlen der frühen Sonne zerteilten.

Er und Charlotte setzten sich an einen Kabeltrommeltisch unter die Markise, während ich reinging und auf einem Tablett Kaffee und Doughnuts rausbrachte.

„Ruf doch mal kurz Hippo für mich an", sagte Tommy.

„Wozu?"

„Vielleicht will ich nicht mehr verfeindet sein. Vielleicht sollten wir zusammenarbeiten."

„Rufen Sie ihn doch selbst an", sagte ich.

„Ich kriege bestenfalls drei Worte raus, dann legt er auch schon auf."

„Schreiben Sie ihm einen Brief."

„Wie seh' ich aus? Wie der heilige Valentin, oder was?" Er warf einen kurzen Blick auf seine Armbanduhr, dann hob er sie an sein Ohr und schüttelte sie. „Hast du mal die Uhrzeit?"

„Zehn vor sechs", antwortete ich.

„Okay, pass auf. Warum sollten Hippo und ich uns ständig gegenseitig ans Bein pissen? Wir sind beide in der Glücksspielbranche. Hippo ist ein guter Geschäftsmann, er wäre auch ein fairer Partner, denn er beklaut die Leute nicht. Ich möchte, dass du ihm sagst, dass ich das gesagt hab."

„Ich finde, Tommy, Sie haben ganz schön Nerven …"

Er nahm die Kaffeetasse vom Mund und zeigte mit vier starren Fingern auf seine Brust. „Du kommst raus zu meinem Haus, du hältst mir einen Vortrag über Gewissen und Verantwortung, du schlägst mir eine Pistole ins Gesicht, und jetzt krieg ich auch noch 'ne Standpauke?"

„Gibt es sonst noch was, das Sie mir sagen möchten? Auf mich wartet viel Arbeit."

Er drückte einen Fingerknöchel gegen seine Zähne, dann schloss er eine Hand um meinen Unterarm, als ich Anstalten machte aufzustehen. Er nahm sie sofort zurück und gestikulierte beschwichtigend.

„Es fällt mir nicht leicht, mit Hippo zu reden", sagte er. Ich sah, wie er seine blauen Augen gequält zusammenkniff. „Er hört einfach nicht zu, er sieht alles immer nur auf seine Weise, und so ist es schon immer gewesen, er ist einfach weggegangen, als ich versucht hab, zu sagen, wie leid mir das mit seinem kleinen Bruder tut. Ich hab's schon ganz oft versucht."

„Wann?"

„Als wir Jugendliche waren."

„Das ist eine Sache zwischen Ihnen beiden, Tommy. Aber warum sagen Sie es ihm nicht noch ein letztes Mal, so ehrlich Sie können, und dann lassen Sie es dabei bewenden?"

„Aber *er* tut's nicht. Wenn wir uns auf der Straße begegnen, sieht er mich an, als wär ich angetrocknete Kacke."

„Machen Sie's gut, Tommy. Ach, und wegen neulich, da wollte ich Sie nicht schlagen. Tut mir leid, dass es passiert ist." Ich nickte der Frau kurz zu, als ich aufstand.

Er wischte sich mit dem Handrücken Doughnut-Krümel vom Mund.

„Wir werden ein Boot bei dir mieten und 'n bisschen Ausrüstung, wir gehen was angeln", sagte er. „Falls du später noch in der Nähe bist, laden wir dich zum Mittagessen ein."

„Ich bin komplett ausgebucht. Aber trotzdem vielen Dank", sagte ich und ging den Anleger hinauf zu meinem Haus, als Alafair gerade mit Tripod an seiner Kette den Hang herunterkam, um mich zum Frühstück zu holen.

Gegen Mittag waren Batist und ich draußen im kühlen Windschatten des Angelladens, servierten unseren Gästen Barbecue–Hähnchen aus unserer Grilltonne, als ich Tommy und Charlotte in einem unserer Leihboote den Bayou raufkommen sah. Der Motor war aus dem Wasser, und Tommy paddelte gegen die Strömung, er hatte einen knallroten Kopf und verzog frustriert das Gesicht, als das Boot immer wieder ausscherte. Vormittags hatte es heftig geregnet, dann aber schlagartig aufgehört. Die Haare und das Sommerkleid der Frau waren klatschnass. Sie wirkte ziemlich ungehalten.

Ein paar Minuten später betraten sie den Angelladen. Ohne um Erlaubnis zu bitten, ging die Frau hinter die Theke und nahm sich einen ordentlichen Bausch Küchenkrepp, um sich die Haare abzutrocknen.

„Ich schulde dir Geld. Ich bin mit dem Außenborder über einen Baumstamm oder so was gedonnert", sagte Tommy.

„Ist mit einkalkuliert", sagte ich.

Er tippte mit dem Finger aufs Ziffernblatt seiner Uhr.

„Wie spät ist es?“, fragte er.

Ich deutete auf die große elektrische Uhr an der Wand.

„Viertel nach zwölf. Mann, wir waren ja ganz schön lange da draußen“, sagte er. „Eine Schlange hat übrigens meinen Fisch gefressen. Das Viech ist direkt bis ans Boot gekommen und hat ihn von meinem Haken gesaugt. Machen die so was normalerweise?“

„Das nächste Mal nehmen Sie eine Kühlbox mit.“

„Gute Idee.“ Er öffnete zwei langhalsige Flaschen Bier aus dem Kühlschrank, gab eine davon der Frau, die auf einem Stuhl an einem Tisch saß und sich immer noch die Haare abrubbelte. „Schätze, wir machen uns jetzt besser vom Acker. Mir war nicht klar, dass es schon Nachmittag ist.“

Sie gingen durch die Fliegentür, dann sah ich Tommy im Schatten stehen bleiben, ein paarmal mit der einen Faust auf die andere klopfen, sich im Kreis drehen, dann wieder verharren. Er sah durch die Fliegentür zu mir herein und hob für einen Moment die Fäuste zur Kampfposition eines Boxers, fast als wollte er sparren. Er erinnerte mich an einen Geisteskranken, der sich in einem schmucklosen, leeren Raum im Kreis dreht.

Ich ging raus. Im Schatten wehte eine leichte Brise und es war kühl, aber die Sonne auf dem Wasser war hell wie gelbe Nadeln.

„Was haben Sie noch auf dem Herzen, Partner?“, fragte ich.

Er löste offensichtlich eine Verspannung, indem er den Kopf reckte und die Schultern rotieren ließ. Die Sehnen an seinem Hals beugten sich wie Schlangen. Dann schüttelte er ohne ein weiteres Wort meine Hand. Seine Handfläche fühlte sich an wie das Leder eines aufgerauten Baseballs.

„Du musst eines verstehen, Dave. Was dagegen, wenn ich dich einfach Dave nenne?"

„Machen Sie doch sowieso schon immer, Tommy."

„Ich halte mich an die Regeln. Ich breche sie nicht, zumindest nicht die wichtigen. Die Schmalzlocken haben ihre, die Cops haben welche, und wir – ich rede hier von Typen wie mir, Micks aus dem Channel, die irgendwann zu Geld gekommen sind –, wir haben auch welche. Wenn also einer die Regeln bricht, kommentier ich das nicht. Aber ich will dabei auch nicht verletzt werden. Verstehst du, was ich hier sage?"

„Nein."

„Ich hab noch nie jemandem was getan, der nicht vorher versucht hat, mir ein Ding reinzuschieben."

„Ist irgendein Mord passiert, der Ihnen nicht zupass kam?"

„Hab ich das gesagt? Muss hier wohl irgendwo ein Bauchredner sein."

„Was geht hier ab, Tommy?"

„Hier geht gar nichts ab. Ich muss nur gewisse Dinge tun, um am Leben zu bleiben. Wirfst du mir das vor? Aber das bedeutet nicht, dass ich nicht ehrlich war, was Hippo betrifft. Er war früher mein Freund. Ich versuche nicht, dir hier einen zu erzählen."

Ich sah ihm nach, wie er den Anleger hinauf zu seinem Auto ging, wobei er den Kopf leicht schräg in den Wind hielt. Die rote Wunde auf seiner Nase war wie eine wütende Flagge, seine blauen Augen hart wie bei einem Aasvogel, als ob ihm irgendwo unsichtbare Gegner auflauerten.

Ich entschied, dass man schon einen Kryptographen zu Rate ziehen müsste, um sämtliche Nuancen von Tommy Lonighan wirklich zu verstehen.

* * *

Ich ging ums Haus herum in den Garten und stellte den Bewässerungsschlauch zwischen meinen Gemüsebeeten an. Bambus und Immergrün entlang des Hügels wogten in der Brise. Hinter meinem Ententeich flimmerte das Zuckerrohr auf dem Feld meines Nachbarn zart lila im goldenen Licht.

Bootsie war zum Einkaufen nach New Iberia gefahren, und Alafair machte Sandwiches an der Spüle, als ich die Küche betrat. Aus dem vorderen Teil des Hauses hörte ich die stumpfen, blechernen Klänge eines Jazzorchesters aus den 1920ern, dann erhob sich der unverkennbare, glockenhelle Sound von Bunk Johnsons Horn aus dem Sumpf der C-Tenorsaxophone.

„Was ist los, Alf?“, fragte ich.

Sie drehte sich um und sah mich fragend an. Ich bemerkte die Konturen eines Sport-BHs unter ihrem gelben T-Shirt.

„Wer hat eine meiner alten 78er aufgelegt?“, fragte ich.

„Ich dachte, du“, antwortete sie.

Die Platte war zu Ende, der Tonarm schwang automatisch zurück und fing von vorne an. Ich ging schnell ins Wohnzimmer. Die Haustür stand offen, und die Gardinen bauschten sich im Wind. Ich öffnete die Fliegentür und trat hinaus auf die Veranda. Hof und Zufahrt waren leer, Laub flog herum. Weiter unten auf der unbefestigten Straße radelten schwarze Kids mit Angelgerät quer über den Lenkstangen ihrer Fahrräder am Anleger vorbei. Ich kehrte ins Haus zurück, hob den Tonarm von der Schallplatte und schaltete das Gerät aus. Die Innenhülle der Platte lag auf der Couch. Auf der Schallplatte befanden sich keine Fingerabdrücke; sie war mit professioneller Sorgfalt auf die Spindel gelegt worden.

„Alf, es ist absolut in Ordnung, wenn du die Platte hören wolltest“, sagte ich in der Küche. „Aber es ist wichtig, dass du mir jetzt sagst, ob du sie aufgelegt hast oder nicht.“

„Hab ich dir doch gerade schon gesagt, Dave.“

„Bist du sicher?“

„Glaubst du, ich lüge?“

„Nein, das hab ich nicht gemeint. Seit wann läuft sie denn schon?“

„Keine Ahnung. Ich war draußen.“

„Hat Bootsie sie vielleicht aufgelegt, bevor sie gefahren ist?“

„Bootsie spielt nie deine alten Platten, Dave. Keiner macht das.“

„Bootsie ging's in letzter Zeit nicht so gut, Alf.“

Sie drehte sich wieder zur Arbeitsplatte und begann, ihr Sandwich mit Senf zu bestreichen, wobei ihr Gesicht völlig ausdruckslos war, so wie immer, wenn sie wusste, dass irgendwas im Haus nicht in Ordnung war. Ihre rosafarbenen Tennisschuhe waren nicht zugebunden, und ihre Stretch-Jeans hatte vom Unkrautjäten grüne Flecken an den Knien.

Ich sah, wie ihre Hand mit dem Buttermesser langsamer wurde und dann verharrte, während offenbar ein Gedanke in ihr reifte.

„Dave, ich hab vor ungefähr fünfzehn Minuten gehört, wie die Fliegentür vorn zugeknallt ist. Warst du das?"

„Ich war unten am Anleger, Alf. Vielleicht war's Bootsie?"

„Bootsie ist vor einer Stunde weg."

„Vielleicht ist sie wegen irgendwas noch mal zurückgekommen ..."

„Dann hätte sie aber was gesagt. War es dieser böse Mann, Dave?"

Ich hob sie hoch und setzte sie auf die Arbeitsplatte, als wäre sie noch ein kleines Kind, und begann, ihr die Schnürsenkel zu binden.

„War es dieser böse Mann?", wiederholte sie.

„Ich weiß es nicht, Alf, wirklich nicht." Meine Finger fühlten sich an wie in Unordnung geratene Mikadostäbchen, als ich versuchte, die Schleife an ihrem Schuh zu binden.

* * *

An diesem Abend waren beim Einsetzen der Dämmerung die Wolken am westlichen Himmel mit einem orangefarbenen Licht marmoriert, und Glühwürmchen drehten ihre feinen roten Kreise zwischen den sich verdunkelnden

Bäumen. Bootsie hatte Alafair zur Videothek in der Stadt mitgenommen, und jetzt war das Haus leer und knarrte in der sich abkühlenden Luft des Tages. Ich rief Clete in seiner Wohnung im French Quarter an.

„Buchalter war hier", berichtete ich ihm. „Niemand sonst hätte diese Schallplatte aufgelegt. Der Typ geht am helllichten Tag in meinem Haus ein und aus, und kein Mensch sieht ihn."

„Mir gefällt nicht, was ich dich sagen höre, Streak."

„Mir auch nicht."

„Das meine ich nicht. Die Bobbsey Twins von der Mordkommission sind durch nichts zu erschüttern."

„Der Kerl scheint durch die Luft zu schweben, wie Rauch oder so was. Was soll ich sagen?"

„Er will ja, dass du genau das denkst."

„Dann verrate mir doch bitte mal, wie er heute unbemerkt in meinem Haus rumstöbern konnte!"

„Das gehört zu seiner Arbeitsweise. Er will, dass du dich fühlst, als wärst du belästigt worden, als könnte er ganz nach Belieben seine Hand ausstrecken und dich jederzeit berühren. Es ist, als wärst du nicht mehr im alleinigen Besitz deines Lebens."

Ich konnte hören, wie mein Atem vom Hörer zurückgeworfen wurde.

„Der erste Mann meiner Ex hat versucht, sie in den Wahnsinn zu treiben", sagte er. „Er engagierte einen Privatdetektiv, der mit einem Tele Fotos von ihr auf der Toilette schoss und die dann an ihren Chef geschickt hat, dann hat er sich in ihr Schlafzimmer geschlichen, als sie schlief, und hat ihre gesamte Unterwäsche mit einer Rasierklinge aufgeschlitzt … Hey, entspann dich, Dave. Buchalter ist aus Fleisch und Blut. Er ist bislang nur noch nicht vor das richtige Visier gekommen."

„Clete, ich lasse jeden einzelnen Cop im Iberia Parish nach dem Kerl suchen. Wie …"

„Du *meinst*, dass er heute da war. Du hast ihn nicht gesehen. Hör zu, mein Großer, wir drehen den Spieß jetzt einfach mal um. Früher oder später kriegen wir sie alle, ist nur eine Frage der Zeit. … Hörst du mir zu?"

„Ja."

„Unser Problem ist, du denkst zu viel."

„Okay, Clete. Ich verstehe, worauf du hinauswillst."

„Ich dachte, du rufst mich wegen Nate Baxter an."

„Warum sollte ich dich wegen *dem* anrufen?"

„Nate ist heute Morgen um ein Haar in seinem eigenen Fett frittiert worden. Offensichtlich treibt er es manchmal mit dieser Biker-Braut oben in Algiers, die früher mal im First District für ihn als Spitzel gearbeitet hat. Heute Morgen jedenfalls wird er wach, die Braut ist weg, und das Drecksloch, in dem sie wohnt, steht in Flammen. Das Problem ist nur, dass die Tür mit Nates eigenen Handschellen verriegelt war. Also hat er sich ein nasses Handtuch um den Kopf gewickelt und sich in der Badewanne zusammengerollt, denn sonst hätte er das nie überlebt."

„Wo ist er jetzt?"

„Im *Southern Baptist*, oben an der Napoleon Avenue. Warum?"

„Erstattet er Anzeige?"

„Nicht laut dem Cop, der mir das erzählt hat. Ich schätze, es gehört einfach dazu, angezündet zu werden, wenn Nate versucht, sich flachlegen zu lassen."

„Wer ist die Frau?"

„Pearly Blue Ridel, du erinnerst dich an sie, sie hat früher in verschiedenen Massagesalons der Giacanos gearbeitet, dann ist sie ausgestiegen und hat sich irgendwelchen erweckten Bikern angeschlossen oder so ähnlich. Zu blöd, dass Baxter sie immer noch an der Leine führt."

„Pearly Blue ist keine Killerin, Clete. Sie beginnt jeden Tag mit einem Nervenzusammenbruch."

„Sag das Nate."

„Ich glaube, das sollte ein Auftragsmord werden. Ein Heroin-Kurier, der sich im Gewahrsam des Sheriffs in Baton Rouge befindet, hat Lucinda Bergeron und mir erzählt, dass die Calucci-Brüder irgendwen umlegen wollten, jemanden, den sie eigentlich nicht anfassen sollten. Und heute Morgen ist Tommy Lonighan an meinem Bootsanleger aufgekreuzt und hat wirklich sehr viel Mühe darauf verwandt zu belegen, wo er sich heute etwa zwischen sechs Uhr morgens und mittags aufgehalten hat."

„Sollen die sich doch alle gegenseitig umlegen. Wen kümmert's? Wenn Baxter den Löffel abgegeben hätte, wäre das halbe NOPD inzwischen sternhagelvoll."

„Würdest *du* dich von Lonighan dazu missbrauchen lassen, ihm ein Alibi zu verschaffen?"

„Mach's nicht unnötig kompliziert, Streak. Buchalter ist das Ziel. Diese anderen Typen sind vorhersehbar. Dein Mann jedoch nicht."

Dein Mann?, dachte ich, nachdem er aufgelegt hatte. Aus irgendeinem Grund brachte dieses Possessivpronomen das Gefühl von abgrundtiefem Ekel, massiver Schamverletzung und Vergewaltigung zurück, das ich empfunden hatte, als Mack an jenem nasskalten Nachmittag im Spätherbst in unserer Scheune seine Finger unter meine Nase gelegt und mich zum Komplizen der sexuellen Erniedrigung meiner Mutter gemacht hatte.

Warum?

Weil man sich als Objekt der perversen sexuellen Obsession eines anderen nicht nur allein fühlt – und ich meine absolut allein –, sondern obendrein auch noch das Gefühl vermittelt bekommt, man besäße ein inneres Defizit, das die verdrehte Aufmerksamkeit deines Peinigers anzieht. Da kann man jeden fragen, der das schon mal erlebt hat. Selbst einen Cop.

* * *

Ich kannte Pearly Blue Ridel noch auf einer anderen als der von Clete am Telefon erwähnten Ebene, aber die Regeln der *Anonymen Alkoholiker* hinderten mich daran, einem Außenstehenden gegenüber zu erwähnen, dass sie Mitglied unserer Gemeinschaft war.

Bootsie, Alafair und ich gingen am nächsten Morgen zur Frühmesse in die St. Peter's in New Iberia, anschließend setzte ich beide bei meiner Cousine Tutta in der Stadt ab und fuhr nach New Orleans.

Pearly Blues Gruppe bei den *AA* war anders als die üblichen. Sie bestand ausschließlich aus Alkis, die ganz unten angekommen waren, und aus Outlaw-Bikern, die auf der anderen Seite des Flusses drüben in Algiers beheimatet waren, und man nannte sie auch die *Geh-die-Schritte-oder-kratz-ab-Arschloch-Gruppe.* Weil die meisten Mitglieder aufgemotzte Harleys fuhren, häufig rasierte Schädel hatten, mit haarsträubenden Tattoos bedeckt waren und ganz allgemein ein eher extremes Erscheinungsbild pflegten, konnten sie praktisch nirgends einen Versammlungsraum anmieten, außer eben in der Lagerhalle, die an eine Biker-Kneipe angrenzte, wo viele von ihnen sich früher die Kante gegeben hatten. Ich parkte in der Gasse hinter der Lagerhalle und benutzte die Toilette im hinteren Teil der Kneipe, bevor ich zum Mittagstreffen rüberging.

Auf den Kondom-Automaten hatte ein Witzbold mit Filzstift geschrieben: *Meine Fresse, die Gummis hier schmecken echt komisch!* In der gleichen Handschrift stand auf dem Spender für Einweg-Toilettensitzabdeckungen: *Puertoricanische Platzdeckchen.*

Der *AA*-Treffpunkt nebenan war grau vor Zigarettenqualm, roch intensiv nach durchgeschwitztem Leder, in Jeans eingeriebenem Motoröl, ausgerotztem Schnupftabak und ungewaschenen Haaren. Ich lehnte an der Wand neben der Tür, bis Pearly Blue zu mir herüberschaute. Sie trug Levi's, die viel zu groß waren für ihre schmalen Hüften, keinen BH und ein gebatiktes Shirt, das die kleinen Wölbungen zeigte, die sie als Brüste hatte. Ihre Haare waren farblos und verfilzt, und die Ringe unter ihren Augen sagten mindestens so viel über die Tristesse ihres Lebens wie über ihre emotionale und körperliche Erschöpfung aus. Man musste nicht besonders lange mit Pearly Blue zusammen sein, um zu begreifen, dass sie eine dieser gequälten Seelen war, die an jedem Morgengrauen mit Gewissheit auf eine unsichtbare Hand wartete, die ihr Herz mit einem Spinngewebe aus Angst und Sorgen umhüllen würde.

Mein starrer Blick war erbarmungslos, und schließlich stand sie von ihrem Stuhl auf und ging mit mir nach draußen in die Gasse. Sie lehnte sich gegen den Kotflügel meines Trucks, steckte sich eine Zigarette in den Mund und schirmte die Flamme ihres Feuerzeugs mit der Hand ab, obwohl hier zwischen den Gebäuden kein Lüftchen wehte. Sie stieß den Rauch schräg nach oben aus, wobei sie das Kinn von mir abwendete. Wie bei den meisten Menschen ihrer Art war Pearly Blues nach außen zur Schau gestellte Härte nur eine traurige Illusion, und ihre Schmerzgrenze lag immer unmittelbar unter der Haut.

„Willst du mir erzählen, was mit Nate Baxter passiert ist?", fragte ich.

Sie blickte zum Ende der Gasse hinunter, wo neben einem Gestell mit Mülltonnen Bananenstauden ungehindert vor sich hinwucherten, und ein Stück weiter auf der Straße der Verkehr vorbeifloss. Sie nahm einen weiteren Zug von ihrer Zigarette.

„Pearly Blue, soweit es mich betrifft, befinden wir uns immer noch bei dem Meeting. Das bedeutet, alles, was du mir sagst, bleibt unter uns."

„Ich bin runter zum Laden, weil ich ihm fürs Frühstück ein paar Eier besorgen wollte", sagte sie. Sie hatte einen kräftigen Proll-Akzent und die seltsame Eigenart, lautlos die Lippen zu bewegen, bevor sie etwas tatsächlich aussprach. „Er will immer ein Omelett, wenn er morgens aufsteht. Als ich zurückkam, flogen durch die große Hitze schon die Scheiben aus den Fenstern."

„Und wer hat die Tür mit Handschellen versperrt?"

„Keine Ahnung. Ich jedenfalls nicht." Wie sie mit dem Anflug eines Schmollmunds zu den Telefonleitungen aufsah, erinnerte sie mich an einen missmutigen, gefrusteten Teenie.

„Warum hängst du immer noch mit einem Kerl wie Baxter ab, Pearly?"

„Ich hab ein paar ungedeckte Schecks ausgestellt. Er hat gesagt, er würd's meinem Bewährungshelfer stecken."

„Verstehe."

„Ich hab nichts gefälscht oder so. Eigentlich hab ich ja nur meinen Dispo überzogen. Aber bei allem, was ich sowieso schon hab …"

Sie machte ein schnalzendes Geräusch mit der Zunge und versuchte, beherrscht und cool rüberzukommen, aber sie war rot geworden, und ihr Puls flatterte vermutlich wie eine verletzte Motte.

„Wer hat die Bude abgefackelt?", fragte ich.

„Ich weiß es nicht, Streak. Da drinnen ist alles verbrannt, was ich besessen hab. Was soll ich dir sagen?" Ihre Augen wurden feucht. Sie öffnete und schloss sie und starrte dann mit leerem Blick auf die mit Graffiti verzierte Wand einer Garagenwohnung.

„Waren das die Calucci-Brüder?"

„Erzähl das ja keinem. Und lass meinen Namen aus dem Spiel, wenn du über Leute wie die redest."

„Ich werde nicht zulassen, dass dir was zustößt, Blue. Erzähl mir einfach, was passiert ist."

„So ein Typ hat angerufen, der scheinbar so ziemlich alles über mich gewusst hat; dass mir mein Kind weggenommen worden ist, wo ich so arbeite, andere Sachen, du weißt schon, keine besonders tollen Sachen, die ich in dem Massagesalon gemacht hab, er sagte, ‚Sieh zu, dass du um sechs nicht mehr in deiner Wohnung bist, geh mal 'ne Runde spazieren, und wenn du zurückkommst, musst du für diesen Kerl nicht mehr die Matratze spielen.'"

„Und du weißt nicht, wer das war?"

„Glaubst du, ich will so was wissen? Erinnerst du dich noch, was mit meiner Mitbewohnerin im Quarter passiert ist, als sie zu einem Cop von der Sitte gesagt hat, sie würde gegen einen von der Giacano-Familie aussagen? Die haben sie mit Benzin überschüttet. Die …"

„Du bist draußen, Pearly Blue. Vergiss Baxter, vergiss die Calucci-Brüder. Wo wohnst du jetzt?"

„Bei meiner Schwester. Ich will nur noch zu den Meetings, meinen Job machen und meinen kleinen Jungen zurückbekommen. Mein Bewährungshelfer ist ein harter Hund, wenn der von den Schecks erfährt, den Anrufen irgendwelcher Mafia-Typen, so Sachen eben, dann fahre ich wieder ein. Im Knast wimmelt's von Kampflesben, Streak. Ich kann nicht mehr dahin zurück."

„Wirst du auch nicht, zumindest nicht, solange ich da ein Wörtchen mitreden kann."

„Baxter wird mich finden. Er wird mich zwingen, dass ich wieder mit ihm ficke. Das ist ekelhaft."

Ich nahm eine Visitenkarte aus der Brieftasche, drückte sie ihr in die Hand und schloss dann ihre Finger darum herum. Ihre Hand fühlte sich in meiner sehr klein und sehr feucht an.

„Du musst mir glauben, wenn ich dir das jetzt sage", sagte ich. „Falls Nate Baxter dich je wieder belästigt, rufst du mich an, und dann wird er sich wünschen, seine Eltern hätten sich fürs Zölibat entschieden."

Sie sah mich irritiert an.

„Er wird sich wünschen, sein Vater hätte sich sein Ding absägen lassen", korrigierte ich mich.

Ihre Mundwinkel kräuselten sich zu einem kleinen Lächeln, wobei eine Reihe winziger, silbern überkronter Zähne zum Vorschein kam.

* * *

Nate Baxters Krankenzimmer war so zweckmäßig, schlicht und trist wie sein ganzes Leben. Es gab keine Blumen, Grußkarten, Trauben von Ballons und erst recht keine Besucher, es sei denn, man zählte den uniformierten Cop mit, der vor seiner Tür Wache schob.

„Du siehst gar nicht so übel aus, Nate", begrüßte ich ihn. Was nicht stimmte. Sein Gesicht war kreidebleich, der kupferfarbene Bart an seiner Kinnlade war mit irgendeiner Salbe eingeschmiert, und auf seinen Wangen standen Stoppeln.

Er sagte nichts. Seine Augen beobachteten mich aufmerksam.

„Ich habe mit einem Brandermittler gesprochen. Er sagte, irgendwer hat dir eine Brandbombe unters Bett gelegt, wahrscheinlich Benzin und Paraffin“, sagte ich.

„Machst du das jetzt zu deiner Angelegenheit, genau wie neuerdings alles andere im Orleans Parish?“

„Ich hab ein besonderes Interesse an Max und Bobo Calucci. Ich glaube, Nate, du ebenfalls.“

„Was soll das heißen?“

„Du wirst von denen geschmiert.“

„Ich kann mich noch erinnern, da hast du wie eine Toilette gerochen, in die man Whiskey gekippt und nicht runtergespült hat. Vielleicht ist das ja der Grund, warum die Dienstaufsicht dich aus dem Department geschmissen hat. Vielleicht ist das auch der Grund, warum du deinen Ständer nie aus der Hose kriegst. Aber ich bin nicht scharf drauf, Beleidigungen mit dir auszutauschen. Tu mir heute einfach nur einen Gefallen: Geh wieder nach Hause.“

Er drehte seinen Kopf auf dem Kissen, um nach einem Glas Coca-Cola zu greifen. Ich konnte eine schlauchförmige, rohe Beule hinter seinem rechten Ohr sehen.

„Ich glaube, du hast versucht, den Caluccis mehr Kohle abzunehmen, Nate. Daraufhin haben die beschlossen, dich aus dem Konto *Betriebsausgaben* rauszunehmen.“

„Es ist immer wieder das gleiche Problem mit dir, Robicheaux. Es ist nicht das, was du nicht weißt, es ist vielmehr das, was du zu wissen *meinst*, was dich zu einem Totalversager macht. Wohin du auch gehst, du hinterlässt immer Scheißeabdrücke auf deinem Weg."

„Du hast geschlafen, vielleicht warst du ja auch noch besoffen, Pearly Blue ist runter zum Laden, irgendwer hat dir eins über den Schädel gezogen, und dann hat er deinen Morgen mal so richtig zum Leuchten gebracht."

„Ich war in ihrer Wohnung, weil sie immer noch mein Spitzel ist. Falls du da irgendwas anderes reininterpretieren willst, wird dir kein Mensch zuhören. Warum? Weil du nicht mehr hier arbeitest, darum. Aus irgendeinem Grund scheinst du diese schlichte Tatsache nicht akzeptieren zu können." Seine Hand bewegte sich zu dem Kabel mit dem Rufknopf, mit dessen Hilfe er eine Krankenschwester oder die Wache vor der Tür alarmieren konnte.

„Weißt du, was Verleugnung ist, Nate?"

„Ich hab gestern eine Menge Rauch eingeatmet. Dein bescheuertes Vokabular interessiert mich im Moment so gar nicht. Jeder von euch *AA*-Fritzen meint, er hätte den *Audie Murphy Award* verdient, nur weil er trocken ist. Hier die passende Blitzmeldung dazu: Wir anderen sind schon die ganze Zeit nüchtern. In der normalen Welt ist das nämlich kein großes Ding."

„Ein Heroinkurier im Gewahrsam der Kollegen oben in Baton Rouge wusste von diesem Anschlag. Ebenfalls ein paar Schmalzköppe in Mobile. Auch Tommy Lonighan. Die alle reden von dir, als wärst du längst Geschichte."

„Raus hier, bevor ich dich verhafte." Seine Hand bewegte sich wieder Richtung Rufknopf. Ich zog ihn außerhalb seiner Reichweite.

„Du bist ein schlechter Cop, Nate. Irgendwer hätte deinen Ausschalter schon vor langer Zeit betätigen sollen."

Ich schob mein Seersucker-Sakko zurück und zog die .45er aus dem Gürtelhalfter. Seine Augen waren jetzt auf meine geheftet.

„Du bist schlecht, nicht weil du bestechlich bist, du bist schlecht, weil du nicht verstehst, dass wir die Schwachen beschützen sollen", sagte ich. „Stattdessen nutzt du es gnadenlos aus, wenn du bei Leuten Schwäche spürst, du beutest sie aus, tyrannisierst und demütigst sie, fickst sie in den Arsch und vergewaltigst sie."

„Und du leidest unheilbar an Arschlochitis, Robicheaux, aber verrückt bist du nicht. Also komm wieder runter." Er versuchte, überzeugend zu klingen und gleichzeitig zu verhindern, auf die Pistole in meiner Hand zu schielen.

„Ich kenne eine *AA*-Gruppe, die nennt sich *Geh-die-Schritte-oder-kratz-ab-Arschloch.* Ein paar von denen sind echt üble Kerle, Typen, die oben im Angola im Camp J waren. Die sagen, du hängst Pearly Blue schon ziemlich lange auf der Pelle. Und dagegen wollten sie was unternehmen." Ich zog den Schlitten der .45er zurück und lud eine Patrone aus dem Magazin in die Kammer. „Aber ich hab ihnen gesagt, ich würde mich drum kümmern."

„Diese Affenscheiße hier, mich mit der Kanone zu bedrohen, das ist doch ein alter Trick von dir. Du schießt doch mit Platzpatronen. Verschwinde aus meinem Zimmer!"

Ich setzte mich auf seine Bettkante.

„Da hast du völlig recht", sagte ich. „Deshalb wollte ich sie dir ja eigentlich auch ins Maul schieben und dich auf diese Schlussfolgerung hinarbeiten lassen, während du ein bisschen was von deinem eigenen Blut schluckst, Nate … Aber das ist jetzt nicht mehr nötig."

„Was redest du …"

Ich zog das Magazin heraus, warf die Patrone in der Kammer aus und ließ sie mit einem Klirren in sein Trinkglas fallen.

„Sie hat diese Woche erfahren, dass sie HIV-positiv ist", sagte ich. „Ich an deiner Stelle würde mich testen lassen, solange ich ohnehin hier im Krankenhaus bin. Aber egal, wie du es drehst und wendest, Nate, Pearly Blue existiert nicht mehr in deinem Leben. In dem Punkt haben wir uns verstanden, ja?"

Seine Lippen sahen grau und rissig aus, hatten die Beschaffenheit von Schlangenhaut, die in der Sonne getrocknet ist, und das Weiße in seinen Augen war durchzogen von roten Äderchen. Das durch die Jalousien hereinfallende Licht spiegelte sich gelb in seinem ungläubigen Blick. Ich hörte das Trinkglas zu Boden fallen, und wie der Rufknopf in seiner Faust immer hektischer gedrückt wurde, während ich zur Tür ging.

* * *

An diesem Abend musste ich weit den Bayou runter, um ein vermietetes Boot mit kaputtem Außenbordmotor abzuschleppen, mit dem einer unserer Kunden über eine Sandbank gepflügt war. Es war dunkel, als ich endlich den Angelladen abschloss und zum Haus hinaufging. Bootsie schlief bereits, aber sobald ich das Schlafzimmer betrat, wusste ich, wie sie die letzten drei Stunden verbracht hatte. Ihr Atem hatte den Raum mit einem intensiv süßlichen Geruch gefüllt, wie Blumen, die über Nacht in Cream Sherry gelegen hatten.

Ich setzte mich in Unterwäsche auf die Bettkante und betrachtete den sanften weißen Schwung ihrer Hüfte im Mondschein. Ich streichelte mit der Hand über ihren Hintern und Oberschenkel. Ihre Haut fühlte sich dort erhitzt an, stark durchblutet, so als hätte sie gerade einen erotischen Traum, gleichzeitig jedoch reagierte sie überhaupt nicht auf meine Berührungen.

Ich ließ meine Finger durch ihre dichten Locken gleiten, küsste ihren Rücken und fühlte mich wie ein fünfundfünfzigjähriger Halbwüchsiger, der hilflos mit seiner pochenden Erektion kämpft.

Die *AA* hatten mich aus meiner Alkoholabhängigkeit gerettet. Warum musste sie jetzt davon befallen werden?

Doch ich kannte die Antwort längst. Der beste Weg, zum Säufer zu werden, ist, mit einem zu leben.

Was sollen wir tun, Boots?, dachte ich. Sollen wir das Tänzchen mit dem Alk volle Kanne in unser Leben lassen, und in fünf Jahren einen Boxenstopp einlegen, um zu sehen, ob's das alles wert war?

Aber jemand anderer arbeitete bereits für mich an einer Antwort. Um zwei Uhr nachts hörte ich das Tor am alten Traktorschuppen meines Vaters, das immer mit einem Vorhängeschloss verriegelt war, im Wind gegen den Pfosten schlagen, dann hörte ich Musik, einen Song, der schon seit einer Generation nicht mehr aktuell war, der von dunklen Meeren voller Schiffe erzählte, in einer Zeit, als um ein Haar die Lichter auf der ganzen Welt erloschen.

Ich zog Hose und Halbschuhe an, holte meine .45er unter dem Bett hervor und schlich mit einer Taschenlampe in der Hand am Rand der Schlucht entlang zum Schuppen. Ich ließ den Lichtstrahl vor mir über die Weiden und die grauen, verwitterten Seiten des Schuppens tanzen, über das offene Tor, das auf zwei Angeln vor und zurück schwenkte, über das Schließband und das Vorhängeschloss, die beide aus dem Holz gehebelt worden waren.

Dann hörte ich deutlich den Text von „Harbor Lights".

Ich entsicherte die .45er, trat das Tor mit dem Fuß auf und richtete den Lichtstrahl in den Schuppen. Vor dem alten Traktor meines Vaters stand ein Metzgerblock, den wir zum Auslösen von Wildbret nutzten. Jemand hatte ein weißes Leinentuch darübergelegt, das im Mondlicht changierte. Auf dem Tischtuch stand ein Kassettenrekorder, ein sauberer Porzellanteller, auf dem quer eine blaue, langstielige Rose lag, eine frisch geöffnete Flasche Jack Daniel's, ein Glas, gefüllt mit drei Fingerbreit Bourbon, und daneben eine noch verschlossene Flasche Dixie-Bier, auf der die Luftfeuchtigkeit kondensierte. Ganz hinten auf dem Metzgerblock stand ein zur Hälfte gefüllter Kristallkelch mit Burgunder, beleuchtet von einem Mondscheinstrahl, am Rand des Glases der perfekte Lippenstiftabdruck eines Frauenmunds.

18

Bevor er in sein Amt gewählt worden war, hatte der Sheriff eine chemische Reinigung besessen und war Präsident des örtlichen *Rotary Clubs* gewesen, oder vielleicht war's auch der *Lions*, ich erinnere mich nicht mehr, welcher, jedenfalls war es einer dieser Vereine von Unternehmern, die es trotz ihrer nicht erklärten konkreten Zielvorstellung schafften, ziemlich viel für das Allgemeinwohl zu tun.

Er goss seine Fensterpflanzen mit einer handbemalten Teekanne, während ich ihm von meinem nächtlichen Besucher erzählte. Er hatte ein rundes Kinn mit Grübchen, dicke, mit blauen und roten Äderchen überzogene Wangen und eine über den Waffengürtel hängende Wampe, aber seine Haltung war stets so aufrecht, sein Hemd immer so fest in die Hose gestopft, dass er den Eindruck eines Mannes hinterließ, der sowohl jünger war als auch in besserer körperlicher Verfassung, als es der Wirklichkeit entsprach.

Aber auch wenn der Rotary oder Lions Club immer noch einen großen Anspruch auf die Seele des Sheriffs erhob, überraschte er mich doch oft mit einem kompromisslosen Standpunkt, dessen Ursprung ich in seinen Erfahrungen während der Schlacht um den Changjin-Stausee während des Koreakriegs vermutete, über den mit wem auch immer zu sprechen er sich kategorisch weigerte.

„Na, jedenfalls haben Sie nichts von dem Bourbon getrunken. Das scheint mir doch das Wichtigste, wenn Sie mich fragen."

„Manche Leute könnten das für Verschwendung halten", sagte ich.

„Ihr Ding. Schreiben Sie einen Bericht, Dave. Lassen Sie unseren Spurensicherungsexperten kommen. Ich weiß nicht, was ich sonst sagen soll."

Er setzte sich auf den Drehstuhl hinter seinem Schreibtisch, drückte mit gespreizten Fingern auf seinem Bauch herum. Dann unternahm er noch mal einen Anlauf.

„Dave, wie hört sich das denn an, wenn Sie jemandem erzählen, irgendwer, vielleicht eine Frau, sei bei Ihnen eingebrochen, um eine Tischdecke über Ihren Metzgerblock zu legen und darauf Burgunder, ein kaltes Bier und teuren Whiskey zu drapieren?"

„Es war Buchalter, Sheriff. Oder jemand, der für ihn arbeitet."

„Was war das Motiv für seinen nächtlichen Hausbesuch?"

„Er braucht keines. Er ist ein Psychopath."

„Das bringt uns auch nicht weiter." Er fing an, verbogene Büroklammern aus einem Glasbehälter zu fischen und sie Richtung Papierkorb zu schnippen. „Bevor Sie in unser Department gekommen sind, hatten wir einen ganz besonders scheußlichen Mordfall." *Ping.* „Vielleicht erinnern Sie sich daran. Ein zwielichtiger, degenerierter Kerl namens Jerry Dipple vergewaltigte ein vierjähriges Kind und hängte es anschließend auf." *Ping.* „Wir dachten, wir hätten ihn im Sack. Seine Fingerabdrücke fanden sich überall am Tatort, in der Brusttasche seines Hemds steckte eine entwertete Theaterkarte für die Vorstellung, aus der das Kind entführt wurde, das von ihm benutzte Seil fanden wir unten in seinem Kleiderschrank." *Ping.* „Raten Sie mal! Der unterbelichtete Trottel, der die Ermittlungen leitete, ging in Dipples Haus und beschlagnahmte das Beweismaterial … ohne richterlichen Durchsuchungsbefehl. Als ihm dann klar wurde, dass er Scheiße gebaut hatte, brachte er das ganze Zeug zurück und ließ es später von seinem Partner finden." *Ping.* „Und raten Sie gleich noch mal: Ich hab das erfahren, und ich hab kein Wort gesagt. Aber Dipples Anwalt war so ein ausgekochter Schleimbeutel aus Lafayette, Sie kennen ihn, derselbe Typ, der letztes Jahr die anwaltliche Vertretung für eine PCB-Verbrennungsanlage übernommen hat, jedenfalls ist er dahintergekommen, was der unterbelichtete Trottel und sein Partner getan hatten." *Ping.* „Damit war unser Fall durch den Abfluss, und wir waren im Begriff, einen Kindermörder wieder laufen zu lassen, der es vorher getan hatte und es höchstwahrscheinlich wieder tun würde. Ein schlechter Tag für die Guten, Dave. Sechs Monate vorher hatten wir allerdings eine Razzia in einem Puff an der Grenze zum St. Martin Parish durchgeführt. Eines der Mädels hatte ein paar Fotos von unserem Anwalt-Freund aus Lafayette, und ich spreche hier von echten *Tijuana Specials,* Sie wissen, was ich meine, ja? Also hab ich unseren Freund hierher eingeladen und ihn mal einen Blick draufwerfen lassen. Ich sagte ihm, wenn er unsere Praktiken auf den Prüfstand stellen wolle, würden wir einigen Leuten von der Anwaltskammer mal zeigen, wie seine aussähen." *Ping, ping, ping.*

„Dipple wurde gegrillt. Ich dachte, es würde mir vielleicht was ausmachen. Aber an dem Abend, als er seinen Ausritt auf dem Blitz machte, bin ich mit meinen Enkelkindern ins Kino und anschließend nach Hause, wo ich wie ein Stein geschlafen hab."

„Ich bin nicht sicher, ob ich Ihnen folgen kann."

„Ich will ehrlich zu Ihnen sein. Ich weiß nicht, womit wir es hier zu tun haben. Was immer es ist, es liegt außerhalb des Üblichen." Er unterbrach sich, fuhr sich mit den Fingern durchs Haar und massierte seinen Nacken. „Sehen Sie, ich denke, Buchalter versucht, Sie an Ihrer empfindlichsten Stelle zu treffen."

„Und die wäre?"

„Der Alk."

„Ein Kerl wie der bringt mich nicht wieder zum Trinken, Sheriff."

„Ich spreche auch nicht von Ihnen." Er rieb die eine Hand auf der anderen, dann verschränkte er sie auf der Schreibunterlage und sah mir direkt in die Augen. „Dieser Typ versucht, Ihre Familie aufzumischen, und ich glaube, das gelingt ihm momentan recht gut."

„So was zu sagen ist nicht besonders cool, Sheriff."

„Wir hätten gestern Morgen Bootsie fast wegen Trunkenheit am Steuer festgenommen."

Ich spürte, wie in meiner Brust irgendwas absackte.

„Zum Glück ist sie vom richtigen Deputy angehalten worden. Er hat die andere Lady weiterfahren lassen", sagte der Sheriff.

Der Raum schien plötzlich von weißem Rauschen erfüllt. Ich nahm meine Sonnenbrille aus dem Lederetui, schob sie dann wieder hinein. Ich öffnete den Mund hinter der geballten Faust, um meine Ohren freizubekommen, und sah aus dem Fenster. Dann fragte ich: „Welche andere Lady?"

„Ich weiß es nicht. Mit wem auch immer sie zusammen war."

„Ich werde jetzt meinen Bericht schreiben und anschließend in Ihr Fach legen."

„Tun Sie's nicht. Die Presse wird ganz sicher Wind davon bekommen. Das ist dann genau das, was dieser Typ will. Kommen Sie mit mir raus."

Es war warm auf dem Parkplatz, und der Wind fuhr durch das Laub der Eichen auf der anderen Straßenseite. Der Sheriff schloss den Kofferraum seines Wagens auf, nahm einen steifen, in eine Decke eingewickelten Gegenstand heraus und trug ihn rüber zu meinem Truck. Er legte den Gegenstand auf den Fahrersitz und schlug die Decke zurück.

„Manche Leute würden Ihnen raten, Ihre Hintertür mit einer Schrotflinte zu verdrahten", sagte er. „Das Problem ist nur, wahrscheinlich würden Sie vorher einen Unschuldigen töten oder aber den Dreckskerl nur verwunden, der in Ihr Haus einbricht, woraufhin er Sie vermutlich erfolgreich verklagen und Ihnen alles abnehmen würde, was Sie besitzen. Sie wissen, was das hier ist, oder?"

„Ein AR-15, die halb automatische Variante des M-16."

„Es hat ein Magazin mit dreißig Schuss. Jerry Dipple liegt heute auf einem Gefängnisfriedhof, und die Kinder hier in dieser Gegend leben deshalb erheblich sicherer. Es interessiert keinen Menschen, wie der Spielbericht geschrieben wird, solange am Ende nur die richtigen Zahlen drinstehen.“ Er schlug mit der Faust den Verriegelungsknopf der Tür runter, warf die Tür zu und sah auf seine Uhr. „Zeit für Kaffee und einen Doughnut, Partner“, sagte er und legte mir seinen Arm um die Schulter.

* * *

Wieder im Büro zerriss ich meinen unvollendeten Bericht und warf ihn in den Papierkorb. Es gab zwei Möglichkeiten, das Verhalten des Sheriffs zu betrachten, und keine war sonderlich tröstlich.

1. *Semper fi,* Streak, du bist auf dich allein gestellt. Was ein verdammt schlechtes Zeugnis für den Sheriff wäre. Aber –

2. Keine Anwendung von Gewalt oder kein Einsatz von Feuerkraft war bislang erfolgreich. Da wir uns einig waren, nicht zu wissen, womit wir es zu tun haben, setze ich einfach mehr Gewalt und mehr Feuerkraft ein.

Ja, das war's schon eher. Es war eine alte und vertraute Logik. Wenn du dich in einer Slum-Gegend wie ein geschmähter, verachteter weißer Gast fühlst, dann brich doch einfach einem betrunkenen schwarzen Autofahrer mit einem Schlagstock die Knochen. Wenn du mit der eingeborenen Bevölkerung eines Drittweltlandes nicht zurechtkommst, dann verwandle ihre Regenwälder doch einfach mit Napalm und Agent Orange in eine rauchende, graue Einöde.

Aber mein Zynismus war billig, geboren aus der gleichen Machtlosigkeit gegenüber dem Bösen, die den Sheriff dazu veranlasst hatte, mir seinen typisch urban-amerikanischen Fleischzerleger der Firma *Colt Industries* zum Geschenk zu machen.

Mein Schreibtisch war übersät mit Faxen des *National Crime Information Centers* in Washington, D.C., und fotokopierten Akten des NOPD, die mir Ben Motley geschickt hatte. Die Menschen auf diesen Seiten hätten praktisch in jeder amerikanischen Stadt agieren können. Sie waren auf einzigartige Weise amerikanisch, eingebettet in unsere Wirtschaft, schlängelten sich ständig in und aus unserem Leben, schwebten irgendwie am Rande unseres Gesichtsfeldes. Aber nichts von dem, was wir bislang versucht haben, kann als erfolgreiche Auseinandersetzung mit ihnen gelten. Tatsächlich bin ich nicht mal sicher, wie man sie definieren könnte.

1. Max und Bobo Calucci: In der Unterhaltungsliteratur werden sie entweder als Witzbolde im auf das 20. Jahrhundert übertragenen Sinne Chaucers dargestellt, entschuldbare und lebenslustige Ganoven, deren schlimmstes moralisches Vergehen ihre wild zusammengewürfelte Garderobe ist, oder aber als charismatische Vertreter der reichen New Yorker Mafia-Familien, deren palastähnliche Anwesen immer mit Leben erfüllt sind, entweder von Hochzeiten oder von Gartenpartys. Der familiäre Kodex der zweiten Gruppe geht direkt auf die mittelalterliche Romantik zurück, ihre Tändelei mit dem Bösen hat gar faustische und tragische Dimensionen.

Vielleicht sind sie das alles ja wirklich. Aber diejenigen, die ich persönlich kennengelernt habe, besaßen alle, vielleicht mit ein oder zwei Ausnahmen, ein einzelnes, allen gemeinsames Merkmal, das unvergesslich ist. Ihre Augen sind tot. Nein, das ist nicht ganz richtig. Es funkelt ein Licht in ihnen, so wie ein feuchtes Streichholz hinter schwarzem Glas auflodert, aber wie sehr man auch immer versuchen mag, den dahinter arbeitenden Verstand zu interpretieren, man kann nie sicher sein, ob die fragliche Person darüber nachdenkt, einen umzubringen oder ihren Wagen waschen zu lassen. Einmal habe ich drei Stunden damit verbracht, einen prominenten Mafioso zu vernehmen, der heute im Zeugenschutzprogramm lebt. Zwei Drittel seines Magens mussten wegen Geschwüren entfernt werden, das Fleisch hing ihm nur noch wie faltige Knete an den Knochen, sein Atem war ranzig von der vollgesabberten Zigarre, die nur selten seinen Mund verließ. Doch seine Erinnerungen über fünf Jahrzehnte innerhalb der Organisation waren geradezu enzyklopädisch. Während er schier endlos Unterhaltungen mit anderen Mitgliedern des Mobs wiedergab, blieb das Thema doch stets das eine: Geld. Wie viel war bei einem Raubüberfall kassiert worden, welcher Anteil war an wen geflossen, wie viel war gewaschen worden, wie viel war für das Leben eines Gewerkschaftsfunktionärs in einem Koffer abgeliefert worden …

Dreißig Jahre zuvor hatte er im Wohnzimmer eines Freundes ein Stück Klaviersaitendraht um den Hals eines Spitzels gewickelt und zugezogen, bis er den Kopf des Mannes praktisch abgetrennt hatte.

Dann sagte ich etwas, das weder meine Situation noch mein Job verlangten.

„Der Mann, den Sie umgebracht haben, der war doch mal Ihr Freund gewesen, richtig?"

„Ja, das ist richtig."

„Hat Sie das berührt?"

„War, wie's eben so ist. Was willsu machen?" Er zuckte mit den Achseln und zog die Augenbrauen hoch, als wäre ihm willkürlich eine unmögliche Situation aufgezwungen worden.

Dann stellte ich ihm eine weitere Frage, eine, die er nicht beantwortete und die mich seitdem nie mehr losgelassen hat.

„Sie haben den Feds jedes kleinste Detail Ihres Lebens erzählt, Vince. Ist Ihnen je danach, Gott zu signalisieren, dass Sie zumindest einen Teil dieser ganzen Scheiße bereuen, dass Sie es gern aus Ihrem Leben tilgen möchten?"

Seine Augen zuckten nur einen winzigen Moment seitlich zu mir. Durch den Zigarrenqualm wirkten sie, als wären sie aus grünen und schwarzen Glassplittern gemacht, wässrig, rot gerändert wie die Augen einer Echse, und es leuchtete in ihnen ein altes Geheimnis, das sich niemals aus seiner Kehle lösen würde, oder es war einfach nur Angst.

Ich schaltete meinen Rekorder aus, verabschiedete mich und verließ den Raum. Später sagte er zu einem FBI-Agenten, dass er mich nie wieder in seiner Nähe haben wollte.

2. Tommy Bobalouba: Wie Max und Bobo operierte er am Rand der anständigen Welt und versuchte sich permanent mit einem ethnischen Erbe zu identifizieren, das seinen illegalen Unternehmungen irgendwie den Anstrich kultureller und moralischer Legitimierung geben sollte. Die

Wirklichkeit war jedoch, dass sowohl Tommy als auch die Caluccis in einem atemberaubenden Umfang öffentliche Vulgarität repräsentierten, welche die meisten anderen Iren und Italiener in New Orleans anwiderte und ihnen peinlich war.

Tommy war aus seinem Jachtclub geworfen worden, weil er um vier Uhr morgens mit einer Getränkekellnerin im Swimmingpool kopuliert hatte. Auf dem *Rex Ball* während Mardi Gras erzählte er der Frau des Bürgermeisters, dass sein Phallus aufgrund der Strahlenbehandlung seines Prostatakrebses im Dunkeln leuchtete. Nachdem er sich eine Einladung zu einem Dinner der *New Orleans Historical Association* erschleimt hatte, lehnte er auf höfliche Weise den Spargel ab, indem er zur Kellnerin sagte: „Trotzdem vielen Dank, Ma'am, aber mein Urin stinkt danach immer so."

3. Wir nennen den dritten Akteur Malcolm, ein Kompositum einer beliebigen Anzahl schwarzer Jugendlicher, die in den Sozialbausiedlungen von New Orleans aufwachsen. Sozialarbeiter und Soziologen haben ganze Wälzer über Malcolm geschrieben. Rassistische Demagogen lieben Malcolm, denn er ist das Instrument, mit dem sie dem Wahlvolk Angst einimpfen. Liberale sind erheblich mitfühlender und führen seine Probleme stets auf die Umwelt zurück. Wahrscheinlich haben sie recht mit ihrer Einschätzung. Das Problem ist nur, dass Malcolm gefährlich ist. Außerdem ist er nicht selten ungemein unsympathisch.

Ein Crack-Süchtiger hat eine Zukunft vor sich wie eine brennende Kerze, die auf einem Holzofen steht. Innerhalb kürzester Zeit wird er entweder von dem ungezügelt in ihm lodernden Feuer oder von den anderen Flammen verzehrt werden, die jeden Tag von außen an seiner Haut züngeln. Bis es so weit ist, driftet er ab in eine Welt der moralischen Bewusstseinsspaltung, in der ein Schuss ins Gesicht einer britischen Touristin wegen ihrer Handtasche oder die versehentliche Tötung eines Nachbarkindes ungefähr die gleiche Bedeutung besitzt wie einen Nietnagel abzukauen.

Ich kannte mal ein schwarzes Kid aus New Iberia mit Namen Malcolm. Er hatte einen Wurfarm wie eine Peitsche, und er konnte einen Ball weit im Mittelfeld fangen und ihn aus dieser Bewegung heraus ansatzlos mit der hundsgemeinen, flachen Flugbahn einer Luftgewehrkugel auf die Homeplate feuern. Mit siebzehn zog er mit seiner Mutter ins *Desire Project* in New Orleans, einem Komplex von Sozialwohnungen, wo der Lärm nie nachlässt, genau wie der vierundzwanzigstündige Krach in einem Stadtgefängnis – Toiletten werden gespült, Wasser- und Heizungsrohre poltern in den Wänden, betrunkene Menschen brüllen sich an, Radios und Fernseher plärren hinter zerbrochenen Fenstern. Die Gesetze der normalen Gesellschaft scheinen nur in Comics zu existieren. Kategorien wie Nächstenliebe, Freude und Anstand sind ohne Bedeutung. Normalität besteht aus Gruppenvergewaltigungen, Kindesmissbrauch, Inzest, Terrorisierung der Älteren, Schlägereien und Messerstechereien, die die Opfer bis zur blutigen Unkenntlichkeit entstellen, vierzehnjährigen Mädchen, die einem zuzwinkern und stolz sagen: „Ich verkauf's aus meinem Slip, Baby", oder vielleicht einem Highschool-Zehntklässler, der seine MAC-10 Maschinenpistole zu Heavy Metal anschmeißt und seine gleichaltrigen Kumpels zu Hundefutter verarbeitet.

Nach einem Jahr rauchte, spritzte, schniefte, bongte, schluckte oder inhalierte Malcolm das komplette Menü des Straßendealers: Bazooka, Skunk, Rock, Crank, Brown Sugar, Skag und Angel Dust. Seine Mutter nahm ihn zu einem Weihnachtsbesuch mit zurück nach New Iberia. Malcolm lieh sich ein Auto und fuhr zu einem Minimarkt, weil er Eierpunsch kaufen wollte. Dann überlegte er es sich anders und beschloss, er brauche gar keinen Eierpunsch. Stattdessen vergewaltigte und exekutierte er das achtzehnjährige College-Mädchen, das an diesem Abend hinter der Kasse stand. Er behauptete bei seiner Verhandlung, er sei voll auf Speed und Angel Dust gewesen und könne sich nicht mal daran erinnern, den Minimarkt überhaupt betreten zu haben. Ich war als Zeuge bei seiner Hinrichtung auf dem elektrischen Stuhl, und bis zum heutigen Tag bin ich überzeugt, dass selbst noch, als man seine Arme und Beine an den Eichenstuhl schnallte, den ledernen Knebel über den Mund spannte und das schwarze Tuch über sein Gesicht fallen ließ, selbst noch bis zu dem Moment, an dem der Elektriker die Stromkreise schloss und einen Blitz durch seinen Körper jagte, der das Hirn verbrutzelte und die Innereien explodieren ließ, Malcolm nicht glaubte, dass diese Leute, die er noch nie zuvor gesehen und denen er doch nie etwas getan hatte, ihm tatsächlich das Leben nehmen würden für ein Verbrechen, zu dem er sich selbst überhaupt nicht für fähig hielt.

* * *

An diesem Abend saß ich am Küchentisch und hatte vor mir eine Seekarte der Küste Louisianas ausgebreitet. Durch die offene Schlafzimmertür hörte ich, wie Bootsie das Wasser in der Dusche anstellte. In letzter Zeit hatte sie es sich zur festen Gewohnheit gemacht, nachmittags ausgiebig zu duschen, den Zigarettenqualm aus den Haaren zu spülen, ihr Gesicht in den Strahl zu halten, bis die Haut gerötet war und zumindest der Anschein von Klarheit in ihre Augen zurückkehrte. Ich hatte bislang noch nicht mit ihr über die Anzeige wegen Fahrens unter Alkoholeinfluss gesprochen, die sie tags zuvor um ein Haar bekommen hätte.

Ich strich die Seekarte mit der Hand glatt und setzte mit Bleistift Kreuze an die Stellen, wo ich das deutsche U-Boot gesichtet hatte, als ich noch auf dem College war, und dann ein weiteres, als ich mit Batist mit meinem Boot da war. Dann machte ich ein drittes Kreuz dorthin, wo Hippo Bimstines Freund, der Fracht-Skipper, es mit seinem Sonar geortet hatte. Alle drei Kreuze befanden sich in einem Umkreis von etwa drei Kilometer zueinander auf einer grob von Südwesten nach Nordosten verlaufenden Abdriftlinie, die mit den Einflüssen sowohl der Gezeiten als auch der Strömungen des Schwemmkegels des Mississippi übereinstimmen konnte. Falls es entlang dieser Linie einen Graben gab, der sich mit der Abschrägung des Festlandsockels nach unten neigte, wären die weiteren Bewegungen des U-Boots bis zu einem gewissen Grad vorhersehbar.

Allerdings konnte ich mich nicht auf die Seekarte konzentrieren. Ich starrte aus dem nach hinten führenden Fenster zum Traktorschuppen am Rand des Hügels. Das Tor stand weit offen, und das rote Licht der untergehenden Sonne fiel wie loderndes Feuer in Streifen durch die Ritzen der hinteren Wand. Ich rief Clete in seiner Wohnung in New Orleans an und erzählte ihm von dem Einbruch letzte Nacht, von dem mit Leinen bedeckten Metzgerblock, dem angebotenen Bourbon, dem zur Hälfte mit Burgunder gefüllten Kristallkelch mit seinem Lippenstiftrand und dem Mondlicht.

„Und?“, fragte er, als ich fertig war.

„Es war kein gewöhnlicher Einbruch, Clete.“

„Es war Buchalter oder seine abgerichteten Arschgesichter, Streak.“

„Warum die blaue Rose auf einem Porzellanteller?“

„Um dich zu irritieren.“

„Du meinst nicht, dass es irgendwas mit diesen Selbstjustiz-Morden zu tun hat?“

„Inzwischen kennt jeder in New Orleans die Arbeitsweise des Kerls. Warum sollte das bei Buchalter anders sein?“

„Warum der Lippenstift an dem Glas?“

„Wahrscheinlich arbeitet eine Braut mit ihm zusammen. Die stehen manchmal voll auf Leder und Hakenkreuze.“

Ich atmete tief aus und starrte durch das Fliegennetz zu den Glühwürmchen hinaus, die im lilafarbenen Dunst leuchteten.

„Dir hat man schon mal einen Mord anhängen wollen, Dave. Aber du hast den Spieß umgedreht, ohne dass dir dabei jemand geholfen hat“, sagte Clete. „Ich hab so das vage Gefühl, dass dich noch etwas beschäftigt, nicht nur so ein Kerl mit nichts als Scheiße im Hirn, der in deinem Traktorschuppen offene Flaschen deponiert.“

Ich hörte immer noch Wasser in der Dusche laufen.

„Dave?"

„Ja."

„Soll ich rüberkommen?"

„Nein, schon in Ordnung. Danke für deine Zeit, Clete. Ich rufe dich in ein paar Tagen an."

„Bevor du auflegst, eine Sache ist da noch, die ich erwähnen wollte. Klingt aber ein bisschen abgedreht."

„Abgedreht?"

„Ja, man könnte auch sagen: zutiefst seltsam. Reverend Oswald hat mir erzählt, er wäre bei Ausbruch des Zweiten Weltkriegs bei der Handelsmarine gewesen." Er schwieg einen Moment. „Ist aber vielleicht auch nur ein Zufall."

„Komm schon, Clete, nimm das Erdnuss-Krokant aus dem Mund."

„Er sagte, er hätte mit siebzehn als Matrose auf einem Öltanker gearbeitet, der 1942 von New Orleans ausgelaufen ist. Und rate mal. Sie sind südlich von Grand Isle von einem deutschen U-Boot erwischt worden."

Ein einzelner Schweißtropfen rollte seitlich meinen Brustkorb hinunter. Durch die Fliegentür konnte ich schwarze Gewitterwolken aufziehen sehen, sie sahen aus wie dicker, geronnener Rauch, der sich am Horizont vor dem flüssigen Feuerball der untergehenden Sonne in den Himmel schraubte.

„Er sagte, während der Tanker brannte, sei das U-Boot aufgetaucht und hätte die Rettungsboote gerammt und mit MG-Feuer überzogen. Er selbst trieb mehrere Tage auf den Wellen herum, bis er schließlich von einem Krabbenkutter aus dem Wasser gefischt wurde … Schon irgendwie komisch, oder? Ich meine, der Kerl taucht ungefähr zur gleichen Zeit hier auf wie Buchalter."

„Ja, ist es."

„Wahrscheinlich hat's aber gar nichts zu bedeuten, oder? Ich meine … Was denkst du?"

„Wie mir gestern jemand sagte: Ich schieße bei dieser Geschichte nur mit Platzpatronen, Clete."

Nachdem ich aufgelegt hatte, ging ich ins Schlafzimmer. Durch die halb offene Badezimmertür konnte ich Bootsie in der Dusche sehen, die unter dem Wasserstrahl stand. Mit beiden Händen hielt sie die Haare hinter ihrem Kopf und drehte sich in einem langsamen Kreis, wobei ihr Po das beschlagene Glas streifte und das Wasser über ihre Brüste und Hüften lief. Ich wollte die Vorhänge schließen und die Schlafzimmertür verriegeln, sie mit einem Handtuch trocken rubbeln, sie zu unserem Bett bringen, ihre Nippel in den Mund nehmen, ihren schlanken, geschmeidigen Bauch küssen und dann spüren, wie ich in sie eindrang und mich in ihr verlor, als könnte meine verzweifelte Liebe die Natter besiegen, die sie an ihre Brust gelegt hatte.

Ich hörte, wie sie den Arzneischrank öffnete und den Deckel eines Behälters aufmachte. Sie zuckte zusammen, als sie mich im Spiegel bemerkte.

„Oh, Dave, jetzt hätte ich fast einen Herzinfarkt bekommen", sagte sie. Ihre Hand schloss sich um das Plastikfläschchen. Ich nahm es ihr ab und las den Aufdruck auf dem Etikett.

„Woher hast du die, Boots?"

„Von Dr. Bienville", sagte sie.

„Dr. Bienville ist ein Quacksalber und müsste eigentlich im Gefängnis sitzen."

„Es ist doch nur ein Sedativum. Mach jetzt bitte keine große Sache daraus."

„Das sind Beruhigungsmittel. Wenn du die nimmst und gleichzeitig Alkohol trinkst, können sie dich umbringen." Ich kippte die Pillen in die Toilettenschüssel, zerbrach dann das Fläschchen in meiner Hand und ließ die Überreste in den Papierkorb fallen. Ihre Augen blinzelten, während sie beobachtete, wie ich die Wasserspülung betätigte. Sie wollte etwas sagen, aber ich ließ sie nicht.

„Ich werde nicht zulassen, dass ich dich verliere, Boots", sagte ich, legte ihr den Frottee-Bademantel um die Schultern und führte sie zum Bett. Wir setzten uns nebeneinander auf die Kante der Matratze, und ich tupfte ihr Haar mit einem Handtuch ab, dann drückte ich sie aufs Kopfkissen hinunter. Im Halbdunkel sah sie blass und müde aus. Ich blieb sitzen und nahm eine ihrer Hände in meine.

„Der Sheriff hat mir erzählt, dass du um Haaresbreite eine Anzeige wegen Fahrens unter Alkoholeinfluss bekommen hättest", sagte ich. „Wenn ein Mensch sich auf ein Leben mit dem Alkohol einlässt, wird er oder sie auch betrunken Auto fahren. Und früher oder später wird diese Person eine Anzeige wegen Alkoholmissbrauchs am Steuer erhalten oder vielleicht sogar jemanden umbringen. So einfach ist das."

Ihre Augen wurden feucht. Sie drehte den Kopf zum Fenster und den Vorhängen, die leicht in der Brise wehten.

„Der Sheriff ist in Ordnung", sagte ich. „Er weiß, dass

wir Probleme haben. Er möchte uns helfen. Das will übrigens jeder, Boots. Deshalb möchte ich auch, dass du morgen früh mit mir zu einem Treffen gehst."

Sie versuchte, meinen Blick zu meiden. Dann sagte sie: „Ist es schon so weit?"

„Ein AA-Treffen ist nicht das Schlimmste auf der Welt."

„Denkst du, ich bin Alkoholikerin?"

„Der Alk fängt definitiv an, dir zu schaden. Diese Tatsache wird nicht einfach so verschwinden."

Wieder drehte sie den Kopf zur Seite, legte einen Handrücken auf ihre Schläfe.

„Warum passiert uns das?", fragte sie.

„Weil ich zugelassen habe, dass Hippo Bimstine mir das Leben schwermacht."

„Aber es geht um mehr, oder? Dieser Mann … Buchalter … er ist auf eine Weise böse, die ich nicht mit Worten beschreiben kann. Als besäße er die Macht, einem Raum jede Luft abzusaugen. Wenn ich an ihn denke, kann ich nicht mehr atmen. Es ist, als würde ich ertrinken."

„Er besitzt nur so viel Macht, wie wir unserer Angst erlauben, ihm zu geben."

Aber ich fiel dieser alten, sehr eigennützigen Vorstellung zum Opfer, dass gut gemeinte Worte eine Prellung von der Seele nehmen könnten.

Ich zog das Laken über sie und sagte, wie es mir schien, sehr lange Zeit nichts mehr. Dann fragte ich, um das Thema zu wechseln: „Wen hattest du eigentlich dabei, als du angehalten wurdest?"

„Schwester Marie."

„Wer?"

„Marie Guilbeaux, die Nonne aus Lafayette."

„Was hast du denn mit *der* gemacht?"

„Sie hat uns ein paar Topf-Chrysanthemen vor die Haustür gestellt. Dabei sah sie mich aus dem Laden kommen, und ich hab sie gefragt, ob sie Lust habe, mit mir auf ein Bier in den Drive-in zu gehen. Sie ist eine wirklich nette Person, Dave. Das mit ihrem letzten Besuch hier tut ihr sehr leid. Ist irgendwas nicht in Ordnung?"

„Ich möchte sie hier nicht mehr sehen."

„Ich verstehe nicht warum."

„Sie taucht immer zu recht merkwürdigen Zeiten auf."

„Ich finde nicht, dass du Schwester Marie die Schuld für mein Verhalten geben solltest, Dave."

„Wir kümmern uns allein um unsere Probleme, Boots. Wir brauchen sonst niemanden. Das ist doch nicht unvernünftig, oder?"

„Nein, ich schätze nicht. Aber sie ist nett."

„Ich mache uns jetzt Abendbrot. Warum machst du nicht ein kurzes Nickerchen?"

„In Ordnung", antwortete sie und berührte meinen Unterarm. „Das alles tut mir leid. Ich möchte mit dir zu einem Treffen gehen. Direkt als Erstes morgen früh. Und ich werde mein Versprechen nicht brechen."

„Du bist die Beste."

„Du auch, Kiddo."

Später zog ich eine ganze Rolle Blumendraht fünfzehn Zentimeter über dem Boden durch die Eichen und Pekannuss-Bäume vor und neben dem Haus, dann weiter auf die

Rückseite des Hauses, über den Stamm des Zedrachbaums und die Rückwand des Traktorschuppens, über den Hang und schließlich zu Tripods Kiste, wo ich das Ende fest um den Stamm einer Eiche verdrillte. An den Draht band ich in mehr oder weniger regelmäßigen Abständen Blechdosen. Ich legte die AR-15 des Sheriffs auf das oberste Regalbrett des Schlafzimmerschranks und meine .45er unter die Matratze, glitt dann neben Bootsie unters Laken. Ihr Körper war warm vom Schlaf, ihr Mund öffnete sich bei jedem Atemzug leicht. Die Muskeln auf Rücken und Schultern und der Schwung ihrer Hüfte wirkten so geschmeidig wie über einen Stein gleitendes Wasser. Tief versunken in einem beunruhigenden Traum begann sie, unzusammenhängende Worte zu murmeln. Ich drückte mich an sie, zog ihren Körper noch näher an meinen, inhalierte den Erdbeerduft ihrer Haare, und wie ein gekrümmt daliegendes, primitives Geschöpf aus einer früheren Zeit waren meine Lenden gefangen zwischen Verlangen und Furcht, wartete ich auf das Scheppern von Dosen an einem Draht oder das sanfte, milchige Glimmen einer vorhersehbaren Morgendämmerung.

* * *

Nach der Arbeit am nächsten Nachmittag, gerade als ich in die Einfahrt bog, sah ich Zoot Bergeron auf einem Pfahl am Ende meines Anlegestegs sitzen und Kieselsteine ins Wasser werfen. Ich parkte meinen Truck unter den Bäumen und ging ihm den Hang hinunter entgegen. Er sprang von dem Pfahl, drückte seinen Rücken durch und warf den restlichen Kies ins Schilf. Seine Haut war schmutzig, und sein Pullover mit Essensresten übersät. Im linken Ohrläppchen steckte ein winziger grüner Stein, so wie ein leuchtendes Insekt oder ein glitzender Stecknadelkopf.

„Was geht, Zoot?“, begrüßte ich ihn.

„Ich brauch einen Job. Ich dachte, vielleicht haben Sie hier ’ne Beschäftigung für mich. Mit so Booten hatte ich schon mal zu tun. Schon oft, eigentlich.“

„Wie bist du hergekommen?“

„Mit dem Bus nach New Iberia. Dann zu Fuß.“

„Du bist Vierundzwanzig Kilometer zu Fuß gegangen?“

„Der Mann da drüben hat mich die letzten drei Kilometer mitgenommen.“ Er zeigte die Straße hinauf zu einem schlammverkrusteten Lieferwagen, unter dessen Vorderseite ein mit einem Overall bekleideter Mann auf dem Boden lag und irgendwas mit einem Schraubenschlüssel machte. „Ich werd richtig für Sie malochen, Mr. Dave. Und ich werd auch nicht in irgendwelche Schwierigkeiten geraten.“

„Was ist mit der Schule, Partner?“

„Da geh ich nicht mehr hin. Ich muss trainieren, in Form kommen, damit ich vielleicht mal die Chance auf ’nen Wettkampf kriege. Dafür braucht man keine Schule. Mr. Tommy hat mir erzählt, er hätte mit sechzehn die Schule geschmissen.“

„Was ein Teil des Grundes ist, warum er in moralischer Hinsicht doch sehr eingeschränkt ist, Zoot.“

„Wie jetzt?“

„Was sagt denn deine Mom dazu?“

Er gab keine Antwort.

„Weiß sie, wo du bist?“, fragte ich.

„Was geht's sie an? Heute Morgen erst hat sie zu mir gesagt, ich wäre auch nicht besser als mein Daddy. Wie kann ich denn wie mein Daddy sein, wo ich meinen Daddy ja noch nie gesehen hab? Ich will zum Marine Corps, aber sie weigert sich, mir ihre Unterschrift zu geben. Sie sagt, die werden mich nur dazu benutzen, ihre Klos sauberzumachen. Sie hat den Sergeant im Rekrutierungsbüro angerufen und ihm das auch so gesagt. Das hat sie getan.“

„Lass mich offen und ehrlich zu dir sein, Partner. Ich hab hier momentan ziemlich was an der Backe. Ich kann dir nicht helfen, zumindest nicht so, wie du es von mir erwartest.“

„Mr. Dave ...“

„Sorry, Zoot.“

Die Luft war kühl, und rote und goldene Blätter fielen aus dem Sonnenschein ins Wasser. Er sah die Straße hinunter zu den Schatten zwischen den Eichen, als läge dort vielleicht eine Antwort auf seine Fragen.

„Ich besorg dir was, wo du heute Nacht bleiben kannst, und morgen früh fahre ich dich zum Busbahnhof“, sagte ich.

Ich sah die Verletzung in seinem Gesicht flackern.

„Es sind einige ziemlich üble Leute hier gewesen, Zoot. Ich möchte nicht, dass du in etwas hineingezogen wirst“, sagte ich. „Und vielleicht solltest du deiner Mom noch eine Chance geben. Vielleicht hat sie einfach nur Angst. Du bist ihr Ein und Alles, das weißt du doch. Das macht sie besitzergreifend und wahrscheinlich auch ein wenig egoistisch. Aber ganz bestimmt nicht, weil sie dich nicht respektiert.“

„Das macht's aber auch nicht besser, was sie zu mir gesagt hat. Und Sie müssen mir auch nichts suchen, wo ich schlafen kann. Der Typ dahinten ist aus New Orleans. Er sagt, wenn er seine Karre repariert hat, kann ich mit ihm zurückfahren."

„Möchtest du, dass ich für dich deine Mom anrufe?"

„Ich geh nicht mehr nach Hause. Mr. Tommy wird mir helfen. Ihr könnt alle über ihn sagen, was ihr wollt, aber er ist kein schlechter Weißer. Er macht mir keinen Stress und kritisiert mich nicht dauernd, er erzählt mir nicht, er hätte selbst mehr als genug Kummer und keine Zeit für seine Freunde."

„Tut mir leid, dass du das so auffasst."

„Sie sind ein Cop, Mr. Dave."

„Was soll das denn heißen?"

„Sie reden anders, Sie sind nicht so fies und gemein wie Mr. Baxter, Sie sind auch klug und gebildet, aber Sie sind ein Cop, genau wie Mom. Letzten Endes werden Sie sich immer an die Vorschriften halten, denn Sie sind auf der Seite derer, die Macht haben. Und sagen Sie mir jetzt nicht, das wär nicht so."

Er ging die Straße hinunter durch den Eichentunnel. Seine Tennisschuhe und der Saum seiner Jeans waren grau vor Staub, und ein Ellenbogen ragte aus dem Ärmel seines Pullovers. Er hockte sich in einen Teppich von Wunderblumen und sah dem Mann im Overall bei der Arbeit zu. Im schwindenden Spätnachmittagslicht schien seine schwarze Haut mit einem fast violetten Schimmer zu leuchten.

Ich ging ins Haus, und Bootsie, Alafair und ich aßen

am Küchentisch zu Abend. Später fütterte ich mit Alafair Tripod, und wir setzten ihn in seine Kiste, damit er nachts nicht im trockenen Laub herumraschelte; danach kontrollierte ich den Stolperdraht und die Blechdosen und schloss das Haus ab. Kurz nachdem Bootsie und Alafair zu Bett gegangen waren, klopfte jemand an die Haustür.

Es war Zoot. Er gähnte, als ich die Tür aufmachte, und im gelben Licht der Veranda sah ich, dass Laub in seinen zerzausten Haaren hing.

„Könnten Sie vielleicht kurz kommen und dem Mann mit dem Lieferwagen helfen?", fragte er.

„Ich dachte, du wolltest keine Gefälligkeiten, Zoot."

„Hab ja auch um keine gebeten. Der Mann hat. Die Spurstange hat er repariert. Aber jetzt ist die Batterie tot."

„Oh, ich verstehe, das ist natürlich was anderes. Zoot, du entwickelst dich langsam zu einer echten Nervensäge."

„Er hat gesagt, ich soll fragen gehen. Wenn Sie nicht helfen wollen, kann ich auch runter zur Kreuzung gehen."

Ich schloss die Tür hinter mir ab, und wir stiegen in meinen Truck. Zoot rieb sich den Schlaf aus den Augen. Dann sagte er: „Ich wollte vorhin nicht unhöflich sein, Mr. Dave. Mir ist heute nur ziemlich viel durch den Kopf gegangen. Und darauf hab ich echt keine Antworten."

„Willst du wirklich zum Corps?"

„Klar."

„Lass mich mit deiner Mom darüber reden."

„Das würden Sie tun?"

„Warum nicht, Partner?"

Wir fuhren die Straße hinunter zu dem Lieferwagen. Der

gelbe Mond stand, umgeben von einem nebeligen Hof, niedrig über den Zypressen im Sumpf. Einige Regentropfen klatschten auf das Wasser des Bayou. Im Scheinwerferlicht sah ich, wie der Mann im Overall sich tief in den Motorraum des Lieferwagens beugte. In seiner Gesäßtasche steckten jede Menge verchromte Schraubenschlüssel. Ein Stück hinter dem Schatten des Lieferwagens bemerkte ich einen parkenden Pick-up, der das Licht gelöscht hatte.

„Sieht so aus, als hätte dein Freund bereits Hilfe bekommen", sagte ich.

„Der Typ ist irgendwann vorhin gekommen, aber er hat keine Kabel", sagte Zoot.

Ich ließ Scheinwerfer und Motor an, stieg aus und schloss die Ausrüstungskiste auf, die auf der Ladefläche meines Pick-ups mit dem Boden verschweißt war. Ich warf mir die beiden Starthilfekabel über die Schulter und ging zu dem Mann im Overall hinüber. Sein Gesicht war spitz wie eine Beilklinge, und ein feiner silbergrauer Bart verjüngte sich auf seinem Kinn zu einer Spitze. Sein Lächeln war nicht mehr als eine runzlige rote Linie in seinem Bart.

„Danke, dass Sie gekommen sind, Mr. Robicheaux", sagte er.

„Ich glaube nicht, dass ich Sie kenne", sagte ich.

„Tun Sie nicht. Der Junge hat mir Ihren Namen verraten."

„Verstehe." Ich warf wieder einen Blick auf sein Gesicht im schräg fallenden Regen. Seine Augen leuchteten wie die eines Kobolds. „Okay, dann klemmen Sie mal das rote Kabel an den Plus-Pol und das schwarze an den Minus-Pol, damit wir die Maschine wieder zum Laufen bekommen.“

Ich reichte ihm die Enden der Kabel und drehte mich um, um meine Motorhaube zu öffnen. Während ich das tat, sah ich Zoot rückwärts zu meinem Truck gehen, den Mund geöffnet, sein Blick plötzlich starr und verständnislos.

Ich drehte mich zu dem Mann im Overall um und sah die Luger in seiner Hand. Sein Lächeln war schmierig, in den Augen funkelte ein Licht.

„Tja, so kann's gehen“, sagte er. „Ich bin nicht unglücklich deswegen. Ich hab einen halben Tag und den kleinen Negerjungen hier gebraucht, um die Falle hier zu stellen.“

„Was ist hier los, Mr. Dave?“, fragte Zoot.

„Für wen arbeitest du, Kumpel?“, fragte ich.

„*Kumpel?* Ich verstehe. Hab schon gehört, dass du ein raffiniertes Arschloch bist“, sagte er immer noch lächelnd und ging an mir vorbei zur offenen Tür meines Trucks, die Luger immer auf meine Brust gerichtet, und schaltete Zündung und Scheinwerfer aus.

„Lass den Jungen laufen. Er hat nichts damit zu tun“, sagte ich.

„Aus Nissen werden Läuse. Zerquetsch sie, wenn du die Chance dazu hast. Sagen wenigstens manche.“

„Ich glaube, du stehst in deiner eigenen Scheiße, Freundchen“, sagte ich. „Wenn du auf dieser Straße auch nur einen Schuss abgibst, wirst du es nicht mehr über die Zugbrücke schaffen.“

Doch noch während ich redete, sah ich einen Schatten, einen großen Schatten, der sich von dem parkenden Pickup seitlich am Lieferwagen vorbeischob, und ich wusste, dass ich meinem eigentlichen Gegner an diesem Abend noch nicht begegnet war.

Eine versengt-schwarze Wolkenbank über dem Sumpfgebiet pulsierte und zuckte vor Blitzen, und in dem weißen Schimmern durchs Dach der Baumkronen sah ich Will Buchalter vor den Lieferwagen treten, den Panamahut aus der Stirn geschoben, sein schiefes Will-Rogers-Lächeln so herzlich wie das eines guten, alten Freundes.

Er streckte eine Hand aus, um mein Gesicht abzutasten, genau wie es ein Blinder tun würde. Ich zuckte zurück vor dem säuerlichen Geruch seiner Handfläche.

„Tut mir wirklich sehr leid, dir das antun zu müssen, Dave, aber du machst es einem ja auch echt nicht leicht", sagte er, baute sich breitbeinig dicht vor mir auf und drückte die Unterarme auf beide Seiten meines Halses.

„Ja, Mann, mach's dem Kerl nicht zu leicht. Mach ihn gründlich fertig", sagte der andere Mann und fing an zu gackern.

Dann spannte Buchalter seine Unterarme unnachgiebig wie Eisen an und drückte von den Seiten auf meinen Hals wie eine Maschine, die Vogelknochen bricht. Ich spürte, wie er am ganzen Körper vor Anstrengung zitterte, wie sein Atem an meinem Ohr bebte, dann fühlte ich, wie die Schlagadern zum Gehirn dichtmachten. Meine Knie gaben nach, als wären mir die Sehnen durchtrennt worden. Eine Woge der Übelkeit schwappte über mich und rot-schwarze Farbe schob sich vor meine Augen, und ich fiel in einen dunklen, kühlen Ort, wo der Regen so trocken wie Papierblumen von der Haut abprallte. Das ferne

Donnern über dem Golf war nur noch ein harmloses Echo von Schiffskanonen, die schon lange vom Moos und dem trägen, schwerfälligen Driften von Sand und Zeit zum Verstummen gebracht worden waren.

19

Schmerz kann wie ein voller Eimer nach Benzin riechenden Wassers sein, der einem ins Gesicht geschüttet wird; wie ein Betonboden, der sich in die Knie bohrt; das Hanfseil, das sich in die hinter einem Vierkantpfosten gefesselten Handgelenke schneidet; die überdehnten Armmuskeln; die Nazi-Fahne, die vor dem Hintergrund einer uringelben Wand aus Hohlblocksteinen in den Fokus treibt; wie die Zahnräder, die sich träge an einem von Hand betriebenen Generator drehen, schneller werden, jetzt zu summen beginnen, durchs Metallgehäuse laut aufjaulen, während der Strom wie eine eiserne Faust auf meine Genitalien einschlägt, dann durch die Lenden weiter nach oben rauscht, die Nieren püriert, wie eine elektrische Kneifzange eine Stelle irgendwo tief im Dickdarm packt.

Ich war überzeugt, dass die Stimme, die sich aus meinem Mund löste, nicht meine eigene sei. Es war ein primitives Geräusch, meinen Eingeweiden entrissen, laut wie Becken, die auf Ohren geschlagen werden, dann abschwellen, schließlich schwach und klagend, das abnehmende Tremolo wie von einem Tier, dessen Bein in einer stählernen Falle festsitzt.

Ein rothaariger Weißer in einem schwarzen Grateful-Dead-T-Shirt, mit schweineartiger Statur und Bürstenschnitt, einem zerfurchten Hals und tief liegenden, lindgrünen Augen, beugte sich weit aus einem Klappstuhl vor, während er mit seinen massigen Händen wie wild an den Kurbeln des Generators drehte.

Plötzlich hörte er auf und starrte fassungslos auf eine seiner Handflächen.

„Ich hab 'ne Blase an der Hand", jammerte er.

„Lass uns einen Gang runterschalten, Will. Sonst verlierst du ihn wieder", sagte der Mann mit dem silbernen Bart.

„Ist nich Wills Schuld. Der Wichser muss doch nur endlich sein Scheißmaul aufmachen", sagte der Mann am Generator.

„Elektrizität ist schon komisch, Will. Sie sammelt sich wie Wasser an einer Stelle. Vielleicht ist's beim nächsten Mal sein Herz", sagte der Mann mit dem Bart.

Will Buchalter trug kein Hemd, hatte derbes Schuhwerk an. Sein Oberkörper lief in der olivfarbenen, militärischen Latzhose konisch zu, wie der angespitzte Stamm eines Baumes. Seine Achselhöhlen waren rasiert und auf seiner Brust verliefen Venen, die sich kräuselten und auffächerten wie verknotete Schnüre. Er saß mit einer muskulösen Arschbacke auf der Kante eines ramponierten Schreibtischs, die Beine übereinandergeschlagen, ein amüsierter Ausdruck auf dem Gesicht, in Gedanken versunken unter seinem Panamahut.

„Und, Dave, wie sieht's aus?", fragte er.

Mein Kopf hing nach vorn, Schweiß und Wasser strömten aus den Haaren.

„Antworte dem Mann, du blöder Arsch", blaffte der schweineartige Mann im schwarzen T-Shirt und drückte mit einem hölzernen Schlagstock mein Kinn hoch. Seine Haut war weiß wie Milch.

„Schlag nicht noch mal in sein Gesicht, Freddy", wies Buchalter ihn zurecht.

„Ich sag dir, lass es sein mit der Technik, Will", antwortete der Mann namens Freddy. „Denk mal besser über seine Nägel nach. Ich könnt ein nettes Liedchen damit spielen."

Will Buchalter hockte sich vor mich und schob seinen Hut in den Nacken.

„Du hast Eier aus Stahl, Dave", sagte er. „Aber du erträgst die ganzen Schmerzen nur, damit wir nicht bekommen, was uns sowieso gehört. Das ergibt für niemanden einen Sinn."

Er zog ein gefaltetes weißes Taschentuch aus seiner Gesäßtasche und tupfte damit meine Nase und den Mund ab. Mit einer Handbewegung schickte er die beiden anderen Männer aus dem Raum. Als sie die Tür öffneten, roch ich Schmierfett, Motoröl, den muffigen Geruch von Gummireifen.

„Freddy und Hatch gehören nicht zu den cleversten Jungs, Dave. Aber Armeen und Revolutionen baut man mit dem auf, was einem zur Verfügung steht", sagte Buchalter. Sein Blick fiel auf meine gelockerte Hose. Er nahm eines der Kabel des Generators und saugte wehmütig an einem Eckzahn. „Ich verspreche dir, du gehst hier wieder raus. Wir haben nichts davon, dass wir dir noch mehr Schmerzen zufügen oder dich umbringen. Nicht, wenn du uns gibst, was wir haben wollen."

Blut tropfte von meiner Zungenspitze auf mein Kinn.

„Mach schon, Dave", sagte er.

Aber die Worte kamen nicht raus.

„Du machst dir Sorgen um den Neger?", fragte er. „Den lassen wir auch laufen. Ich verspreche dir außerdem, ich werde nicht zulassen, dass Freddy noch mal so außer Kontrolle gerät. Er ist manchmal eben ein bisschen absonderlich. Als er noch ein kleiner Junge war, haben ein paar Kanaken sich ihn im Hinterzimmer einer Kneipe zur Brust genommen, du verstehst, was ich meine, ja?"

Er legte seine Handfläche auf meine Stirn, als ob er mir die Temperatur fühlen wollte, dann drückte er meinen Kopf behutsam zurück gegen den Pfosten. Er sah mir forschend in die Augen.

„Draußen ist es jetzt fast schon wieder hell", sagte er. „Du kannst duschen und was Warmes essen, du kannst schlafen, und du kannst auch Fentanyl gegen die Schmerzen bekommen, auch die Liebe eines Mannes kannst du haben, Dave."

Er schob sein Gesicht dichter an meines und lächelte schief.

„Alles eine Frage der persönlichen Neigungen, Dave. Ich will dich nicht beleidigen", sagte er. Er betrachtete den Schmierfleck aus Blut und Speichel auf seinem Taschentuch, faltete es und schob es zurück in die Gesäßtasche. Dann wurde das Leuchten in seinen Augen wieder heller, als ob er einen schwer fassbaren Gedanken festhielt. „Wir werden unsere Städte wieder zurückerobern. Wir werden die Ratten zurück in die Kloaken treiben. Es ist ein Neuanfang, Dave, eine zweite amerikanische Revolution. Man kann wieder stolz sein auf seine Rasse und sein Land. Es wird eine wunderbare Epoche."

Er verlagerte sein Gewicht und nahm eine bequemere Stellung auf einem Knie ein, wie ein Footballcoach, der zu seinen Spielern sprechen will. Er grinste.

„Komm schon, gib's zu, würdest du sie nicht auch gern alle loswerden, sie von den Straßen fegen, sie in die Löcher zurücktreiben, aus denen sie gekrochen sind, ihren Teil der Stadt komplett mit Ungezieferkiller überziehen?", fragte er. Er zwinkerte und stieß mir spielerisch einen Finger in die Rippen. „Ich muss mich entschuldigen, ist gerade nicht der richtige Moment für Späße", sagte er. „Aber bevor wir weitermachen, muss ich dir etwas sagen. In deinem Haus hast du ein paar sehr hässliche Dinge zu mir gesagt. Zu dem Zeitpunkt hat mich das sehr wütend gemacht, aber ich verstehe jetzt, dass du Angst hattest und nur darin Zuflucht suchen konntest, mir wehzutun und mich manipulieren zu wollen. Aber jetzt ist alles gut. Das macht das Band zwischen uns nur noch stärker. Es ist der Schmerz, der die Seelen von Männern verschmelzen lässt. Wir sind Waffenbrüder, Dave, Kameraden, ob du das nun auch so siehst oder nicht."

Er stand auf, ging zum Schreibtisch und kehrte mit einer Seekarte der Küste Louisianas zurück. Er hockte sich wieder vor mich. Im Schatten seines Hutes sahen die Mitesser in seinen Augenwinkeln aus wie getrocknete Schuppen.

„Dave, das U-Boot, das wir haben wollen, hatte zusätzlich zur Nummer ein umranktes Schwert und ein Hakenkreuz auf dem Kommandoturm", sagte er. „Ist es das U-Boot, das du gefunden hast? Kannst du mir wenigstens so viel sagen?"

Ein Standventilator vibrierte in der Stille. Ich sah, wie er versuchte, die Verärgerung zu unterdrücken, die sich auf seinem Gesicht ausbreitete. Er legte den Daumen auf einen Punkt südlich von Grand Isle.

„Ist das hier die Stelle, an der du es zum letzten Mal gesehen hast?“, fragte er.

Die rot-schwarz-weiße Fahne bauschte sich und flatterte an der Hohlblockwand im Luftzug des Ventilators.

Seine Hand glitt über meinen Schädel wie über eine Schüssel. Ich spürte, wie Schweiß und Wasser unter seiner Handfläche hervortraten.

„Willst du hier wirklich den harten Kerl markieren? Sind die Juden und die Neger das wirklich wert?“, fragte er. Er drehte langsam meinen Kopf zu sich hin, sein Mund geöffnet, seine Miene nachdenklich, dann wischte er seine Handfläche an meinem Hemd ab. „Möchtest du, dass ich Hatch und Freddy mit deinen Händen spielen lasse?“

Er wartete, sagte im Aufstehen: „Gut, probieren wir's noch einmal mit den alten Armeebeständen, und danach machen wir mit Plan B weiter. Freddy und Hatch wären keine guten Feinmotoriker, Dave.“

Er verschwand aus meinem Blickfeld und öffnete die Tür.

„Es wird gleich hell, Will. Ich muss zurück zu meiner Mama“, stöhnte Freddy.

„Er hat recht. Wir verplempern mit dem Kerl viel zu viel Zeit“, sagte der Mann namens Hatch. „Sieh dir meine Hose an. Der Niggerjunge hat angefangen, den Lappen auszuspucken, den ich ihm ins Maul gestopft hab. Als ich versucht hab, das Ding wieder festzubinden, hat er mich getreten. Ein Nigger tritt nach einem weißen Mann! Unglaublich!"

„Wir sind nicht hier, um mit den Kannibalen zu kämpfen, Hatch", sagte Buchalter. „Dave möchte es noch einmal mit der Elektroschock-Behandlung versuchen. Also, legen wir uns mal ins Zeug und bringen das hier endlich hinter uns."

Ich höre, wie die Drehscheiben wieder in Schwung kommen, dann schießt der Strom erneut in meine Lenden, vibriert dort, umfasst die Nieren, lässt die Eingeweide aufleuchten, aber diesmal kennt der Schmerz seinen Weg und sein Gebiet, bietet keinerlei Überraschung mehr, nistet sich wie ein alter Freund in wohlvertrauten Nischen und Taschen ein. Aus dem Summen wird das beständige Schlagen von Hubschrauberrotoren, die Vibrationen nicht mehr als das vorhersehbare Dröhnen von Maschinenlärm durch den Schiffsrumpf. Auf den Stirnen der um mich herum gestapelten verwundeten Männer ist mit Merbromin ein M *gemalt, um auf das Morphium hinzuweisen, das sich in ihren Herzen und Nervenenden befindet; an ihrer Kleidung klebt der derbe Geruch von Blut und Kot. Der Sanitäter ist ein verschwitzter italienischer Junge von Staten Island; sein Stahlhelm ist behangen mit Gummispinnen, einem Kruzifix, einem Friedenssymbol, einer Flasche Insektenlotion. Meine Wange berührt die glitschige Härte seines Bauchs, als er mich in seinen Armen hält und sagt: „Verabschiede dich aus diesem Jammertal, Lieutenant. Gleich geht's heil und lebendig nach Hause. Hey, zwing mich nicht, dir die Hände festzubinden. Ist 'ne ziemliche Schweinerei da unten, Loot."*

Aber ich mache mir keine Gedanken über die stählernen Zähne, die sich in meine Seite und Schenkel vergraben haben. Meine Kameraden und ich sind in Gottes und Morpheus' Händen, und denen eines neunzehnjährigen Feldwebels aus Galveston, Texas, der den Rettungs-Helikopter durch einen Vorhang von Maschinengewehrfeuer hereingeflogen hat, das sich anhörte wie Hämmer, die gegen den Rumpf schlugen ... und jetzt, die zerlöcherten Scheiben mit Spinnweben überzogen, der Boden schräg geneigt, der heiße Wind, der durch die offenen Türen wirbelt, die Quadrate überfluteter Reisfelder, die weit unter uns wie kleine Spiegel vorbeirasen, jetzt können wir grüne Wellen sehen, die auf uns zugleiten wie eine feuchte Umarmung, und eine sanfte rosafarbene Sonne, die sich ohne Getöse aus dem südchinesischen Meer erhebt.

Oh, liebevolle Gedanken. Bis ich höre, wie der Eimer unter einem gusseisernen Hahn erneut gefüllt wird und das nach Benzin stinkende Wasser wieder in meinem Gesicht explodiert.

„Wird Zeit, dass ich's jetzt mal mit ihm versuche, Will", sagte Freddy.

Da ging die Tür auf, und ich hörte Schritte auf dem Betonboden. Die Gesichter der drei Männer waren auf jemanden hinter mir gerichtet.

„Gib mir noch eine Stunde, und wir haben die Sache geklärt", sagte Buchalter.

„Is'n echt zähes Arschloch", sagte Freddy. „Wir haben ihm da unten so richtig eingeheizt."

„Das alles macht viel mehr Mühe, als es wert ist, wenn du mich fragst", sagte Hatch. „Vielleicht sollten wir einfach reinen Tisch machen und gut ist."

Die Person hinter mir steckte sich mit einem Feuerzeug eine Zigarette an. Der Rauch schwebte am Rande meines Blickfeldes vorbei.

„Sollen wir Schluss machen?“, fragte Buchalter.

„Ich sag nur so viel, gebt mir zehn Scheißminuten, eine für jeden Finger“, sagte Freddy. „Dann kommt’s so laut und deutlich aus ihm raus, dass sich die Farbe von den Wänden schält.“

„Ich hatte ein kleines Problem, den ausgeprägten Enthusiasmus mancher Leute im Zaum zu halten“, meinte Buchalter zu der Person hinter mir.

„Dein Problem ist, dass du dich manchmal wie ein verfluchter Arschficker aufführst“, rotzte Freddy.

„Du nennst mich doch nicht etwa Schwuchtel, Freddy, oder?“

„Wir machen hier nur unsere Arbeit. Gefühle sollte man dabei draußen lassen, Will. Was anderes versuch ich doch gar nicht zu sagen“, sagte Freddy.

Ich hörte, wie die Person hinter mir ein Stahllineal in die Hand nahm, das wohl auf einer Werkbank gelegen hatte. Dann berührte die Person damit meinen Schädel, zog es träge über meine Kopfhaut und weiter meinen Nacken hinunter.

„Ich glaube, Dave wird schon noch einlenken“, sagte Buchalter. „Er muss vorher nur für sich ein paar Dinge sortiert bekommen.“

Wer immer hinter mir stand, er ließ das Lineal einmal auf meiner Schulter hüpfen und drückte mir dann eine scharfe Ecke in die Wange.

Buchalter starrte die Person weiter an, sagte, als er dort etwas las: „Wenn du's so haben willst. Aber ich glaube immer noch, dass aus Dave noch was wird."

Ich hörte die Zigarette auf den Boden fallen, wie ein Schuh sie methodisch auf dem Beton zermalmte. Dann öffnete und schloss sich die Tür.

Freddy strahlte Hatch an. Seine Haut war so weiß, sie leuchtete fast. Er kramte in einem Werkzeugkasten und nahm eine Zange heraus. Hatch lächelte nun ebenfalls. Beide sahen erwartungsvoll auf mich herab.

Will Buchalter biss einen Fetzen Haut von seinem Daumenballen. Er kauerte sich vor mich hin, setzte seinen Panamahut ab und legte ihn auf ein Knie. Sein blondes Haar war so fein und dünn wie das eines Babys, wuchs von einer kahlen Stelle so groß wie ein halber Dollar genau in der Mitte seines Skalps nach außen. Er hob mein Kinn mit dem Holzknüppel.

„Letzte Chance. Zwing mich nicht, dich den beiden zu überlassen", sagte er.

Ich hob meinen Kopf, sah ihn an und spürte, wie sich meine Lippen öffneten.

„Was ist, Dave? Sag's", sagte Buchalter.

Meine Lippen fühlten sich an wie zerschrammtes Gummi; die Worte klebten mir im Hals.

„Alles in Ordnung, lass dir Zeit", sagte Buchalter. „Du hattest eine harte Nacht … Holt ihm einen Schluck Wasser."

Einen Moment später hielt Buchalter behutsam einen Blechnapf an meine Lippen. Das Wasser floss über mein Kinn und meinen Hals hinunter. Ich würgte.

„Dave, ich verstehe deinen Schmerz. Es ist der Schmerz eines Soldaten und eines tapferen Mannes. Flüstere einfach. Mehr ist nicht nötig", sagte Buchalter.

Hatch beugte sich ebenfalls zu mir herunter, die Hände auf seine Knie gestützt, die Miene koboldhaft und vergnügt. Buchalter neigte sein Ohr meinem Mund entgegen, wartete. Ich konnte die Struktur seiner Haut sehen, den Ölfilm darauf, die schimmernden Windungen in seinem Ohr.

Ich presste die Worte aus meiner Brust, spürte, wie meine Lippen sich bewegten, meine Augen bei jeder Silbe blinzelten.

Eine Blässe wie die Farbe von Knochen trat auf Buchalters Gesicht. Einer seiner mit Stahl beschlagenen Stiefel schrammte über den Beton, als er sich erhob.

„Was hat er gesagt?", fragte Freddy.

„Er hat gesagt, Will ist eine Fotze", antwortete Hatch, wobei ein breites Grinsen durch seinen Bart schnitt. Er und Freddy wippten auf den Fußballen, konnten ihre Heiterkeit kaum unterdrücken.

Dann sagte Hatch: „Sorry, Will. Wir lachen nur über den Typen. Er hat immer noch nicht gerafft, wer auf seiner Seite ist."

„Genau, Will", sagte Freddy. „Das ist echt mal ein blöder Arsch. Geh frühstücken. Ich und Hatch bringen das jetzt zu Ende."

Aber die Beleidigung war inzwischen aus Buchalters Gesicht verschwunden. Er begann, sich ein Paar gekürzte Lederhandschuhe von der Sorte überzuziehen, wie Rennfahrer sie tragen, mit Löchern, die die Fingerspitzen frei lassen. Er trocknete sich die Achseln mit einem Handtuch ab, dann baute er sich vor mir auf.

„Stellt ihn auf die Füße", befahl er.

„Vielleicht ist das keine so gute Idee, Will", meinte Freddy. „Es sei denn, du hast aufgegeben. Erinnere dich, was in Idaho passiert ist. Wie Eier aufschlagen war das."

„Ich sage, schalt ihn aus, Will", sagte Hatch. „Er steckt mit Hippo Bimstine unter einer Decke. Willst du dem vertrauen, was er dir sagt? Reiß ihm den Arsch auf."

Und dann, als hätte er seiner Wut erlaubt, sich selbst zu nähren und anzufachen, begannen Hatchs Hände zu zittern, die Zähne schimmerten durch seinen Bart, und er packte mich unter einem Arm und versuchte, mich an dem Holzpfosten nach oben zu ziehen, wobei sein Atmen aus den Nasenlöchern pfiff.

„Weißt du, was noch mieser ist als ein Jude?", fragte er. „Ein Arier, der für einen Juden arbeitet. Du hältst dich für loyal, Arschloch? Ein Wichser wie du würd's keine Woche im Camp J im Angola aushalten. Mal sehen, wie's dir gefällt, wenn Will gleich ausholt."

Freddy packte meinen anderen Arm, und sie drückten mich gemeinsam wie einen Sack Futter gegen den Pfahl. Ich spürte, wie sich mir Holzsplitter in die Unterarme bohrten. Die Knöchel knickten unter meinem Gewicht seitlich weg.

„Heb deinen Scheißkopf", befahl Freddy.

„Bind ihm seinen Gürtel um den Hals", johlte Hatch.

„Zurück! Beide!", sagte Buchalter.

Haarsträhnen klebten mir in den Augen, und von meinem Schoß stieg ein übler Geruch auf. Ich hörte Buchalters Stiefel über den Beton schrammen, als er sich in Position brachte.

„Ich werde dich nur drei Mal schlagen, Dave, dann reden wir wieder", sagte Buchalter. „Falls ich vorher aufhören soll – du musst es mir nur sagen."

„Gleich fliegen die Säfte, Mr. Robicheaux", griente Freddy.

Plötzlich erstarrten die drei Männer. Die Nazi-Fahne vor den Hohlblocksteinen kräuselte sich im Luftzug des Ventilators.

„Da ist Glas kaputtgegangen", sagte Freddy.

„Ich dachte, du hättest gesagt, der Neger wäre sicher untergebracht?", fragte Buchalter.

„War er ja auch, Will. Ich hab ihn in den Farbenschrank gesperrt", sagte Freddy.

„In den Farbenschrank? Der ist doch aus Sperrholz. Du Spasti, da drinnen liegen Polstermesser", sagte Buchalter.

„*Das* hat Hatch mir nicht gesagt. Kein Mensch hat mir *das* gesagt. Hör endlich auf, mich dauernd zu ficken, Will", schimpfte Freddy.

Aber Buchalter hörte nicht mehr zu. Er riss Hatchs Luger aus dem Holster, das über der Werkbank hing, und lief zu der Tür hinter dem Pfosten, an dem ich angebunden war. Die Muskeln seines Oberkörpers waren angespannt und klar definiert. Aber noch ehe er die Metalltür in der Hohlblockwand aufreißen konnte, hörte ich wieder splitterndes Glas, das auf den Beton regnete, als würde es jemand mit einer Brechstange aus dem Fensterrahmen schlagen. Dann ging eine Alarmanlage los, eine mit einem Horn, das wie eine Luftschutzsirene immer lauter anschwoll, dann noch mehr zerbrechendes Glas, diesmal ein kompakteres, eher knirschendes Geräusch, wie die Scheiben eines Autos, die zerbarsten und sich aus dem Rahmen lösten, während Alarmanlagen von Autos blökten und der Lärm vom Beton und dem Wellblechdach zurückgeworfen wurde.

„Er ist durch die Tür raus!", rief Buchalter.

„Der Typ, dem das hier gehört, arbeitet mit einem Wachdienst. Wahrscheinlich sind die jetzt schon unterwegs", sagte Hatch.

„Was? Ihr sucht ein Gebäude aus, das von einem verfluchten Sicherheitsdienst geschützt wird?", fragte Buchalter fassungslos.

„Woher sollten wir denn wissen, dass du es für ein Verhör nutzen wolltest? Außerdem hab ich dir gestern Abend schon gesagt, dass du den Nigger abknallen sollst."

„Zischt ab und seht zu, dass ihr diesen gottverdammten Lärm abstellt", sagte Buchalter.

„Die Kacke ist doch so schon am Dampfen. Wird höchste Zeit, gute Nacht zu sagen und uns vom Acker zu machen, Will", meinte Freddy.

„Kannst du nicht einfach einen Draht aus dem Kasten reißen? Muss ich denn alles selbst machen?", fluchte Buchalter.

„Nein, ich kann sehr gut allein *fahren*, danke. Und weil das da draußen *mein* Lieferwagen ist, zwitscher ich jetzt auch zu meiner Mom ab. Ich finde, du hast die Sache gottverdammt total vergeigt, Will. Ich finde, du solltest jetzt endlich in die Puschen kommen“, sagte Freddy.

Die Luger fiel wie ein Spielzeug aus Buchalters Hand. Die glatte, angespannte Haut auf seiner Brust war mit winzigen Schweißperlen überzogen. Er dachte fieberhaft nach, seine Augen zuckten hektisch hin und her.

Freddy entriegelte eine Tür auf der hinteren Seite des Raums und trat hinaus in die graue Morgendämmerung.

„Scheiß drauf, Will, ich bin auch weg“, sagte Hatch. „Jag dem Typen eine in die Schädeldecke und vergiss ihn … Alles klar, ich sag ja nichts mehr. Richte nicht meine eigene Kanone auf mich. Es steht mir nicht zu, dir zu sagen, was du machen sollst.“

Hatch wich vor Buchalter zurück, blieb dann stehen, kaute auf seinen Bartspitzen, versuchte das Psychodrama einzuschätzen, das sich auf Buchalters Gesicht abspielte. Er nahm die Nazi-Fahne von der Wand und legte sie über seinen Arm.

„Ich nehm die Fahne mit“, sagte er. „Will, die ganzen Sachen von letzter Nacht haben nichts zu bedeuten. Es geht weiter, Mann. Wir sind ewig. Du weißt, wo du mich und Freddy später finden kannst. Hey, falls du dich entscheidest, ihn abzuknallen, lass meine Kanone verschwinden, okay?“

Dann war auch er in dem schmalen Streifen grauen Lichts zwischen Tür und Pfosten verschwunden.

Buchalters Daumen bewegte sich hin und her auf dem geriffelten Griff der Luger. Seine Zunge schnalzte am Gaumen, dann rotierte sie kreisförmig hinter seinen Lippen.

Als hätte er eine Linie in seinem eigenen Kopf überschritten, steckte er nun die Luger in seinen Hosenbund und beugte sein Gesicht auf knapp zehn Zentimeter Entfernung zu mir herab. Er griff mir ins Haar und zog meinen Kopf zurück an den Pfosten.

„Ich bin mental stärker als du, Dave. Du wirst mir nicht entkommen, du wirst mich nie bezwingen“, sagte er. „Ich habe Bootsie ein Geschenk gemacht, das sie immer an mich erinnern wird. Und jetzt kommt eines für dich.“

Er legte den Kopf schief, schloss die Augen wie ein Liebhaber, näherte sich mit seinen Lippen meinem Mund. Die Luger fühlte sich hart und steif vor seinem muskulösen Bauch an. Im benachbarten Raum kreischten die Alarmanlagen gegen Wände und Blechdach.

Ich saugte allen Speichel und alles Blut in meinem Mund zusammen und spuckte ihm eine volle Ladung ins Gesicht.

Er wurde blass und zuckte zurück, als hätte er eine Ohrfeige bekommen. Die Haut spannte sich über seinen Schädel und ließ seine Stirn plötzlich affenartig erscheinen, seine Augenhöhlen wie grober Schrot. Er wischte sich übers Gesicht und starrte debil seine Handfläche an.

Aber er berührte mich nicht mehr. Er richtete sich zu voller Größe auf, mit so viel Hass und Grausamkeit und bösem Omen in den Augen, wie ich es noch nie zuvor bei einem Menschen gesehen hatte, und dann zog er sich im Gehen sein Tropenhemd über einen Arm, klemmte die Luger sicher unter seinen Gürtel. Ein Auge auf mich gerichtet wie eine Faust, trat er durch die Tür hinaus in den grauen Nebel.

Aber ich glaubte, ich hatte nun das Gesicht gesehen, in das auch die Häftlinge in Bergen-Belsen und Treblinka und Dachau geblickt hatten.

Fünf Minuten später durchtrennte Zoot Bergeron, das Gesicht geschwollen wie eine gequetschte Pflaume, das Seil und die Lederriemen um meine Handgelenke, und im Geheule der Sirenen der sich nähernden Einsatzwagen des St. Mary Parish Sheriffs stießen wir die Tür auf und wankten hinaus in das feuchte Licht, in den gleißenden Kuss eines neuen Tagesanbruchs, in eine industriell-ländliche Landschaft mit Fisch verpackenden Betrieben, Schrottplätzen, an Liegeplätzen schwankenden Krabbenkuttern, Gleisen der Southern Pacific Eisenbahn, überkreuz gestapelten Schwellen, einem rot gestrichenen Obdachlosenasyl der Heilsarmee zwischen einer Gruppe blaugrüner Kiefern, ölgeschwärzten Sandbänken, über die kupferfarbenen Wogen der Bay gleitenden Möwen, zwei Hobos, die atemlos über den Schotter rannten, um noch den langsam rollenden Güterwagen zu erwischen, Gerüchen von Diesel und Meerwasser, Teeröl, auf einem Kai getrocknetem Fischblut, Netzen starr vor Seetang und toten Portugiesischen Galeeren, brennenden Fackeln auf Öl-Bohrinseln, frisch auf Naturgasrohren gekipptem Teer, dem heißen, sauberen, strengen Geruch elektrischer Funken, die von einem Lichtbogenschweißgerät sprühten.

Und in der Ferne, leuchtend wie eine chemische Flamme im Nebel, lag Morgan City, voller heruntergekommener Straßen mit vereinzelten Palmen, billigen Bars, Stundenhotels, Hafenarbeitern, Nutten, Stromern, Glücksspielern und anderen Freunden der Nacht. Zoot half mir, aufrecht zu stehen, und ich wischte mir die Augen am Ärmel ab und sah wieder zu den beiden Hobos hinüber, die es inzwischen geschafft hatten, mit dem Bauch voraus auf dem Boden des Güterwaggons zu landen und jetzt schon dabei waren, sich Kippen zu drehen, während der Zug auf den alten Gleisen der *Southern Pacific* knarrte und schwankte. Sie hielten ihre zahnlosen, zerfurchten Gesichter in die salzige Brise mit einem Ausdruck voller Optimismus und Versprechen, was mich denken ließ, dass der Geist von Joe Hill, Woody Guthrie und Jack Kerouac vielleicht doch noch irgendwo auf diesen schwirrenden Gleisen unterwegs war. Aber die Szene brauchte keinen Songwriter oder Dichter, um sie echt zu machen. Es war ein Gedicht für sich, ein leicht gedämpftes, erschöpftes, herzzerreißend schönes Stück des Landes, das für immer Amerika war und von dem man wusste, dass man es nie missen könnte.

20

Zu Hause saß ich am nächsten Tag im kühlen Schatten des Balkons und hörte Clete zu, der von seiner letzten Begegnung mit den Calucci-Brüdern erzählte. Das Zuckerrohr entlang der Ufer des Bayou sah im Wind vertrocknet und gelb aus, und Falken zogen hoch über dem Sumpf an einem keramisch blauen Himmel ihre Kreise. Ich hatte das gleiche sonderbare Gefühl von Distanzierung, das ich auch erlebt hatte, nachdem ich in Vietnam schwer verwundet worden war. Ich fühlte mich, als würde die Welt in einem eigenen Tempo an mir vorüberziehen, mit einem eigenen Plan, der wenig mit mir zu tun hatte, und dass ich nun zu einem Zuschauer geworden war, der interessanten Geschichten, erzählt von anderen Menschen, lauschte.

„Weißt du noch, wie wir's gemacht haben, als die Schmalzköppe meinten, sie könnten uns das Leben schwer machen, ich meine, als sie der irrigen Auffassung waren, dass sie gleichwertige Mitglieder der menschlichen Rasse seien und nicht etwas, das besser am Bein ihrer Mutter runtergelaufen wäre?", sagte er. „Wir sind einfach bei ihren Gartenpartys aufgekreuzt, haben ihre Limousinen abschleppen lassen, sie wegen totaler Kleinigkeiten in aller Öffentlichkeit hopsgenommen, ihre Bräute aus der Stadt gejagt, sie mit einem Spitzel bei ihren Kollegen aus Chicago angeschwärzt, hey, weißt du noch, wie wir Julio Seguras Scheiße auf dem Rücksitz seines Autos in die Luft gejagt haben? Die mussten ihn mit einem Schlauch abspritzen, Gott, was war das für ein Tag!"

Clete riss am Ring einer Bierdose, trank den Schaum ab und lächelte mich an. Sein Gesicht war rosafarben von einem frischen Sonnenbrand, und die Winkel seiner Augen hatten jede Menge weißer Falten.

„Das hab ich also gemacht, mein Großer“, sagte er. „Ich hab angefangen, Max und Bobo durch die ganze Stadt zu folgen. In Kneipen, Restaurants, ein paar Massagesalons, die ihnen gehören, drei Wohnungen zum Vögeln, Immobilien im schwarzen Slum, und stell dir vor, die haben tatsächlich einen Typen, der für sie ein Kautionsstellerbüro in Metairie unterhält, einen Escort-Service und eine Verbrennungsanlage für Giftmüll draußen auf dem Fluss. Dave, diese beiden Typen stehen morgens auf und ziehen wie eine Krankheit über die Landkreise Jefferson und Orleans, es ist schon beeindruckend.

Das Problem ist, ich hab jetzt ein Cabrio, und damit ist es nicht so einfach, unauffällig zu sein. Seit einer Weile gähnen Max und Bobo, wenn sie mich sehen, und ich fange an, mich wie ein Teil der Landschaft zu fühlen, während die Hunde aus der Gegend meine Reifen anpissen. Gestern dann, als die Caluccis und ihre ganze Entourage im *Mama Lido's* zu Mittag essen gehen, beschließe ich, dass es an der Zeit ist, den Turbo einzulegen, also nehme ich einen Tisch draußen auf der Terrasse, einen Meter hinter einer von Max' Bräuten.

Absolut perfektes Timing, die ultimative New-Orleans-Abschaum-Sause. Und rate mal, wer als Erster aufkreuzt? Tommy Blue Eyes und seine Lieblingstusse, wie heißt sie noch schnell, Charlotte, und ihre Tittis ragen aus ihrem Sommerkleidchen wie zwei Zuckermelonen, und natürlich zwinkern sich die Laufburschen der Caluccis emsig zu und drücken unter dem Tisch an ihren Würstchen rum, während Tommy versucht, einen auf Zampano zu machen und italienische Speisen zu bestellen, als wüsste er genau, was er tut, nur dass er sich dabei anhört, als hätte er sich Wattestäbchen in die Nase gerammt.

Dann taucht Tommys indianischer Zombie mit Mrs. Lonighan auf dem Beifahrersitz vor dem Restaurant auf. Hast du sie schon mal gesehen? Stell dir einen Hydranten mit O-Beinen vor. Sie stürmt raus auf die Terrasse, die Brille schief auf der Nase, Spucke fliegt aus ihrem Mund, brüllt irgendwas davon, dass Tommy und die Tusse ein benutztes Gummi unter ihrem Bett liegen lassen haben, und als der Oberkellner versucht, sie zu beruhigen, schüttet sie ihm eine Flasche Selters ins Gesicht.

Natürlich sind die Caluccis und die anderen Itaker und ihre Bräute total begeistert von dieser Einlage. Tommys Kopf wird rot und röter, seine Tussi pudert unterdessen mit einem kleinen Pinsel ihre Tittis, und der Indianer steht da wie ein Hirnamputierter, der dringend einen Speer in die Hand und einen Knochen durch die Nase braucht. Dann stürmt Mrs. Lonighan wieder raus aus dem Lokal, steigt ohne den Indianer ins Auto und donnert ein Stück weiter die Straße runter über den Bordstein in einen Haufen Mülltonen.

Tommy versucht, über den Zwischenfall wegzutanzen, indem er davon schwadroniert, dass die Juden sich das ganze legale Glücksspiel in Louisiana unter den Nagel reißen. Dann fängt er an, diese judenfeindlichen Witze zu erzählen, was zur Folge hat, dass die Leute an den anderen Tischen ihn mit offenem Mund anstarren, du weißt schon, so Sachen wie, ‚Der Nazi-Offizier sagt zu diesen jüdischen KZ-Häftlingen, Jungs, ich habe eine gute und eine schlechte Nachricht für euch. Die gute Nachricht ist, ihr kommt nach Paris. Die schlechte ist, als Seife.‘

Jedenfalls, die Itaker brüllen über Tommys Witze, und ich frage mich, warum ich diese Typen das alles machen lasse, als hätte ich keinen Mumm mehr und würde in ihrem Tagesablauf keine Rolle mehr spielen. Also beuge ich mich rüber, tippe Tommy mit einer Selleriestange auf die Schulter und sage, ‚Hey, Tommy, echt blöd, dass du deine Lümmeltüte hast rumliegen lassen, damit Miz Bobalouba drüberstolpert. Du solltest dir wie Max und Bobo auch in den Pontalba Apartments eine Bude nehmen zum Vögeln.‘

Schlagartig Mucksmäuschenstille im ganzen Laden, man hört nur den Indianer seine Tintenfische schlürfen. Ich denke, *Ah, Showtime.* Falsch. Bobo ruft den Oberkellner und lässt mich rausschmeißen. Kannst du dir so was vorstellen? Da sitzt eine Ansammlung von Leuten, bei denen sich jedem Proktologen der Magen umdrehen würde, aber ich krieg den Stiefel und lande auf der Straße, direkt vor einer Busladung japanischer Touristen übrigens, die auf dem Rückweg von einem Ausflug zum Schlachtfeld in Chalmette sind.

Ich denke, hey, was stimmt hier nicht? Ich hab mir bei Chu Lai den Arsch aufgerissen, während Max und Bobo Autos geklaut und Hundert-Mäuse-Hits für die Giacono-Familie durchgezogen haben. Und ich sehe zurück zur Terrasse, wo der Oberkellner mein Besteck wegnimmt und die Tischdecke wechselt, als hätte dort ein Typ mit Herpes an den Händen gegessen.

Ich werf also einen Blick die Straße runter, und da legen ein paar Typen gerade eine Pause ein vom Fundamentgießen für so'n Haus. Erinnerst du dich noch an die Geschichte, die du mir von diesem Mafia-Burschen in Panama City erzählt hast, der es seiner Frau heimzahlt, dass sie hinter einem Nachtclub einem Richter einen geblasen hat?

Der Bursche, der über den Betonmischer zu bestimmen hat, der ist ein Gewerkschaftspenner und Teilzeit-Rausschmeißer im Quarter, den ich vor circa zwei Jahren mal auf Kaution rausgeholt hab. Ich sag: ‚Mitch, was dagegen, wenn ich mit deinem Truck mal um den Block fahre und einem Freund einen Streich spiele?' Er so: ‚Ja, wir wollten sowieso gerade auf ein Bierchen und einen Kurzen rüber auf die andere Straßenseite, wenn nur einer die erste Runde springen lässt.' Ich sag: ‚Warum lässt du mich das nicht übernehmen, Mitch? Ich glaub, ich hab da drüben einen Deckel laufen.' Er dann so: ‚Ich hab gerade erst zu meinen Freunden hier gesagt, dass du genau so ein Typ bist, Purcel.'

Also fahr ich mit dem Truck bis ran an Max' Caddy Cabrio. Die Karre schimmert und glänzt nach einer frischen Rundum-Intensivpflege, das Verdeck ist offen, das Armaturenbrett ist aus Mahagoni, die Sitze aus dunkelrotem Leder und weich wie warme Butter. Ich steig also aus dem Truck aus, dreh die Betonrutsche über die Fahrertür und lass laufen. Streak, das war erste Sahne. Der Beton klatscht aufs Armaturenbrett und über die Scheiben, bedeckt den Boden, quillt über die Sitze und hängt schließlich in großen, grauen Vorhängen über den Türen. Trotz des Mordslärms, den dieser Betonmischer macht, konnte ich Leute auf der Terrasse brüllen und förmlich durchdrehen hören. In der Zwischenzeit sind die Japsen in diesen dunkelblauen Geschäftsanzügen, die aussehen wie Schiedsrichter-Uniformen, wieder aus ihrem Bus gestiegen, lachen sich scheckig und applaudieren und knipsen wie der Teufel mit ihren Nikons, weil sie denken, hier würde gerade ein Film gedreht und das alles würde dazu gehören, und während Max und Bobo versuchen, sich einen Weg durch die Menge zu bahnen, kapituliert schließlich die Federung des Caddy unter dem Gewicht, die Reifen ploppen von den Felgen, der Beton drückt die Windschutzscheibe raus und quetscht die Motorhaube auf die Maschine darunter. Erinnerst du dich noch an diese Figur namens ‚The Heap' in den alten Comics? Genau so hat der Caddy ausgesehen, zwei Scheinwerfer glotzen aus diesem großen, grauen Haufen nassen Betons."

„Hast du jetzt völlig den Verstand verloren?", fragte ich.

„Was ist denn?"

„Entweder landest du bald in einem Leichensack, oder aber deine Lizenz als Detektiv wird eingezogen. Warum kasperst du immer noch mit diesen Typen rum? Das gleicht den Punktestand auch nicht aus."

„Die haben den Caddy einem Bauunternehmer aus Baton Rouge bei einem Kreditwucher abgenommen. Eine Anzeige bei der Polizei ist so ziemlich das Letzte, was Max will. Entspann dich, alter Freund. Du bist schon zu lange Mitglied bei den hiesigen Rotariern, scheint mir.“

Dann sah er mir direkt in die Augen, und sein Gesichtsausdruck veränderte sich. Ich schaute weg.

„Hast du Buchalter wirklich ins Gesicht gespuckt?“, fragte er.

„Es war keine Zeit für große Worte.“

„Ich bin so stolz auf dich, Mann.“

Seine Blicke wanderten weiter suchend über mein Gesicht.

„Hörst du vielleicht mal auf damit, Clete?“

„Womit?“

„Mich anzuglotzen. Mit mir ist alles okay. Die beiden Typen von Buchalter sind Totalversager und dürften nicht sonderlich schwer zu finden sein. Ganz besonders der Cockney. Wir haben inzwischen die Feds eingeschaltet.“

Er machte mit dem Zeigefinger winzige Abdrücke in dem Kondenswasser auf seiner Bierdose.

„Hältst du Buchalter für so ’ne Art Neonazi-Supermann?“, fragte ich. „Ist er nicht. Er ist ein psychotischer Freak, genau wie Dutzende andere, die wir in den Bau geschickt haben.“

„Das NOPD und der Sheriff im Lafourche Parish haben deinen Chef wahrscheinlich noch nicht erwischen können. Aber das werden sie noch.“

„Wovon redest du?“

„Du hast recht. Das sind zwei Totalversager. Deswegen sind sie ja jetzt auch über die Klippe gesprungen.“

Das Sonnenlicht kam mir plötzlich härter vor und im Garten schien es kälter zu werden.

Soweit ich es rekonstruieren konnte, haben mir Clete (und später ein Deputy des Lafourche Sheriff's Department) die Geschichte wie folgt erzählt:

Am Abend zuvor, draußen in den Sümpfen südwestlich von New Orleans, kam ein Mann, der Frösche gefangen hatte, völlig aufgelöst und in Panik aus dem Wald gerannt, das Gesicht zerschunden von peitschenden Zweigen und Gestrüpp, und hielt mit wedelndem Hemd einen Streifenwagen des Parish Sheriffs an. Es hatte angefangen zu regnen, und von den Bäumen trieb Bodennebel herüber.

„Da is'n Mann, den ein paar andere Männer draußen im Sumpf gefesselt haben. Da muss einer hin. Der wird gleich ...", keuchte er atemlos.

„Jetzt mal ganz langsam, Partner. Alles ist gut. Er wird gleich was?", fragte der Deputy.

„Der hat eine von diesen kleinen Kettensägen. Da draußen, direkt am Sumpf."

Der Deputy war jung und erst acht Monate dabei. Er setzte sich per Funk mit seiner Leitstelle in Verbindung, dann wendete er mitten auf dem Highway und donnerte einen verlassenen Wirtschaftsweg hinunter, der sich durch dicht beieinanderstehende Bäume und Dornenbuschgestrüpp schlängelte. Stehendes Wasser und Matsch klatschten auf die Windschutzscheibe, und eine alte Zaunlatte zersplitterte unter einem Reifen und knallte gegen die Ölwanne. Aber in der Ferne, durch den wabernden Nebel und die schwarzen Silhouetten von Baumstämmen, konnte er eine strahlend weiße Flamme in der Dunkelheit brennen sehen. Dann hörte er das anschwellende Heulen einer

Kettensäge, und eine Sekunde später, noch lauter als das unregelmäßige, angestrengte Kreischen der Säge und das Röhren seines eigenen Motors, den lang gezogenen und unverminderten Schrei eines Mannes, der zum Himmel aufstieg und sich anhörte wie Fingernägel, die über eine Tafel kratzten.

Der Deputy schredderte eine Spurstange der Achse und krachte in ein Gewirr aus Weiden und Zypressen, knapp fünfzig Meter, bevor die Straße abrupt am Sumpf endete. Er schnappte sich die Remington Flinte .12, der Lauf direkt über dem Lademechanismus abgesägt und mit grobem Schrot geladen, von der Halterung auf dem Armaturenbrett und rannte, die Waffe quer vor der Brust, durchs Unterholz.

Auf einer Lichtung am Rand des Sumpfs und direkt neben einem parkenden Pick-up mit Camper-Aufsatz brannte eine Laterne auf dem Boden, zischend wie eine Phosphor-Fackel. Der Deputy sah die Umrisse eines riesigen Mannes auf der anderen Seite des Trucks. Auf dem Boden und halb verdeckt von den Reifen des Pick-ups die Konturen zweier auf dem Bauch liegender Männer, denen die Arme auf den Rücken gefesselt waren, ihre Gesichter bleich und vor Nässe glänzend im Schein der Laterne.

Die Kettensäge tuckerte im Leerlauf auf einem Stück Pappe. Dann sah der Deputy, wie der große Mann sich über die Gestalten am Boden beugte, einen Strauß Rosen um seine Stiefel verteilte, und mit beiden Händen an etwas zog und zerrte. Wasser und Bäume im Sumpf waren schwarz, die Schatten auf der Lichtung veränderten sich ständig mit den fieberhaften Bewegungen des Mannes, dessen Hände, das wusste der Deputy inzwischen, mit irgendetwas sehr Primitivem und Dunklem beschäftigt waren, das weit über die moralische Vorstellungskraft eines jungen Polizeibeamten hinausging. Es war wie ein flüchtiger Blick auf eine Zeit lange bevor das Licht in die Welt kam; Hände breit wie Pfannen, Knorpel knackend, scharlachrot bis zum Handgelenk, die Finger nass von dem Klumpen Herzmuskel, den sie aus der Brusthöhle eines Mannes hoben.

Der Deputy übergab sich an einem Baum, versuchte dann, auf die Lichtung zu treten, dabei die Schrotflinte auf den Mann gerichtet, der plötzlich aufrecht stand, einen Regenhut auf dem Kopf, der unter seinem Kinn zugebunden war, in seinen Augen ein zerrissenes, wahnsinniges Starren.

Er wollte brüllen *Runter auf den Bauch! Hände hinter den Kopf!* oder irgendeinen anderen dramatischen Befehl, der Fernsehkriminelle unweigerlich und augenblicklich zu Gefangenen macht, doch die Worte blieben wie Fetzen einer nassen Zeitung in seinem Hals hängen und erstarben in der schweren, drückenden Luft, und er stolperte über ein Gewirr von Windengewächsen, als würde er durch einen üblen Traum torkeln.

Da rannte der große Mann auch schon hinaus in den Sumpf. Seine Beine pflügten durch Seeroseninseln, das Wasser spritzte bis zu seiner Taille hoch, die Schultern tief gebeugt, als der Deputy den ersten Schuss abfeuerte und damit einen Funkenschauer in die Dunkelheit losließ. Zunächst meinte der Deputy noch, er habe danebengeschossen, hätte zu hoch gefeuert, und er lud eine zweite Patrone nach, zielte auf den unteren Rücken des fliehenden Mannes und drückte den Abzug. Er feuerte noch zwei weitere Male und sah, wie das Hemd des Mannes zu hüpfen schien, hörte das Einschlagen der Kugeln in seinen Rücken.

Aber der Mann wühlte sich weiter krachend durch die unter Wasser stehenden Zypressen und Weiden und war fort. Der fünfte Schuss des Deputy fegte durch die Bäume wie Steine, die eine lange Holzrutsche hinunterprasseln. Später würde er schwören, dass er ein halbes Dutzend Risse im Hemd des fliehenden Mannes gesehen habe. Als er an diesem Tag Feierabend machte, gab er sich in einer Bar in Lockport dermaßen die Kante, dass sein eigener Sheriff ihn später nach Hause fahren musste.

* * *

„Der Pick-up war am gleichen Morgen in Lafitte gestohlen worden“, sagte Clete. „Der Bursche mit dem silbernen Bart war Jody Hatcher. Er war ein Loser, hat vier Mal gesessen, davon ein Mal wegen Mittäterschaft bei der Vergewaltigung eines Kindes. Über den Burschen namens Freddy haben wir nichts. Die Feds denken, er könnte der Kerl sein, der eine Synagoge in Portland in die Luft gejagt hat, aber sicher sind sie nicht … Streak, sieh's mal von der positiven Seite. Es gibt zwei weniger von diesen Typen auf dem Planeten. Und ich sag dir noch was: Die haben eine echt hohe Schlussrate gezahlt, als sie auscheckten. Der Gerichtsmediziner meint, da war so ein Ausdruck in die Augen eingefroren, mit dem selbst er nicht wirklich klarkam.“

Batist war draußen auf dem Bayou und versuchte, einen Außenborder anzulassen. Der Wind kräuselte das Wasser und zerzauste das Schilfrohr im Sonnenlicht.

„Nichts davon ergibt einen Sinn", sagte ich.

„Für mich schon. Buchalter lässt keine losen Enden zurück."

„Warum macht er sich die Mühe und kopiert die Arbeitsweise dieses Kerls, der Selbstjustiz für die Lösung hält?"

„Vielleicht steht er auf Rosen. Vielleicht hat er aber auch nur Scheiße im Kopf."

„Vielleicht haben wir es auch gar nicht mit Buchalter zu tun. Was war das vorhin, dass der Deputy ihm großkalibriges Schrot in den Rücken gejagt hat?", fragte ich.

„Vielleicht will der Kollege ja auch ganz einfach nicht zugeben, dass er dermaßen Schiss hatte, dass er nicht mal eine Reklametafel mit Vogelschrot getroffen hätte."

Ich stand auf, um ins Haus zu gehen. Ein stechender Schmerz breitete sich von meinen Lenden in den Unterleib aus.

„Du hast Buchalter besiegt, Streak. Was anderes zählt nicht", sagte Clete. „Ich glaube nicht, dass ich das geschafft hätte. Ich hätte geredet."

„Nein, hättest du nicht."

Er zerdrückte seine leere Bierdose in der Hand.

„Lasst mich euch heute Abend zum Essen einladen", sagte er.

„Klingt ausgezeichnet", sagte ich.

„An meinem zweiten Tag in Vietnam hat mir ein abgebrühter Gunny Ratschläge bezüglich Angst und Gedächtnis und diesem ganzen Kram gegeben: ‚Denk nie darüber nach, bevor du's tust, und denk nie darüber nach, wenn's vorbei ist.'"

„Kein Scheiß?", fragte ich, die Fliegentür halb geöffnet.

„Ich hab's versucht", antwortete er, hob seine Handflächen und verzog seine Augenbrauen zu Halbmonden.

21

Als ich Samstagmorgen runter zum Anleger ging, fiel mir ein Pick-up mit einem David-Duke-Aufkleber neben der Bootsrampe auf. Im Angelladen arbeiteten Alafair und Batist hinter der Theke, und an einem der Tische aßen zwei Fischer Chili-Dogs mit Messer und Gabel und tranken dazu Bier aus der Flasche. Batist nickte kaum, als ich *Guten Morgen* sagte.

„Was ist los mit ihm?", fragte ich Alafair, während wir die Segeltuch-Markise über den Kabeltrommeltischen spannten.

„Batist hat sich bei den Männern da mit dem Wechselgeld vertan", antwortete sie. „Ein Mann, der mit dem großen Gesicht, hat gesagt, ‚Louisiana hat 'ne Arbeitslosenquote von fünfzehn Prozent, und in dem Laden hier arbeitet einer wie der da an der Kasse!'"

Ich ging zurück durch die Fliegengittertür. Die beiden Männer, in der typischen Khaki-Kleidung von Baggerfahrern, teilten sich gerade eine geräucherte Wurst und tranken ihr Bier. Ich nahm die Quittung von ihrem Tisch, strich sie auf dem Tresen glatt, rechnete den Preis von Bier, Würsten und Mehrwertsteuer zusammen, öffnete die Kasse und legte vier Ein-Dollar-Scheine und sechsunddreißig Cent in Münzen auf ihren Tisch.

„Dieser Tisch ist geschlossen", sagte ich und räumte die Bierflaschen und die Pappschale mit den Wurststücken ab.

„Hey, was zum Teufel soll das?", polterte der Größere der beiden. Sein Kopf erinnerte an Granit, und sein kurz geschnittenes Haar war leicht gegelt und im Nacken ordentlich ausrasiert.

„Sie waren unhöflich zu meinem Angestellten. Ich verzichte auf Sie als Kunden."

„Jetzt hören Sie aber mal auf!"

„Ende der Diskussion, meine Herren."

„Also dann … also … also dann … dann scheißen wir doch auf Sie!"

Nachdem sie gegangen waren, wischte ich ihren Tisch ab. Bevor ich es mitbekam, war Batist schon den Anleger runter, in seinen Pick-up gestiegen und nach Süden, Richtung Kreuzung und seinem Haus gefahren.

Au weia.

„Pass auf den Laden auf, Alf. Ich bin in etwa zwanzig Minuten zurück", sagte ich.

„Warum ist Batist gegangen?"

„Er hat so seine eigene Art."

Er wohnte in einem überwucherten, farblosen Haus, das drei Generationen seiner Familie scheinbar wahllos immer wieder ausgebaut und erweitert hatten. Das Blechdach war rostorange, auf dem Hof lagen Hühnerkörbe, Traktoren- und Autoteile verstreut herum. Auf der eingesackten Veranda stapelten sich faltbare Krabbenfallen und eine alte Waschmaschine, die er in eine Grilltonne verwandelt hatte. Seine kleine Farm war früher Teil einer Plantage gewesen, auf der sich die Truppen der Unionsarmee mit den Konföderierten eine erbitterte Schlacht geliefert hatten, als General Banks in den Südwesten Louisianas einmarschiert war.

Durch die Pinien auf der anderen Seite des schmalen Tals, das Batists Grundstück begrenzte, konnte man das zerfallene Gemäuer, die Ziegelsteinsäulen und Schornsteine einer Vorkriegsvilla sehen, die von der Unionsarmee zuerst unter Beschuss genommen und dann ausgeplündert worden war, als sie einen Trupp der nussbraun uniformierten Louisiana-Jungs bei deren Rückzug nach Norden Richtung New Iberia trieben. Jedes Frühjahr, wenn Batist die verkrustete Erde seines Gemüseackers mit einem Schwingpflug umgrub, tauchten *Minié*-Geschosse, zerbrochenes Porzellan und rostige Konservenbüchsen aus der Erde auf und glitten an der geschärften Kante des Streichblechs entlang, wie der Inhalt eines schimmeligen Briefumschlages, der im Jahre 1863 abgeschickt worden war.

Ich fand Batist in seinem Garten, wo er Blätter auf den Kompost harkte, der mit Maschendraht umspannt war. Das fleckige Sonnenlicht, das durch die Eichenkronen fiel, glitt hin und her über seinen Körper wie ein Netz aus gelben Münzen.

„Wenn du schon früher Feierabend machst, wäre ich dir dankbar, wenn du mir vorher Bescheid geben würdest", sagte ich.

„Wann hab ich dir gesagt, du sollst wegen mir Leute ausm Laden rausschmeißn?"

„Das waren nichtsnutzige Weiße, Batist. Ich will solche Leute nicht auf meinem Anleger. Das ist *meine* Entscheidung."

„Wenn ein weißer Mann auf einen schwarzn Mann aufpassn muss, dann hat sich nichts geändert."

„Das ist das, was du nicht verstehst, Partner. Wir lassen nicht zu, dass solche Leute Alafair, Bootsie, dich oder mich beleidigen. Das hat nichts mit deiner Rasse zu tun."

Er hörte auf zu arbeiten und stützte sich auf dem Holzstiel seiner Harke ab. Sein ausgewaschenes Jeanshemd war hinten durchgescheuert wie ein Tuch zum Käseschöpfen.

„Wem sagst du das? Jemandem, der ausm Norden kommt und gerade ausm Zug steigt?", sagte er.

„Nächstes Mal halte ich mich raus. Wie wäre das?"

„Werd wütend, wenn du willst. Solche weißen Männer rauszuschmeißn löst gar nichts. Es geht um Geld, Dave. Es geht immer nur um Geld. Der weiße Mann braucht Nigger als billige Arbeitskräfte. Das ist für uns Schwarze kein Geheimnis. Nur die Weißen haben das noch nicht kapiert."

„Ich brauche heute Abend deine Hilfe, wenn wir den Laden zumachen", sagte ich.

„Ich werd da sein. Hey, du rennst im Kreis auf der Suche nach diesem Mann, der die Dealer umbringt, aber der Kerl, der dich neulich so zugerichtet hat, das hat nichts mit Selbstjustiz zu tun. Wenn einer Schwarze umbringt, egal ob er sie an 'nem Baum aufknüpft oder ein Gefängnis erstürmt und 'nen Mann an einem Balken hängt, dann können sie immer sagen, das ist, weil er eine weiße Frau vergewaltigt oder irgendwas anderes gemacht hat. Aber es geht um Geld. Es bedeutet, dass der schwarze Mann unterdrückt bleibt. Das weiß selbst der blödeste Nigger in Louisiana."

Seine Augen betrachteten mich nachsichtig. Er fuhr über

den Griff der Harke, und seine raue Handfläche erzeugte ein kratzendes Geräusch, wie Leder, das über Holz reibt.

* * *

Montagmorgen kehrte ich zur Arbeit zurück. Der erste Anruf, der mich erreichte, kam von Lucinda Bergeron.

„Fart, Barf und Itch sind im Fall Will Buchalter keine Hilfe“, sagte sie. „Ich versteh das nicht. Ist der Kerl aus Luft?“

„Den Eindruck hatte ich nicht.“

„Warum taucht er dann nicht im System auf?“

„Man kann kein elektronisches Netz über jeden einzelnen Psychopathen in diesem Land werfen.“

„Jemand muss doch wissen, wer dieser Kerl ist. In seiner Nähe zu sein ist wahrscheinlich ungefähr so, als würde man jeden Morgen aufstehen und zum Frühstück in ein Brot mit Scheiße beißen.“

Zu viel Zeit hinterm Schreibtisch, Lucinda, dachte ich.

„Wie geht's Zoot?“, fragte ich.

„Es geht ihm gut, danke.“

„Wo ist das Problem?“

„Er hat gesagt, Sie seien der Meinung, er soll zum Militär gehen. Macho-Gequatsche. Warum ermutigen Sie einen Siebzehnjährigen, die Schule zu schmeißen?“

„Er wollte, dass ich mit Ihnen darüber spreche, wie gern er zu den Marines gehen möchte. Dort kann er seinen Schulabschluss machen. Ich finde, das ist nicht die schlechteste Alternative der Welt.“

„Das kann er vergessen."

„Damit tun Sie ihm keinen Gefallen. Warum haben Sie angerufen, Lucinda?"

Ihre Wut schien fast aus den Löchern des Telefonhörers zu quellen.

„Gute Frage. Wenn ich's herausgefunden habe, werde ich's Ihnen sagen." Dann gab sie wieder dieses Geräusch von sich, als hätte sie sich gerade einen Fingernagel abgebrochen. Einen Moment später sagte sie: „Wir starten gerade eine verdeckte Operation gegen eine Motel-Absteige Ecke Ursulines und Claiborne Avenues. Wollen Sie mit?"

„Wozu?"

„Wir werden uns ein paar Dealer aus der Sozialbausiedlung Iberville holen."

„Glauben Sie, die werden Ihnen was über das Selbstjustiz-Kommando erzählen?"

„Die Jungs sind momentan die heißesten Anwärter für Operationen am offenen Herzen."

„Glauben Sie, das wird Sie zu Buchalter führen?"

„Wer weiß? Vielleicht gibt's ja mehr als einen Kerl, der schwarze Dealer tötet."

„Lucinda, hören Sie ausnahmsweise mal auf mich. Buchalter hat absolut kein Interesse an Ihnen oder Zoot. Machen Sie es nicht zu einer persönlichen Sache. Holen Sie sich diesen Kerl nicht in Ihr Leben."

„Das klingt seltsam aus Ihrem Mund."

„Interpretieren Sie's, wie Sie wollen. Zoot und ich hatten verdammt viel Glück. Man sollte nach Hause gehen, wenn man den Jackpot geknackt hat."

„Wollen Sie jetzt bei der Razzia dabei sein oder nicht?"
„Wie ist die Adresse?"

* * *

Ich redete mit dem Sheriff, organisierte einen Deputy, der bei mir zu Hause Wache schob, bis ich abends zurückkam, meldete mich dann im Büro ab und fuhr kurz nach Hause, um mich umzuziehen. Bootsies Auto war nicht da, und Alafair war in der Schule. Ich hinterließ Bootsie eine Nachricht auf dem Anrufbeantworter. Ich gab ihr beide Durchwahlnummern, die von Lucinda Bergeron und die von Ben Motley, und, nur für den Fall, dass sie mich anders nicht erreichen konnte, nannte ich auch noch den Namen und die Anschrift des Motels, in dem der Einsatz stattfinden sollte.

Es schien ein einfacher Plan zu sein.

Auf dem Weg zurück in die Stadt, auf der anderen Seite der Zugbrücke, sah ich Reverend Flats Pritschenwagen, mit den aufs Dach geschweißten konischen Lautsprechern, durch die Spurrillen holpernd in einer Staubwolke auf mich zukommen. Kisten mit Werkzeug oder irgendwelchen Gerätschaften waren auf der Ladefläche verzurrt.

Oswald Flat erkannte meinen Pick-up und hielt scheppernd mitten auf der Straße an. Seine hellen Augen, welche die seltsam unbestimmbare Farbe von Wasser hatten, das über Kieselsteine im Flussbett läuft, starrten mich durch die große, randlose Brille an. Neben ihm saß seine Frau und mampfte Schweinekrusten aus einer braunen Papiertüte.

„Wo geht's hin?", fragte er.

„Nach New Orleans. Ich bin ein bisschen in Eile."

„Ja, man sieht, dass Sie sich wegen irgendwas gleich in die Hose machen."

„Dafür ist heute nicht der richtige Tag, Reverend."

„Oh, das weiß ich. Ich würd Sie nie von dem nächsten Schlamassel abhalten, in den Sie sich gerade wieder hineinmanövrieren. Aber mein Gewissen befiehlt mir, mit Ihnen zu reden, ob's Ihnen nun gefällt oder nicht. Offensichtlich besitzen Sie ja die Intelligenz einer Steckrübe, mein Sohn. Also hören Sie jetzt mal einen Augenblick auf, sich in die Hose zu pissen, und fahren Sie da mal rechts ran."

„Os, ich hab dir doch gesagt, du sollst aufhören, mit dem Mann zu reden, als wär er ein Idiot", sagte seine Frau und tupfte sich ihre Multikinn-Ringe mit einem Taschentuch ab.

Ich parkte in einer Ausweichbucht und ging zurück zu seinem Truck. Durch die Latten einer seiner Kisten, die auf der Ladefläche mit Ketten befestigt waren, sah ich einen runden Messinghelm mit Glasfenster und Flügelmuttern und auch einen antiken Taucheranzug aus gummiertem Segeltuch.

„Ich frag' ja nur sehr ungern, aber … was haben Sie denn damit vor?", sagte ich.

„Hab ich bei einer Werft draußen am Lake Charles erstanden – Luftschläuche, Kompressor, Bleischuhe, Schneidbrenner und Kram, wo ich nicht mal weiß, wie er heißt. Und jetzt besorg ich mir ein Boot."

„Wollen Sie etwa versuchen, das U-Boot zu finden?"

Er lächelte und antwortete nicht.

„Wissen Sie, was sich darin befindet?“, fragte ich.

„Ich wette, eine Menge Nazis, die dringend mal etwas frische Luft gebrauchen könnten.“

„Ich denke, das wird nicht gut für Sie ausgehen.“

„Es geht um etwas, das die haben wollen. Also tue ich alles, was ich kann, damit sie's *nich* kriegen.“

„Tun Sie das nicht, Sir.“

„Ich kann's dir nich verübeln, mein Sohn. Du meinst es nur gut. Aber du begreifst das immer noch nich. Du bist nich hinter einem Mann her, oder sogar nicht mal einem ganzen Haufen von Männern. Es is vielmehr was, das die Herrschaft über die Erde übernehmen und den Himmel verdunkeln will. Es is das Böse in einem Ausmaß, das sich normale Menschen gar nich vorstellen können.“

Er sah mich an mit den Augen eines Mannes, der nie die richtigen Worte finden würde, die auch nur annähernd die Mysterien beschreiben könnten, die für ihn so hell und klar waren wie ein Traum.

„Sie haben Ihren Sohn an Mächte verloren, die Sie nicht kontrollieren konnten, Reverend“, sagte ich. „Ich habe meine Frau Annie auf ähnliche Weise verloren. Ich war damals voller Zorn, und nach einer Weile hab ich geglaubt, die ganze Welt sei ein dunkler Ort.“

Er schüttelte bereits den Kopf, bevor ich zum Ende kommen konnte.

„Ich war auf einem Tanker, der von einem Torpedo versenkt worden is. Direkt da draußen“, sagte er und zeigte zum südlichen Horizont. „Man kann es keinem wirklich beschreiben, der nich selbst dabei gewesen is. Wie's is, sich an die Rettungsweste eines Kameraden zu klammern, dem das Gesicht weggebrannt is … Kessel, die unter Wasser explodieren … Männer, die auf dem Rumpf herumkriechen wie Ameisen, kurz bevor das Schiff auf den Meeresgrund sinkt … Einer schreit inmitten einer Insel aus brennendem Öl. So was wollen Sie niemals hören, Mr. Robicheaux."

„Manchmal muss man Dinge einfach auf sich beruhen lassen, Partner."

„Die wollen den Menschen Angst einjagen. Das ist der Plan. Sie sollen sich vor Farbigen fürchten, vor Drogenabhängigen, Obdachlosen, Homosexuellen, vor wem auch immer. Wenn sie dann genügend Menschen in Angst versetzt haben, genau dann schlagen sie zu."

„Wer?"

„In der Offenbarung des Johannes steht geschrieben, das Tier wird kommen aus dem Meer. Und in der Bibel steht das Meer für die Politik."

„Ich glaube, Sie sind ein anständiger Mann. Aber machen Sie sich nicht mit diesem Schrott auf die Suche nach dem U-Boot."

„Lassen Sie's gut sein … Mischen Sie sich nich ein … Sollen doch die Politiker sich drum kümmern … Sie erinnern mich an einen Specht, der die ganze Zeit an einem Metallpfosten pickt." Er spitzte die Lippen und begann zu pfeifen, öffnete die Tür des Fahrerhauses und griff hinter den Sitz. „Sagen Sie mir, was Sie von dem hier halten?"

„Eine Eisenrose."

„Die is wahrscheinlich von einem Grabmal oder einem

Tor abgerissen worden. Heute Morgen jedenfalls lag sie auf der Veranda vor meiner Haustür. Der Stiel war durch das Herz auf einer Valentinskarte gebohrt worden."

Sie lag schwer in meiner Hand, das Eisen war alt und schwarz, die Ränder der Blätter dünn und gezackt vom Rost.

„Haben Sie jemandem einen Grund gegeben, auf Sie wütend zu sein?", fragte ich.

„Ich hab die ganze letzte Woche unten in der Siedlung gearbeitet, im *Desire Project.*"

„Sie haben wirklich ein Händchen dafür, sich die richtigen Gegenden auszusuchen."

„Jesus hat auch nich viel Zeit mit Bankern und Leuten von der Handelskammer verbracht."

Ich gab ihm die Eisenrose zurück.

„Viel Glück, Reverend. Rufen Sie mich an, wenn Sie bei irgendwas Hilfe brauchen", sagte ich.

Ich ließ ihn dort stehen, einen guten Mann, der nicht mehr im Gleichklang stand mit der Welt, der Zeit, ja nicht einmal mit dem Vokabular seiner Landsleute. Aber ich bezweifelte, dass man Reverend Oswald Flat jemals Mittelmaß oder Kleingeist vorwerfen könnte. Leute von seinem Schlag endeten an Kreuzen, als niedergemachte Feinde des Kriechertums. Für ihn grenzten meine Mahnungen zur Vorsicht an Beleidigung, und besaß selbst mein vernünftigstes Argument die Lebensfähigkeit einer Motte, die versuchte, eine Flamme zu formen.

* * *

Eine Rauschgiftrazzia hört sich interessant an. Ist sie aber nicht. Normalerweise werden dabei die unbedeutendsten Akteure des Straßenhandels einkassiert – Süchtige, Nutten und Teilzeit-Mulis sowie alle ihre minderbemittelten Freunde und in Angst und Schrecken versetzten Familienangehörigen, die dann das Pech haben, mit ihnen zusammen eingelocht zu werden. In aller Regel sind die Mulis – oder Kuriere – gehirnamputierte Vollpfosten, die ihr Leben mit der Suche nach Autoritätspersonen in Form von Bewährungshelfern oder Sozialarbeitern verbringen. In der normalen Welt wären die meisten von ihnen nicht in der Lage, sich ohne Anleitung ein Butterbrot zu schmieren. Sie nehmen fast immer selbst Drogen, kleiden sich, als wären sie farbenblind, reden in Zeitlupe und wundern sich, warum die Cops sie immer so einfach aus der Menschenmenge in einem Einkaufszentrum herauspicken können.

Sie planen und arbeiten Tag für Tag am unteren Ende der Nahrungskette. Wenn sie bei einer Razzia hochgenommen werden, ist ihre Handlungsmöglichkeit sehr begrenzt und mit ernsten Konsequenzen verbunden – entweder sie kooperieren und liefern jemand anderen ans Messer oder sie wandern schnurstracks in den Bau, schwitzen in einer Zelle ihre Entzugserscheinungen über der Klosettschüssel aus und meditieren über ihre Fehler, während sie ein paar Jahre im Angola Sojabohnen hacken dürfen.

So richtig scheiße wird das Leben im Straßenhandel, wenn man sechs Ballons pro Tag spritzt und auf einmal sitzt man im Bau, und mit einem Fingerschnippen können die Bullen einen entweder in einen Judas Ischariot oder in eine zitternde Schüssel Wackelpudding verwandeln.

„Du erzählst mir hier also, du willst freiwillig in den Bau, ziehst das auf einer Arschbacke durch, Albert?“, sagte der Zivilbulle zu dem verängstigten Schwarzen, der auf dem Rand des Motel-Betts hockte, die Handgelenke in Handschellen auf dem Rücken, die mageren Unterarme übersät mit entzündeten Wunden und den grauen Narben seiner Sucht.

„Wenn ich Ihnen Bobby liefere, macht der mich fertig, Mann“, antwortete Albert. „Der Typ hat ’ne Klinge. Hat damit schon in Houston einen Kerl ausgeknipst.“

Der Zivilbeamte, ein dicker, cholerischer Mann in einem verschwitzten Hemd, hob die Hand und schlug Albert einmal kurz, aber heftig auf die Wange.

„Bist du bescheuert, Albert?“, fragte er. „Du hast es sowieso schon versemmelt. Jetzt gehst du auch noch für Bobby in den Bau. Bobby hat dir ein Kantholz in den Arsch gerammt. Sieh mich an, du blödes Stück Scheiße. Bobby hat mir erzählt, deine Alte verkauft sich an Aussätzige. Hinter eurem Rücken lacht er sich doch über euch kaputt. Er hat dich dazu gebracht, dass du für ihn in den Bau wanderst, und du bist zu bescheuert, um das zu raffen.“

„Er hat Ihnen gesagt, meine Alte …“

„Willst du zurück ins Angola? Willst du wieder von den Knackis da oben durchgefickt werden, zur Knastmuschi werden, willst du mir das damit sagen, Albert? Wirst du gern von den harten Schwänzen gefickt? Ich hab gehört, beim letzten Mal haben sie dir dabei praktisch die Innereien zerfetzt."

„Sie müssen mir helfen, Mann. Ich kann da nich wieder rein!"

„Schafft mir den Wichser aus den Augen", sagte der Zivile zu einem anderen Cop.

„Ihr müsst meinen Namen da raushalten, okay? Der Typ hat zu mir gesagt, ich soll mich mit ihm in einem Pizzaladen in der Nähe vom Metairie treffen. In ungefähr einer Stunde wird er da sein."

„Du bringst ihn dazu, dass er dich zu seinem Depot bringt, Albert. Das ist der beste und einzige Deal, den du bekommst. Bobby kommt in den Bau, du auf freien Fuß. Ansonsten holst du dir deinen nächsten Rausch von Muskatnuss und Kaffee. Stimmt's eigentlich, dass man von dem Stoff einen Ständer kriegt so hart wie 'n Heizungsrohr?"

Albert zitterte wie ein Hund, der versucht, über zerbrochenes Glas zu gehen. Dann kotzte er. Albert schaffte es, dass der Zivilbulle sich angewidert abwendete.

Was bringt das alles?

Da bin ich echt überfragt.

Die Leute ganz oben segeln in der Regel ungeschoren davon. Die kaufen sich Rechtsanwälte, die in einer früheren Karriere als Staatsanwälte für die Gegenseite gearbeitet haben. Kautionen in Höhe von einer Million Dollar werden einfach als Betriebskosten einkalkuliert.

Albert hingegen wandert ins Gefängnis oder in ein Entzugsprogramm oder ins Grab. Und bis auf Albert interessiert's niemanden sonderlich, welcher dieser Orte es sein wird, denn Albert ist noch nicht mal eine Fußnote wert.

Im angrenzenden Raum verhörten Lucinda und ich sieben Personen – fünf von ihnen schwarz, zwei weiß – zum Thema Selbstjustiz. Aber das waren Menschen, die sich schon vor langer Zeit den schläfrigen Umarmungen des Rausches oder der Dämonen hingegeben hatten, die sich durch abgebundene, geschwollene Venen in ihr Leben geschlichen hatten. Ihre Vorstellung von Moral reichte nicht über die nächsten fünf Minuten hinaus. Sie tauschten untereinander die Spritzen, nutzten die öffentlichen Krankenhäuser als vorübergehende Möglichkeiten, ihre Geschlechtskrankheiten einigermaßen in den Griff zu bekommen, sahen in AIDS lediglich eine andere Art zu sterben und lebten täglich in dem Wissen, dass ein rachsüchtiger Dealer ihnen eine Überdosis verticken könnte, die ihre Herzen in Kesselpauken verwandeln würde.

Aber eigentlich hatten sie ein Problem mit den Drogenfahndern. Deshalb kreisten ihre Ängste ausschließlich um ihren eigenen Stoffwechsel und die Tatsache, dass sie kurz davorstanden, Freunde zu verpfeifen. Wozu dann mit zwei Bullen von der Mordkommission schachern, die keinen Deal anzubieten hatten? Sie wurden zu Stein.

Da passierte einer dieser schrecklichen Augenblicke, von denen man sonst nur träumt, von denen man hofft, dass sie einem im eigenen Berufsleben niemals passieren, sie immer nur das Pech von anderen sein werden. Später wird man es auf ein schlechtes Urteilsvermögen schieben, auf

Kaltschnäuzigkeit, Unmenschlichkeit, Pech oder einfach nur Dummheit, wie zum Beispiel, dass ein auf Sicherheit bedachter Idiot in gutem Glauben Notausgänge mit Vorhängeschlössern verriegelt, aber unter dem Strich bleibt es doch für immer der Augenblick, in dem du mit dem Kainsmal gezeichnet wurdest.

Der Zivilbeamte, der Albert verhörte, beschloss, ein bisschen mehr Druck zu machen, schlug Albert mehrfach mit einem Fedora auf seinen Krauskopf und brüllte ihn gleichzeitig an, bis ein anderer Cop einschritt und auf eine Zigarette mit ihm rausging. Als sie wieder reinkamen, hatte der Zivile immer noch einen roten Kopf, und das Hemd unter seinen Achseln war nass. Das Thermostat der Elektroheizung an der Wand war defekt, und in dem Zimmer war es ordentlich heiß und trocken. Der Zivilbulle zerrte seinen Krawattenknoten auf, massierte sich die dicken Nackenwülste und hängte schließlich sein Schulterholster über die Rückenlehne eines Holzstuhls.

Alberts Oberkörper war nackt, seine Hose vollgekotzt, das Gesicht schweißgebadet. Seine Schultern zitterten und seine Zähne klapperten. Er bat darum, auf die Toilette gehen zu dürfen.

Der Zivilbeamte begleitete ihn zum Badezimmer, schloss die Handschelle auf, befestigte sie an einem Wasserrohr und schloss die Tür.

Albert war drogenabhängig und ausgelaugt, er litt unter massiven Wahnvorstellungen und stand kurz davor, völlig aus den Fugen zu geraten. Er hatte sich eingepisst und vollgekotzt, stank wie ein Tier, man hatte ihm auch noch den letzten jämmerlichen Versuch genommen, seine Würde zu bewahren, und er sah einer neuen Identität als Spitzel entgegen. Mit etwas Glück konnte er vielleicht die Stadt verlassen haben, bevor Bobby auf Kaution wieder rauskam.

Aber Albert war auch knasterfahren, und man hatte ihn unterschätzt.

Fieberhaft schäumte er sein Handgelenk mit Seife ein und zog schließlich seine schmale Hand aus der Handschelle, als wäre sie Brotteig. Der Zivilbeamte starrte ihn fassungslos an, als Albert aus der Tür trat und die .38er aus dem Schulterholster riss, das über der Stuhllehne hing. Seine Hand zitterte, seine Augen waren blutunterlaufen und traten ihm vor lauter Angst fast aus dem Kopf, und der Schweiß lief ihm in Strömen über die Brust.

Das Gesicht des Zivilbeamten sah aus wie eine große, runde, weiße Uhr, bei der die Zeit abgelaufen war.

„Leg sie hin, Albert!“, brüllte Lucinda und richtete ihre vernickelte .357er Magnum mit beiden Händen durch die halb offene Tür genau auf ihn.

Der Zivilbeamte atmete schwer, er griff sich mit einer Hand an die Brust, und er begann beim Atmen zu blubbern wie Luftblasen aus einem Fahrradschlauch, der unter Wasser liegt. Lucinda stand breitbeinig da, über dem Bund der selbst gebleichten Levi's blitzte ein Streifen nackte Haut. Alberts Augen waren weit aufgerissen, seine verkrampfte rechte Hand zitterte, als stünde sie unter Strom.

„Du willst das nicht tun, Albert“, sagte sie besänftigend, schob den Daumen über den Sporn des Hahns und zog ihn zurück. Die geriffelte Nut und die Trommel rasteten mit einem Geräusch ein, als würde ein trockener Ast brechen. „Wir können alle hier in Ruhe rausgehen. Du kommst mit aufs Präsidium. Niemand wird dir was tun, du hast mein Wort. Nimm jetzt die Waffe runter, Albert … Warte … Tu das nicht, lass diese Gedanken nicht zu … *Albert*!"

Aber es war zu spät. Nur dem äußeren Anschein nach ein Mann, mit den weichen Knochen eines Kindes und Muskeln wie Pudding, mit Fusseln im Bauchnabel und einer Schlange, die an seinem Herzen fraß, fiel er nun innerlich einfach in sich zusammen und suchte seinen Henker. Er nahm die Pistole in beide Hände, kniff die Augen zusammen, drehte sich Lucinda zu und senkte den Kopf zwischen seine ausgestreckten Arme, während er den Finger fest um den Abzug schloss.

Sie feuerte nur ein einziges Mal. Die Kugel erwischte ihn an der Stirn und schlug ihn rückwärts gegen die Wand, als wäre er von einem Auto angefahren worden.

Die Luft roch scharf nach einer Mischung aus Schießpulver, trockener Hitze, einer Spur Nikotin und einem Hauch von Sex, der aus der Bettwäsche kam. Mir klingelten die Ohren nach dem Schuss. Dann sah ich den Zivilbeamten, der auf die Blutspritzer auf der Tapete zeigte, dabei unkontrolliert kicherte und keuchte und mit der linken Hand an seinem Kragen zerrte, als wär's ein Strick um seinen Hals.

* * *

Drei Stunden später, nach dem Papierkram, den Fragen, der Suspendierung vom aktiven Dienst und der Herausgabe ihrer Waffe an Nate Baxter, fuhr ich sie nach Hause. Oder zumindest fast.

„Halten Sie an der Ecke", sagte sie.

„Warum?"

„Ich brauche einen Drink."

„Schlechter Tag, um den Dämon zu füttern", sagte ich.

„Lassen Sie mich hier raus, ich gehe das letzte Stück zu Fuß."

„Lucinda, Folgendes wird passieren: Heute Nacht schlafen Sie irgendwann endlich ein. Sie haben beängstigende Träume, aber nicht direkt von der Schießerei. Es ist, als hätte Ihre Seele Kopfschmerzen und könne nicht zulassen, sich an etwas zu erinnern. Dann wachen Sie am Morgen früh auf und für ein paar kurze Augenblicke ist alles weg. Und dann, *Bumm*!, überkommt es Sie wieder, als wäre die Sonne gerade am Himmel verloschen. Doch jeden Tag wird's ein bisschen besser, und irgendwann gelangen Sie zu der Einsicht, dass es gar nicht anders hätte ausgehen können."

Ihre Augen hatten den unnatürlichen Schimmer eines völlig erschöpften Menschen, der gerade etwas Black Speed geschluckt hatte.

„Kommen Sie nun mit rein oder nicht?", fragte sie, als ich an der Magazine Street vor einer alten Bar mit Kolonnade und Holzfassade hielt.

„Nein, ich denke nicht."

„Man sieht sich", sagte sie, als sie die Wagentür zuschlug und in die Bar ging. Der weiße Zipfel eines Taschentuchs guckte aus der Gesäßtasche ihrer Levi's heraus und ihre nackten Fußknöchel rieben sich am Rand der staubigen Tennisschuhe.

Keine gute Situation, um eine verstörte Lady allein zu lassen, dachte ich und folgte ihr hinein.

Drinnen war es dunkel und kühl und roch nach grünem Sägemehl auf dem Fußboden und einem Kessel voller Shrimps, den der Barkeeper auf einem Gasherd hinter dem Tresen kochte. Ich benutzte den Münzfernsprecher neben dem leeren Billardtisch, um zu Hause anzurufen. Es war das zweite Mal, dass ich an diesem Tag anrief und keine Antwort bekam. Ich hinterließ eine weitere Nachricht.

Lucinda kippte einen Whiskey Sour in zwei Zügen hinunter. Ihre Augen weiteten sich, dann atmete sie langsam aus, fast schon erotisch, und bestellte einen zweiten.

„Auch einen?“, fragte sie.

„Nein, danke.“

Sie nahm einen Schluck.

„Wie oft ist es Ihnen passiert?“, fragte sie.

„Wen kümmert's?“

„Ich weiß nicht, ob ich je wieder da rausgehen kann.“

„Wenn sie ihren Deal vergeigen und die Alternativen ablehnen, sind Sie raus aus dem Spiel.

„Wie oft haben Sie es gemacht? Können Sie keine einfache Frage beantworten?“, sagte sie.

„Fünf Mal.“

„Himmel.“

Plötzlich schnürte sich mir die Kehle zu, als hätte ich eine Gräte verschluckt.

„Wen hätten Sie lieber da draußen: Leute, die ihr Bestes geben, oder eine Menge Cop-Klone von der Sorte wie Nate Baxter oder diesem Fettsack im Motel-Zimmer?“

Sie trank aus und gab dem Barkeeper ein Zeichen, der ihr Glas aus einem nebelfeuchten Chrom-Shaker wieder auffüllte. Sie legte die Hände flach auf den Tresen und starrte ihre Fingerspitzen an.

„Ich habe Albert vor vier Jahren verhaftet“, sagte sie, „weil er in einem *Winn-Dixie* eine Dose Wiener Würstchen geklaut hatte. Er hat damals mit seiner Großmutter in der Iberville-Siedlung gewohnt. Er hat geheult, als ich ihn in die Zelle steckte. Sein Bewährungshelfer hat ihn in den Knast geschickt.“

„Eine Menge Leute haben an seinem persönlichen Drehbuch mitgeschrieben, aber Sie gehörten nicht dazu, Lucinda. Manchmal ist man eben einfach nur der Schlusspunkt“, sagte ich, schob behutsam das Whiskeyglas von ihren Fingerspitzen fort, drehte sie zur Tür und führte sie in die malvenfarbene Abenddämmerung, die sich draußen über die Bäume legte.

Ich fuhr sie nach Hause und begleitete sie die Außentreppe hinauf. Das Geländer war dicht von Goldtrompeten überwuchert und in den Schatten leuchteten Glühwürmchen. Die Lampe über unseren Köpfen wurde in der kühlen Luft von Käfern umschwirrt. Mit dem Schlüssel in der Hand blieb sie stehen.

„Möchten Sie, dass ich später noch einmal anrufe?“

„Ich komme schon klar.“

„Ist Zoot zu Hause?“

„Er spielt heute Abend Basketball.“

„Es wäre vielleicht gut, wenn Sie jemanden bitten würden, vorbeizukommen."

Sie schaute hoch zu mir. Ihr Mund war rot; ihr Atem war weich und duftete nach Bourbon.

„Ich rufe an, wenn ich wieder in New Iberia bin", sagte ich.

Ihr Gesicht sah fahl aus, leer, und ihr Blick hatte sich bereits nach innen gerichtet, auf eine Erinnerung, die im Unterbewusstsein hängen würde wie eine schlafende Fledermaus.

„Alles wird gut", sagte ich und legte eine Hand auf ihre Schulter. Durch den Stoff ihrer Bluse konnte ich ihre Knochen spüren.

Aber nichts würde gut sein. Sie senkte den Kopf und atmete aus. Dann wurde mir klar, worauf sie blickte. Auf der Spitze ihres Tennisschuhs war ein roter Spritzer von getrocknetem Blut.

„Warum musste es so ein erbärmlicher, verängstigter, kleiner Mann wie Albert sein?", fragte sie. Sie schwankte leicht hin und her, schloss die Augen und ich sah Tränen, die sich in ihrem Wimpernkranz sammelten.

Ich umarmte sie und klopfte ihr sanft auf den Rücken. Sie lehnte ihre Stirn an meine Schulter; ich konnte ihr dichtes Haar an meiner Wange spüren, ihren schmalen, zarten Körper in meinen Armen und den leichten Druck ihres Unterleibs an meinen Lenden. Im Nachbargarten spielte der defekte Eisenkopf eines Rasensprengers unter dem Wasserdruck verrückt. Ich nahm ihr den Haustürschlüssel aus den Fingern. Sie fühlten sich in meiner Hand steif und hart an.

„Ich muss jetzt nach Hause, Lucinda“, sagte ich. „Wie können wir Zoot erreichen?“

Dann drehte ich mich um und sah einen Wagen, der am Straßenrand parkte, einen zweitürigen Toyota. Den Wagen von Schwester Marie Guilbeaux, deren kleine Hände, so weiß wie Porzellan, ruhig auf dem Lenkrad lagen. Auf dem Beifahrersitz saß Bootsie, ihr Gesicht ungläubig, sprachlos und verletzt auf eine Art, die niemand verbergen kann, als hätte sich herausgestellt, dass alles, auf das sie im Leben gebaut hatte, flüchtig war, wie ein Foto aus der eigenen Jugend, das sich auf heißer Asche langsam auflöst.

22

Bootsie blickte starr geradeaus, als wir auf der I-10 an den Sandebenen und abgestorbenen Zypressen an der Nordspitze des Lake Pontchartrain vorbeifuhren. Mein Gehirn arbeitete fieberhaft. Zwischen keinem der Ereignisse des Tages schien es irgendeinen Zusammenhang zu geben.

„Ich habe die Durchwahlnummern von Motley und Lucinda auf unserem Anrufbeantworter hinterlassen, außerdem auch die Adresse des Motels. Das hab ich mir doch nicht eingebildet", sagte ich.

„Sie waren da aber nicht drauf, Dave."

„Gab's einen Stromausfall?"

„Woher soll ich das wissen, wenn ich nicht zu Hause war? Davon abgesehen wären dabei die Aufzeichnungen nicht gelöscht worden."

„Irgendwas stimmt hier nicht, Boots."

„Da hast du recht. Manchmal machst du dir mehr Gedanken um andere Leute als um deine eigene Familie."

„Das zu sagen ist ziemlich mies."

„Verdammt noch mal, er hat angerufen, als du woanders warst und dich um diese Bergeron gekümmert hast."

„Buchalter?"

„Wer sonst?"

„Wie kann das gehen? Wir haben doch gerade erst die Telefonnummer geändert."

„Es war Buchalter. Glaubst du, ich vergesse diese Stimme? Er hat sogar davon gesprochen, was er mir angetan hat."

Ich drehte den Kopf und sah sie an. Ihre Augen glänzten

im grünen Schein des Armaturenbretts. Ein Sattelschlepper mit dröhnendem Auspuff fuhr vorbei, und im Pick-up wurde es laut.

„Was hat er noch gesagt?"

„Dass er immer bei uns sein wird. Egal, wo wir sind. Seine Stimme klang, als hätte er nassen Sand im Hals. Es war obszön."

„Ich glaube, er ist ein Fixer. Er ruft immer an, wenn er auf einem Trip ist."

„Warum muss diese Frau dich in ihre Ermittlungen mit hineinziehen?"

„Es ist auch meine Ermittlung, Bootsie. Aber du hast recht, ich hätte nicht fahren sollen."

„Ich verstehe einfach nicht, warum du bei anderen so engagiert bist, während ein Psychopath versucht, unser Leben zu zerstören."

„Ja, aber irgendwas stimmt hier nicht. Merkst du es gar nicht? Weswegen war diese Nonne, wie heißt sie noch gleich, mit dabei?"

„Sie ist *einfach so* vorbeigekommen, mehr nicht."

„Und was ist dann passiert?"

„Nichts. Was meinst du damit?"

„Komm, denk nach. Was ist passiert, nachdem sie einfach so vorbeigekommen ist?"

„Sie hat das Telefon benutzt. Ich glaube, um jemanden im Krankenhaus anzurufen."

„Und wann genau hat Buchalter angerufen?"

„Ein bisschen später. Ich hab versucht, dich im Büro zu erreichen. Dabei hat mir der Sheriff dann auch erzählt, dass es zu einer Schießerei gekommen ist. Ich konnte nicht einfach zu Hause bleiben und darüber brüten, ob dir wohl was zugestoßen ist, und darauf warten, dass Buchalter wieder anruft. Marie und ich haben Alafair zu Batist gebracht, und dann sind wir nach New Orleans gefahren. Was hätte ich denn sonst tun sollen?"

„Wessen Idee war es, nach New Orleans zu fahren?"

„Meine ... Also, unsere, vermute ich ... Sie hat gesehen, wie angespannt und besorgt ich war, und sie hat nur versucht, für mich als eine Freundin da zu sein."

„Wie viele Nonnen kennst du, die geradezu magisch von Ärger angezogen werden, und die immer auch *rein zufällig* in der Nähe sind, wenn dann tatsächlich was passiert?"

Jetzt sah sie mich an.

„Hast du den Anrufbeantworter direkt abgefragt, als du nach Hause gekommen bist?", fragte ich.

„Nein."

„Unsere neue Nummer steht auf einem Zettel neben dem Telefon, stimmt's?"

„Ja."

„Ich glaube, es ist langsam an der Zeit, dass wir Schwester Guilbeaux mal genauer unter die Lupe nehmen, Boots."

„Du meinst, sie hat deine Nachrichten auf dem Anrufbeantworter gelöscht und Buch... Nein, das ist doch verrückt, Dave. Sie ist ein guter Mensch."

„Buchalter ist aus Fleisch und Blut. Ich glaube inzwischen, dass ihm jemand aus unserem näheren Umfeld hilft. Wie viele Kandidaten gibt es da?"

Ihre Augen waren wieder fest auf die Allee vor uns gerichtet. Ich sah, wie sich ihre Brust hob und senkte, während sie mit den Fingern ihren Mund berührte.

* * *

Am nächsten Morgen ging ich im Büro noch einmal sämtliche Fallnotizen, Tatortfotos, Obduktionsberichte, Computerausdrucke, Audiokassetten, Vorstrafenregister, Haftstrafenregister und Gefängnisunterlagen sowie Fotokopien und Faxe anderer Strafverfolgungsbehörden durch, die irgendetwas mit den mutmaßlichen in Selbstjustiz verübten Morden, Tommy Lonighan, den Calucci-Brüdern sowie Will Buchalter und seinen Anhängern zu tun hatten.

Außerdem rief ich in der Verwaltung des katholischen Bistums Lafayette an. Sowohl der Bischof als auch sein Sekretär waren nicht im Hause. Die Dame am Empfang versprach, einer der beiden würde mich später zurückrufen. Sie sei noch neu in dieser Stelle und sei nicht sicher, ob sie eine Schwester Marie Guilbeaux kenne.

Ich las sämtliche Dokumente auf meinem Schreibtisch zweimal. Und je mehr ich las, desto unübersichtlicher und verwirrender wurde der Fall.

Clete Purcel war immer ein guter Cop gewesen, weil er sich stets an klaren Strukturen orientierte. Ich nahm einen gelben Block und einen Filzstift aus meiner Schreibtischschublade und versuchte, es ihm gleichzutun. Es war nicht einfach.

Der Inhaber der Autowerkstatt, in die Zoot und ich von Buchalter gebracht worden waren, stellte sich als geistig minderbemittelter, rechtsradikaler Alkoholiker heraus, der bereits wegen einer Bigamie-Klage den Bundesstaat gewechselt hatte. Es schien, als ob jeder, der uns zu Buchalter führen könnte, früher oder später verschwand oder gleich ganz den Planeten wechselte.

Tommy Bobaloubas Mutter war aus Deutschland eingewandert und möglicherweise selbst Mitglied der *Silver Shirts* gewesen. Tommy wollte das Nazi-U-Boot bergen, bevor Hippo Bimstine es in die Finger bekam, und seine Rhetorik war häufig antisemitisch. Aber in Wirklichkeit war Tommy nie irgendeiner anderen Weltanschauung als der der reinen Lehre des Geldverdienens gefolgt. Er war stolz auf seinen Militärdienst und seinen proletarischen Patriotismus, und es schien nie eine direkte Verbindung zwischen ihm und Buchalter gegeben zu haben.

Warum hatte Buchalter (falls er überhaupt Buchalter hieß) versucht, die Morde an seinen Anhängern, den beiden Männern namens Freddy und Hatch, auf den Selbstjustiz-Mörder zu schieben?

Hatte er etwas mit den rituellen Morden an schwarzen Dealern in den Sozialbausiedlungen zu tun? Wenn nicht, wie viele Psycho-Mutanten seines Kalibers liefen sonst noch in New Orleans frei herum?

Warum hatte Lonighan eine alte ethnische Grenzlinie in New Orleans übertreten und ließ sich mit den Calucci-Brüdern ein? Und hatte das etwas mit den Selbstjustiz-Morden zu tun?

Wenn man jemals in einer Psychoanalyse oder einer analytisch orientierten Therapie war, ist man sich bewusst, dass die Erforschung des eigenen Unterbewusstseins eine recht faszinierende Angelegenheit sein kann. Sie ist außerdem ego-blähend, bombastisch und endlos, und sehr häufig hat sie den gleichen praktischen Nutzen, wie über seine Genitalien zu meditieren.

Der induktive und deduktive Prozess der Polizeiarbeit bietet die gleiche Versuchung. Man kann darin versinken. Die schlichte Wahrheit ist, dass die meisten Menschen, Psychotiker ausgenommen, Verbrechen aus durchschaubaren Gründen begehen.

Frage: Warum stehlen?

Antwort: Ist im Regelfall einfacher als arbeiten.

Frage: Warum vergewaltigen und zum Tier werden? Warum Menschen ihrer Identität berauben, indem man sie terrorisiert und mit vorgehaltener Waffe entwürdigt, indem man sie auf bemitleidenswerte Kreaturen reduziert, die für immer jegliches Selbstwertgefühl verlieren?

Antwort: Man muss nicht zugeben, dass man selbst ein geborener Verlierer ist und aller Wahrscheinlichkeit nach schon im Mutterleib verschmäht wurde.

Batists – genau wie Cletes – Sichtweise war nicht von selbst fabrizierten Verwicklungen getrübt. Er war in Louisiana in der Zeit vor der Bürgerrechtsbewegung aufgewachsen und er wusste, dass niemand für so etwas wie *Gerechtigkeit* systematisch Farbige umbrachte. Die Opfer desjenigen, der meinte, das Gesetz in die eigene Hand nehmen zu müssen, waren Leute, für die sich niemand wirklich interessierte, kleine Dealer, deren An- oder Abwesenheit niemals irgendeinen messbaren Einfluss auf den immensen Umfang des Drogenhandels in New Orleans gehabt hätte oder haben würde.

Der Selbstjustiz-Mörder war, wie der Kriminalpolizist in dem Motel, der fest entschlossen war, Albert auf der emotionalen Folterbank zu brechen, wählerisch, soweit es ihre Opfergaben betraf, und seine wahre Absicht hatte nichts mit einer Beendigung des Problems zu tun, mit dem sie verbunden waren.

Doch der Prediger hatte auf der Schotterstraße in der Nähe meines Hauses etwas zu mir gesagt, das mich nicht mehr losließ, das am Rande meines Bewusstseins lauerte wie ein kariöser Zahn, der dumpf pochte, während man schlief.

Was, wenn wir es statt mit einem konkreten Verbrechen tatsächlich mit Menschen oder Mächten zu tun hätten, die eine Situation herbeiführen wollten, die es erlauben würde, politische Kriminalität, Tyrannei maskiert als Recht und Ordnung, als Daseinsform zu etablieren?

War das so schwer vorstellbar? Alle dazu erforderlichen Voraussetzungen waren bereits vorhanden.

Finanzielle Unsicherheit. Fehlendes Vertrauen in die bestehenden Regierungen und Institutionen. Angst und Misstrauen gegenüber Minderheiten, Gereiztheit und Schuldgefühle beim Anblick von Obdachlosen und Geisteskranken, die durch die Straßen einer jeden Stadt des Landes irren, das brütende, zornige Gefühl, dass die Mitte auseinanderbricht, dass bewaffnete, sadistische Banden unschuldige Menschen nach Lust und Laune jagen, vergewaltigen, brutal zusammenschlagen und töten können. Oder, einfacher ausgedrückt, das allgemeine Gefühl, es sei allerhöchste Zeit, Exempel zu statuieren, geflissentlich die Verfassung zu ignorieren und vielleicht wieder einmal die Straßenlampen und Bäume mit seltsamen Früchten zu dekorieren.

Hitler hatte den Reichstag in Brand gesetzt und die Schuld einem kommunistischen Arbeiter in die Schuhe geschoben, um seine Macht auszuweiten.

Der Anblick eines brennenden Los Angeles, von Autofahrern, die live im Fernsehen mit Montierhebeln totgeprügelt werden, könnte genauso gute Dienste leisten.

* * *

Ich war an diesem Nachmittag bei einer Schießerei in einer schwarzen Spelunke, südlich der Stadt, und daher insgesamt drei Stunden nicht im Büro. Der verwundete Mann, der am Daumen getroffen worden war, weigerte sich, den Schützen zu identifizieren und verließ die Notaufnahme des *Iberia General* ohne Behandlung, fuhr aus der Stadt, einen kerosingetränkten Lappen um die Hand gewickelt, und versuchte, den Bruder seiner Lebensgefährtin mitten in einem Zuckerrohrfeld zur Strecke zu bringen. Der Bruder lehnte es ab, Anzeige zu erstatten. Fazit: fette Zeitverschwendung.

Zwischendrin regnete es, die Luft war klar und kühl und die Palmen und Eichen am Straßenrand hatten einen grün-goldenen Glanz, dann kam die Sonne wieder raus. Gerade, als ich mich um fünf Uhr im Büro abmelden wollte, schaute Wally, der Mann aus der Leitstelle, dessen Körperfülle seinen Atem sogar im Sitzen zum Pfeifen brachte, von einer Nachricht auf, die er gerade auf einen Notizzettel schrieb.

„Oh, hi, Dave. Ich wusste nicht, dass du noch da bist“, sagte er. „Der Monsignore vom Büro des Bischofs in Lafayette hat angerufen. Er hat eine Nachricht hinterlassen …“ Er kniff die Augen zusammen, um seine eigene Handschrift lesen zu können. „Ja, er kennt Schwester Guilbeaux und er möchte wissen, ob sie irgendwie in Schwierigkeiten steckt.“

„Hat er noch irgendwas gesagt?“

„Nein, nicht wirklich. Er schien sich zu wundern, weshalb das Büro des Sheriffs Interesse an einer Nonne hat. Was ist los? Steht eine große Bingo-Razzia bevor?“ Er lachte über seinen eigenen Witz und sein rundes Gesicht strahlte.

„Du bist doch manchmal oben im Krankenhaus. Hast du je eine Nonne mit rotblondem Haar gesehen, ungefähr dreißig, fünfunddreißig Jahre alt?“

„Ich kann sie nicht zuordnen. Was ist los, hauen die Nonnen den Patienten auf die Finger?“ Er grinste wieder.

„Kannst du mal damit aufhören, Wally?“

Wally erhob sich von seinem Stuhl, gerade genug, um seinen Kopf durch das kleine Fenster der Leitstelle zu stecken, und sah sich nach beiden Seiten im Flur um. Sein Gesicht war vom Bluthochdruck gerötet und seine Brusttasche war von dicken, in Zellophan verpackten Zigarren ausgebeult.

„Darf ich dir mal etwas Ernstes sagen, Dave?“, fragte er. „Der ganze Kram, der da in New Orleans passiert, lass ihn auf sich beruhen. Es sind Schwarze, die Schwarze umbringen. Haben wir hier nicht genug eigene Probleme? Lass die Leute ihre eigene Scheiße aufräumen."

„Danke, dass du die Nachricht entgegengenommen hast, Wally."

„Hey, sei nicht sauer. Die Leute hier sorgen sich um dich, Dave. Dieser Neonazi-Typ, der all diesen Kummer bereitet, wenn er in der richtigen Situation erwischt wird, dann gibt's die Quittung, das glaub mal, jo. Und du weißt genau, was ich meine."

Er pulte das Zellophan von einer Zigarre, rollte sie zwischen seinen Lippen hin und her, bis sie feucht war, und riss dann ein Streichholz an der Unterseite seiner Schreibtischschublade an.

* * *

In dieser Nacht konnte ich nicht schlafen. Um halb zwei Uhr morgens hörte ich das *Tink* einer Blechbüchse an dem Draht, den ich um das Haus herum befestigt hatte. Ich nahm die AR-15 mit dem Magazin für dreißig Patronen aus dem Schrank, schob das Magazin ein und ging nach draußen. Es war windig, die Blätter rauschten in den Bäumen und der Mond leuchtete hell. Weder im Garten noch unten am Angelshop war jemand. Tripod war aus seiner Hütte gekommen und grub am Traktorschuppen an einem Gürteltier-Loch. Ich nahm ihn auf den Arm, füllte seinen Fress- und den Wassernapf wieder auf, und steckte ihn zurück in seine Hütte. Dann setzte ich mich auf einen umgedrehten Eimer in den Schatten einer Eiche, die AR-15 an den Stamm gelehnt, und wartete zehn Minuten, um sicherzugehen, dass das Geräusch, das ich gehört hatte, wirklich von Tripod verursacht worden war.

Das Mondlicht auf den toten Zypressen im Sumpf hatte die Farbe von Zinn. Mein Nachbar hatte die Zuckerrohrstümpfe auf dem Feld hinter meinem Haus abgebrannt und die Luft war dunstig, voller Rauch, es roch nach verbranntem Zimt. In der Stille des Augenblicks, mit dem Wind, der durch die Blätter raschelte, dem Mondlicht auf der gekräuselten Wasseroberfläche des Bayou und den Umrissen meines Holzhauses vor den züngelnden Flammen auf dem abgefackelten Feld meines Nachbarn fühlte ich mich fast, als befände ich mich in einem ausrangierten Film-Negativ meiner Kindheit, in einer anderen Zeit, einer anderen Ära.

Es kam mir fast so vor, als könne ich in dem Wind die Fiedel, das Akkordeon und den Gesang von *La Jolie Blonde* hören. Aus irgendeinem Grund erinnerte ich mich an eine Szene aus dem Jahr 1945. Es war V-J Day, der Tag, an dem Japan kapitulierte, und meine Eltern hatten mich mit in eine Arbeiterkneipe genommen, mit einer Kolonnade und einem erhöhten Bürgersteig vor großen, grünen Fensterläden, die bündig mit der Wand abschlossen. Meine Mutter trug einen pflaumenfarbenen Hut, eine Pillbox, an die ein weißer Schleier geheftet war, und ein lilafarbenes Sommerkleid mit aufgedruckten Blumen. Aldous, mein Vater, hatte gerade seinen Lohn erhalten, schmiss Lokalrunden Bier und tanzte mit meiner Mutter, während die Jukebox spielte:

Jolie blonde, gardez donc c'est t'as fait.
Tu m'as quit-té pour t'en aller,
Pour t'en aller avec un autre, oui, que moi.

Die Türen der Kneipe waren alle geöffnet, um die kühle Luft nach dem Regen hereinzulassen. Die abendlichen Schatten und das Nachglühen der Sonne hatten den sanften lila-goldenen Ton des Zuckerrohrs direkt vor der Ernte. Die Straßen waren voller Menschen, einige von ihnen in Uniform, einige ein wenig betrunken, und alle glücklich, weil bald überall auf der Welt wieder die Lichter angehen würden.

Dann hob mich meine Mutter hoch und balancierte mich auf ihrer Hüfte, während mein Vater grinste und mir seinen ramponierten Fedora auf den Kopf setzte. Meine Mutter duftete nach Milch und Badesalz, wie die Minzeblätter und nach Bourbon duftenden Kirschen auf dem Boden ihres Whiskeyglases. Es war eine glückliche Zeit, die mit Sicherheit niemals enden würde.

Doch meine Eltern waren mittlerweile beide tot, genau wie die Welt, in der ich aufgewachsen war.

Ein anderes Bild glitt vor mein inneres Auge, eine ängstliche und möglicherweise höchst eigene Vorstellung, wie es sein würde, wenn es den Will Buchalters dieser Welt gestattet würde, ihren Willen durchzusetzen. Vor meinem Auge sah ich Städte wie New Orleans am Abend, eine Avenue wie die St. Charles, mit dem Unterschied, dass keine Leute dort waren, genau wie in Adolf Hitlers Bildern bayerischer Dörfer. Der Himmel war tintenschwarz, die moosbewachsenen Eichen an den Straßenrändern reglos wie Stein; die Häuser waren zu Gefängnissen geworden, die Angst ausstrahlten, und die leeren Straßen wurden von den obszönen Blautönen der Natriumdampflampen beleuchtet, die keine Schatten oder Verstecke zuließen. Es war ein herzloser Ort, an dem die Stiefel tragenden, kahl rasierten Unmenschen zu den Wärtern der Sonne gemacht worden waren.

* * *

Am nächsten Morgen rief ich wieder im Büro des Bischofs an. Diesmal wurde mir gesagt, der Bischof befinde sich auf dem Weg nach Washington, D.C., und der Monsignore sei in Opelousas und werde erst nachmittags zurück sein. Ich hinterließ meine Nummer.

Gegen Mittag erhielt ich einen Anruf von Tommy Bobalouba.

„Ich lade dich zu einem *Étouffée* ein", sagte er.

„Aber ich bin gerade bei der Arbeit."

„Ich bin den ganzen Weg hierhergefahren, um zu reden. Wie wäre es, wenn du dir ein Weilchen frischen Wind um die Nase wehen lassen würdest?"

„Das letzte Mal, als du hier warst, hast du mich als Alibi benutzt, während jemand versucht hat, Nate Baxter kaltzumachen."

„Also hast du doch Verlust gemacht? Ich wollte nicht respektlos sein."

„Was willst du?"

„Ich will *reden.* Ich habe ein scheiß Problem, Mann. Es

ist etwas, über das ich mit niemand anderem reden kann. Wenn du keine halbe Stunde hast, Dave, dann rutsch mir doch den Buckel runter."

„Wo bist du?", fragte ich.

Ich fuhr über eine Nebenstraße nach St. Martinville zu dem Fischrestaurant, wo er auf einem Barhocker am Tresen saß und von einem Tablett rohe Austern aß. Er hatte jede Auster mit Tabasco-Soße bedeckt und aus seinem fluffigen Haar tropfte der Schweiß. Ich erkannte drei von seiner Crew an einem der Tische, darunter den mürrisch dreinschauenden, irischen Kapuzenträger mit den geistigen Fähigkeiten eines Hundehaufens, der sich für Tommy immer um die Saloons oder die Spiele im Hinterzimmer kümmerte, oder die Konkurrenz ausschaltete, wenn sie versuchte, sich in Gegenden zu etablieren, die sein Boss für sich selbst abgesteckt hatte.

Tommy, der immer bestrebt war, von der Oberschicht New Orleans' anerkannt zu werden, hatte nie Bodyguards eingesetzt und sich nie öffentlich zu seinen Angestellten gesellt.

„Wohin guckst du?", fragte er.

„Deiner Crew scheint es zu schmecken", sagte ich.

„Darf ich meine Jungs nicht zum Mittagessen mit in deine Stadt bringen?"

„Was gibt's, Partner?"

„Ich habe persönliche Probleme." Er wischte sich den Mund mit der Hand ab und sah sie dann an.

Ich wartete.

Er schaute sich um, schloss einmal die Augen, verzog dabei das Gesicht und starrte danach ins Leere. Dann versuchte er zu lächeln, das alles innerhalb von Sekunden.

„Hey, Dave, du bist auf eine katholische Schule gegangen, du hast beim *Golden Gloves* geboxt“, sagte er. „Hattest du je einen irischen Priester als Coach, einen Kerl, bei dem alle Boxer in der Umkleide ein Ave-Maria beten mussten, und der ihnen dann sagte, sie sollten rausgehen und dem anderen Typen die Fresse zu Brei schlagen?“

„Hört sich bekannt an, Tommy.“

„Das war gut, so aufzuwachsen, nicht wahr? Das waren damals gute Zeiten.“

„Sie waren nicht schlecht. Sagst du mir jetzt endlich, was dich so beschäftigt?“

„Ich habe versucht, um diese Prostataoperation herumzukommen. Der Doc sagte, ich müsste hinterher vielleicht eine Windel tragen. Also haben wir etwas anderes ausprobiert. Vor drei Tagen hat der Doc mir gesagt, dass es gestreut hat. Wie ein großer Wurm, der sich durch meine Innereien frisst. Ich muss mir keine Gedanken mehr wegen einer Operation machen. Verstehst du, was ich damit sagen will? Es ist ein seltsames Gefühl. Es ist so, als schaue man auf eine Uhr, von der jemand einfach die Zeiger abgebrochen hat.“

Dann sah ich es in seinem Gesicht, den Graustich und das Verkniffene um seinen Mund herum, die Abwesenheit in den Augen, das Wissen, dass er eine psychologische Mondlandschaft betreten hatte, in der es keine Reisebegleitung gab.

„Das tut mir leid, Tommy.“

Er benutzte eine gefaltete Papierserviette, um sich den Schweiß vom Haaransatz zu tupfen. Dann schaute er durch die große Glasscheibe in den Garten des Restaurants. Draußen war ein kleiner, dunkler See, in dessen Wasser tote Blätter fielen.

„Gehst du immer noch in die Messe?“

„Ja.“

„Ich mein, so richtig, nicht nur, um deine Alte glücklich zu machen, oder so.“

„Was kann ich für dich tun?“

„Hör zu, wenn ein Typ eventuell von etwas weiß, vielleicht sogar davon, dass einige Leute erledigt werden, selbst Leute, die es nicht anders verdient haben, aber er macht es nicht selbst, hat es nicht selbst in der Hand, du weißt, was ich meine, dann belastet das doch nicht seine Seele, oder?“

Ich versuchte zu begreifen, was er gerade gesagt hatte, aber es war, als würde man versuchen, einen ethischen oder theologischen Sinn in einem rückwärts gelesenen Sanskrit zu sehen.

„Würdest du das vielleicht noch mal wiederholen?“, bat ich.

„Also, ich habe in meinem Leben einen Kerl selbst umgebracht, ich meine abgesehen von Korea. Das war der Typ mit dem Feuerwehrschlauch. Dieser Kerl war ein solches Arschloch, dass selbst der Richter gesagt hat, man sollte ihn ausgraben und auf den elektrischen Stuhl setzen. Ich geh nicht rum und bringe Leute um, Dave. Aber was, wenn ich wüsste, was sich tut, wenn möglicherweise andere Leute es tun, und ich finde, es ist ihre Entscheidung, ich zwinge

Leute nicht dazu, das zu tun, was sie tun müssen, kneife einfach die Arschbacken zusammen und gehe durch den Rauch, es ist eine scheiß raue Stadt, wenn man in einem Stück bleiben will, die Haare kleben irgendwann an der Tapete, so geht's doch manchmal aus, oder?"

„Ich bin Polizist, Tommy. Vielleicht solltest du mehr darauf achten, was du mir erzählst."

„Ich stehe hier auf der dritten Base. Kommst du zum Friedhof, um mich zu verhaften? Was, wenn ich der Kirche Geld spende? Vielleicht kennst du einen Priester, der nicht alles hundertprozentig genau nimmt. Es ist auch nicht leicht für mich, mit dem Ganzen fertigzuwerden, mit Leuten darüber zu reden, die ich nicht kenne. Davon kriege ich Kopfschmerzen."

Um seine Fingerknöchel und Augenbrauen herum waren Halbmonde alter Narben, seine blauen Augen leuchteten schimmernd wie Seide. Was sagt man einem ungebildeten, verwirrten, abergläubischen, wütenden Mann mit einem ängstlichen Kind in seinem Inneren, wenn er flehend versucht, über seine Sünden zu verhandeln, und mit einem Cop um ein Bußgeld feilschen will, bevor er den Bus ins Jenseits nimmt?

„Ich könnte dich mit einem Priester bekannt machen, einem Freund von mir", sagte ich. „Erzähl ihm einfach, was du mir erzählt hast. Ich würde das Thema *Spenden* allerdings nicht anschneiden."

„Warum? Hört es sich an wie Bestechung?"

„Das könnte man so sagen."

„Oh."

„Tommy, weißt du etwas über die Selbstjustiz-Morde? Reden wir hier gerade darüber?"

Er wischte sich mit einem Fingerknöchel über die Nasenspitze.

„Wenn das der Fall sein sollte, warum dann nicht reinen Tisch machen und es aus der Welt schaffen?", fragte ich.

Seine Augen quollen aus ihren Höhlen und er stach mir mit dem Zeigefinger in die Brust.

„Hey, ich verpfeife niemanden, ich haue niemanden in die Pfanne, und wenn du das behaupten solltest, Dave, dann nehmen du und ich hier gleich den Laden auseinander."

„Adiós", sagte ich.

„Hey, sei nicht so", lenkte er ein und hielt mich an der Jacke fest. Dann ließ er sie los und strich den Stoff glatt. „Tut mir leid, ich bin am Arsch. Ich weiß manchmal nicht, was ich tun soll. Also, die Calucci-Brüder und ich sind quitt. Sie brechen ihr Wort, sie lügen, sie haben keine Klasse, sie greifen dich aus dem Hinterhalt an und nehmen dich in den Schwitzkasten. Wenn du mit diesen Arschgesichtern und Schmalzlocken Geschäfte machst, holst du dir nichts als Kummer ins Haus. Ich kann nicht ändern, was bereits passiert ist, ich meine, vielleicht bin ich an ein paar Dingen mit schuld, aber eventuell kann ich es ein bisschen wiedergutmachen. Dein Kumpel Purcel ... Hey, jetzt bist du ganz Ohr."

„Was ist mit ihm?"

„Er hat den Caddy von Max und Bobo mit Zement gefüllt, während ungefähr hundert Leute gelacht und geklatscht haben. Selbst die Cops haben hinterher über Funk darüber Witze gemacht."

„Warum sagst du das, Partner?"

„Du weißt, dass eine Menge Leute in New Orleans Purcel gerne umlegen würden, oder? Wie viele Typen hat er in den Knast geschickt, durch Fensterscheiben geworfen oder ihre Köpfe ins Klo gesteckt? Es ist ein Kopfgeld ausgesetzt, fünfzehn Riesen, Dave, und jeder kann ihn ficken. Das ist noch nicht alles. Mit Belegen gibt es noch einen Bonus von zehn Riesen. Du weißt schon, mit Polaroids oder einem Filmchen."

Er quetschte eine Scheibe Zitrone über einer Auster aus, hob dann die Schale und saugte das Muskelfleisch in den Mund. Doch statt es zu schlucken, senkte er den Kopf und leerte den Mund in eine Serviette.

„Ich kann nichts mehr essen. Mir ist schlecht", sagte er. Sein Blick wanderte zu dem Tisch, wo die drei Männer seiner Crew aßen.

„Vielleicht hat man in der heutigen Zeit in New Orleans ja Glück, wenn man an Krebs stirbt", sagte er.

„Gibt es auch auf dich ein Kopfgeld, Tommy?"

„Du bist Purcel schon sehr ähnlich. Du denkst, die Caluccis sind Clowns, weil du ihnen mit der Schaufel eins übergebraten hast und sie nicht versucht haben, deswegen etwas zu unternehmen. Ich habe Neuigkeiten für dich, Dave. Diese Typen fressen ihren Hass in sich hinein und warten. Einmal hat ein kleiner Killer, der für die Cardo-Familie die Drecksarbeit erledigte, Bobos Braut gebumst. Sie haben drei Jahre gewartet, bis alles in Vergessenheit geraten war, die Braut verschwunden war. Und Bobo ein halbes Dutzend anderer Tussen hatte, die bei ihm abhingen, dann haben sie den Typen auf ihr Boot eingeladen. Sie haben zusammen gegessen und getrunken, Witze über die Braut gerissen, als wären sie alle gute Kumpels und sie wäre nur eine Nutte, die man herumreicht, und plötzlich haben sie dem Kerl eine Knarre an den Kopf gehalten und ihn gezwungen, sich selbst den Schwanz abzuschneiden."

Er fuhr sich mit der Hand durchs Haar, wischte den Schweiß am Hemd ab, atmete schwer aus und bestellte einen doppelten Scotch ohne Eis. Seine Mundwinkel sahen so grau aus wie Fischschuppen.

Gegen fünf Uhr nachmittags hatte ich immer noch nichts vom Monsignore aus Lafayette gehört. Bevor ich mich im Büro abmeldete, rief ich ihn noch einmal an.

„Seine Mutter war ziemlich krank. Kann er sie zu Hause anrufen, Detective Robicheaux? Ich weiß, dass Sie ihn dringend sprechen möchten", sagte die Dame vom Empfang.

„Ja, ich wäre sehr dankbar, wenn er das tun würde", sagte ich und gab ihr unsere Nummer.

Bootsie und ich hatten geplant, an einem 12-Schritte-Treffen der AA in der Stadt teilzunehmen und ich hatte ihr gesagt, sie bräuchte kein Abendessen zuzubereiten. Auf dem Heimweg holte ich im City Park einige *Po'boy*-Sandwiches und Dirty Rice. Als ich die Schotterstraße am Bayou entlangfuhr, trieb Rauch von einem abgebrannten Zuckerrohrfeld vor die Sonne und die Luft duftete nach verbrannten Blättern und spät blühenden Blumen. Im Süden regnete es, und man konnte die graue Sturmfront sehen, von Blitzen durchzogen, die über dem Golf landeinwärts zog. Der Wind hatte bereits eingesetzt, fegte durch das Moos in den Zypressen draußen im Sumpf, und die meisten Fischer, die auf Sonnenbarsche aus gewesen waren, kamen mit ihren Booten rein.

Der Deputy, der tagsüber immer noch das Haus bewachte, winkte mir zu und machte sich auf den Weg. Ich parkte in der Einfahrt und ging mit der Papiertüte voll *Po'boys* und Dirty Rice hinein. Die Fenster waren alle offen und die Gardinen blähten sich im Wind.

„Ist jemand zu Hause?", fragte ich.

Doch es blieb still. Ich ging in die Küche und stellte die Papiertüte auf den Tisch. Da sah ich die leere Sherryflasche und die drei Bierdosen halb vergraben unter feuchten Zeitungen und Kaffeemehl im Mülleimer. Ich rieb mir mit den Händen über das Gesicht, öffnete den Kühlschrank, um mir eine Dr Pepper herauszuholen, änderte grundlos meine Meinung und knallte die Tür wieder zu, sodass innen alles schepperte.

Das Telefon an der Wand klingelte.

„Detective Robicheaux?"

„Ja."

„Hier ist Monsignore DeBlanc. Es tut mir leid, dass ich nicht früher zurückgerufen habe. Sie haben wegen Schwester Marie angerufen?"

„Ja, Marie Guilbeaux."

„Richtig. Stimmt etwas nicht?"

„Ich bin nicht sicher. Ich arbeite gerade an einem seltsamen Fall … Schwester Guilbeaux taucht hier immer wieder zu merkwürdigen Zeitpunkten auf."

„Entschuldigung. Ich bin jetzt etwas verwirrt. Was meinen Sie mit *taucht auf*?"

„Genau *das*. Sie scheint ein übermäßiges Interesse an Dingen zu haben, die sie nichts angehen."

„Sie meinen, sie war kürzlich in New Iberia?"

„Ja."

„Das verstehe ich nicht. Marie ist vor drei Monaten zurück nach Napoleonville gefahren, da ist ihr Zuhause. Sie hatte ernsthafte gesundheitliche Probleme."

Ich machte eine Pause. „Wie sieht die Dame aus, Monsignore?"

„Für ihr Alter recht gut, denke ich, aber, nun ja, die Zeit nagt an uns allen."

„Und ihr Alter?"

„Sie ist fast siebzig. Wie alt dachten Sie, sei sie?"

Nachdem ich aufgelegt hatte, saß ich am Küchentisch und starrte durch das Fliegengitter hinaus in den Garten auf die orangefarbene Scheibe der Sonne, die im Rauch der schwelenden Zuckerrohrstängel verblasste. Warum hatte ich es nicht erkannt? Sie hatte vor der Intensivstation gestanden, als Clete und ich Charles Arthur Sitwell befragt hatten, der später mit einer Injektion aus Wasser und Kakerlakengift ins Jenseits befördert wurde. Selbst Alafair hatte bemerkt, dass etwas mit ihr nicht stimmte, dass sie ein Vorbote von Ärger und Zwietracht war.

Ich warf wieder einen Blick auf die leere Sherryflasche und die Dosen im Müll. Als sich die Tür zum Schlafzimmer öffnete, machte ich mir nicht einmal die Mühe, mich umzudrehen. Es hatte keinen Sinn, am Abend zu diesem 12-Schritte-Treffen zu gehen. Bootsies Ängste und ihre Anspannung hatten sie offensichtlich rückfällig werden lassen; vielleicht versuchten wir es morgen noch einmal. Oder ich musste es einfach eine Weile dabei bewenden lassen, sie dem lieben Gott übergeben und sie die Talsohle erreichen lassen. Wie konnte ich mehr von ihr einfordern, als ich je von mir verlangt hatte? Doch unabhängig davon, was ich tun würde, war Wut sinnlos und würde nur ihre Entschiedenheit bestärken, betrunken zu bleiben.

Ich roch den Alkohol- und Zigarettendunst, noch bevor ich den warmen Atem an meiner Wange spürte, die Fingernägel in meinen Haaren und auf der Kopfhaut und die sanfte Berührung von weiblichen Brüsten an meinem Nacken. Dann spürte ich ihren Mund und die Zunge in meinem Ohr, die schmale Hand, die meine Brust hinunter Richtung Lenden glitt, und ich drehte mich auf meinem Stuhl um und schaute hoch in das Gesicht der Frau, die sich Marie Guilbeaux nannte.

23

„Harter Tag, wenn es einem wie Schuppen von den Augen fällt, oder?“, sagte sie. Sie streckte ihre Hand aus, um mein Haar zu berühren. Ich schob sie weg.

„Wo sind Bootsie und Alafair?“, fragte ich.

„Das Frauchen ist aus den Latschen gekippt. Schickt sie Ihre Tochter nicht immer zu dem Schwarzen, wenn sie sich volllaufen lassen will?“

Ich ging durch den Flur und öffnete die Schlafzimmertür. Bootsie schlief, halb ausgezogen, auf der Bettdecke, das Gesicht ins Kissen gedreht. Die Vorhänge flatterten leise.

Die Frau, die sich Marie Guilbeaux nannte, stand in der Mitte der Küche und legte mithilfe ihres Taschenspiegels Lippenstift auf. Sie trug von der Sonne ausgebleichte Jeans, Sandalen, einen beigefarbenen Frotteepullover mit V-Ausschnitt und eine Perlenkette um den Hals.

„Wussten Sie, dass das Frauchen auch ein Problem mit Tabletten hat?“, fragte sie, die Augen immer noch auf den Spiegel gerichtet.

„Wer sind Sie?“

Sie presste die Lippen aufeinander, um die Farbe zu verteilen und klappte die Puderdose zu.

„Wollen Sie es herausfinden?“, fragte sie. Sie lächelte. Ihre Augen schienen dunkler zu werden, wie grauer Rauch, der sich in einem grünen Glas sammelt. Sie knöpfte ihre Jeans auf, stellte den pinkfarbenen Rand ihres Slips zur Schau und griff dann hinter sich, um ihren BH aufzuhaken. „Setz dich wieder hin, Dave. Es ist an der Zeit, ein bisschen nett zu dir zu sein."

Ich leerte ihre Handtasche auf dem Küchentisch aus. Darin waren Autoschlüssel, eine leere Aspirindose, eine Rolle Pfefferminzbonbons, ein Sprühflakon Parfum und ein Portemonnaie. Darin befanden sich über sechshundert Dollar, eine Sozialversicherungskarte und ein Führerschein auf den Namen Marie Guilbeaux. Die Adresse auf dem Führerschein lag im Norden von New Orleans, Richtung Damm. Es gab keine Kreditkarten.

„Magst du alles so hart?", fragte sie anzüglich und fuhr sich mit ihrer Zunge über die Lippen.

Sie zog ihren BH unter dem Pullover aus und legte ihn über den Stuhl, verschränkte dann die Hände in meinem Nacken und drückte ihren Bauch an mich. „Ich habe das Gefühl, das Frauchen hat dich nicht gut behandelt", sagte sie.

„Wo steht Ihr Wagen?"

„Unten am Anleger."

„Ist jemand bei Ihnen?"

„Nein." Sie drängte ihren Unterleib gegen meinen.

„Ich werde dem Abschleppwagen sagen, dass er ihn nicht zerkratzen soll", sagte ich und drehte sie halb um.

„Was?"

„Der Typ, den wir kommen lassen, um Wagen abzuschleppen, ist manchmal recht achtlos." Ich löste mich aus ihrer Umklammerung und drückte ihre Arme auf ihren Rücken. Ihre Handgelenke waren schmal und hellhäutig, die Unterseiten von dünnen, grünen Venen durchzogen.

Ich ließ die Handschellen um ihre Handgelenke zuschnappen und stopfte ihr den BH in die Gesäßtasche ihrer Jeans.

„Das Angebot gilt noch. Mit Handschellen. Denk darüber nach, Dave. Ouu“, sagte sie und zog einen Schmollmund. „Es könnte dir sogar besser gefallen, als auf eine besoffene Sau zu klettern.“

„Versuchen Sie es mit unserem Gefängniswärter, Marie“, sagte ich. „Er ist ein hundertfünfzig Kilo schwerer, schwarzer Homosexueller. Vielleicht können Sie ihn ja bekehren.“

* * *

Am nächsten Morgen im Department holte ich mir einen Becher Kaffee und einen Doughnut und rief Clete in seinem Büro im Quarter an. Die Sonne schien und auf dem Gras und den Bäumen vor meinem Fenster lag Tau. Ich hatte ihn am Vortag zwei Mal angerufen und keine Antwort hinterlassen können.

„Die Kassette in meinem Anrufbeantworter ist hin. Was ist passiert?“, fragte er.

Ich erzählte ihm von meiner Unterhaltung mit Tommy Lonighan im Restaurant.

„Du hörst dich sauer an“, sagte er.

„Das bin ich auch.“

„Was ist denn daran so schlimm?“

„Ich habe dich immer davor gewarnt, die Typen zu provozieren.“

„Hör zu, Dave, was soll denn *Kopfgeld* schon groß bedeuten? Gar nichts. Es ist ein Wort, das diese Schmierlappen von sich geben, während sie sich Linguine ins Maul stopfen. Ein echter Schlag wäre es, wenn sie einen Killer geholt hätten, einen Auftragsmörder, einen Vollzeit-Psychopathen, aus Miami oder Houston, und dieser Typ weiß, dass er mich entweder auf dem Bürgersteig liegen lässt, oder er selbst der Nächste in der Kühlkammer ist."

„Clete ..."

„Lass es, Mann. Max und Bobo furzen immer nur rum. Es ist Zeit, dass man die beiden mit der Schnauze voran ins Klo stopft."

„Ich fasse es einfach nicht! Warum stellst du dich nicht draußen in die Mitte der Straßenbahngleise?"

„Okay, Mann, du hast mich gewarnt. Hör zu, hat Motley dich schon erreicht?"

„Nein."

„Du glaubst es nicht, der alte Mots hat lange genug aufgehört, über Essen, Mösen und Schwarzsein nachzudenken, um richtige Detektivarbeit zu leisten."

„Ich denke, Motley ist im Grunde ein guter Kerl."

„Meine Rede. Ist da ein atmosphärisches Rauschen in der Leitung oder so was? Gestern Nachmittag hat er sich zwei Wathosen von der Feuerwehr geliehen und Benny und ich sind draußen im Sumpf vom Lafourche Parish herumgeplanscht. Es hat eine Weile gedauert, aber dann haben wir sie gefunden."

„Was gefunden?"

„Die kugelsichere Weste. Der Kerl, der das Gesindel, die beiden Typen, mit der Kettensäge aufgeschlitzt hat, wir haben die Stelle gefunden, wo er aus dem Wasser gestiegen ist, an einem Damm in der Nähe von Larose. Im Schlamm waren Abdrücke, die von einem Großfußindianer hätten sein können. Wie auch immer, ungefähr zweihundert Meter davor im Sumpf hat er seine Weste an einer Sandbank weggeworfen. In dem Ding steckten ein halbes Dutzend Schrotkugeln."

„Warum hätte er eine Weste tragen sollen?"

Er lachte, nahm dann den Hörer vom Mund und lachte wieder.

„Willst du es mir nicht verraten?", fragte ich.

„Du bist klasse, Digga. Es gibt ein Geheimnis, das offensichtlich jeder kennt, außer mein alter Partner aus dem First District. Du bist einer der brutalsten Menschen, die ich je kennengelernt habe. Warum, denkst du, trägt Buchalter wohl eine Weste? Weil du es wahrscheinlich geschafft hast, dass er sich in die Hose scheißt."

„Danke, dass du mit da rausgegangen bist, Clete."

„Warte mal. Da ist noch etwas. Vielleicht ist es wichtig, vielleicht nicht. Auf dem Stoff war ein Aufdruck. Die Weste kam aus dem Toronto Police Department."

„Aus Kanada?"

„Vielleicht hatte er sie aus einem Laden für alte Army-Klamotten. Aber es ist eine Spur, stimmt's? Wie auch immer, rede mit Motley."

„Erinnerst du dich an die Nonne, die wir im Krankenhaus gesehen haben?"

„Ja, braucht sie jemanden, der ihren Habit bügelt?"

„Nicht mehr, seit sie Jeans trägt und auf dem Revier in der Zelle hockt."

Dann erzählte ich ihm alles über die Frau, die sich Marie Guilbeaux nannte.

„Ganz klar 'ne schräge Nummer, Mann", sagte er. „Ich wette, sie und Buchalter hängen an derselben Nabelschnur."

„Was hast du gegen sie in der Hand?"

„Nicht viel."

„Sieh zu, dass man sie nicht laufen lässt. Gib mir die Adresse, die auf ihrem Führerschein steht."

Ich las sie ihm aus dem Festnahmeprotokoll vor.

„Lass dir was einfallen, wenn's sein muss. Weißt du, warum alle auf ehrliche Typen stehen? Weil sie für gewöhnlich verlieren", sagte er.

„Bis später, Cletus", sagte ich und legte auf, gerade als der Sheriff an mein Fenster klopfte und mir bedeutete, ich solle in sein Büro am anderen Ende des Flurs kommen.

* * *

Er nahm einen kräftigen Schluck aus der Flasche mit seinem Medikament gegen Magengeschwüre, lehnte sich dann auf seinem Bürostuhl zurück, klopfte mit den Handballen auf die gepolsterten Armlehnen und starrte auf die Topfpflanzen und die handbemalte, geblümte Teekanne auf dem Fensterbrett. Sein Bauch hing über dem handgearbeiteten Pistolengürtel wie ein halb erschlaffter Fußball. Er stach mit seinen steifen Fingern darauf herum.

„Sie hatten noch nie ein Magengeschwür, oder?", fragte er.

„Nein."

„Ich glaube, ich kriege *noch* eines. Ich esse Maisgrütze und Babybrei und stehe morgens mit Stacheldraht im Magen auf. Wie kann das sein?“

„Keine Ahnung.“

„Was sollen wir mit dem Mädel machen, das Sie letzte Nacht eingelocht haben?“

„Wir versuchen, sie dazubehalten, bis wir herausgefunden haben, wer sie wirklich ist.“

„Sie hat kein Vorstrafenregister. Und das, was Sie ihr vorwerfen, ist ein Witz.“

„Nicht für mich, nein.“

„Was sagen wir dem Haftrichter, wenn sie ihm vorgeführt wird?“

„Die Wahrheit.“

„Und wie klingt die? Euer Ehren, diese Lady hat sich als katholische Nonne ausgegeben, um die Frau von Detective Robicheaux betrunken zu machen. Weil wir ja alle wissen, dass Nonnen so etwas für gewöhnlich in ihrer Freizeit machen.“

Ich öffnete und schloss meine rechte Hand auf dem Oberschenkel und fixierte einen Punkt ungefähr zehn Zentimeter rechts neben seinem Gesicht.

„Entschuldigung, das hätte ich nicht sagen sollen“, sagte er. „Aber wir bekommen bestenfalls ein geringfügiges Vergehen.“

„Ich glaube, sie hat Chuck Sitwell im Krankenhaus ermordet.“

„Beweisen Sie, dass sie da war, im Krankenhaus, in dem Zimmer, in ihrer Nonnentracht, um den Zeitpunkt des Todes herum, dann haben wir etwas. Hören Sie, der Führerschein und die Sozialversicherungskarte sind echt. Sie sagt, sie habe nie Ihnen, Ihrer Frau oder sonst wem gesagt, sie sei eine Nonne."

„Sie haben mit ihr geredet?"

„Ich war heute früh im Gefängnis. Der Wärter hat sie in eine Einzelzelle gesteckt, weil ein paar Lesben schwer begeistert waren."

„Sie mochten sie?"

„Machen Sie Witze? Die hatten eine Scheißangst vor ihr. Eine von ihnen behauptete, Ihr Mädel hätte gedroht, eine Zigarette in ihrem Auge auszudrücken."

„Hören Sie, Sheriff, keine IDs sind einfacher zu bekommen als ein Führerschein und eine Sozialversicherungskarte. Aber sie hatte keine Kreditkarten. Und zwar deswegen, weil Kreditkarten-Unternehmen ihre Kunden überprüfen. Sie hat Dreck am Stecken, ich glaube, sie hat etwas mit Buchalter zu tun, und wenn wir sie gehen lassen, verlieren wir die einzige Spur, die wir haben."

„Ich gebe zu, dass sie eine ziemlich coole Vorstellung abliefert. Wenn ich es nicht besser wüsste, würde ich sie wahrscheinlich meine Enkelkinder babysitten lassen."

„Was für eine Erklärung hat sie abgegeben, weswegen sie in meinem Haus war?"

„Sie sagt, sie sei Teilzeit-Bibliothekarin gewesen und nun versuche sie, freiberuflich für Zeitungen zu schreiben. Ihrer Aussage zufolge hat sie Bootsie in einer Bar kennengelernt und sich mit ihr angefreundet, weil sie fand, dass sie eine so traurige Lady sei. Sie ist ziemlich eloquent, Dave."

Er schaute mir ins Gesicht und dann zur Seite.

„Wo war sie Bibliothekarin?", fragte ich.

„Da wurde sie ein bisschen vage."

„Das denke ich mir."

Er stützte seine Ellenbogen auf die Schreibunterlage des Tisches und kratzte sich mit einem rosafarbenen Fingernagel in dem Grübchen seiner Wange.

„Sie hat einen Anwalt aus Lafayette. Der macht unten im Büro des Staatsanwalts bereits allen die Hölle heiß", sagte er.

„Wollen Sie mit Clete Purcel sprechen? Er hat sie draußen vor Sitwells Krankenhauszimmer gesehen."

„Toller Zeuge, Dave. Purcel hat ein längeres Vorstrafenregister als so ziemlich jeder Zuchthäusler. Es sieht aus wie etwas, das ein Computervirus versehentlich ausgedruckt hat."

„Ich denke, er hatte recht."

„Inwiefern?"

„Er hat mir gesagt, ich soll mir was einfallen lassen. Er wusste, dass das alles in die Hose geht."

Der Sheriff steckte seine Pfeife in den ledernen Tabaksbeutel und begann sie zu stopfen. Er schaute nicht auf.

„Das habe ich jetzt nicht gehört", sagte er.

„Es ist eine mögliche Sichtweise."

Er antwortete nicht. Ich stand auf, um zu gehen.

„Die Amerikaner haben den Unabhängigkeitskrieg gewonnen, weil sie von den Indianern gelernt hatten, wie man kämpft", sagte er. „Sie standen beim Schießen hinter Bäumen. Ich wette, das war effektiver, als mit silbernen

Brustharnischen und weißen Patronengurten quer über das Schlachtfeld zu marschieren."

„Ich war nie ein Freund von Allegorien."

„Alles, was ich gesagt habe, ist, dass ich Ihre Bemerkung über Purcels Rat nicht gehört habe. Die Handtasche der Frau wurde beschlagnahmt. Wer weiß, was das Labor dort findet." Er hob die Augenbrauen.

„Wir müssen sie als Mordverdächtige hierbehalten, Sheriff."

„Das wird nicht passieren, Dave. Gehen Sie zur Anhörung?"

„Darauf können Sie wetten!"

Er nickte schweigend, entzündete seine Pfeife und schaute aus dem Fenster.

* * *

Wieder in meinem Büro, sah ich erneut alle Unterlagen durch, die Will Buchalter betrafen. Worin lag der gemeinsame Nenner? Was hatte ich übersehen?

Buchalter war pervers, sadistisch und wahrscheinlich drogenabhängig.

Er war offensichtlich ein Psychopath.

Seine Anhänger waren Wiederholungstäter.

Er schien knasterfahren zu sein, redete von „eingebuchtet werden", aber wir konnten kein Strafregister von ihm finden.

Aber wie verdorben war er? Waren seine Anhänger alles Süchtige? Waren es Männer, die er vergewaltigt hatte und zu willenlosen Sklaven reduziert hatte? Warum nicht? Das passierte in jedem Gefängnis des Landes.

Bloß, Buchalter war nie im Bau gewesen.

Vielleicht war Cletes Antwort die richtige. Vielleicht hatten wir die ganze Zeit auf der falschen Seite der Gleichung nach Buchalter gesucht. Vielleicht war er ein Feuerwehrmann, der Brände legte. Vielleicht war er einer von uns.

Ich sprach mit Ben Motley vom NOPD. Die Fingerabdrücke, die sie von der kugelsicheren Weste genommen hatten, passten zu denen, die Buchalter überall in meinem Haus hinterlassen hatte. Aber auf dem Stoff war keine Seriennummer.

„Ich würde nicht zu viel Zeit damit verplempern", sagte er. „Diese paramilitärischen Gruppen haben haufenweise von dem Zeug. Wissen Sie, was immer noch der beste Weg ist, diesen Kerl festzunageln? Finden Sie einen von seinem Gefolge und stopfen Sie seinen Arsch in eine Steckdose."

Danke, Mots, dachte ich.

Dann telefonierte ich mit dem Raubdezernat des Toronto Police Department und redete mit einem Lieutenant namens Rankin. Nein, er wisse nichts von einer gestohlenen Weste. Nein, er habe keine Ahnung, ob sein Dezernat einige seiner Westen verkauft hätte; nein, er habe noch nie von einem Will Buchalter gehört, und nachdem er mich fünf Minuten in der Warteschleife gelassen hatte, sagte er, in ihrem Computer sei kein Will Buchalter aufgeführt.

„Ist dieser Mann ein Nazi?", fragte er.

„Unter anderem."

„Was meinen Sie damit?"

„Er foltert gern Menschen."

Er räusperte sich.

„Ich erinnere mich an einen Fall vor ungefähr acht oder neun Jahren … nein, es war nicht wirklich ein Fall, es war eine üble Serie von *Ereignissen*, die einem Detective Mervain passierten. Wir hatten einen neuen Cop, der Mervain aus irgendwelchen Gründen störte. Der Typ ging ihm nicht aus dem Kopf. Es schien, als würde der Rekrut verdächtigt, einige Waffen von uns gestohlen zu haben, und, wer weiß, vielleicht auch ein paar Westen."

„Wie hieß der Cop?"

„Tut mir leid, ich erinnere mich nicht mehr an alles, was passiert ist und will nichts Falsches sagen, was Sie in die Irre führen könnte. Lassen Sie mich ein paar Leute hier fragen, und dann rufe ich Sie zurück."

„Das weiß ich sehr zu schätzen, Sir."

* * *

Die Anhörung vor dem Haftrichter für die Nonnen-Darstellerin war um elf Uhr vormittags angesetzt, und ich hatte einfach nicht genug gegen sie in der Hand. Clete rief von einem Münzfernsprecher in Metairie an.

„Sackgasse", sagte er. „Ihre Adresse ist ein Apartmenthaus, durch das vor sechs Monaten die Abrissbirne gedonnert ist."

„Hast du in der Nachbarschaft nach ihr gefragt?"

„Ich stehe in einer Telefonzelle vor einem Schnapsladen mit Einschusslöchern in der Schaufensterscheibe. Überall auf dem Bürgersteig liegt Müll. Während ich mit dir rede, schaue ich auf eine Ansammlung von Kotzbrocken, die mich anglotzen wie einen Albinoaffen. Rate mal, welche Hautfarbe diese Typen haben. Rate mal, welche Hautfarbe die ganze Gegend hier hat."

* * *

Richter Robert Dautrieve hatte den Vorsitz bei der Morgenanhörung, diesem seltsamen, ritualisierten Theater, bei dem übellaunige und reumütige Schnapsdrosseln mitwirken, die nach Gefängnis stinken, Sozialbetrüger, heruntergekommene Landstreicher, Wilderer und Vergewaltiger, deren verängstigte Frauen mit blaugeschlagenen Augen und einer Horde Kinder im Schlepptau um die Freilassung ihres Mannes betteln. Fast alle sind auf du mit den Gerichtsdienern, Wärtern, Kautionsagenten, Staatsanwälten, Pflichtverteidigern und Sozialarbeitern, die die einflussreichsten Menschen bleiben werden, die sie je getroffen haben. Und egal, was an diesem Morgen dort auch passiert, sie werden fast alle immer wiederkommen.

Richter Dautrieve hatte silbergraues Haar und das Profil eines römischen Legionärs. Während des Zweiten Weltkriegs hatte er die *Congressional Medal of Honor* für seinen Heldenmut am Sword Beach verliehen bekommen und außerdem als Demokrat für das Amt des Gouverneurs kandidiert und haushoch verloren, in erster Linie deswegen, weil er ein ehrbarer Mann war.

Die Frau, die sich Marie Guilbaux nannte, kam in Handschellen an einer langen Kette mit den anderen Häftlingen des Gemeindegefängnisses herein. Ihre Kleidung war zerknittert und ihr Gesicht vom Schlafmangel blass und aufgequollen. Auf der Rückseite ihres beigefarbenen Pullovers war ein feuchter, brauner Fleck, als hätte sie sich gegen eine Wand gelehnt, an die jemand Tabaksaft gespuckt hatte. Als der Wärter ihr die Fesseln abnahm, straffte sie ihre Schultern, hob das Kinn und bürstete ihr rotblondes Haar mit den Fingern aus dem Gesicht, das plötzlich ein Bild von Selbstbeherrschung und Gelassenheit zeigte, als wäre es durch die Linse einer Filmkamera verwandelt worden.

Ich saß einen Meter hinter ihr und starrte ihren Nacken an. Sie drehte sich langsam um, als spüre sie meine Augen auf ihrer Haut.

„Sagen Sie Buchalter, wir haben seine Weste", raunte ich ihr zu.

Doch sie schaute an mir vorbei auf den hinteren Teil des Gerichtssaals, als wäre sie noch nie in einem gewesen, ihr Blick harmlos, verwirrt, vielleicht ein wenig ängstlich wegen ihrer Zwangslage. Für jeden Außenstehenden war offensichtlich, dass diese Lady nicht in Handschellen gehörte oder in ein Gefängnis oder eine Morgenanhörung, die sich mit Kriminellen beschäftigte, deren ständige Vergehen und Fehlschläge ihnen anzusehen waren, als gingen sie in Sack und Asche.

Ihr Anwalt war irgendwann einmal im *US Justice Department* tätig gewesen. Nun vertrat er Drogendealer und die Betreiber einer Giftmülldeponie. Sein Schädel war kahl rasiert, er hatte Muskelberge an den Schultern und Oberarme wie ein Profi-Catcher. Kragen und Krawatte rutschten ihm immer den dicken Hals hinauf, wodurch er an Humpty Dumpty erinnerte.

„Sag Buchalter, seine Fingerabdrücke sind überall auf der Weste“, sagte ich leise zum Rücken der Darstellerin. „Das bedeutet, er wandert wegen zweifachen, vorsätzlichen Mordes in den Knast. Hässliche Sache, Marie. Tödliche Injektion, der große Schlaf, all so was.“

Sie wandte sich nicht um und blickte weiter starr geradeaus, doch ihr Rechtsanwalt, der mit einem anderen Mann am Verteidigungstisch sprach, schaute auf, kam dann hinüber zu meinem Platz und sah mir in die Augen.

„Wie kommt es, dass Sie der Ansicht sind, die Regeln des rechtlichen Prozedere träfen auf Sie nicht zu?“, fragte er. Sein Körper strahlte physische Macht aus, und den sauberen Fitnesscenter-Duft von Deodorant und Aftershave-Lotion.

„Ich habe Ihre Mandantin nur gebeten, eine Nachricht an einen ihrer Partner zu übermitteln“, sagte ich. „Er hat zwei Typen mit einer Kettensäge aufgeschlitzt. Es waren seine Freunde. Ein bemerkenswerter Kerl.“

„Sie belästigen diese Frau, Detective. Damit werden Sie nicht durchkommen.“

„Es ist immer beruhigend zu wissen, dass Sie die Gegenseite vertreten, Herr Anwalt.“

„Und Sie, Sir, gehören in einen Käfig.“

Dreißig Minuten lang sah ich zu, wie der Richter den Versuch machte, Krebs mit Hustensaft zu heilen, wobei sein Gesicht manchmal erbleichte, seine Augen glasig wurden, wenn ein stressgeplagter Verteidiger einen unverständlichen Monolog vom Stapel ließ, mit der Absicht, seinen Mandanten in die Rolle des Opfers zu versetzen.

Ich ging nach draußen, um ein Glas Wasser zu trinken und setzte mich dann in die Nähe des Staatsanwalts. Fünf Minuten, bevor die Nonnendarstellerin an der Reihe war, sah mich der Mann ungeduldig an, nahm seinen Aktenordner und kam zu mir herüber. Er war eine Bohnenstange mit einem nervösen Tick. Er tippte mit dem Aktenordner ununterbrochen auf mein Knie.

„Das hier ist kein Spaß. Was zum Teufel zieht ihr hier ab?“, zischte er.

„Ihre Adresse ist gefälscht. Hilft das weiter?“

„Das ist Müll und das wissen Sie. Ihr Typen wichst die ganze Zeit nur und schiebt uns dann die Schuld in die Schuhe, wenn sie auf freien Fuß gesetzt werden.“

„Wie wär's, wenn Sie ein paar Grad runterkühlen, Newt?“

„Wollen Sie meinen Job? Sie sagen uns, wir hätten Draculas Braut im Gemeindegefängnis, und ich soll sie festnageln mit nichts als meinem Schwanz in der Hand. Dautrieve ist dazu nicht in der Stimmung, glauben Sie mir.“

„Sie hatte eine Dose Aspirin in ihrer Handtasche. Ich hab sie ins Labor geschickt. Vielleicht befinden sich darin Rückstände, die beweisen, dass da das Gift drin war, mit dem Sitwell getötet wurde.“

„Eine leere Aspirindose? Ist das die Art von Beweismaterial, mit dem ich hier arbeiten soll? Leben Sie in einer Seifenblase?“

„Sie macht gemeinsame Sache mit einem Neonazi. Darauf würde ich meinen Arsch verwetten, Newt.“

„Das sollten Sie dringend machen, ich habe nämlich gute Nachrichten für Sie: Die Frau redet davon, Sie zu verklagen. Sie sagt, Sie hätten versucht, ihr in den BH zu greifen, als Sie sie festgenommen haben. Das war wirklich clever, ihr den BH in die Hosentasche zu stecken. Sie redet auch vom Entzug ihrer Grundrechte, außerdem von Verleumdung und sexueller Belästigung im Gewahrsam. Wie hört sich das an? Und in zwei Minuten muss ich vor dem Gericht stehen und mich von diesem schmierigen Arschloch anfurzen lassen, den sie angeheuert hat. Dank euch habe ich einen richtig tollen Tag!"

„Lassen Sie sie nicht entkommen, Partner."

„Sie machen einem echt das Leben schwer."

Richter Dautrieve rückte seine Brille zurecht und versuchte, die Langeweile aus seinem Gesicht zu verbannen, als die Nonnendarstellerin vor ihm stand, ihr Anwalt an ihrer Seite. Er hörte dem Staatsanwalt aufmerksam zu, einen Finger gegen die silbergraue Schläfe gestützt. Seine Blicke wanderten vom Staatsanwalt zu mir und wieder zurück zu der Frau.

„Das ist kein Aprilscherz, meine Herren, oder?", fragte er.

„Euer Ehren, wir glauben, dass bei der Dame ein ernstzunehmendes Fluchtrisiko besteht", sagte der Staatsanwalt. „Sie ist in der Gemeinde nicht bekannt, wir glauben, dass sie ein Alias benutzt und die Adresse auf ihrem Führerschein hat sich als gefälscht herausgestellt. Außerdem ist sie eine potenzielle Verdächtige in einem Mordfall. Wir beantragen die höchstmögliche Kaution."

„Euer Ehren, meine Mandantin behauptet, dass sie von

Detective Robicheaux sexuell belästigt wurde", sagte der Anwalt der Frau. „Sie wurde beleidigt, mit Lesben in eine Zelle gesteckt, die versucht haben, sie anzugreifen, und dann von Detective Robicheaux in genau diesem Gerichtssaal verbal schikaniert. Es gibt nichts, was die Anklage gegen sie stützt, außer dem Wort von Detective Robicheaux, der selbst demnächst vor Gericht stehen wird."

Der Richter unterdrückte ein Seufzen, nahm die Brille ab und winkte mit beiden Händen. Da sich niemand rührte, sagte er: „Kommen Sie näher, kommen Sie näher. Es ist schon spät, meine Herren. Die Seifenoper hier muss ein Ende haben. Das gilt auch für Sie, Detective Robicheaux."

Die beiden Anwälte und ich standen dicht vor der Richterbank. Richter Dautrieve beugte sich nach vorne und ließ seine Blicke über unsere Gesichter schweifen.

„Würde mir irgendjemand von Ihnen erklären, was wir hier machen?", fragte er. „Ist das Teil eines Hollywoodfilms? Muss ich dazu Mitglied in der *Screen Actors Guild* werden? Über *was* für einen Mord reden Sie da, Sir?"

„Der an einem ehemaligen Sträfling, der im *Iberia General* ermordet wurde, Euer Ehren", sagte der Staatsanwalt. „Er gehörte zu einer Art Neonazi-Gruppe. Die Frau wurde im Krankenhaus gesehen, in der Nähe des Krankenzimmers des Mannes. Sie trug Nonnentracht."

„Von wem gesehen? Wann?", fragte der Richter.

„Von Detective Robicheaux und anderen."

„Ich sehe keine *anderen.* Und Sie haben auch nicht alle meine Fragen beantwortet. Wann gesehen? Zum Todeszeitpunkt?"

„Wir sind nicht sicher."

„Nicht sicher? Na, wunderbar", schnaubte der Richter.

„Das hat sowieso nichts mit der jetzigen Anhörung zu tun", sagte der Verteidiger.

„Es bedeutet, dass sie allen Grund hat, nicht hierher zurückzukommen", sagte der Staatsanwalt.

Der Richter blickte mir ruhig in die Augen.

„Welches Motiv sollte diese Dame haben, in Ihr Haus zu kommen und zu erzählen, sie sei eine Nonne?", fragte er.

„Ich glaube, sie wollte meiner Frau etwas antun, Euer Ehren", sagte ich.

„Auf welche Weise?"

Ich räusperte mich und zupfte an meinem Kragen.

„Detective?", sagte er.

„Sie hat versucht, meine Frau zu exzessivem Trinken zu ermuntern, Euer Ehren."

„Das ist eher ungewöhnlich", sagte er. „Um ehrlich zu sein, glaube ich nicht, dass ich jemals etwas Ähnliches gehört habe. Sie sagen mir, die Anwesenheit einer Nonne hat bei Ihrer Frau zu einem Alkoholproblem geführt?"

„Ich finde, Humor auf Kosten von anderen ist unter der Würde des Gerichts, Euer Ehren", sagte ich.

Ich sah, wie die Augen des Staatsanwalts wütend aufblitzten.

„Sie liegen vollkommen falsch, wenn Sie denken, dass ich das hier in irgendeiner Weise lustig finde, Detective. Treten Sie wieder zurück, Sie alle", sagte der Richter. Als er seine Hände faltete, sahen die Knöchel aus wie weiße Centstücke. „Mir gefällt es nicht, wenn mein Gerichtssaal als Theater benutzt wird. Ich mag keine nachlässigen Präsentationen, ich mag keine nachlässigen Ermittlungen, ich mag keine Polizisten und Staatsanwälte, die versuchen, auf Kosten der Angeklagten spezielle Rücksichtnahme oder Privilegien zu erhalten. Ich hoffe, ich habe mich klar ausgedrückt. Die Kaution wird auf dreihundert Dollar festgesetzt."

Er ließ seinen Hammer auf den kleinen Eichenblock niedersausen.

Auf dem Weg aus dem Gerichtssaal hielt mich der Staatsanwalt am Arm fest.

„Machen Sie sich nichts draus, Dave. Es macht mir immer Spaß, einen Zeugen aufzurufen, vor dem ich aussehe wie ein Vollpfosten. Warum haben Sie Dautrieve nicht gleich Ihren blanken Hintern gezeigt, wo Sie schon mal dabei waren?", sagte er.

Ich folgte der Frau und ihrem Anwalt hinaus zu seinem dunkelbraunen Lincoln. Der Tag war strahlend und klar, und die Blätter wehten über den frisch gemähten Rasen.

„Reden Sie nicht mit ihm", sagte der Anwalt und öffnete die Wagentür.

„Es ist schon in Ordnung. Wir sind alte Freunde. Er und ich teilen eine Menge Familiengeheimnisse. Über das Frauchen und solche Sachen", sagte sie. Sie setzte eine dunkle Sonnenbrille auf und band sich ein Kopftuch um.

„Sie haben einen großen gemeinsamen Nenner mit den meisten Trickbetrügern, Marie. Sie sind gerissen, aber nicht klug", sagte ich.

„Oh ja, gib's mir, Dave", sagte sie und schürzte die Lippen.

„Sie haben nicht kapiert, was ich Ihnen eben da drinnen gesagt habe. Buchalter wird angeklagt werden, zwei von seinen eigenen Leuten ermordet zu haben. Schlechte PR, wenn Sie ein Ziel verfolgen. Selbst seine gehirnamputierten Anhänger lesen Zeitung."

Sie hängte sich die Handtasche um und stemmte eine Hand in die Hüfte.

„Ich habe ein Problem. Mein derzeitiger Lover bringt's nicht mehr. Hast du ein paar Minuten Zeit für mich, Schätzchen?", sagte sie.

„Marie, verschwenden Sie keine Zeit mehr mit diesem Mann", sagte ihr Anwalt.

„Wie wär's, Dave?", sagte sie unbeirrt. „Es würde Ihrer Beziehung zu der Tusse nicht schaden. Ich meine mich an jemanden zu erinnern, der erst vor Kurzem Ihre Batterien so richtig unter Strom gesetzt hat. Keine Lust auf einen schnellen, kleinen Fick nebenbei?"

Ich packte sie hart am Oberarm und öffnete die Autotür. Rotorangene Schleier tanzten vor meinen Augen, wie züngelnde Flammen, die man im Rauch eines Ölfeuers sieht, und ich hörte ein Rauschen, als würde mir jemand eine große Muschel ans Ohr halten. Ich sah den Anwalt über das Wagendach hinweg, seinen Humpty-Dumpty-Kopf, die breite Krawatte und den hohen Kragen, sah, wie sich sein Mund öffnete und ein Funken Angst in seinen Augen aufglomm.

„Kein Problem, Anwalt. Ich wollte nur sicherstellen, dass Sie uns nicht nachsagen, wir im Iberia Parish wären nicht höflich", sagte ich und drückte die Frau hart auf den

Beifahrersitz. „Gute Fahrt, Marie. Ist ein prächtiger Tag. Halten Sie sich verdammt nochmal von meinem Haus fern. Beim nächsten Mal weht dort die Fahne auf Angriff.“

24

Spät an diesem Nachmittag rief Lieutenant Rankin vom Toronto Police Department zurück und berichtete mir alles, was er über den Tod von James Mervain, eines Detectives des Raubdezernats, in Erfahrung gebracht hatte.

„Auf Folgendes läuft es hinaus", sagte er, „Mervain war einer dieser Kerle, dessen Leben aus den Fugen zu geraten schien – Alk, eine Anzeige wegen Misshandlung von Häftlingen, die Ehefrau im Bett mit einem anderen Cop, Mutmaßungen, dass er womöglich schwul war –, weswegen die Leute einfach ausblendeten, was er zu sagen hatte, als er ein wenig schrill wurde. Können Sie mir noch folgen?"

„Ja."

„Er hatte mit einem neuen Cop namens Kuhn oder Koontz gearbeitet. Vielleicht kannte er den Burschen auch außerhalb der Arbeit, über irgendein schwules Netzwerk …"

„Ich verstehe nicht, Sie sind nicht sicher, was den Namen betrifft?"

„Das ist ja das Merkwürdige. Ein paar Cops hier erinnern sich noch gut an diesen Neuling, und sie sind sicher, dass der Name Kuhn oder Koontz lautete, aber im Computer ist der Name nicht zu finden. Vielleicht ist er gelöscht worden, ich weiß es nicht. Jedenfalls hat Mervain angefangen, den Leuten zu erzählen, Kuhn oder wie auch immer er nun geheißen hat, hätte einige Probleme, im Speziellen, dass er anderen gern Schmerzen zufügte. Aber falls das der Wahrheit entsprach, hat er es zumindest nie bei der Arbeit getan. Was nun jeden denken ließ, dass Mervain ein Doppelleben führte, irgendwo dort draußen in den Schwulenbars, und dass er irgendeinen persönlichen oder sexuell motivierten Stress mit diesem Burschen haben musste.

Dann wurden einige schwere Waffen aus der Waffenkammer des Departments gestohlen – Pumpguns Kaliber 10, Taser, .357er, Neun-Millimeter-Automatik-Waffen, panzerbrechende Munition, solche Sachen. Mervain behauptete, Kuhn stecke dahinter. Tatsächlich wurde dann ein Hausmeister deswegen verhaftet, der allerdings gestorben ist, bevor die Sache vor Gericht kam. Das war etwa zu der Zeit, als Kuhn verschwand, zumindest soweit sich jemand erinnern kann.

Mervain schien völlig durchzudrehen. Er wurde wegen Trunkenheit am Steuer verhaftet, in einer Bar zusammengeschlagen, kam mit einem solch heftigen Kater zur Arbeit, dass bis mittags niemand mit ihm reden konnte, ohne den Kopf abgerissen zu bekommen. Er setzte seinen Namen auf die Mailinglisten eines halben Dutzends Gruppierungen, deren wesentlicher Existenzzweck die Verbreitung von Hassparolen war, dann schleppte er all diese Nazi-Schriften mit ins Büro und versuchte die Leute zu überzeugen, Kuhn sei ein Rädchen in einer internationalen Verschwörung, das „Dritte Reich" neu zu erschaffen. Das Department schickte ihn zu einem Psychologen, aber er wurde immer besessener.

Eines Montags kam er dann nicht zur Arbeit. Seine Ex hatte keine Ahnung, wo er steckte, seine Wohnung war leer, und ein paar Kids hatten sein Auto aufgebrochen und geplündert. Zwei Wochen später rief uns der Inhaber einer Absteige in einer Pennergegend an. Maden krabbelten unter dem Türspalt eines der Zimmer hervor. Unsere Leute mussten die Tür mit einem Vorschlaghammer aufbrechen, weil Mervain quer über die Türpfosten Bretter genagelt hatte. Wie viel Details hätten Sie denn gern?"

„Nur zu", sagte ich.

„Der Detective, der damals die Ermittlung leitete, ist noch im Department. Er sagt, er hätte weder vorher noch seitdem einen Fall wie diesen gehabt. Mervain hatte sich an den Knöcheln mit Klavierdraht aufgehängt, nackt, mit dem Kopf nach unten, und dann eine deutsche Luger in seine Augenhöhle geschoben und abgedrückt."

„Wollen Sie mir damit sagen, ihr habt das als Selbstmord zu den Akten gelegt?"

„Die Kriminaltechnik hat nachgewiesen, dass er die Waffe selbst abgefeuert hatte. Die Tür war zugenagelt, das Fenster von innen verriegelt. Sowohl sein Privatleben wie auch seine berufliche Situation waren eine absolute Katastrophe. Wie würden Sie das denn einordnen?"

Ich tippte mit einer Büroklammer auf meine Schreibtischunterlage.

„Hören Sie, auch anderen hat das damals keine Ruhe gelassen, aber es gab keinerlei Hinweise, dass irgendwer sonst in diesem Raum gewesen sein könnte", sagte Rankin.

„Was meinen Sie mit *keine Ruhe gelassen*?"

„Das Zimmer war voller Nazi- und Hassschriften. Die Wände und der Boden waren damit tapeziert. Aber seine gesamte Kleidung, bis auf das, was er getragen hatte, war fort. Ebenfalls seine Brieftasche und das Notizbuch, das er stets bei sich trug."

„Kann sich irgendwer erinnern, wie dieser Kuhn ausgesehen hat?"

„Zwei Cops haben dieselben Worte benutzt – ‚ein großer, blonder Bursche.'"

„Ich werde Ihnen ein Phantombild faxen. Würden Sie mir alles schicken, was Sie über den Mervain-Fall haben?"

„Klar. Hören Sie, da ist noch etwas. Einige Tage, nachdem man sich im Department auf Selbstmord als Todesursache festgelegt hatte, rief der Mann von der Rezeption an und sagte, Mervains Jacke hinge auf der Lehne eines Stuhls in der Lobby. Er wollte wissen, was er damit machen sollte."

„Ja?"

„In einer der Taschen befand sich eine Serviette aus einer Schwulenbar. Mervain hatte sich darauf eine Notiz gemacht. Jemand hat sie zur Akte genommen. Ich lese es Ihnen vor. ‚Schwert … Schwert … Schwert … Sein Name ist Schwert. Ich bin sein Narr und Sklave geworden. Ich weiß, er ist jetzt irgendwo dort draußen, unterwegs im heulenden Sturm. Niemand glaubt mir, ich sehe keine Hoffnung mehr.' Klingt traurig, oder? Haben Sie irgendeine Idee, was das bedeuten könnte?"

„Welche Schulbildung hatte Mervain?"

„Lassen Sie mich nachsehen … Bachelor der Geisteswissenschaften, ein Master in Justizverwaltung. Warum?"

„Ich bin nicht sicher."

„Vielleicht haben wir diesen Fall vergeigt."

„Die Welt ist groß. Vielen Dank für Ihre Zeit, Sir."

* * *

Früh am nächsten Morgen fuhr ich nach New Orleans, und ich fand Max, nachdem ich zunächst zu dem Kautionsbüro gefahren war, das im Wesentlichen für die Caluccis arbeitete, im Haus seiner Mutter in einer alten Wohngegend hinter der Canal Street, nicht weit entfernt von *Mandina's Restaurant*. Es war ein Haus im spätviktorianischen Stil mit einem breiten Balkon, einem frischen Anstrich mit grauer und weißer Farbe und blühenden Rosenbüschen überall auf der Rasenfläche.

Die Familie feierte den Geburtstag eines kleinen Jungen und aß hinter dem Haus an Redwood-Picknicktischen zu Mittag. Luftballons waren an Bäumen und Gartenmöbeln befestigt, und auf den Tischen standen Servierplatten mit Pasta und cremigem Gebäck, Schüsseln mit roten Würsten, mit Kondenstropfen bedeckte Krüge Limonade und Eistee. Und mittendrin saß Max Calucci in Unterhemd und langer Hose, die Haarbüschel auf seinen Schultern so fein wie die eines Affen.

Das musste ich ihm lassen: Seine Miene veränderte sich kein bisschen, als er mich am Gartentor sah. Er schnitt weiter Kuchenstücke ab und verteilte sie an die Kinder, fuhr fort, einer fetten Frau ganz in Schwarz und einem älteren Mann mit Gehstock etwas auf Italienisch zu erzählen, dann entschuldigte er sich, rubbelte einem kleinen Jungen über den Kopf und kam mit einem Glas Limonade in der Hand auf mich zu.

„Haben wir geschäftlich miteinander zu tun?“, fragte er.

„Falls du mit Clete Purcel Geschäfte machst, dann ja.“

„Kann er nicht selbst reden?“

„Du solltest dir wünschen, dass er das nicht tut, Max.“

„Wollen wir wieder mal den harten Burschen raushängen lassen? Hast du deine Schaufel dabei?“

„Nee.“

Seine Augen waren so schwarz und feucht wie frische Farbe.

„Willst du mir irgendein Geschäft vorschlagen? Bist du deshalb hier?“, fragte er.

„Vielleicht.“

Er trank einen Schluck Limonade, wobei er mich keine Sekunde aus den Augen ließ. Dann drückte er das niedrige Eisentörchen mit dem Fuß auf.

„Es ist ein schöner Tag mit einem besonderen Anlass. An einem Tag wie heute hab ich keine schlechte Laune. Iss ein Stück Kuchen“, sagte er.

„Wir können auch hier draußen reden.“

„Was denn? Bist du dir zu schade, dich bei der Geburtstagsparty meines Neffen mit an den Tisch zu setzen?“, fragte er.

Ich aß ein cremegefülltes Eclair an einem sonnigen Platz an der Gartenmauer. Die Luft war trocken und warm, und die Brise wehte träge durch die Bananenstauden entlang der Mauer und kräuselte die Wasseroberfläche eines über Bodenhöhe liegenden Swimmingpools. Die Gäste an den Tischen waren Verwandte und Freunde der Familie – kleine Leute, denen kleine Lebensmittelläden und Cafés gehörten, Hilfsarbeiter, Mitglieder der Bauarbeitergewerkschaft, die während der Fastenzeit jeden Freitag den Kreuzweg gingen, die bei jeder Mahlzeit aßen und tranken, als wäre es eine heidnische Feier, die nur ein einziges Mal im Leben heirateten und mit der Hingabe von Nonnen Trauer trugen.

Max kämmte sich am Tisch die Haare über seine beginnende Glatze, reinigte den Kamm mit den Fingern, steckte sich einen Zigarrenstummel in den Mund und winkte mich zu einer offenen Gartenlaube am hinteren Rand des Grundstücks. Dunkelrote Klettertrompeten überwucherten das Gitterwerk; drinnen standen ein Glastisch und weißgestrichene, eiserne Stühle tief im Schatten und fühlten sich kalt an.

Max steckte seine Zigarre an und ließ den Rauch aus seinem Mund strömen. Seine Schultern waren tief gebräunt und sahen eingeölt aus, ein harter Kontrast zu den weißen Trägern seines Unterhemds.

„Schieß los", sagte er.

„Ich hab gehört, dass du und Bobo Kopfgeld auf Clete ausgesetzt habt."

„Hast du das von Lonighan?"

„Wen interessiert's, von wem ich das habe?"

„Lonighan ist ein verlogener Penner."

Ich beugte mich vor und rieb meine Hände.

„Ich mache mir Sorgen um meinen Freund, Max."

„Solltest du auch. Er hat ein radioaktiv verseuchtes Hirn oder so was."

„Ich bin nicht hier, um zu verteidigen, was er tut. Ich will einfach nur, dass ihr das Kopfgeld zurücknehmt."

„*Er* ist also das arme Opfer? Hast du meine Scheißkarre gesehen? Das ist jetzt kein Auto mehr, es ist ein Betonblock."

„Ich bitte dich, Max. *Ihr* habt doch damit angefangen, als ihr seine Freundin unter Druck gesetzt habt."

„Ach, das ist doch alles Schnee von gestern. Sie hat das Darlehen und die Provision gezahlt. Alle Sünden sind vergeben."

„Mal was ganz anderes, Max: Du und Bobo, ihr habt versucht, Nate Baxter auszuschalten. Ich glaube, ihr habt das höchstwahrscheinlich ohne Zustimmung des Ausschusses gemacht. Was wäre, wenn eine verlässliche Nachricht über zwei Jungs in New Orleans, die versuchen, eigenmächtig einen Polizeibeamten auszuschalten, in ihren Händen landet?"

„Und damit meinst du, mich auf Trab bringen zu können?", fragte er.

„Ja, schätze schon."

„Einen Scheißdreck hast du."

„Was würde dich denn glücklich machen, Max?"

Er lächelte. Ich spürte, wie mir der Hals anschwoll. Ich rieb die Knöchel der einen mit der Handfläche der anderen Hand. Ich achtete weiterhin auf einen ausdruckslosen Blick und sah beiläufig die Wand aus Klettertrompeten an, die sich in der Brise bauschte.

„Ich will die zweihundert Riesen, die Tommy Lonighan mir und Bobo schuldet", sagte er. „Dieser verschissene Mick kratzt noch ab und nimmt seine Schulden mit ins Grab. Du bringst das auf die Reihe, wir kriegen unsere Kohle, und ich kann mich nicht mehr an irgendwelche Probleme mit Clete Purcel erinnern."

„Geht's noch 'ne Nummer größer, Max?"

„Kennst du irgendwas, das leicht ist? Wie man so schön sagt, das Leben ist ein Miststück, und dann bist du ziemlich lange tot."

Die Asche von seiner Zigarre flog auf meine Hose. Ich wischte sie weg, setzte meine Sonnenbrille auf und schaute hinaus ins Sonnenlicht.

„Was, bist du gefühlsduselig wegen Lonighan oder so was?", fragte er.

„Nein."

„Gut. Denn er hat dich ausgenutzt. Beide, er und auch Hippo Bimstine."

„Ach?"

„Ist das eine Überraschung? Leute wie du machen mich echt fertig, Robicheaux. Ihr Amis denkt, alle Juden sind Märtyrer, die Iren sind lebensfrohe Burschen, die an der Straßenecke *Rosie O'Grady* schmettern, und Italiener sind Urinbeutel. Sag bloß, das stimmt nicht."

„Du wolltest etwas über Tommy Blue Eyes sagen?"

„Ja. Die feiste Irenvisage hat sich vollaufen lassen und dabei scheckiggelacht, dass du Hippo Bimstine traust und ihn für eine große Nummer hältst, weil er all diese liberalen Motive verfolgt."

„Verstehe."

„Du verstehst? Ich glaube, du verstehst einen Scheißdreck. Lonighan sagt, Hippo hätte irgendwas aus der öffentlichen Bibliothek geklaut, über dieses Nazi-U-Boot, damit du nicht herausfindest, was an Bord ist."

„Kein Scheiß?"

„*Yeah*, gottverdammt kein Scheiß."

Ich beugte mich vor und zupfte an den Schwielen auf meiner Handfläche. Der leichte Wind, gesättigt vom Duft von Chrysanthemen und erloschenen Geburtstagskerzen, machte schläfrig.

„Du und ich, wir haben was gemeinsam", sagte ich.

„Das glaube ich nicht."

„Ich hab mal wegen Mordes gesessen. Wusstest du das?"

„Soll ich jetzt beeindruckt sein, oder was?"

„Ich schlag dir folgendes Geschäft vor, Max: Zieh den Mordauftrag gegen Clete zurück, und ich halte mich aus deinem Leben raus."

„Du bist nicht in meinem Leben."

„Und jetzt kommt der Rest …"

„Bin nicht interessiert", sagte er. „Ich sag dir was: Mein Neffe hat heute Geburtstag, du bist zum Haus meiner Mutter gekommen und hast mir Respekt erwiesen, du hast dich nicht wie der versoffene Arsch aufgeführt, als den dich jeder beschreibt. Das bedeutet, ich lass das alles durchgehen, und das schließt mit ein, was du mir draußen bei Lonighan angetan hast. Also kannst du deinem Schwanzkopp-Partner ausrichten, der Punktestand ist ausgeglichen, er bekommt eine Freikarte, die er nicht verdient. Ich muss mich um meine Geschäfte kümmern, und ich habe keine Zeit für solche Scheiße. Haben wir uns so weit verstanden?"

„Ich hoffe, du bist ein Mann, der zu seinem Wort steht, Max."

„Leck mich, und verschwinde jetzt von hier."

Als ich das Törchen öffnete und ging, bemerkte ich ineinander verschlungene, schnörkelige Eisenrosen, die genau in der Mitte der Stangen angeschweißt worden waren. Es war eine ungerade Anzahl Blüten, nachdem eine Rose aus ihrer Halterung herausgebrochen worden war. Ich rieb mit dem Daumen über die scharfen Kanten des zerbrochenen Stiels und sah zu Max zurück. Er hatte mich keine Sekunde aus den Augen gelassen. Er ließ eine nicht angezündete Zigarre in der Mitte seines Mundes rotieren.

* * *

Das Meeting der *AA* findet im ersten Stock einer Backsteinkirche statt, die 1863 als Feldlazarett für Truppen der Konföderation benutzt wurde, später dann als Pferdestall für die Kavallerie von Nathaniel Banks, einem General der Unionsarmee. Draußen sind die Straßen nass und kühl und leer, die Schaufenster der Geschäfte unter den hölzernen Kolonnaden mit Rollläden verschlossen, der Himmel sieht wie eine rot getönte Tuschezeichnung aus, und es tröpfelt immer noch von den Bäumen.

Bei diesem Treffen geht es um den fünften Schritt, bei dem die Leute darüber sprechen, eine Linie zu überschreiten und vor Gott, sich selbst und einer anderen Person die exakte Beschaffenheit ihres Fehlverhaltens einzugestehen. Für viele ist das alles andere als einfach. Manche von ihnen sind immer noch ganz weggetreten, ihre Augen glasig von diffusen Ängsten; wer von einem Gericht hierhergeschickt wurde, versucht, sich die Verachtung und Langeweile nicht anmerken zu lassen; andere scheinen die Ausgelassenheit und das Vertrauen von Luftakrobaten zu besitzen.

Bootsie sitzt neben mir, die Hände fest auf dem Schoß gefaltet. Sie hat nach dem Abendbrot geduscht, sich geschminkt und ein neues gelbes Kleid angezogen, aber auf ihren Wangen bemerke ich blasse Verfärbungen wie Eissplitter, und auf ihren Schläfen befindet sich ein schimmernder Schweißfilm.

„Du musst nichts sagen. Hör einfach zu“, flüstere ich.

Dann fangen sie an, es rauszulassen. Manches wirkt albern – überfällige Bücherausleihen bei der Bibliothek, Kavaliersdelikte wie unbezahlte Rechnungen –, aber bald wird es ernst, und man ist verlegen und fühlt sich wie ein Voyeur. Man bemerkt, dass man öfter zu Boden sieht, und man versucht, den Schmerz in der Stimme des Sprechenden nicht an sich ranzulassen.

Die Einzelheiten lassen die Seele manchmal zusammenzucken; dann erinnert man sich an einige der Dinge, die man getan hat oder versuchte zu tun oder hätte tun können, als man betrunken war, und dann begreift man, dass das, was man in diesem Raum hört, sich nur sehr geringfügig von dem Wahn unterscheidet, der das eigene Leben prägte.

Lediglich ein Sprecher verwendet eine beschönigende Umschreibung. Und zwar deshalb, weil er seine Geschichte bereits auf einem früheren Treffen erzählt hat und er weiß, dass nicht jeder der Anwesenden damit umgehen kann. Er war achtzehn Jahre alt, war auf Gras und Pillen, als er einen mutmaßlichen Vietcong, dem sie die Augen verbunden hatten, in 150 Metern Höhe aus der Tür eines Hubschraubers stieß; damit beeindruckte er den südvietnamesischen und den amerikanischen Offizier an Bord so sehr, dass sie es ihn am selben Nachmittag noch zwei weitere Male machen ließen.

In Bootsies Augen spiegeln sich verborgene Gedanken. Ich streiche über ihren Unterarm und ergreife ihre Hand. Ihr Blick wandert zur Tür und der dunklen Treppe im vorderen Teil des Raums. Ihr Atem stockt.

„Was ist?", frage ich.

Sie schließt die Augen und öffnet sie sofort wieder, wie eine Puppe.

„Ein Mann ist an der Tür. Dave, ich glaube ..."

„Was?"

„Das war *er*."

Ich erhebe mich von dem Klappstuhl und gehe über das Eichenparkett zum Ausgang. Ich trete durch die offene Tür, gehe die dunkle Treppe hinunter. Die Tür zur Straße ist offen, Regentropfen wehen aus den Bäumen auf den Rasen. Die violette Luft riecht nach nassem Stein und brennendem Laub.

Ich kehre nach oben zurück, und Bootsie sieht mich sorgenvoll an. Ich schüttele den Kopf.

Bevor das Treffen endet, ist offensichtlich, dass sie sprechen möchte. Sie hebt ihr Kinn, die Lippen öffnen sich. Aber der Augenblick verstreicht, und sie senkt ihren Blick wieder auf ihren Schoß.

Später ist der Raum leer. Ich mache das Licht aus und sperre den Raum ab. Im Flur unten schließt sie mich in die Arme und drückt ihr Gesicht an meine Brust. Unter meinen Händen spüre ich das Zittern ihres Rückens. Draußen in der Dunkelheit rollt der Deckel einer Mülltonne scheppernd die Straße hinunter.

„Ich schäme mich so", sagt sie. Ihr Gesicht an meinem Hemd ist nass.

* * *

Ich ging früh zur Arbeit und warf einen Blick auf die Notizen, die ich während meiner Unterhaltung mit dem Lieutenant des Toronto Police Department gemacht hatte.

Es war an der Zeit, etwas anderes zu versuchen. Auf meinem gelben Notizblock stellte ich eine Liste der Decknamen auf, die Will Buchalter benutzt haben könnte. In aller Regel behält eine Person bei den von ihr benutzten Pseudonymen gewisse Ähnlichkeiten bezüglich der Initialen, des Lautbildes oder vielleicht sogar eine kulturelle oder ethnische Identifikation, weil die meisten Berufskriminellen triebhaft fasziniert von sich selbst sind.

Ich versuchte es mit W. B. Kuhn, William Coon, Will Kuntz, Bill Koontz, dann ein Dutzend weiterer Kombinationen, wie man auf der Rennbahn Totalisator-Quoten austauschen würde in dem Versuch, eine perfekte Zweierwette zu landen.

Aber mehr noch als ein Name war es eine literarische Anspielung, geschrieben von dem toten kanadischen Detective auf die Serviette einer Kneipe, die mir im Grübeln einen Sinn eingab, den ich fast nicht wahrhaben wollte.

Ich fing an, das Wort *Schwert* mit den Vornamen und Initialen zu kombinieren, die bereits auf meiner Liste standen. Der Sheriff kam mit einer Tasse Kaffee in der Hand in mein Büro und sah mir über die Schulter.

„Das sieht wie Buchstabensuppe aus", sagte er. „Wollen Sie das durch den NCIVC jagen?"

„Ja, und ich will es auch von den Feds in New Orleans überprüfen lassen."

„Kann nicht schaden." Er sah durchs Fenster zu einem schwarzen Arbeiter in Gefängniskleidung hinaus, der damit beschäftigt war, einen vergilbten Palmwedel vom Stamm zu sägen.

„Begeistert klingen Sie nicht", sagte ich.

„Ich habe schlechte Neuigkeiten. Den Kollegen, den wir auf Ihre Freundin angesetzt haben ... Sie ist durch den Vordereingang eines Supermarktes in Lafayette rein, hinten wieder raus und *pffft* ... weg."

„Wer hat sie beschattet?"

„Expidee Chatlin."

Ich presste meine Finger auf die Schläfen.

„Ich hatte sonst niemanden frei", sagte der Sheriff. „Allerdings glaube ich nicht, dass es mit einem anderen Deputy anders gelaufen wäre, Dave. Ihr Mädel ist ziemlich clever."

„Ich fänd's gut, wenn Sie sie nicht *mein Mädel* oder *meine Freundin* nennen würden."

„Wie auch immer, sie ist jedenfalls eine smarte Braut, und sie hat uns vorgeführt. So läuft's eben manchmal."

„Zu oft."

„Sir?"

Ich versuchte, mich auf meinen Block zu konzentrieren.

„Sie und Bootsie hatten eine schwierige Zeit. Ich finde allerdings, Sie sollten nicht anderen die Schuld dafür geben", sagte er.

„Das war auch nicht meine Absicht, Sheriff." Ich konnte das Knarren seines ledernen Dienstkoppels hören. Ich schrieb die Worte *William B. Schwert* auf den Block. Er setzte zum Gehen an, blieb dann stehen.

„Was machen Sie da eigentlich genau?", fragte er.

„Ein Cop aus Toronto hat etwas auf eine Serviette geschrieben, bevor man ihn an den Knöcheln aufgehängt fand, eine Neun-Millimeter-Kugel durchs Auge gejagt." Ich warf wieder einen Blick auf meine Notizen. „‚Ich weiß, er ist jetzt irgendwo dort draußen, unterwegs im heulenden Sturm.'"

„Und?"

„Das bezieht sich auf ein Gedicht von William Blake. Es geht um das Böse. Soweit ich mich erinnere, geht es so:

O Rose, wie krank du bist.
Der unsichtbare Wurm,
unterwegs des Nachts
im heulenden Sturm

hat gefunden dein Bett,
die Knospe so rot,
und seine finstre, geheime Liebe
zerstört dein Leben und bringt den Tod."

„Nein, das hab ich nicht gemeint, Dave. Ich habe den Namen gesehen, den Sie da gerade aufgeschrieben haben … Schwert. Hatten Sie in der Schule nie Deutsch?"

„Nein."

„Auf Englisch bedeutet es *‚sword'*, Partner."

Er trank einen Schluck aus seiner Kaffeetasse und tippte mir mit seiner Faust leicht auf die Schulter.

Aber bevor ich eine Rückmeldung vom FBI oder dem National Crime Information Center in Washington, D.C. erhielte, würde Clete Purcel ein neues Kapitel in der Geschichte der Mafia von New Orleans schreiben und sich dabei selbst übertreffen.

25

Clete hatte im *Igor's* an der St. Charles gefrühstückt, seinen Porkpie schräg in die Stirn und über ein Auge heruntergezogen, als zwei von Max Caluccis Bodyguards hereinkamen und sich an den Tisch neben ihm setzten. Sie waren guter Laune, redselig, scherzten mit der Kellnerin, unverkrampft und locker in Cletes Gegenwart. Einer von ihnen stieß versehentlich mit seinem Stuhl gegen Cletes Stuhl.

„Sorry, Purcel. Versteh das jetzt nicht falsch. Ist nicht der richtige Tag für Stress", sagte er.

Clete kaute weiter und sah die beiden Männer stumm an.

„Ich sage, wir haben die Nachricht erhalten, okay?", sagte der Mann. Er grinste breit.

Clete wischte sich mit seiner Serviette den Mund ab.

„Soll das hier jetzt besonders witzig sein, und ich krieg's nicht so ganz mit?", fragte er.

„Jetzt mal nicht die Eierstöcke heiß laufen lassen. Willst du zu uns rüberkommen? Dein Frühstück geht auf mich."

„An dem Tisch werde ich erst dann etwas essen, wenn er mit Peroxid abgeschrubbt worden ist."

„Hey, wie du willst. Es ist ein herrlicher Tag. Warum einen herrlichen Tag versauen?"

„Genau, das war er."

Die beiden Männer lachten und blätterten in ihren Speisekarten. Clete legte Messer und Gabel neben seinen Teller und klemmte sich ein Streichholz in den Mundwinkel.

„Haben wir hier jetzt neue Regeln?", fragte er.

„Lass gut sein, Clete. Willst du Karten für das Spiel LSU gegen Ole Miss? Weißt du, wir sind auch froh, dass es vorbei ist, das ist alles", sagte der zweite Mann.

Clete nahm das Streichholz aus dem Mund und betrachtete es aufmerksam.

„Wer hat dir eigentlich erlaubt, mich mit Vornamen anzusprechen? Und was war das gerade von wegen *irgendwas ist vorbei*?", fragte er.

„Sorry, dass wir dich belästigt haben, Purcel", sagte der erste Mann. „Wenn Robicheaux dir nicht erzählen will, dass er ein Vier-Augen-Gespräch mit Max hatte, dann ist das allein eure Sache. Hey, wenn einer meinen fetten Arsch aus der Pfanne holen würde, ich wär echt dankbar."

Was jetzt kommt, ist die beste Rekonstruktion der Ereignisse, wie von Ben Motley und Lucinda Bergeron beschrieben, die sich später draußen am Lake Pontchartrain zutrugen.

Clete parkte sein Cabrio zwei Blocks von Max Caluccis Haus entfernt, dann fuhr er mit einem Taxi zu einer Baustelle, etwa eineinhalb Kilometer entfernt, am Robert-E.-Lee-Boulevard, wo die Caluccis dem Bauträger das komplette schwere Gerät lieferten. Er lehnte sich an den Stamm einer Palme auf der anderen Straßenseite, nuckelte an einem Pfefferminzlutscher, genoss den Morgen und inhalierte die Brise vom See.

Dann schlenderte er beiläufig über den Boulevard, der Stil des Lutschers nach oben gerichtet wie eine Erektion, und schloss eine riesige Planierraupe kurz. Das Ding war mit einer stählernen Turbinenschaufel ausgestattet, die in der Lage war, knallharten Boden bis runter auf die Felsschicht abzutragen, einer großen, gezackten Ladeschaufel, die eine asphaltierte Autobahn aufbrechen und wegschaufeln konnte, als wär's Erdnusskrokant, und riesigen Ballonreifen mit fetten Stollen, um Gräben durch zermalmtes Gestein zu ziehen.

Ehe jemand mitbekam, was passierte, war Clete um die Ecke in den Mittagsverkehr gebrettert und war volle Pulle den Boulevard hinunter auf dem Weg zu Max' Haus, wobei die Dieselabgase in einer schmutzigen Wolke aus seinem Auspuff wehten.

Der Pförtner bei Max' Anwesen war der Erste, der die Planierraupe die ruhige, von Eichen beschattete Wohnstraße heruntergedonnert kommen sah beziehungsweise hörte. Dann erkannte er den taubenblauen Porkpie hinter dem schützenden Stahlgeflecht des Führerhauses, das runde, rosafarbene Gesicht mit der grauen Narbe quer über einer Augenbraue und die mächtigen Schultern, die das Hawaiihemd fast zu bersten schienen.

Zu dem Zeitpunkt griff der Pförtner nach dem in den gemauerten Backsteinpfeiler am Rand der Einfahrt eingelassenen Telefon. Aber es war zu spät. Clete senkte bereits die gezahnte Ladeschaufel, bog mit der Planierraupe in die Einfahrt ab und fetzte das Tor aus seinen Scharnieren.

Niemand im Haus – die vietnamesischen Gärtner, drei von Max' Handlangern, zwei zugekokste Tänzerinnen, die sich oben ohne am Pool sonnten – konnte glauben, was da passierte. Clete, wie ein Affe tief vorgebeugt über dem Armaturenbrett, fuhr quer über den Rasen, pflügte durch Blumenbeete, zermalmte die Terrassenmöbel neben dem Pool, krachte durch eine Ecke der offenen Gartenlaube, zerlegte eine Vogeltränke in Keramikscherben, säbelte Sprinklerköpfe ab, schredderte Gartenschläuche zu zerfetzten Gummibändern.

Er zog eine breite Schneise der Rasenvernichtung und kam schließlich rund zwanzig Meter vor dem Säulenvorbau an der Vorderseite des Hauses zum Stehen. Der Deckel auf dem Auspuffrohr klapperte leise vor sich hin. Er senkte die Ladeschaufel, um ein freies Blickfeld zu bekommen, nahm den Vordereingang ins Visier, hob die Schaufel auf die passende Höhe, schaltete runter und gab Gas.

Die Schaufel sprengte ein Loch von der Größe eines Garagentors in die Hauswand. Dann setzte Clete zurück, ließ den Motor aufheulen, malmte über geschrottete Hohlblocksteine und Putz, kam gut aus dem Stand los und ratterte ins Innere des Hauses.

Er wendete, schaltete aus dem Rückwärtsgang in den ersten, setzte durch Wände, die Bar und eines der Badezimmer zurück, riss Wasser- und Abflussrohre aus den Böden und zerkleinerte Waschmaschinen, Fernseher und Mikrowellen in funkende Häufchen Elektroschrott. Er schien eine kurze Pause einzulegen, vielleicht, um sich zu orientieren, dann krachte er durch Max' verspiegeltes Schlafzimmer, senkte die Monster-Turbinenschippe in die richtige Stellung und harkte den Baldachin aus dem 18. Jahrhundert und das Eichenparkett durch die Verandatüren auf die überdachte Sonnenterrasse, wo er die Schaufel in einem weiten Bogen herumschwang und Glaskaskaden über den Rasen verteilte.

Zu diesem Zeitpunkt rannten die Hausangestellten und die barbusigen Sonnenanbeterinnen bereits auf die Straße. Clete donnerte in den Garten hinter dem Haus, Stofffetzen flatterten am Auspuff und dem Führerhaus wie mittelalterliche Wimpel. Er steckte sich mit seinem Zippo eine Zigarette an, zog seinen Porkpie tief in die Stirn, dann riss er die Garagen und den Gartenschuppen nieder, ließ die Turbinenschaufel genau aufs Dach eines neuen Chryslers krachen, zersplitterte ein langes Stück von der Glasfassade des Gewächshauses und pflügte Gräben voll mit durchtrenntem rosa Wurzelwerk, wo zuvor Hecken gewesen waren.

Die Römer in Karthago konnten ihre Sache kaum besser und gründlicher gemacht haben.

Schließlich stieg er von der Baumaschine herunter und schlenderte über den planierten Zaun auf der Rückseite des Grundstücks zu seinem Auto, die Hände in den Hosentaschen, den Blick auf die weißen Schaumkronen draußen auf dem See gerichtet. Wassergeysire aus zerrissenen Leitungsrohren im Garten sprudelten Fontänen in das Sonnenlicht, die in der kühlen Luft glitzerten wie ein Miniatur-Regenbogen.

* * *

Nachdem ich den Bericht von Ben Motley und Lucinda Bergeron gehört hatte, erhielt ich einen unerwarteten Anruf.

„Was wollen Sie, Nate?“, fragte ich.

„Raten Sie mal.“

„Keine Ahnung.“

„Sie sollten diesem verrückten Mistkerl besser sagen, dass er sich stellen soll.“

„Sagen Sie's ihm selbst.“

„Toller Vorschlag. Nur, als wir gestern Abend mit einem Haftbefehl vor seiner Wohnung auftauchten, ist er aus dem Fenster gestiegen und hat sich über die Dächer vom Acker gemacht. Und Sie stecken da mit drin, Robicheaux. Tun Sie erst gar nicht so, als wär's anders.“

„Tue ich nicht.“

„Wissen Sie, woran ich immer sofort erkenne, wenn ein Säufer lügt? Seine Lippen bewegen sich.“

„Was kann ich heute Morgen sonst noch für Sie tun?“

„Sagen Sie diesem Arschloch, das Sie Freund nennen, dass er sich entweder stellt oder dass wir draußen auf der Straße für nichts garantieren können. Sie wissen, was ich meine, ja?“

„Das muss Sie ziemlich quälen, Nate.“

„Was?“, blaffte er.

„Auf die eigenen Leute loszugehen, im Knien von der Mafia gefickt zu werden, die Drecksarbeit für Max Calucci zu erledigen, nachdem er versucht hat, Sie umlegen zu lassen.“

Ich konnte ihn deutlich atmen hören, konnte durch die Löcher der Hörmuschel beinahe die Hitze und das Nikotin riechen.

„Jetzt hören Sie mir mal sehr genau zu“, sagte er. „Der

Schadenssachverständige der Versicherung schätzt, dass das Arschgesicht an diesem Haus einen Gesamtschaden in Höhe von einer halben Million Dollar angerichtet hat. Die State Farm ist nicht die Mafia, Robicheaux, sondern eine der größten Versicherungen weltweit. Das sind Geschäftsleute, und sie reagieren ernsthaft angepisst und veranstalten einen mordsmäßigen Ärger, wenn sie fünfhunderttausend Mäuse hinblättern müssen, nur weil ein Geisteskranker meint, er könne seine Scheiße aufs Mobiliar schmieren."

„Ich werde Ihre Ausführungen weiterleiten. Danke für den Anruf."

„Sie hören *nie* zu, oder? Falls ich erfahre, dass Sie mit Purcel in Verbindung stehen und es nicht melden, werde ich Sie drankriegen wegen Beihilfe und Begünstigung und Mittäterschaft."

„Sie haben nicht mit mir oder Clete ein Problem, Nate. Als Sie das erste Mal Kohle von den Mafiosi angenommen haben, da haben Sie Ihren Arsch bis ins Grab hinein verpfändet", sagte ich und legte auf.

Ich ging auf die Toilette und wusch mir das Gesicht. Ich ließ das Wasser sehr lange laufen. Ich spülte sogar mein Ohr aus, an das ich den Telefonhörer gehalten hatte. Dann schaufelte ich eine Handvoll Wasser auf meinen Nacken und trocknete mich mit einem Stapel Papierhandtücher ab.

„Haben Sie die Strecke unter vier Minuten geschafft, oder so?", fragte ein Detective, der gerade den Raum betreten hatte.

„Genau", sagte ich und sah ihn im Spiegel an.

„Wer ist *Ihnen* denn auf den Schlips getreten?", fragte er.

Zehn Minuten später klingelte mein Telefon erneut.

„Die falsche Sorte von Leuten sucht nach dir“, sagte ich. Erst sagte Clete nichts. Ich konnte die Möwen schreien hören.

„Du hast es schon gehört?“, fragte Clete.

„Was denkst du denn?“

„Wird sich auch wieder beruhigen. Tut's immer.“

„Nicht für Baxter. Er wird dich ausschalten, Clete.“

„Du solltest nicht versuchen, für deinen alten Partner Deals mit den Itakern zu machen.“

„Leidest du unter Todessehnsucht? Ist das dein Problem?“

„Hast du Lust auf Angeln? Falls der Wind sich legt, ziehe ich mir später ein paar Fische an Land.“

„Angeln?“

„Ja.“

Ich stützte die Stirn in der Hand ab und starrte ins Leere.

„Brauchst du Geld?“, fragte ich.

„Im Moment nicht, nein.“

„Was hast du getan, Clete? Baxter sagt, die Versicherungsgesellschaft will dir den Arsch bis zum Stehkragen aufreißen.“

„Wen interessiert's? Die sollten keine Geschäfte machen mit so einem Eimer voll Scheiße wie Max Calucci. Du hast deine Marke schon viel zu lange, Streak. Du fängst langsam an, wie ein Sachbearbeiter zu denken.“

„Was soll das heißen?“

„Glaubst du wirklich, du oder Motley oder Lucinda Bergeron hättet jemals einen Durchsuchungsbefehl für die

Hütten der Calucci-Brüder bekommen? Mit Nate Baxter auf ihrer Schmierliste?“

„Deshalb hast du den Laden mit einer Planierraupe bearbeitet?“

„Ja, okay, okay, dann war's eben ein bisschen plump. Aber hör dir das an. Kurz bevor ich Mäxchens Arbeitszimmer entkernt habe, hab ich noch schnell alles aus seinem Schreibtisch in einen Müllsack gestopft. Auch seinen Rolodex und sämtliche Videokassetten aus dem Regal hab ich mitgenommen. Eines der Videos ist eine Doku über diesen primitiven Indianerstamm unten in Südamerika. Bevor die Missionare zu denen gekommen sind, waren diese Typen bekannt als die übelsten Menschen der Welt. Die haben Köpfe geschrumpft und Leute zersägt. Manchmal haben die sie auch bei lebendigem Leib gekocht. Die haben sogar ihre eigenen Kinder umgebracht.“

„Erzähl mir mehr.“

„Außerdem haben sie ihren Opfern die Herzen herausgeschnitten. Was macht Max mit so einem Video? Steht die Mafia jetzt auf Anthropologie?“

„Als Beweismittel hast du's jetzt jedenfalls versaut.“

„Das interessiert doch sonst keinen, Dave. Mit Ausnahme von dir, Motley und Lucinda ist doch jeder in New Orleans glücklich und zufrieden, dass diese schwarzen Kotzbrocken neue Beschäftigungen als Organspender finden konnten. Geschichtsstunde, mein Großer. Wenn die über Recht und Ordnung reden, meinen sie in Wirklichkeit, dass Wyatt Earp Blutspritzer und Haarbüschel auf den Wänden hinterlässt.“

Auf der gegenüberliegenden Straßenseite ließ ein schwarzer Jugendlicher einen blutroten Drachen weit oben an einem flirrend blauen Himmel steigen.

26

Die Antworten auf die Anfragen, die ich bezüglich eines möglichen Tatverdächtigen namens Schwert durchgegeben hatte, kamen zunächst tröpfelnd, häppchenweise, unspezifisch rein, als ob wir einen Schatten verfolgten, der sich über andere Fälle und Akten gelegt hatte, ohne selbst eine greifbare Präsenz anzunehmen.

Dann nahm die Zahl der Computerausdrucke, Faxe und Anrufe rapide zu, vom FBI, dem NCIC, dem Bureau of Alcohol, Tobacco and Firearms, der Einwanderungsbehörde und schließlich von Interpol.

Der Sheriff starrte auf das Durcheinander an Papieren auf meinem Schreibtisch hinab.

„Wo haben Sie Ihr Ablagesystem gelernt? Sieht ziemlich wüst bei Ihnen aus", sagte er. Er sah mir ins Gesicht. „Sorry, was haben Sie?"

„Der Name William Schwert taucht zum ersten Mal in Telefonaten auf, die FBI und ATF Mitte der 80er im Rahmen von Ermittlungen gegen Neonazis in Idaho mitgeschnitten haben", sagte ich. „Dann fand das ATF einen Zettel mit seinem Namen in der Tasche eines Kerls, der sich das Gesicht weggeblasen hat, als er mit dem Bau einer Bombe in seinem Keller in Portland beschäftigt gewesen war."

„Ja, ich glaube, daran erinnere ich mich. Er und ein paar andere Typen wollten eine Synagoge in die Luft jagen."

„Genau."

„Schwert war daran beteiligt?"

„Sicher ist sich niemand."

Der Sheriff legte fragend den Kopf schief.

„In einem halben Dutzend Fälle ist es, als würde er ganz am Rand des Bilds stehen, aber er hinterlässt keine Fußabdrücke“, fuhr ich fort.

Der Sheriff schniefte und putzte sich die Nase mit einem Kleenex.

„Klingt nicht, als würde uns das großartig weiterbringen“, sagte er.

„Es wird interessanter. Dieser Typ namens Schwert scheint viel Zeit im Ausland zu verbringen. Interpol hat ihn fünfzehn Jahre lang verfolgt. Berlin, London, Madrid, jeder Ort, an dem es Skinheads, Neonazis oder Falangisten gibt.“

Ein Funkeln tauchte in den Augen des Sheriffs auf. Er fing an, in den Papieren auf meinem Schreibtisch herumzuwühlen.

„Wo sind sie?“, fragte er.

„Was?“

„Die Unterlagen von Interpol. Die Polizeifotos.“

„Es gibt keine. Niemand hat ihn je geschnappt.“

„Das bringt uns doch nicht weiter, Dave. Das sieht so aus, als hätten Sie hier nur noch mehr Rauch. Wir wissen ja nicht mal, ob Schwert und Buchalter ein und dieselbe Person sind.“

„Interpol sagt, vor siebzehn Jahren sei ein Bursche namens Willie Schwert aus einer Anstalt für kriminelle Geisteskranke in Melbourne, Australien, ausgebrochen. Er hat mit bloßen Händen die Fenstervergitterung in einem Hochsicherheitstrakt herausgerissen.“

„Und wo ist die Akte?“

„Die Unterlagen über den Burschen sind nicht mehr da. Ein Problem in ihrem Computersystem oder so etwas."

„Ein Computer-Virus löscht sämtliche Informationen über diesen Kerl?"

„Sie sind nicht beeindruckt?", fragte ich.

„Ich wünschte, ich wär's."

„Es ist derselbe Kerl."

„Wahrscheinlich haben Sie recht. Aber das bringt uns überhaupt nicht weiter. Er ist immer noch da draußen, macht immer noch Leute auf jede ihm mögliche Art und Weise fertig. Ich wünschte, Purcel hätte ihn abgeknallt, als er ihn auf kurze Distanz vor sich hatte … Ich entschuldige mich für meinen Standpunkt. Ich gelange mehr und mehr zu der Überzeugung, dass ich für diesen Job emotional nicht geeignet bin."

„Die Leute, die es sind, sollten keine Cops sein, Sheriff", antwortete ich.

* * *

Als Bootsie und ich an diesem Abend das Geschirr abwuschen, wehte eine trockene, warme Brise durch die Fliegentür, und im Abendrot sahen die Wolken über der Baumgruppe meines Nachbarn aus wie zerrissene Pflaumen. Ihre Hände waren rau, ihre Knöchel sahen weiß aus im Spülwasser. Zum zweiten Mal wollte sie eine Untertasse spülen, die ich bereits abgetrocknet hatte. Ich nahm sie ihr aus der Hand und stellte sie auf das Abtropfgestell.

„Möchtest du zu einem Treffen gehen?", fragte ich sie.

„Heute Abend nicht."

„Bist du müde?"

„Ein bisschen."

„Möchtest du dich hinlegen?", fragte ich. Ich legte meine Hand auf ihren Hintern.

„Nicht wirklich. Vielleicht lese ich noch was." Ihr Blick richtete sich auf eine Drossel, die in der Mitte unseres Picknicktisches stand.

Ich nickte.

„Ich hab das Gefühl, überhaupt keine Energie mehr zu besitzen", sagte sie. „Ich weiß nicht, was das ist."

„Ein langer Tag", sagte ich, trocknete meine Hände ab und drehte mich von ihr weg.

„Ja", sagte sie. „Ich denke, das ist es."

Später, nachdem sie und Alafair zu Bett gegangen waren, saß ich noch allein im Wohnzimmer und starrte auf den Fernsehbildschirm. Ein schwabbelnd fetter Mann mit dem breiten Lächeln eines Backenhörnchens verunglimpfte Liberale und machte sich über Feministinnen und Obdachlose lustig. Sein rundes Gesicht leuchtete vor Spott, als er das Thema Umwelt- und Tierschützer anschnitt. Sein Live-Publikum quiekte vor Vergnügen.

Achtzehn Millionen Menschen hörten ihm jeden Tag zu.

Ich schaltete die Kiste aus und ging in die Küche. Der Mond war untergegangen, und ich konnte die Äste draußen im Wind gegeneinanderschlagen hören. Als das Telefon klingelte, wusste ich, wer das sein würde. Fast freute ich mich schon auf die Begegnung, wie ein Mann, der eine behagliche Vertrautheit zu seinem Erzfeind entwickelt hat.

Seine Stimme klang träge und klebrig vor Speichel, als er sprach. Im Hintergrund konnte ich den flachen, blechernen Sound von Bix Beiderbecke *In A Mist* hören.

„Ich habe keine Spuren an deinen Armen gesehen, Will. Spritzt du dir in die Oberschenkel?"

„Man weiß nie."

„Woher hast du meine Nummer?", fragte ich.

„Menschen sind gern gefällig. Mir wird nicht viel verweigert, Dave."

„Das klingt, als hättest du womöglich eine ordentliche Ladung China Pearl genommen. Kein gutes Zeichen für einen Typen, der gern alles kontrolliert."

„Warum hast du das getan?"

„Was?"

„Du hast mir ins Gesicht gespuckt. Als ich versuchte, einen liebevollen Moment zu schaffen in unserem Schmerz."

„Ich vermute, du bist halt einfach der Typ dafür. Davon abgesehen bist du wahrscheinlich auch verrückt."

Die Platte hörte auf zu spielen und fing wieder von vorne an. Beiderbeckes Horn erhob sich wie ein Ton, der durch einen Kristall klingt. Buchalter schluckte und gab ein schnalzendes Geräusch von sich, sein Mund dicht am Hörer.

„Es ist noch nicht zu spät für uns", sagte er.

„Für dich schon, Partner. Für dich läuft die Zeit ab. Wir haben Infos aus Toronto und von Interpol über dich, wir wissen von der Irrenanstalt in Australien, von wo du ausgebrochen bist. Du bist drauf und dran, die Toilette runtergespült zu werden, Will."

„Du verstehst nicht, was Macht bedeutet. Ich kann dich

auf Arten liebkosen, dass du um den Tod bettelst. Die Werkstatt war noch gar nichts."

„Komm runter, Buchalter. Du bist ein Junkie. Du bist für eine Zeit weg vom Fenster, wann immer dein Dealer es will."

Ich hörte es in seiner Kehle arbeiten, Worte bildeten sich, die unverständlich in seinem Mund feststeckten. Jemand nahm ihm den Hörer aus der Hand.

„Hat das Frauchen wieder getankt, Dave?", fragte sie. Ihre Stimme war kehlig und rau, wie ein Mensch, der sich selbst aufputscht. „Du hättest meine Einladung annehmen sollen. Dann hättest du was, wovon du träumen könntest."

„Dein Freund hat auf mindestens zwei Kontinenten Scheiße gebaut, Marie", sagte ich. „Wie's aussieht, wirst du mit ihm untergehen."

„Kann sie einen Orgasmus haben, wenn sie gebechert hat?"

„Heb dir die Comic-Dialoge für nach dem Prozess auf. Im Frauengefängnis in St. Gabriel gibt es eine Laientheatergruppe. Da wirst du wunderbar hineinpassen."

„Ich habe immer wieder diesen Traum. Es kommt ein Pumpenschwengel drin vor. Er fühlt sich hart an in meiner Hand, und es tropft Feuchtigkeit daran herunter. Ich wache auf, bin total scharf, und denke an einen großen, dunklen Polizisten. Ich werde schon wieder heiß, wenn ich nur darüber rede. Wer ist mein Traummann, Dave?"

„Ich sag jetzt mal *Adiós*, Marie. Und dann zieh ich die Telefonstecker raus. Genieß die Zeit, die du noch mit Buchalter hast. Ich mache jede Wette, er weiß genau, wie man das Herz einer Dame erobert."

Es folgte eine Pause, schließlich hörte ich ein Streichholz, das auf einer rauen Oberfläche angerissen wurde, der Streichholzkopf zischte und sie atmete laut aus.

„Veröffentlich die Koordinaten im Kontaktanzeigenteil der *The Times-Picayune*", sagte sie. „Falls du das nicht machst, wird es jemand zu spüren bekommen. Nein, weder die Sau noch das kleine Mädchen. Vielleicht die Negerin und ihr Sohn. Vielleicht auch dein unkontrollierbarer Freund Purcel. Will würde liebend gern ein paar Stündchen allein mit Mr. Purcel verbringen."

„Sieh dich vor, was du dir wünschst."

„Du bist ja so klug. Und das Frauchen ist ja so süß. Ich bin froh, dass du in den Tropen bist, wo die Schafe nicht erfrieren."

Ich legte den Hörer ganz langsam und sanft auf die Gabel, dann zog ich die Stecker sowohl in der Küche als auch im Wohnzimmer. Ich zog mich bis auf die Unterhose aus und setzte mich im Dunkeln neben Bootsie aufs Bett. Sie schlief auf dem Bauch, und ich ließ meine Hand über die glatte Kurve ihres Rückens, über ihren Hintern und die nackten Schenkel gleiten. Ihre Haut fühlte sich heiß an, beinahe fiebrig, aber sie reagierte nicht auf meine Berührungen. Draußen vor dem Fenster schwankten die Äste der Bäume im trockenen Wind. Ich legte mich auf das Laken und starrte hinauf in die Dunkelheit, den Handrücken an Bootsies Bein, die Worte der Frau, die sich Marie Guilbeaux nannte, wie eine obszöne Zunge in meinem Ohr.

* * *

Am nächsten Morgen stand ich früh auf und fuhr nach New Orleans. Den ersten Stopp machte ich in der Bibliothek – oder dem Archiv – der *The Times-Picayune*, danach fuhr ich die St. Charles hinunter und fand Hippo Bimstine hinter der Süßigkeiten-Theke eines seiner Drugstores im Garden District. Er trug eine gestärkte graue Schürze über seinem weißen Hemd, seiner Krawatte und dem ausladenden Bauch, und seine Haare waren geölt und straff nach hinten gekämmt, sein dicker Hals gepudert, sein Gesicht gut gelaunt und fröhlich.

Hippo hatte das selbstbewusste und vergnügte Erscheinungsbild eines Mannes, der einem Eskimo einen Kühlschrank verkaufen konnte.

„Ein weiterer herrlicher Tag“, sagte er.

„Das ist er bestimmt“, antwortete ich.

„Warum dann der finstere Blick? Hast du Geld auf der Rennbahn verloren?“ Sein Lächeln war neugierig und verspielt.

„Ich schätze, es macht mich fertig, herauszufinden, dass ein Freund versucht hat, mich zu verarschen.“

„Was redest du da?“ Er versuchte, mir fest in die Augen zu sehen.

„Max Calucci hat seltsame Dinge über dich gesagt, Hippo.“

„Bedenke die Quelle.“

„Das tue ich. Er hat keinen Grund, zu lügen. Er sagt, Tommy Lonighan habe ihm erzählt, du hättest Lesestoff über das Nazi-U-Boot aus der öffentlichen Bibliothek entfernt.“

„Bin ich jetzt verhaftet wegen Bibliotheksdiebstahl?"

„Buchalter und seine Arschkriecher haben meinen Sinn für Humor aufgebraucht, Partner."

„Du redest in Hieroglyphen. Ich stehe vor einem Rätsel, Dave."

„Ich habe im Archiv der *Picayune* einen Artikel in der *States-Item* über den Tod eines gewissen Jon Matthew Buchalter gefunden. Als die *States-Item* dichtmachte, sind ihre kompletten Unterlagen ins Archiv der *Picayune* gekommen. Aber ich war schlampig und habe den Artikel beim ersten Mal übersehen. Ich habe so das Gefühl, das ist es, was du aus der Bibliothek hast mitgehen lassen."

„Dann bist du also auf eine große Enthüllung eines Revolverblattes von vor fünfunddreißig Jahren gestoßen?"

„Nicht wirklich. Jon Buchalter hat auf seinem Sterbebett über ein großes goldenes Hakenkreuz an Bord eines versenkten U-Boots fantasiert. Ist das das Geheimnis, das du mir vorenthalten hast?"

Er dachte einen Moment lang nach und kratzte sich mit einem Finger am Hals. „Ja, das ist es so ungefähr. Zufrieden?"

„Nein."

„Es wiegt angeblich zweiundvierzig Pfund. Es hat einen goldenen Kranz drum herum, und der ist mit Edelsteinen besetzt. Gottverdammtes Superding, oder?"

„Du wolltest, dass ich mich mit Neonazis einlasse, nur damit du das Gold in einem Wrack aus dem Zweiten Weltkrieg bergen kannst?"

„Mit deinem Gedächtnis stimmt was nicht, Dave. Du

vergisst immer wieder, dass *du* derjenige warst, der versucht hat, noch das Letzte an Finderlohn herauszuholen."

„*Ich* lasse meine Freunde auch nicht mit dem nackten Arsch im Regen stehen nur wegen Geld, Hippo." Ich nahm eine Rolle Pfefferminz von der Ladentheke und legte einen halben Dollar aufs Glas. „Danke für deine Zeit. Man sieht sich." Ich drehte mich um. Draußen klapperte eine Straßenbahn im Sonnenschein über neutralen Boden.

„Du selbstgerechter Schwanzlutscher", sagte er zu meinem Rücken. Eine Frau mit einer Illustrierten in der Hand legte diese in die Auslage zurück und ging.

„Verzeihung?", fragte ich.

„Wenn ihr Typen nichts mehr habt, um eure Argumente gegen einen Juden zu untermauern, versucht ihr euer Glück immer mit Geld. Es dauert eine Weile, aber am Ende kommt ihr dazu."

„Du hast mich reingelegt, Hippo."

„Einen Scheißdreck hab ich." Er kam hinter der Ladentheke hervor und drückte seinen Zeigefinger auf mein Brustbein. „Willst du den Rest der Geschichte hören? Das Gold in diesem Hakenkreuz stammt aus den Mündern polnischer Juden. Es war ein Geschenk von Heinrich Himmler persönlich. Und weißt du, was angeblich noch in diesem U-Boot ist? Hitlers Plan für die Vereinigten Staaten. Ich lasse mich von niemandem zum Schweigen bringen, weil ich ein Jude bin, Dave. Ich will dich nicht in meinem Laden haben."

„Ich werde mein Bestes versuchen, mich aus deinem Leben rauszuhalten."

Er kehrte hinter die Theke zurück und begann, Rollen mit Wechselgeld aufzuschlagen und die Münzen in die Kassenlade zu schütteln. Dann hörte er damit auf und schlug die Schublade mit seiner fetten Hand zu. Ich ging hinaus, mein Gesicht brannte, ein halbes Dutzend Kunden starrte mich an.

* * *

Lucinda Bergeron schmirgelte die Holzstufen hinter ihrem Haus ab. Es war sonnig und warm, ihr volles Haar war feucht von Schweiß. Sie trug Flip-Flops und ein Jeanshemd, das über ihre rosafarbenen Shorts hing, auf ihren Füßen klebten Grashalme. Sie sah während ihrer Arbeit immer wieder zu mir auf. Die filigrane goldene Halskette mit dem Kreuzanhänger klebte auf ihrer schwarzen Haut.

„Gehen Sie morgen wieder zum Dienst?“, fragte ich.

„Genau. Alle Sünden sind vergeben.“

„Wie fühlen Sie sich?“

„Wissen Sie, einen Schritt nach dem anderen, einen Tag nach dem anderen, das alles.“

Ich wischte eine Stufe ab, die sie bereits geschliffen hatte, und setzte mich. Sie wischte sich mit ihrem Hemdsärmel über die Augen und wickelte ein neues Stück Sandpapier um einen Holzblock.

„Ich möchte, dass Sie vorsichtig sind, Lucinda.“

„Machen Sie sich mal lieber um sich selbst Sorgen, Sie Teufelskerl.“

„Es wäre ein Fehler, sich bezüglich Buchalter oder Schwert

oder wie immer er nun heißt, nachlässig zu verhalten. Bei diesem Typen oder der Frau, die mit ihm arbeitet, ist nichts unmöglich."

Sie hob den Blick und sah mir direkt in die Augen, während sie weiter mit gleichmäßigen Handbewegungen die Stufe abschmirgelte. „Ich kann Ihnen gar nicht sagen, wie sehr ich mich über eine Gelegenheit freuen würde", sagte sie.

„Wenn man gezwungen wird ... in Ausübung des Dienstes auf jemanden zu schießen, dann passiert etwas mit einem, zumindest wenn man nicht selbst auch ein Psychopath ist. Beim nächsten Mal fängt man an zu schwitzen, man zögert, man zweifelt an seinen Motiven. Das ist ein gefährlicher Moment."

„Glauben Sie, ich würde zögern?"

„Sagen Sie's mir."

„Ich habe keinerlei Zweifel, was den Mann betrifft, der meinem Kind wehgetan hat, glauben Sie mir."

„Wann werden Sie endlich aufhören, Zoot *Kind* zu nennen?"

„Wenn mir danach ist, Mr. Klugscheißer." Sie lächelte, schraubte die Düse vom Gartenschlauch, drehte den Hahn auf und trank, den Körper vornübergebeugt, die Oberschenkel zeichneten sich in der engen Shorts ab, das Wasser in einem klaren Bogen über ihrem Mund. Sie feuchtete ein Papierhandtuch an, wischte sich damit über Gesicht und Hals und warf es anschließend in einen Müllsack mit Gartenabfällen.

„Ich habe Tee aufgesetzt. Kommen Sie rein", sagte sie.

Die Oberflächen ihrer Küche glänzten im Sonnenlicht,

das durch die Fenster hereindrang, auf den Fensterbänken standen billige rote und blaue Vasen. Ich setzte mich an den Holztisch und sah zu, wie sie eine Handvoll Eiswürfel in ein Geschirrtuch einschlug, sie auf ein Hackbrett legte und energisch draufklopfte. Anschließend füllte sie zwei hohe Gläser mit dem zerkleinerten Eis, Minze-Blättern und Tee. Die Träger ihres BHs waren als harte Linie unter ihrem dünnen, verwaschenen Jeanshemd zu sehen.

Mit den Gläsern in beiden Händen drehte sie sich zu mir um. Sie sah mir in die Augen, und ihre Miene verdüsterte sich. Sie setzte sich mir gegenüber an den Tisch und faltete die Hände.

„Ich denke, Sie sind ein guter Mensch, Dave. Das bedeutet, manche Dinge sind nicht Ihr Stil“, sagte sie.

„Sehe ich aus, als hätte ich verborgene Absichten und Pläne?“

„Ich lebe schon sehr lange als Single. Man erkennt gewisse Dinge bei den Menschen. Selbst, wenn es einem nicht gesagt wird.“

„Ich weiß nicht, ob das jetzt nicht zu schmeichelhaft ist.“

„Purcel war gestern hier.“

„Er wird per Haftbefehl gesucht.“

„Ich bin immer noch vom Dienst suspendiert. Sollte ich mir da Gedanken wegen eines Haftbefehls gegen Clete Purcel machen?“

„Warum war er hier?“

„Er sagte, einer der Schmalzlocken der Caluccis wird aussagen, dass Nate Baxter korrupt ist. Er hat mir von Ihren Schwierigkeiten zu Hause erzählt.“

„Vielleicht sollten sich manche Leute aus meinem Privatleben heraushalten."

„Oh, das ist perfekt. Ihr bester Freund sollte sich um Sie keine Sorgen machen oder versuchen, Ihnen zu helfen?"

Meine Lippen pressten sich unwillkürlich zusammen. Ich wich ihrem unnachgiebigen Blick aus. Schließlich stand ich auf und nahm meinen Mantel von der Stuhllehne.

„Rufen Sie mich an, falls Buchalter aufkreuzt", sagte ich und ging Richtung Haustür.

Sie folgte mir. Die Sonne zauberte Lichtstreifen auf ihr Gesicht, was sie blinzeln ließ, als sie zu mir aufschaute.

„Gehen Sie nicht so weg", sagte sie.

Ich holte tief Luft. Silberne Fäden funkelten in ihrem Haar, das ihre Wangen umspielte.

„Was soll ich denn sagen, Lucinda?"

„Nichts. Sie sind ein guter Mensch. Gute Menschen müssen nichts sagen."

Die Tür stand weit offen, so dass nichts, was sie tat, heimlich war. Sie legte die Arme um meinen Hals und zog mein Gesicht zu sich herunter, ging selbst auf die Zehenspitzen und drückte sich an mich; dann küsste sie mich auf die Wangen, den Nasenrücken, die Augen und schließlich, ein leichtes Adieu, auf den Mund, während sich ihre Hände von meinem Nacken lösten und mein Gesicht sich anfühlte, als wäre es mit rotglühender Lava bedeckt.

27

Der Chor, der Gewalt verdammt, ist vielstimmig und unerbittlich. Wer könnte dieser Ansicht widersprechen? Dennoch finde ich, dass wir hinter dem falschen Feind her sind. Es ist die Grausamkeit, besonders wenn sie blind und gegen Wehrlose ausgeübt wird, die mich in Bezug auf menschliches Versagen immer am meisten bekümmert hat. Aber mein Standpunkt ist nicht außergewöhnlich. Jeder, der im Polizeidienst, in der Sozialarbeit oder jeder Art psychiatrischer Reha arbeitet, trägt ein mentales Notizbuch bei sich, dessen Seiten sich über die Jahre stetig füllen und niemals verblassen.

Manchmal erinnere ich mich mitten in der Nacht an Fälle oder auch einfach nur an Vorkommnisse von vor zwanzig Jahren, die wie Sünden, die sich der Vergebung entziehen, neu hochkommen, nur dass entweder die Schuld von kollektiver Natur ist oder aber die Tat so erbärmlich und ein unverhülltes Eingeständnis unserer stammesmäßigen Ignoranz und Grausamkeit, dass schon allein das Erfassen ihrer zu Selbstverachtung führt.

Stephen Crane schrieb einmal, dass nur einige wenige Menschen Substantive sind; vielmehr sind die meisten von uns Adverbien, die einen langen und beschwerlichen Geschehensablauf modifizieren, bei dem sich der klar definierte Übeltäter, mit schwarzem Herzen und teuflischem Vorsatz, nur selten von sich aus dem Scharfrichter zur Verfügung stellt.

Ich erinnere mich: Ein Cop im Polizeirevier von Lafayette lachte darüber, wie ein Freund seinen steifen Penis über den ganzen Körper einer schwarzen Frau rieb; eine schwarze Straßengang, die filmte, wie sie einen geistig zurückgebliebenen Pakistani zusammenschlug, damit sie ihren Freunden ihr Werk vorführen konnten; ein am ganzen Körper, sogar zwischen den Zehen, mit Zigarettenglut verbrannter Säugling; ein erfolgreiches und wohlhabendes Mittelschichtspärchen, das die Eltern des Ehegatten zwang, Hundefutter zu essen; Highschool-Kids, die einen Betrunkenen vor das Panoramafenster einer Kneipe hielten und ihn dann durch die Scheibe stießen; Frauen und Kinder anal vergewaltigt; eine Studentin, der im Audubon Park ins Gesicht geschossen wurde (nachdem sie ihr Geld herausgegeben hatte); angezündete Tiere; ein verwundeter Cop, der von seinem Angreifer auf den Rücken gedreht wurde, welcher ihm ein Kissen unter den Kopf legte und ihm mit einem Paketmesser die Kehle durchschnitt.

Ich glaube aufrichtig, dass uns Filme über die Mafia deshalb so ansprechen, weil die in ihnen dargestellte Gewalt und das Böse eine Erklärung zu haben scheinen und einen Anfang und ein Ende. Das Mafia-Drama ist auf eine Gruppe von Menschen begrenzt, die in ihrer fiktionalen Darstellung sogar tragische Tiefe besitzen, und wir werden glauben gemacht, dass das Problem nicht für die ganze Spezies gilt.

Aber ich bin überzeugt, dass die Wirklichkeit eine andere ist.

Ein zufälliges, brutales Erlebnis öffnete eine Tür in dem Fall, durch die ich wahrscheinlich niemals von allein gegangen wäre.

Es hatte begonnen zu nieseln, als ich vor dem *Igor's* an der St. Charles Avenue hielt, um mir ein *Po'boy*-Sandwich zu besorgen und Bootsie anzurufen, um ihr zu sagen, dass ich auf dem Heimweg war.

„Ruf Ben Motley an, Dave. Er hat zwei Nachrichten hinterlassen", sagte sie.

„Was wollte er denn?"

„Irgendwas mit Tommy Lonighan."

„Wie geht's dir?"

„Gut."

„Hast du Lust, heute Abend zum Essen auszugehen?"

„Klar. Gibt's irgendeinen besonderen Grund?", fragte sie.

„Nichts Besonderes."

„Ist irgendwas?"

„Nein, wie kommst du darauf?"

„Weil du immer vorschlägst, dass wir essen gehen, wenn du wegen irgendwas ein schlechtes Gewissen hast."

„Ich doch nicht." Ich sah hinaus zu dem Regen, der gegen die halb geöffneten Scheiben einer Straßenbahn schlug.

„Tut mir leid wegen letzter Nacht", sagte sie.

„Bis gleich, Kleine."

„Pass auf deinen Arsch auf im Big Sleazy."

Das trifft es schon eher, Boots, dachte ich.

Ich rief Motley im Präsidium im Garden District an.

„Ich hab eine merkwürdige Geschichte für Sie, Robicheaux", sagte er. „Hier sind ein paar Typen durch die Stadt gelaufen, die Schwule verdroschen haben. Zwei von denen sind UNO-Kotzbrocken, die anderen sind einfach nur hässlich und dumm oder höchstwahrscheinlich selbst latente Tunten. Jedenfalls, sie sind immer auf der Suche nach Frischfleisch unten im Quarter. Diesmal haben sie einen Transvestiten an der Dauphine Street aufgegabelt und sind mit ihm zu einem Camp draußen im St. Charles Parish gefahren. Ich glaube, er hat ein paar von denen einen geblasen, dann haben sie ihn sturzbesoffen gemacht, ihm die Klamotten ausgezogen und Schweinescheiße und Hühnerfedern über ihn gekippt. Reizende Jungs, was? Jedenfalls, der Transvestit ist keine gewöhnliche Tunte. Er sieht aus wie Frankenstein in Kleid und Strumpfhose. Er wird langsam nüchtern und begreift, dass er nicht auf einer ausgelassenen Büro-Party ist. Und das ist dann der Moment, an dem er anfängt, den Kotzbrocken den Arsch aufzureißen, ich meine, er hat sie regelrecht verdroschen. Besagte Kotzbrocken verwandeln sich schlagartig in Freunde von Recht und Ordnung und rufen den Sheriff an. Aktuell sitzt Frankenstein in einer Ausnüchterungszelle und hat eine Scheißangst. Jetzt raten Sie mal, wen er angerufen hat, um auf Kaution rauszukommen?"

„Lonighan?"

„Genau. Zwanzig Minuten verstreichen, und raten Sie jetzt mal, wer wegen der Tunte anruft?"

„Ich weiß es nicht, Ben."

„Ein Anwalt, der für die Calucci-Brüder arbeitet. An diesem Punkt hat uns dann der Sheriff von St. Charles angerufen. Warum wollen die Caluccis einer Transe mit Federn und Schweinescheiße in den Haaren helfen?"

„Heißt der Bursche zufällig Manuel?"

„Jaaa, Manuel Ruiz. Der Sheriff hält ihn für einen Hirnamputierten. Wahrscheinlich ist er auch noch illegal hier."

„Wie lange ist er schon in Haft?"

„Zwei Stunden."

„Ich melde mich wieder. Danke, Ben."

Eine Stunde später saß Manuel Ruiz immer noch in der Ausnüchterungszelle, einem schmalen, vergitterten Raum mit einer Holzbank vor der einen Wand sowie einem Abflussloch mit Gitter im Boden. Auf dem Gitter und dem Beton um das Loch herum befanden sich angetrocknete gelbe Flecken. Er war barfuß und trug einen schwarzen Rock mit aufgedruckten orangefarbenen Blumen und dazu eine zerrissene Bauernbluse mit Spitze am Hals; seine Haare waren verfilzt und klebten in Stacheln zusammen. Seine entblößte Brust sah so hart und makellos aus wie polierte Eiche.

„Erinnern Sie sich an mich, Manuel?", fragte ich.

Die mandelförmigen Augen waren wie Obsidian, starr, scheinbar ohne Lider, sein breiter, ausdrucksloser Mund wirkte durch den Lippenstift wie ein frischer chirurgischer Schnitt.

„Ich habe gerade mit dem Büro der Staatsanwaltschaft gesprochen", sagte ich. „Die Jungs werden keine Anzeige erstatten. Sie können mit mir nach Hause gehen, wenn Sie mögen."

Die Haut an einem Augenwinkel kräuselte sich zu Falten.

„Sie können aber auch warten, bis der Anwalt der Caluccis hier eintrifft. Allerdings hat er ausrichten lassen, dass es noch dauern könnte."

„Caluccis nicht gut. Nicht wollen." Seine Stimme klang, als käme sie aus einer Höhle.

„Keine schlechte Idee. Das andere Problem, das wir womöglich haben, ist die Einwanderungsbehörde, das INS, Manuel."

Er starrte mich weiterhin stumm an, als wäre ich der hinter Gittern eingesperrte Ausreißer und nicht er, als triebe ich gerade eben am Rand seiner Erinnerung und des Wiedererkennens.

„Immigration and Naturalization", buchstabierte ich die Abkürzung aus und sah, dass die Worte eine Wirkung in seinen Augen zeigten. „Wird Zeit, die Stadt zu verlassen. Machen wir uns vom Acker. *¿Vamos a casa?* Tommys Haus?"

Er schlug nach einer Fliege, dann sah er mich wieder an und nickte.

„Bin sofort zurück", sagte ich.

Ich ging zum Büro des Gefängniswärters zurück. Der Mann mit Bürstenschnitt und schnörkeligen, grünen Tattoos und schwarzen Haaren auf den Armen saß hinter seinem Schreibtisch und las ein Jagd-Magazin. Neben seinem Ellenbogen brannte eine Zigarre in einem Aschenbecher, der in einen lackierten Gürteltierpanzer eingelassen war.

„Er hat eingewilligt, mit mir zu gehen", sagte ich. „Wie wär's mit einem Handtuch und einem Stück Seife und ein paar anderen Klamotten?"

„Er wurde mit Wasser abgespritzt, als er reinkam." Er sah wieder in sein Magazin, raschelte dann mit den Seiten. „In Ordnung. Wir wollen, dass hier jeder sauber rausgeht.

He, Clois! Der Mexikaner geht! Bring ihn runter zur Dusche!“ Er senkte wieder den Blick in sein Magazin.

„Was ist mit Kleidung?“

„Schicken Sie die per Post zurück?“

„Versprochen.“

„Clois! Such was für ihn zum Anziehen raus, das nicht zu Tampons passt!“ Er grinste mich an.

Es war kühl und regnete stärker, als wir auf dem alten Highway 90 Richtung New Orleans fuhren. Manuel saß vornübergebeugt da, einen Arm aus dem Fenster der Beifahrertür gestreckt, sein Gefängnis-Jeanshemd nass bis zur Schulter. Wir überquerten eine Brücke über einen Bayou, und der Wind peitschte den Regen ins Führerhaus.

„Wie wär's denn mal mit Fenster hochkurbeln?“, fragte ich.

„Truck sonst stinken“, sagte er.

„Alles bestens. Kein Problem hier. Machen Sie bitte das Fenster zu.“

Er kurbelte die Scheibe hoch und starrte durch die Windschutzscheibe auf die Bäume, die am Straßenrand an uns vorbeirauschten, und auf die näher kommende graue Silhouette der Huey-P.-Long-Bridge.

„Arbeiten Sie manchmal für die Calucci-Brüder, Manuel?“, fragte ich.

„Trabajo por Tommy.“

„Ja, ich weiß, dass Sie für Tommy arbeiten. Aber warum wollten Max und Bobo Sie aus dem Knast holen, Partner?“

Sein kantiger Schädel blieb regungslos. Aber ich sah, dass seine Blicke zu mir herüberzuckten.

„Max und Bobo helfen niemandem, wenn für sie nichts dabei herausspringt", sagte ich.

Er nahm die Papiertüte hoch, in der sich seine verschmutzten Kleider befanden, und umklammerte sie auf seinem Schoß.

„Woher kommen Sie, Manuel?"

Sein Gesicht war mürrisch vor Erschöpfung und Vorsicht.

„Ich versuche nicht, Ihnen eine Falle zu stellen", sagte ich. „Aber Sie leben mit schlechten Menschen zusammen. Ich glaube, Sie brauchen auch noch bei einigen anderen Problemen Hilfe. Diese Jungs, die Sie raus in den Sumpf gebracht haben, das waren Sadisten. Verstehen Sie, was ich Ihnen sage?"

Falls er es tat, ließ er es sich zumindest nicht anmerken.

Ich schaltete in den zweiten Gang runter und begann den Anstieg auf die gewaltige Stahlbrücke, die den Mississippi überspannt. Weit unten war die Wasseroberfläche mit Tausenden von Regenringen überzogen, und die Weiden und Gummibäume am Ufer waren dunkelgrün und wurden im Wind, der vom Golf her wehte eingedrückt.

„Wissen Sie, Manuel, Tommy Lonighan hat ein paar schwerwiegende Sachen auf dem Gewissen. Ich glaube, er hat mit Drogendealern und den Selbstjustiz-Morden in den Sozialbausiedlungen zu tun. Irre ich mich?"

Manuels Hände schlossen sich um die Tüte auf seinem Schoß, als ob er einem lebendigen Tier die Luft abdrückte.

„Wollen Sie mir davon erzählen?", fragte ich.

„¿Quién es usted?"

„Ich heiße Dave Robicheaux. Der Mann, den Sie in Tommys Haus gesehen haben."

„Nein. Wo arbeiten? Wer sein?"

„Ich wohne in New Iberia. Ich möchte Ihnen gern helfen. Das ist total ehrlich gemeint. Verstehen Sie mich?"

„Ich gehen Gefängnis wegen Jungens?"

„Vergessen Sie die. Das sind Kotzbrocken. Kein Mensch interessiert sich für die."

„Kein Gefängnis?"

„Genau, richtig. Was wissen Sie über die Selbstjustiz-Morde, Manuel?"

Er wendete sein Gesicht ab und starrte aus dem Fenster auf der Beifahrerseite, seine Lippen dabei so zusammengepresst wie der genähte Mund eines Schrumpfkopfs. Seine ledrigen, von körperlicher Arbeit gezeichneten Hände erinnerten an Seesterne, die den Beutel auf seinem Schoß umklammerten.

Es regnete immer noch, als ich eine halbe Stunde später Tommy Lonighans Einfahrt hinunterfuhr, vorbei am Haupthaus zu dem kleinen Nebengebäude, in dem Manuel lebte. Nebel stieg von den mit Korallenbänken gesäumten Goldfischteichen auf; die Tür des Treibhauses schlug im Wind wie Gewehrschüsse. Ich machte den Motor aus. Manuel saß reglos da, eine Hand auf dem Türgriff.

„Viel Glück", sagte ich.

„Warum machen?"

„Warum was machen?"

„Warum helfen?"

„Ich glaube, Sie werden benutzt." Ich nahm eine Visitenkarte aus meiner Brieftasche und reichte sie ihm. „Rufen Sie diese Nummer an, wenn Sie reden möchten."

Aber es war offenkundig, dass er kaum verstand, was die Worte auf der Karte bedeuteten. Ich zog das Etui mit meiner Dienstmarke aus der Gesäßtasche und klappte es vor ihm auf.

„Ich bin Polizeibeamter", sagte ich.

Sein Haaransatz zog sich tatsächlich ein gutes Stück weit zurück, wie eine Gummimaske, die über Knochen gespannt wurde; seine Nasenöffnungen wurden weiß und zogen sich zusammen, so als atme er die Luft ein, die von einem Eisblock ausging.

„Nicht alle Cops sind schlecht, Manuel. Selbst die Jungs im Gefängnis wollten Ihnen helfen. Sie hätten auch die Einwanderungsbehörde verständigen können, wenn sie das gewollt hätten."

Das war das falsche Stichwort. Sein linker Oberschenkel war angespannt wie Eisen und zitterte unter dem Stoff des Hosenbeins. Ich griff an ihm vorbei und stieß die Beifahrertür auf.

„Adiós", sagte ich. „Halten Sie sich von den Kotzbrocken fern. Halten Sie sich von der Dauphine Street fern. Okay? *Goodbye. Hasta* was auch immer."

Ich ließ ihn im Regen stehen, das schwarze Haar an seinen Kopf geklatscht wie verlaufende Farbe, und fuhr über die Zufahrt zurück. Der Pförtner, der sich seinen Regenhut tief in die Stirn gezogen hatte, öffnete mir. Ich kurbelte meine Scheibe runter, als ich mit ihm auf einer Höhe war.

„Wo ist Tommy?", fragte ich.

„Er ist raus zum St. Charles Parish Gefängnis, um den Indianer rauszuholen. Er wird leicht sauer sein, wenn er zurückkommt."

„Ist nicht Manuels Schuld."

„Wem sagst du das? Ich mache seine Schicht. Der Typ ist ein beschissener Wilder, Robicheaux. Er isst Champignons vom Rasen, er hat ein Scheißblasrohr in seinem Zimmer."

Toll gemacht, Robicheaux, dachte ich. Du jagst einem geistig zurückgebliebenen Mann eine Scheißangst ein und verwirrst ihn, und dann überlässt du ihn der Obhut eines Irren wie Tommy Lonighan.

„Lass das Tor offen", sagte ich.

Ich wendete auf der Straße und fuhr wieder die Zufahrt hinauf. Ich stieg aus dem Truck, eine Zeitung über dem Kopf, und ging auf Manuels Häuschen zu. Dann blieb ich stehen. Auf der Rückseite des Treibhauses, im Regen kniend, hackte Manuel mit einer Gartenkelle ein Loch durch die Wurzeln eines Hibiskusstrauches. Als das Loch so tief wie sein Unterarm war, ließ er die Kelle hineinfallen und begann, den Haufen nasser Erde und durchtrennter Wurzeln in das Loch zu schieben. Die Hibiskusblüten waren rot und mit Regentropfen getüpfelt, bauschten sich im Wind auf und schwollen wieder ab wie pulsierende Herzen an einer grünen Kletterpflanze.

Zehn Minuten später rief ich von einem Münzfernsprecher vor einem Drugstore Ben Motley an. Einen Block entfernt konnte ich die Schaumkronen auf dem Lake Pontchartrain und in der Ferne die Lichter auf der Dammstraße wie winzige Diamanten schimmern sehen.

„Besorgen Sie sich einen Durchsuchungsbefehl für Tommy Lonighans Grundstück“, sagte ich.

„Wozu?“

Ich sagte ihm, was ich gesehen hatte und wo sie graben sollten.

„Der Selbstjustiz-Killer ist so was wie ein Kopfjäger oder Kannibale?“, fragte er.

„Ich weiß es nicht, Motley. Aber wenn Sie ihn verhaften, sorgen Sie dafür, dass weder die Caluccis noch ihr Anwalt ihn auf Kaution rausholen.“

„Der arme, dumme Arsch.“

Herzlich willkommen im Sumpf der Aufgeschmissenen, Manuel.

28

Das Wort *Tod* ist niemals abstrakt. Ich stelle mir meinen Vater vor, hoch oben auf dem nächtlichen Turm, draußen auf dem Meer, als die Plattform hochging und die Ummantelung aus dem Bohrloch flog, als Wasser und Öl und Sand wie eine Springquelle im Scheinwerferlicht nach oben schossen, kurz bevor sich ein Funken von einer Metalloberfläche löste und eine Flamme entzündete, welche die stählernen Holme zu Lakritz verschmolz; ich stelle mir seine stumme Gestalt vor, immer noch in seinen schweren Arbeitsschuhen und den Helm auf dem Kopf, in der Dünung tief unter dem Golf wogend.

Tod ist der Geruch, der aus einem Leichensack aufsteigt, der in einer tropischen Leichenhalle geöffnet wird; die lumineszierenden Pusteln, die die Haut eines Vietcong bedecken, der nachts aus einem Sumpf aus Matsch und Exkrementen gezogen wird, wenn die F-105 zu kurz reinkamen; die blauroten Pilze, die so dicht und verknotet wie Tumore zwischen Gummibäumen wachsen, wo die Jungs in Butternussbraun vergeblich mit schmerzenden Lungen in einem Regen von Luftdetonationen rannten, die ihre Kleidung mit zerfetzten Rosenblättern übersäten.

Aber es gibt andere Enden, die gleichermaßen gut geeignet sind, dein Leben in eine Totzone zu versetzen, in der es anscheinend weder Wind noch Geräusche gibt, ganz sicher aber keine Freude oder auch nur die Fähigkeit, etwas zu fühlen.

Man lernt, dass das Gegenteil von Liebe nicht Hass ist,

sondern vielmehr ein Versuch zu lieben, der allmählich zu einem *Gelage von giftigen Blumen* verkommt. Man lernt, aus Notwendigkeit Liebe zu machen, im Dunkeln, mit geschlossenen Augen, und, um es vor sich selbst zu rechtfertigen, mit einem Kuss nur am Ende. Man lernt, dass dieser alte Feind des Menschen, die Langeweile, in deinem Leben so greifbar und allgegenwärtig werden kann wie eine Abfolge grauer Tagesanbrüche, aus denen sich die Sonne nie befreit.

So weit würde ich es auf gar keinen Fall kommen lassen.

Bootsie und ich hatten uns im Juni '57 bei einer Tanzveranstaltung am Spanish Lake kennengelernt. Es war der Sommer, in dem Hurricane Audrey in Louisiana über vierhundert Menschen tötete, aber ich werde mich an diese Zeit immer wegen der ausgesprochen milden Abenddämmerungen erinnern, wegen des gebratenen Fischs am Bayou Teche und der wunderbaren Krebse draußen am Cypremort Point, wegen des lila- und pinkfarbenen Zaubers jedes Sonnenaufgangs, wegen der Wunderblumen, die sie sich ins Haar flocht wie Blutstropfen, und wegen des verregneten Nachmittags, an dem wir beide unsere Jungfräulichkeit auf den Kissen im Bootshaus meines Vaters verloren, während die auf dem Wasser gebrochenen Sonnenstrahlen unsere Körper in ein goldbraunes Licht tauchten.

Es war die Jahreszeit, in der *Searchin'* von der schwarzen Band *The Coasters* aus sämtlichen Musikboxen im Süden Louisianas lief. Ich glaubte, dass Tod nur anderen Leuten widerfuhr, und dass der Sommer nie enden würde. Aber er tat es, und das eigenhändig. Schon im Alter von neunzehn Jahren hatte ich gelernt, wie man Whiskey in eine Waffe verwandelt, die alles zunichte machen konnte, was gut war in meinem Leben.

„Woran denkst du, Bubba?“, fragte Bootsie hinter mir.

„Ach, an Verschiedenes.“ Ich hörte auf, die Drehspule sauberzumachen, die ich auf dem Picknicktisch auseinandergenommen hatte. Die Luft war feucht und schwül, von den Weiden entlang des Hügels tropfte Wasser.

„Ich habe dich zwei Mal durchs Fenster gerufen, aber du hast gar nicht reagiert.“

„Sorry. Was gibt's?“

„Nichts Besonderes. Was ist mit dir?“

Ich drehte mich um und sah sie an. Sie trug weiße Shorts und ein T-Shirt, das ihr viel zu klein war und daher ihren Nabel und ihren braunen Bauch entblößte.

„Du hast nichts?“, fragte sie und stützte sich mit einem Knie auf der Bank ab, umarmte mich von hinten und lehnte sich gegen meinen Rücken.

„Was machst du?“, fragte ich.

„Hmmm“, antwortete sie, und ihre Hand wanderte über meine Brust hinunter.

Ich griff hinter mich, umfasste die Rückseiten ihrer Schenkel mit den Händen und legte meinen Hinterkopf zwischen ihre Brüste. Sie spreizte ihre Beine eine Idee und zog mich fest an sich.

„Lass uns reingehen“, sagte sie, die Stimme belegt und ganz nah an meinem Ohr.

„Alafair wird in einer halben Stunde nach Hause kommen."

„Eine halbe Stunde reicht gerade eben aus", sagte sie.

Sie zog die Vorhänge im Schlafzimmer zu, entkleidete sich ganz und zog die Tagesdecke zurück. Ihre Haut war gerötet und heiß, als ich sie berührte.

„Mit dir alles okay, Boots?"

Sie drückte mich auf die Kopfkissen hinunter und kletterte auf mich, dann legte sie beide Hände um meinen Penis und führte ihn ein. Ihr Mund öffnete sich leicht, dann verschleierte sich ihr Blick, sie stützte sich mit den Händen auf meiner Brust ab und bewegte sich so, dass ich tief in ihr war, verloren jetzt an einem Ort, an dem alles eins wurde, unser Stöhnen, das schnelle Schlagen unserer Herzen und der feine Schweißfilm auf unseren Körpern. Die einzigen Geräusche, die ich hörte, waren das feuchte *Klick* in ihrem Hals, wenn sie schluckte, und der Wind, der einen dicken, regennassen Eichenast gegen das Fenster drückte.

Sie kam vor mir und ich genoss ihren Anblick, die vollen Brüste mit den hart aufgerichteten Nippeln, ihren sinnlichen, halb geöffneten Mund, die Haarsträhnen, die feucht auf ihren Wangen klebten. Dann spürte ich, wie sich die Ekstase in mir aufbaute und den Scheitel erreichte, meine Lenden sich auflösten wie Pergament, durch das sich ein Stück Glut brannte. Ein Geräusch ganz anders als meine normale Stimme löste sich aus meiner Kehle, und ich zog sie dicht an mich, vergrub das Gesicht in ihrem Haar, drückte meinen Mund fest an ihren Hals, während draußen die Spottdrosseln sich lärmend in den lavendelfarbenen Himmel erhoben.

Ich hatte geglaubt, dass ich allein mit meinem Willen das Problem in unserem Leben lösen könnte. Als ich neben ihr auf den Laken lag, begriff ich, dass ich mich, wie gewöhnlich, irrte. Aber in einem solchen Augenblick, wen interessiert es da, woher Geschenke kommen?

* * *

Um fünf am nächsten Morgen klopfte Clete Purcel an die Fliegentür hinter meinem Haus. Er trug Segeltuchschuhe ohne Socken, schlabberige Safari-Shorts mit unzähligen Druckknopftaschen, seinen Porkpie-Hut und das ärmellose lila-goldene *Mike-the-Tiger*-Trikot, das vom vielen Waschen ganz verschossen und dünn war. Er war unrasiert und hatte einen frischen Sonnenbrand.

„Du wirst mich doch nicht verpfeifen, Streak, oder?"

„Was weiß ich denn schon von Haftbefehlen im Orleans Parish?" Ich trat hinaus in die blaue Morgenfrische und drückte die Fliegentür leise hinter mir zu. „Bootsie und Alf schlafen noch. Gehen wir runter zum Anleger."

Durch die tiefen Schatten der Bäume gingen wir den Abhang hinunter, stiegen über den Stolperdraht, den ich wegen Buchalter gespannt hatte. Clete ließ immer wieder seine Fingerknöchel knacken, als wären sie große Walnussschalen. Seine Augen waren rot und entlang der Ränder gereizt, als hätte er einen ausgewachsenen Kater, aber ich roch keinen Alkohol an ihm.

„Du siehst aus, als kämst du viel an die Sonne", sagte ich.

„Warum auch nicht? Das Leben im Quarter hat mich ohnehin in eine fette Schnecke verwandelt."

Im Laden machte ich für uns beide Kaffee und heiße Milch, und damit gingen wir hinaus an einen der Tische am Wasser. Er öffnete eine der zahlreichen Taschen seiner Shorts und breitete kurz darauf eine Seekarte auf dem Tisch aus.

„Kannst du mir zeigen, wo das U-Boot ist?" Sein Blick war auf die Karte gerichtet, nicht auf mich.

„Was hast du vor?"

„Was interessiert's dich?"

„Du siehst ziemlich aufgewühlt aus, Clete. Was ist los?"

„Ich werde per Haftbefehl gesucht, mein Geschäft ist den Bach runter. Nate Baxters abgerichtete Bluthunde werden höchstwahrscheinlich versuchen, mich beim ersten Sichtkontakt abzuknallen, und du fragst mich, was los ist?"

Ich strich die Karte mit den Handflächen glatt. Die Marsch war smaragdgrün nach dem Regen der letzten Nacht, und die weit ausladenden Wurzelstöcke der Sumpfzypressen waren faserig und schimmerten dunkel im Kielwasser eines vorbeifahrenden Boots.

„Häng dich da nicht noch tiefer rein", sagte ich.

„Wer A sagt, muss auch B sagen. Zeigst du mir jetzt, wo es ist, oder nicht?" Er steckte sich eine filterlose Zigarette an und wedelte das Streichholz hektisch in der Luft aus.

Ich zog einen Druckbleistift aus meiner Hemdtasche und machte drei Markierungen auf der Karte.

„Das hier sind die Stellen, wo ich es entweder gesehen

oder Hippos Freund es geortet hat. Du erkennst das Muster? Dort befindet sich ein Graben, der sich aus dem Festlandsockel herauszieht. Mit einem Echolot könnte man es wahrscheinlich lokalisieren. Sofern es nicht einfach vom Festlandsockel abkippt und erst durch einen Sturm wieder zurückgetrieben wird."

Er starrte auf die Karte, seinen Hut schief auf dem Kopf.

„Was hast du vor?", fragte ich.

„Vielleicht sollte ich mit etwas Plastiksprengstoff nachhelfen."

„Hängt der Priester auch mit drin?"

„Noch nicht. Aber gestern Abend im Radio war er wirklich wunderbar, weißt du, diese Sendung, wo der Freak von der Straße anrufen kann und Gelegenheit erhält, seine Meinung kundzutun. Brother Oswald erzählt den Leuten, die Bestie stehe kurz davor, aus dem Meer aufzusteigen." Er sah mich an und versuchte zu lächeln. „Vielleicht redet er ja von meiner Ex."

„Was verbirgst du vor mir, Partner?"

Er schnippte seine Zigarette hinaus auf den Bayou und schaute zu, wie sie im Wasser zischte und flussabwärts trieb.

„Ich muss damit aufhören. Meine Lungen fühlen sich an, als wären sie mit Batteriesäure gefüllt", sagte er.

„Um was geht's, Clete?"

„Ich muss rocken, mein Großer", sagte er.

„Frühstücke was."

„Ich muss dafür sorgen, dass es passiert, Streak. Wie du gesagt hast, immer locker bleiben."

„Wie geht's Martina?"

Er ging zum Cabrio, ohne mir zu antworten, dann drehte er sich um, blinzelte und zeigte mir den erhobenen Daumen.

* * *

Kurz vor Mittag rief mich Ben Motley im Büro an.

„Wir haben die Kelle“, sagte er.

„Und …“

„Das Blatt war sauber, aber in einer Ritze zwischen Griff und Schaft haben wir getrocknetes Blut gefunden. Das Labor sagt, es stammt von einem Menschen.“

„Was noch?“

„Zwei Abdrücke. Einer passt. Zu einem Kerl, dem vor der Mauer des St. Louis Cemetery das Herz herausgenommen wurde.“

„Warum nicht zwei Übereinstimmungen?“

„Sie gehen davon aus, dass wir bereits alle Opfer gefunden haben?“

„Wo ist Manuel jetzt?“

„In Haft … Ich hab kein gutes Gefühl bei dem Burschen, Robicheaux. Der Typ hat pürierte Möhren als Gehirn. Der Dolmetscher sagt, er spricht einen indianischen Dialekt von unten am verschissenen Amazonas.“

„Sie denken, es ist zu einfach?“

„Ich denke, wir reden hier von einem Sündenbock. Hey, Lonighan ist ein Arschloch, aber er war aufrichtig bestürzt, als wär’s was sehr Persönliches, als er erfahren hat, dass wir den Jungen wegen Mordes unter Anklage stellen wollen. Klingt das für Sie vielleicht wie Tommy Bobalouba?“

Nicht schlecht, Mots, dachte ich.

„Hatten Sie Kontakt zu Clete Purcel?“, fragte ich.

„Wer?“

„Er hat ein Video über südamerikanische Indianer gefunden, irgend so eine Dokumentation. In Max Caluccis Haus.“

„Die Verbindung ist nicht so besonders. Ich hab nicht verstanden, was Sie gesagt haben. Hören Sie mich? Scheiße, ich hab das nicht verstanden, Robicheaux.“

„Lonighan hat sich für sein Casino zweihunderttausend von den Calucci-Brüdern geliehen. Ich hab so das Gefühl, er hat seine Schulden in Naturalien abbezahlt, indem er ihnen geholfen hat, das Heroin-Geschäft in den Sozialbausiedlungen aufzubauen.“

„Sagen Sie Purcel, wenn er versucht, mir bei dieser Sache Scheiße in die Bowleschüssel zu schmeißen, wird er sich keine Sorgen mehr um Nate Baxter machen müssen. Dann werde ich seinen Arsch nämlich höchstpersönlich ins Angola befördern.“

„Harte Worte, Mots.“

„Sie verstehen anscheinend nicht, dass Purcel einen Kerl nicht etwa deshalb fertigmacht, weil der Kerl gegen das Gesetz verstoßen hat. Er macht ihn fertig, weil er den Kerl nicht mag. Deshalb wird er auch nie wieder eine Marke tragen.“

„Was meinen Sie, wie die Anklage gegen den Indianer laufen wird?“

„Indizienbeweise, ein Vollidiot auf der Anklagebank, ein Verteidiger, der die Geschworenen wissen lässt, dass der arme Irre ein Arbeitsknecht für einen reichen Gangster ist, der tatsächlich jemanden mit einem Feuerwehrschlauch ertränkt hat und damit ungeschoren davongekommen ist. Raten Sie mal, wie die Geschworenen da wohl abstimmen?"

„Danke für all die guten Nachrichten."

„Es ist nicht alles schlecht. Es geht das Gerücht, dass Lonighan dabei ist, zu sterben."

„Aus irgendeinem Grund erfüllt mich das nicht mit Freude, Partner."

„Lonighan hängt mit den Caluccis im Drogenhandel in den Siedlungen drin. Die schwarzen Kids, die wir ständig hopsnehmen, das waren noch keine Süchtigen, als sie bei ihrer Mama aus dem Bauch gekommen sind. Glauben Sie's oder lassen Sie es bleiben, aber selbst diese toten Dealer hatten Familien, Robicheaux."

Warum gegen Nächstenliebe anreden? Ich legte den Hörer ruhig zurück auf die Gabel und starrte aus dem Fenster auf die im Wind raschelnden Palmen. Der untere Rand des Himmels dicht über dem Golf sah grün aus.

Was hatte Clete Purcel vor?

* * *

Ich fuhr nach Hause zum Mittagessen. Bei meiner Rückkehr sprach mich der Sheriff am Wasserspender an.

„Das FBI hat uns gerade einiges Material von Interpol rübergeschickt. Sie haben Hinweise zu der Frau", sagte er.

„Was denn?"

„Lesen Sie selbst. Liegt auf Ihrem Schreibtisch. Und ich dachte, solche Sachen wären nur in der Barker-Familie passiert." Er ging und ließ mich ihm erstaunt hinterherstarren.

Die Mitteilung von Interpol bestand aus vier Absätzen. Die Informationen darin enthielten nichts Konkretes oder Beweisbares. Wie bei allen anderen Dokumenten in diesem Fall war es, als versuchte der Verfasser eine schwer fassbare Existenz zu beschreiben, die sich nur kurz und flüchtig in den Augen anderer gespiegelt hatte.

Aber die von ihm verwendeten Beschreibungen waren nicht die eines gewöhnlichen Sachbearbeiters, sie blieben vielmehr in der Erinnerung haften wie Splitter unter der Haut.

Zwei verdeckt operierende Antiterror-Ermittler in Berlin glaubten, dass der als William Buchalter und Willie Schwert oder in Abwandlungen davon bekannte Mann mit einer Halbschwester namens Marie in einem halben Dutzend verschiedener Neonazigruppen agierte. Ein Skinhead hatte ihnen in einem Lokal am Tiergarten von einem Aufnahmeritus in einen exklusiven Zirkel erzählt, der in England und den Vereinigten Staaten als *The Sword* bekannt war. Ein entführter türkischer Gastarbeiter hatte zitternd auf dem Boden eines Kartoffelkellers gekniet, die Handgelenke mit Kabel auf dem Rücken gefesselt, einen Leinensack über dem Kopf, während die Neumitglieder bei ihrem Leben Treue auf die neue Bewegung schworen. Dann hatte Marie den entführten Mann angezündet.

Ich öffnete und schloss den Mund, als hätte ich wie im Flugzeug einen Überdruck in den Ohren, und las weiter.

Die Einzelheiten im letzten Absatz verliehen den atemlosen, heiseren Stimmen, die ich am Telefon gehört hatte, eine völlig neue Dimension.

Der Sheriff stand mit einer Tasse Kaffee in der Hand in meiner Tür.

„Denken Sie, das ist unsere falsche Nonne?“, fragte er.

„Ja, ich denke schon.“

„Glauben Sie das Zeug am Ende der Seite?“

„Das sind perverse Leute. Warum sollte irgendetwas, das sie tun, eine Überraschung sein?“

„Wussten Sie, dass Ma Barker und einer ihrer Söhne eine inzestuöse Beziehung hatten? Sie begingen Selbstmord, indem sie sich gegenseitig mit Maschinengewehren umnieteten. Sie wurden sogar im gleichen Sarg beigesetzt, um die Tradition aufrechtzuerhalten. Das ist eine Tatsache.“

„Interessante Informationen“, sagte ich.

„Man muss dabei noch seinen Spaß haben können, andernfalls dreht man durch. Muss ich Ihnen das noch sagen?“

„Nein, Sie haben recht.“

Er kam herüber und drückte kurz meine Schulter. Ich konnte das Leder seines Dienstkoppels riechen, den Pfeifentabak an seiner Kleidung.

„Schlafen Sie nachts gut?“, fragte er.

„Und ob!“

Er schnaubte leise.

„Komisch. Ich nicht. Tja, vielleicht packen wir dieses Pärchen auch noch zusammen in eine Kiste. Wer weiß?“, sagte er.

Er zog seine Fingernägel über meinen Schreibtisch und kehrte zur Tür zurück.

Der beste Hinweis auf Buchalter, die einzige Spur, genaugenommen, war immer noch die alte Jazzmusik, die er offensichtlich liebte. Brother Oswald Flat, dachte ich.

Ich erhielt seine Telefonnummer von der Auskunft.

„Haben Sie nicht gesagt, Sie hätten mit Jimmy Martin und den *Sunny Mountain Boys* gespielt?“, fragte ich.

„Was ist damit?“

„Hatten Sie je etwas mit Jazz- oder Bluesmusikern zu tun?“

„Sohn, ich mag Sie. Wirklich. Aber eine Unterhaltung mit Ihnen ist wie der Versuch, jemandem das Rezept für Eiswasser beizubringen.“

„Ich fürchte, ich kann nicht ganz folgen.“

„Das ist der springende Punkt. Das tun Sie nie.“

„Ich werde versuchen, Ihnen aufmerksam zuzuhören, Sir, wenn Sie Geduld mit mir haben.“

„Musik ist wie ein exklusiver Club. Ist wie zu einer Kirche zu gehören. Spielt keine Rolle, in welchem Raum du bist, solange du nur im gleichen Haus bist. Kommen Sie noch mit?“

„Sie kennen also ein paar Jazzmusiker?“

„Ich werd's noch mal aus einer anderen Richtung versuchen müssen“, sagte er. „Ich hab früher in Sam Phillips Studio in Memphis Gospel aufgenommen. Wissen Sie, wer noch in genau demselben Studio Aufnahmen gemacht hat? Elvis Presley, Carl Perkins, Johnny Cash, Jerry Lee Lewis, Jimmy Lee Swaggart. Soll ich noch weitermachen?“

„Ich glaube, Will Buchalter hat irgendwas mit historischem Jazz oder Blues zu tun. Aber ich weiß nicht, was es ist."

Am anderen Ende der Telefonleitung war es still.

„Reverend?"

„Warum spucken Sie's nicht einfach aus?"

Diesmal gab ich keine Antwort.

Seine Stimme klang verändert, als er wieder sprach. „Ich werde Sie nicht noch einmal unterbrechen oder beleidigen", versprach er.

Ich erzählte ihm von den jüngsten spätabendlichen Telefonanrufen, bei denen Beiderbeckes *In a Mist* im Hintergrund gelaufen war; von Buchalters Wissen über den frühen Benny Goodman und die angemessene Handhabung alter 78er; von der Bunk-Johnson-Platte, die jemand auf meinem Plattenspieler hatte laufen lassen.

„Sie beeindrucken mich, Sohn", sagte Oswald Flat.

Wieder blieb ich stumm.

„Ein schlechter Mensch kann Musik nicht lieben", sagte er. „Er interessiert sich aus einem anderen Grund dafür."

„Ich denke, Sie haben recht."

„Es gibt da eine Band, die spielt an der Royal Street. Ich meine, draußen auf der Straße, wenn die Cops die Straßensperren aufstellen und den Verkehr abriegeln. Sie haben ein Klavier auf einem Truck, ein chinesischer Junge spielt Mundharmonika, andere Blasinstrumente, ein farbiger, ich meine, ein schwarzer Mann an der Slide-Gitarre. Der Schwarze kommt gelegentlich in meine Kirche. Aber er lebt nicht in New Orleans, sondern in Morgan City."

„Ja?“

„Ich telefoniere mal rum und wenn ich erfahre, dass er zu Hause ist, können Sie sich dann mit mir dort in ein paar Stunden treffen?“

„Ich denke, Sie sollten mir das besser erklären.“

„Mehr kriegen Sie nicht. Da können Sie brüllen, bis Ihr Gesicht aussieht wie eine Aubergine.“

„Das hier ist Teil eines polizeilichen Ermittlungsverfahrens, Reverend. Sie stellen hier nicht die Regeln auf.“

„Er war im Gefängnis. Er wird nicht mit Ihnen reden, wenn ich nicht dabei bin. Wollen Sie meine Hilfe, oder nicht?“

* * *

Der Schwarze hieß Jesse Viator, er lebte in einem verbeulten grünen Wohnwagen, der gut zehn Meter vom Rand des Bayou entfernt auf Betonblöcken aufgebockt war. Er hatte nur drei Zähne im Mund, die hervorragten wie die hakenförmigen Beißer im Maul eines Barrakudas. Wir saßen auf alten Kinosesseln, die er in seinem kleinen, aufgeräumten Garten auf alte Eisenbahnschwellen gestellt hatte. Ein beleuchteter Krabbenkutter glitt vorbei, und nahe am gegenüberliegenden Ufer schossen Schwalben im letzten Licht des Tages über einen Ölkahn hinweg, der zu einem teilweise unter Wasser stehenden Gerippe verrostet war.

Jesse Viator fühlte sich nicht sonderlich wohl in Gegenwart eines Polizeibeamten.

„Erinnerst du dich an den Mann, von dem du mir erzählt hast, der wollte, dass du Aufnahmen machst, der Bursche, von dem du gesagt hast, es hätte dich beunruhigt, wie er dich angesehen hat?", fragte Brother Oswald.

„Ja, der Typ hat nichts Gutes im Schilde geführt", antwortete er.

„Warum haben Sie das gedacht?", fragte ich. Ich lächelte.

„Gibt Leute, die haben ein Schild draußen hängen", antwortete er. Er zupfte an der weichen Haut unter seinem Kinn und schaute auf den Bayou hinaus.

„Warum hat er nichts Gutes im Schilde geführt, Jesse?", hakte ich nach.

„Der Typ hat nichts Schlimmes gesagt. Er war höflich und nett. Aber es war, als hätte er so eine Hitze im Gesicht", sagte Viator. „So wie eine leere Pfanne auf einer Gasflamme."

Ich zeigte ihm das Phantombild von Buchalter. Er hielt es ins Licht, das aus seinem Wohnwagen fiel und betrachtete es. Sein Kopf glänzte wie braunes Wachs.

„Ihr macht diese Phantombilder mit einer Maschine, stimmt's? Deshalb sehen die oft ziemlich gleich aus", sagte er.

„Wer war der übelste Kerl, dem Sie im Knast je begegnet sind?", fragte ich.

„Die werden nur bis zu einem bestimmten Punkt übel. Danach ist es immer dasselbe. Die landen dann im Camp J."

„Der Kerl, den ich suche, ist schlimmer als jeder im Camp J. Glauben Sie mir, wenn ich das sage."

Jesse nahm mir die Zeichnung wieder aus der Hand und hielt sie schräg, damit er sie im Licht aus dem Trailer besser sehen konnte. Er tippte auf den Rand des Gesichts. „Was ist das da?“, fragte er.

„Sagen Sie’s mir“, erwiderte ich.

„Der Typ hat Dreck in seiner Haut, wie heißt das noch schnell, Mitesser oder so ähnlich, deshalb sieht er aus, als würde er so was wie eine Maske um die Augen tragen. Wissen Sie, das war so vor drei, vier Monaten. Ich hab aufgehört, darüber nachzudenken.“

„Erzähl ihm auch den Rest, Jesse“, sagte Oswald Flat.

„Es gibt keinen *Rest*“, sagte der. „Der Typ sagt, er gibt mir hundert Dollar für die Aufnahme. Ich sag ihm, ich bin nicht interessiert. Das war’s. Ich will nicht mehr drüber reden.“

„Haben Sie Angst vor diesem Mann?“, fragte ich und sah ihm dabei fest in die Augen.

Er holte tief Luft, eine Reaktion irgendwo zwischen Zorn und Empörung.

„Wissen Sie, was für ein Gefühl ich bei diesem Typen hatte? Es war so, wie wenn ein Kerl oben im Angola zum Sklaven gemacht wird, irgendeiner krallt sich so einen jungen Typen, vergewaltigt ihn, sagt ihm dann, ‚wuchte deinen kleinen Arsch den Gang runter, in einer halben Stunde kommst du mit einem Zehner zurück. Eine halbe Stunde später will ich weitere zehn Dollar, und danach noch mal zehn Dollar, sonst hat das nächste Ding, das in deinem Mund steckt, eine scharfe Spitze und kommt nicht mehr raus.‘ Daran musste ich denken, als ich die Augen von dem Typ sah.“

Er wurde mürrisch und übellaunig und sagte kaum noch etwas. Der Mond stand am Himmel, und Staub von der Straße und ein dünner Dieselölfilm trieben auf der trägen

Strömung dicht unter den Weiden. Die Luft war kühl und feucht und roch nach Köder-Krabben, die irgendwer in einem Eimer vergessen hatte. Ich bat den Reverend, im Auto auf mich zu warten.

„Weswegen bist du eingefahren, Jesse?", fragte ich.

„So ein Kerl hat versucht, mich bei einer Tanzveranstaltung abzustechen. Hat mir nicht gefallen, hab ihn flachgelegt. Der Anwalt sagte, ich soll auf Totschlag plädieren."

„Hast du Familie?"

„Meine Frau liegt im *Charity Hospital.* Sie hat Probleme mit dem Herz. Unsere beiden Töchter sind erwachsen und verheiratet. In Kalifornien."

„Der Mann, den ich suche, hat meine Frau belästigt. Ich zeige dir, was er macht, wenn er Leute in die Finger bekommt." Ich stand von meinem Stuhl auf.

„Hey, was machst du da, Mann? Hey, nimm deine …"

„Buchalter hat mich an einen Stromgenerator geklemmt, Jesse. Da hat er die Kabel angeschlossen. *Das* ist mal 'ne Erfahrung."

Er stützte die Hände auf seine Oberschenkel, drehte sich auf seinem Stuhl und richtete den Blick auf einen Rohrstock, der tief in den Wurzeln einer Zypresse steckte.

„Mann, das ist mein Ernst, ich will nichts mehr damit zu tun haben!", sagte er.

„Du hast diesen Kerl von Anfang an durchschaut. Du musst mir helfen, Jesse."

Er wischte in seinem Gesicht herum, als hätte er Insekten in den Augen.

„Der Typ kommt auf der Royal auf mich zu, unmittelbar

nach dem Gig, bietet mir einen Hunderter, wenn ich eine halbe Stunde mit meiner Gitarre in seinem Studio spiele. Ich sage, hundert Mäuse reichen nicht für eine Aufnahme. Er sagt, ist nur ein Demoband, er wird es anbieten, er tut mir einen Gefallen, denn normalerweise muss man sein Demoband selbst bezahlen. Ich sehe in sein katzenfreundliches Gesicht. Ich denke, der wird nie das Wort *Nigger* benutzen, der wird mich nicht Bimbo oder Kletteraffe oder Speerwerfer nennen, das ist nicht seine Art. Aber er hat dieses kleine Lächeln, das um seine Mundwinkel spielt, genau wie die Typen oben in Angola dich ansehen. Die hacken neben dir in den Sojabohnen, sagen kein Wort zu dir, hacken die ganze Zeit vor sich hin, als hätten sie nur total coole Gedanken im Kopf. Am selben Abend gehst du zum Duschen, und genau derselbe Typ wartet da auf dich, ein Messer in der Hand."

„Du musst mir was Handfestes liefern, Jesse."

„Er sagte, sein Studio liegt etwas mehr als einen Kilometer entfernt. Eine Stunde dort, eine Stunde zurück. Er zwinkerte mir zu, als er das sagte."

„Ich glaube, du verschweigst mir etwas." Ich behielt direkten Blickkontakt.

„Tu ich nicht. Er hat einmal angerufen, Mann. Ich hab ihm gesagt, ich wär immer noch nicht interessiert. Hat sich angehört, als wäre er irgendwo draußen, vielleicht in einer Telefonzelle. Ich hab Wellen schlagen hören, so wie an einem Strand."

„Er hat nie einen konkreten Ort genannt? Wie wär's mit Grand Isle?"

„Nein, sofern sie die Grand Isle zufällig gerade nicht rüber nach Miss'sippi geschafft haben."

„Ich verstehe nicht ..."

„Dieser Tag auf der Royal ... ich hab nicht weiter auf das Auto geachtet, aber das Nummernschild war ganz klar aus Miss'sippi. Reicht das? Weil, mehr ist da nicht."

Ich gab ihm meine Visitenkarte und nahm meine Jacke vom Stuhl. Er starrte ins Leere, während sich seine Hand um die Karte schloss und öffnete. Dann drückte er sie mir wieder in die Hand.

„Meine Frau hat sich eine Reise verdient, nach ihren ganzen Krankheiten. Ich glaube, wir fahren unsere Kinder in Kalifornien besuchen. Sind dann eine ganze Weile weg. Sie verstehen, was ich sage?"

* * *

Am folgenden Nachmittag, das war am Freitag, rief mich Ben Motley aus New Orleans an.

„Max Calucci hat die Anzeige gegen Purcel wegen Sachbeschädigung und Hausfriedensbruch zurückgezogen", sagte er.

„Ziemlicher Sinneswandel, was?"

„Welchen Reim machen Sie sich darauf?"

„Wahrscheinlich ist ihm der Arsch auf Grundeis gegangen, als er hörte, dass Lonighans Indianer in U-Haft ist. Das heißt, sofern er in die Selbstjustiz-Morde verwickelt ist. Mit Abstand das Letzte, was er momentan gebrauchen kann, sind rechtliche Interaktionen mit der Staatsanwaltschaft. Wie wird sich die Versicherung verhalten? State Farm, richtig?“

„Die haben Pech, falls sie es Purcel anhängen wollen. Die Zeugen sagen jetzt aus, sie könnten sich nicht mehr erinnern, wie der Bursche auf der Planierraupe ausgesehen hat. Aber sie sind ganz sicher, dass es *nicht* Purcel war. Ich hab ihm auf seinen AB gesprochen, aber er hat nicht zurückgerufen.“

„Der hat sich irgendwo in einem Angler-Camp verkrochen.“

„Ich bin an seinem Büro vorbei. Die Sekretärin, eine Aushilfe, war da. Sie hat gesagt, er hätte die Nachrichten von seinem AB erhalten. Warum beantwortet er seine Anrufe nicht?“

„Ich weiß nicht, vielleicht ist er manchmal ein wenig verantwortungslos. Was gibt es Neues zu Manuel Ruiz?“

„Keine Kaution. Wir halten ihn für das INS fest. Übrigens, sagen Sie Purcel, es ist schon okay, dass er mich nicht zurückruft. Wo er ja ohnehin schon so gute Freunde im Department hat. Zum Beispiel Nate Baxter.“

Ich hinterließ Clete eine Nachricht sowohl in seinem Büro als auch auf dem Anrufbeantworter in seiner Wohnung.

An diesem Abend zog ich Turnhose und Laufschuhe an und absolvierte hinten im Garten drei Sätze Kreuzheben, Bankdrücken und Beinbeuger. Mein Nachbar verbrannte einen Haufen trockenes Geißblatt, der Rauch machte die Luft diesig und es roch süß.

Lös es auf, *denke*, sagte ich mir. Was waren die aktuellen Anhaltspunkte im Fall Buchalter?

Musik, und jetzt Geographie.

Zwei von Buchalters angeheuerten Hirnkatastrophen, nämlich Jack Pelley und Chuck Sitwell, waren in der Rock-'n'-Roll-Band vom Angola gewesen. Buchalter strolchte ganz offensichtlich in Läden wie dem von Jimmie Ryan herum, die alte Schallplatten führten, und er hatte versucht, mit dem Slide-Gitarristen Jesse Viator eine Studioaufnahme zu machen.

Er hatte ein Auto mit Kennzeichen aus Mississippi gefahren, wahrscheinlich Zugang zu einem Tonstudio eine Autostunde von New Orleans entfernt und einen Anruf in Hörweite eines Strandes geführt.

Der deutsche Skinhead, der von seinen eigenen Freunden draußen auf dem Meer überfahren worden war, hatte von einem Kajütboot aus getaucht, das er mit seinen Kumpels von einem Liegeplatz in Biloxi gestohlen hatte.

Hippo Bimstines Freunde hatten mit Baseballschlägern bewaffnet, nördlich von Pascagoula das Treffen einer rassistischen Hass-Gruppe aufgelöst und ihnen deren Nazi-Filmmaterial abgenommen.

Ich senkte die Hantel auf meine Oberschenkel, wuchtete sie dann zu meiner Brust hoch, ließ sie langsam wieder herab, verharrte mitten in der Luft, während die Muskeln meiner Arme brannten und sich mit Blut füllten. Die Luft in meinen Lungen fühlte sich so kühl an wie eine Messerklinge.

Vielleicht zog sich ja die Schlinge um Will Buchalter zu.

Bevor wir ins Bett gingen, aßen Bootsie und ich am Küchentisch noch ein Stück Torte.

„Beschäftigt dich etwas?“, fragte sie.

„Ich dachte, Clete würde noch anrufen.“

„Clete hat seine eigene Art, Dinge zu erledigen.“

„Da hast du absolut recht.“

In dieser Nacht hatten wir einen kräftigen Südwind, und ich konnte hören, wie unsere Leihboote gegen die Pfeiler des Anlegers schlugen. Dann begann es zu regnen, und im Schlaf hörte ich ein anderes Geräusch, irgendwo in der Ferne, Metall auf Metall, ein klingelnder Schlag nach dem anderen, gedämpft von der Hülle aus Wasser, die es durchdringen musste.

In meinem Traum sah ich eine Gruppe Nazi-Matrosen, die sich in einem halb überfluteten Raum aneinanderdrängten, während das Salzwasser durch die Lecks über ihren Köpfen eindrang, ihre Gesichter weiß vor Grauen im schwindenden Licht, während sie ihren eigenen Gestank einatmeten und die Kälte über ihre Lenden aufstieg, und ein Mann nicht aufhörte, mit einem Schraubenschlüssel verzweifelt immer weiter gegen den Schott zu hämmern.

Ich wachte aus dem Traum auf, schnappte fieberhaft nach Luft. Durch den prasselnden Regen hindurch konnte ich immer noch den Klang von Metall auf Metall hören. Ich schlüpfte in meine Halbschuhe und die Hose, zog eine Regenjacke an und lief, eine Taschenlampe in der Hand, von der hinteren Tür zu der eingestürzten Scheune an meinem Ententeich. Ein Stück Wellblechdach, rotbraun vom

Rost, schwang an einem durchgebrochenen Balken gegen die Überreste der alten Heuballenpresse meines Vaters.

Ich zog den kaputten Balken und das Blech heraus und warf beides aufs Feld.

Aber ich konnte den Traum nicht abschütteln. Warum? Was kümmerte mich das Schicksal irgendwelcher Nazis, die vor über fünfzig Jahren ertrunken waren?

Ich ahnte, bei dem Traum ging es nicht um U-Boot-Fahrer. Jemand in meiner unmittelbaren Nähe steckte in Schwierigkeiten, vielleicht wegen Informationen, die ich ihm gegeben hatte, und ich versuchte, diese einfache Tatsache zu leugnen.

Wo war Clete Purcel?

29

Tommy Lonighan hatte in seiner verglasten Sonnenterrasse die Heizung aufgedreht, obwohl es draußen vierundzwanzig Grad war, und er eine Jogginghose und dazu ein langärmeliges Flanellhemd trug. Mein Gesicht war schweißgebadet, seine Haut hingegen sah trocken und grau aus, beinahe schlaff, als hätten seine Drüsen ihre Arbeit eingestellt. Er beugte sich aus seinem Kippstuhl vor. Seine Augen versuchten immer noch, der Handlung eines Films zu folgen, den sein Rekorder abspielte. Eine empörte Schlussfolgerung arbeitete in seinem Gesicht.

„Was für eine Scheiße ist das denn?“, polterte er plötzlich, zog das Band aus dem Player und pfefferte es auf einen Haufen anderer Kassetten. „Hast du den Film *Reservoir Dogs* gesehen? Widerlich. Ein Haufen Mafiatypen schlägt einen Bullen zusammen und foltert ihn. Keine Typen aus der Mafia würden so was tun. Der Kerl, der das geschrieben hat, weiß einen Scheißdreck über das Verbrechen. Weißt du, was ich glaube? Der Kerl, der das geschrieben hat, *der* ist krank, nicht die scheiß Kriminellen.“

„Kannst du mir helfen, Clete zu finden, oder kannst du es nicht?“

„Wo findet man einen Elefanten? Man geht in den Zirkus. Wieso sollte ich wissen, wo er steckt? Frag doch seine Schnecke, die, die mir wegen der Juden ins Gesicht gesprungen ist.“

„Ich war heute Morgen schon bei Martinas Wohnung. Niemand hat sie seit zwei oder drei Tagen gesehen.“

„Weil sie nämlich bei Purcel ist. Oder meinst du, nur weil man ihn steckbrieflich sucht, wird er ohne Ständer wach?"

„Du bist wirklich unglaublich, Tommy."

„Falls Max und Bobo ihm was angetan hätten, dann hätte ich davon gehört, und ich hab nicht." Er löste irgendetwas aus einem Nasenloch und schniefte. „Soll ich dir mal was sagen? Es ist mir auch scheißegal. Ich wünschte, die Caluccis würden versuchen, jemanden umzulegen. Und hoffentlich dabei draufgehen, wie sie's verdienen."

„Du redest über meinen Freund."

„Ich soll mir Sorgen um Purcel machen? Ich hab vielleicht noch drei, vier Monate, dann, das sagt der Doktor, wird er anfangen, mir Morphium zu geben. Aber vielleicht reicht das ja auch nicht. Weißt du, warum ich den ganzen Kummer in meinem Leben habe? Es ist eine Strafe, weil ich mich mit diesen verschissenen Itakern eingelassen habe. Die sind unmoralisch, die haben keine Ehre, die …"

„Warum sie nicht einfach verpfeifen, und das war's dann, Tommy?"

„Ich dachte, du wüsstest es." Er hatte eng stehende Augen, auf seinem Gesicht tanzten hektische rote Flecken. „Ihr Typen benutzt wohl keine Telefone, und ihr redet nicht oft miteinander?"

„Was ist los?", fragte ich.

„Gestern am späten Nachmittag hab ich sozusagen mein Herz ausgeschüttet, alles", sagte er. „Ich stehe noch nicht unter Anklage, aber das kommt dann am Montag."

Ich wartete. Der Raum loderte in Sonnenlicht und Farben – das Dunkelblau des gefliesten Bodens, die sattbraunen Rattan-Gartenmöbel und die kanariengelben Kissen –, aber Tommy mittendrin wirkte seltsam farblos, gebeutelt, wie ein Mann, der fälschlicherweise gedacht hatte, er müsse seine Schande nicht noch mal ausbreiten, der hoffte, sie sei zumindest geschluckt worden, wenn schon nicht vergeben.

„Max und Bobo wollten die Farbigen ein für alle Mal aus dem Geschäft in den Siedlungen vertreiben", sagte er. „Manny haben sie benutzt, um drei Typen umzulegen. Sie haben ihm gesagt, diese Farbigen wären böse Geister und müssten getötet werden, weil sie Dope verkauften und kleine Kinder verdarben. Er stammt von einem Haufen Kopfjäger oder Kannibalen ab, die einen Blumen- und Totenkult oder so was haben. Oder vielleicht hat Max ihm das alles auch nur eingeredet, nachdem ihm die Doku über diese prähistorischen Leute in die Finger gefallen war, die unten in Südamerika rumlaufen. Ich verstehe nichts von diesem Zeug."

Finster starrte er in den Raum. Wolken jagten über den Himmel, Blätter wehten über den frisch gemähten Rasen.

„Du hältst mich für einen ziemlichen Wichser, stimmt's?"

Ich behielt eine ausdruckslose Miene bei und rieb mit dem Daumen über das Glas meiner Armbanduhr.

„Zwei kleine Lichter haben die anderen Morde durchgezogen, wie ich gehört habe, Jamaikaner aus Miami", sagte er. „Mein Kopf ist wie zugenagelt. Ich fühle mich beschissen. Als wär überhaupt nichts mehr gut. Dann ist da noch dieser Geruch, den ich nicht mehr aus den Klamotten kriege, obwohl ich sie ständig waschen lasse. Hier, riechst du's?"

Er hielt mir seinen Hemdsärmel unter die Nase.

„Wo willst du hin?“, fragte er.

„Ich muss Clete finden.“

„Bleib. Ich mach uns ein paar Sandwiches, mit Hühnchen.“

„Sorry.“

Er putzte sich die Nase mit einem Kleenex und ließ das Tuch in einen Beutel voller zerknüllter Papiertaschentücher fallen, viele davon blutverschmiert.

„Hast du Hippo gesehen?“, fragte er.

„Wir stehen momentan nicht auf gutem Fuß miteinander, fürchte ich.“

„Er ist kein wirklich schlechter Kerl.“ Er starrte auf die Blätter, die gegen die Scheiben flogen. „Wenn du ihn siehst, sag ihm, dass ich das gesagt hab.“

„Klar.“

„Willst du ein paar Videokassetten mitnehmen? Ich kriege die für zwei Mäuse von einem Kerl, der Raubkopien in Algiers vertickt.“

„Raubkopien?“

„In welcher Welt treibst du dich denn rum, Dave? Alles, was heutzutage elektronisch aufgenommen wird, wird kopiert und dann weiterverkauft. Diese Tapes, die man in Raststätten an der Autobahn sieht, glaubst du allen Ernstes, Kenny Rogers verkauft seine Tapes für drei-fünfundneunzig? Was? Sag ich schon wieder was Falsches?“

„Nein, ich hab nur einfach nicht klar genug über etwas nachgedacht, Tommy. Man sieht sich.“

* * *

Ich fuhr zu Cletes Büro in der St. Ann Street im Quarter. Es war abgeschlossen, die Jalousien vorgezogen, der Briefkasten in dem aus Ziegeln gemauerten Torbogen quoll über von Briefen. Von einer Telefonzelle am Jackson Square rief ich Ben Motley zu Hause an.

„Warum haben Sie mir nicht gesagt, dass Lonighan gestern eine Aussage gemacht hat?“, fragte ich.

„Das war erst ganz spät. Ich weiß sowieso noch nicht, was sich daraus ergeben wird … Wissen Sie, unterm Strich hat er sich selbst und den Indianer belastet. Lonighan ist schon so gut wie tot, und der Indianer ist geistig zurückgeblieben. Der Dolmetscher sagt, er würde aussagen, für Spiderman zu arbeiten, wenn man das von ihm verlangte. Die Staatsanwaltschaft lädt auch nicht zu Pressekonferenzen ein.“

„Wie ist der aktuelle Stand bei den Caluccis?“

„Das versuche ich Ihnen ja gerade zu sagen, Robicheaux. Es gibt keinen. Wir werden sehen, was am Montag passiert. Aber wir haben hier ein altes Problem. Wenn die Caluccis untergehen, geht Nate Baxter auch unter. Er wird die Ermittlungen behindern und vermurksen, so gut er kann.“

Ich spürte, wie sich meine Hand um den Hörer krampfte. Das Sonnenlicht durch die Scheiben der Telefonzelle stach in den Augen wie Glassplitter.

„Sehen Sie's positiv“, sagte er. „Wir machen Fortschritte.“

„Purcel ist komplett von der Bildfläche verschwunden.“

„Sie sollten zur Abwechslung mal Ihren eigenen Arsch absichern. Wissen Sie, woran Purcel mal sterben wird? Ich sag's Ihnen: Er wird sich irgendeinen unheilbaren Tripper holen, wenn er hundertfünfzig ist. Rufen Sie mich Montag wieder an."

* * *

Ich fuhr die St. Charles Avenue hoch zu Hippos Drugstore. Er saß im Schatten vor dem Eingang auf einem zusammenklappbaren Metallstuhl und aß ein Pfefferminz-Wassereis. Zwei Straßenbahnen hielten an einem sonnigen Flecken auf dem Mittelstreifen, Fahrgäste stiegen ein und aus. Zunächst ignorierte er mich und aß weiter sein Eis, dann lächelte er und richtete Zeigefinger und Daumen auf mich wie eine Pistole.

„Komisches Plätzchen zum Sitzen, Hippo", sagte ich.

„Nicht für mich. Ich liebe New Orleans. Sieh mal die Straße rauf und runter – die Bäume, die alten Häuser, das Moos im Wind. Es gibt auf der ganzen Welt keine zweite Straße wie diese." Er griff neben sich und klappte mit einer Hand einen zweiten Metallstuhl auf. „Hier, setz dich. Was kann ich für dich tun?"

„Du bist in Ordnung, Hippo."

„Warum nicht?" Seine Augen verengten sich mit seinem Lächeln zu Schlitzen.

„Du weißt praktisch von jeder Unternehmung an der Golfküste, richtig?"

„Das Geschäftsleben ist wie Spaghetti ... zieh an einem Ding, und du bewegst den ganzen Teller."

„Lass mich dir ein Rätsel aufgeben. Mafia-Typen foltern keine Polizisten, richtig?"

„Es sei denn, sie planen eine Laufbahn als Krabbenköder."

„Buchalter gehört nicht zur Mafia."

„Ist das der entscheidende Durchbruch für dich?"

„Aber was, wenn Buchalter Kopien von historischen Jazzaufnahmen verkaufen würde oder Blues-Tapes produzierte und die Musiker um das Urheberrecht bescheißt?"

„Raubkopien sind angesagt. So ein zwielichtiger Typ hat versucht, mich zu überreden, die Dinger in meinen Drugstores zu verkaufen. Allerdings glaube ich nicht, dass es einen großen Markt für historische Jazzaufnahmen gibt."

„Konzentrier dich, Hippo. Ein Kerl, der Kopien verkauft, würde den Erlös teilen oder aber gute Beziehungen zur Unterwelt haben müssen, richtig?"

„Sofern er länger im Geschäft bleiben will, ja."

„Also gehört Buchalter nicht zur hiesigen Szene. Wo ist der größte Markt für alten Blues und Jazz?"

Ein nachdenklicher Ausdruck schlich in sein Gesicht. „Verkauft er das Zeug in Europa?"

„Ich glaube, ich bin ihm etwas näher gekommen."

Er nahm einen weiteren Bissen von seinem Eis und saugte die Wangen ein.

„Brauchst du ein bisschen Rückendeckung? Von Typen ohne Nachnamen?", fragte er.

„Buchalter hat wahrscheinlich ein Tonstudio drüben an der Küste von Mississippi. Ich kann rüberfahren und ein paar Tage Telefonbücher durchgehen und an Türen klopfen."

Er nickte, ohne zu antworten.

„Oder ich kann mir etwas Hilfe bei einem Freund holen, der eine Menge Kontakte an der Küste hat. Aber wenn ich die Informationen geliefert habe, dann mache ich zusammen mit meinen Freunden einen Abgang, ist es das, was du meinst?“

„Bislang haben wir Leute noch nicht zum Abschuss freigegeben, die wir nicht mögen, Hippo.“

Das zerknüllte Papier in seiner Hand, ging er zu einem Mülleimer und ließ es hineinfallen.

„Wir benutzen das Telefon in meiner Wohnung“, sagte er.

Es dauerte nicht lange. Er erledigte vier Anrufe, und eine halbe Stunde später kam ein Fax mit einer Liste von Adressen. Er gab sie mir, sein glatter, wie ein Football geformter Kopf eingerahmt von der Pinnwand hinter ihm, voller Fotos aus den Vernichtungslagern.

„Es gibt sieben, verteilt zwischen Bay St. Louis und Pascagoula“, sagte er. „Wie's aussieht, wirst du so oder so an eine Menge Türen klopfen müssen.“

Ich faltete das Fax und steckte es in meine Jackentasche.

„Hast du das von Tommy Bobalouba gehört?“, fragte ich.

„Er wusste schon vor zwei Jahren, dass er Krebs hat. Er hätte es nicht schleifen lassen dürfen.“

„Das ist ziemlich gemein, Hippo.“

„Soll ich jetzt über die Sterblichkeit weinen? Weißt du, was im Kopf von diesem Iren vor sich geht? Ich gewinne, er verliert. Aber er will, dass ich weiß, dass ich nur deshalb gewinne, weil er vom großen K gefickt wurde.“

„Ich hab ihn vor Kurzem getroffen. Er sagte, du wärest

kein schlechter Kerl. Er wollte, dass du weißt, dass er das gesagt hat."

Er schnitt die Spitze einer Zigarre mit einem kleinen, scharfen Werkzeug ab, und hob nicht eine Sekunde den Blick. Er saugte weiter an seinen Lippen, als hätte er eben in eine Zitronenscheibe gebissen.

* * *

Es war drei Uhr, als ich in Bay St. Louis anhielt. Das Meer in der Bucht war glatt und ruhig, der lange, von der alten Neunzig abgehende Pier war dicht bevölkert mit Fischern, die Zweihandangeln und beschwerte Wurfnetze in das helle Sonnenlicht auf der Wasseroberfläche auswarfen. Aber im Süden war der Himmel am Horizont in einem chemischen Grün gefärbt, die Wolken hingen tief und buckelig wie zerrissene schwarze Baumwolle.

Die erste Adresse befand sich einen halben Block vom Strand entfernt. Die Besitzer waren ältere Leute, die erst kürzlich aus Omaha hergezogen waren und ein Fachgeschäft für christliche Bücher und Schallplatten aufgemacht hatten. Sie hatten das Haus zwei Jahre zuvor von einem Mann erworben, der unter dieser Adresse ein Tonstudio betrieben hatte, aber er war in Konkurs gegangen und kurz darauf gestorben.

Für die nächste Adresse in Pass Christian hatte ich eine Telefonnummer. Ich rief an, bevor ich wieder auf den Highway fuhr; eine Bandansage teilte mir mit, dass es unter dieser Nummer keinen Anschluss mehr gab.

Danke, Hippo.

Ich rief bei ihm zu Hause an, um mich nach der Quelle seiner Informationen zu erkundigen. Seine Frau sagte, er wäre gegangen und sie wisse nicht, wann er zurückkäme. Sie wüsste auch nicht, wo er sich befände.

„Warum wollen Sie das wissen?“, fragte sie.

„Es ist eine polizeiliche Angelegenheit, Mrs. Bimstine.“

„Werden Sie dafür bezahlt, Ihre eigenen Probleme zu lösen? Oder engagieren Sie Berater?“

„Habe ich Sie mit etwas gekränkt oder beleidigt?“

Sie wartete einen Moment, bevor sie weitersprach. „Jemand hat aus dem Krankenhaus angerufen. Tommy Lonighan liegt in der Notaufnahme. Er wollte Hippo sehen.“

„In der Notaufnahme? Ich habe Lonighan doch erst vor ein paar Stunden gesehen.“

„Bevor oder nachdem auf ihn geschossen wurde?“

Sie legte auf.

Es fing an zu regnen, als ich Gulfport erreichte, um die nächste Adresse zu überprüfen. Inzwischen war der Himmel grau und der Strand nahezu leer. Es war Ebbe, und das Wasser war grün und ruhig, und überzogen mit den Kreisen von Regentropfen, aber in der Ferne konnte man entlang des Horizonts einen kobaltfarbenen Rand ausmachen und in der Dünung die dreieckigen, ledrigen Rücken von Stachelrochen, die vom Sturm hereingetrieben worden waren.

Ich geriet in Zeitnot. Es war fast fünf, und viele der Läden machten für das Wochenende zu. Von einem Münzfernsprecher am Strand rief ich die 800er-Nummer von

Federal Express an und fragte nach der Adresse der größten Fed-Ex-Station in dieser Gegend.

Es gab nur eine, und die befand sich in Gulfport. Der Angestellte in der Station war jung und nervös und sagte mir immer wieder, dass ich mit seinem Vorgesetzten sprechen solle, der schon bald zurückkäme.

„Es ist eine ganz einfache Frage. Welcher Ihrer Kunden versendet die meisten Express-Pakete nach Übersee?", fragte ich.

„Mir ist nicht wohl dabei, Officer. Es tut mir leid", sagte er mit gequältem Blick.

„Ich respektiere Ihre Integrität. Aber würden Sie sich wohlfühlen, wenn jemand sterben müsste, weil wir hier auf Ihren Vorgesetzten warten?"

Er verschwand nach hinten und kehrte kurz darauf mit einem flachen Pappumschlag in der Hand zurück. Er legte ihn auf die Theke.

„Dem Typen gehört eine Musikfirma in Biloxi", sagte er. „Er schickt eine Menge Zeug nach Deutschland und Frankreich."

„Kennen Sie den Typen?"

„Nein, Sir." Seine Miene verdüsterte sich.

„Aber Sie wissen etwas über ihn?"

Er räusperte sich leise. „Einer der schwarzen Fahrer sagte mal, er würde eher kündigen, bevor er noch mal zu dem Laden von diesem Kerl fährt."

Der Absender auf dem Umschlag lautete William K. Guilbeaux.

Bevor ich nach Biloxi weiterfuhr, rief ich noch einmal

bei Hippo zu Hause an. Diesmal meldete er sich. Die Verbindung war schlecht, und es regnete in Strömen gegen die Scheiben der Telefonzelle.

„Ich kann dich nicht verstehen", sagte ich.

„Ich sagte, er hatte einen Priester bei sich. Du bist doch Katholik, ich dachte, du fändest das gut."

„Tommy ist …"

„Er hatte einen Priester da, vielleicht kommt er ja durch einen Nebeneingang in den Himmel. Der Spaghettikopf hatte aber nicht so viel Glück."

„Was?"

30

An Samstagen aßen Max und Bobo Calucci für gewöhnlich mit ihren Freundinnen und Handlangern in einem italienischen Arbeiter-Restaurant in einer Nebenstraße der Canal Street nicht weit entfernt vom New Orleans Country Club. Es war ein Lokal mit karierten Tischdecken, Deckenventilatoren mit Holzblättern, in Weidenkörben serviertem Chianti, einer Mahagonibar mit Messingfußstützen, einem hoch aufgehängten großen Flachbildfernseher für Sportübertragungen und einem freundlichen Barkeeper, der früher mal bei den Saints gespielt hatte.

Ein uniformierter Polizist stand am Eingang Wache. Die Gäste waren Familien, sie waren weiß, sie feierten Geburtstage und Jahrestage im Restaurant, die Stimmung war immer laut und fröhlich, stets rau und ausgelassen. Es war, als trete man durch die Tür in ein glückliches und sorgloses New Orleans von vor vierzig Jahren.

Tommy Lonighan war allein, als er in einer gemieteten Großraumlimousine eintraf. Tommy Bobalouba, der harte Junge von der Magazine Street, der den Mundschutz seines Gegners bis in die vierte Reihe schlagen konnte, trat auf den Bordstein mit der parfümierten und gepuderten Anmut eines irischen Adeligen. Er sah aus wie ein eleganter Wiederauferstandener aus den 1940ern in einem maßgeschneiderten weißen Anzug mit lilafarbenen Nadelstreifen, einer breiten, getupften Seidenkrawatte, ochsenblutfarbenen Halbschuhen, das Gesicht gerötet vom Whiskey, die blauen Augen so fröhlich wie die eines

Elfs. Das lavendelfarbene Hemd saß wie angegossen, über diesem und unter der Krawatte trug er eine goldene Kette mit daran befestigten, scheinbar nicht zusammenpassenden Metallobjekten.

Der kurz vor seiner Pensionierung stehende Cop an der Tür grinste breit und nahm kurz eine Boxerhaltung ein, als er kam. Als er zwischen den Tischen hindurchging, schüttelten die Leute ihm die Hand, machten sich gegenseitig auf ihn und seinen Promistatus aufmerksam, und der Barkeeper brüllte: „Hey, Tommy, Riddick Bowe war eben hier und hat dich gesucht! Er braucht ein paar Tipps!"

Tommy schlürfte einen Whiskey Sour an der Bar, stellte dabei einen polierten Schuh auf die Messingstange, das Lächeln allgegenwärtig, das Gesicht den Leuten zugewandt, als wäre der kollektive Lärm, der sich von den Gästen erhob, ein Ausläufer der Vergötterung, die vor so vielen Jahren in einem bestätigenden Crescendo über ihn weggespült war, wenn Tausende in einer von Tabak- und Schweißgeruch durchdrungenen Boxarena skandierten: „Ha–ken, Bobalouba! Ha–ken, Bobalouba! Ha–ken, Bobalouba!"

Er warf einen wohlwollenden Blick zum Tisch der Caluccis, spendierte den Leuten an der Bar eine Runde, sprenkelte Tabasco über einen Krabbencocktail und aß ihn wie Eiscreme mit einem Löffel.

Dann ging einer von Max' Leuten, ein blasser, katzenhaft geschmeidiger neapolitanischer Gangster namens Sal Palacio auf ihn zu, die Handflächen geöffnet, ein großes Fragezeichen mitten im Gesicht.

„Haben wir ein Problem, Tommy?", fragte er.

„Mit mir nicht, nee“, antwortete Tommy und lächelte so breit, dass die dritten Zähne deutlich zu sehen waren.

„Weil, Max und Bobo fragen sich nämlich, was du hier zu suchen hast, wo's ja nicht direkt dein Stammlokal ist, verstehst du, was ich sage?“

Tommy sah auf eine Stelle an der Wand, wobei seine Lider zuckten. „Brauche ich heutzutage schon einen Pass in New Orleans?“, fragte er.

„Sie haben gesagt, ich soll dir ausrichten, Schwamm drüber. Es tut ihnen leid, dass es nicht geklappt hat, es tut ihnen leid, dass du krank bist, sie wollen nicht, dass Leute irgendwem irgendwas nachtragen.“

Tommy hob scherzhaft die Fäuste; Sal zuckte instinktiv zurück.

„Mann, mach so was nicht“, sagte er.

„Immer locker bleiben, Kleiner“, sagte Tommy und streifte Sals Bauch mit seinen Knöcheln. „Willst du was trinken?“

„Ich muss dich bitten, mich mal kurz auf die Toilette zu begleiten.“

„Hey, hör sich einer den Kleinen hier an“, sagte Tommy zu den Leuten, die um ihn herumstanden. „Sal, hast du keine Freundin, oder was?“

„Das ist nicht witzig, Tommy.“

Tommy stellte seine Jackenaufschläge auf, hob die Rockschöße an, schlug auf seine Taschen, drehte sich im Kreis.

„Sal, willst du mir die Hand zwischen die Beine legen?“, fragte Tommy.

„Du bist ein verschissener Irrer“, antwortete Sal und ging.

Währenddessen wurden die Caluccis zunehmend nervöser, verlegener, und waren überzeugt, dass jedes Mal, wenn Lonighan an der Bar etwas zu den Leuten dort sagte, und die daraufhin brüllend lachten, sie, die Calucci-Brüder, Zielscheibe des Spotts wären.

Max stand von seinem Stuhl auf, ein Grissini in der einen, einen Krug Chianti in der anderen Hand, und verrenkte seinen Hals in dem gestärkten Hemdkragen.

„Hey, Tommy“, rief er über die Köpfe der Leute an den anderen Tischen hinweg. „Du willst nicht vielleicht ein Gläschen mit deinen Freunden trinken, du verrückter Kerl?“

Tommy ging, immer noch lächelnd, auf den Tisch der Caluccis zu, ein entrückter Glanz in den Augen, die Wangen leuchtend nach einer frischen Rasur. Er klopfte Max auf die Schulter, drückte ihn auf seinen Stuhl zurück, beugte sich vor und flüsterte ihm ins Ohr, als würde er sich einem alten Freund anvertrauen.

Nur wenige Leute bemerkten, dass sich Tommys linke Hand in Max' Genick vergrub, der ihn immer ängstlicher ansah, als Tommy sein rechtes Knie hob und eine .38er vier, fünf Zentimeter aus dem Holster zog, das er um die Wade geschnallt hatte.

Jede Unterhaltung erstarb an den anderen Tischen; die Leute hörten auf zu essen und erstarrten auf ihren Stühlen, als wären sie Teil eines Films, der ablief; Kellner stellten ihre Tabletts ab und blieben bewegungslos in den Gängen stehen. Tommy drückte Max' Gesicht in seinen Teller.

Der Cop vor der Tür war aus dem Regen hereingetreten. Er starrte Lonighan entgeistert an.

„Geh wieder raus, Pat, oder ich knall ihn sofort ab. Ich schwöre bei Gott, das werde ich“, sagte Tommy.

„Du hast so was wie einen Zusammenbruch, Tommy. Das ist doch nicht deine Art“, sagte Sal Palacio.

„Leg deine Kanone auf den Boden, Sal. Ihr beiden anderen Arschlöcher auch“, sagte Tommy.

Sal und die beiden Leibwächter ließen ihre Pistolen fallen. Tommy drückte die Mündung der .38er in die weiche Stelle hinter Max' Ohr und spannte den Hahn.

„Der Typ hier, der mit den Linguine im Gesicht, er und sein Bruder haben die farbigen Dealer in den Siedlungen ermordet“, sagte er. „Ihr meint, die Stadt wär heute schon scheiße? Dann wartet mal ab, wie es sein wird, wenn die Caluccis sich den kompletten Drogenhandel unter den Nagel gerissen haben.“

„Tommy, das geht hier jetzt echt langsam zu weit“, stammelte der Cop an der Tür.

„Hey, Pat, sag Nate Baxter, ich hab ihm gerade seine Nebeneinkünfte vermasselt“, sagte Tommy und drückte den Abzug.

Max' Mund auf dem Teller öffnete sich wie das Maul eines Fischs auf dem Trockenen. Tommy drückte erneut ab, während die Leute schrien, diesmal war der Lauf anderthalb Zentimeter von Max' Schädeldecke entfernt. Ein Haarbüschel machte einen kleinen Satz in die Luft, als hätte eine Windböe es erfasst. Danach, Bobo hatte sich unter dem Tisch verkrochen und der Cop seine Waffe gezogen, ging Tommy in den mit einem Vorhang abgetrennten Flur, betrat die Herrentoilette und verriegelte die Tür.

Aus irgendeinem Grund hatte er sich eine Toilettenkabine ausgesucht für seinen finalen Abgang. Er klappte den Klodeckel herunter, setzte sich darauf und richtete den Revolver unbeholfen auf seinen Hals. Die Wucht des Aufpralls schleuderte seinen Kopf in die Ecke der Kabine; der Rückschlag ließ die .38er in einer roten Spur über die Bodenfliesen rutschen; das Blut breitete sich auf seiner Brust aus wie ein scharlachrotes Lätzchen. Später nahm der Gerichtsmediziner die goldene Kette von seinem Hals ab. Daran befestigt war eine bleifarbene „Hundemarke" der Army und ein kleiner goldener Boxhandschuh von den *Golden Gloves* von 1951.

Ich fragte mich, ob Tommy wohl das Gebrüll der Menge hörte, als sich sein Zeigefinger anspannte, oder das Echo von chinesischen Signalhörnern und Handfeuerwaffen in einem zugefrorenen Arroyo oder vielleicht das Kreischen der Bremsen eines Eiscreme-Trucks auf einer Straße voller Kinder im Irish Channel. Oder ob er in die Schatten starrte und die Erleuchtung suchte, die sich ihm immer entzogen hatte, und doch nur mehr Schatten sah und sich in der Luft drehende Staubpartikel und die auf die Tür gemalten Graffiti, bis er begriff, genau in dem Augenblick, als der Hammer auf die Messingpatrone schnappte, dass der Ausbruch von Schmerz und Angst und Blut in seiner Brust schlicht und einfach der Endpunkt eines andauernden Kriegs war, den er ein Leben lang gegen sein eigenes Herz geführt hatte.

Später erwähnte ich Hippo gegenüber meine Gedanken.

„Glorifiziere diesen dummen Iren nicht, Dave. Er hat sogar seinen eigenen Selbstmord vergurkt“, antwortete er. Mit abgewandtem Gesicht, damit ich seine Augen nicht sehen konnte, fügte er hinzu: „Er hat sich entschuldigt, bevor er den Löffel abgegeben hat. Nur er und ich in dem Zimmer. Genau wie damals, als wir Jungs waren.“

Und er ging fort.

31

Der Musikladen lag zwischen einer Autowerkstatt und einem mit Brettern zugenagelten Café an einer nichtssagenden Straße nördlich von Biloxi. Es regnete immer noch. Nur zwei Autos parkten am Bordstein, und die Bürgersteige waren menschenleer. Einen Block weiter nördlich gab es eine Reihe klassischer Montgomery-Ward-Backsteinhäuser mit grauen Schindeln, deren Rasenflächen von Unkraut erwürgt wurden. Eine Neon-Bierreklame brannte in der Dunkelheit über einem Billardsalon, der praktisch keine Kundschaft hatte. Die Straße erinnerte mich an ein Gemälde von Adolf Hitler, das ich mal gesehen hatte; es waren Gebäude darauf zu sehen, aber keine Menschen. Es war ein Viertel, in dem man mit seinen eigenen Unzulänglichkeiten nie einen harten Vergleich zu fürchten brauchte.

War dieser Musikladen mit den gesprungenen und durch Klebeband zusammengehaltenen Fenstern, den neben dem Eingang aufgestapelten schimmeligen Pappkartons, das Hauptquartier von Will Buchalter, einem Mann, der sich wie eine ansteckende Krankheit durch ein Dutzend Länder bewegte?

Ich erinnerte mich an eine Geschichte über die israelischen Agenten, die Adolf Eichmann ergriffen, als er von seiner Arbeit in einem Automobilwerk irgendwo in Südamerika nach Hause kam. Einer der Agenten war jung und konnte nicht so ganz die Tatsache schlucken, dass er jetzt von Angesicht zu Angesicht dem Mann gegenüberstand, der seine Eltern ermordet hatte.

„Was machen Sie in dem Automobilwerk?“, fragte er.

„Ich bin einer der Chrompolierer. Wir polieren sämtliche verchromten Oberflächen der neuen Autos“, antwortete Eichmann.

Der Geschichte zufolge begann der Agent, zu weinen.

Die Tür des Geschäfts war abgeschlossen, aber ich konnte einen Mann sehen, der sich hinter der Ladentheke bewegte. Der Wind wehte einen feuchten, bitteren Gestank durch die Häuserzeile. Ich klopfte gegen die Scheibe.

Der Mann drinnen winkte verneinend. Ich klopfte wieder. Er kam auf mich zu, sagte dabei überdeutlich das Wort *Geschlossen*, damit ich es von seinen Lippen ablesen konnte. Er trug ein ärmelloses Flanellhemd und eine schwarze Jeans, unter der sich sein Geschlechtsteil deutlich abzeichnete. Sein blondes Haar war mit Gel in Form gebracht, um seine weißen Arme schlangen sich tätowierte grüne und rote Drachen.

Ich rüttelte am Türknauf, als er gehen wollte.

„Ich bin ein Freund von Will“, sagte ich.

„Der ist nicht hier“, sagte der Mann durch die Scheibe.

„Mach auf. Ich muss ihm eine Nachricht hinterlassen.“

„Sorry, wir haben geschlossen. Wie oft soll ich es noch sagen?“

„Wo ist Marie?“

„Kommen Sie Montag wieder“, sagte er und ließ die Jalousien vor der Scheibe fallen.

Ich stieg wieder in meinen Truck und fuhr drei Blocks die Straße hinauf. Dann kehrte ich über einen Umweg zurück, parkte am Ende der Gasse und ging unter den

Dachtraufen der Gebäude zur Rückseite des Geschäfts. Eine durchgerostete Mülltonne schwelte im Regen vor sich hin, und wieder roch ich den feuchten, beißenden Geruch, der mich an den Gestank einer toten Fledermaus in einem Ofen erinnerte.

Gerade als ich unter meiner Regenjacke nach der .45er griff, trat er mit einem Müllsack in den Händen aus der Hintertür. Ich zog meine Hand schnell aus der Jacke und schloss einen Knopf.

„Was ist los mit dir?", fragte er.

„Ich muss bei Einbruch der Dunkelheit wieder zurück im offenen Vollzug sein, verstehst du mich."

„Nein."

„Du denkst ja vielleicht, du erledigst deinen Job, aber so langsam pisst du mich echt an", sagte ich.

„*Entschuldige* mich."

„Hör zu, ich sollte mich mit ihm in Verbindung setzen, sobald ich rauskomme. Ich hab gerade sechs beschissene Jahre klugscheißende Wassermelonenpflücker ertragen müssen. Ich bitte dich, Kumpel, versau mir den Tag nicht noch mehr, er war schon scheiße genug."

„Alles klar. Tut mir leid, aber das ändert rein gar nichts. Ich muss jetzt hier abschließen. Will ist nicht hier. Okay? Am Montag kannst du ihn sprechen."

Er ließ den Müllsack in die Abfalltonne fallen und drehte sich um, wollte wieder ins Haus gehen. Ich verpasste ihm einen kräftigen Stoß zwischen die Schulterblätter, folgte ihm hinein in den Flur und drückte ihm die Mündung der .45er ins Genick.

„Runter auf die Knie“, befahl ich.

„Ich weiß nicht, wer du bist, aber …“

„Du hast ein echtes Problem mit den Ohren“, sagte ich, trat ihm in die Kniekehle und drückte ihn gegen die Ladentheke. Seine Augen weiteten sich vor Schmerz, als seine Knie auf den Boden krachten.

„Wo ist er?“, fragte ich.

„So was sagt er mir nicht. Ich arbeite für *ihn*, nicht er für *mich*. Wer bist du, Mann?“

„Was interessiert's dich, solange du am Leben bleibst?“

„Ich hab selbst gerade erst gesessen. Warum gehst du mir auf die Eier? Geh doch mit deiner Scheiße zu Will.“

„Aber du bist momentan der einzige Typ hier“, sagte ich. „Was bedeutet, du hast echt die Arschkarte gezogen.“

Ich zog meine Handschellen vom Gürtel und fesselte seine Handgelenke. Inzwischen lag er mit dem Gesicht nach unten da. Seine Lider flatterten bei dem ganzen Dreck und Öl auf dem Fußboden. Der Regen und der Rauch aus der Mülltonne wehten durch die Hintertür herein.

„Wonach riecht das?“, fragte ich.

Er biss sich auf die Unterlippe.

Ich sah mich im Laden um. Überall standen Kisten mit alten 78er-Schallplatten. In einer Ecke befand sich eine verglaste, schallgeschützte Kabine mit einem Instrumentenbrett und einem hoch stehenden Mikrofon. Ein Mopp in einem Eimer Schmutzwasser lehnte an einer geschlossenen Tür. Ich zog den Schlitten der .45er zurück und lud eine Patrone in die Kammer.

„Die hier hab ich für fünfundzwanzig Dollar in der *Bring*

Cash Alley in Saigon gekauft", sagte ich. „Nicht registriert, absolut kalt, du verstehst, was ich meine?"

Er kniff die Augen zu, öffnete sie wieder. „Tu mir das nicht an, Mann. Bitte", sagte er.

Meine schwitzende Hand umklammerte fest die geriffelten Griffschalen der .45er. Ich sah durchs Schaufenster hinaus auf die Straße im Regen. Irgendwo in der Ferne plärrte die Hupe eines Autos, ein stechendes, unangenehmes Geräusch im Innenohr, wie Fingernägel auf einer Tafel.

Ich löste vorsichtig den Hammer, ließ ihn absinken, schob den Sicherungsbügel hoch und ließ die .45er zurück in mein Gürtelholster gleiten.

„Ich bin Polizeibeamter", sagte ich. „Glaubst du mir, wenn ich das sage?"

„Verhafte mich. Ich werde nicht diskutieren."

„Aber ich überschreite hier meine Befugnisse. Weißt du, was das bedeutet?"

Verwirrung zeichnete sich in seinen Augen ab.

„Will Buchalter und seine Schwester haben meiner Familie Schmerzen zugefügt", sagte ich. „Deshalb halten wir uns hier jetzt auch nicht mehr an die üblichen Regeln. Glaubst du mir, wenn ich das sage?"

„Ja, Sir. Ich mach Ihnen keine Schwierigkeiten."

„Also, was ist das für ein Geruch?"

„Ich hab gerade versucht, sauberzumachen … Der Typ dreht manchmal durch … Er fing an, ohne irgendeinen Grund mit Fäusten auf sie einzuschlagen, dann ist er mit einer Schere da rein. Ich hatte nichts damit zu tun, Mann."

„Wen hat er geschlagen?"

„Die Braut … Ich dachte, deswegen wären Sie hier. Wegen der Braut, die er festhält." Er starrte mich an. „Oh Scheiße, Mann, das ist nicht mein Werk. Das müssen Sie mir glauben."

Ich schob mit einem Fuß den Putzeimer mit dem Mopp aus dem Weg und öffnete die Tür.

Sie war mit Wäscheleine an einen Stuhl gefesselt, Mund und Augen waren mit silbernem Band abgeklebt, ihr rötliches Haar fast bis auf den Schädel geschoren. Ein Nasenloch war mit getrocknetem Blut verkrustet, Hals und Schultern übersät mit Blutergüssen in der Farbe von Granatäpfeln. Sie drehte ihren Kopf in Richtung der von mir gemachten Geräusche, wie eine Blinde, und ihre Nasenflügel blähten sich vor Angst.

„Martina?", sagte ich mit schwerem Herzen.

Sie versuchte, durch das Band zu sprechen.

Ich zog es zuerst von ihren Augen, dann von ihrem Mund. Ihr rechtes Auge war zugeschwollen, die Innenseite ihrer Unterlippe aufgeplatzt, ihre Zähne rosa, als wären sie mit Mercuchrom eingepinselt. Ich öffnete mein Taschenmesser und durchtrennte die Leine an ihren Armen und der Stuhllehne. Sie umklammerte mein Handgelenk, während ich ihren geschorenen Kopf streichelte.

„Alles wird gut", sagte ich. „Wir bringen Sie in ein Krankenhaus. Ich lasse jemanden bei Ihnen. Hören Sie mich? Buchalter ist weg. Alles wird wieder gut."

Sie sah zu mir hoch. Ihr linker Augapfel zitterte, als wäre dort ein Nerv geschädigt. „Wo ist Clete?", fragte sie.

„Ich weiß es nicht. Aber wir werden ihn finden."

„Der Mann, der mich geschlagen hat, der hat mir von all den Sachen erzählt, die er mit Clete machen will. Er hat Fotos davon, was er Leuten alles angetan hat."

Sie beugte sich vor, vergrub das Gesicht in den Händen und schluchzte. Ihre Kopfhaut war übersät mit weißen Stellen groß wie Fünf-Cent-Münzen, darin derbe Schnittwunden.

„Ich bin sofort zurück", sagte ich.

Der mit Handschellen gefesselte Mann auf dem Boden zitterte.

„Ich hab sie auf die Toilette gebracht, ich hab ihr zu essen gegeben, was ich nicht tun sollte", sagte er.

„Wo ist dein Telefon?"

„Auf dem Schreibtisch", sagte er und atmete die Worte aus wie ein Mann, der weiß, dass die Wut und die Intensität der Welt jeden Moment an ihm vorüberziehen werden.

Ich rief die 911 an und bat um einen Krankenwagen und einen Wagen des Sheriffs.

„Ich werde dir jetzt mal sagen, wie's läuft, Partner", sagte ich zu dem Mann auf dem Boden. „Du wirst höchstwahrscheinlich wegen Beihilfe zu schwerer Körperverletzung, Entführung und alles, was sich die hiesige Polizeibehörde sonst noch einfallen lassen kann, angeklagt. Egal, wie du es drehst und wendest, es ist eine verdammt ernste Nummer. Wenn du mir sagen willst, wo er sich aufhält, werde ich später sehen, was ich für dich tun kann."

„Er weiß, wie er an die Leute rankommt. Überall. Egal, ob sie Ausgangssperre hatten und nicht auf den Hof durften oder in Isolationshaft oder einem Zeugenschutzprogramm waren. Es gibt weiße Typen, die haben sogar die Black Guerillas bezahlt, um sie zu beschützen. Hat nicht funktioniert."

„Letzte Chance."

„Er und Marie, heute Morgen, irgendwas in der Zeitung hat sie total aufgeregt. Dann sind sie auch schon abgedüst."

„Wo ist die Zeitung?"

„Hab ich in der Mülltonne verbrannt. Mit ihren Haaren, die ich zusammengefegt hab. Ich habe nur versucht, hier alles sauber zu halten, und jetzt lande ich wegen Kidnapping im Bau. Ist das jetzt fair, Mann, oder was?"

In der Ferne hörte ich Sirenen; draußen vor dem Fenster sah ein schwarzer Mann die Straße hinauf.

„Ich will dir ja nicht zu nahe treten, aber ich an deiner Stelle würde meine Einstellung bezüglich eines kooperativen Verhaltens gründlich überdenken", sagte ich zu dem Mann in Handschellen. „Wenn wir Buchalter kassieren, wird er herausfinden, dass wir zuerst mit dir gesprochen haben. Was denkst du, wem er wohl die Schuld für all seine Probleme geben wird?"

Sein Gesicht wurde kreidebleich.

* * *

Ich fuhr im Rettungswagen mit Martina ins Krankenhaus, benutzte dann das Telefon im Harrison County Sheriff's Department, um erst zu Hause und anschließend Cletes Büro anzurufen. Ich hinterließ ihm eine lange Nachricht auf seinem Anrufbeantworter, versicherte ihm, dass sich Martina wieder komplett erholen würde, und nannte auch die Telefonnummer des Krankenhauses.

Doch schon bald sollte ich herausfinden, dass ich nicht klar dachte. Ich rief Ben Motley an.

„Es ist Samstagnachmittag. Ob Sie's glauben oder nicht, Robicheaux, mal achtundvierzig Stunden nicht an Eiterbeutel denken zu müssen, würde mir gefallen, echt."

„Buchalter nimmt sich an den Wochenenden auch nicht frei", sagte ich.

„Sie haben die Frau befreit. Sie haben Buchalters Nest aufgespürt. Seien Sie doch mal dankbar für das, was Sie erreicht haben. Schalten Sie mal einen Gang runter."

„Jetzt ist der Moment, um ihn endgültig an die Wand zu tackern, Ben. Rufen Sie für mich Fart, Barf und Itch in New Orleans an."

„Sonst noch was?"

„Nichts." Dann fiel mein Blick auf einen Deputy am anderen Ende des Raums, der die Füße auf den Schreibtisch gelegt hatte, ein Sandwich aß und die Sportseite der Tageszeitung las. „Moment. Haben Sie die *Picayune* von heute Morgen?"

„Was wollen Sie?"

„Sehen Sie mal für mich in den Kontaktanzeigenteil."

„Das machen die drüben bei der Sitte auch, wenn ihnen mal langweilig wird."

„Bitte, Ben."

Er legte den Hörer aus der Hand, dann hörte ich das Rascheln vom Umblättern einer Zeitung.

„Sehen Sie da irgendwas, das merkwürdig aussieht?", fragte ich.

„Das ist genauso wie die Frage, ob's irgendwelche Scheißhaus-Graffiti gibt, die nicht auf einer Hallmark-Grußkarte auftauchen sollten", sagte er. „Bleiben Sie dran … Hier ist eine, die besteht nur aus Zahlen. Keine Nachricht, nur Zahlen."

„Lesen Sie sie vor." Ich hörte mich selbst im Hörer atmen. Ich schrieb die Zahlen mit, während er sie vorlas. „Das sind die Koordinaten des Nazi-U-Boots, Ben. Wenn Sie bei der *Picayune* nachfragen, werden Sie herausfinden, dass Clete die Anzeige aufgegeben hat."

„Versteh ich nicht."

„Buchalter hat Martina entführt und Clete gezwungen herauszufinden, wo ich das U-Boot gesehen habe. Ich habe ihm die Koordinaten genannt. Aber es hat ein paar Tage gedauert, bis die Anzeige erschien. Hören Sie zu, wir müssen ein Boot oder einen Hubschrauber da rausschicken."

„Rufen Sie Ihr eigenes Department an."

„Wir haben nichts dergleichen verfügbar."

„Sie denken, ich kann an einem Samstagnachmittag mit den Fingern schnippen und schon bekomme ich ein Boot oder einen Hubschrauber? Abgesehen davon haben wir sowieso keinerlei Befugnisse draußen auf dem Meer."

„Sie verstehen nicht. Ich habe eine Nachricht auf Cletes Anrufbeantworter hinterlassen. Ich habe ihm gesagt, Martina geht es gut. Sie wissen selbst, wohin er sich auf den Weg macht, wenn er diese Nachricht erst mal abgehört hat."

„Dann soll er doch mal richtig Gas geben im Tollhaus. Das kann Purcel ja sowieso am besten."

„Er könnte verlieren. Ich brauche ein Boot."

„Von mir werden Sie's an diesem Wochenende aber nicht bekommen."

„Motley …"

„Ach, auf einmal wieder *Motley*? Warum rufen Sie nicht einfach Nate Baxter an? Mal sehen, welche Hilfe Sie von dem bekommen."

Ich machte mich auf den Heimweg. Es wurde inzwischen dunkel, und die Palmen entlang des Highways schlugen im Wind, der Regen wirbelte in meinem Scheinwerferlicht. Ich würde mindestens viereinhalb Stunden bis New Iberia benötigen, dann noch mal sieben, vielleicht auch mehr bei dem schlechten Wetter, um mein Boot runter zum Bayou Teche und weiter in den Golf südlich von Grand Isle zu bekommen.

Ich hielt in der Nähe des Pearl River an einer Tankstelle und rief von dort bei Lucinda Bergeron zu Hause an. Die Gummibäume um die Telefonzelle herum waren grün und wurden von der Neonreklame der Tankstelle hell erleuchtet, die Blätter flatterten im Wind wie Papier.

„Zoot?"

„Hey, Mr. Dave, was geht?"

„Wo ist deine Mom?"

„Ist nicht hier. Irgendwas los?"

„Ich muss sie unbedingt sprechen. Ich brauche ein Boot."

„Sie ist einkaufen. Was für ein Boot brauchen Sie denn?"

„Ein schnelles", antwortete ich.

„Da fragen Sie den richtigen Mann."

„Ach?"

„Ich hab's Ihnen doch schon bei Ihnen zu Hause gesagt. Aber Sie haben mir nicht wirklich zugehört, stimmt's? Ich hab schon an allen möglichen Booten gearbeitet."

„Wem gehört dieses Boot, Zoot?"

„Einem Mann, dem's nichts ausmacht, es zu verleihen, ich schwör's. Wann kommen Sie?"

* * *

Anderthalb Stunden später parkte ich den Truck an einer Werft irgendwo außerhalb im Jefferson Parish. Es hatte aufgehört, zu regnen, der Himmel war dunkel, und Wasser tropfte von dem Bootsschuppen, wo Zoot bei eingeschalteter Innenbeleuchtung in einem Kabinenkreuzer wartete. Ich nahm meinen japanischen Feldstecher aus dem Handschuhfach, schloss dann die Eisenkiste auf, die auf die Ladefläche meines Pick-ups geschweißt war, und nahm meine alte Army-Feldjacke, das AR-15 und meine Remington Pump-Action .12, deren Lauf unmittelbar vor dem Vorderschaft abgesägt war, die ich in einen Matchbeutel aus Segeltuch gewickelt hatte. Ich warf eine Schachtel .223er Munition und eine Schachtel 00-Schrot in den Beutel und zog die Kordel zu. Als ich auf den Anleger unterhalb des Schuppens hinaustrat, sah ich, dass Zoot nicht allein war.

„Hallo, Lucinda", sagte ich und betrat das Boot.

Sie trug Jeans, einen lilafarbenen Pullover und eine Nylon-Windjacke des NOPD. Zoot richtete seine Aufmerksamkeit auf den sich lichtenden Himmel, klopfte mit den Handflächen auf das Steuer, pfiff leise.

„Was möchten Sie denn als Erstes von mir hören?", fragte sie.

„Entschuldigung?"

„Sie rufen bei mir zu Hause an und bitten einen Siebzehnjährigen, Ihnen ein Boot bereitzustellen", fauchte Lucinda.

„Denken Sie doch, was Sie wollen, Lucinda. Mir ist heute Abend nicht nach einer Diskussion."

„Sie waren bereit, einen minderjährigen Zivilisten in eine potenziell gefährliche Lage zu bringen? Ohne Rücksprache mit jemand anderem?"

„Von Motley konnte ich kein Boot bekommen. Ich habe keine Zeit, zurück nach New Iberia zu fahren. Finden Sie es richtig, dass Purcel womöglich ganz allein dort draußen ist?"

„Ich kann Ihnen gar nicht sagen, wie sauer ich bin", sagte sie.

„Und warum haben Sie ihn dann kommen lassen?"

Sie gab keine Antwort. Ich senkte die Stimme. „Vielleicht ist ja niemand dort draußen. Vielleicht hätte ich warten sollen, bis Sie wieder zu Hause waren. Vielleicht hätte ich nach New Iberia zurückfahren sollen", sagte ich. „Ich habe getan, was ich für das Beste hielt."

Ich wartete. Sie hatte die Arme vor der Brust verschränkt, die Hände um die Ellenbogen gelegt. Ich sah Zoot an, und er ließ die Maschinen anspringen und setzte zurück. Der Wind war kühl und feucht und roch nach Salz und toten Hechten, die in Schiffsschrauben geraten waren. Blitze zuckten über die Wolken im Süden.

Wir fuhren den Bayou St. Denis hinunter. Es war ein herrliches Boot, auf Kundenwunsch gebaut mit Teakholz und Mahagonipaneelen in der Kajüte, Verzierungen, die sanft schimmerten wie Butter, breiten Betten in der Eignerkajüte, einem Echolot, einer kleine Kombüse und zwei 200-PS-Evinrude-Außenbordmotoren, die das Schiff leicht auf fünfzig Knoten brachten. Als wir die Barataria Bay erreichten, versuchte Zoot, das Boot zu beschleunigen.

„Der Seegang ist zu heftig", sagte ich. „Du bringst uns noch um, Partner."

Die Scheibe war mit der Gischt vom Bug überzogen. Der Mond war hinter den Wolken hervorgekommen, und unser Kielwasser glitzerte hinter uns wie ein langes, braun-silbernes Wellenband. Zoot trug eine schwarze Strickmütze, die er aufgerollt hatte, und kaute auf einem Streichholz. Als er das Gas zurücknahm, sah ich die beiden Zündkabel zusammengedreht locker unter dem Armaturenbrett pendeln.

„Mit welcher Technik haben wir es denn hier zu tun, Zoot?", fragte ich und zeigte auf die Drähte.

„Der Mann ist derzeit nicht in der Stadt. Er hat vergessen, die Schlüssel zu deponieren, wo sie normalerweise immer liegen."

„Ich verstehe."

„Das ist wirklich so. Er lässt mich das Boot dauernd nehmen. Ich mache Sie bei Gelegenheit mal mit ihm bekannt."

„Das ist sehr nett von dir."

Ich sah zu Lucinda hinunter, die mit übereinandergeschlagenen Beinen auf einem gepolsterten Lagerschrank saß und stur geradeaus starrte. Ihr vernickelter .357er Revolver funkelte in ihrem Gürtelholster. Ich erkannte, dass ich sie unterschätzt hatte.

Ich ging nach unten und setzte mich ihr gegenüber auf eine Koje. Ich spürte deutlich die stetige Vibration des Bugs, der durch die Wellen schnitt.

„Sind Sie über den Mann in dem Motel weg?", fragte ich.

Ihr Mund öffnete sich ein wenig.

„Es ist wie alles andere, es geht vorbei", sagte ich.

Fältchen tauchten an ihrem linken Augenwinkel auf.

„Als mich ein Typ zum ersten Mal in so eine Situation gebracht hatte, dachte ich, ich würde für den Rest meines Lebens mit seinem Gesicht vor den Augen aufwachen", sagte ich. „Und dann war's eines Tages weg. Phhh … Drei Jahre später hab ich einen anderen Kerl umgelegt."

„Warum tun Sie das hier?", fragte sie.

„Das Boot ist ein bisschen warm."

„Es ist ein bisschen …"

„Genau. Warm. Nicht direkt heiß. Begriffe wie *ausgeliehen* und *gepachtet* kommen mir in den Sinn", sagte ich und beugte mich auf die Hände gestützt vor. „Sie haben heute Abend Ihre eigenen Pläne, Lucinda."

„Er hat meinen Sohn gefoltert."

„Wissen Sie, wann ein guter Cop ganz nach Vorschrift handelt? An dem Tag, an dem er denkt, er sollte *nicht* genau nach Vorschrift handeln."

„Höre ich das aus dem Mund des Freundes und Fürsprechers von Clete Purcel? Wunderbar."

„Lassen Sie sich nicht von Buchalter nach seinem Bild ummodeln."

Sie sah mir sehr lange ins Gesicht.

„Sie haben immer sehr gute Ratschläge parat, Dave", sagte sie. „Aber die sind immer für andere bestimmt. Für Sie selbst kommen sie nie in Frage, stimmt's?"

Wir starrten uns schweigend an, während das Schiff auf die Meerenge bei Grand Terre abdrehte.

* * *

Es war ein merkwürdig kalter Tagesanbruch. Im ersten Licht sah der Himmel aus wie mit Tusche überzogen, dann legte sich der Wind unvermittelt, und die Sonne stieg rot und wie geschmolzen am wässrigen Rand des Golfs auf. Es war Flut, das Wasser war rosafarben getönt und in Richtung Küste mit Schaum besetzt, es roch intensiv nach Forellenschwärmen, die Luft war erfüllt von den Schreien der Möwen, die über unser Kielwasser segelten und darin eintauchten. Ich sah zu, wie die graugrüne Landmasse von Louisiana hinter uns kleiner wurde.

Zoot stand aufrecht hinter dem Steuer, den Reißverschluss seiner Trainingsjacke mit Kapuze bis zum Kinn hochgezogen, seine langen, schmalen Hände ruhten leicht auf den Speichen des Steuerrads. Er hatte die Scheibe aufgekurbelt, und sein Gesicht sah vor Kälte hell aus.

„Wie läuft's, Skipper?", fragte ich.

„Nicht schlecht. Schläft sie?"

„Ja."

„Wissen Sie, was sie neulich über Sie gesagt hat?"

„Ich würde nicht raten wollen."

„Sie sagte, ‚Wahrscheinlich ist er verrückt, aber ich hätte nichts dagegen gehabt, ihn kennenzulernen, bevor er geheiratet hat.'"

„Du solltest die Geheimnisse deiner Mutter besser für dich behalten", sagte ich.

„Was meinen Sie, warum sie mir das erzählt hat?", fragte er.

Durch meinen Feldstecher konnte ich am Horizont die schwarzen, kantigen Silhouetten zweier aufgegebener Bohrplattformen sehen, und weiter im Westen einen Frachter mit verrosteten Speigatten unter panamaischer Flagge. Zoot nahm Gas weg, und wir schaukelten auf unserem eigenen Kielwasser weiter.

„Sehen Sie sich mal das Echolot an, Mr. Dave", sagte er. „Wir sind jetzt auf ungefähr zwölf Meter. Aber sehen Sie, wo die Linie abfällt? Das ist ein Graben. Ich bin auch früher schon mal drübergefahren. Er zieht sich ungefähr über drei Kilometer, nur dass er sich manchmal mit Sand füllt."

„Du bist ziemlich gut als Skipper."

„Ich will ja nichts sagen, aber du und sie, ihr seid euch ziemlich ähnlich. Ihr macht euch von allem ein Bild, deshalb seid ihr jeden Tag von irgendwas überrascht."

„Ja, wahrscheinlich hast du recht."

„*Wahrscheinlich?*" Er schüttelte den Kopf.

Aber ich hörte nicht mehr zu. Nur ein kleines Stück

backbord vom Bug, hinter einer der Bohrplattformen, sah ich den niedrigen, flachen Umriss eines Bergungsschiffs, ausgestattet mit seitlichen Auslegergalgen, Schwimmbaggern und einem Schlicksauger, der sich über das Dollbord krümmte wie der Körper einer riesigen Schlange. Ich stellte das Bild im Feldstecher schärfer und sah, dass das Schiff an Bug und Heck verankert war und sich leicht nach Steuerbord neigte, so als stemmte es sich gegen ein großes Gewicht.

Dann sah ich, wie sich auf der uns am nächsten liegenden Bohrplattform etwas bewegte. Ich trat aus der Kajüte und justierte den Feldstecher nach. Die Flut spülte durch die Pfahlkonstruktion unter der Plattform, und verkehrtherum in der Dünung, gegen die stählernen Träger schlagend, war der rotweiße Rumpf eines gekenterten Boots zu sehen. Ich hob den Feldstecher langsam an, sah hinauf zur Plattform der Bohrinsel und ließ meinen Blick auf einem kräftigen, sonnenverbrannten Mann mit nacktem Oberkörper verharren, die Jacke von seinem Marine-Corps-Kampfanzug hatte er um seine Hüfte geknotet.

„Was ist los?“, fragte Lucinda hinter mir. Auf einer Seite ihres Gesichts waren noch deutlich Schlaffalten zu sehen.

Ich reichte ihr das Fernglas.

„Sehen Sie sich mal die erste Bohrinsel an“, sagte ich.

Sie balancierte das Schaukeln des Decks aus und blickte durch den Feldstecher.

„Das ist Clete Purcel“, sagte sie. „Er sieht halb erfroren aus.“

„Mit gesunkenem Boot“, sagte ich. „Clete ist ja auch

kein Seemann. Was bedeutet, dass er wahrscheinlich mit jemandem rausgefahren ist, der es nicht mehr bis zur Leiter geschafft hat."

„Mit wem?"

„Ich mag gar nicht drüber nachdenken."

„Mit wem, verdammt?!"

„Dieser ältere Priester kommt mir in den Kopf." Ich kehrte in die Kajüte zurück. „Zoot, bring uns zu der Bohrinsel rüber. Aber versuch, sie immer zwischen uns und diesem Bergungsschiff zu halten, damit man uns zumindest nicht gut sehen kann, wer auch immer da an Bord ist."

„Sind das Buchalter und diese Neonazis?", fragte er. Ich sah, wie sich seine langen Hände unwillkürlich um das Steuer krampften.

„Vielleicht ist es ja ein ganz normaler Bergungstrupp, der versucht, irgendwelche Bohrausrüstung zu heben."

„Hier unten liegt ein bisschen Ölfeldschrott, aber nicht dort drüben, Mr. Dave."

„Okay, Partner."

„Ich weiß, was Sie da in der Segeltuchtasche haben. Wenn die Zeit kommt, ist dann eine davon für mich?"

„Kennst du dich mit Schusswaffen aus?"

„Gut sogar."

„Mit welcher Art?"

„Die, mit denen man auf Sachen ballert ... Ich und mein Cousin, wir sind unter die Huey-Long-Bridge und haben dort auf Flaschen geschossen."

„Hör zu, Zoot, wir wollen, dass uns die Leute da auf dem Bergungsschiff für Angler halten. Könntest du die Ausleger vorbereiten und ein paar Schleppangeln in die Fassungen stecken, während ich das Steuer übernehme?"

„Klar", sagte er, aber sein Blick war immer noch auf die Stofftasche gerichtet.

„Und zieh die Kapuze nicht ab, nur für den Fall, dass sie ihre Feldstecher auf uns richten."

„Sie geben mir keine von den Kanonen da?"

„Falls das da draußen Buchalter ist, werden wir die Küstenwache verständigen."

„Und warum haben Sie dann die ganzen Kanonen mitgenommen?"

Ich hätte nie vermutet, dachte ich, dass du Lucindas Sohn bist.

Ich hielt den Bug auf einer geraden Linie zur Ölplattform und dem Bergungsschiff. Die Sonne war durch eine fliederfarbene und schwarze Wolkenbank gebrochen, und man konnte in der Dünung Fliegende Fische und die fadenähnlichen Tentakel von Portugiesischen Galeeren sehen. Es hätte eigentlich schon wärmer sein müssen, aber der Wind hatte wieder aufgefrischt, und der unter der Ölplattform durchfließende Gezeitenstrom sah grün und kalt aus, während er das gekenterte Boot immer wieder gegen die Stützpfeiler und die Stahlleiter schlingern ließ.

Im Süden zog sich eine schaumige weiße Linie entlang des Horizonts, wo die Wellen Kronen hatten.

Zoot arbeitete sich zum Bug vor, und ich nahm das Gas weg und ließ den Kabinenkreuzer zu der Leiter treiben, die vom Wasser bis nach oben auf die Plattform reichte, wo Clete sich über die Reling beugte und zu uns herunterstarrte. Die rotblonden Haare auf seinen Schultern und der Brust bewegten sich leicht im Wind. Er kam schnell die Leiter runter, das Gesicht nach unten gewandt, während er jede Stufe umklammerte. Jeglichen Blickkontakt mit dem Bergungsschiff meidend, ließ er sich schließlich aufs Deck fallen und kam die Kajüte entlang nach achtern.

Seine Zähne klapperten, als er durch die Luke kam.

„Streak, ich liebe dich", keuchte er. „Ich wusste, dass mein alter Partner mich nicht im Stich lässt. Kein Scheiß jetzt, ich war drauf und dran, mich da oben in einen Eiswürfel zu verwandeln. Hab versucht, mich in ein Stück Segeltuch zu wickeln, aber das ist weggeblasen."

„Was ist passiert?"

„Es ist Buchalter. Wir haben ihn heute Morgen gegen drei gefunden", sagte er und zog sich eine Decke um die Schultern. „Wir sind von Süden gekommen. Ich dachte schon, wir hätten ihn. Auf seiner Backbordseite befindet sich eine Metalltreppe. Wir wollten uns dorthin treiben lassen, sie dann von hinten überraschen. Nur dass wir leider einen Baumstamm gerammt und ein Loch in den Rumpf gebohrt haben."

Er setzte sich auf eine Beckskiste und zog den Stöpsel aus einer Flasche Cutty Sark, die er aus der Hausbar genommen hatte.

„Wer ist *wir*, Clete?"

„Brother Oswald." Seine Stimme veränderte sich, als er die Worte aussprach. Er wendete sich von mir ab, sah Lucinda und Zoot an. Dann senkte er den Blick. Er hob die Flasche an den Mund.

„Warum hast du nicht gewartet?“, fragte ich.

„Worauf denn? Dass der Typ sich ins Ausland verpisst?“

„Du hättest warten können“, sagte ich.

„Hör auf zu träumen, Streak. Entweder nagelst du diesen Kerl unter eine schwarze Fahne oder er wird auf dein Grab pissen.“

„Was ist das für eine schwarze Fahne?“, fragte Zoot.

Clete wollte schon den Scotch wieder an seinen Mund heben, da wurde er schlagartig kreidebleich, stürmte durch die Luke und kotzte über das Hinterschiff. Er kam wieder rein, wischte sich den Mund mit einem Handtuch ab.

„’tschuldigung, ich hab da draußen reichlich Öl geschluckt“, sagte er. „Als das Boot kenterte, hab ich mich dran festgeklammert. Brother Oswald trug eine Rettungsweste. Er ist genau an der Treppe vorbeigetrieben, wie ich vorhin schon erwähnte. Aber er ist auf der Nordseite des Schiffs nicht mehr zum Vorschein gekommen.“

„Sie wollen damit sagen, er ist jetzt bei Buchalter an Bord?“, fragte Lucinda.

„Die Flut kam mit viel Wucht rein. Er könnte gar nicht woanders sein“, sagte Clete. „Ich hätte ihn gesehen. Ich weiß, dass ich ihn gesehen hätte.“

„Ich werde der Küstenwache unsere Position durchgeben“, sagte ich.

„Der alte Typ hat immer wieder was von Gog und Magog geredet. Wer oder was ist Gog und Magog?“, fragte Clete.

„Das ist eine biblische Prophezeiung über den Krieg zwischen Gut und Böse“, sagte ich.

„Ich weiß nichts von irgendwelchen schwarzen Fahnen und Magogs“, sagte Zoot, „aber da ist was, das ich noch nicht erwähnt habe.“

Wir starrten ihn alle an. In der plötzlichen Stille war zu hören, wie sich eine Welle am Bug brach, Wasser spritzte auf die Scheibe.

„Der Funk funktioniert nicht“, sagte er.

32

Ich duckte mich hinter Clete auf dem schmalen Gang, der zum Bug führte. Er hatte meine Regenjacke und ein rotes Wollhemd angezogen, das er in einem Schrank gefunden hatte. Seine großen Hände umklammerten den Schaft und den abgesägten Lauf der Schrotflinte. Ich hörte sein erwartungsvolles Atmen.

Er warf mir einen kurzen Blick über die Schulter hinweg zu und begann zu lächeln. Dann hörte er abrupt auf.

„Warum guckst du so böse?"

„Das ist alles nur deine Schuld."

„So sehe ich das aber nicht."

„Warum bist du nicht ins Krankenhaus zu Martina? Warum musstest du raus aufs Meer mit einem fanatischen alten Mann?"

„Mir gefällt nicht, was du da zu mir sagst, Streak."

„Zu dumm auch."

„Erinnerst du dich an den Burschen im *New Iberia General*? Der mit der subkutanen Ladung Kakerlakengift? Buchalter endet hier."

Ich stieß ihm einen Finger in die Schulter.

„Wir müssen eines mal ganz klarstellen, Clete: Du wirst hier keine Neuinszenierung der Schießerei am O.K. Corral abziehen."

Er drehte sich zu mir um.

„Was willst du denn machen?", fragte er. „Wieder den weiten Weg zurück an Land, um die Küstenwache zu verständigen, und hoffen, dass die hier dann nicht bereits hunderte Kilometer weit weg sind? Der alte Mann ist da oben ganz auf sich allein gestellt. Wir gehen jetzt da rein und blasen ihnen den Arsch weg."

Ich stach wieder mit einem Finger in seine Schulter. Er schlug meine Hand fort, seine grünen Augen mit einem Mal verstört und finster, als ob er jemanden vor sich sähe, den er nicht kannte.

„Diese ganze Scheiße hat damit angefangen, dass du die Calucci-Brüder aufgemischt hast", sagte ich. „Aber so wird es nicht enden. Wir bringen Buchalter hinter Gitter."

„Erzähl das dem Rotary Club", antwortete er und sah nach oben zu der geschlossenen Luke.

Wir hörten, wie Zoot das Gas zurücknahm, die Auspuffrohre dicht über der Wasserlinie blubberten, ein Geräusch, das vom Stahlrumpf des Bergungsschiffs zurückgeworfen wurde. Dann hörten wir Lucinda nach vorne gehen, das Haltetau vom Deck nehmen, als ob es völlig normal wäre, sich an einer Metalltreppe festzubinden, die im Zickzack an der Seite des Schiffs nach unten verlief.

Clete schob die Luke ein paar Zentimeter hoch.

„Wir haben einen Verletzten auf einer Ölplattform gefunden! Wir brauchen Ihren Funk", brüllte Lucinda.

Keine Antwort. Wir hörten einen Druckluftkompressor, das Mahlen einer Winsch, Ketten, die durch Flaschenzüge rasselten, einen Dieselmotor, der mit voller Kraft arbeitete.

„Das ist ein Schiffsjunge, der nicht weiß, was er tun soll", sagte Clete. „Wahrscheinlich ist er jetzt jemand anderen holen gegangen." Er sah wieder zu mir zurück. „Entspann dich. Ich schätze, es sind nicht mehr als fünf, den

Taucher im Wasser schon eingerechnet. Gute Chancen für uns, Mann."

Aber die Falten auf seinem Nacken glänzten vor Schweiß, und seine Hände umklammerten die Schrotflinte derart, dass sich die Fingerknöchel weiß unter der Haut abzeichneten.

„Wir haben sie schon für Sie verständigt!", brüllte jemand zu Lucinda herunter.

„Ich bin Krankenschwester! Ich muss seinen Zustand beschreiben! Ich glaube, er hat einen Herzinfarkt!"

„Wir haben das durchgegeben! Sie können nicht an Bord kommen!"

Der Rumpf stieß gegen die Gummireifen, die ans Fußende der Treppe gebunden waren.

„Ich wiederhole ... Sie können nicht an Bord kommen! Nur Firmenmitarbeiter sind an Bord erlaubt! Ihre Nachricht wird gesendet!"

„Der Mann kann sterben!"

Cletes Augen waren jetzt auf einer Höhe mit dem Spalt zwischen Decke und Luke.

„Die macht die Leinen fest. Diese Braut hat Eiswasser in ihren Adern", flüsterte er. „So ist's richtig, Lucinda, klettre auf die Treppe, tu's, tu's, tu's, tu's ..."

„Mr. Dave, lassen Sie mir irgendwas hier, falls ich euch nachkommen muss."

Ich drehte mich um. Es war Zoot, er stand gebeugt in der Kabine.

„Wenn's in die Grütze geht, Partner, holst du Hilfe", sagte ich.

Und plötzlich ging alles sehr schnell.

„Party time!", rief Clete und stürmte auf den Bug hinaus, die Schrotflinte bereit.

Lucinda hatte bereits die letzte Stufe der Treppe erreicht und befand sich an Deck des Bergungsschiffs, ihre .357er mit beiden Händen vor sich ausgestreckt, den Wind in den Haaren, während sie zwei vor Schreck wie gelähmte Schiffsjungen anbrüllte. „Polizei, Arschloch! Runter auf den Bauch, die Hände hinter den Kopf! Seid ihr taub? Auf den Bauch! Sofort! Oder ich blas euch eure beschissenen Birnen weg!"

Ich erreichte die Treppe, direkt hinter Clete, meine .45er in der Tasche meiner Feldjacke schlagend. Ich hatte bereits eine Patrone in die Kammer des AR-15 geladen, meine Hand fest um den Griff, den Zeigefinger am Abzugsbügel, den Daumen auf dem Sicherungsschalter. Ich hörte das Klatschen der Wellen gegen das Heck und ein Zischen entlang des Rumpfs.

Das Bergungsschiff war alt, übersät mit Schweißpunkten, die Speigatts orange vom Rost, der Lack Blasen werfend, weich und unter der Hand abblätternd, die Scheiben im Ruderhaus angerostet und ölverschmiert. Die Luke zum Maschinenraum stand offen, und Gerüche nach Diesel und abgestandenem Sumpfwasser, ein salzig-fauliger Gestank wie von einer Ratte, die sich in einer Maschine verfangen hatte, schlugen mir entgegen.

Lucinda stand über den beiden Schiffsjungen und zielte abwechselnd auf sie, während sie ihre Handschellen vom Gürtel löste. Ich nahm sie ihr aus der Hand, zerrte den einen Mann hoch, zog seinen Arm durch eine Reling am Gatter zur Treppe und schlug das andere Ende um das Handgelenk des zweiten Mannes.

„Wo ist der alte Mann?“, fragte ich.

Einer der Kerle war glatzköpfig und trug einen Kinnbart; der andere hatte eine leere Augenhöhle, die von einem faltigen Lid bedeckt wurde, als ob das Auge mit einem heißen Instrument berührt worden wäre. Die Glatze drehte den Kopf und blickte gleichgültig nach Süden, wo am Horizont Blitze inmitten eines stillen Sturms pulsierten.

„Sieh mich an, wenn ich mit dir rede!“, sagte ich. „Wo ist der alte Mann?“

Langsam drehte er den Kopf und ließ seinen Blick über mich und Lucinda wandern.

„Leck mich, Nigger-Lover“, sagte er.

Ich hörte, wie Clete sein Gewicht verlagerte, und sah genau in dem Moment hoch, als er die Schrotflinte hochriss und auf einen Mann in Segeltuchjacke und Regenhaube zielte, der als Silhouette am Heck zu erkennen war, eine blauschwarze Automatik in der Hand.

Clete feuerte zwei Mal. Ein Teil der Schrotladung rasierte in einer Linie Farbe vom Schott wie trockenes Konfetti, dann wurde der Mann in der Segeltuchjacke nach hinten geschleudert, als sei er von einem unsichtbaren, um seine Brust gelegten Kabel zurückgerissen worden.

Clete warf die leeren Hülsen aufs Deck aus, lud eine frische Patrone in die Kammer und drückte zwei weitere Patronen mit dem Daumen ins Magazin.

„Drei ausgeschaltet“, sagte er. „Streak, du und Lucinda,

ihr geht zum Bug. Ich komme von der anderen Seite. Behaltet die Brücke im Auge. Passt auf, dass sie nicht in eurem Rücken auftauchen."

Er wartete meine Antwort nicht ab. Er verschwand wie ein Bär Richtung Heck; die Schrotflinte wieder schussbereit im Arm, sein Schädel weiß im Wind, seine Regenjacke steif vor Salz.

Lucinda warf einen Blick hinunter zu dem Kabinenkreuzer, der in der Dünung schlingerte, während Zoot immer wieder Gas gab, damit das Heck nicht gegen den Rumpf des Bergungsschiffs knallte.

„Er kommt schon klar", sagte ich. „Mein Dad hat immer gesagt, ‚Behandle mutige Menschen niemals als etwas anderes.'"

„Pass auf deinen eigenen Arsch auf", sagte sie.

Wir gingen zum Bug. Ich spürte das Vibrieren unter mir von den Maschinen, die auf der anderen Seite des Schiffs brüllten. Ich blieb an der Treppe stehen, die zum Ruderhaus hinaufführte, kletterte vorsichtig hoch, bis ich hineinsehen konnte, dann schlüpfte ich schnell durch die offene Luke.

Ich sah die Gestalt in der Ecke und senkte mein Gewehr. Hinter mir hörte ich Lucinda.

„Oh Gott", sagte sie.

„Sieh auf der Steuerbordseite nach", sagte ich und kniete mich neben Brother Oswald. Er lag auf einer ölverschmierten Plane, sein durch siedend heißes Wasser zerstörtes, rundes Gesicht erfüllt mit dem leeren, fassungslosen, ungläubigen Ausdruck, den ich einmal auf den Gesichtern von Dorfbewohnern gesehen hatte, die in einem Reisfeld von Luftdetonationen getötet worden waren.

Ein Klappmesser, ein in Korea hergestellter Ausweider, den man für fünf Dollar in Laredo kaufen kann, steckte bis zum Heft unmittelbar über der rechten Lunge. Er hatte einen Lappen auf die Wunde gedrückt, und dieser hatte sich vollgesogen und war erstarrt, als wäre er in rote Farbe getunkt worden. Ich legte mein Ohr an seinen Mund und spürte, wie sein flacher Atem meine Haut berührte.

„Wir werden Sie mit einem Rettungshubschrauber hier rausfliegen, Partner", sagte ich. „Hören Sie mich? Wir werden jetzt das Schiff sichern, und dann werden wir Sie in Windeseile in einen Helikopter verfrachten."

Seine Zunge klebte ihm am Gaumen fest, als er zu sprechen versuchte. Wieder beugte ich mich dicht zu seinem Gesicht hinab. Sein Atem roch nach Trockenblumen.

„... hinter dem Falschen", flüsterte er.

„Ich verstehe nicht", sagte ich.

„Es ist die Frau ... Sie spricht in Zungen ... Ich habe sie im Funk gehört ..."

„Wer hat das hier getan, Reverend?"

Seine Lippen bewegten sich, aber kein Laut kam heraus. Seine hellen Augen sahen aus, als würde er ertrinken.

„Auf der Steuerbordseite sehe ich niemanden", sagte Lucinda.

Ich hob Brother Oswalds Kopf an, machte aus der Plane so was wie ein Kissen, drehte dann seinen Kopf so auf die Seite, dass er nicht ersticken konnte. Ich nahm die AR-15. Der Plastikschaft fühlte sich kalt und leicht und glatt in meinen Händen an. „Weißt du, wie man die Küstenwache per Funk verständigt?“, fragte ich Lucinda.

„Ja.“

„Sag denen, wir befinden uns fast Fünfzig Kilometer südlich von Grand Isle. Beschreib denen die beiden Ölplattformen, dann wissen sie, wohin sie müssen.“

Sie deutete mit dem Kopf auf Brother Oswald, die Frage unübersehbar auf ihrem Gesicht.

Ich bewegte stumm meine Lippen und formte ein *Ich weiß es nicht.*

Einen Augenblick später überquerte ich das Deck vor dem Ruderhaus. Ich trat ins Freie und scannte die Umgebung, die AR-15 fest im Griff.

Doch da war niemand außer Clete Purcel, der mit dem Rücken zu mir auf einem Knie hockte, inmitten eines Gewirrs aus Schläuchen, Seilen, Tauch- und Acetylenflaschen und Rettungsnetzen in Wasserlachen. Zwei riesige Seitenausleger ragten über ihm auf, ihre Kabel unter dem großen, an ihnen verankerten Gewicht fast berstend. Und dann, unter den Wellen, dem Schaum, der vom Heck glitt, den Wolken von Algen in der Dünung, im schwachen Leuchten unter einer ganzen Reihe von Unterwasserlampen, sah ich die lange, konisch zugespitzte Kontur des U-Boots. Es sah aus wie die Oberseite eines riesigen Sandtigerhais, der aus dem Schlick gescheucht worden war. Ich konnte die auf dem Vorderdeck montierte Kanone sehen, übersät von Moos und Krustentieren, Luftblasen, die wie lange Perlenketten von den Torpedoschächten am Bug aufstiegen, die eingedrückten Stahlflansche am oberen Rand des Kommandoturms, und dann das undeutliche, matte Schimmern eines auf den Rumpf gemalten Hakenkreuzes.

Clete war fieberhaft mit etwas beschäftigt, das durch seinen Körper vor meinen Blicken verborgen war. Dann sah ich den benzinbetriebenen Generator und den Druckluftkompressor ein Stück weiter von der Stelle entfernt, wo er hockte, und ich begriff, was er da machte.

Ich lief zu ihm, das Gewehr locker in der Hand. Mit der Klinge seines Case-Taschenmessers hatte er bereits den Luftschlauch und die daran befestigte Sicherungsleine halb durchgeschnitten. Die entweichende Druckluft hatte eine blanke Stelle wie ein sauberes Brandmal aufs Deck geblasen.

„Tu's nicht, Clete!"

„Zu spät, Mann. Buchalter wird jetzt jeden Moment das große Gurgeln machen." Er richtete sich auf, zog das Messer durch das letzte Stück Schlauch und warf ihn dann wie eine Schlange ins Wasser.

Ich starrte über die Reling. Als Silhouette vor einer Reihe Unterwasserscheinwerfer, direkt achtern des Kommandoturms, befand sich eine Taucherplattform aus Stahlgeflecht, die von einem Kabel gehalten wurde. Aus der Mitte der Plattform stierte ein Taucher in Segeltuchanzug, beschwerten Stiefeln und Helm nach oben, während ein vergessener Acetylenbrenner wie eine Wunderkerze über das Deck des U-Boots tanzte und der durchtrennte Luftschlauch schlaff der Dunkelheit entgegentrudelte.

Ich ließ das Gewehr aufs Deck fallen und versuchte, die Hebel der Winsch und Bandspule zu bedienen, mit der das Kabel der Plattform hoch- oder runtergelassen werden konnte. Ich schob die Hebel in die falsche Richtung, korrigierte meinen Fehler schnell und spürte, wie der Motor beinahe widerwillig in die Gänge kam und begann, den Taucher von unten zurück an die Oberfläche zu holen.

„Sorry, Dave, aber das ist jetzt das eine Mal, wo du mal unrecht hast", sagte Clete und nahm eine Brandaxt von der Wand über mir. Er riss sämtliche Anschlussdrähte aus dem Motor der Winsch. Plötzlich blockierte die Spule, und das Kabel knarrte und schwankte leicht von Seite zu Seite. Clete schwang die Axt über seinen Kopf, hackte in die Spule und durchtrennte sauber das Kabel. Es riss sich von der Rolle am Ausleger los und verschwand unter den Wellen.

„Das ist Mord, Clete."

„Ein Scheißdreck ist das. Es ist mindestens noch ein Kerl auf freiem Fuß. Ich habe nichts anderes getan, als eine Figur vom Spielbrett zu nehmen."

Aber die Geschichte unter den Wellen war noch nicht vorüber. Die Plattform war seitlich weggekippt, bevor sie auf den Grund trudelte, und dem Taucher war es gelungen, auf dem Deck des U-Boots zu landen, unmittelbar hinter dem Kommandoturm. Ich konnte den Messinghelm sehen, das Gesichtsglas, und die Hände, die im Gezeitenstrom winkten, wie eine Cartoon-Figur, die sich auf dem Grund eines tiefen Brunnens abmüht.

Ich zog meine Jacke aus, schnappte mir eine Druckluftflasche und eine Tauchermaske vom Deck, kontrollierte den Luftdruck und schob dann meine Arme durch die Riemen. Das eine Ende eines Seiles band ich an die Winsch, und das andere um meine Taille.

„Wenn ich einmal kräftig dran ziehe, holst du uns rauf", sagte ich.

„Großer Fehler", antwortete Clete.

„Ich werde damit leben können. Lass mich jetzt nicht hängen, Cletus." Er zuckte mit den Achseln und schüttelte den Kopf. Ich steckte das Mundstück zwischen meine Lippen und sprang über die Reling.

Die Kälte war wie ein Faustschlag in den Bauch, dann spürte ich, wie Strömungen aus verschiedenen Richtungen an mir zerrten, und ich hörte Metall klingen, Kabel gegen Stahl scheppern, Platten schleifen, vielleicht eine schon lange stillstehende Schiffsschraube, die einen Graben in den komprimierten Sand zog, und ich begriff, dass der Sturm im Süden bereits begonnen hatte, die Umgebung des U-Boots aus dem Gleichgewicht zu bringen und den Kiel gegen die Kabel verdrehte, die Buchalters Mannschaft an Bug und Heck festgemacht hatte.

Ich hatte weder einen Bleigurt noch Flossen und musste daher richtig kämpfen, um Tiefe zu machen. Ich blies die Maske frei und schwamm tiefer hinein in den Strudel aus goldenem und braunem Licht und wirbelndem Schlick, bis ich schließlich nur noch knapp zwei Meter entfernt war von der ertrinkenden Gestalt in dem Taucheranzug. Mein Kopf schmerzte vor Kälte, meine Zähne verbissen sich in das Mundstück aus Gummi, damit sie nicht klapperten, meine Ohren schwirrten wegen des Wasserdrucks.

Dann sah ich, wobei wir sie gestört hatten. Die Stahlplatten des Rumpfs direkt achtern des Turms, wahrscheinlich ohnehin schon schwach aufgrund von Druck und

Korrosion, waren mit Schweißbrennern aufgeschnitten und mithilfe von Wagenhebern aus den Holmen gestemmt worden und boten jetzt Einblick in einen Teil des Schiffs, dessen Ausstiegsluke in den Turm verschlossen war.

Ein akkubetriebener Unterwasserscheinwerfer brannte inmitten des aufgewirbelten Schlicks und der Knochen der Nazi-U-Boot-Mannschaft.

Ihre Uniformen waren nur noch grüne Lumpen, ihre Gesichter eine gelbliche, dünne Schicht eingelegter Haut, ihre verkümmerten Münder besetzt mit Rattenzähnen.

Ich schwamm hinter den Taucher, löste das Seil von meiner Taille und zog es unter den Segeltucharmen des Taucheranzugs durch, band einen festen Knoten auf dem Rücken. Ich spürte, wie sich das U-Boot in einer plötzlichen Strömung kalten Wassers auf dem Boden des Golfs bewegte. Während das Deck Schlagseite nach Backbord bekam, drehte sich der Taucher in einer langsamen Pirouette und sah mir durch seine Tauchermaske direkt ins Gesicht.

Das Wasser war in ihrem Anzug bis zum Hals gestiegen, und ihr rotblondes Haar trieb wie Fäden getrockneten Bluts von innen gegen das Glas. Ihr Kinn hatte sie nach oben in die Luft gereckt, ihre Wangen waren bleich, ihr Mund schnappte nach Sauerstoff wie das Maul eines Guppys.

Es war zu spät, die Flügelschrauben des Helms abzudrehen und ihr meinen Luftschlauch in den Mund zu schieben. Ich riss einmal kräftig an dem Seil und spürte, wie es sich anspannte, als Clete es hochzuziehen begann. Dann versuchte ich, sowohl mich als auch die Frau, die sich Marie Guilbeaux nannte, an die Oberfläche zu bekommen.

Und dann, nur wenige Zentimeter von meinem Gesicht entfernt, sah ich das Salzwasser bis an die Oberkante des Glases steigen und ihren Kopf eintauchen, ihre Haare um sie herumtreibend wie ein dunkles Netz. Sie kämpfte und wand sich, versuchte die Luft anzuhalten, während ihre Augen aus den Höhlen traten. In einer beinahe erotischen Umarmung schloss sie die Arme um meinen Hals, schmiegte ihren Körper an meinen, ihre Lippen gegen die Scheibe gedrängt wie eine zermanschte Frucht, die Zähne gebleckt, das Becken erbebend, ein weinroter Kuss aus dem Grab.

Einen Augenblick später spürte ich, dass Clete nicht mehr am Seil zog, es glitt über die Reling des Bergungsschiffs und kringelte sich durch den Wellengang zu mir herunter. Ich ließ die Frau los und sah zu, wie sie sich abwärts kreiselnd entfernte, die aufgeblasenen Arme seitlich abstehend wie bei einer Vogelscheuche. Die Bleischuhe zogen sie an den Scheinwerfern vorbei hinunter in die Dunkelheit, bis sich schließlich das Seil mit einem Ruck wieder anspannte, und Maries toter Körper vor der Unterseite des Rumpfs des U-Boots hin- und herpendelte.

Ich blies meine Maske wieder frei und schwamm an die Oberfläche. Ich brach durch eine Welle in den Wind, das Ächzen der an den Auslegerbäumen befestigten Kabel in den Ohren, Wasserstreifen auf meiner Maske, meine Augen das Deck absuchend nach Clete und Lucinda.

Sie waren nirgends zu sehen. Ich kletterte wieder an Bord, außer Atem vor Kälte, und streifte die Gurte der Pressluftflasche von meinem Rücken. Mein AR-15 war fort.

Ich zog die Jacke über, knöpfte sie gegen den scharfen Wind zu und nahm die .45er aus der Seitentasche. Ein Hohlspitzgeschoss befand sich bereits in der Kammer. Ich spannte den Hahn und schlich Richtung Heck, vorbei an dem Druckluftkompressor, dem benzinbetriebenen Generator, den Winschen, den Haufen von Rettungsnetzen und aufgerollten Acetylenschläuchen, wobei meine Schulter leicht die Unterseite das Ruderhauses streifte, weiter an einen Zugang zu einem Raum mit tuckernden Dieselmotoren, die für die Seitenausleger zuständig waren, vorbei an der Kombüse sowie einem Technikraum und schließlich zu einer offenen Luke, hinter der sich das Mannschaftsquartier befand.

Niemand.

Ich betrat das Logis. Es roch nach schmutziger Bettwäsche und ausgerotztem Schnupftabak. An einem Schott klebte das Farbfoto einer nackten Schwarzen, das offensichtlich aus einem Magazin herausgerissen worden war. Ich ging durch eine weitere offene Luke in einen Gang, der sich durch das gesamte Schiffsinnere zog und zurück zum Ruderhaus und zur Brücke führte. Die Schotts waren grau und kalt vor Feuchtigkeit, auf dem Deck die nassen Abdrücke von Tennisschuhen.

Ich öffnete jede Luke entlang des Gangs und sah überall hinein.

Nichts.

Das Ende des Gangs war unbeleuchtet, in Dunkelheit gehüllt, so verschwommen wie Nebel. Das zerbrochene Glas einer Glühlampe bemerkte ich erst, als sich mein Schuh auf einen Glühfadenrest senkte und diesen auf dem Deck zermalmte. Und da war es bereits zu spät.

Buchalter trat hinter der offenen Tür eines Lagerschranks hervor, den Schaft der AR-15 fest an Schulter und Wange gedrückt, ein grünes Auge hinter Kimme und Korn so hart und eisig wie Jade.

„Du hast schon wieder verloren, Dave. Wirf sie weg", sagte er und trat die Tür hinter sich zu, wodurch ich Lucinda und Clete mit hinter den Köpfen verschränkten Händen neben der Leiter, die hinauf ins Ruderhaus führte, knien sehen konnte. Über Cletes linkem Auge bemerkte ich eine üble Abschürfung.

„Willst du das Risiko eingehen, sie mit einem deiner Schüsse zu erwischen?", fragte Buchalter.

„Gib ihm nicht deine Kanone, Streak!", brüllte Clete.

Ich hielt die .45er seitlich weg, ging leicht in die Knie und legte sie vorsichtig aufs Deck. Buchalter trug Kampfstiefel und Khakihose und ein dickes graues Wollhemd. Er hatte sich einen Dreitagebart stehen lassen, seine Wangen und das Kinn schimmerten golden, die Mitesser in seinen Augenwinkeln sahen aus wie Verbrennungen durch Schwarzpulver.

Ich registrierte einen frischen, sauberen Geruch in der Luft, einen Geruch, der so schnell ins Hirn reist wie eine Ohrfeige. Wie der Geruch von Reinigungsbenzin.

„Dein Freund hier hat meine Schwester getötet, Dave. Was hältst du davon?", fragte er. Er sah mich mit seinem schiefen Grinsen an.

„Wir haben versucht, sie zu retten", sagte ich.

„Komm, schließ dich uns an“, sagte er.

„Vielleicht sollte ich das nicht.“

„Oh doch. Es wäre nicht vollständig ohne dich. Du und ich, wir haben eine Verabredung. Eigentlich wir alle vier.“ Seine fleischige Zunge streifte feucht über seine Lippen.

„Er hat uns mit Benzin übergossen, Dave. Hau ab!“, sagte Lucinda.

„Du weißt, dass du nirgendwo hingehst, Dave. Komm näher. So ist's richtig, komm. In jedem Mann steckt auch immer ein kleiner Junge. Schäm dich nicht. Du würdest staunen, was Menschen unter den richtigen Umständen alles bereit sind, zu tun.“ Er hielt das Gewehr am Pistolengriff an seiner Seite und kramte ein Zippo-Feuerzeug aus seiner linken Tasche.

„Die eine ist ein Nigger, der andere ein Nichtjude, der Geschlechtsverkehr mit einer Jüdin hat“, sagte er. „Sie werden so oder so sterben. Möchtest du die Vorstellung zusammen mit mir ansehen oder lieber Teil davon sein? Niemand wird es erfahren, Dave.“

Er schürzte die Lippen und saugte seine Wangen ein.

„Die Küstenwache ist unterwegs, Will.“

„Ich denke, dann sollten wir wohl besser schnell zu einem Ende kommen. Selbst wenn sie meinesgleichen erwischen, du weißt ja, was sie mit uns tun. Staatliche Krankenhäuser. Saubere Medikamente, vielleicht eine geile Krankenschwester, die ein paar Extra-Dollar gut gebrauchen kann. Komm, knie dich jetzt hier zu deinen Freunden.“

Der Absatz eines Stiefels stieß gegen einen Benzinkanister. Doch dann hörte ich noch ein anderes Geräusch – hinter mir, am anderen Ende des Gangs, ein unbeholfener, dumpfer Schlag, als wäre eine plumpe Person über den unteren Rand einer Luke gestolpert.

Buchalter hörte das ebenfalls, und sein Blick schoss an mir vorbei, versuchte sich auf ein Bild einzustellen, das er nicht ganz akzeptieren konnte.

„Kopf runter, Mr. Dave!"

Ich ließ mich aufs Deck fallen, rollte mich wie ein Fötus zusammen, wartete auf den schnellen, scharfen Knall der AR-15. Stattdessen hörte ich ein Geräusch wie einen zerreißenden Klavierdraht, der durch die Luft zischte.

Ich starrte den Gang hinunter zu der erstarrten Silhouette von Zoot Bergeron, der die abgefeuerte Harpune vor sich hielt.

Ich schnappte mir die .45er vom Deck, als Will Buchalter das Schott entlangstolperte, durch das Halbdunkel, auf die Leiter zu, teilweise verdeckt durch die offene Tür eines Spinds. Dann sah ich, wie er mit beiden Händen den Aluminiumschaft umklammerte, der aus seinem Mund ragte. Er hastete flink die Leiter hinauf, die Hände vor dem Mund, die Kampfstiefel wie schwere Hämmer auf den Eisenstufen.

Ich schoss zwei Mal durch die Luke in das Ruderhaus und hörte die Hohlspitzgeschosse draußen auf dem Deck Glasscheiben zerschmettern.

„Sorry, Streak. Er hat sich von hinten an mich rangeschlichen, als ich das Seil hochgezogen hab", sagte Clete.

„Nimm das Gewehr", sagte ich und folgte Buchalter die Leiter hinauf.

Aber die Jagd sollte nicht lange dauern.

Ich fand ihn an Deck, mit dem Rücken gegen die Reling gelehnt, wie ein müder Mann, der nur ein Nickerchen machte, die Harpunenspitze ragte in einem blutigen Gerinnsel hinten aus seinem Hals. Der Schaft bebte leicht mit den Vibrationen aus dem Maschinenraum. Seine Augen waren geöffnet und leer, starrten ins Nichts, das Gold auf seinem Kinn war blutverschmiert.

Es begann zu regnen, und die Gischt vom Heck wurde vom Wind herangepeitscht. Ein Kabel löste sich von einem Seitenausleger und verschwand im Nu unter der Wasseroberfläche.

Ich hörte Clete hinter mir.

„Hast du ihn erwischt?“, fragte er.

„Nee.“

„Nicht gut für den schwarzen Jungen, so anzufangen“, sagte er und sah mich an.

Ich blickte zu den zerbrochenen Scheiben des Ruderhauses auf. Lucinda und Zoot waren noch unten.

„Bringen wir's hinter uns“, sagte ich.

Wir zogen Buchalter von der Reling zurück, legten ihn flach aufs Deck und rollten ihn dann auf die Seite. Der Wind blähte sein Hemd auf, und eine Welle erfasste seinen Körper und schleuderte ihn den Schiffsrumpf entlang. Durch den Harpunenschaft blieb sein Mund geöffnet, als ob er gähnte oder vielleicht einen letzten Gedanken erwog, bevor die Wellen ihn in einer Kaskade schmutziger Gischt unter Wasser drückten.

„Dieser Sturm sieht hundsgemein aus. Wird Zeit, dass

wir uns von den Katzenjammer-Kids trennen", sagte Clete. Er schwieg kurz. „Gibt's später irgendwelchen Papierkram, der für mich zu einem Problem werden könnte?"

„Was weiß ich?", antwortete ich. Ich schirmte meine Augen gegen den Regen ab und sah zu, wie er das Tau durchtrennte, das den unter Wasser treibenden Körper der Frau hielt, die sich Marie Guilbeaux nannte, die Motoren ausschaltete, die Winschen löste, Kabel und Seile durchhackte, wobei sein strohblondes Haar im Wind wehte, und seine Marine-Corps-Uniformhose flatterte und sich gegen seine Beine drückte.

Ich spürte, wie sich das Deck unter mir kurz aufrichtete, als sämtliche Kabel vom Gewicht des U-Boots befreit waren. Einen Moment lang sah ich, wie der Matsch und geschwärzter Tang und im Sand gefangenes Öl in Wolken vom Grund des Golfs aufgewirbelt wurden, und ich wusste, dass dort unten die Besatzung des U-Boots mit Buchalter und seiner Schwester wieder in See stach. Aber es war nicht die richtige Zeit, um über altertümliche Warnungen vor proteischen Kreaturen zu grübeln, die aus biblischen Meeren aufsteigen oder Richtung Bethlehem zockeln, um wiedergeboren zu werden.

Stattdessen stieg ich die Stufen ins Ruderhaus hinauf, wo Lucinda und ihr Sohn eine Decke unter Oswald Flats Kopf gelegt und eine zweite bis zu seinem Kinn hochgezogen hatten. Sie standen auf den Scherben der zerschmetterten Fensterscheiben, Zoot hatte den Arm um die Schultern seiner Mutter gelegt und schaute hinaus zu dem Hubschrauber der Küstenwache, der von Osten her auf uns zugeflogen kam, unmittelbar vor dem bevorstehenden Sturm.

Zoots Blicke suchten mein Gesicht ab.

„Du hast uns den Arsch gerettet, Partner, aber leider hast du Buchalter komplett verfehlt", sagte ich.

„Und wieso seh ich dann nirgends die Harpune?"

„Wen interessiert's, Partner? Das ist jetzt schon Schnee von gestern", sagte ich.

Unten streckte Clete seine Glieder, umklammerte dann die Reling und spuckte ins Meer.

„Gute Jungs, treu *über alles*", rief er zu uns herauf.

„Was soll das denn heißen?", fragte Zoot.

„Ich glaube, das ist Deutsch und bedeutet so ziemlich dasselbe wie *Semper fi*, Kumpel", sagte ich und schlug ihm auf den Arm, wobei ich versuchte, nicht in das liebevolle Lächeln einzudringen, das aus den Augen seiner Mutter schien.

Epilog

Der Winter in diesem Jahr war ausgesprochen mild. Die Tage waren lau, die Nächte nur eine Idee kühler, das Gras auf den Feldern grün, und der Geruch von Rauch lag auf dem Weideland meines Nachbarn, auf dem er Baumstümpfe verbrannt hatte. Selbst während der Entenjagdsaison, wenn die Marsch eigentlich grau und von dichtem Nebel überzogen hätte sein sollen, behielt der Himmel sein Porzellanblau, und die Zypressen, Gummibäume und Weiden schienen bis Weihnachten ihr Laub zu behalten, ja fast sogar bis zu den Regenfällen des Frühjahrs, die Ende Februar einsetzten.

Es gab nur einen einzigen Tag, an dem ich wirklich die Anwesenheit des Winters spürte, und diese fühlte ich eher in meinem Herzen als in der Welt da draußen. Zu unserem Jahrestag gönnten sich Bootsie, Alafair und ich ein Wochenende im *Pontchartrain Hotel* an der St. Charles Avenue. Wir aßen in einem Gartencafé die Straße hinunter zu Abend, und der Tag war warm und freundlich gewesen, die Kamelien übersät mit frisch geöffneten rosa und blauen Blüten, die wunderbaren alten, grün gestrichenen, eisernen Straßenbahnen polterten über den breiten Mittelstreifen unter dem Baldachin der Eichen. Dann verschwand die Sonne hinter den Dächern, die Luft wurde kalt und bleiern, und ganz plötzlich war kein Verkehr und kein anderer Laut mehr auf den Straßen, nur noch Staub und Zeitungsfetzen, die im Wind den Tunnel der Bäume entlangwirbelten.

So könnte es werden, dachte ich. Wir mussten nur aufhören, an uns selbst zu glauben, und zulassen, dass die Scharlatane und Strippenzieher uns überzeugten, sie hätten die Antworten, die uns fehlen. Auch sie werden nicht von Amboss und Hammer in einer Schmiede des Teufels geformt. Judas Ischariot war jeder Einzelne von uns; Will Buchalter und seine Schwester und die Calucci-Brüder umgab kein metaphysisches Geheimnis. Ihre Seelen hatten die Spannweite von Motten; sie funktionierten, weil wir es ihnen erlaubten und genehmigten; sie hörten auf zu funktionieren, sobald diese Genehmigung verwehrt wurde.

„Was ist los, Dave?", fragte Alafair von der anderen Seite des Tisches.

„Nichts, Kleine. Einen Augenblick lang kam mir alles zu leise, zu still vor."

„Dann lasst uns jetzt die Band in der *Preservation Hall* anhören gehen", sagte sie.

„Ich finde, das ist eine tolle Idee", sagte ich und rubbelte über ihre seidenweichen Haare.

An einem wunderschönen Abend in diesem Frühjahr besuchten wir das *New Orleans Jazz and Heritage Festival* auf dem Gelände der *Fair Grounds.* The Fat Man war auf der Bühne mit seiner Band, sein mit Pailletten besetztes Sakko hatte einen fliederfarbenen Schimmer, Schweiß zog sich in Linien über sein Walrossgesicht, seine mit Ringen besetzten Wurstfinger hämmerten auf die Klaviertasten ein. Leute begannen Jitterbug zu tanzen, wie die Kids aus den 1940ern, den Bop, den Dirty Boogie, den Twist, den

Shag, Arme in den Hüften, die Knie gespreizt, voller Spaß und erotischer Unschuld.

Alle waren da – Clete und Martina, Batist, Lucinda und Zoot (in seiner Marine-Corps-Reservisten-Uniform), Pearly Blue und ihre Ex-Knacki-Freunde von der *Geh-die-Schritte-oder-kratz-ab-Arschloch-Gruppe*, Ben Motley, Hippo Bimstine und seine Familie, schwarze und weiße Menschen, Besucher aus Europa, japanische Geschäftsleute, Zydeco- und Dixieland-Musiker, Körnerfresser-Hippies, Stripper von der Bourbon Street, Transvestiten, Nutten aus dem French Quarter, Cajun-Biker, Jimmie Ryan und Count Carbonna, die Durchgeknallten, religiöse Spinner mit Plakaten, auf denen sie vor der apokalyptischen Vernichtung warnten, sogar Brother Oswald Flat und seine Frau, die über das Gelände schlenderten und gemeinsam eine Tüte Schweineschwarten aßen. Die Musik erhob sich zum Himmel, bis sie mit dem sanften, alles durchdringenden Licht verschmolz, das sich bis weit über die Rennbahn hinaus ausbreitete, über eichengesäumte Straßen, ungestrichene Holzhäuser mit Balkonen und grünen Fensterläden, auf Stützen geführte Highways, den Superdome, die Straßenbahnwagen und den mit Palmen bewachsenen Mittelstreifen der Canal Street, die mit Schnörkeln verzierten schmiedeeisernen Balkone, Kolonnaden und Ziegelschornsteine im Quarter, den Jackson Square und die Türme der St. Louis Cathedral, das *Café du Monde*, den breiten, schlammigen Bogen des Mississippi, die schimmernde Weite der Sumpfgebiete im Süden und schließlich den Golf von Mexiko, wo später der Mond aufgehen würde wie eine riesige Perle, die in ein Glas Burgunder getaucht worden war.

Ist schon seltsam, was so passieren kann, wenn man sein Herz öffnet und sich dem alten Tanz der Erde durch den Himmel anschließt.